ANGELOLOGY

ANGELOLOGY

DANIELLE TRUSSONI

Traducción de Jesús Cañadas

☾ UMBRIEL

Argentina · Chile · Colombia · España
Estados Unidos · México · Perú · Uruguay

Título original: *Angelology*
Editor original: Viking Penguin, un miembro de Penguin Group (USA) Inc.
Traducción: Jesús Cañadas

1.ª edición: agosto 2024

© 2010 *by* Danielle Trussoni
All Rights Reserved
© de la traducción 2024 *by* Jesús Cañadas
© 2024 *by* Urano World Spain, S.A.U.
  Plaza de los Reyes Magos, 8, piso 1.º C y D – 28007 Madrid
  www.umbrieleditores.com

ISBN: 978-84-10085-12-1
E-ISBN: 978-84-10159-67-9
Depósito legal: M-14.901-2024

Fotocomposición: Urano World Spain, S.A.U.
Impreso por: Romanyà Valls, S.A. – Verdaguer, 1 – 08786 Capellades (Barcelona)

Impreso en España — *Printed in Spain*

Caverna de la Garganta del Diablo, Montañas Ródope, Bulgaria

Los angelólogos examinaron el cadáver. Estaba intacto, libre de descomposición, con la piel tan suave y blanca como pergamino. Los ojos inertes de color aguamarina miraban hacia arriba. Unos rizos pálidos caían sobre una frente alta y unos hombros esculturales, formando una suerte de halo de cabellos dorados. Incluso la túnica, una tela confeccionada a partir de un material metálico, blanco y reluciente, que ninguno de ellos conseguía identificar con exactitud, se mantenía prístina. Era como si la criatura hubiese muerto en una sala de hospital en París, no en una caverna en las profundidades de la tierra.

No debería haberles sorprendido encontrar al ángel en semejante estado de conservación. Las uñas, nacaradas como el interior de la concha de una ostra; aquel vientre suave y carente de ombligo; la trasparencia espectral de la piel... todos los detalles de la criatura eran tal y como los angelólogos esperaban. Incluso la posición de las alas era la correcta. Y sin embargo, parecía demasiado encantador, demasiado vital, para ser algo que solo conocían a partir de sus estudios en bibliotecas de aire estancado, en reproducciones de cuadros del *Quattrocento* que desplegaban frente a sí como si de mapas de carreteras se tratase. Habían aguardado toda su vida profesional para presenciar algo así. Aunque ninguno de ellos lo habría admitido, en secreto sospechaban que iban a encontrar un cadáver monstruoso, hecho de huesos y jirones, como un espécimen desenterrado de una excavación arqueológica. En cambio, lo que tenían delante era aquello: una mano delicada y menuda, una nariz aquilina, labios rosados y fruncidos en un beso helado. Los angelólogos se cernieron sobre el cadáver, contemplándolo con anticipación, como si esperasen que la criatura parpadease y despertase.

LA PRIMERA ESFERA

. . .

«A ti se dirige esta historia,
pues buscas guiar tu mente
hacia el claro día.
Pues si aquel que lo consiguiese
volviese la vista
hacia las cavernas del Tártaro
toda excelencia que traiga consigo
la perderá al asomarse a lo profundo».

Boecio, *La consolación de la filosofía*

Convento de Santa Rosa, Valle del Hudson, Milton, Nueva York

23 DE DICIEMBRE DE 1999, 4:45 A.M.

E vangeline se despertó antes del alba. La cuarta planta estaba silenciosa y oscura. En silencio, para no despertar a las hermanas que habían pasado la noche orando, agarró sus zapatos, medias y falda; y fue descalza hasta los baños comunes. Se vistió con rapidez, medio dormida, sin mirarse al espejo. Por el resquicio de una de las ventanas del baño echó un vistazo a los terrenos del convento, que estaban cubiertos de la neblina previa al amanecer. Un enorme patio nevado llegaba hasta la orilla, donde una escuálida hilera de árboles muertos bordeaban la ribera el río Hudson. El convento descansaba precariamente cerca del río; tan cerca que, a plena luz del día, daba la impresión de que en realidad había dos conventos, uno en tierra y otro que temblaba ligeramente sobre el agua, uno que se desplegaba a partir del otro. En verano eran las barcazas las que rompían la ilusión al pasar, mientras que en invierno se encargaban los dientes del hielo. Evangeline contempló cómo fluía el río, una amplia franja negra entre el blanco puro de la nieve. Pronto la mañana teñiría el agua entera del tono dorado de la luz solar.

Evangeline se inclinó sobre el lavabo de porcelana y se echó agua fría en la cara para espantar los restos del sueño. No recordaba lo que había soñado, solo la impresión que le había dejado… una oleada aciaga que cubrió sus pensamientos con un sudario, una sensación de soledad y confusión que no alcanzaba a explicar. Medio dormida, se desprendió del camisón de franela y, al sentir el frío del baño, se estremeció. Allí de pie, con su ropa interior y camiseta interior de algodón, el atuendo normal que se pedía por remesas y se distribuía cada dos años entre las hermanas de Santa Rosa, Evangeline se dedicó una mirada analítica, evaluadora: brazos y piernas delgados, vientre plano, cabellos castaños y enmarañados, el colgante dorado que le descansaba sobre el esternón. Ante ella flotaba en el espejo la imagen de una joven medio adormilada.

Evangeline se estremeció una vez más a causa del aire frío y se giró hacia su ropa. Tenía cinco faldas idénticas que le llegaban a la altura de la rodilla, siete jerséis negros de cuello alto para los meses de invierno, siete camisas de algodón de manga corta para el verano, un suéter negro de lana, quince pares de ropa interior de algodón blanco e innumerables medias de nailon negro. Nada más y nada menos de lo necesario. Se puso un jersey de cuello alto y se colocó sobre el pelo una banda que se apretó con firmeza contra la frente para luego colocarse un velo negro. Luego se puso medias de nailon y una falda de lana. Abotonó y cerró las cremalleras del atuendo y alisó las arrugas con un gesto rápido e inconsciente. En pocos segundos, su yo privado desapareció y dio paso a la hermana Evangeline, hermana franciscana de la Adoración Perpetua. Una vez con el rosario en mano, la transformación quedó completa. Dejó el camisón de noche en el cesto que había en el otro extremo del lavabo y se preparó para acometer el día.

La hermana Evangeline llevaba una década realizando la oración de las cinco de la mañana cada día, desde que completó su formación y tomó los votos a los dieciocho años de edad. Había vivido en el Convento de Santa Rosa desde los doce, sin embargo, y conocía el convento tan bien como se conoce el temperamento de una querida amiga. Había convertido en ciencia toda su rutina matutina por el complejo del convento. Mientras recorría cada planta, sus dedos acariciaban las balaustradas de madera, sus zapatos se deslizaban por los rellanos. El convento siempre se encontraba vacío a aquellas horas, repleto de sombras azuladas, sepulcral. Sin embargo, después del alba, Santa Rosa bulliría de vida como una colmena de trabajo y devoción. Cada estancia resplandecería de actividad y oraciones sagradas. El silencio pronto cedería; las escaleras, las salas comunes, la biblioteca, la cafetería comunal, las docenas de dormitorios tamaño celda pronto cobrarían vida con sus hermanas.

Descendió a la carrera tres tramos de escaleras. Era muy capaz de llegar hasta la capilla con los ojos cerrados.

Al llegar a la planta baja se internó por el imponente corredor central, la columna vertebral del Convento de Santa Rosa. Por las paredes colgaban retratos de abadesas muertas largo tiempo atrás, distinguidas hermanas y varias encarnaciones del edificio en sí. Cientos de mujeres miraban desde aquellos marcos y le recordaban a cada hermana que pasaba de camino a las oraciones que era parte de un matriarcado antiguo y noble en el que todas las mujeres, tanto vivas como muertas, estaban entrelazadas en una única misión común.

Aunque sabía que se arriesgaba a llegar tarde, la hermana Evangeline se detuvo en el centro del corredor. Allí, la imagen de Rosa de Viterbo, la santa que le había dado nombre al convento, colgaba en un marco dorado, las manos diminutas unidas en oración y un nimbo evanescente de luz resplandeciendo alrededor de la cabeza. La vida de Santa Rosa había sido breve. Después de su decimotercer cumpleaños, los ángeles empezaron a susurrarle, a instarla a compartir su mensaje con todo aquel que quisiera escucharla. Rosa obedeció y se granjeó la santidad siendo adolescente: después de predicar la bondad de Dios y Sus ángeles a una aldea de paganos, la condenaron a morir por brujería. Los aldeanos la ataron a un madero y encendieron una hoguera a sus pies. Para consternación de la multitud allí reunida, Rosa no ardió, sino que se mantuvo entre las llamas durante tres horas, conversando con los ángeles mientras el fuego lamía su cuerpo. Algunos creyeron que los propios ángeles envolvieron a la chica, que la cubrieron con una armadura clara y protectora. Al cabo, Rosa murió entre las llamas, pero la milagrosa intervención dejó su cadáver intacto. El cuerpo incorrupto de Santa Rosa se llevó en procesión por las calles de Viterbo durante los siglos posteriores a su muerte. En el cadáver de la adolescente no se apreciaba ni una señal del martirio.

La hermana Evangeline recordó qué hora era y se apartó del retrato. Caminó hasta el extremo del corredor, en el que una gran puerta de madera con imágenes talladas de la Anunciación separaba el convento de la iglesia. De un lado de aquella separación, la hermana Evangeline se encontraba en medio de la sencillez del convento. En el otro se alzaba la majestuosa iglesia. Oyó el sonido de sus propios pasos apresurados cuando pasó de las alfombras al mármol pálido y rosado cubierto de venillas verdes. Solo necesitó una zancada para cruzar el umbral, pero la diferencia resultó inmensa. Las paredes de yeso blanco dieron paso a enormes láminas de piedra. El techo se elevaba en las alturas. Sus ojos se ajustaron a la abundancia dorada del neo-rococó. Al dejar el convento atrás, los deberes terrenales de Evangeline hacia la comunidad y la caridad quedaron atrás, y entró en la esfera de lo divino: Dios, María y los ángeles.

En sus primeros años en Santa Rosa, el número de imágenes angélicas de la iglesia Maria Angelorum se le antojó excesivo. Siendo niña le parecían abrumadoras, demasiado presentes y recargadas. Aquellas criaturas llenaban hasta el último recoveco y grieta de la iglesia, sin dejar espacio para mucho más. Los serafines rodeaban la bóveda central, mientras que unos arcángeles de mármol ocupaban las esquinas del altar. Las columnas tenían incrustaciones de halos dorados, trompetas, arpas y alas diminutas; rostros tallados de querubines la contemplaban desde los extremos de las hileras de bancadas, hipnóticos y compactos como murciélagos de la fruta. Aunque Evangeline comprendía que aquella opulencia era una suerte de ofrenda al Señor, un símbolo de devoción, en realidad prefería la funcionalidad llana del convento. Durante su formación se sintió algo crítica hacia las hermanas fundadoras, y se preguntó por qué no habían empleado la fortuna que costaba todo aquello en propósitos mejores. Sin embargo, al igual que en muchos otros aspectos, sus objeciones y preferencias habían cambiado después de tomar los hábitos, como si la ceremonia misma hubiese conseguido que se derritiese ligeramente y adoptase una nueva forma. Tras cinco años como hermana profesa, la chica que había sido casi había desaparecido del todo.

Se detuvo a hundir el dedo índice en la fuente de agua bendita y persignarse (frente, corazón, hombro izquierdo, hombro derecho).

Acto seguido atravesó la estrecha basílica romanesca, dejó atrás las catorce escenas del Vía Crucis, las bancadas rectas de roble rojizo y las columnas de mármol. Dado que la luz era tenue a aquella hora, Evangeline siguió el amplio pasillo central hasta la sacristía, donde se guardaban bajo llave los cálices, campanillas y casullas para la misa. En el otro extremo de la sacristía, Evangeline se detuvo ante una puerta. Inspiró hondo y cerró los ojos, como si los preparase para contemplar una luz más intensa. Colocó la mano en el frío pomo de latón, con el corazón desbocado, y abrió.

La Capilla de la Adoración se abrió ante ella, colmando su visión. Las paredes destellaban con tonos dorados, como si acabase de irrumpir en el interior anacarado de un huevo de Fabergé. La capilla privada de las Hermanas Franciscanas de la Adoración Perpetua tenía una alta bóveda central y enormes vitrales que ocupaban cada pared. La obra maestra central de la Capilla de la Adoración era un conjunto de vitrales bávaros que colgaban sobre el altar y representaban las tres esferas angélicas: la Primera Esfera, a la que pertenecían serafines, querubines y tronos; la Segunda Esfera, de dominaciones, virtudes y potestades; y la Tercera Esfera, de principados, arcángeles y ángeles. Todas las esferas formaban el coro celestial, la voz colectiva del cielo. Cada mañana, la hermana Evangeline contemplaba a los ángeles flotantes en aquella extensión de vidrio resplandeciente e intentaba imaginar su brillo nativo, la luz pura y radiante que emanaban como si de calor se tratase.

La hermana Evangeline atisbó a las hermanas Bernice y Bonifacia, a quienes les correspondía la adoración todas las mañanas entre las cuatro y las cinco, arrodilladas ante el altar. Juntas, las hermanas pasaban los dedos por las cuentas de madera de sus rosarios de setenta años de antigüedad, como si hubiesen resuelto pronunciar hasta la última sílaba de la oración tan a conciencia como la primera. Siempre había dos hermanas con hábito completo, arrodilladas una junto a la otra en la capilla, a cualquier hora del día y de la noche, moviendo los labios en patrones sincronizados de oración, unidas con todo propósito frente al altar de mármol blanco. El objeto de la adoración de las hermanas estaba metido dentro de una custodia de oro colocada sobre el altar: una hostia blanca suspendida en medio de una explosión de oro.

Las Hermanas Franciscanas de la Adoración Perpetua oraban cada minuto de cada hora de cada día, desde que la hermana Francesca, la abadesa fundadora, había iniciado la adoración a principios del siglo XIX. Habían proseguido así durante casi doscientos años, en perenne oración, formando la cadena más larga y persistente de oración de todo el mundo. Para las hermanas, el tiempo pasaba de rodillas, entre el suave repiqueteo de las cuentas de rosario y la travesía diaria entre el convento y la Capilla de la Adoración. Hora tras hora llegaban a la capilla, se persignaban y se arrodillaban con humildad ante el Señor. Rezaban a la luz del día y a la luz de las velas. Rezaban por la paz y la gracia, por el fin del sufrimiento humano. Rezaban por África y Asia, por Europa y las Américas. Rezaban por los muertos y los vivos. Rezaban por su mundo caído.

Las hermanas Bernice y Bonifacia se persignaron al unísono y salieron de la capilla. Las faldas negras de sus hábitos, atuendos largos y pesados de corte más tradicional que el de la hermana Evangeline, que era más cercano a lo estipulado en el Concilio Vaticano II, se arrastraron por el suelo de mármol pulido mientras dejaban hueco para la siguiente pareja de hermanas que habría de ocupar su lugar.

La hermana Evangeline se arrodilló en el cojín de espuma frente al altar, aún caliente de las rodillas de la hermana Bernice. Diez segundos después, la hermana Filomena, su compañera diaria de oración, se unió a ella. Juntas prosiguieron con una plegaria que había empezado hacía generaciones, una plegaria que continuaba con cada hermana de su orden como una cadena de esperanza perpetua. Un reloj dorado de péndulo, pequeño e intrincado, con engranajes y ruedas dentadas que repiqueteaban con suave regularidad bajo una cúpula de cristal protector, sonó cinco veces. El alivio se propagó por la mente de Evangeline: todo en el cielo y en la tierra seguía un horario perfectamente ajustado. Inclinó la cabeza y empezó a rezar. Eran exactamente las cinco en punto.

. . .

En los últimos años, a Evangeline la habían puesto a trabajar en la biblioteca de Santa Rosa como asistente de su compañera de rezos, la hermana Filomena. Era un puesto de poco glamur, claro, nada de alto nivel como trabajar en la Oficina de Misión Católica, o bien ayudando en la Oficina de Reclutamiento. Tampoco tenía ninguna de las recompensas asociadas al trabajo de caridad. Como si se pretendiese enfatizar lo bajo del puesto que ocupaba Evangeline, su despacho estaba ubicado en la parte más decrépita del convento, una zona con muchas corrientes de aire en la planta baja, más allá del corredor de la propia biblioteca, rodeada de tuberías que goteaban y ventanas de la época de la Guerra Civil, una combinación que propiciaba humedad, moho y una buena cantidad de catarros en invierno. De hecho, Evangeline llevaba varios meses con bastantes infecciones pulmonares que solían dejarla sin aliento a menudo. La culpa, por supuesto, eran aquellas corrientes de aire.

El único consuelo misericordioso del despacho de Evangeline eran las vistas. Su escritorio colindaba con una ventana que daba a la parte noreste del terreno, de cara al río Hudson. En verano, la ventana transpiraba, lo cual creaba la impresión de que el mundo exterior era tan neblinoso como una selva tropical. En invierno, la ventana se congelaba, y Evangeline casi pensaba que en cualquier momento aparecería una bandada de pingüinos por delante de su ventana. Solía darle golpecitos al hielo con un abrecartas y contemplaba los trenes de mercancías que pasaban junto al río, o las barcazas que flotaban sobre él. Desde su escritorio veía el grueso muro de piedra que rodeaba los terrenos del convento, una barrera impenetrable entre las hermanas y el mundo exterior. Aunque aquel muro era un resto del siglo XIX, de cuando las monjas se mantenían físicamente separadas de la comunidad secular, seguía siendo una estructura sólida en la imaginación de las Hermanas de la Adoración Perpetua. Media metro y medio de alto por más de medio metro de grosor, y formaba una robusta separación entre el mundo puro y el profano.

Cada mañana, tras los rezos de las cinco, el desayuno y la misa de primera hora, Evangeline se sentaba frente a la desvencijada mesa bajo la ventana de su despacho. Consideraba que aquella mesa era su escritorio, aunque no había cajones ni nada que se asemejase al brillo de la caoba del mueble ante el que se sentaba la hermana Filomena en su despacho. Aun así, era amplio y pulcro, y contaba con todo lo necesario. Cada mañana, Evangeline colocaba bien su registro de calendario, reordenaba sus bolígrafos, se remetía el cabello bajo el velo y se ponía a trabajar.

Quizá debido a que la mayor parte del correo que se recibía en Santa Rosa tenía que ver con la colección de imágenes angélicas, cuyo índice estaba ubicado en la biblioteca, toda la correspondencia acababa bajo supervisión de Evangeline. Ella recogía el correo cada mañana de la Oficina de Misión Católica en la planta baja, metía todas las cartas en una bolsa negra de algodón y regresaba a su escritorio a ordenarlas. Era su deber archivar las cartas en un sistema ordenado (primero por fecha, y luego alfabéticamente por apellido), así como responder a las peticiones con el papel oficial de Santa Rosa, tarea que llevaba a cabo con la máquina de escribir eléctrica que había en el despacho de la hermana Filomena, un espacio mucho más cálido que daba directamente a la biblioteca.

El trabajo había resultado ser tranquilo, categórico y regular, todas ellas cualidades que se ajustaban a Evangeline. A los veintitrés años de edad, le suponía un alivio pensar que su apariencia y carácter ya estaban fijados: tenía unos ojos verdes y grandes, cabello oscuro, piel pálida y maneras contemplativas. Tras profesar sus votos finales, había optado por vestir ropa sencilla y oscura, uniforme que llevaría durante el resto de su vida. No tenía más adorno, excepto por el colgante de oro. Era un colgante hermoso, una lira antigua de factura exquisita en oro, pero para Evangeline tenía un valor puramente emocional. Lo había heredado tras la muerte de su madre. Su abuela, Gabriella Lévi-Franche Valko, le había dado el colgante a Evangeline en el funeral. Había llevado a Evangeline hasta un *bénitier* cercano y había limpiado el colgante con agua bendita, tras lo cual se lo había colocado alrededor de la garganta. Evangeline vio que, alrededor del cuello de Gabriella, colgaba una lira idéntica.

—Prométeme que lo llevarás todo el tiempo, día y noche, igual que lo llevó Angela —había dicho Gabriella.

Su abuela había pronunciado el nombre de la madre de Evangeline con acento rítmico. Ella prefería la pronunciación de su abuela, y de niña había aprendido a imitarla a la perfección. Al igual que los padres de Evangeline, para ella Gabriella no era sino un recuerdo potente. El colgante, sin embargo, seguía pesándole sobre la piel, sustancial, como una sólida conexión con su madre y su abuela.

Evangeline suspiró y ordenó el correo del día. Había llegado el momento de ponerse a trabajar. Agarró una carta, abrió el sobre con la hoja plateada del abrecartas, desplegó el papel doblado sobre la mesa y leyó lo que ponía. Supo de inmediato que no era el tipo de carta que solía abrir. No empezaba, como la mayoría de la correspondencia, felicitando a las hermanas por sus doscientos años de adoración perpetua, o sus numerosas obras de caridad, o su dedicación al espíritu de la paz mundial. La carta tampoco incluía una caritativa donación o la promesa de acordarse de ellas en un testamento. La carta empezaba abruptamente, con una petición:

Querida representante del Convento de Santa Rosa:

Durante una investigación para un cliente privado, he tenido conocimiento de que la señora Abigail Aldrich Rockefeller, matriarca de la familia Rockefeller y filántropa reconocida, podría haber mantenido una breve correspondencia con la abadesa del Convento de Santa Rosa, la madre Inocenta, entre 1943 y 1944, cuatro años antes del fallecimiento de la señora Rockefeller. Recientemente he descubierto una serie de cartas de la madre Inocenta que sugieren cierta relación entre ambas mujeres. Puesto que no puedo encontrar referencia alguna a dicha relación en ningún ensayo erudito sobre la familia Rockefeller, le escribo para preguntarle si los documentos de la madre Inocenta se encuentran en su archivo. De ser así, me gustaría solicitar que me permitan visitar el Convento de Santa Rosa para consultar dichos documentos. Le puedo asegurar que sabré apreciar su tiempo y que mi cliente accederá a cubrir todos los gastos en que se pueda incurrir. Le agradezco de antemano su ayuda en esta consulta.

Atentamente,
V. A. Verlaine.

Evangeline leyó la carta dos veces y, en lugar de archivarla como siempre, fue directa al despacho de la hermana Filomena. Sacó una hoja con membrete de una pila sobre su escritorio, la metió en la máquina de escribir y, con más vigor del acostumbrado, escribió:

Querido Sr. Verlaine:

A pesar de que el Convento de Santa Rosa tiene gran respeto a las tareas de investigación histórica, nuestra política presente es negar el acceso a nuestros archivos o nuestra colección de imágenes angélicas para propósitos de publicación o investigación privada. Le ruego que acepte nuestras más sinceras disculpas.

Reciba usted nuestras bendiciones,
Evangeline Angelina Cacciatore,
Hermanas Franciscanas de la Adoración
Perpetua

Evangeline firmó con su nombre en la parte inferior de la misiva, le puso a la carta el sello oficial de la orden y la metió doblada en un sobre. Tras escribir en el sobre la dirección de la ciudad de Nueva York de la que provenía la carta original, pegó un sello y colocó el sobre en la pila de correo saliente que se alzaba en uno de los bordes de la pulida mesa, a la espera de que la propia Evangeline la llevase a la oficina de correos de New Paltz.

Quizá la respuesta pudiera parecer severa, pero la hermana Filomena le había dejado claro a Evangeline que había que negar el acceso a los archivos a cualquier investigador amateur, cuyo número no dejaba de aumentar en los últimos años debido a la obsesión New Age por los ángeles de la guarda y criaturas similares. De hecho, Evangeline le había negado el acceso a un autobús entero de aficionados al esoterismo, hacía apenas unos seis meses. No le gustaba discriminar a los visitantes, pero las hermanas se enorgullecían en cierta manera de sus ángeles, y no les gustaba la luz que arrojaban sobre su misión los aficionados a los cristales y las barajas del tarot.

Evangeline contempló satisfecha la pila de cartas. Aquella misma tarde las enviaría.

De pronto, una parte de la consulta del señor Verlaine la sorprendió. Se sacó la carta del bolsillo de la falda y volvió a leer la frase que afirmaba que la señora Rockefeller podría haber mantenido una breve correspondencia con la abadesa del Convento de Santa Rosa, la madre Inocenta, entre 1943 y 1944.

Las fechas sobresaltaron a Evangeline. En 1944 había sucedido algo pasmoso en Santa Rosa, algo tan dramático para el saber compartido de las Hermanas Franciscanas de la Adoración Perpetua que resultaba imposible dejar de lado su importancia. Evangeline atravesó la biblioteca; dejó atrás las mesas de roble pulido decoradas con pequeñas lámparas de lectura y llegó a una puerta cortafuegos de metal negro en el otro extremo de la sala. Sacó un juego de llaves del bolsillo y abrió la puerta de los archivos. ¿Era posible, se preguntó mientras abría, que los acontecimientos de 1944 estuviesen relacionados de alguna manera con la petición del señor Verlaine?

Para la cantidad de información que contenían los archivos, se les condecía un espacio lamentablemente escaso en la biblioteca. En la estrecha habitación había hileras de estanterías de metal, con cajas de almacenaje en cada anaquel. El sistema era sencillo y organizado: los recortes de periódico se almacenaban en las cajas de la parte izquierda de la estancia; y la correspondencia del convento, así como objetos personales como cartas, diarios y obras de arte se colocaban a la derecha.

Cada caja tenía una etiqueta con un año, y todas estaban distribuidas cronológicamente en un anaquel. La procesión comenzaba en el año 1809, año de la fundación del Convento de Santa Rosa, y concluía en 1999, el año actual.

Evangeline conocía bien la composición de los recortes de periódico, pues la hermana Filomena le había asignado la farragosa tarea de preservar cada delicado recorte con acetato. Tras muchas horas de recortar, pegar y almacenar los recortes en cajas de cartón libres de ácido, Evangeline sintió cierta desazón al no ser capaz de ubicarlas en un primer momento.

Evangeline recordaba con todo lujo de detalles precisos y vívidos el acontecimiento que había tenido lugar a principios de 1944: en los meses de invierno, un incendio había destruido buena parte de los pisos superiores del convento. Evangeline había preservado en un plastiquito una fotografía amarillenta en la que aparecía el convento con el tejado envuelto en llamas. En el patio cubierto de nieve se veían los anticuados camiones de bomberos Seagrave, así como cientos de monjas con hábitos de sarga, un atuendo no muy diferente del que seguían llevando las hermanas Bernice y Bonifacia, que contemplaban cómo ardía su hogar.

Evangeline había oído las historias del incendio que contaban las hermanas más ancianas. Aquel frío día de febrero, cientos de monjas se reunieron en los terrenos cubiertos de nieve, temblando, mientras contemplaban la destrucción del convento. Un grupo de temerarias monjas regresó al interior. Subieron las escaleras del ala este, el único lugar al que aún no habían llegado las llamas, y arrojaron tantos somieres, escritorios y sábanas como pudieron desde las ventanas del tercer piso, en un intento evidente de salvar sus posesiones más preciadas. La colección de plumas estilográficas de las hermanas, guardada en una caja metálica, cayó al patio. La caja se rompió al impactar contra el suelo helado y varios tinteros salieron volando como granadas. Todos se hicieron pedazos y estallaron dejando manchas de color rojo y negro por el suelo, así como manchurrones azules que empaparon la nieve. Pronto el patio estuvo lleno hasta los topes con los restos de somieres retorcidos, colchones empapados de agua, escritorios rotos y libros dañados por el humo.

Pocos minutos después de ser descubierto, el fuego se propagó por el ala central del convento y llegó a la estancia de costura, donde devoró rollos de muselina negra y algodón blanco. A partir de ahí pasó a la sala de bordado, donde incineró las telas dobladas y los encajes que las hermanas habían estado guardando para vender en el bazar que organizaban por Semana Santa. Por último, las llamas llegaron a los armaritos de manualidades, llenos de papel de colores doblados con forma de junquillos, narcisos y cientos de rosas de varios colores. La lavandería, un inmenso taller que ocupaban escurridores de tamaño industrial y planchas al carbón, quedó devorada por completo por las llamas. Explotaron varios jarros de lejía que alimentaron el fuego y repartieron humo tóxico por entre las plantas inferiores. Cincuenta hábitos de sarga recién lavados desaparecieron en un instante de calor. Para cuando las llamas se habían reducido a una lenta humareda a media tarde, Santa Rosa no era más que una masa de madera abrasada con un tejado de hojalata que emitía un siseo candente.

Por fin, Evangeline llegó a las tres cajas con la etiqueta «1944». Al darse cuenta de que las noticias sobre el incendio podrían haber ocupado titulares hasta mediados de 1944, Evangeline bajó las tres cajas, las apiló una encima de las otras y las sacó de los archivos. Cerró la puerta de un golpe de cadera y regresó a su frío y deprimente despacho para examinar el contenido de las cajas.

Según un detallado artículo recortado de un periódico de Poughkeepsie, el incendio había empezado en un cuadrante sin determinar del tercer piso del convento y se había propagado por todo el edificio. Una fotografía granulosa en blanco y negro mostraba la carcasa del convento, con los travesaños reducidos a carbón. Un letrerito decía: «Convento en Milton arrasado por un incendio». Evangeline leyó el artículo y descubrió que seis mujeres, incluyendo a la madre Inocenta, la abadesa que pudo o no haber mantenido correspondencia con la señora Abigail Rockefeller, habían muerto de asfixia.

Evangeline inspiró hondo, estremecida por la imagen de su adorado convento siendo pasto de las llamas. Abrió otra caja y repasó un manojo de recortes de periódico protegidos por fundas. El 15 de febrero, las hermanas se habían trasladado al sótano del convento, donde dormían en catres. Se bañaban y guisaban en la cocina para poder colaborar en las reparaciones de sus dependencias. Continuaron con su rutina de rezos en la Capilla de la Adoración, adonde el fuego no había llegado; siguieron con su adoración constante como si nada hubiese sucedido. Evangeline repasó el artículo y se detuvo de pronto en una frase cerca de la parte inferior de la página. Para su asombro, leyó:

«A pesar de la destrucción casi total del convento en sí, se ha informado de una generosa donación que ha realizado la familia Rockefeller, y que permitirá que las Hermanas Franciscanas de la Adoración Perpetua reparen el convento de Santa Rosa y la iglesia de María de los Ángeles, de modo que ambos recuperen su estado original».

Evangeline dejó los artículos en sus cajas, las apiló y las devolvió a su lugar en el archivo. Se acercó al extremo de la estancia y dio con otra caja en la que se leía «Recuerdos 1940-45». Si la madre Inocenta había tenido contacto con alguien tan ilustre como Abigail Rockefeller, las cartas deberían encontrarse entre aquellos documentos. Evangeline dejó la caja sobre el frío suelo de linóleo y se agachó frente a ella. Encontró una variedad de registros del convento: recibos de ropas, jabón y velas, un programa de las fiestas navideñas de Santa Rosa del año 1941, así como un número de cartas entre la madre Inocenta y el líder de la diócesis, todas ellas referentes a la llegada de novicias. Para su frustración, no encontró nada más.

Era posible, razonó Evangeline mientras devolvía los documentos a la caja correspondiente, que los papeles personales de Inocenta estuviesen almacenados en alguna otra parte. Había varias cajas donde podrían encontrarse: correspondencia de la Misión o Iniciativas de Caridad en el Extranjero parecían candidatas especialmente prometedoras. Estaba a punto de pasar a otra caja cuando atisbó un pálido sobre que asomaba bajo una pila de recibos de suministros de la iglesia. Lo sacó y vio que iba dirigido a la madre Inocenta. El remitente estaba escrito con letra elegante: «Sra. A. Rockefeller, Calle 54 10 W., Nueva York, Nueva York». Evangeline sintió que se le subía la sangre a la cabeza. Ante ella estaba la prueba de que el señor Verlaine había estado en lo cierto: de verdad existía una conexión entre la madre Inocenta y Abigail Rockefeller.

Evangeline miró con atención el sobre, lo giró y le dio un golpecito. Una delgada hoja cayó en sus manos.

14 de diciembre, 1943

Queridísima madre Inocenta:

Le traigo buenas noticias de nuestro interés común en las montañas Ródope, donde nuestros esfuerzos han resultado ser un indudable éxito. Sus consejos han contribuido enormemente al progreso de la expedición, y me atrevería a decir que mis propias aportaciones también han resultado útiles. Celestine Clochette llegará a Nueva York a principios de febrero. Pronto recibirá usted más noticias. Hasta entonces, la saluda atentamente,

A. A. Rockefeller

Evangeline contempló el papel que tenía entre las manos. No alcanzaba a comprenderlo. ¿Por qué iba a escribirle alguien como Abigail Rockefeller a la madre Inocenta? ¿Qué significaba aquello de «nuestro interés común en las montañas Ródope»? ¿Y por qué había pagado la familia Rockefeller la restauración de Santa Rosa después del incendio? Nada de aquello tenía el menor sentido. Los Rockefeller, que Evangeline supiera, no eran católicos ni tenían vínculo alguno con la diócesis. A diferencia de las familias ricas de la Edad Dorada, como por ejemplo los Vanderbilt, el nombre más sonado, los Rockefeller no tenían propiedades significativas cerca del convento. Y sin embargo tenía que haber alguna explicación para una donación tan generosa.

Evangeline dobló la carta de la señora Rockefeller y se la metió en el bolsillo. Fue de los archivos a la biblioteca y sintió al instante la diferencia de temperatura; la chimenea había sobrecalentado la estancia. Sacó la carta que le había escrito al señor Verlaine de la pila de correo saliente y la llevó hasta la chimenea. Las llamas prendieron el extremo del sobre y dibujaron una fina línea negra en el adhesivo rosado que la cerraba. Una imagen del martirio de Rosa de Viterbo apareció en la mente de Evangeline, la fugaz visión de una chica que resistía en medio de unas furiosas llamas. La imagen se desvaneció como si se la hubiese llevado consigo un remolino de humo.

Tren A, Expreso de la Avenida Ocho, Estación Circular de Columbus, Ciudad de Nueva York

L as puertas automáticas se abrieron y dejaron pasar una ráfaga de aire helado que recorrió el vagón. Verlaine se subió hasta arriba la cremallera del abrigo y salió al andén, donde lo recibió un estallido de música navideña, una versión reggae de *Dulce Navidad* que interpretaban dos hombres con rastas. El ritmo se mezclaba con el calor y el movimiento de cientos de cuerpos por el estrecho andén. Verlaine siguió a la multitud y subió una serie de escalones amplios y sucios que daba a la superficie cubierta de nieve. Sus gafas de montura dorada se nublaron a causa del frío hasta quedar opacas. Salió al abrazo de aquella tarde helada, un hombre medio ciego que avanzaba entre el frío estremecedor de la ciudad.

Tras limpiarse las gafas, Verlaine vio ante sí la temporada de compras navideñas en todo su esplendor: colgaba muérdago de la entrada del metro, y un Santa Claus nada jovial del Ejército de Salvación sacudía una campana de latón con un cubo para donaciones de esmalte rojo a su lado. Las farolas estaban tocadas de luces decorativas navideñas de tonos verdes y rojos. La multitud de neoyorquinos iba de un lado para otro a toda prisa, con bufandas y pesados abrigos que los protegían del viento helado. Verlaine comprobó la fecha en su reloj. Vio que, para su inmensa sorpresa, quedaban apenas dos días para Navidad.

Cada año, hordas de turistas se abalanzaban sobre la ciudad por Navidad, y cada año, Verlaine juraba no acercarse al centro durante todo el mes de diciembre. Prefería esconderse en la tranquilidad mullida de su estudio en Greenwich Village. De algún modo se las había arreglado para navegar entre las navidades de Manhattan sin llegar a participar activamente en ellas. Sus padres, que vivían en el Medio Oeste, le enviaban cada año un paquete con regalos, paquete que solía abrir mientras hablaba con su madre por teléfono. Y hasta ahí llegaba su entusiasmo navideño. El día de Navidad salía a tomar algo con sus amigos y luego, cuando se achispaban a base de martinis, se iban todos a ver alguna película de acción. Aquello se había convertido en una tradición que siempre le apetecía, en especial aquel año. Durante los últimos meses había trabajado tanto que le iba a venir bien una pausa.

Verlaine se abrió paso con esfuerzo entre la multitud. El barro helado se le pegaba a las punteras de los zapatos mientras avanzaba por la acera espolvoreada de sal. ¿Por qué había insistido su cliente en encontrarse en Central Park, y no en algún restaurante tranquilo y calentito? La respuesta se le escapaba. Si el proyecto no fuese tan importante... si, de hecho, no fuese su única fuente de ingresos en aquel momento, habría insistido en mandarle todo su trabajo por correo y dar el asunto por zanjado. Pero había tardado meses en preparar el informe de la investigación, y resultaba imperativo poder explicar correctamente lo que había averiguado. Además, Percival Grigori había estipulado que Verlaine debía seguir sus instrucciones al pie de la letra. Si Grigori quería reunirse con él en la Luna, Verlaine tendría que encontrar el modo de llegar hasta allá.

Esperó a que disminuyese un poco el tráfico. La estatua en el centro del Círculo de Colón se alzaba ante él: una imponente figura de Cristóbal Colón en lo alto de una columna de mármol, encuadrada entre los sinuosos y deshojados árboles de Central Park. A Verlaine le parecía una escultura sobrecargada y fea, hortera y fuera de lugar. Al pasar junto a ella se fijó en que había un ángel tallado en la base de la columna, con un globo de mármol entre las manos que representaba el planeta Tierra. El ángel tenía un aspecto tan vívido que casi parecía que fuese a brotar del monumento, alzarse sobre la maraña de taxis y ascender a los humeantes cielos sobre Central Park.

Más adelante, el parque era un laberinto de árboles sin hojas y senderos cubiertos de nieve. Verlaine dejó atrás a un vendedor de perritos calientes que se calentaba las manos con una vaharada de vapor, a unas abuelas que empujaban sendos carritos de bebé, y un kiosco de revistas. Los bancos del borde del parque estaban vacíos. Nadie con dos dedos de frente daría un paseo en una tarde tan fría.

Verlaine volvió a mirar el reloj. Llegaba tarde, cosa que no le preocuparía en circunstancias normales; siempre solía llegar entre cinco y diez minutos tarde a cada cita, una tardanza que atribuía a su temperamento artístico. Aquel día, sin embargo, el tiempo apremiaba. Su cliente contaría los minutos, o incluso los segundos. Verlaine se reajustó la corbata, una Hermès de los años sesenta de vivo tono azul con un estampado de flores de lis que se había comprado en una subasta de eBay. Cuando no estaba muy seguro de la dirección que tomaría alguna situación, o bien temía sentirse incómodo, tendía a elegir las ropas más extravagantes de su armario. Era una respuesta inconsciente, una suerte de autosabotaje en el que había reparado cuando ya era demasiado tarde para cambiarlo. Las primeras citas o las entrevistas de trabajo solían ir particularmente mal: se presentaba con todo el aspecto de haberse escapado de una carpa de circo, con ropa que no casaba entre sí o bien demasiado colorida para la situación. Estaba claro que aquel encuentro lo ponía de los nervios: además de la corbata *vintage* llevaba una camisa roja a rayas, una chaqueta de pana blanca, vaqueros y su par de calcetines de Snoopy favoritos, regalo de una exnovia. Se había superado a sí mismo, la verdad.

Se arrebujó en el abrigo, contento de poder esconderse detrás de aquella prenda gris, suave y neutral. Verlaine dio una honda bocanada de aire frío. Apretó con más fuerza el dossier, como si el viento pudiese arrancárselo de entre los dedos, y se internó aún más entre las espirales de copos de nieves de Central Park.

Corredor Sudoeste de Central Park, Ciudad de Nueva York

Más allá del bullicio de las compras de Navidad, protegida en un hueco de helada tranquilidad, una figura fantasmal aguardaba, sentada en un banco del parque. Alto, pálido y quebradizo como porcelana china, Percival Grigori parecía ser poco más que una extensión de los remolinos de nieve que lo rodeaban. Sacó un pañuelo de seda blanca del bolsillo del abrigo y, con un espasmo violento, se lo llevó a la boca y tosió. Le tembló la visión, que se nublaba con cada sacudida de tos. Luego, en un instante de alivio, volvió a centrar la vista. El pañuelo de seda estaba manchado con gotas de sangre de un luminoso tono azul, tan vívidas como zafiros en la nieve. No había forma de negarlo: su estado se agravaba cada vez más con el paso de los meses. Tiró el trozo de seda ensangrentado a la acera y sintió una irritación en la piel de la espalda. Se encontraba tan mal que cada movimiento se le antojaba una tortura.

Percival miró su reloj, un Patek Philippe de oro macizo. Había hablado con Verlaine la tarde anterior para comprobar la hora de la reunión, y le había dejado bien clara la hora a la que debía presentarse: las doce en punto. Ya eran las doce y cinco. Irritado, Percival se inclinó en el frío banco del parque y repiqueteó con el bastón sobre la acera helada. No le gustaba esperar a nadie, mucho menos a un hombre a quien estaba pagando tanto dinero. La tarde anterior habían mantenido una conversación funcional, carente de cumplidos vacíos. A Percival no le gustaba hablar de negocios por teléfono; nunca se fiaba de lo que se decía al teléfono. Y sin embargo, había tenido que obligarse a no preguntar por ningún detalle de lo que Verlaine pudiese haber encontrado. Percival y su familia habían recopilado muchísima información de docenas de conventos y abadías de todo el continente a lo largo de los años, y sin embargo, Verlaine había encontrado algo interesante allí mismo, en el Hudson.

Antes de su primer encuentro, Percival había supuesto que Verlaine acababa de salir de la universidad; un arribista que medraba en el mercado del arte. Sin embargo, Verlaine venía con unos rizos negros descuidados, atuendo desparejado y talante de autodesprecio. A Percival le pareció un tipo artístico, como solían serlo los hombres de su edad; todo, desde sus ropas a sus maneras, resultaba demasiado juvenil, demasiado a la moda, como si aún no hubiese encontrado su lugar en el mundo. Desde luego no era el tipo de persona con la que Percival y su familia trabajaban. Más tarde se enteró de que, además de estar especializado en historia del arte, Verlaine era pintor y daba clases a tiempo parcial en la universidad, además de hacer algún trabajillo extra en casas de subastas o como consultor, para ir tirando. Estaba claro que se tenía por una especie de bohemio, como bohemia era esa falta de puntualidad. Sin embargo, el joven había demostrado ser bueno en su trabajo.

Por fin, Percival lo vio avanzando por el parque a toda prisa. Al llegar al banco, Verlaine alargó la mano.

—Señor Grigori —dijo, sin aliento—. Disculpe la tardanza.

Percival aceptó la mano de Verlaine y la sacudió con desapego.

—Según mi reloj del todo confiable, llega usted siete minutos tarde. Si espera seguir trabajando para nosotros, la próxima vez llegará a su hora. —Miró a Verlaine a los ojos, pero el hombre no parecía humillado en absoluto. Percival hizo un gesto en dirección al parque—. ¿Caminamos?

—¿Por qué no? —Verlaine le lanzó una mirada al bastón de Percival y añadió—: O también podríamos quedarnos aquí, si lo prefiere. Quizá sería más cómodo.

Percival se puso en pie y se internó por un caminito cubierto de nieve que se adentraba en Central Park. La punta metálica de su bastón repiqueteaba levemente sobre el hielo. No hacía tanto tiempo, Percival había sido tan guapo y fuerte como Verlaine, y había hecho caso omiso del viento, la helada y el frío de aquel día. Recordó cierto día, durante un paseo por Londres en plena helada de 1814, en la que el Támesis se había convertido en una plancha congelada y soplaban vientos árticos. Ese día había caminado varios kilómetros, sintiéndose tan cálido como si estuviese dentro de su casa. Por aquel entonces era otro ser; se encontraba en el punto máximo de su fuerza y su belleza. Ahora, el frío le daba punzadas por todo el cuerpo. El dolor de las articulaciones lo impulsaba a avanzar a pesar de los calambres en las piernas.

—Tiene usted algo para mí —dijo Percival al fin, sin alzar la mirada.

—Tal y como le prometí —replicó Verlaine, y sacó un sobre de debajo del brazo. Se lo tendió con una floritura y sus rizos negros le taparon los ojos—. Los pergaminos sagrados.

Percival se detuvo, no muy seguro de cómo reaccionar ante el sentido del humor de Verlaine. Sopesó el sobre en la palma de la mano: era grande y tan pesado como una bandeja de comida.

—Espero que, sea lo que sea lo que me haya traído, me impresione.

—Creo que quedará usted satisfecho. El informe empieza con la historia de la orden que le describí al teléfono. Incluye perfiles personales de las residentes, la filosofía de la orden franciscana, notas sobre la colección de incalculable valor de las Hermanas Franciscanas de la Adoración Perpetua, con libros e imágenes de la biblioteca; así como un resumen de la misión que hacen en el extranjero. He catalogado todas las fuentes y hecho fotocopias de los documentos originales.

Percival abrió el sobre y pasó por entre las páginas, a las que dedicó una mirada ausente.

—Todo esto es información común y corriente —dijo en tono despectivo—. No veo qué puede haberle llamado la atención de ese lugar en concreto.

Pero entonces algo le llamó la atención. Sacó un manojo de papeles del sobre y los hojeó. El viento agitó los bordes de varios dibujos del convento, que Percival desplegó ante sí: planos rectangulares de cada planta, las torretas circulares, el estrecho corredor que conectaba el convento con la iglesia, el amplio pasillo de entrada.

—Diseños arquitectónicos —dijo Verlaine.

—¿Qué tipo de diseños arquitectónicos? —preguntó Percival. Se mordió el labio mientras pasaba las páginas. El primero llevaba una fecha impresa: 28 de diciembre, 1809.

Verlaine dijo:

—Que yo sepa, son los esbozos originales del Convento de Santa Rosa, sellados y aprobados por la abadesa fundadora del convento.

—¿Abarcan todos los terrenos del convento? —preguntó Percival, examinando con más atención los dibujos.

—Así como el interior —dijo Verlaine.

—¿Y dónde los ha encontrado?

—En un archivo judicial municipal al norte del estado. Nadie sabía cómo habían acabado allí, y seguramente no se darán cuenta de que me los he llevado. Después de buscar un poco vi que los planos se transfirieron al archivo municipal en 1944, tras un incendio en el convento.

Percival miró a Verlaine, con un ligero aire de desafío.

—¿Y le parece que estos planos son importantes?

—No son dibujos comunes y corrientes. Mire esto. —Verlaine señaló un leve esbozo de una estructura octogonal sobre la que se leían las palabras «Capilla de la Adoración»—. Esta parte es particularmente fascinante. La dibujó alguien con mucho talento para la escala y la profundidad. La estructura está retratada con tanta precisión y detalle que no se ajusta al resto de los dibujos. En un primer momento pensé que no era parte del conjunto... tiene un estilo demasiado diferente... pero, al igual que las otras, está sellada con la misma fecha.

Percival contempló el dibujo. La Capilla de la Adoración había sido retratada con muchísimo esmero... el altar y la entrada, sobre todo. Una serie de anillos había sido dibujada en el interior de la Capilla de la Adoración, círculos concéntricos que se expandían entre sí. En el centro de las esferas, como un huevo en un nido de tejido protector, había un sello dorado. Percival pasó más páginas de esbozos y vio que en cada hoja había también un sello.

—Dígame —dijo, colocando un dedo sobre el sello—. ¿Qué cree que significa este sello?

—A mí también me pareció interesante —dijo Verlaine. Se metió la mano en el abrigo y sacó un sobre—, así que investigué un poco más. Es una reproducción de una moneda de origen tracio, del siglo quinto antes de Cristo. La moneda original se descubrió en una excavación financiada por el gobierno japonés en lo que ahora se conoce como el este de Bulgaria, pero que en su día fue el centro de Tracia... algo así como un paraíso cultural en la Europa del siglo quinto. La moneda original se encuentra en Japón, así que no he podido contar más que con esta reproducción.

Verlaine abrió el sobre y le enseñó a Percival una fotocopia agrandada de la moneda.

—El sello se colocó en los esbozos arquitectónicos más de un siglo antes de que la moneda fuese descubierta, lo cual implica que este sello, y los propios dibujos, son bastante alucinantes. A juzgar por mi investigación, parece que esta imagen es única entre las monedas tracias. Mientras que la mayor parte de las monedas de ese periodo tienen representaciones de figuras mitológicas como Hermes, Dionisio o Poseidón, esta moneda presenta un instrumento: la lira de Orfeo. En el Met hay unas cuantas monedas tracias. Fui a verlas personalmente. Se encuentran en las galerías griega y romana, si le interesa. Por desgracia, no hay nada en la exposición que se asemeje a esta moneda. Es única.

Percival Grigori se apoyó en el pomo de marfil sudado del bastón, intentando contener la irritación que sentía. Caía nieve del cielo, copos gordos y húmedos que flotaban entre las ramas de los árboles y se posaban sobre la acera. Estaba claro que Verlaine no comprendía lo irrelevantes que eran aquellos dibujos y aquel sello para sus planes.

—Muy bien, señor Verlaine —dijo Percival. Se enderezó tanto como pudo y le dedicó una mirada severa y punzante a Verlaine—. Pero espero que tenga algo más para mí.

—¿Más? —preguntó Verlaine, perplejo.

—Estos dibujos que me ha traído son artefactos interesantes —dijo Percival al tiempo que se los devolvía a Verlaine con un ademán despectivo—, pero resultan irrelevantes para la tarea que tenemos entre manos. Si ha encontrado información que conecte a Abigail Rockefeller con este convento en concreto, espero que le hayan concedido acceso. ¿Cómo está ese tema?

—Ayer mismo envié una solicitud al convento —dijo Verlaine—. Estoy a la espera de respuesta.

—¿A la espera? —Percival alzó la voz con irritación.

—Necesito permiso para entrar en los archivos —dijo Verlaine.

El joven mostró apenas una leve vacilación, un atisbo de rubor en las mejillas, la más tenue perplejidad en sus maneras. Sin embargo, Percival se abalanzó sobre aquella inseguridad con furiosa suspicacia:

—Nada de esperas. O bien encuentra usted la información que le interesa a la familia, información que ha tenido tiempo y recursos de sobra para localizar… o no la encuentra.

—Sin acceso al convento no hay mucho más que pueda hacer.

—¿Cuánto tardará en obtener ese acceso?

—No va a resultar sencillo. Necesitaré permiso formal para pasar hasta por la puerta de entrada. Si me dan luz verde, puede que tarde semanas en encontrar algo que valga la pena. Pienso acudir al convento después de Año Nuevo. Es un proceso largo.

Grigori dobló los mapas y se los devolvió a Verlaine con manos temblorosas. Reprimiendo el enojo, sacó un sobre lleno de dinero del bolsillo interior del abrigo.

—¿Qué es esto? —preguntó Verlaine tras ver lo que contenía el sobre, con asombro aparente al comprobar que estaba lleno de billetes de cien.

Percival le puso la mano en el hombro a Verlaine y sintió una calidez humana que se le antojó ajena, invitante.

—Es un buen trecho —dijo al tiempo que guiaba a Verlaine de nuevo hacia el Círculo de Colón—, pero creo que le dará tiempo a llegar antes de que anochezca. Esta bonificación compensará toda inconveniencia. Una vez que haya tenido usted la oportunidad de completar el trabajo que le he encargado y me haya confirmado que Abigail Rockefeller tuvo relación con ese convento, proseguiremos con nuestra conversación.

Convento de Santa Rosa, Milton, Nueva York

Evangeline caminó hasta el extremo opuesto del tercer piso, más allá de la sala de la televisión, hasta una desvencijada puerta de hierro que daba a una escalinata mohosa. Con cuidado de no resbalar en los húmedos escalones de madera, Evangeline ascendió por la escalinata a lo largo de la curvatura de la húmeda pared de piedra, hasta detenerse en una estrecha torreta circular desde la que se veían los terrenos del convento. La torre era la única parte de la estructura original que quedaba en pie en los pisos superiores. Se alzaba desde la misma Capilla de la Adoración en una escalinata de caracol, más allá del primer y segundo piso, y llegaba al tercero, de modo que proporcionaba acceso a las hermanas desde los dormitorios directamente a la capilla. Aunque la torreta se había diseñado para darles a las hermanas un camino directo a sus tareas devotas nocturnas, hacía tiempo que habían dejado de usarla en deferencia a la escalera principal, que contaba con el beneficio de la calefacción y la electricidad. Aunque el incendio del año 1944 no había llegado a la torreta, Evangeline sintió que el olor del humo seguía pegado a los travesaños, como si la estancia hubiese inhalado la pegajosa brea de los gases y hubiese dejado de respirar. Jamás habían instalado tendido eléctrico allí, y la única luz que había provenía de una serie de arcos ojivales de pesados cristales de montura plomiza hechos a mano, que cubrían la parte este de la torre. Incluso en aquel momento, a mediodía, la estancia se veía consumida por una oscuridad gélida, mientras el implacable viento del norte sacudía los vidrios.

Evangeline apretó las manos contra el cristal helado. En la distancia, la anémica luz del sol invernal caía sobre las ondulantes colinas.

Incluso los días más soleados de diciembre cubrían el paisaje con un sudario, como si la luz pasase por una lente fuera de foco. En los meses veraniegos, un abundante resplandor se reflejaba cada tarde en los árboles y teñía las hojas con un tono iridiscente frente al que la luz invernal no era rival, por más que brillase. Hacía un mes, o quizá cinco semanas, las hojas habían tenido brillantes tonos marrón oscuro, rojo, naranja y amarillo, un tejido de color que se reflejaba en el cristal ocre que eran las aguas del río. Evangeline imaginó que los excursionistas del tren de Nueva York que corría paralelo a la ribera este del Hudson contemplarían aquel encantador follaje, de camino a recoger calabazas o manzanas. Ahora los árboles estaban deshojados y las colinas cubiertas de nieve.

Rara vez se refugiaba Evangeline en aquella torre, como mucho una o dos veces al año, cuando sus pensamientos la alejaban de la comunidad en su conjunto y la mandaban a buscar algún sitio tranquilo en el que pensar. No era natural entre las hermanas apartarse del grupo para reflexionar, y Evangeline a menudo sentía remordimientos durante varios días por haberse escondido allí. Y sin embargo, no conseguía alejarse del todo de la torreta. Tras cada visita, notaba que se le atenuaba la mente, que sus pensamientos se aclaraban y se afilaban a medida que ascendía los escalones, y aún más cuando se asomaba al paisaje del convento.

De pie frente a la ventana, recordó el sueño que la había despertado aquella mañana. Se le había aparecido su madre y le había hablado en un lenguaje que Evangeline no alcanzaba a comprender. El dolor que había sentido cuanto intentó oír la voz de su madre de nuevo la había acompañado toda la mañana, aunque no se reprendió por pensar en ella. Era algo natural. Aquel día, el 23 de diciembre, era el cumpleaños de Angela.

Evangeline apenas tenía recuerdos fragmentarios de su madre: el pelo largo y rubio; el sonido de su francés rápido y melifluo al hablar al teléfono; la costumbre que tenía de dejar un cigarrillo encendido en el cenicero, mientras el aire se llenaba de hilos de humo que se desvanecían ante los ojos de Evangeline. Recordaba la increíble extensión de la sombra de su madre, una oscuridad diáfana que se movía por la pared de su apartamento del decimocuarto distrito de París.

El día en que murió su madre, el padre de Evangeline la recogió del colegio en su Citroën DS rojo. Venía solo, cosa ya desacostumbrada. Sus padres tenían el mismo trabajo, una vocación que Evangeline sabía ahora que era extremadamente peligrosa, y rara vez salían a la calle sin ir en compañía del otro. Evangeline vio al momento que su padre había estado llorando; tenía los ojos hinchados y la piel cenicienta. Después de que Evangeline se subiese al asiento trasero del coche, se recolocase el abrigo y depositase la mochila en el regazo, su padre le dijo que su madre ya no estaba con ellos.

—¿Se ha marchado? —preguntó Evangeline, al tiempo que sentía una desesperada confusión e intentaba comprender lo que quería decir su padre—. ¿Adónde se ha ido?

Su padre negó con la cabeza, como si la respuesta fuese incomprensible.

—Nos la han arrebatado.

Más adelante, cuando Evangeline comprendió que Angela había sido raptada y asesinada, no llegó a entender la elección de palabras de su padre. Su madre no les había sido arrebatada: había sido asesinada, erradicada del mundo tan concienzudamente como la luz abandona el cielo cuando el sol se hunde tras el horizonte.

De niña, Evangeline no había tenido la capacidad de comprender lo joven que había sido su madre cuando murió. Con el tiempo, sin embargo, empezó a medir su propia edad en relación con la vida de Angela, considerando cada año propio como una reconstrucción preciada de los de ella. A los dieciocho, su madre había conocido a su padre. A los dieciocho, Evangeline había tomado los votos en la orden de las Hermanas Franciscanas de la Adoración Perpetua. A los veintitrés, la edad que tenía Evangeline en aquel momento, su madre se había casado con su padre. A los treinta y nueve, su madre había sido asesinada. Al comparar las líneas temporales de las vidas de ambas, Evangeline pegó su propia existencia a la de su madre, como si fuese glicina pegada a una reja. Daba igual lo mucho que se intentase convencer de que estaba bien sin su madre, y de que su padre se las había arreglado lo mejor que pudo. Sabía que, a cada minuto de cada día, la ausencia de Angela vivía en su corazón.

Evangeline había nacido en París. Vivían los tres juntos en un apartamento en Montparnasse: su padre, su madre y ella. Las habitaciones del apartamento estaban grabadas tan profundamente en su memoria que se sentía como si hubiese estado allí mismo el día anterior. El apartamento era serpenteante, cada habitación conectada a la siguiente, con techos altos artesonados e inmensas ventanas que colmaban el espacio de una luz gris y granulosa. El baño era anormalmente grande, tan grande como el baño comunal de Santa Rosa, como mínimo. Evangeline recordaba las ropas de su madre, colgadas en la pared del baño: un fino vestido de primavera y una bufanda de seda de color rojo brillante, liada en torno al gancho; así como un par de sandalias de charol colocadas justo debajo, dispuestas como si las llevase una mujer invisible. Una bañera de porcelana se agazapaba en el centro del baño, compacta y pesada, como un ser vivo, con patas curvas y gotas de agua en el borde.

Otro recuerdo que Evangeline atesoraba y veía una y otra vez en su cabeza como si de una película se tratase: un paseo que había dado con su madre el año en que murió. Tomadas de la mano, paseaban por aceras de calles adoquinadas, tan rápido que Evangeline casi tenía que correr para mantenerle el paso a Angela. Era primavera, o eso pensaba ella, a juzgar por la colorida abundancia de flores en las macetas que colgaban de las ventanas de los edificios de apartamentos.

Aquella tarde, Angela se había mostrado inquieta. Había agarrado con fuerza la mano de Evangeline y la había llevado por el patio de una universidad... o lo que Evangeline había pensado que era una universidad, con un gran atrio de piedra y una multitud de gente por el patio. El edificio parecía excepcionalmente viejo, pero en comparación con América, todo en París parecía antiquísimo, sobre todo en Montparnasse o en el Barrio Latino. De una cosa, sin embargo, Evangeline estaba segura: Angela estaba buscando a alguien entre la multitud de gente allí reunida. Atravesó con ella la muchedumbre, apretándole la mano hasta que Evangeline sintió un hormigueo, para comunicarle que tenía que apresurarse y mantenerse a su altura. Por fin les salió al paso una mujer de mediana edad que las saludó, dio un paso al frente y le plantó sendos besos en las mejillas a su madre. La mujer tenía el pelo negro y las mismas facciones esculpidas de su madre, apenas suavizadas por la edad. Evangeline reconoció a su abuela, Gabriella, aunque sabía que no le estaba permitido hablar con ella. Angela y Gabriella habían tenido una riña, como solía pasar, y Evangeline sabía que no debía inmiscuirse. Muchos años después, cuando tanto ella como su abuela vivían ya en Estados Unidos, Evangeline empezó a descubrir más sobre Gabriella. Fue entonces cuando empezó a comprender a su abuela con más claridad.

Aunque habían pasado muchos años, a Evangeline aún la enojaba que el único detalle que recordaba con toda precisión de aquel paseo con su madre fuese tan estrambóticamente anodino: el resplandeciente cuero marrón de las botas altas que su madre llevaba sobre unos vaqueros desgastados. Por algún motivo, Evangeline recordaba a la perfección aquellas botas: los gruesos tacones, la cremallera que iba del tobillo al gemelo, el sonido de las suelas sobre el ladrillo y la piedra... pero, por más que lo intentase, no recordaba la forma de la mano de su madre, la curva de sus hombros. Entre la neblina del tiempo, Evangeline había perdido la esencia de su madre.

Lo que quizá la torturaba por encima de todo era que había perdido la capacidad de recordar el rostro de su madre. Por fotografías sabía que Angela era alta, delgada y rubia, y que solía llevar el pelo recogido bajo una gorra que Evangeline asociaba con las actrices andróginas de la escena francesa de los años sesenta. Sin embargo, en cada foto, el rostro de Angela parecía tan diferente que Evangeline tenía dificultad para hacerse una única imagen concreta. De perfil, su madre parecía tener la nariz afilada y los labios finos. En un ángulo de tres cuartos, tenía pómulos altos y rollizos, casi asiáticos. Si miraba directamente a cámara, sus grandes ojos azules superaban el resto del conjunto. A Evangeline se le antojaba que la estructura del rostro de su madre cambiaba según la luz y la posición de la cámara, de modo que no quedaba nada sólido detrás.

El padre de Evangeline se había negado a hablar de Angela tras la muerte de esta. Si Evangeline preguntaba por ella, su padre se limitaba a dar media vuelta y marcharse, como si ni siquiera la hubiese oído hablar. Otras veces, si se abría una botella de vino en la cena, podía llegar a desvelar algún prometedor detalle sobre ella: que Angela se pasaba la noche en el laboratorio y regresaba a casa a las claras del día. O que se obsesionaba tanto con su trabajo que dejaba libros y documentos por todas partes. O bien que deseaba vivir cerca del océano, lejos de París. O la felicidad que le proporcionaba Evangeline. En todos los años que vivieron juntos, su padre había evitado cualquier discusión sustancial sobre su madre. Y sin embargo, cada vez que Evangeline preguntaba por ella, algo en el comportamiento de su padre se abría, como si le diese la bienvenida a un espíritu que le provocaba consuelo y pesar a partes iguales. Su padre amaba y odiaba el pasado, de modo que parecía al mismo tiempo recibir de buena gana el fantasma de Angela y persuadirse de que no existía en absoluto. Evangeline estaba segura de que jamás había dejado de amarla. No había vuelto a casarse y tenía pocos amigos en los Estados Unidos. Durante muchos años llamaba a París una vez por semana y hablaba durante horas en un idioma que a Evangeline le sonaba tan hermoso y musical que se sentaba en la cocina a oír su voz.

Su padre la había traído a Santa Rosa a los doce años de edad y se la había confiado a las mujeres que habrían de ser sus mentoras. La había animado a vivir en su mundo, cuando, si Evangeline era sincera consigo misma, la fe se le antojaba una sustancia preciosa pero inasible que muchos tenían pero que a ella le estaba negada. Con el tiempo, Evangeline llegó a comprender que su padre valoraba la obediencia por encima de la fe, la formación por encima de la creatividad y el control por encima de la emoción. Con el tiempo, Evangeline se había ajustado a la rutina y al deber. Con el tiempo había perdido de vista a su madre, a su abuela, a sí misma.

Su padre solía ir a visitarla a Santa Rosa. Se sentaba en la sala común, inmóvil en el sofá, y la contemplaba con gran interés, como si fuese un experimento cuyo resultado desease observar. Le miraba el rostro como si este fuese un telescopio por el que, si aguzaba la vista, pudiese ver las facciones de su amada esposa. Sin embargo, la verdad era que Evangeline no se parecía en nada a su madre. En cambio, sus facciones habían capturado el aspecto de su abuela, Gabriella. Era un parecido que su padre había optado por ignorar. Había muerto hacía tres años, pero mientras vivía, se había aferrado a la firme convicción de que su hija se parecía a un fantasma.

Evangeline apretó el collar en la mano hasta que el borde afilado de la lira se le clavó en la piel. Sabía que tenía que darse prisa, la necesitaban en la biblioteca y las hermanas podrían preguntarse dónde se había metido. Así pues, dejó de lado los recuerdos de sus padres y se centró en la tarea que tenía entre manos.

Se agachó y pasó los dedos por entre los toscos ladrillos de la pared de la torreta hasta sentir el más leve movimiento en la tercera hilera empezando desde el suelo. Metió una uña en una oquedad, alzó el ladrillo suelto y lo sacó de la pared. Del hueco, Evangeline sacó una estrecha caja de acero. El mero acto de tocar el frío metal ya le alivió la mente, como si su solidez contradijese la cualidad insustancial del recuerdo.

Evangeline depositó la caja frente a ella y abrió la tapa. En el interior había un pequeño diario liado con una tira de cuero y cerrado con un broche dorado con la forma de un ángel de cuerpo largo y delgado. El ojo del ángel era un zafiro azul. Al presionar las alas, el broche cedió y el diario se abrió sobre el regazo de Evangeline. El cuero estaba gastado y arañado, la encuadernación flexible. En la primera página se leía la palabra «Angelología» en letras doradas. Evangeline hojeó las páginas y sus ojos pasaron por mapas dibujados a mano, notas garabateadas con tinta de diferentes colores, esbozos de ángeles e instrumentos musicales en los márgenes. En una página del centro del cuaderno había una partitura musical. Muchas páginas estaban dedicadas a análisis históricos y saberes bíblicos. La última cuarta parte del cuaderno contenía muchas cifras y cálculos que Evangeline no comprendía. El diario había pertenecido a su abuela. Y ahora pertenecía a Evangeline. Pasó la mano por la cubierta de cuero. Cómo le gustaría comprender los secretos que contenía.

En la contracubierta había una foto que Evangeline sacó, una foto de su madre y su abuela, abrazadas la una a la otra. La foto había sido tomada el año en que nació Evangeline; había comparado la fecha impresa en el borde de la fotografía con su fecha de nacimiento y había llegado a la conclusión de que la habían tomado cuando su madre estaba embarazada de tres meses, aunque no se le notaba en absoluto. Evangeline la contempló con pesar en el corazón. Angela y Gabriella parecían felices en la foto. Evangeline lo daría todo, todo lo que poseía, por volver a estar con ellas.

• • •

Se esforzó por regresar a la biblioteca con expresión jovial, disimulando sus pensamientos lo mejor que pudo. La chimenea se había apagado. Una ráfaga de aire frío sopló del hogar de piedra en el centro de la estancia y le acarició los bordes de la falda. Sacó una chaqueta de punto de su mesa de trabajo y se la echó por encima de los hombros, para a continuación acercarse al centro de la biblioteca rectangular a investigar qué pasaba: la chimenea se usaba mucho en los largos meses de invierno, quizá alguna de las hermanas había dejado abierto el humero. Sin embargo, en lugar de cerrarlo, Evangeline lo abrió del todo. Echó mano de un leño nervudo de pino apilado junto a la chimenea, lo colocó en medio de la rejilla de hierro y encendió varios papeles en torno al leño para que lo prendieran como fajinas. Agarró las manillas de latón del fuelle y sopló un par de vaharadas hasta que el fuego, envalentonado, prendió.

Evangeline había dedicado poco tiempo a estudiar los textos angélicos que le habían dado renombre al Convento de Santa Rosa en círculos teológicos. Algunos de aquellos textos, como historias de representación angélica en el arte y obras serias de angelología, incluyendo copias modernas de estudios angelológicos de la mano de Santo Tomás de Aquino o la perspectiva de San Agustín sobre el papel de los ángeles en el universo, habían formado parte de la colección desde que se fundase el convento en 1809. En aquellos anaqueles también había unos cuantos estudios sobre angelomorfismo, aunque eran bastante académicos y no llamaban la atención de muchas de las hermanas, sobre todo de las jóvenes, quienes (a decir verdad) no dedicaban mucho tiempo al estudio de los ángeles. La parte más suave de la angelología también estaba representada allí, a pesar de lo que pensaba la comunidad sobre los nuevos miembros de la New Age: había libros sobre varios cultos que veneraban a los ángeles tanto en el mundo antiguo como el moderno, así como sobre el fenómeno de los ángeles de la guarda. Asimismo había varios libros de arte llenos de grabados, incluyendo un excepcional volumen sobre ángeles de Edward Burne-Jones que Evangeline adoraba más que ningún otro.

En la pared de enfrente de la chimenea había una tarima en la que descansaba el registro de la biblioteca. En él, las hermanas anotaban los títulos de los libros que se llevaban de los anaqueles. Podían sacar tantos como quisieran y devolverlos a voluntad. Era un sistema algo deslavazado que, de alguna manera, funcionaba a la perfección, con la misma organización matriarcal e intuitiva que marcaba al convento entero. No había sido siempre así. En el siglo XIX, antes de tener aquel registro, los libros entraban y salían sin sistema alguno, y se apilaban en cualquier anaquel donde hubiera espacio disponible. La tarea mundana de encontrar un ensayo era tan cuestión de suerte como de intervención divina. La biblioteca estuvo sumida en el caos hasta que la hermana Lucrecia (1851-1923) impuso la alfabetización con la entrada del siglo XX. Más adelante, otra bibliotecaria, la hermana Drusila (1890-1985), sugirió que se emplease el sistema de clasificación decimal Dewey, pero el clamor en contra fue generalizado. En lugar de ceder a una sistematización enorme, las hermanas acordaron usar un registro y dejar por escrito el título de cada libro en tinta azul sobre aquel grueso papel.

Los intereses de Evangeline eran más prácticos. Si había que analizar concienzudamente documentos, prefería que fueran las listas de centros de caridad que gestionaban las hermanas: el banco de alimentos de Poughkeepsie; el Grupo de Estudio «Espíritu de la Paz Mundial» de Milton o las iniciativas anuales de reparto de ropa del Ejército de Salvación, que tenía ubicaciones de entrega de ropa por todas partes, de Woodstock a Red Hook. Sin embargo, al igual que las demás monjas que habían tomado los votos en Santa Rosa, Evangeline tenía conocimientos básicos sobre ángeles. Sabía que los ángeles habían sido creados antes de la formación de la tierra, que sus voces habían resonado por el vacío mientras Dios daba forma al cielo y a la tierra (Génesis 1:1-5). Evangeline sabía que los ángeles eran inmateriales, etéreos, llenos de luminosidad, y que sin embargo hablaban en idioma humano: en hebreo, según los estudiosos judíos; o bien en latín o griego, según los cristianos. La Biblia solo recogía un puñado de ejemplos de angelofonía: la lucha de Jacob contra un ángel (Génesis 32:24-30); la visión de Ezequiel (1:1-14), la Anunciación (Lucas 1:26-38). Sin embargo, esos momentos eran milagrosos y divinos, escenas en las que el fino velo que separaba el cielo de la tierra se rasgaba y toda la humanidad contemplaba la maravilla de esos seres etéreos. Evangeline solía pensar mucho en aquellos encuentros entre seres humanos y ángeles, entre lo material y lo inmaterial, que se encontraban y chocaban como viento contra la piel. Al final llegaba a la conclusión de que capturar un ángel con la imaginación era como recoger agua con un colador. Y sin embargo, las hermanas de Santa Rosa no habían cejado en su empeño. Cientos y cientos de libros sobre ángeles se alineaban en las estanterías de la biblioteca.

Para sorpresa de Evangeline, la hermana Filomena se acercó a ella junto al fuego. Las formas de Filomena era redondeadas y moteadas como las de una pera. Su altura se había visto reducida a causa de la osteoporosis. Últimamente, Evangeline se estaba preocupando cada vez más por la salud de la hermana Filomena, que había empezado a olvidarse de algunas reuniones y a perder las llaves. Las monjas de la generación de Filomena, a quienes las más jóvenes se referían como las Hermanas Mayores, no podían retirarse de sus deberes hasta una edad bien avanzada, pues el número de integrantes de la orden se había visto reducido drásticamente en los años posteriores a las reformas del Concilio Vaticano II. La hermana Filomena, en concreto, siempre parecía desbordada por el trabajo y alterada. En cierto modo, el Concilio Vaticano II les había arrebatado la jubilación a las monjas de la generación anterior.

La propia Evangeline creía que las reformas eran en su mayor parte beneficiosas; por ejemplo, había podido optar por un uniforme cómodo en lugar del anticuado hábito franciscano, y había podido disfrutar de oportunidades educativas más modernas. Se había sacado una licenciatura en historia del cercano Bard College. Por puro contraste, las opiniones de las Hermanas Mayores parecían congeladas en el tiempo. Y sin embargo, por más extraño que pareciese, a veces Evangeline compartía los mismos puntos de vista que las Hermanas Mayores, cuyas opiniones se habían formado durante la era Roosevelt, la Gran Depresión y la Segunda Guerra Mundial. Evangeline admiraba a la hermana Ludovica, la de mayor edad, que tenía 104 años. Ludovica solía ordenarle a Evangeline que se sentase a su lado a escuchar las historias que contaba sobre tiempos de antaño.

—Por aquel entonces no había nada de este *laissez-faire*, todas estas tonterías de hacer lo que le dé a una la gana con su tiempo libre —decía la hermana Ludovica, inclinada en la silla de ruedas, con manos escuálidas que temblaban ligeramente en su regazo—. Nos enviaban a orfanatos y escuelas parroquiales a dar clases de materias de las que no teníamos ni idea. ¡Trabajábamos todo el día y rezábamos toda la noche! ¡No había calefacción en las celdas! Nos bañábamos con agua fría y cenábamos avena cocida y patatas. Como no había libros, yo memoricé *El paraíso perdido* de John Milton para poder recitar en clase aquellas maravillosas palabras: «La serpiente infernal / cuya malicia / avivada por la envidia y la venganza, engañó / a la madre de la humanidad. / Fue su orgullo / el que la expulsó del Cielo con toda su hueste / de ángeles rebeldes con cuya ayuda aspiraba / a sobrepasar en gloria a su semejantes. / Pensaba haber equiparado en gloria al Altísimo / si es que Él se le oponía / y con grandes ambiciones / contra el trono y monarquía de Dios / alzó una guerra impía en los Cielos, un combate azaroso / cuyos esfuerzos fueron en vano». ¿Y crees que memorizaban los niños también a Milton? ¡Pues claro! Es una pena, pero ahora la educación no consiste más que en juegos y diversión.

Aun así, a pesar de las enormes diferencias de opinión que tenían con respecto a los cambios, la hermanas vivían como una familia armoniosa. Se veían protegidas de las vicisitudes del mundo exterior, a diferencia de los seculares. Los terrenos y edificios de Santa Rosa habían sido comprados a finales del siglo XIX, y a pesar de la tentación de modernizar las dependencias, se habían mantenido independientes. Cultivaban fruta y verdura en los terrenos; tenían un gallinero que producía cuatro docenas de huevos diarios y sus despensas estaban llenas de suministros. El convento era tan seguro, tan bien pertrechado de comida y medicina, estaba tan equipado para las necesidades intelectuales y espirituales, que las hermanas a menudo decían en broma que si un segundo Diluvio inundaba el Valle del Hudson, lo único que tendrían que hacer sería cerrar las pesadas puertas de hierro delanteras y traseras, sellar las ventanas y seguir rezando como siempre en los años venideros, dentro de su pequeña arca autosuficiente.

La hermana Filomena agarró a Evangeline del brazo y la llevó hasta su despacho, donde se encorvó sobre su escritorio. Las mangas de su túnica rozaron las teclas de la máquina de escribir mientras rebuscaba algo entre los documentos. Semejante caos en su despacho no era en absoluto desacostumbrado. Filomena estaba casi ciega, llevaba gruesas gafas que ocupaban un área desproporcionada de su rostro; y Evangeline solía ayudarla a ubicar objetos que solían estar escondidos a plena vista.

—A ver si puedes ayudarme —dijo al fin la hermana Filomena.

—De mil amores —dijo Evangeline—, si me dice usted qué está buscando.

—Creo que hemos recibido una carta a propósito de la colección angélica. La madre Perpetua ha recibido una llamada de un joven de la ciudad de Nueva York; un investigador, o consultor, o algo por el estilo. Dice que ha escrito una carta. ¿Habrá llegado hasta tu escritorio? Sé que a mí no se me habría escapado de haber aterrizado aquí. La madre Perpetua quiere asegurarse de que seguimos a rajatabla la política de Santa Rosa. Le gustaría que respondiésemos de inmediato.

—La carta ha llegado hoy —dijo Evangeline.

La hermana Filomena se irguió hacia Evangeline y la contempló a través de las lentes de las gafas, con ojos grandes y acuosos.

—¿La has leído, pues?

—Por supuesto —dijo Evangeline—. Abro todo el correo en cuanto llega.

—¿Era una petición de información?

Evangeline no estaba acostumbrada a que la interrogasen tan directamente sobre su trabajo.

—De hecho —dijo—. Era una petición para visitar nuestros archivos y buscar ciertos datos concretos sobre la madre Inocenta.

Una expresión oscura cruzó el rostro de Filomena.

—¿Has respondido ya?

—He dado la respuesta acostumbrada —dijo Evangeline, sin mencionar el hecho de que había destruido la carta sin llegar a enviarla, un acto de hipocresía que se le antojó profundamente ajeno.

Resultaba inquietante aquella capacidad de mentirle a Filomena con tanta facilidad. Sea como fuere, Evangeline prosiguió:

—Sé que no permitimos la entrada a investigadores amateurs a los archivos —dijo—. Le escribí que nuestra política acostumbrada es rechazar semejantes peticiones. Por supuesto, lo hice con mucha educación.

—Bien —dijo Filomena, examinando a Evangeline con un interés particular—. Tenemos que andarnos con mucho cuidado a la hora de abrir las puertas a desconocidos. La madre Perpetua ha dado instrucciones precisas de denegar todas las peticiones.

A Evangeline no la sorprendía que la madre Perpetua tuviese un interés tan especial en su colección. Era una figura algo arisca y distante dentro del convento. Evangeline no la veía a menudo. Era una mujer de fuertes opiniones y una recia gestión, a quienes las Hermanas Mayores admiraban por su frugalidad al tiempo que reprochaban su visión más moderna del mundo. De hecho, la madre Perpetua había presionado a las Hermanas Mayores para que implementasen los cambios más benignos del Concilio Vaticano II; las había instado a que dejasen de lado aquellos engorrosos hábitos de lana en deferencia de telas más ligeras, sugerencia ante la cual las Hermanas Mayores habían hecho oídos sordos.

Evangeline se giró para salir del despacho, pero la hermana Filomena carraspeó, señal de que no había acabado aún y de que Evangeline debía quedarse un poco más. Filomena dijo:

—He trabajado muchos años en el archivo, hija mía. Y he ponderado con mucha atención todas las peticiones recibidas. He denegado el acceso a muchos molestos investigadores, escritores y pseudo-religiosos. Es una gran responsabilidad ser la guardiana de la puerta. Prefiero que me pases a mí toda correspondencia que resulte fuera de lugar.

—Por supuesto —dijo Evangeline, confundida por aquel ápice de fanatismo que sonaba en la voz de Filomena. Su propia curiosidad le ganó por la mano y añadió—: Aunque hay algo que me pregunto, hermana.

—¿Sí? —dijo Filomena.

—¿Había algo inusual en la madre Inocenta?

—¿Inusual?

—Algo que haya podido despertar el interés de un investigador o consultor privado cuya especialidad es la historia del arte.

—No tengo la menor idea de lo que puede interesar a semejante persona, querida mía —dijo Filomena, y chasqueó la lengua al tiempo que se dirigía a la puerta—. Es de suponer que la historia del arte esté lo bastante llena de cuadros y esculturas como para ocupar indefinidamente el tiempo de cualquier historiador del arte. Y aun así, parece que nuestra colección de imágenes angélicas resulta irresistible. Siempre hay que andarse con cuidado, hija mía. A partir de ahora mantenme informada de cualquier otra petición, ¿de acuerdo?

—Por supuesto —dijo Evangeline, que sentía que se le había acelerado el corazón.

La hermana Filomena debió de captar la agitación de su joven asistente, así que se acercó a ella, tanto que Evangeline captó el leve olor mineral que despedía: quizá talco o crema para la artritis. Filomena tomó las manos de Evangeline entre las suyas, más regordetas y calientes.

—No hay motivo para preocuparse. No dejaremos que entren. Por más que lo intenten, mantendremos las puertas cerradas.

—Estoy segura de que está usted en lo cierto, hermana —dijo Evangeline, a pesar de su confusión—. Gracias por preocuparse.

—De nada, hija —dijo Filomena, y soltó un bostezo—. Si surge algo más, estaré en el tercer piso el resto de la tarde. Es hora de echarme la siesta.

En el mismo momento en que se hubo marchado la hermana Filomena, Evangeline se vio hundida en una ciénaga de pura culpabilidad y especulación sobre lo que acababa de suceder entre ambas. Lamentaba haberle mentido así a su superior, pero también se preguntaba a qué venía la extraña reacción de Filomena ante la carta y la intensidad de aquel deseo de mantener a los visitantes lejos de las dependencias de Santa Rosa. Por supuesto, Evangeline comprendía la necesidad de proteger el entorno de calma contemplativa que todas ellas se habían esforzado tanto por crear. La reacción de la hermana Filomena ante la carta había parecido excesiva, pero, ¿qué había impulsado a Evangeline a mentir de un modo tan descarado e injustificable? Había, sin embargo, un hecho incontestable: le había mentido a una Hermana Mayor, pero eso no había mitigado su curiosidad. ¿Qué relación unía a la hermana Inocenta y a la señora Rockefeller? ¿Qué había querido decir la hermana Filomena con aquello de no abrir las puertas «a desconocidos»? ¿Qué daño podía haber en compartir su hermosa colección de libros e imágenes? ¿Qué tenían que ocultar? En los años que Evangeline había pasado en Santa Rosa, casi la mitad de su vida, no había visto nada fuera de lo normal. Las Hermanas Franciscanas de la Adoración Perpetua llevaban vidas ejemplares.

Evangeline se llevó la mano al bolsillo y sacó la delgada y gastada carta en papel cebolla. La letra era florida y elegante; sus ojos recorrieron los arcos y depresiones de la cursiva con facilidad. «Sus consejos han contribuido enormemente al progreso de la expedición, y me atrevería a decir que mis propias aportaciones también han resultado útiles. Celestine Clochette llegará a Nueva York a principios de febrero. Pronto recibirá usted más noticias. Hasta entonces la saluda atentamente, A. A. Rockefeller».

Evangeline leyó la carta e intentó comprender qué significaba. Dobló el delgado papel con sumo cuidado y se lo volvió a guardar en el bolsillo, a sabiendas de que no podía proseguir con su trabajo hasta comprender del todo el significado de la carta de Abigail Rockefeller.

Quinta Avenida, Upper East Side, Ciudad de Nueva York

Percival Grigori golpeteó el suelo con la punta de su bastón mientras esperaba al ascensor, con un ritmo metálico de golpecitos que repiqueteaban al paso de los segundos. Estaba tan acostumbrado a pasar por el recibidor de paneles de roble de su edificio, una construcción de preguerra con vistas a Central Park, que ya casi ni se fijaba en él. La familia había vivido en el ático de aquel edificio durante más de medio siglo. En su día, quizá Percival se habría percatado de la deferencia del portero, de los opulentos arreglos de orquídeas de la entrada, del recubrimiento de ébano pulido y madreperla del ascensor, de la chimenea que derramaba una cascada de luz y calor por todos los suelos de mármol. Sin embargo, Percival Grigori ya no percibía nada en absoluto excepto el dolor que le recorría las articulaciones, los crujidos de sus rodillas a cada paso. Las puertas del ascensor se abrieron y entró cojeando, no sin antes contemplar su reflejo encorvado en el metal pulido del ascensor. Se apresuró a apartar la mirada.

Se había detenido en el piso 13. Salió a un vestíbulo de mármol y abrió la puerta del apartamento de los Grigori. Al instante, sus sentidos se vieron inundados por la calma de los elementos que componían su vida privada; en parte antiguos, en parte modernos, en parte resplandeciente madera, en parte destellante cristal. La tensión de sus hombros se relajó. Depositó la llaves sobre una almohadilla de seda que descansaba en el fondo de un cuenco de porcelana china, se desprendió del pesado abrigo de cachemira y lo dejó en el respaldo de una silla acolchada. Atravesó el corredor de travertino: ante él se abrían enormes estancias; un salón, una biblioteca, un comedor con una enorme lámpara de araña veneciana de cuatro alturas que colgaba del techo. En la extensión de ventanas panorámicas se representaba el caótico ballet de copos de nieve de la tormenta en el exterior.

En el extremo opuesto del apartamento, la curva de una gran escalinata llevaba a los aposentos de su madre. Percival alzó la mirada y vio que había varios amigos de su madre reunidos en el salón formal. Casi cada día venían invitados a almorzar o a cenar al apartamento, reuniones espontáneas que permitían que su madre celebrase audiencias reales con sus amigos favoritos del barrio. Era un ritual al que su madre se había ido acostumbrando, sobre todo por el poder que le otorgaba: ella seleccionaba a la gente a la que quería ver, los encerraba en la guarida de paneles oscuros de sus aposentos privados y dejaba que el resto del mundo siguiese adelante con su tedio y su miseria. Hacía años que apenas salía de su suite, solo cuando la acompañaba Percival o bien la hermana de este, y solo de noche. Tan cómoda estaba su madre con aquel arreglo, y su círculo se había asentado tanto, que rara vez se quejaba de hallarse ahí confinada.

En silencio, para no llamar la atención sobre sí mismo, Percival se metió en el baño que había al fondo del pasillo. Cerró la puerta con suavidad tras de sí y echó el pestillo. En una sucesión de rápidos movimientos, se desprendió de toda la ropa y la dejó caer sobre las baldosas de cerámica. Con dedos temblorosos, se desabrochó los seis botones anacarados que le llegaban hasta la garganta. Se quitó la camisa y se detuvo, erguido, frente a un largo espejo que colgaba de la pared.

Se pasó los dedos por el pecho y sintió el tacto de la maraña de tiras de cuero entrelazadas que lo cubrían. Se trataba de un complejo arnés que creaba un sistema de agarres que, cuando se apretaban del todo, daban la apariencia de un corsé negro. Las tiras de cuero estaban tan apretadas que le rajaban la piel. De algún modo, no importaba lo mucho o poco que lo ajustase, el cuero siempre se le antojaba demasiado apretado. Percival aflojó una tira, ansioso por respirar. A continuación otra, y luego otra; fue aflojando el cuero por las pequeñas hebillas de plata con toda deliberación hasta que, con un tirón final, el arnés cayó al suelo. El cuero golpeteó sobre las baldosas.

Su pecho desnudo era suave, carente de ombligo o pezones, la piel tan blanca que parecía hecha de cera. Percival balanceó los omóplatos y contempló el reflejo de su cuerpo en el espejo: los hombros, los brazos largos y delgados, la curva esculpida del torso. En el centro de su columna vertebral, cubiertas de sudor, deformadas por la severa presión del arnés, brotaban dos suaves protuberancias huesudas. Con una mezcla de asombro y dolor, Percival se fijó en que sus alas, que en su día fueron fuertes y curvas como cimitarras doradas, casi se habían desintegrado. Lo que quedaba de sus alas estaba negro y enfermo, las plumas marchitas y los huesos atrofiados. En medio de la espalda tenía dos heridas abiertas, azules y crudas, irritadas, que sujetaban esos huesos ennegrecidos entre sendos charcos gelatinosos de sangre coagulada. Vendas, curas constantes... no importaba cuántas atenciones se dispensase para curar esas heridas o aliviarle el dolor. Aun así, Percival comprendía que la verdadera agonía llegaría cuando ya no quedase nada de sus alas. Todo lo que lo había distinguido, todo aquello que los demás tanto habían envidiado, habría desaparecido.

Los primeros síntomas de la enfermedad habían aparecido hacía diez años, con unas franjas delgadas de moho que se habían materializado en la base y los bordes de sus alas; un hongo verde fosforescente que crecía como cardenillo sobre cobre. En su momento pensó que se debía a una mera infección. Había mandado limpiar y acicalar sus alas, especificando que cada pluma debía ser aceitada. Y aun así, la pestilencia no había desaparecido. En pocos meses, la envergadura de sus alas se había reducido a la mitad. El fulgor de polvo de oro de sus alas saludables había desaparecido. En su día había sido capaz de doblar las alas con facilidad, plegar su majestuoso plumaje suavemente a la espalda. La amplia masa de plumas doradas se adaptaba a la curva de su columna vertebral, una maniobra que conseguía que las alas fuesen casi indetectables. Aunque de sustancia física, la estructura de unas alas saludables les otorgaba las propiedades visuales de un holograma. Al igual que los cuerpos de los mismos ángeles, sus alas habían sido objetos sustanciales completamente ajenos a las leyes de la materia.

Percival había sido capaz de desplegar las alas bajo la ropa con tanta facilidad como las hubiese movido por el aire libre.

Ahora comprobaba que ya no podía plegarlas en absoluto; eran una presencia perpetua, un recordatorio de su declive. El dolor lo abrumaba; había perdido la capacidad de volar. Alarmada, su familia había traído especialistas que habían confirmado los peores temores de los Grigori: Percival había contraído un desorden degenerativo que se estaba expandiendo entre su comunidad. Los doctores predijeron que primero morirían las alas y luego los músculos. Percival quedaría confinado a una silla de ruedas, y luego, cuando las alas se hubiesen marchitado por completo y sus raíces se hubiesen desintegrado, Percival moriría. Años de tratamientos habían ralentizado el progreso de la enfermedad, pero no habían conseguido detenerlo.

Percival abrió el grifo y se echó agua fría en la cara, en un intento de disipar la fiebre que lo embargaba. El arnés le ayudaba a mantener la columna recta, una tarea cada vez más difícil, a medida que sus músculos se debilitaban más y más. En los meses que habían transcurrido desde que fue necesario ponerse el arnés, el dolor no había hecho sino aumentar. Percival jamás se había acostumbrado a la mordedura del cuero contra la piel, las hebillas clavadas como alfileres en el cuerpo, la quemazón de la carne irritada. Muchos de los suyos habían optado por exiliarse del mundo al contraer la enfermedad, pero ese no era un destino que Percival pensase aceptar.

Echó mano del sobre de Verlaine. Sintió el peso de su contenido con cierto placer y sacó el informe con la delicadeza de un gato que destripase a un pajarillo cazado: rajó el papel con lenta deliberación y depositó las páginas sobre la superficie de mármol del lavabo. Leyó el informe con la esperanza de encontrar algo que le fuese útil. El resumen de Verlaine era un documento detallado y concienzudo: cuarenta páginas de líneas a un espacio que formaban una columna de texto negra y musculosa de principio a fin... sin embargo, nada de lo que vio le resultó novedoso.

Volvió a meter los documentos de Verlaine en el sobre, inspiró hondo y se colocó el arnés de nuevo. El apretado cuero le molestó mucho menos ahora que había recuperado el color y que sus dedos habían dejado de temblar. Una vez vestido comprobó que había echado a perder cualquier posibilidad de tener un aspecto presentable. Sus ropas estaban arrugadas y empapadas de sudor, le caían sobre el rostro mechones de cabello rubio desordenado, y tenía los ojos inyectados en sangre. Su madre se sentiría muy avergonzada al verlo tan desastrado.

Se recompuso el pelo y salió del baño a buscarla. A medida que ascendía las escaleras aumentó el tintineo de las copas de cristal, el rumor de un cuarteto de cuerda y las risas estridentes de los amigos de su madre. Percival se detuvo antes de entrar en la estancia, para recuperar el aliento: el más mínimo esfuerzo lo dejaba exhausto.

Los aposentos de su madre siempre estaban repletos de flores, criados y chismes, como si fuese una condesa que celebrase una fiesta nocturna. Sin embargo, Percival vio que la reunión de aquel día estaba más concurrida que de costumbre, con cincuenta huéspedes o más. Se alzaba sobre la fiesta un techo voladizo; el brillo acostumbrado del cielo nocturno se veía atenuado por una capa de nieve. En las paredes del piso superior colgaban hileras de cuadros que su familia había adquirido en el transcurso de quinientos años. Los Grigori habían comprado la mayoría de ellos de museos o de colecciones privadas, para su disfrute personal. La mayoría de los cuadros eran obras maestras, todos originales; los Grigori habían proporcionado copias realizadas por expertos para que circulasen por el mundo, mientras que se habían quedado con los originales para sí. Su colección de arte requería una atención meticulosa, cuidados que iban desde el control de las condiciones del entorno a un equipo de conservadores profesionales. Sin embargo, aquella colección lo merecía. Había unos cuantos maestros holandeses, unos pocos del Renacimiento y una pizca de grabados del siglo XIX. Toda una pared del centro del salón daba cobijo al famoso tríptico del Bosco: *El jardín de las delicias*, una representación horrorosamente exquisita del paraíso y el infierno. Percival había crecido estudiando aquellas grotescas escenas. El gran panel central, que representaba la vida en la tierra, le había proporcionado una educación temprana en el modo en que se comportaba la humanidad. Le resultaba particularmente fascinante la representación del infierno que hacía el Bosco, sobre todo porque contenía horrendos instrumentos musicales, laúdes y tambores en varios estados de disección. Una copia perfecta del cuadro residía en el Museo del Prado, en Madrid, una reproducción que el padre de Percival había encargado personalmente.

Sujetando la cabeza de marfil de su bastón, Percival se abrió camino entre la multitud. Solía tolerar semejante libertinaje, pero en aquel momento, en el estado en el que se encontraba, sintió que le estaba costando atravesar la sala. Hizo un asentimiento hacia el padre de un antiguo compañero de estudios y miembro del círculo íntimo de su familia desde hacía muchos siglos, que se mantenía en un extremo de la multitud con sus alas inmaculadas al aire. Percival esbozó una leve sonrisa hacia una modelo con quien había cenado en cierta ocasión, una criatura encantadora con diáfanos ojos azules que provenía de una familia adinerada de Suiza. Aún era demasiado joven, todavía no le habían brotado las alas, de modo que no había manera de discernir cuán pura era su sangre. Sin embargo, Percival sabía que su familia era antigua e influyente. Antes de que la enfermedad cayese sobre él, su madre había intentado convencerlo de casarse con aquella chica. En el futuro sería miembro destacado de su comunidad.

Percival podía tolerar a sus amigos de familias antiguas, pues resultaba beneficioso, pero los conocidos más recientes, una colección de nuevos ricos, gestores financieros, magnates de los medios de comunicación y demás advenedizos que habían conseguido granjearse el favor de su madre, se le antojaban repugnantes. Estos últimos no eran como los Grigori, por supuesto, pero la mayoría era lo bastante cercana como para ajustarse al delicado equilibrio de deferencia y discreción que requería la familia Grigori. Todos tendían a reunirse junto a su madre, a ahogarla a base de cumplidos y a halagar su sentido de *noblesse oblige*, de modo que se aseguraban una nueva invitación al apartamento de los Grigori la siguiente tarde que se organizase un encuentro.

Si dependiese de Percival, la vida de la familia se mantendría en privado, pero su madre no soportaba estar sola. Percival sospechaba que se rodeaba de tantos entretenimientos para espantar la terrible certeza de que su especie había perdido su lugar en el orden del mundo. Su familia había formado alianzas hacía generaciones y dependía de una red de amistades y relaciones para mantener su posición y prosperidad. En el Viejo Mundo estaban profunda e inextricablemente conectados con la historia de su familia. En Nueva York habían tenido que volver a crear dicha red allá donde iban.

Otterley, la hermana menor de Percival, se encontraba junto a la ventana, bañada por una tenue luz. Otterley era delgada y de estatura media, un metro noventa y dos. Iba embutida en un vestido escotado, quizá demasiado, pero dentro de su gusto. Llevaba el pelo rubio recogido en un apretado moño y los labios pintados de un tono rosa brillante que parecía demasiado juvenil para ella. En su día, Otterley había sido impresionante, más encantadora incluso que aquella modelo suiza que tenía cerca. Sin embargo, había quemado su juventud tras siglos de fiestas y relaciones tóxicas que la habían dejado, tanto a ella como a su fortuna, significativamente mermada. Ahora era de mediana edad, con más de doscientos años, y a pesar de sus esfuerzos por ocultarlo, su piel tenía la apariencia del plástico de un maniquí. Por más que lo intentase, no conseguía capturar de nuevo el aspecto que había tenido en el siglo XIX.

Al ver a Percival, Otterley se acercó a él, engarzó un brazo desnudo y largo por el suyo y lo guio a través de la multitud como si fuese un inválido. Cada hombre y mujer de la habitación contemplaba a Otterley. Quienes no habían hecho negocios con su hermana, la conocían de su participación en varios consejos familiares, o bien gracias al incesante calendario social que mantenía. Los amigos y conocidos de la familia se cuidaban muy bien de Otterley. Nadie podía permitirse hacerle un desplante.

—¿Dónde te habías escondido? —le preguntó Otterley a Percival, con una mirada reptiliana de ojos entrecerrados.

Otterley había crecido en Londres, donde aún vivía su padre, y su marcado acento británico se agudizaba aún más cuando se irritaba.

—Dudo mucho de que te sintieses sola —dijo Percival, contemplando la multitud.

—Nadie se siente solo junto a Madre —replicó Otterley en tono agrio—. Estas fiestas son cada vez más elaboradas a cada semana que pasa.

—Está por aquí, supongo.

La expresión de Otterley se endureció de enojo.

—La vi antes dispensando audiencia real en su trono.

Ambos se dirigieron al extremo opuesto de la sala, más allá de una pared de ventanales franceses que parecían invitar a quien los contemplaba a atravesar sus profundidades gruesas y transparentes para flotar sobre la ciudad neblinosa y cubierta de nieve. Los anakim, la clase de sirvientes que mantenían los Grigori y las demás familias de rancio abolengo, les salieron al paso y los interrumpieron:

—¿Más champán, señor, señora?

Vestidos por completo de negro, los anakim eran más pequeños y de huesos más menudos que la clase de seres a los que servían. Además de esos uniformes negros, su madre insistía en que llevasen las alas al aire, para distinguirlos de sus invitados. La diferencia en forma y envergadura era evidente. Mientras que los invitados puros de sangre tenían alas emplumadas y musculosas, las alas de los sirvientes eran ligeras redecillas de gasa que parecían tejidos de opalescencia gris. Debido a la estructura de las alas, que más bien recordaban a las de un insecto, los sirvientes volaban con movimientos rápidos y exactos, que les proporcionaban gran precisión. Tenían enormes ojos amarillos, pómulos protuberantes y piel pálida. Percival había visto una bandada de anakim durante la Segunda Guerra Mundial: un enjambre de sirvientes se había lanzado sobre una caravana de humanos que huía de los bombardeos de Londres. Los sirvientes destrozaron a aquellos pobres humanos con facilidad. Tras aquel episodio, Percival comprendió por qué se decía que los anakim eran seres caprichosos e impredecibles que solo valían para servir a sus superiores.

Cada pocos pasos, Percival reconoció a amigos y conocidos de la familia. Sus copas de champán reflejaban la luz. Las conversaciones se mezclaban en el aire y daban la impresión de ser un zumbido continuo y aterciopelado de chismorreos. Percival captó que alguien hablaba de vacaciones, yates e iniciativas empresariales, una conversación tan característica de los amigos de su madre como el resplandor de los diamantes y la chispeante crueldad de sus risas. Los invitados lo miraban desde todos los rincones, recorrían con los ojos sus zapatos, su reloj, se detenían en el bastón y, al fin, cuando veían a Otterley, comprendían que aquel caballero desastrado y enfermo era Percival Grigori III, heredero del apellido y la fortuna de los Grigori.

Por fin llegaron hasta su madre. Sneja Grigori estaba repantingada en su diván favorito, una pieza hermosa e imponente de estilo gótico con serpientes talladas en el armazón de madera. Sneja había ganado peso en las décadas que habían transcurrido desde que se mudaron a Nueva York. Ahora solo llevaba túnicas holgadas, sueltas, que envolvían su cuerpo en capas de seda. Desplegaba tras de sí sus alas profusas y de colores brillantes, curvadas y dispuestas para causar impresión, como quien enseña las joyas de la familia. Percival se acercó y casi quedó cegado por su luminosidad, pues cada delicada pluma resplandecía como una lámina colorida de papel de aluminio. Las alas de Sneja eran el orgullo de la familia, la cúspide de su belleza, prueba de la pureza de su linaje. Una marca distintiva de los Grigori eran las alas de la abuela materna de Percival, que habían sido coloridas y con una envergadura de once metros, algo que no se había visto en un millar de años. Se rumoreaba que semejantes alas habían servido de modelo para los ángeles de Fra Angelico, de Lorenzo Monaco y de Botticini. Unas alas, le había dicho Sneja a Percival en cierta ocasión, que eran el símbolo de su sangre, de su linaje, de la predominancia de su posición en la comunidad. Mostrarlas debidamente era seña de poder y prestigio. Por ello le resultaba bastante decepcionante que ni Otterley ni Percival le hubiesen proporcionado un heredero que perpetuase el legado familiar.

Justo por eso, Percival no soportaba que Otterley escondiese sus alas. En lugar de mostrarlas, como era de esperar, su hermana insistía en mantenerlas plegadas fuertemente contra el cuerpo, como si fuese una mestiza común, y no miembro de una de las familias angélicas más prestigiosas de los Estados Unidos. Percival comprendía que la capacidad de replegar las alas era una herramienta muy útil, sobre todo en una sociedad tan mezclada. De hecho, dicha habilidad confería la capacidad de moverse en medio de la sociedad humana sin ser detectado. Sin embargo, mantener las alas encogidas en privado era toda una ofensa.

Sneja Grigori saludó a Otterley y a Percival. Alzó una mano para que sus niños la besaran.

—Mis querubines —dijo con voz grave y un acento vagamente germánico, recuerdo de una infancia en Austria, en la Casa de Habsburgo. Se detuvo, entrecerró los ojos y examinó el colgante de Otterley: un único diamante rosa globular incrustado en un engarce antiguo—. Qué joya tan exquisita —dijo, como si le supusiese una sorpresa encontrar semejante tesoro en el cuello de su hija.

—¿No lo reconoces? —dijo Otterley en tono ligero—. Es una de las piezas de la abuela.

—Ah, ¿sí? —Sneja alzó el diamante entre el pulgar y el índice, de modo que la luz se reflejó en las múltiples caras de la joya—. Debería haberla reconocido, pero lo cierto es que no me suena. ¿La has sacado de mi habitación?

—No —replicó Otterley con cautela.

—¿No estaba en la cripta, Otterley? —preguntó Percival.

Otterley apretó los labios y le lanzó a Percival una mirada que venía a decir que la acababa de descubrir ante su madre.

—Ah, bien, eso explica el misterio —dijo Sneja—. Hace tanto tiempo que no paso por la cripta que he olvidado por completo de lo que contiene. ¿Son todas las piezas de joyería de mi madre tan deliciosas como esta?

—Son encantadoras, madre —dijo Otterley, la compostura algo alterada. Hacía años que se llevaba joyas de la cripta sin que su madre lo supiese.

—Lo cierto es que adoro esta pieza en concreto —dijo Sneja—. Quizá deba hacer una visita a medianoche a la cripta. Puede que sea hora de hacer inventario.

Sin vacilación alguna, Otterley se desabrochó el colgante y lo depositó en la mano de su madre.

—Te quedará deslumbrante, Madre —dijo.

Acto seguido, sin esperar a la reacción de su madre, o quizá para disimular la angustia que le causaba desprenderse de semejante joya, Otterley giró sobre sus tacones de aguja y se volvió a perder entre la multitud, con el vestido pegado al cuerpo como si estuviese mojado.

Sneja sostuvo el colgante contra la luz, que lo convirtió en una bola de fuego líquido, para meterlo acto seguido en su bolsito de noche ribeteado de perlas. Luego se volvió hacia Percival, como si de pronto hubiese recordado que su único hijo había presenciado aquella victoria.

—Resulta gracioso —dijo Sneja—. Otterley cree que no sé que lleva veinticinco años robándome joyas.

Percival se rio.

—No has dado señal alguna de saberlo. De lo contrario, Otterley habría parado hace eones.

Su madre descartó el comentario con un gesto, como si de una mosca se tratase.

—Sé todo lo que sucede en esta familia —dijo, y se reacomodó en el diván de modo que la curvatura de un ala captase un rayo de luz—. Incluyendo el hecho de que no te estás cuidando como deberías. Debes descansar más, comer más, dormir más. No puedes seguir como siempre. Es hora de que te prepares para el futuro.

—Justo eso es lo que he estado haciendo —dijo Percival, molesto de que su madre insistiese en dirigirle como si ni siquiera hubiese cumplido su primer siglo.

—Ya veo —dijo Sneja, evaluando la irritación de su hijo—. Ya has tenido esa reunión.

—Tal y como estaba planeado —dijo Percival.

—Y por eso has subido con esa cara tan amarga... quieres contarme tus progresos. ¿Acaso la reunión no ha ido según lo planeado?

—¿Cuándo suele ir una reunión según lo planeado? —dijo Percival, aunque su decepción era patente—. Admito que tenía grandes esperanzas esta vez.

—Sí —dijo Sneja, mirando más allá de Percival—. Todos las teníamos.

—Ven. —Percival tomó la mano de su madre para ayudarla a levantarse del diván—. Vamos a hablar a solas un momento.

—¿No puedes hablar conmigo aquí?

—Por favor —dijo Percival, contemplando la fiesta con repugnancia—. Aquí es completamente imposible.

Dado que su presencia cautivaba por completo a sus admiradores, Sneja salió con grandes aires: sacudió las alas y las extendió sobre los hombros para que cayesen como una capa. Percival la miró y un temblor de celos lo dejó frío en el sitio. Las alas de su madre era hermosas, resplandecientes, sanas, completamente emplumadas. Un espectro de suaves colores irradiaba de las puntas, donde las plumas eran diminutas y rosadas, y se extendía hasta el centro de su espalda, con plumas grandes y destellantes. Cuando Percival había tenido alas, estas habían sido incluso más grandes que las de su madre, afiladas e imponentes, con plumas como dagas afiladas hechas de brillante polvo de oro. No podía contemplar a su madre sin morirse de ganas de volver a estar sano.

Sneja Grigori se detuvo y dejó que sus huéspedes admirasen la belleza de sus atributos celestiales. Luego, con una gracilidad que a Percival se le antojó maravillosa, su madre pegó las alas al cuerpo y las retrajo con la elegancia de una geisha que cerrase de golpe un abanico de papel de arroz.

• • •

Percival tomó a su madre del brazo y juntos bajaron la gran escalinata. La mesa del comedor estaba atestada de flores y porcelana china, a la espera de los invitados de su madre. Un pequeño cerdo asado con una pera en la boca yacía en medio de los *bouquets*, con un flanco cortado en húmedas lonchas rosadas. A través de las ventanas, Percival vio a las personas de la calle, roedores pequeños y negros que avanzaban a toda prisa en medio del viento helado. Allí dentro se estaba cómodo, calentito. Llameaba un fuego en la chimenea, y el amortiguado sonido de la conversación y la suave música llevaba hasta ellos desde el piso de arriba.

Sneja se acomodó en una silla.

—Cuéntame, ¿qué es lo que quieres? —preguntó, con aspecto bastante molesto por haber sido obligada a salir de la fiesta. Sacó un cigarrillo de una pitillera plateada y lo encendió—. Si necesitas más dinero, Percival, sabes que vas a tener que hablar con tu padre. No tengo la menor idea de cómo puedes gastarlo tan rápido. —Su madre sonrió, de pronto indulgente—. Bueno, de hecho, querido mío, sí que me hago una idea. Pero aun así tienes que pedírselo a tu padre.

Percival sacó otro cigarrillo de la pitillera de su madre y dejó que ella se lo encendiese. En cuanto dio la primera calada comprendió que había sido un error: le quemaron los pulmones. Tosió e intentó respirar. Sneja le acercó un cenicero de jade para que apagase el cigarrillo.

Tras recuperar el aliento, Percival dijo:

—Mi fuente ha resultado ser un inútil.

—Tal y como se esperaba —dijo Sneja, inhalando humo del cigarrillo.

—El descubrimiento que afirma haber hecho no nos sirve —dijo Percival.

—¿Descubrimiento? —preguntó Sneja, abriendo mucho los ojos—. ¿Qué tipo de descubrimiento exactamente?

Percival le explicó la reunión que habían tenido y resumió la ridícula obsesión de Verlaine con los planos arquitectónicos de un convento de Milton, Nueva York, así como aquella fastidiosa preocupación por monedas antiguas. Mientras hablaba, su madre pasó aquellas uñas largas y blancas como la tiza por la mesa laqueada, y de pronto se detuvo, atónita.

—Increíble —dijo—. ¿Y de verdad piensas que no ha encontrado nada de utilidad?

—¿A qué te refieres?

—De algún modo, tu obsesión por rastrear los contactos de Abigail Rockefeller te ha hecho perder de vista el objetivo principal. —Sneja aplastó el cigarrillo y se encendió otro—. Esos diseños arquitectónicos pueden ser justo lo que estábamos buscando. Dámelos. Quiero verlos por mí misma.

—Le dije a Verlaine que se los quedase —dijo Percival, y se dio cuenta mientras hablaba de que aquellas palabras la enfurecerían—. Además, después del ataque de 1944 ya descartamos el Convento de Santa Rosa. El incendio no dejó nada a su paso. No creerás que se nos escapó algo.

—Me gustaría verlo por mí misma —dijo Sneja, sin molestarse en disimular la frustración—. Sugiero que visitemos de inmediato ese convento.

Percival aprovechó la oportunidad de redimirse.

—Ya me he encargado de eso —dijo—. Mi fuente va de camino a Santa Rosa ahora mismo para comprobar lo que ha descubierto.

—Tu fuente... ¿es de los nuestros?

Percival contempló a su madre un instante, no muy seguro de qué decir. Sneja se enfurecería al descubrir que había depositado tanta fe en Verlaine, que ni siquiera pertenecía a su red de espías.

—Sé lo que piensas de usar gente de fuera, pero no hay motivo para preocuparse. Me he encargado de que lo verifiquen a conciencia.

—Por supuesto que sí —dijo Sneja, expulsando humo de cigarrillo—. Igual que has hecho con otros en el pasado.

—Estamos en una nueva era —dijo Percival. Midió las palabras con cuidado, determinado a permanecer en calma ante las críticas de su madre—. No será tan fácil que nos traicionen.

—Sí, tienes razón, estamos en una nueva era —espetó Sneja—. Vivimos en una era de libertad y confort, una era de descubrimientos, una era de riqueza sin precedentes. Somos libres de hacer lo que queramos, de viajar adonde queramos, de vivir como queramos. Pero también estamos en una era en la que los mejores de nuestra raza se han vuelto complacientes, débiles. Una era de enfermedad y degeneración. Ni tú, ni yo, ni ninguna de las ridículas criaturas que merodean ahora mismo por mi salón están a salvo de ser descubiertas.

—¿Crees que me he vuelto complaciente? —dijo Percival, alzando la voz a su pesar. Echó mano del bastón, dispuesto a marcharse al momento.

—Creo que es lo único que puedes ser, dado el estado en el que te encuentras —dijo Sneja—. Necesitas la ayuda de Otterley.

—Pues claro que necesito su ayuda —dijo Percival—. Otterley ha estado trabajando en esto tanto como yo mismo.

—Y tu padre y yo también, mucho más que vosotros dos, desde mucho antes —dijo Sneja—. Y mis padres, antes de que yo misma naciera, al igual que los padres de mis padres. Tú no eres más que uno de muchos.

Percival repiqueteó con la punta del bastón sobre el suelo de madera.

—Yo diría que el asunto es ahora más urgente, teniendo en cuenta mi estado.

Sneja le lanzó una mirada de soslayo al bastón.

—Cierto... tu enfermedad le da una nueva dimensión a la caza. Pero tu obsesión por curarte te ha cegado. Otterley jamás se habría desprendido de esos planos, Percival. De hecho, Otterley estaría ahora mismo en ese convento, verificándolos. ¡Fíjate en la cantidad de tiempo que has malgastado! ¿Y si perdemos el tesoro por tu necedad?

—En ese caso, moriré —dijo él.

Sneja Grigori colocó su mano blanca y suave sobre la mejilla de Percival. Aquella mujer frívola a la que él había acompañado desde el diván se había convertido en una criatura dura, casi una estatua, llena de ambición y orgullo... todo lo que Percival admiraba y al mismo tiempo envidiaba de ella.

—No morirás. No lo permitiré. Vete a descansar; yo me encargo del señor Verlaine.

Percival se puso de pie y, apoyando buena parte de su peso en el bastón, salió cojeando de la estancia.

Convento de Santa Rosa, Milton, Nueva York

Verlaine aparcó el coche, un Renault de 1989 que había comprado de segunda mano cuando estaba en la universidad, delante de Santa Rosa. Unos portones de hierro corrugado bloqueaban el sendero que llevaba al convento. Verlaine no tuvo más remedio que trepar por el grueso muro de piedra caliza que rodeaba el recinto. De cerca, Santa Rosa resultó ser tal y como se lo había imaginado: aislado y sereno, como un castillo sumido en el hechizo de un sueño. Torretas y arcos neogóticos se alzaban hacia el cielo gris, abedules y demás árboles de hoja perenne se arremolinaban por doquier en grupos protectores. Por el enladrillado trepaban enredaderas y moho, como si la naturaleza misma hubiese emprendido una lenta e insaciable campaña para reconquistar la estructura. En el extremo opuesto del terreno, el río Hudson bordeaba una ribera cubierta de nieve y hielo.

Verlaine avanzó por el sendero adoquinado y espolvoreado de nieve, y se estremeció. Sentía un frío antinatural, una sensación que lo había embargado en el mismo momento en que dejó Central Park, y que lo había envuelto, pesada y rígida, durante todo el camino en coche hasta Milton. Había subido al máximo la calefacción de su coche en un intento de sacudirse el frío, pero aun así tenía las manos y los pies entumecidos. No alcanzaba a comprender el efecto que aquella reunión había tenido sobre él, ni lo mucho que lo había inquietado descubrir lo enfermo que estaba realmente Percival Grigori. Aquel hombre tenía un punto espectral y perturbador, algo que Verlaine no llegaba a discernir del todo. Verlaine siempre había tenido una fuerte intuición a la hora de tratar con la gente; sabía calar a cualquier persona a los pocos minutos, y rara vez erraba en sus impresiones iniciales. Desde su primer encuentro, Grigori le había provocado una fuerte reacción física, tan fuerte, de hecho, que se sintió al instante debilitado ante su presencia. Una presencia vacía y yerma, sin rastro alguno de calor.

La reunión de aquella tarde había sido la segunda que habían tenido, y quizá, conjeturó Verlaine con alivio, la última. Si no era él mismo quien daba por concluida su colaboración, cosa que bien podría suceder muy pronto si aquel viaje iba como esperaba, había bastantes posibilidades de que Grigori no siguiera mucho más con vida. La piel de Grigori había parecido tan exenta de color que Verlaine había alcanzado a ver las redecillas de venas azules bajo aquella superficie fina y pálida. Los ojos de Grigori ardían de fiebre, y apenas era capaz de mantenerse en pie con el bastón. Resultaba absurdo que aquel hombre saliese siquiera de la cama, por no mencionar mantener reuniones en medio de una ventisca.

Sin embargo, lo más absurdo de todo había sido enviar a Verlaine al convento sin llevar a cabo los preparativos necesarios. Resultaba impulsivo y poco profesional; justo el tipo de comportamiento que Verlaine habría esperado de un coleccionista de arte iluso como Grigori. El protocolo establecido de cualquier investigación requería conseguir un permiso para visitar la mayoría de bibliotecas, y la biblioteca de aquel convento parecía ser más conservadora que muchas. Verlaine imaginaba que la biblioteca de Santa Rosa sería pequeña, peculiar, repleta de helechos y horrendos cuadros al óleo de corderos y niños… el tipo de decoración bien hortera que las religiosas solían considerar encantadora. Supuso que la bibliotecaria sería una mujer lúgubre y nervuda de alrededor de setenta años, una criatura pálida y severa que no profesaría el menor aprecio hacia la colección de imágenes que custodiaba. A buen seguro, en el Convento de Santa Rosa no abundarían la belleza ni el placer, los elementos que hacían la vida soportable. Aunque Verlaine no había estado nunca en un convento. Provenía de una familia de agnósticos y académicos, gente que prefería mantener sus creencias en privado, como si mencionar la fe bastase para que esta desapareciese del todo.

Verlaine subió los amplios escalones de piedra de la entrada del convento y dio unos golpecitos en las puertas dobles de madera. Llamó dos, tres veces, y luego buscó algún timbre o interfono; algo que atrajese la atención de las hermanas. Sin embargo, no encontró nada. Siendo como era el tipo de persona que solía olvidarse de echar la llave de su apartamento la mitad de las veces, le resultó extraño que un grupo de monjas contemplativas empleasen una seguridad tan férrea. Molesto, rodeó el edificio, sacó del bolsillo interior una fotocopia del diseño arquitectónico y empezó a consultarlo, con la esperanza de encontrar una entrada alternativa.

Con el río como punto fijo con el que orientarse, vio que la entrada principal debería haber estado ubicada en la cara sur del edificio. En realidad, la entrada se encontraba en la fachada oeste, de cara a las puertas principales. Según el mapa, tal y como Verlaine pensaba ahora en aquellos diseños, las estructuras de la iglesia y la capilla deberían dominar la parte trasera del recinto, y el convento sería un ala estrecha en la parte delantera. Sin embargo, a menos que no hubiese leído correctamente los diseños, los edificios seguían una configuración completamente diferente. Resultó cada vez más evidente que los diseños arquitectónicos no casaban con la estructura que Verlaine tenía delante. Curioso, rodeó el perímetro del convento, comparando los sólidos contornos enladrillados con el trazado en tinta del plano. De hecho, los dos edificios no eran como se mostraba en papel. En lugar de dos estructuras distintas, Verlaine tenía delante un complejo enorme que fusionaba enladrillado y mortero tanto nuevo como antiguo, como si los dos edificios hubiesen sido cortados por la mitad y unidos en un collage surrealista de mampostería.

Verlaine no sabía qué pensaría Grigori al respecto. Su primer encuentro había tenido lugar en una subasta de arte en la que Verlaine había actuado de asistente en la venta de cuadros, muebles, libros y joyas pertenecientes a diferentes familias de la famosa Edad Dorada. Había una elegante cubertería de plata que pertenecía a Andrew Carnegie; un juego de mazos de críquet ribeteados de oro con las iniciales de Henry Flagler; una estatuilla de mármol de Neptuno venida de la mansión Breaker de Newport, perteneciente a Cornelio Vanderbilt II. Había sido una subasta pequeña, con pujas más bajas de lo esperado. Percival Grigori le había llamado la atención a Verlaine al hacer una puja bastante cuantiosa por ciertos artículos que habían pertenecido en su día a la esposa de John D. Rockefeller, Laura «Cettie» Celestine Spelman.

Verlaine sabía suficiente de la familia Rockefeller como para comprender que el lote de artículos por el que había pujado Percival Grigori no tenía nada de especial. Y sin embargo, Grigori lo había deseado con tanta vehemencia que había subido el precio mucho más de lo que merecía el conjunto. Más tarde, una vez vendidos los últimos lotes, Verlaine se había acercado a Grigori para darle la enhorabuena por su adquisición. Empezaron a hablar de la familia Rockefeller y luego siguieron diseccionando la Edad Dorada con una botella de vino en un bar en la acera de enfrente. Grigori admiraba lo mucho que sabía Verlaine de la familia Rockefeller; la investigación que había llevado aquel en el MoMA sobre la familia le había despertado la curiosidad, y de hecho le preguntó si le interesaría realizar cierto encargo privado sobre el tema. Le pidió el número de teléfono. Y poco después, Verlaine empezó a trabajar para Grigori.

Verlaine le profesaba un afecto especial a la familia Rockefeller; había escrito su doctorado sobre los primeros años del Museo de Arte Moderno, una institución que jamás habría existido sin la visión y el patronazgo de Abigail Aldrich Rockefeller. En su día, los estudios en historia del arte de Verlaine habían surgido de su interés en el diseño. Se había inscrito en algunas clases del departamento de historia del arte de Columbia; luego en un par más, hasta darse cuenta de pronto de que todo su foco de atención había pasado del diseño moderno a las ideas que había detrás del modernismo: el primitivismo, el imperativo de romper con la tradición, el valor del presente sobre el pasado... y, eventualmente, a la mujer que había ayudado a construir uno de los mayores museos de arte moderno del mundo: Abigail Rockefeller. Verlaine sabía a la perfección, tal y como le recordaba a menudo su tutor, que en realidad no tenía madera de académico. Era incapaz de sistematizar la belleza, de reducirla a teorías y notas a pie de página. Prefería el color vibrante y estremecedor de un Matisse a la rigidez intelectual de los formalistas rusos. Durante sus estudios no había adoptado una visión más intelectual del arte, sino que había aprendido a considerar y apreciar la motivación que había tras el acto de creación.

Mientras escribía su tesis había llegado a admirar el gusto de Abigail Rockefeller y, tras años de investigación en el tema, sentía que se había convertido en un experto menor en las operaciones de la familia Rockefeller dentro del mundo del arte. Parte de su tesis se había publicado en una prestigiosa revista de arte hacía apenas un año, lo cual le había granjeado un puesto de profesor en Columbia.

Si todo salía según lo planeado, Verlaine puliría su tesis, encontraría la manera de hacerla algo más atractiva para un público general y, si las estrellas se alineaban, la publicaría algún día. Tal y como estaba en aquel momento, no había quien la entendiese. Sus archivos se habían convertido en una maraña de información, con hechos y datos y diferentes colecciones de retratos entretejidos. Había cientos de copias de documentos almacenados en carpetas. De algún modo, Grigori se las había ingeniado para convencer a Verlaine de que le copiase para su uso personal hasta el último dato, documento e informe que había recopilado en su investigación. Verlaine creía que sus archivos eran detallados, y precisamente por ello se sorprendió al descubrir que, durante los mismos años en los que se había especializado, los años en que Abigail se había involucrado activamente con el Museo de Arte Moderno, había mantenido correspondencia con el Convento de Santa Rosa.

Verlaine descubrió la conexión en un viaje de investigación de campo que había realizado a principios de año en el Centro de Archivos Rockefeller. Había conducido cuarenta kilómetros al norte de Manhattan, hasta Sleepy Hollow, un pintoresco pueblito de bungalós y cabos pesqueros junto al Río Hudson. El centro de archivos, que descansaba en una colina desde la que se veían veinticuatro acres de tierra, se encontraba en una enorme mansión de piedra que había pertenecido a la segunda esposa de John D. Rockefeller Jr., Martha Baird Rockefeller. Verlaine había aparcado el Renault, se había echado la mochila al hombro y había subido los escalones de la entrada. Resultaba asombrosa la cantidad de dinero que había acumulado la familia y el modo en que habían sabido rodearse de una belleza que parecía no tener fin.

Un archivero había comprobado las credenciales de investigación de Verlaine, un carnet de instrucción de la Universidad de Columbia que dejaba bien claro su estatus de adjunto, y lo había llevado a la sala de lectura del segundo piso. Grigori pagaba bien; un día de investigación le bastaba a Verlaine para pagar un mes de alquiler, así que se tomó su tiempo, disfrutando de la tranquilidad de la biblioteca, del olor de los libros, del ordenado sistema con el que los archivos distribuían documentos y pliegos. El archivero trajo cajas de documentos de las cámaras que tenían su propio sistema de control de temperatura, un enorme anexo de cemento pegado a la mansión, y se las puso por delante a Verlaine. Los documentos de Abby Rockefeller estaban divididos en siete series: Correspondencia de Abby Aldrich Rockefeller, Documentos Personales, Colecciones de Arte, Filantropía, Documentos Familiares Aldrich/Freene, Muerte de Abby Aldrich Rockefeller y Biografía Pormenorizada de Mary Ellen Chase. Cada sección contenía cientos de documentos. Iban a hacer falta semanas para repasar todo aquel absurdo volumen de hojas. Verlaine se puso manos a la obra; empezó a tomar notas y a hacer fotocopias.

Antes de embarcarse en aquel viaje había vuelto a leer todo lo que había podido encontrar sobre ella, con la intención de descubrir algo original que pudiese ayudarle, algún dato que no hubiese reivindicado ningún otro historiador de arte moderno. Había leído varias biografías y sabía bastante sobre su infancia en Providence, Rhode Island; de su matrimonio con John D. Rockefeller Jr. y de su vida subsiguiente en la sociedad neoyorquina. Había leído descripciones de las cenas que celebraba, de los cinco hijos varones y de la hija rebelde que tuvo, aunque todo ello palidecía en comparación con sus intereses y pasiones artísticas. Aunque los detalles de sus vidas no podrían haber sido más diferentes; pues Verlaine vivía en un estudio y llevaba una existencia irregular de finanzas precarias como profesor a media jornada, mientras que Abby Rockefeller se había casado con uno de los hombres más ricos del siglo xx... en cierto modo, Verlaine había llegado a sentir cierta cercanía hacia Abby. Verlaine sentía que comprendía sus gustos y las misteriosas pasiones que la habían llevado a amar la pintura moderna. No había muchos aspectos de su vida personal que no hubiesen sido examinados una y mil veces. Verlaine sabía bien que no tenía muchas posibilidades de encontrar nada nuevo para Grigori. Si le tocaba la lotería, o al menos descubría algún fragmento de material que pudiese ser de utilidad para su jefe, sería todo un golpe de suerte.

Así pues, Verlaine repasó lote tras lote de documentos y cartas saqueadas por diferentes eruditos. Contrastó los datos con los ficheros de la biografía de Mary Ellen Chase y pasó a la siguiente caja, que correspondía a la adquisición de arte y planificación del MoMA: Colecciones de Arte, Serie III: inventario de obras de artes compradas, donadas, prestadas o vendidas; Información correspondiente a grabados chinos y japoneses o a arte folclórico americano; Notas de marchantes sobre la colección de arte de Rockefeller. Tras horas de lectura, sin embargo, no encontró nada de excepción en el material.

Por fin, Verlaine devolvió las cajas de la Serie III y le pidió al archivero que trajese la Serie IV: Filantropía. No la solicitó por ninguna razón en concreto, excepto que las donaciones caritativas de Rockefeller eran quizá el único elemento que no había sido examinado exhaustivamente, pues solían estar compuestas por áridas hojas de contabilidad. Cuando las cajas llegaron y Verlaine empezó a repasarlas, comprobó que, a pesar de lo anodino del tema, la voz de Abby Rockefeller lo intrigaba tanto como su gusto en el arte pictórico. Tras leer durante más de una hora descubrió un extraño conjunto de cartas; cuatro misivas dobladas entre un montón de documentos. Las cartas estaban metidas entre informes de donaciones de caridad, plegadas pulcramente dentro de sus sobres originales sin comentarios o anexos. De hecho, comprendió Verlaine mientras consultaba el catálogo de esa serie, las cartas no habían sido documentadas en absoluto. Verlaine no podía verificar su existencia, y sin embargo ahí estaban, amarillentas de pura antigüedad, delicadas al tacto. Soltaban un polvillo que se le pegaba a los dedos como si hubiese tocado las alas de una polilla.

Las abrió y las aplanó bajo el resplandor de la lámpara para verlas con más claridad. Al instante comprendió el motivo de que las hubiesen pasado por alto: las cartas no tenían ninguna relación directa con la familia, la vida en sociedad o el trabajo artístico de Abigail Rockefeller. No había ninguna categoría concreta para aquellas cartas. Ni siquiera las había escrito Abigail Rockefeller, sino una mujer llamada Inocenta, la abadesa de un convento de Milton, Nueva York, un pueblo del que jamás había oído hablar. Tras buscarlo en un atlas vio que Milton estaba apenas a unas horas de la ciudad de Nueva York, siguiendo el curso del río Hudson.

A medida que Verlaine leía las cartas se fue maravillando más y más. Inocenta tenía una letra enrevesada y anticuada, con estrechos numerales europeos y letras apretadas y curvas, evidentemente trazadas con pluma y tintero. Por lo que Verlaine consiguió entender, la madre Inocenta y la señora Rockefeller habían compartido un interés similar en arte religioso, caridad y actividades de recaudación de fondos, siempre en la medida en que resultaba posible a dos mujeres de su posición. Las cartas de Inocenta comenzaban con tono de deferencia y educada humildad, pero a medida que avanzaban iban cobrando un tono más cálido que sugería que ambas mujeres habían establecido una comunicación regular. Verlaine tenía la sospecha de que lo que había tras su relación era algún tipo de obra de arte religioso, pero no encontró nada sustancial en las cartas que apoyase su hipótesis. Se fue convenciendo poco a poco de que aquellas cartas lo llevarían a alguna parte si conseguía comprenderlas. Eran justo el tipo de descubrimiento que podría ayudarle en su carrera.

Rápidamente, antes de que el archivero tuviese oportunidad de descubrirle, Verlaine se metió las cartas en el bolsillo interior de la mochila. Diez minutos después avanzaba a toda velocidad hacia Manhattan, con los documentos robados abiertos en el regazo. No había explicación para su comportamiento, no tenía más motivación que el impulso desesperado de querer comprenderlos. Sabía que debería haber compartido su descubrimiento con Grigori, el hombre que, a fin de cuentas, le había costeado el viaje, pero no parecía haber ningún dato concreto que poder entregarle, así que Verlaine decidió hablarle a Grigori más tarde de la existencia de las cartas, una vez que hubiese verificado su importancia.

Y ahora, delante del convento, se encontraba desconcertado una vez más al comparar los diseños arquitectónicos con la estructura física que tenía ante sí. Capas de luz invernal caían sobre las páginas cubiertas de dibujos; las sombras picudas de los abedules se alargaban por la superficie de la nieve. La temperatura descendía a toda velocidad. Verlaine se subió el cuello del abrigo y empezó a rodear una vez más el complejo, con los bajos empapados de nieve derretida. Grigori tenía razón en una cosa: no podrían averiguar nada más sin conseguir acceder al Convento de Santa Rosa.

Mientras rodeaba el edificio, Verlaine descubrió una escalinata congelada. La descendió agarrado a la barandilla para no resbalarse. En medio de una arcada de piedra hueca se alzaba una puerta. Verlaine giró el pomo y descubrió que la puerta no estaba cerrada con llave. Un instante después se encontraba en medio de un espacio oscuro y húmedo que olía a piedra mojada, madera podrida y polvo. Una vez que sus ojos se hubieron ajustado a la tenue iluminación, cerró la puerta y la encajó con fuerza tras de sí para, acto seguido, internarse en el corredor abandonado que llevaba al interior del Convento de Santa Rosa.

Biblioteca de imágenes angélicas, Convento de Santa Rosa, Milton, Nueva York

Siempre que llegaban visitantes, las hermanas recurrían a Evangeline para que hiciese las veces de enlace entre los reinos de lo sacro y lo profano. Tenía talento para que quienes no fuesen eruditos se sintiesen cómodos, un aire de juventud y modernidad que les faltaba a las otras hermanas. A menudo debía traducir los procedimientos internos de la comunidad a los visitantes, que solían esperar que los recibiese una monja vestida con hábito completo, con velo negro, adustos zapatos de cuero de cordones bien atados, una Biblia en una mano y un rosario en la otra. Una anciana que llevase toda la tristeza del mundo en la cara. En cambio, quien los recibía era Evangeline. Joven, bonita y de mente afilada, no tardaba en despojarlos de sus estereotipos. A veces soltaba algún chiste o comentaba alguna noticia del periódico, rompiendo así la imagen de severidad que presentaba el convento. Las ocasiones en que Evangeline llevaba a los invitados por los serpenteantes corredores, les explicaba que su comunidad era moderna, abierta a nuevas ideas. Explicaba que, a pesar de sus hábitos tradicionales, las hermanas de mediana edad llevaban zapatillas Nike en sus paseos matutinos junto al río en otoño, o sandalias Birkenstock para desbrozar los jardines florales en verano. Las apariencias exteriores, explicaba Evangeline, no significaban mucho. Las rutinas establecidas hacía doscientos años, rituales reverenciados y mantenidos con persistencia férrea, eran lo que más importaba. Siempre que los seculares se sobresaltaban ante la quietud de los pasillos, la regularidad de las oraciones y la uniformidad de las monjas, Evangeline tenía la habilidad de que todo ello pareciese bastante normal.

Aquella tarde, sin embargo, Evangeline adoptó un comportamiento totalmente distinto. Jamás había tenido la sorpresa de encontrarse a alguien plantado ante la puerta de la biblioteca. Un murmullo de movimiento en el extremo de la estancia la alertó de la presencia del intruso. Se giró y descubrió a un joven apoyado contra la puerta, contemplándola con interés inusual. Una sensación de alarma tan rápida como una descarga eléctrica la recorrió. Se le acumuló la tensión en las sienes, una sensación que se manifestó nublándole la visión y tintineando levemente en sus oídos. Enderezó la postura y asumió inconscientemente el papel de guardiana de la biblioteca. De esa guisa se enfrentó al intruso.

Aunque no fue capaz de entender cómo lo sabía, Evangeline comprendió que el hombre frente a la puerta de la biblioteca era el mismo cuya carta había leído aquella mañana. Resultaba raro que hubiese reconocido a Verlaine. Se había imaginado al autor de la carta como un profesor lleno de arrugas, canoso y panzudo; mientras que el hombre ante ella era mucho más joven de lo que habría esperado. Sus gafas de montura de alambre, pelambrera rebelde y el modo vacilante con el que aguardaba en la puerta se le antojaron infantiles. Todo un misterio, pensó Evangeline: no había modo de saber cómo había entrado al convento y, lo que era aún más curioso, cómo se había orientado hasta encontrar la biblioteca sin que ninguna de las hermanas lo interceptase. No estuvo segura de si debería saludarle o pedir ayuda a alguien para que lo acompañase a la salida del edificio.

Se alisó la falda con cuidado y decidió que llevaría a cabo sus deberes para con la carta. Se acercó a la puerta y le clavó una fría mirada.

—¿Puedo ayudarle de alguna manera, señor Verlaine? —su propia voz le sonó extraña, como si la oyese a través de un túnel aerodinámico.

—¿Sabe usted quién soy? —dijo Verlaine.

—No es difícil deducirlo —replicó Evangeline, con maneras más severas de lo que pretendía.

—Entonces ya sabe —dijo Verlaine, ruborizado, una señal de azoramiento que suavizó a Evangeline a su pesar— que hablé con alguien por teléfono. Creo que su nombre era Perpetua. Hablamos sobre visitar la biblioteca por una investigación que estoy llevando a cabo. También escribí una carta en la que solicitaba organizar una visita.

—Me llamo Evangeline. Fui yo quien recibió su carta, así que estoy muy al tanto de su solicitud. También estoy al tanto de que habló usted con la madre Perpetua sobre su intención de llevar a cabo una investigación en nuestro recinto, pero, que yo sepa, no le han concedido permiso para entrar en la biblioteca. De hecho, no sé bien cómo ha entrado usted, sobre todo a esta hora del día. Entiendo que alguien pueda meterse en un área restringida tras la misa del domingo; el público es bienvenido a orar con nosotros y ya ha sucedido antes que alguna persona curiosa se pasee para ver nuestras habitaciones privadas. Sin embargo, en medio de la tarde... Me sorprende que no se haya topado con ninguna hermana de camino a la biblioteca. Sea como sea, tiene que inscribirse usted en la Oficina de Misión; es el protocolo que tienen que seguir todos los visitantes. Creo que será mejor que vayamos de inmediato allí, o al menos que hablemos con la madre Perpetua, en caso de que haya algún...

—Lo siento —interrumpió Verlaine—. Sé que esto es extralimitarse y que no debería haber entrado sin permiso, pero espero que pueda usted ayudarme. Puede que su pericia me saque de una situación bastante difícil. Le aseguro que no he venido a causarle ningún problema.

Evangeline contempló a Verlaine un momento, como si intentase evaluar su sinceridad. Acto seguido hizo un gesto hacia la mesa de madera junto a la chimenea y dijo:

—No hay problema que yo no pueda manejar, señor Verlaine. Por favor, siéntese y dígame qué puedo hacer para ayudarle.

—Gracias. —Verlaine se sentó en una silla al tiempo que Evangeline ocupaba la de enfrente—. Probablemente sabrá usted por mi carta que intento encontrar pruebas de que existió una correspondencia entre Abigail Rockefeller y la abadesa del Convento de Santa Rosa en el invierno de 1943. —Evangeline asintió al recordar el texto de la carta—. Bueno, no lo mencioné en la carta, pero estoy escribiendo un libro... en realidad es una tesis doctoral, pero espero convertirla en libro... sobre Abigail Rockefeller y el Museo de Arte Moderno. He leído casi todo lo publicado sobre el tema, así como muchos documentos sin publicar, y no he visto ningún lugar donde se mencione una relación entre los Rockefeller y el Convento de Santa Rosa. Como puede usted imaginar, semejante correspondencia supondría un descubrimiento significativo, al menos en mi área académica. Es el tipo de dato que podría cambiar mis perspectivas profesionales por completo.

—Me parece muy interesante —dijo Evangeline—, pero no alcanzo a ver cómo puedo ayudarle.

—Permítame que le enseñe una cosa.

Verlaine rebuscó en el bolsillo interior de su abrigo y depositó un fajo de papeles sobre la mesa. Los papeles estaban llenos de dibujos que, a primera vista, apenas parecían una serie de formas rectangulares y circulares, pero que, tras inspeccionarlos con más atención, resultaron ser la representación de un edificio. Verlaine alisó los papeles con los dedos y dijo:

—Son diseños arquitectónicos de Santa Rosa.

Evangeline se inclinó sobre la mesa para ver mejor el documento:

—¿Son los originales?

—Pues sí, lo son. —Verlaine pasó páginas para mostrarle a Evangeline los diferentes esbozos del convento—. De 1809. Firmados por la abadesa fundadora.

—La madre Francesca —dijo Evangeline, atraída por la antigüedad y complejidad de los planos—. Francesca levantó el convento y fundó la orden. Diseñó buena parte de la iglesia ella misma. La Capilla de la Adoración fue creación suya enteramente.

—Su firma aparece en cada página —dijo Verlaine.

—Es natural —replicó Evangeline—. Fue algo así como una mujer del Renacimiento... tiene sentido que insistiese en aprobar ella misma los planos.

—Fíjese en esto —dijo Verlaine, y desplegó los documentos sobre la superficie de la mesa—. Una huella dactilar.

Evangeline se acercó aún más. Pues sí: un pequeño óvalo de tinta, con una parte central tan apretado y nudoso como el centro de un árbol viejo, manchaba la página amarillenta. Evangeline pensó que podría haber sido la propia Francesca quien dejó la huella.

—Ha estudiado usted estos dibujos con atención —señaló.

—Sin embargo hay una cosa que no entiendo —dijo Verlaine al tiempo que se echaba hacia atrás en la silla—. La disposición de los edificios difiere significativamente de su ubicación en los planos arquitectónicos. He paseado un poco por fuera comparándolos ambos y he visto variaciones fundamentales. El convento estaba situado en un lugar distinto, por ejemplo.

—Sí —dijo Evangeline. Se había quedado tan absorta con los dibujos que se olvidó de la cautela que le inspiraba Verlaine—. Los edificios fueron reparados y reconstruidos. Todo cambió tras un incendio que redujo el convento a cenizas.

—El incendio de 1944 —dijo Verlaine.

Evangeline alzó una ceja.

—¿Sabe usted lo del incendio?

—Por eso sacaron estos dibujos del convento. Los encontré en lo más profundo de un repositorio de viejos planos municipales. El Convento de Santa Rosa recibió un permiso de obras en febrero de 1944.

—¿Le permitieron llevarse estos planos de un repositorio de documentos públicos?

—Los tomé prestados —dijo Verlaine en tono avergonzado. Apretó el sello con el borde de la uña, de modo que se elevó una pequeña arruga sobre la lámina, y preguntó—. ¿Sabe usted lo que marca este sello?

Evangeline miró con atención el sello dorado. Estaba ubicado en el centro de la Capilla de la Adoración.

—Es más o menos el lugar que ocupa el altar —dijo—. Pero no parece preciso al cien por cien.

Estudió a Verlaine, escrutándolo con interés renovado. A pesar de que en un primer momento había pensado que no era más que un oportunista que había venido a saquear su biblioteca, se dio cuenta de que tenía la inocencia y la sinceridad de un adolescente embarcado en la búsqueda de un tesoro. No sabía por qué sentía cierta calidez hacia él, pero así era.

Ciertamente, Evangeline no pretendía señalizar semejante calidez hacia Verlaine, pero este pareció de pronto menos vacilante, como si hubiese detectado un cambio en los sentimientos de la monja. La contemplaba tras las lentes sucias de sus gafas como si la viese por primera vez.

—¿Qué es eso? —preguntó, sin apartar los ojos de ella.

—¿A qué se refiere?

—Su colgante —dijo, y se acercó.

Evangeline retrocedió y casi derribó la silla, con miedo de que Verlaine quisiese tocarla.

—Disculpe —dijo Verlaine—. Es que…

—No puedo decirle mucho más, señor Verlaine —dijo ella, y se le quebró la voz mientras hablaba.

—Espere un segundo.

Verlaine hojeó los dibujos arquitectónicos y sacó del fajo una hoja que le tendió a Evangeline.

—Creo que su colgante lo dice todo.

Evangeline agarró la hoja y la colocó en la mesa frente a sí. Tenía una semblanza excelentemente dibujada de la Capilla de la Adoración, con el altar, las estatuas y la estructura octogonal trazadas con la misma precisión que el original que Evangeline había visto a diario durante tantos años. Fijado en el dibujo, en el mismo centro del altar, había un sello de oro.

—La lira —dijo Verlaine—. ¿Lo ve? Es la misma.

Con dedos temblorosos, Evangeline se desabrochó el colgante del cuello y lo colocó con cuidado sobre el papel, con la cadena dorada colgando tras la lira como la cola destellante de un meteoro. El colgante de su madre era idéntico al sello dorado.

Evangeline sacó del bolsillo la carta que había encontrado en los archivos, aquella misiva que Abigail Rockefeller le había enviado en 1943 a la madre Inocenta, y la depositó sobre la mesa. No comprendía la conexión entre el sello y el colgante, y la posibilidad de que Verlaine sí supiese algo al respecto le provocó el impulso ansioso de compartir con él su descubrimiento.

—¿Qué es? —preguntó Verlaine al tiempo que agarraba la carta.

—Quizá pueda usted decírmelo.

Verlaine abrió el papel arrugado y pasó la vista por las frases que contenía la carta. De pronto, Evangeline vaciló. Recordó la advertencia de la hermana Filomena y se preguntó si no estaría traicionando a su orden al compartir semejante documento con un desconocido. Experimentó la honda sensación de estar cometiendo un grave error. Aun así, se limitó a contemplar a Verlaine con creciente anticipación mientras este leía la hoja.

—Esta carta confirma que Inocenta y Abigail Rockefeller mantuvieron cierta relación —dijo Verlaine al fin—. ¿Dónde la ha encontrado?

—Esta mañana, después de recibir su petición, pasé algo de tiempo en el archivo. No me cabía duda de que se equivocaba usted con respecto a la madre Inocenta. Estaba segura de que no existía la conexión que usted buscaba. Dudé de que hubiese en nuestros archivos nada relacionado con una mujer secular como la señora Rockefeller, y mucho menos un documento que confirmase la correspondencia... resulta extraordinario que se haya conservado una prueba física. De hecho, fui al archivo para demostrar que estaba usted equivocado.

La mirada de Verlaine permanecía fija en la carta. Evangeline se preguntó si habría oído alguna palabra de lo que había dicho. Al cabo, aquel hombre sacó un trozo de papel de su bolsillo y escribió su número de teléfono en él.

—¿Dice usted que solo encontró una carta de Abigail Rockefeller?

—Sí —dijo Evangeline—. La carta que acaba de leer usted.

—Y sin embargo, todas las cartas que Inocenta le envió a Abigail Rockefeller eran respuestas. Eso significa que en alguna parte de su archivo hay tres o quizá cuatro cartas de Abigail Rockefeller.

—¿Cree usted de verdad que se podría pasar por alto unas cartas semejantes?

Verlaine le tendió su número de teléfono.

—Si encuentra algo, ¿me podría usted llamar?

Evangeline aceptó el papel y lo miró. No sabía qué decirle. Le resultaría imposible llamarle por teléfono aunque descubriese lo que estaba buscando.

—Lo intentaré —dijo al fin.

—Gracias —dijo Verlaine, y le dedicó una mirada de gratitud—. Mientras tanto, ¿le importa si hago una fotocopia de esta?

Evangeline volvió a abrocharse el colgante a la nuca y llevó a Verlaine hasta la puerta de la biblioteca.

—Acompáñeme.

Evangeline guio a Verlaine hasta el despacho de Filomena, sacó una hoja timbrada del Convento de Santa Rosa de una pila y se la tendió a Verlaine.

—Puede transcribir su contenido aquí —dijo.

Verlaine echó mano de un bolígrafo y se puso a ello. Tras haber copiado el original y habérselo devuelto a Evangeline, esta se percató de que Verlaine quería preguntarle algo. Lo conocía desde hacía diez minutos pero ya comprendía los derroteros por los que iba su mente. Al fin, Verlaine preguntó:

—¿De dónde ha salido este papel con membrete?

Evangeline sacó otra hoja timbrada del montón apilado sobre el escritorio de Filomena y la sostuvo entre los dedos. La parte superior de la hoja tenía una cenefa de barrocas rosas y ángeles, imágenes que había visto ya un millar de veces.

—No es más que nuestro papel oficial de siempre —dijo—. ¿Por qué lo pregunta?

—Es el mismo que empleó Inocenta en las cartas que le envió a Abigail Rockefeller —dijo Verlaine al tiempo que agarraba una hoja vacía y la examinaba más de cerca—. ¿Cuándo se hizo este diseño?

—Nunca me lo había preguntado —dijo Evangeline—, pero debe de tener doscientos años de antigüedad. Nuestra abadesa fundadora creó ella misma el emblema de Santa Rosa.

—¿Me permite que me lleve algunas? —dijo Verlaine. Sacó un par de hojas, las dobló y se las fue a meter en el bolsillo.

—Sí, claro —dijo Evangeline, desconcertada ante el interés de Verlaine en algo que a ella se le antojaba del todo banal—. Llévese las que quiera.

—Gracias —dijo Verlaine. Por primera vez en toda la conversación le mostró una sonrisa a Evangeline—. Imagino que no se le permite ayudarme en todo esto.

—De hecho, lo que debería haber hecho es llamar a la policía en cuanto lo vi a usted —dijo ella.

—Espero que haya alguna manera de agradecérselo.

—La hay —dijo Evangeline mientras acompañaba a Verlaine a la puerta—: marcharse antes de que lo vean. Y si se cruza por casualidad con alguna de las hermanas, usted no ha puesto ni un pie en esta biblioteca, ni por supuesto me ha visto.

Convento de Santa Rosa, Milton, Nueva York

Mientras Verlaine había estado en el interior del convento había nevado aún más. La nieve caía a capas del cielo, se depositaba en las esbeltas ramas de los abedules y se escondía entre los adoquines del sendero. Verlaine entrecerró los ojos e intentó ubicar su Renault en medio de la oscuridad más allá de las puertas de hierro corrugado, pero había poca luz y su vista no podía competir con la espesa capa de nieve que caía. Tras él, el convento había desaparecido en una neblina; y más adelante no vio nada más que un profundo vacío. Se abrió paso lo mejor que pudo sobre el hielo con sus zapatos y salió de los terrenos del convento.

El gélido aire en sus pulmones, delicioso después del rígido calor de la biblioteca, no hizo sino avivar la euforia que sentía tras aquel éxito rotundo. De algún modo, para su asombro y deleite, lo había conseguido. Evangeline... no conseguía obligarse a pensar en ella como «la hermana Evangeline», pues había en ella algo demasiado incitante, demasiado estimulante a nivel intelectual, demasiado femenino para que fuese monja... no solo le había permitido acceder a la biblioteca, sino que le había enseñado precisamente el artículo que había esperado encontrar. Había leído la carta de Abigail Rockefeller con sus propios ojos, y podía afirmar con toda certeza que aquella mujer había estado trabajando en algún tipo de plan con las hermanas del Convento de Santa Rosa. Aunque no había podido llevarse una fotocopia de la carta, había reconocido la letra en que estaba escrita, y era auténtica. A buen seguro, aquello satisfaría a Grigori y, más importante aún, impulsaría su propia investigación personal. Lo único que podría haber mejorado aquel resultado habría sido que Evangeline le hubiese dado directamente la carta original. O, incluso mejor, que hubiese sacado tantas cartas de Abigail Rockefeller como las que Verlaine tenía ya de Inocenta... y le hubiese dado los originales.

Algo más adelante, más allá de los barrotes de la puerta, los faros de un coche hendieron el borrón de copos de nieve. Apareció un Mercedes negro mate y aparcó junto al Renault. Verlaine se agachó al lado de una espesura de pinos, un acto realizado por mero instinto y que lo protegió de las duras luces de aquellos faros. Por una estrecha grieta entre los árboles, Verlaine vio que salía del vehículo un hombre con una gorra de tela seguido de otro hombre rubio, de mayor tamaño, que enarbolaba una palanca. La misma revulsión física que Verlaine había sentido aquella mañana, y de la que apenas se había recuperado del todo, regresó al verlos a ambos. Bajo la luz de los faros, los hombres parecían más amenazadores, más grandes de lo que era humanamente posible. Sus siluetas desprendían un cegador brillo blanquecino. El contraste de iluminación y sombras hacía que sus ojos y mejillas pareciesen vacíos; les daba a sus rostros el aspecto de máscaras de carnaval. Los había enviado Grigori; Verlaine lo comprendió en cuanto los vio, pero no entendía por qué demonios lo había hecho.

Con la punta de la palanca, el más alto de los dos trazó un círculo sobre la nieve que se acumulaba en una de las ventanas del Renault, el metal arañó la superficie de cristal. Luego, con un derroche de violencia que sobresaltó a Verlaine, descargó la palanca sobre la ventana y destrozó el cristal de un rápido golpe. Tras apartar las esquirlas, el otro hombre metió la mano y quitó el seguro de la puerta con movimientos rápidos y eficientes. Juntos, los dos examinaron la guantera, el asiento de atrás y, tras abrirlo desde dentro, el maletero. Repasaron todas sus pertenencias, inspeccionaron su bolsa de deporte y metieron en ella sus libros, muchos de los cuales los había sacado de la biblioteca de la Universidad de Columbia, en el Mercedes. Entonces, Verlaine comprendió que Grigori debía de haberlos enviado para robarle sus documentos.

Lo que estaba claro era que no iba a regresar a la ciudad de Nueva York en su Renault. Decidido a alejarse de aquellos matones tanto como fuera posible, Verlaine se puso a cuatro patas y se apartó de allí gateando. La suave nieve crujía bajo su peso. Se abrió camino entre los árboles y el potente aroma del pino inundó sus sentidos. Si conseguía mantenerse a cubierto en el bosque y seguía el sombrío camino que llevaba de regreso al convento, quizá podría escapar sin que lo viesen. Al llegar al borde de la arboleda, se puso en pie, con la respiración pesada y las ropas cubiertas de nieve. Había un espacio abierto entre el bosque y el río; no tenía más remedio que arriesgarse a que lo descubriesen. Su única esperanza era que aquellos dos hombres estuviesen demasiado absortos en destruir su coche como para percatarse de su presencia. Corrió hacia el Hudson y solo miró por encima del hombro después de haber llegado al borde de la ribera. En la lejanía, los matones se estaban subiendo al Mercedes. Aún no se habían marchado. Esperaban a Verlaine.

El lecho del río estaba helado. Verlaine miró los bajos de su abrigo, ya completamente empapados, y sintió una oleada de rabia y frustración. ¿Cómo iba a poder regresar a casa? Estaba atrapado en medio de ninguna parte. Los gorilas de Grigori se habían llevado sus cuadernos, todos sus archivos, todo su trabajo de los últimos diez años, y de paso habían destrozado su coche. ¿Tendría Grigori la menor idea de lo difícil que era encontrar recambios para un Renault R5 de 1984? ¿Cómo iba Verlaine a atravesar aquel terreno salvaje cubierto de nieve y hielo con un par de resbaladizos zapatos *vintage*?

Se abrió camino en el terreno y se dirigió hacia el sur siguiendo la ribera del río, con cuidado de no caerse. Pronto se encontró ante una barricada de alambre de espino. Supuso que aquella verja marcaba el límite del recinto que pertenecía al convento; era una larga y afilada extensión del grueso muro de piedra que rodeaba los terrenos de Santa Rosa, pero para él no era más que otro obstáculo que salvar en su huida. Intentó aplastar el alambre de espino con el pie y saltar al otro lado, pero se le enganchó el abrigo, que quedó rasgado.

Tras haber caminado un largo rato, cuando los terrenos del convento ya habían dado paso a un camino rural oscuro y cubierto de nieve, Verlaine se dio cuenta de que se había rajado la mano al trepar por la valla. Estaba tan oscuro que no atisbó bien el corte, pero supuso que sería profundo; quizá incluso necesitaría puntos. Se quitó su corbata Hermès favorita, se subió la manga de la camisa y envolvió la herida con la corbata a modo de vendaje.

Verlaine tenía un pésimo sentido de la orientación. Con la tormenta de nieve que oscurecía el cielo nocturno y el absoluto desconocimiento de los pueblecitos que se repartían por la ribera del Hudson, no tenía la menor idea de dónde se encontraba. El tráfico era escaso. Aparecieron unos faros en la lejanía, así que se apartó del arcén de gravilla y se internó entre los árboles del bosque para ocultarse. Había cientos de caminitos y carreteras, y podía encontrarse en cualquiera de ellos. Y sin embargo, no podía evitar preocuparse de que los hombres de Grigori, que ya estarían buscándolo en serio, podrían aparecer en cualquier momento. Tenía la piel irritada y agrietada a causa del viento, los pies entumecidos. Le había empezado a latir con fuerza la mano, así que se detuvo a examinarla. Apretó aún más la corbata en torno a la herida y se percató, con aturdido desapego, de la elegancia con la que la seda había absorbido y retenido la sangre.

Tras lo que se le antojó horas llegó a una carretera comarcal algo más grande y con más tráfico; dos carriles de cemento agrietado con una señal que marcaba el límite de velocidad: 90 kilómetros por hora. Verlaine se giró hacia Manhattan, o lo que supuso que era la dirección en la que se encontraba Manhattan, y echó a andar por el arcén cubierto de hielo y grava, mientras el viento le mordía la piel. El tráfico aumentó a medida que avanzaba. Pasaban a toda velocidad camiones articulados con anuncios pintados en los laterales, camiones plataforma cargados de mercancías industriales, mini-furgonetas y turismos. Los gases de los tubos de escape se mezclaron con el gélido aire y crearon una mezcolanza tóxica que le dificultó la respiración. Aquella franja de autopista que no parecía tener fin, el frío viento, el entumecimiento que transmitía la fealdad de la escena… era como si Verlaine hubiese caído en una obra de arte post-industrial de pesadilla. Apretó el paso y miró entre el tráfico con la esperanza de localizar un coche de policía, un autobús, algo que le permitiese escapar de aquel frío.

Sin embargo, el tráfico avanzaba como una caravana implacable y distante. Al cabo, Verlaine acabó por enseñar el pulgar en busca de alguien que lo llevase.

Con un siseo de gases calientes, un camión articulado se detuvo a unos cien metros por delante de él; los frenos crujieron y las ruedas desaceleraron hasta detenerse. La puerta del pasajero se abrió y Verlaine echó a correr hacia la cabina iluminada. El conductor era un tipo grueso, de barba larga y enmarañada y una gorra de beisbol. Le dedicó una mirada compasiva a Verlaine.

—¿Adónde vas?

—A la ciudad de Nueva York —dijo Verlaine, disfrutando ya de la calidez del interior.

—Tan lejos no voy, pero te puedo dejar en el siguiente pueblo si quieres.

Verlaine se metió la mano en el abrigo, ocultándola de la vista.

—¿Dónde queda ese pueblo?

—A unos veinticinco kilómetros de Milton —dijo el conductor, y lo miró de arriba abajo—. Parece que has tenido un mal día; sube.

Condujeron unos quince minutos hasta que el camionero paró y lo dejó en una pintoresca calle principal con sendas hileras de tiendecitas. La calle estaba desierta por completo, como si todo el pueblo se hubiese cerrado debido a la tormenta de nieve. Los escaparates de las tiendas estaban oscurecidos, vacío el apartamiento frente a la oficina postal. La única señal de que allí había vida era el letrero iluminado que anunciaba cerveza en la ventana de un bar que había en una esquina.

Verlaine se rebuscó los bolsillos en busca de la cartera y las llaves. Se había guardado el sobre de dinero en el bolsillo interior de la chaqueta. Sacó el sobre para comprobar que no había perdido el dinero. Para su alivio, seguía todo ahí. Al pensar en Grigori, sin embargo, volvió a sentir rabia. ¿Cómo se le había ocurrido trabajar para un tipo capaz de ir a por él, destrozarle el coche y darle un susto de muerte? Verlaine empezaba a pensar que debía de haber enloquecido para mezclarse con Percival Grigori.

Ático de los Grigori, Upper East Side, Ciudad de Nueva York

La familia Grigori había adquirido el ático a finales de los años cuarenta de manos de la hija de un magnate americano, que se encontraba consumida por las deudas. Era grande y magnífico, demasiado para un soltero con aversión a las grandes fiestas. Por ello, el hecho de que su madre y Otterley empezasen a ocupar las plantas superiores le supuso a Percival una suerte de alivio. Cuando vivía allí solo, se pasaba horas jugando él solo al billar, con las puertas cerradas a los sirvientes que recorrían de un lado a otro los corredores. Percival echaba las pesadas cortinas de terciopelo verde, bajaba la luz de las lámparas y bebía whisky escocés mientras encajaba una bola tras otra, mientras apuntaba con el taco y golpeaba las bolas pulidas en sus huecos.

Con el paso del tiempo, Percival remodeló varias estancias del apartamento, pero dejó la sala de billar tal y como había sido en los años cuarenta: muebles de cuero levemente ajados, radio transistor con botones de baquelita, alfombra persa del siglo XVIII y abundantes libros viejos amontonados en las estanterías de madera de cerezo, si bien Percival no había intentado leer casi ninguno. Aquellos volúmenes eran puramente decorativos, admirados por su edad y su valor. Había volúmenes encuadernados en piel de ternero que trataban los orígenes y botines de sus muchas relaciones: historias, memorias, novelas sobre batallas épicas, romances. Algunos de aquellos libros habían sido enviados desde Europa después de la guerra, mientras que otros habían sido adquiridos gracias a un venerable librero de aquel mismo barrio, un viejo amigo de la familia trasladado desde Londres. El hombre tenía un agudo talento para descubrir siempre lo que más desease la familia Grigori... historias de conquistas europeas, glorias coloniales y el poder civilizador de la cultura occidental.

Incluso el olor característico de la sala de billar seguía idéntico; jabón y abrillantador de cuero, así como un leve aroma a puro. Percival aún disfrutaba de dejar transcurrir las horas allí dentro, llamando de vez en cuando a la criada para que le trajese otro trago. La joven, una anakim maravillosamente silenciosa, le colocaba el whisky escocés cerca y se llevaba el vaso vacío, dejándolo con una eficiencia nacida de la práctica. Con un golpe de muñeca, Percival le indicaba a la criada que podía retirarse, y ella desaparecía al instante.

Le gustaba que siempre se marchase en silencio y que cerrase las amplias puertas de madera tras de sí con un suave chasquido.

Percival se obligó a avanzar hasta una butaca mullida, mientras hacía girar el whisky en su vaso de cristal tallado. Estiró las piernas, despacio, con suavidad, sobre una otomana. Pensó en su madre y en el desprecio absoluto que había mostrado ante sus esfuerzos por avanzar hasta aquel punto. El hecho de haber descubierto información concreta sobre el Convento de Santa Rosa debería haberle inspirado a su madre algo de fe en él. Sin embargo, Sneja le había dicho a Otterley que supervisase las criaturas que iba a enviar al norte del estado.

Percival dio un sorbo de whisky e intentó telefonear a su hermana. Otterley no respondió. Él miró el reloj, molesto. Su hermana ya debería haber llamado.

Otterley era igual que su padre: puntual, metódica y completamente confiable bajo presión. Percival la conocía y sabía que habría consultado con su padre, en Londres, y que habría elaborado un plan para frenar y eliminar a Verlaine. De hecho, no le sorprendería que hubiese sido su padre quien hubiese diseñado el plan desde su despacho y le hubiese dado a Otterley todo lo que necesitase para llevar a cabo sus deseos. Otterley era la favorita de su padre. A sus ojos era incapaz de hacer nada mal.

Percival miró de nuevo su reloj y vio que solo habían pasado dos minutos. Quizá había sucedido algo que explicase el silencio de Otterley. Quizá sus esfuerzos se habían visto truncados. No sería la primera vez que los atrajesen a alguna situación aparentemente inocua para acabar siendo arrinconados.

Sintió que las piernas le palpitaban y temblaban, como si los músculos se rebelasen contra el reposo. Dio otro sorbo de whisky, esperando calmarse, pero cuando se encontraba en semejante estado, nada funcionaba. Dejó el bastón, se levantó de la butaca y cojeó hasta la estantería. Extrajo un volumen envuelto en piel de ternero y lo colocó con suavidad sobre la mesa de billar. El lomo crujió cuando Percival abrió la cubierta, como si el encuadernado pudiese romperse. Percival no había abierto *El libro de las generaciones* en muchos, muchos años, desde que el matrimonio de una de sus primas lo había llevado a buscar conexiones familiares con la familia de la novia. Siempre resultaba incómodo llegar a una boda y no saber quién importaba y quién no, sobre todo si la novia era miembro de la familia real danesa.

El libro de las generaciones era una amalgama de historia, leyenda, genealogía y predicciones sobre su raza. Todos los hijos de los nefilim recibían un volumen idéntico encuadernado en piel de ternero al acabar sus estudios, una suerte de regalo de despedida. Las historias del libro hablaban de batallas; de fundaciones de países y reinos; de vínculos y pactos de lealtad; de las Cruzadas; de caballeros armados, búsquedas y conquistas sangrientas... todas esas eran las historias del saber de los nefilim. A menudo, Percival se encontraba pensando que le habría gustado nacer en aquella época, cuando sus actos no eran tan visibles, cuando podían dedicarse a sus asuntos tranquilamente, sin el peligro de que los vigilasen. Su poder había podido crecer con la ayuda del silencio; cada victoria se había asentado en la victoria anterior. El legado de sus ancestros estaba ahí mismo, registrado en *El libro de las generaciones*.

Percival leyó la primera página, escrita con letra en relieve. Había una lista de nombres que documentaban el crecimiento del linaje de los nefilim, un catálogo de familias que empezaba en tiempos de Noé y se extendía hasta alcanzar diferentes dinastías de gobernantes. Jafet, hijo de Noé, había migrado a Europa, y sus hijos habían poblado Grecia, Partia, Rusia y el norte de Europa, asegurando así el dominio de su familia. La familia de Percival descendía directamente de Javán, el cuarto hijo de Jafet, el primero en colonizar las «islas de los gentiles», término que algunos identificaban con Grecia y otros con las Islas Británicas. Javán había tenido seis hermanos, cuyos nombres estaban registrados en la Biblia, y un número de hermanas, cuyos nombres no habían quedado registrados. Todos ellos crearon la base de su influencia y poder por toda Europa. En muchos sentidos, el Libro de Generaciones era una recapitulación de la historia del mundo. O, como preferían pensar los nefilim modernos, de la supervivencia del más apto.

Percival contempló la lista de familias y vio que, en su día, su influencia había sido absoluta. En los últimos trescientos años, sin embargo, las familias de nefilim habían sufrido un declive. En su día hubo un equilibrio entre humanos y nefilim. Después del Diluvio, ambos habían nacido en cantidades casi idénticas, pero los nefilim se sentían profundamente atraídos hacia los humanos y habían contraído matrimonio con parejas humanas, con lo que sus cualidades genéticas más potentes se habían diluido. Ahora, los nefilim que poseían características humanas predominantes eran comunes, mientras que aquellos que tenían rasgos puramente angélicos eran escasos.

Dado que por cada nefilim nacían miles de humanos, hubo cierto debate entre las buenas familias sobre la relevancia de las relaciones con aquellos nacidos de humanos. Algunos deseaban excluirlos, obligarlos a acercarse más al reino humano, mientras que otros creían en su valía, o al menos en su utilidad para la causa mayor. Cultivar las relaciones con los miembros humanos de las familias nefilim era una jugada táctica que podría proporcionar grandes resultados. Un niño nacido de padres nefilim, sin el menor rasgo angélico, podía en cambio engendrar crías nefilim. Por supuesto, era un suceso poco común, pero no inaudito. Para abordar esa posibilidad, los nefilim seguían un sistema de niveles, una casta que no se relacionaba con la riqueza ni con el estatus social; aunque dichos criterios tenían también su relevancia; sino con rasgos físicos, con la crianza, con la similitud con los propios ancestros: un grupo de ángeles llamado los Vigilantes. Aunque los humanos tenían el potencial genético de crear un hijo nefilim, eran los propios nefilim quienes encarnaban el ideal angélico. Solo un nefilim podía desarrollar alas, y las de Percival habían sido las más magníficas que nadie hubiese visto en medio milenio.

Percival hojeó las páginas de *El libro de las generaciones* y se detuvo al azar en un capítulo intermedio. Había un grabado de un noble mercader vestido de terciopelo y seda, con una espada en una mano y una bolsa de oro en la otra. Una procesión infinita de mujeres y esclavos se arrodillaba a su alrededor, a la espera de sus órdenes. Junto a él había una concubina tumbada en un diván, con los brazos cruzados sobre el cuerpo. Percival acarició el retrato y leyó la biografía de una sola frase que describía al mercader como «un noble esquivo que fletaba barcos hacia todos los rincones del mundo por civilizar, colonizando tierras salvando y trayendo orden a los nativos». Habían cambiado tantas cosas en los últimos trescientos años. Se habían visto subyugadas tantas partes del globo. El mercader no reconocería el mundo en el que vivían hoy en día.

Percival pasó otra página y se topó con una de sus historias favoritas del libro, el relato de un famoso tío suyo por parte de padre: sir Arthur Grigori, un nefilim de gran riqueza y renombre a quien Percival recordaba como un maravilloso contador de historias. Nacido a principios del siglo XVII, sir Arthur había realizado astutas inversiones en muchas de las compañías navieras nacientes en el Imperio Británico. Su fe en la Compañía de las Indias Orientales le había reportado grandes beneficios; como bien atestiguaban su mansión, su casa de campo, sus tierras de labranza y sus varios apartamentos en la ciudad. Aunque jamás se había involucrado en la supervisión de sus negocios en el extranjero, Percival sabía que su tío había emprendido viajes por todo el globo y amasado una gran colección de tesoros. Los viajes siempre le suponían un gran placer, sobre todo cuando exploraba los rincones más exóticos del planeta. Sin embargo, el motivo principal por el que viajaba allende los mares eran los negocios. Sir Arthur había sido conocido por tener una capacidad digna del mismísimo Svengali para convencer a los humanos de que obedeciesen su voluntad. Percival se puso el libro en el regazo y leyó:

El navío de sir Arthur llegó pocas semanas después del tristemente conocido alzamiento de mayo de 1857. La revuelta se había extendido desde los mares a la Planicie Gangética, por Meerut y Deli, por Kanpur y Lucknow, por Jhansi y Gwalior; avivando la llama de la discordia entre las jerarquías que gobernaban el país. Los plebeyos se volvían contra sus amos; mataban y mutilaban a los británicos con palos, sables y cualquier arma que pudiesen encontrar o escamotear para servir a su traición. En Kanpur se informó que doscientas mujeres y niños europeos habían sido masacrados en el transcurso de una mañana; mientras que en Delhi, los plebeyos habían derramado pólvora por las calles hasta que estas parecieron estar cubiertas de pimienta. Algún imbécil prendió una cerilla para encenderse el *bidi*, y todo salió volando por los aires.

Sir Arthur, al ver que la Compañía de las Indias Orientales se encontraba sumida en el caos, y temiendo que sus beneficios se viesen mermados por ello, mandó llamar a sus dependencias al gobernador general cierta tarde para discutir lo que podía hacerse para rectificar todos aquellos terribles acontecimientos. El gobernador general, un hombre corpulento y rosado muy aficionado al chutney, llegó a la hora de más calor del día, rodeado de una auténtica bandada de niños. Uno de ellos le sujetaba un parasol, otro lo abanicaba, otro sostenía un vaso de té helado sobre una bandeja. Sir Arthur lo recibió con las contraventanas bajadas para protegerse tanto del sol como de las miradas de los transeúntes curiosos.

—Gobernador general —empezó sir Arthur—, he de decir que una revuelta no es modo de darle la bienvenida a nadie.

—No, señor —replicó el gobernador general mientras se ajustaba un monóculo de oro pulido sobre uno de sus ojos azules y bulbosos—. Y tampoco es modo de despedirse de nadie.

Al ver que los dos se entendían a la perfección, ambos discutieron el asunto. Durante horas diseccionaron las causas y efectos de la revuelta. Al final, a sir Arthur se le ocurrió una sugerencia:

—Es necesario dar ejemplo —dijo al tiempo que sacaba un largo puro de una caja y lo encendía con un mechero que tenía grabado el emblema de los Grigori en un lateral—. Es esencial meterles miedo en el corazón. Hemos de crear un espectáculo que los aterrorice hasta que obedezcan. Entre los dos vamos a escoger una aldea. Cuando acabemos con nuestra tarea ya no habrá más revueltas.

Mientras que las lecciones que sir Arthur enseñaba a los soldados británicos eran bien conocidas entre los círculos de los nefilim, donde de hecho se llevaban a cabo tácticas de terror en privado desde hacía siglos, rara vez se aplicaban dichas tácticas con grupos tan cuantiosos. Bajo el diestro mando de sir Arthur, los soldados reunieron a los habitantes de la aldea escogida; tanto hombres como mujeres y niños. Los llevaron a todos al mercado. Sir Arthur señaló a una niña con ojos de color almendrado, sedoso pelo negro y la piel de tono castaño. La chica miró con curiosidad a aquel hombre tan alto, rubio y demacrado, como diciendo: «Incluso entre estos británicos de aspecto tan peculiar, este hombre resulta extraño». Y sin embargo, fue con él, obediente.

Sin prestar atención a las miradas de los nativos, sir Arthur llevó a la niña ante los prisioneros de guerra, pues era así como llamaban ahora a los aldeanos. La alzó en brazos y la depositó sobre la boca de un cañón cargado. El cañón, que era largo y ancho, se tragó a la niña por completo; solo se le veían las manitas, agarradas al borde de hierro, sujetándose como si el arma fuese un pozo en el que pudiera caer.

—Prended la mecha —ordenó sir Grigori.

Un soldado joven encendió una cerilla con dedos temblorosos. La madre de la niña gritó entre la multitud.

La explosión fue la primera de las muchas que tuvieron lugar aquella mañana. Doscientos niños de la aldea, exactamente el mismo número de británicos asesinados en la masacre de Kanpur, fueron llevados uno tras otro al cañón. El hierro se puso tan caliente que abrasó los dedos de los soldados que dejaban caer aquellos pesados fardos de piel que no dejaban de retorcerse, entre pelos y uñas, al interior del cañón. Los aldeanos, a quienes los demás soldados apuntaban con sus armas para que no reaccionasen, contemplaron todo el espectáculo. Una vez concluido aquel sangriento acto, los soldados azuzaron a punta de fusil a los aldeanos para que limpiasen la plaza del mercado. Por las tiendas, arbustos y carros colgaban pedazos de niño. La sangre había teñido la tierra de naranja.

Pronto se extendió la noticia de aquel horror por las aldeas cercanas, y de esas aldeas a la Planicie Gangética, de Meerut a Deli, de Kanpur a Lucknow, de Jhansi a Gwalior. La revuelta, tal y como había predicho sir Arthur Grigori, quedó sofocada.

• • •

La lectura de Percival se vio interrumpida al oír la voz de Sneja por encima del hombro:

—Ah, sir Arthur —dijo. La sombra de sus alas cayó sobre las páginas del libro—. Fue uno de los mejores Grigori. ¡Qué valentía! Aseguró nuestros intereses por todo el globo. Ojalá hubiese muerto con tanta gloria como vivió su vida.

Percival sabía que su madre se refería al triste y patético fallecimiento del tío Arthur. Sir Arthur fue uno de los primeros miembros de la familia en contraer la enfermedad que ahora afligía a Percival. Sus alas, antaño gloriosas, se habían marchitado hasta convertirse en muñones pútridos y ennegrecidos. Tras una década de horribles sufrimientos, sus pulmones habían cedido. Murió humillado entre horribles dolores, víctima de una enfermedad, con apenas cinco siglos de vida, la época en la que debería de haber estado disfrutando de su jubilación. Muchos creían que la enfermedad había sido resultado de haberse visto expuesto a las razas más bajas de humanos, aquellos aberrantes nativos de varios puertos coloniales, aunque en realidad, los Grigori desconocían el origen de la enfermedad. Lo único que sabían era que quizá había una cura.

En los años ochenta, Sneja se había apropiado de los trabajos de una científica que investigaba las propiedades terapéuticas de ciertas variedades de música. La científica se llamaba Angela Valko y era hija de Gabriella Lévi-Franche Valko, una de las angelólogas de más renombre de toda Europa. Según las teorías de Angela Valko, no había manera alguna de restaurar la perfección angélica, ni a Percival ni a ninguno de sus congéneres.

Como de costumbre, Sneja parecía ser capaz de leer la mente de su hijo.

—A pesar de lo mucho que te has esforzado por sabotear tu propia cura, creo que tu historiador del arte nos ha orientado en la dirección correcta.

—¿Has encontrado a Verlaine? —preguntó Percival al tiempo que cerraba *El libro de las generaciones* y se giraba hacia su madre. Volvió a sentirse como un niño, ansioso por tener la aprobación de Sneja—. ¿Tenía los dibujos?

—En cuanto Otterley nos avise lo sabremos a ciencia cierta —dijo Sneja. Le quitó *El libro de las generaciones* a Percival y pasó algunas páginas—. Está claro que hemos pasado algo por alto en nuestros ataques pasados. Pero te aseguro que encontraremos el objeto que buscamos. Y tú, ángel mío, serás el primero que se beneficie de sus propiedades. Una vez que estés curado, seremos los salvadores de nuestra raza.

—Magnífico —dijo Percival, imaginando sus alas, lo exuberantes que parecerían una vez que se hubiesen sanado—. Iré al convento yo mismo. Si está ahí, quiero ser yo quien lo encuentre.

—Tú estás demasiado débil. —Sneja le echó una mirada de reojo al vaso de whisky—. Y borracho. Deja que se encarguen Otterley y tu padre. Tú y yo nos quedaremos aquí.

Sneja se metió bajo el brazo *El libro de las generaciones* y, tras darle un beso en la mejilla a Percival, se marchó del salón del billar.

La idea de estar atrapado en Nueva York durante uno de los momentos más importantes de su vida lo encolerizaba. Echó mano del bastón, se acercó al teléfono y marcó una vez más el número de Otterley. Mientras esperaba a que contestase, se dijo a sí mismo que pronto recuperaría sus fuerzas. Volvería a ser bello y poderoso. Al ver sus alas restauradas, todo el sufrimiento y la humillación que había soportado se verían transformados en gloria.

Convento de Santa Rosa, Milton, Nueva York

Evangeline se abrió paso entre la multitud de hermanas que se dirigían a sus quehaceres o sus rezos e intentó mantener la compostura bajo el escrutinio de sus superioras. En Santa Rosa no se toleraban las muestras públicas de emoción, ya fuese placer, miedo, dolor o remordimiento. Aun así, esconder cualquier cosa en el convento resultaba virtualmente imposible. Día tras día, las hermanas comían, oraban, limpiaban y descansaban juntas, así que el más pequeño cambio en la felicidad o intranquilidad de una hermana se propagaba por todo el grupo, como si lo condujese un cable invisible. Por ejemplo, Evangeline siempre veía cuándo se enfadaba la hermana Carla, porque le aparecían tres arruguitas de pura tensión en las comisuras de la boca. Sabía si la hermana Wilhelmina se había quedado dormida durante el paseo matutino en el río, porque en su mirada aparecía una severidad vidriosa durante la misa. Allí no existía la intimidad. Solo se podía llevar una máscara y albergar la esperanza de que las demás estuviesen demasiado ocupadas como para percatarse.

La enorme puerta de roble que conectaba el convento con la iglesia permanecía abierta día y noche, tan grande como una boca a la espera de que la alimentasen. Las hermanas pasaban entre ambos edificios a voluntad, del sombrío convento a la gloriosa luminiscencia de la capilla. Para Evangeline, regresar a Maria Angelorum durante el día siempre era como volver a casa, como si su propio espíritu abandonase ligeramente las restricciones del cuerpo.

Evangeline intentó aplacar el pánico que no dejaba de sentir desde lo ocurrido en la biblioteca. Se detuvo ante el tablón de anuncios que colgaba junto a la puerta de la iglesia. Una de sus responsabilidades, además de sus deberes en la biblioteca, era preparar el Horario de Rezos de Adoración, o HRA, abreviado. Cada semana confeccionaba un horario regular por franjas para todas las hermanas, poniendo cuidado en señalar variaciones o sustituciones, y colgaba el HRA en el gran corcho junto con la lista de turnos de sustituciones de compañeras de oración en caso de enfermedad. La hermana Filomena siempre decía:

—¡Jamás hay que subestimar lo mucho que dependemos del HRA!

Una frase con la que Evangeline no podría estar más de acuerdo. A menudo, las hermanas que tenían turno de adoración por la noche recorrían el convento y entraban en la iglesia en pijama y pantuflas, con el pelo recogido bajo sencillos pañuelos de algodón. Comprobaban el HRA, le echaban un vistazo a sus relojes de muñeca y se apresuraban a ocupar su puesto de oración, reafirmadas con la solidez del horario que llevaba doscientos años manteniendo viva la oración.

Aliviada por la exactitud de su trabajo, Evangeline se apartó del HRA, hundió un dedo en el agua bendita e hizo la genuflexión. Atravesó la iglesia y sintió que la regularidad de sus actos la calmaba. Para cuando llegó a la capilla, ya sentía una nueva sensación de serenidad renovada. En el interior, las hermanas Divinia y Davida se arrodillaban ante el altar. Eran compañeras de oración del turno de las tres a las cuatro. Evangeline se sentó en la parte de atrás, con cuidado de no molestar a Divinia y Davida, sacó el rosario del bolsillo y empezó a pasar cuentas. Sus oraciones no tardaron en adquirir ritmo.

Para Evangeline, que siempre se había esforzado en evaluar sus pensamientos con ojo clínico e incisivo, la oración era una oportunidad para examinarse a sí misma. En su infancia en Santa Rosa, mucho antes de tomar los votos, y junto a ellos la responsabilidad de llevar a cabo la oración en el turno de las cinco de la mañana, solía visitar la Capilla de la Adoración muchas veces durante el día, con el único propósito de intentar comprender la anatomía de su memoria. Recuerdos sólidos, amedrentadores, que a veces desearía haber dejado atrás. Durante muchos años, aquel ritual la había ayudado a olvidar.

Sin embargo, el encuentro de aquella tarde con Verlaine la había sacudido profundamente. Sus preguntas habían retrotraído los pensamientos de Evangeline, por segunda vez aquel día, a un acontecimiento que habría preferido olvidar.

Tras la muerte de su madre, Evangeline y su padre se habían mudado de Francia a los Estados Unidos. Habían alquilado un estrecho apartamento junto a las vías en Brooklyn. Algunos fines de semana iban en tren a pasar el día en Manhattan, desde temprano por la mañana. Cruzaban los tornos y recorrían los túneles atestados de gente hasta salir a las calles resplandecientes en la superficie. Ya una vez en la ciudad, jamás se desplazaban en taxi o metro; preferían caminar, manzana tras manzana. Los ojos de Evangeline caían sobre los chicles apretados entre las grietas de la acera, los maletines y bolsas de la compra, el trasiego infinito de la gente que iba a toda prisa a sus citas para almorzar, reuniones, compromisos... aquella existencia frenética era muy diferente de la vida tranquila que compartían su padre y ella.

Evangeline tenía siete años cuando llegaron a América. A diferencia de su padre, a quien se le hacía difícil expresarse en inglés, Evangeline aprendió el nuevo idioma con rapidez; absorbió los sonidos del inglés y adquirió acento americano con poquísima dificultad. Su profesora de primaria la ayudó con la temible pronunciación de la «th», un sonido que se cuajaba en la lengua de Evangeline como una gota de aceite y mermaba su capacidad de comunicar sus pensamientos. Repetía una y otra vez palabras con aquel fonema hasta decirlas correctamente. Una vez que desapareció aquella dificultad, su pronunciación sonó tan clara y perfecta como la de cualquier chiquilla nacida en América. Cuando se encontraban a solas, su padre y ella hablaban en italiano, el idioma nativo de su padre; o bien en francés, el de su madre; como si aún viviesen en Europa. Sin embargo, pronto Evangeline empezó a ansiar hablar en inglés del mismo modo que alguien ansía comer o amar. En público, siempre respondía a las melódicas palabras italianas de su padre en su nuevo, perfecto y articulado inglés.

De niña, Evangeline no había comprendido que aquellas excursiones a Manhattan, que realizaban varias veces al mes, eran más que viajes de placer. Su padre no comentaba el propósito que los llevaba allí, solo le prometía llevarla al carrusel de Central Park o a su restaurante favorito, o bien al Museo de Historia Natural, donde podría contemplar maravillada la enorme ballena que colgaba del techo, examinar sin aliento el vientre del animal. Aunque aquellos viajes eran aventuras para Evangeline, al crecer se dio cuenta de que el motivo real que escondían eran los encuentros que su padre mantenía con sus contactos, reuniones en Central Park en las que se intercambiaban documentos, o bien alguna conversación susurrada en un bar cerca de Wall Street, o un almuerzo a la mesa de varios diplomáticos extranjeros que hablaban en idiomas frenéticos e ininteligibles mientras se servían vino e intercambiaban información. De niña, Evangeline no había entendido el trabajo de su padre ni lo mucho que se apoyaba en él desde la muerte de su madre. Ella solo creía que la traía a Manhattan como diversión.

La ilusión se hizo pedazos cierta tarde cuando tenía nueve años de edad. El día era brillante y soleado, aunque los primeros indicios del frío del invierno ya se insinuaban en el viento. En lugar de dirigirse al destino de siempre, fueron a pie hasta el Puente de Brooklyn. Su padre abría la marcha en silencio entre los gruesos cables de metal. En la lejanía, la luz del sol se deslizaba entre los rascacielos de Manhattan. Caminaron durante kilómetros hasta detenerse por fin en Washington Square Park, donde su padre insistió en que descansaran un momento en un banco. Su comportamiento de aquella tarde se le antojó a Evangeline tremendamente extraño. Estaba visiblemente tenso; se encendió un cigarrillo con manos temblorosas. Evangeline lo conocía demasiado bien como para comprender que aquellos leves espasmos nerviosos, el temblor de un dedo o de los labios, indicaban un auténtico pozo de ansiedad oculta. Sabía que algo iba mal, pero no dijo nada al respecto.

De joven, su padre había sido muy guapo. En sus fotos de Europa, el pelo rizado le caía sobre un ojo y siempre llevaba ropas elegantes a medida. Aquella tarde, sin embargo, sentado entre temblores en un banco del parque, parecía haber envejecido de golpe, agotado. Se sacó un pañuelo de tela del bolsillo del pantalón y se secó el sudor de la frente. Evangeline siguió sentada. De haber dicho algo, habría roto el acuerdo implícito entre los dos, la comunicación silenciosa que habían desarrollado desde que su madre había muerto. Así eran las cosas entre ambos, un respeto tácito por su soledad mutua.

Su padre jamás le contaría qué era lo que lo preocupaba. No se abría a ella de esa manera. Puede que Evangeline prestase más atención a los detalles de aquella tarde debido al extraño comportamiento de su padre, o quizá fue la magnitud de lo sucedido aquel día lo que la hizo revivirlo una y otra vez en su mente; repasar los acontecimientos de memoria. En cualquier caso, Evangeline recordaba cada instante, todas y cada una de las palabras y los gestos, hasta el menor cambio en sus sentimientos, como si aún estuviese allí.

—Ven —le dijo su padre tras meterse el pañuelo en el bolsillo de la chaqueta. Se puso en pie de repente, como si llegasen tarde a una cita.

Las hojas crujieron bajo los zapatos de charol Mary Jane de Evangeline. Su padre insistía en que se vistiese como debía hacerlo una señorita, lo cual implicaba un armario lleno de petos de algodón, faldas plisadas, blazers a medida y zapatos caros que les enviaban desde Italia. Ropas que la separaban de sus compañeros de colegio, que llevaban camisetas y vaqueros, así como la última marca de zapatillas deportivas. Se adentraron en un barrio algo lúgubre con letreros de vivos colores que anunciaban «*cappucino*», «*gelato*», «*vino*». Evangeline reconoció el barrio al instante; no era la primera vez que pasaban por Little Italy. Conocía bien aquella zona.

Se detuvieron ante un café con mesas de metal repartidas por la acera. Su padre la agarró de la mano y la llevó hasta una habitación atestada en la que los recibió una vaharada de vapor con olor dulzón. Las paredes estaban repletas de fotos en blanco y negro de Italia encajadas en ornamentados marcos bañados en oro. En la barra había hombres que bebían *espresso* ante periódicos abiertos, con sombreros encajados casi sobre los ojos. Una vitrina llena de postres llamó la atención de Evangeline, que se acercó, hambrienta. Ojalá su padre la dejase comerse una de aquellas tartas glaseadas que descansaban alineadas allí, como ramilletes de boda, bajo las suaves luces de la vitrina. Antes de que Evangeline tuviese siquiera oportunidad de hablar, un hombre salió de detrás de la barra, se limpió las manos en un delantal rojo y tomó las manos de su padre entre las suyas como si fueran viejos amigos.

—Luca —dijo, con una cálida sonrisa.

—Vladimir —dijo su padre, y esbozó una sonrisa similar.

Evangeline comprendió que debían de ser viejos amigos; su padre rara vez mostraba afecto en público.

—Ven, te pongo algo de comer —dijo Vladimir en inglés, pero con un marcado acento. Retiró una silla para su padre.

—Yo no quiero nada. —Su padre hizo un gesto hacia Evangeline, que también tomó asiento—, pero me parece que mi hija les ha echado el ojo a *i dolci*.

Para gozo de Evangeline, Vladimir abrió la vitrina y le permitió elegir cualquier postre que se le antojase. Se decidió por una pequeña tarta glaseada de rosa con delicadas flores azules de mazapán repartidas por la superficie. Sujetando el plato como si pudiese romperse entre sus manos, Evangeline se acercó a la alta mesa de metal y se sentó con los zapatos Mary Jane doblados contra las patas de una silla de metal. Los brillantes tablones de madera del suelo resplandecían muy por debajo. Vladimir le trajo un vaso de agua y lo dejó junto a la tarta. Le pidió que fuese una buena chica y esperase allí mientras él hablaba con su padre. Vladimir le pareció viejísimo; tenía todo el pelo blanco y muchas arrugas en la piel; pero aun así, su modo de comportarse era un tanto infantil, como si los dos compartiesen una broma privada. Le guiñó el ojo a Evangeline y ella comprendió que tanto él como su padre tenían negocios de los que ocuparse.

Evangeline obedeció de mil amores y hundió la cuchara en el corazón de la tarta, que estaba rellena de densa crema de mantequilla con un leve sabor a castaña. Su padre siempre era muy estricto con su dieta; no gastaban dinero en semejantes dulces extravagantes, de modo que Evangeline había crecido sin apreciar las comidas más ricas. Aquella tarta era todo un capricho, y por ello decidió comer muy despacio, alargar la experiencia tanto como fuera posible. Mientras comía, su atención se diluyó en un acto de puro disfrute. El café caliente, el ruido de la clientela, la luz que se reflejaba broncínea en el suelo... todo ello se alejó de su percepción. A buen seguro tampoco habría prestado atención a la conversación de su padre, de no haber sido por la intensidad con la que este hablaba con Vladimir. Ambos tomaron asiento a unas pocas mesas de distancia, junto a la ventana, lo bastante cerca como para que Evangeline los oyese.

—No me queda más alternativa que ir a verlos —dijo su padre al tiempo que se encendía un cigarrillo—. Han pasado casi tres años desde que perdimos a Angela.

Oír el nombre de su madre de labios de su padre era tan poco común que Evangeline se detuvo, helada.

—No tienen ningún derecho a ocultarte la verdad —dijo Vladimir.

Ante aquello, su padre dio una larga calada al cigarrillo y dijo:

—Tengo derecho a comprender lo ocurrido, sobre todo dada la ayuda que presté durante la investigación de Angela, las interrupciones en mitad de la noche cuando se iba al laboratorio, la tensión que le causó todo el asunto durante el embarazo. Yo estaba allí al principio. Apoyé sus decisiones. También hice sacrificios. Igual que Evangeline.

—Por supuesto —dijo Vladimir. Llamó a un camarero y pidió dos cafés—. Tienes derecho a saberlo todo. Lo único que te pido es que te pienses si vale la pena ponerte en riesgo por obtener esta información. Piensa en lo que podría pasar. Aquí estás a salvo. Tienes una vida nueva. Se han olvidado de ti.

Evangeline estudió su tarta, esperando que su padre no se percatase del gran interés que había despertado en ella su conversación. Ninguno de los dos hablaba nunca de la vida o la muerte de su madre. Sin embargo, cuando Evangeline se inclinó hacia adelante, ansiosa por enterarse de más, desestabilizó la mesa. El vaso de agua se volcó y se desparramaron cubos de hielo por todo el parqué. Sobresaltados, los dos hombres la miraron. Ella intentó disimular la vergüenza limpiando el agua de la mesa con una servilleta y volviendo a comer tarta, como si no hubiese sucedido nada. Con una mirada de reproche, su padre cambió de postura en la silla y retomó la conversación, sin comprender que sus intentos de mantenerla en secreto no hacían sino aumentar la determinación de Evangeline de oírla.

Vladimir soltó un profundo suspiro y dijo:

—Si de verdad quieres saberlo, los tienen en el almacén —hablaba en voz tan baja que Evangeline apenas la oyó—. Ayer recibí una llamada. Tienen tres, una hembra y dos varones.

—¿De Europa?

—Los capturaron en los Pirineos —dijo Vladimir—. Llegaron aquí anoche. Pensaba ir yo mismo, pero, para serte sincero, ya no puedo obligarme a seguir haciéndolo. Estamos ya viejos, Luca.

Un camarero se detuvo junto a su mesa y colocó ante ellos sendas tazas de *espresso*. El padre de Evangeline le dio un sorbito al suyo.

—Siguen con vida, ¿verdad?

—Y tanto —dijo Vladimir, y negó con la cabeza—. Me he enterado de que son criaturas horribles... muy puras. No comprendo cómo se las han arreglado para transportarlos hasta Nueva York. En los viejos tiempos habría hecho falta un barco entero con tripulación completa para traerlos hasta aquí tan rápido. Si son tan puros como afirman, debería haber sido casi imposible contenerlos. Al menos a mí me parece imposible.

—Angela habría sabido más que yo de sus capacidades físicas —dijo su padre. Se cruzó de brazos y contempló el escaparate, como si la madre de Evangeline fuese a aparecer frente al panel soleado ante él—. Era el centro de sus estudios. Pero creo que todo el mundo coincide en que los Famosos se están debilitando, hasta los más puros de ellos. Quizá están tan débiles que pudieron capturarlos con más facilidad.

Vladimir se inclinó más hacia su padre, los ojos desorbitados.

—¿Quieres decir que quizá se estén muriendo?

—Muriendo, no —dijo su padre—. Pero se especula que su vitalidad se encuentra en franca decadencia. Sus fuerzas menguan.

—Pero, ¿cómo es posible? —preguntó Vladimir, estupefacto.

—Angela solía decir que, algún día, su sangre se mezclaría por completo con la humana. Creía que se volverían demasiado parecidos a nosotros, demasiado humanos como para mantener sus propiedades físicas extraordinarias. Creo que es un proceso parecido a una evolución negativa: se han reproducido con una especie inferior, los seres humanos, demasiado a menudo.

Su padre apagó el cigarrillo en un cenicero de plástico y dio otro sorbo al *espresso*.

—Pueden retener los rasgos angélicos durante un cierto tiempo, siempre que no se crucen con otras razas. Llegará el día en que su humanidad los domine y todos sus niños nazcan con características que solo pueden ser descritas como inferiores: menor esperanza de vida, vulnerabilidad ante la enfermedad, tendencia a la moral. Su última esperanza es imbuirse de rasgos angélicos puros, cosa que, como sabemos, está más allá de sus posibilidades. Los rasgos humanos son una plaga muy presente en ellos. Angela solía especular que los nefilim empiezan a sentir emociones idénticas a las de los humanos. Compasión, amor, bondad... todo lo que nos define a nosotros puede estar haciendo su aparición en ellos. De hecho —concluyó su padre—, ellos lo ven como una gran debilidad.

Vladimir se echó hacia atrás en la silla y unió las manos sobre el pecho, como si le diese vueltas al tema.

—Es imposible que mueran —dijo al fin—. Y sin embargo, ¿quiénes somos nosotros para decir lo que es posible o imposible? Su propia existencia desafía el intelecto. Pero los hemos visto, tanto tú como yo. Hemos perdido mucho por su culpa, amigo mío.

Vladimir miró a su padre a los ojos.

Su padre dijo:

—Angela creía que el sistema inmunológico de los nefilim reaccionaba negativamente a los químicos y contaminantes humanos. Creía que esos elementos antinaturales rompían las estructuras celulares heredadas de los Vigilantes, lo cual creaba una suerte de cáncer mortal. Otra teoría que tenía era que el cambio de dieta que habían pasado en los últimos doscientos años había alterado su química corporal, lo cual había afectado a su reproducción. Angela estudió a varias criaturas con enfermedades degenerativas que habían visto reducida su esperanza de vida de forma drástica, pero no había llegado a ninguna conclusión definitiva. Nadie sabe a ciencia cierta qué es lo que lo causa, pero sea lo que sea, las criaturas están desesperadas por detenerlo.

—Sabes muy bien qué es lo que lo detendrá —dijo Vladimir en voz baja.

—Exacto —dijo su padre—. Por eso Angela llegó incluso a poner a prueba muchas de tus teorías, Vladimir; para determinar si tus especulaciones musicológicas tenían también significancia biológica. Sospecho que estaba a punto de hacer un descubrimiento monumental... y por eso la mataron.

Vladimir tamborileó con los dedos sobre su tacita.

—La musicología celestial no es ningún arma. Usarla con esos fines no es más que hacerse ilusiones en el mejor de los casos, por no mencionar los peligros desmedidos que entrañaría. Precisamente Angela debería haberlo tenido presente.

—Puede que entrañe peligros desmedidos —dijo su padre—, pero piensa en lo que sucedería si encontrasen una cura para la degeneración. Si pudiésemos prevenirlo, perderían sus propiedades angélicas y se convertirían en algo cercano a los seres humanos. Serían vulnerables a la enfermedad, podrían morir.

—Es que no creo que vaya a suceder nada parecido a ese nivel —dijo Vladimir al tiempo que negaba con la cabeza—. Todo eso no es más que hacerse ilusiones para nada.

—Quizá —dijo su padre.

—Y aunque así fuera —dijo Vladimir—. ¿Qué supondría para nosotros... o para tu hija? ¿Por qué quieres poner en peligro la felicidad que tienes a cambio de incertidumbre?

—Por la igualdad —dijo su padre—. Nos libraríamos de su traicionera presa sobre toda nuestra civilización. Tendríamos el control de nuestro destino por primera vez en toda la historia moderna.

—Un sueño maravilloso —dijo Vladimir, nostálgico—, pero no es más que una fantasía. No podemos controlar nuestro destino.

—Quizá debilitarlos poco a poco sea parte del plan de Dios —dijo su padre, ignorando a su amigo—. Quizá haya decidido exterminarlos a lo largo del tiempo, en lugar de erradicarlos de pronto, de un plumazo.

—Ya me cansé hace años de los planes de Dios —dijo Vladimir, cansado—. Y tú también, Luca.

—Entonces, ¿no piensas volver con nosotros?

Vladimir miró un momento a su padre, como si midiese sus palabras.

—Dime la verdad... cuando se llevaron a Angela, ¿estaba trabajando en mis teorías musicológicas?

Evangeline se sobresaltó, no muy segura de haber oído correctamente a Vladimir. Angela había fallecido hacía años, aunque ella seguía sin saber los detalles precisos de su muerte. Cambió de postura en la silla para verle mejor la cara a su padre. Para su sorpresa, a los ojos de Luca asomaban lágrimas.

—Estaba trabajando en una teoría sobre el declive genético de los nefilim. La madre de Angela, a quien culpo de todo esto por encima de cualquiera, fue quien respaldó la mayor parte de su trabajo: encontró fondos y animó a Angela a ponerse al frente del proyecto. Supongo que Gabriella pensó que se trataba del rincón más seguro de la organización... ¿por qué iba a esconder a su hija en aulas y bibliotecas, si no pensase que era la opción más prudente? Angela ayudó a desarrollar modelos en laboratorios... todo bajo la supervisión de su madre, por supuesto.

—¿Culpas a Gabriella de que la raptasen? —dijo Vladimir.

—¿Cómo saber con seguridad quién tiene la culpa? Angela estaba en riesgo por todos los flancos. Su madre, desde luego, no la protegió. Pero no puedo estar seguro, y esa incertidumbre me acompaña cada día. ¿Es culpa de Gabriela? ¿Es culpa mía? ¿Podría haberla protegido yo? ¿Fue un error permitir que llevase a cabo aquella investigación? Y por eso, amigo mío, tengo que ver a esas criaturas. Si hay alguien que pueda comprender este veneno, esta horrible adicción a saber la verdad... ese alguien eres tú.

De pronto, un camarero se acercó a la mesa de Evangeline y tapó a su padre. La niña había estado tan concentrada en escuchar que se había olvidado por completo de la tarta, que yacía a medio comer, con la crema derramándose por el centro. El camarero limpió la mesa, recogió el resto del agua derramada y, con cruel eficiencia, se llevó la tarta consigo. Para cuando Evangeline volvió a mirar hacia la mesa de su padre, Vladimir se había encendido un cigarrillo. La silla de su padre estaba vacía.

Al percatarse de la inquietud de Evangeline, Vladimir le hizo un gesto para que se acercase. Ella bajó de un salto de la silla, buscando a su padre.

—Luca ha salido, me ha pedido que cuide de ti —dijo Vladimir con una sonrisa bondadosa—. Puede que no te acuerdes, pero ya nos conocimos cuando eras pequeña, un día en que tu madre os trajo a nuestras oficinas de Montparnasse. Yo era muy amigo de tu madre en París. Trabajamos juntos brevemente y nos teníamos mucho cariño. Antes de dedicarme a hacer tartas fui académico, ¿te lo puedes creer? Espera un momento, te voy a enseñar una foto que tengo de Angela.

Vladimir fue a la parte trasera de la cafetería y Evangeline aprovechó para ir corriendo a la puerta y salir a toda prisa. A dos manzanas de distancia, entre la multitud de personas, Evangeline atisbó la chaqueta de su padre. Sin pensar siquiera en Vladimir o en lo que diría su padre si lo alcanzaba, Evangeline atravesó la multitud a la carrera, dejando atrás tiendas, almacenes, coches estacionados y puestos de verduras. En una esquina bajó de la acera y casi tropezó con el bordillo. Su padre estaba algo más adelante, lo veía claramente entre la muchedumbre.

Su padre giró un recodo y se dirigió hacia el sur. Evangeline lo siguió durante muchas manzanas. Atravesaron Chinatown y una zona de edificios industriales, siempre adelante. Le dolían los pies con aquellos zapatos de charol tan apretados.

Su padre se detuvo delante de una calle sombría y cubierta de basura. Evangeline vio que daba unos golpes en la puerta de un almacén de acero laminado. Preocupado con lo que fuera que tenía entre manos, su padre no se fijó en que Evangeline se le acercaba. Casi estaba lo bastante cerca como para llamarlo cuando la puerta se abrió. Su padre entró en el almacén. Todo sucedió demasiado rápido, con tanta rotundidad, que por un instante Evangeline se quedó clavada en el sitio.

Abrió la puerta de un empujón y entró en un corredor polvoriento. Subió unas escaleras de aluminio, con cuidado, balaceando el peso, para que las suelas de sus zapatos no alertasen de su presencia a su padre o a quienquiera que estuviese en las profundidades de aquel almacén. En lo alto de las escaleras se agachó, con el mentón pegado a las rodillas, esperando que nadie la descubriese. En los últimos años, su padre se había esforzado mucho por mantener a Evangeline lo más apartada posible de su trabajo. Si se enteraba de que lo había seguido hasta allí se enfurecería.

Sus ojos tardaron un momento en ajustarse a aquel espacio carente de sol y de aire, pero al hacerlo, vio que el almacén era enorme y estaba vacío, excepto por un grupo de hombres justo debajo de tres jaulas colgantes, cada una de ellas tan grande como un coche. Las jaulas colgaban de las vigas del techo mediante cadenas de acero. En el interior, atrapados como pájaros dentro de una maraña cúbica de hierros, había tres criaturas, una por jaula. Una de ellas parecía loca de pura rabia; se agarraba a los barrotes y gritaba obscenidades a sus captores, ahí abajo. Las otras dos estaban apáticas; yacían laxas y taciturnas, como si las hubiesen drogado o apalizado hasta dejarlas en aquel estado.

Evangeline las estudió con más atención. Las criaturas estaban completamente desnudas, aunque la textura de su piel, una membrana luminiscente de oro aclarado, les daba aspecto de estar envueltas en pura luz. Una de las criaturas era hembra: tenía pelo largo, pechos pequeños y cintura estrecha.

Los otros dos eran varones. Demacrados y calvos, con pechos planos, eran más altos que la hembra, y superaban por más de medio metro la altura de cualquier adulto. Los barrotes de la jaula estaban embadurnados de un fluido resplandeciente parecido a la miel que resbalaba lentamente por el metal y goteaba hasta el suelo.

El padre de Evangeline se encontraba junto a los otros dos hombres, los brazos cruzados. El grupo parecía estar llevando a cabo algún tipo de experimento científico. Un hombre sostenía una carpetita; otro tenía una cámara. Había un tablero iluminado con tres radiografías pegadas; pulmones y cajas torácicas que resaltaban con un fantasmal color blanco contra un desvaído fondo gris. Sobre una mesa cercana descansaba instrumental médico: jeringuillas, vendas y numerosos instrumentos que Evangeline no sabía nombrar.

La criatura hembra empezó a dar vueltas en su jaula, sin dejar de gritarles a sus captores, tirándose de los fluidos cabellos rubios. Se movía con tanta fuerza que la cadena que soportaba la jaula chirriaba y crujía en las alturas, como si fuese a romperse. Entonces, con un brusco movimiento, la criatura se giró del todo. Evangeline parpadeó, incapaz de creer lo que veían sus ojos. En el centro de aquella espalda larga y esbelta crecían dos alas articuladas de gran envergadura. Evangeline se cubrió la boca con las manos por miedo a soltar una exclamación de sorpresa. La criatura flexionó los músculos y las alas se abrieron, abarcando toda la longitud de la jaula. Largas y anchas, las alas desprendían una tenue luminosidad. La jaula cimbreó bajo el peso de aquel ángel femenino y trazó una parábola en medio del aire enrarecido. Evangeline se sintió aún más estupefacta. Aquellas criaturas eran encantadoras y horripilantes, todo a la vez. Eran monstruos hermosos e iridiscentes.

Evangeline vio cómo la hembra recorría una y otra vez la longitud de la jaula con las alas extendidas, como si los hombres ahí abajo no fuesen más que ratones sobre los que pudiese lanzarse para devorarlos.

—Soltadme —gruñó la criatura con una voz chirriante, gutural y angustiada. Las puntas de sus alas asomaron por los intersticios de la jaula, afiladas y puntiagudas.

El padre de Evangeline se giró hacia el hombre que llevaba la carpetita.

—¿Qué vais a hacer con ellos? —preguntó, como si se refiriese a una red llena de extrañas mariposas.

—No sabremos dónde enviar los restos hasta que tengamos los resultados finales.

—Lo más probable es que los enviemos a nuestros laboratorios de Arizona para que los diseccionen, documenten y preserven. Desde luego son tres bellezas.

—¿Habéis calculado su fuerza? ¿Veis alguna señal de declive? —preguntó el padre de Evangeline. Ella percibió un aleteo de esperanza en sus preguntas, y aunque no podía estar segura, también sintió que todo aquello tenía algo que ver con su madre—. ¿Algo en los análisis de fluidos?

—Si lo que preguntas es si tienen la misma fuerza que sus ancestros —dijo el hombre—, la respuesta es no. Son los más fuertes de su raza que he visto en años, pero muestran una aguda vulnerabilidad ante nuestros estímulos.

—Qué buena noticia —dijo el padre de Evangeline, y se acercó un paso a las jaulas. Se dirigió a las criaturas con voz autoritaria, como si hablase con animales—: Demonios —dijo.

Esa palabra sacó a uno de los varones de su letargo. Cerró los dedos blancos en torno a los barrotes de la jaula y se levantó de un tirón.

—Ángel y demonio —dijo—. Una palabra no es sino la sombra de la otra.

—Llegará el día —dijo el padre de Evangeline— en que desaparezcáis de la faz de la tierra. Algún día nos libraremos de vuestra presencia.

Antes de que Evangeline pudiese esconderse, su padre se giró y se dirigió con rapidez hacia las escaleras. Aunque había tomado la precaución de ocultarse entre las sombras de lo alto de la escalera, Evangeline no había planeado ninguna ruta de escape. No tuvo más opción que subir hasta arriba del todo y salir por la puerta, a aquella soleada tarde. Cegada por la luz, echó a correr.

Bar y Asador Milton, Milton, Nueva York

Verlaine se abrió paso a través del bar atestado. La música country se había llevado consigo parte de los dolorosos latidos de su cabeza. Estaba helado, le dolía el corte en la mano y no había comido nada desde el desayuno. Si estuviese en Nueva York podría comprar comida para llevar en su restaurante tailandés favorito o encontrarse con algún amigo para tomar algo en el Village. No tendría preocupación alguna más allá de qué ver en la tele aquel día. En cambio se encontraba atrapado en un bar de camioneros en medio de la nada, intentando dilucidar cómo iba a salir de aquella situación. Sea como fuere, en el bar se estaba calentito, allí Verlaine tenía espacio para pensar. Se frotó las manos en un intento de devolverles la vida a sus dedos. Si conseguía descongelarse, quizá pudiera decidir qué demonios iba a hacer a continuación.

Ocupó una mesa que daba a la calle, el único lugar aislado del bar. Pidió una hamburguesa y una Corona. Apuró la cerveza con rapidez, para calentarse, y pidió otra. La segunda la bebió con más lentitud, para que el alcohol lo devolviese poco a poco a la realidad. Le picaban los dedos y sentía que se le descongelaban los pies. El dolor de la herida menguó. Para cuando llegó la comida, Verlaine había recuperado el calor y se sentía alerta, mejor preparado para resolver los problemas que se planteaban ante él.

Sacó la hoja de papel del bolsillo, la colocó en la mesa de plástico y volvió a leer las frases que había copiado. Una luz pálida y humeante titilaba sobre sus manos estragadas de frío, la botella de Corona medio llena y el papel rosa pálido. La misiva era corta, apenas cuatro frases directas y sin adornos. Aun así, abría un mundo de posibilidades para

Verlaine. Por supuesto, la relación entre la madre Inocenta y Abigail Rockefeller seguía siendo un misterio... estaba claro que habían colaborado en algún tipo de proyecto y que habían tenido éxito en la tarea que habían organizado en las Montañas Ródope... pero Verlaine ya podía prever un profuso artículo, quizá un libro completo, sobre el objeto que las dos mujeres habían traído desde las montañas. Lo que intrigaba a Verlaine casi tanto como el artefacto, sin embargo, era la presencia de una tercera persona en aquella aventura; alguien llamado Celestine Clochette. Verlaine intentó recordar si se había cruzado con aquel nombre a lo largo de su investigación. ¿Podría ser que Celestine fuese socia de Abigail Rockefeller? ¿Sería una marchante de arte europea? La posibilidad de comprender aquel triángulo era justo el motivo por el que Verlaine adoraba la historia del arte: cada pieza contenía el misterio de la creación, la aventura de la distribución y las particularidades de la preservación.

El interés de Grigori en el Convento de Santa Rosa hacía que todo se volviese más desconcertante. Grigori no era el tipo de hombre que encuentra belleza y sentido en el arte. Era más bien el tipo de persona que se pasaba la vida sin entender que un Van Gogh era mucho más que un precio récord de venta en una subasta. De hecho, el objeto en cuestión debía de tener algún tipo de valor monetario. De lo contrario, Grigori no había dedicado ni un instante de su tiempo en intentar localizarlo. A Verlaine se le escapaba cómo había podido llegar a mezclarse con semejante tipo.

Miró por la ventana y escrutó la oscuridad del otro lado. La temperatura debía de haber descendido de nuevo; el calor del interior de la estancia reaccionaba contra la fría ventana y creaba una capa de condensación sobre el cristal. Por fuera pasaba algún que otro coche, cuyos faros posteriores dejaban una estela anaranjada en el frío. Verlaine miró y aguardó, mientras se preguntaba cómo podría regresar a casa.

Por un instante pensó si debería llamar al convento. Quizá aquella monja joven y hermosa que había conocido en la biblioteca pudiese orientarlo. Pero entonces se le ocurrió que quizá ella también se encontraba en algún tipo de peligro. Siempre cabía la posibilidad de que aquellos matones que había visto en el convento entrasen a buscarlo. Por otro lado, no tenían modo alguno de saber adónde había ido una vez dentro del convento. A buen seguro no sabrían que había hablado con Evangeline. La monja no había estado muy contenta de verlo, y probablemente nunca volvería a hablar con él. Sea como fuere, era importante mantenerse práctico. Necesitaba llegar a una estación de tren o bien encontrar un bus que lo llevase de regreso a la ciudad. Sin embargo, dudaba de que fuese a encontrar nada parecido en Milton.

Convento de Santa Rosa, Milton, Nueva York

Evangeline no conocía bien a la hermana Celestine. A los setenta y cinco años de edad, Celestine iba en silla de ruedas y no pasaba mucho tiempo entre las monjas jóvenes. Cada mañana, una de las hermanas la llevaba con la silla hasta la parte frontal de la iglesia para asistir a misa, pero aparte de eso, Celestine residía en una posición de aislamiento y protección tan sacrosanta como la de una reina. Siempre le llevaban la comida a su habitación. Alguna vez habían mandado a Evangeline de la biblioteca a la celda de Celestine para llevarle una pila de libros de poesía o de ficción histórica. Incluso a veces alguna que otra obra en francés que la hermana Filomena había pedido por préstamo interbibliotecario. Estos últimos libros, había visto Evangeline, satisfacían particularmente a la hermana Celestine.

Evangeline atravesó la primera planta y vio que había hermanas trabajando por doquier, una gran masa de hábitos blanquinegros que se desplazaban bajo las tenues luces de las bombillas encajadas en los apliques de metal, llevando a cabo sus tareas diarias. Las hermanas pululaban por los corredores, abriendo armaritos de escobas, enarbolando fregonas, trapos, botellas de limpiadores. Se ataban mandiles a la cintura, se arremangaban el hábito y se ponían guantes de látex. Quitaban el polvo de las cortinas y abrían las ventanas para espantar el perenne moho y humedad que provocaba aquel clima frío y húmedo. Aquellas mujeres se enorgullecían de su habilidad de llevar a cabo buena parte de las labores del convento por sí mismas. De algún modo, la jovialidad de los grupos de tareas de la tarde disimulaba el hecho de que tenían que ponerse a fregar, encerar y desempolvar. Se creaba la ilusión de que todas estaban contribuyendo a un maravilloso proyecto de significado mucho mayor que sus pequeñas e individuales tareas. Y de hecho así era: cada suelo fregado y cada extremo de barandilla pulido eran ofrendas y tributos al bien mayor.

Evangeline siguió los estrechos escalones que iban de la Capilla de la Adoración hasta la cuarta planta. La cámara de Celestine era una de las celdas de mayor tamaño de todo el convento. Era un dormitorio esquinado con baño privado que contenía una gran ducha equipada con silla de plástico plegable. A menudo, Evangeline se preguntaba si el confinamiento de Celestine la libraba de la carga de participar en las actividades comunales diarias, si le supondría un agradable alivio de sus deberes, o bien si aquel aislamiento convertía la vida de Celestine en el convento en una prisión. Semejante inmovilidad se le antojaba a Evangeline horriblemente restrictiva.

Llamó a la puerta con tres golpecitos vacilantes.

—¿Sí? —preguntó Celestine con voz débil. Había nacido en Francia, a pesar de haber pasado medio siglo en los Estados Unidos, y su acento era muy marcado. Evangeline entró en la estancia de Celestine y cerró la puerta tras de sí—. ¿Quién anda ahí?

—Soy yo —dijo con voz queda, temerosa de molestar a Celestine—. Evangeline. De la biblioteca.

Celestine se encontraba en su silla de ruedas, junto a la ventana, con una mantita de ganchillo en el regazo. Ya no llevaba velo y tenía unos cabellos cortos que le enmarcaban de blanco el rostro. En el otro extremo de la habitación, un humidificador arrojaba vapor al aire. En otro rincón, las ondas de un calentador convertían la estancia en una sauna. A pesar de la manta, Celestine parecía tener frío. La cama estaba hecha, cubierta con la colcha de encaje típica que las hermanas mayores tejían para las jóvenes. Celestine entrecerró los ojos e intentó localizar la presencia de Evangeline.

—Me traes más libros, ¿verdad?

—No —dijo Evangeline, y tomó asiento junto a la silla de ruedas de Celestine. Había un montón de libros apilados sobre una mesa de caoba, y sobre la pila descansaba una lupa—. Parece que tiene usted ya bastante lectura.

—Sí, sí —dijo Celestine, mirando por la ventana—. Siempre hay nuevos libros que leer.

—Siento importunarla, hermana, pero quería hacerle una pregunta.

Evangeline sacó del bolsillo la carta que le envió la señora Rockefeller a la madre Inocenta y la desplegó sobre una rodilla.

Celestine dobló sus largos dedos blancos sobre el regazo. Un anillo de sello de las Hermanas Franciscanas de la Adoración Perpetua destellaba en su dedo anular. Le dedicó a Evangeline una mirada fría y evaluadora. Era posible que la hermana Celestine no recordase lo que había comido en el almuerzo, mucho menos los acontecimientos sucedidos hacía muchas décadas.

Evangeline carraspeó.

—Estaba trabajando en los archivos esta mañana y encontré una carta que menciona su nombre. No sé muy bien dónde tendría que archivarla… me preguntaba si podría usted ayudarme a entender de qué se trata, para que pueda colocarla en el lugar adecuado.

—¿Lugar adecuado? —preguntó Celestine, dubitativa—. No sé yo si voy a poder ayudar mucho a poner nada en su lugar adecuado. ¿Qué dice la carta?

Evangeline le tendió la página a la hermana Celestine, quien giró la hoja en las manos.

—La lupa —dijo y agitó los dedos hacia la mesa.

Evangeline le colocó la lupa en las manos y contempló con toda atención el rostro de Celestine mientras la lente repasaba las frases, transformando el sólido papel en una hoja de luz acuosa. A juzgar por su expresión, estaba claro que se esforzaba por pensar, aunque Evangeline no podía decir si el origen de aquella confusión eran las palabras de la carta. Tras un instante, Celestine depositó la lupa sobre su regazo y Evangeline comprendió al momento: Celestine había reconocido la carta.

—Es muy vieja —dijo Celestine al fin, al tiempo que plegaba el papel y dejaba su mano cubierta de venas azules sobre él—. La escribió una mujer llamada Abigail Rockefeller.

—Sí —dijo Evangeline—. He visto la firma.

—Me sorprende que la hayas encontrado en los archivos —dijo—. Pensaba que se lo habían llevado todo.

—Esperaba —aventuró Evangeline— que pudiese usted arrojar algo de luz sobre su significado.

Celestine emitió un profundo suspiro y apartó los ojos, enmarcados entre pliegues de piel arrugada.

—Fue escrita antes de que yo viniese a vivir en Santa Rosa. No llegué hasta principios de 1944, alrededor de una semana antes del gran incendio. Estaba agotada tras el viaje y no hablaba una sola palabra de inglés.

—¿Sabe usted por qué envió la señora Rockefeller una carta así a la madre Inocenta? —insistió Evangeline.

Celestine se enderezó en la silla de ruedas y estiró la manta de crochet sobre sus piernas.

—Fue la señora Rockefeller quien me trajo aquí —dijo, con aires cautelosos, como si temiese revelar demasiado—. Llegamos en un Bentley, creo, aunque yo solo entiendo de coches de producción francesa. Desde luego era un vehículo de la talla de Abigail Rockefeller. Era una mujer oronda y madura vestida con abrigo de visón, mientras que yo era diametralmente opuesta. Era joven e inenarrablemente delgada. De hecho, vestida como estaba con mi antiguo hábito franciscano, del tipo que aún se llevaba en España, donde había tomado los votos antes de embarcarme en el viaje, más bien parecía una de las hermanas reunidas en el patio de entrada, con sus bufandas y abrigos negros. Era miércoles de ceniza, lo recuerdo porque todas las hermanas tenían cruces de ceniza en la frente, bendiciones de la misa que se había celebrado aquella mañana.

»Jamás olvidaré la bienvenida que me dieron las hermanas. La multitud de monjas me susurró al pasar, sus voces eran suaves, transmitían una canción: «Bienvenida», susurraban las hermanas del Convento de Santa Rosa. «Bienvenida, bienvenida, bienvenida a casa».

—Las hermanas me dieron una bienvenida parecida al llegar —dijo Evangeline, recordando lo mucho que había deseado, más que nada, que su padre la llevase consigo de regreso a Brooklyn.

—Sí, me acuerdo —dijo Celestine—. Eras muy joven cuando llegaste.

Hizo una pausa, como si comparase la llegada de Evangeline con la suya propia.

—La madre Inocenta me dio la bienvenida, pero luego comprendí que ellas dos ya habían tenido trato previamente. Cuando la señora Rockefeller dijo «Un placer conocerla por fin», me pregunté si las hermanas me habían dado la bienvenida a mí o si había sido la señora Rockefeller quien había captado su atención. Era consciente del aspecto que presentaba yo. Tenía profundas ojeras bajo los ojos y me faltaban muchos kilos de peso. No sé qué fue lo que causó más daño, si las escaseces en Europa o el viaje a través del Atlántico.

Evangeline se esforzó por imaginar el espectáculo de la llegada de Celestine. Costaba imaginársela de jovencita. Cuando Celestine había llegado al Convento de Santa Rosa, había sido aún más joven que Evangeline en el momento presente.

—Abigail Rockefeller debió de preocuparse mucho por su bienestar —sugirió.

—Tonterías —replicó Celestine—. La señora Rockefeller me dio un empujoncito para que Inocenta me inspeccionase como si fuese una dama de honor que presentase a una debutante en sociedad en medio de su primer baile. Pero Inocenta se limitó a abrir la pesada puerta de madera de par en par, y a sujetarla con su peso, para que la multitud de hermanas pudiese regresar a sus quehaceres. Al pasar olí que la ropa les apestaba a las diferentes tareas de mantenimiento del convento; abrillantador de madera, amoniaco, cera... aunque la señora Rockefeller no pareció percatarse. Lo que sí llamó su atención, recuerdo, fue la estatua de mármol del arcángel San Miguel, con el pie aplastando la cabeza de una serpiente. La señora Rockefeller colocó una mano enguantada sobre el pie de la estatua y pasó con delicadeza un dedo por el punto de presión que podría fracturar el cráneo del demonio. Yo me fijé en la doble hilera de perlas que rodeaba su cuello arrugado, melosas esferas que destellaban bajo la luz tenue, objetos hermosos que, a pesar de mi acostumbrada inmunidad ante el mundo material, me llamaron la atención durante un instante que luego se prolongó. No pude evitar fijarme en lo injusto que era que hubiese tantos hijos de Dios languideciendo entre enfermedades en una Europa rota, mientras quienes vivían en América se adornaban con pieles y perlas.

Evangeline le clavó la mirada a Celestine, con la esperanza de que continuase. No era solo que aquella mujer conociese la relación entre Inocenta y Abigail Rockefeller, sino que parecía hallarse en su mismo centro. Evangeline quiso pedirle que siguiera, pero tenía miedo de que cualquier pregunta directa la pusiese en guardia. Al fin dijo:

—Debe de saber usted mucho sobre lo que le escribió la señora Rockefeller a Inocenta.

—Lo que nos llevó hasta las Ródope fue mi trabajo —dijo Celestine, mirando a Evangeline a los ojos con una agudeza que la inquietó—. Fueron mis esfuerzos los que nos condujeron a lo que encontramos en aquella caverna. Nos aseguramos de que todo en las montañas fuese tal y como lo habíamos planeado. No se nos adelantaron, lo cual supuso un gran alivio para la doctora Serafina, nuestra lideresa. Esa era nuestra mayor preocupación... que nos capturasen antes de llegar a la caverna.

—¿La caverna? —preguntó Evangeline, cada vez más confusa.

—Nuestro plan era meticuloso —prosiguió Celestine—. Contábamos con el equipo más moderno, con cámaras que nos permitían documentar nuestros descubrimientos. Pusimos mucho cuidado en proteger las cámaras y la película. Nuestros hallazgos estaban a buen recaudo, envueltos en tela y algodón. Todo muy seguro, sí.

Celestine miró por la ventana como si estuviese midiendo la crecida del río.

—No estoy segura de entender —dijo Evangeline, con la esperanza de azuzar algo más a Celestine para que se explicase—. ¿Qué caverna? ¿Qué hallazgos?

La hermana Celestine volvió a mirar a los ojos a Evangeline.

—Atravesamos en coche las Ródope. Entramos por Grecia. Era el único modo durante la guerra. Los americanos y los británicos habían empezado a bombardear al oeste, en Sofía. El daño que causaban aumentaba a cada semana; y sabíamos que entraba dentro de lo posible que le acertasen a la caverna, aunque era poco probable, por supuesto... no era más que una cueva entre millares. Aun así, nos esforzamos por ponerlo todo en movimiento. Todo sucedió muy rápido en cuanto aseguramos los fondos de Abigail Rockefeller. Todos los angelólogos fueron convocados para continuar con sus esfuerzos.

—Angelólogos —dijo Evangeline, paladeando la palabra. Aunque le resultaba familiar, no se atrevió a admitirlo ante Celestine.

Si Celestine detectó algún cambio en Evangeline, no lo evidenció.

—Nuestros enemigos no nos atacaron en la Garganta del Diablo, sino que nos rastrearon al volver a París —la voz de Celestine cobró nuevo brío; se giró hacia Evangeline con ojos desorbitados—. Empezaron a darnos caza de inmediato. Emplearon todas sus redes de espías y capturaron a mi amada profesora. Yo no podía quedarme en Francia. Permanecer en Europa era demasiado peligroso. Tuve que venir a América, aunque no tenía el menor deseo de hacerlo. Me otorgaron la responsabilidad de traer el objeto hasta un lugar seguro... nuestro descubrimiento quedó bajo mi cuidado, ¿entiendes? Lo único que pude hacer fue huir. Pero todavía siento que traicioné a nuestra resistencia al marcharme, aunque no tenía alternativa. Era mi misión. Mientras que los demás morían, yo me subí a un barco con destino a la ciudad de Nueva York. Todo había sido preparado.

Evangeline hizo un esfuerzo por ocultar su reacción ante aquellos estrambóticos detalles de la historia de Celestine. Sin embargo, cuanto más oía, más difícil le resultaba permanecer en silencio.

—¿La señora Rockefeller la ayudó en todo esto? —preguntó.

—Me pagó un pasaje para escapar del infierno en que se había convertido Europa. —Era la primera respuesta directa que le daba a Evangeline—. Me pasaron escondida a Portugal. Los otros no tuvieron tanta suerte; ya cuando me marché comprendí que quienes se quedaban atrás estaban condenados. Una vez que nos encontraron, los horribles demonios los asesinaron. Así han sido siempre, ¡son criaturas malignas, malvadas, inhumanas! No pensaban descansar hasta que nos exterminasen a todos. A día de hoy nos siguen cazando.

Evangeline contempló a Celestine, traspuesta. No sabía mucho de la Segunda Guerra Mundial ni de lo mucho que afectaba a los miedos de Celestine, pero se preocupó de que semejante alteración le hiciese daño a la anciana.

—Cálmese, hermana, por favor. Todo va bien, le aseguro que ahora está usted a salvo.

—¿A salvo? —Los ojos de Celestine estaban helados de miedo—. Una no está jamás a salvo. *Jamais.*

—Cuénteme —dijo Evangeline con voz firme para enmascarar su creciente inquietud—. ¿A qué peligro se refiere?

La voz de Celestine fue poco más que un susurro al decir:

—*«A cette époque-là, il y avait des géants sur la terre, et aussi après que les fils de Dieu se furent unis aux filles des hommes et qu'elles leur eurent donné des enfants. Ce sont ces héros si fameux d'autrefois».*

Evangeline entendía francés. No en vano era el idioma nativo de su madre, quien le había hablado exclusivamente en francés. Sin embargo, hacía más de quince años que no oía a nadie pronunciarlo.

La voz de Celestine, brusca, rápida y vehemente, repitió las palabras en inglés:

—«Había gigantes llamados nefilim en la tierra en aquellos días, y también después que se llegaron los hijos de Dios a las hijas de los hombres, y les engendraron hijos. Estos fueron los valientes que desde la antigüedad fueron varones de renombre».

Evangeline conocía la cita en inglés, sabía ubicarla sin problema en la Biblia.

—Es del Génesis —dijo, aliviada de entender al menos una fracción de lo que decía la hermana Celestine—. Conozco el pasaje. Ocurre justo antes del Diluvio.

—*Pardon?* —Celestine miró a Evangeline como si no la hubiese visto en su vida.

—El pasaje del Génesis que ha citado usted —dijo Evangeline—. Lo conozco bien.

—No —dijo Celestine, de pronto con hostilidad en la mirada—. No lo entiendes.

Evangeline puso una mano sobre la de Celestine para calmarla. Demasiado tarde: Celestine había perdido los nervios. Susurró:

—Al principio, las relaciones humanas y divinas eran simétricas. Había orden en el cosmos. Las legiones de ángeles se organizaban en estrictos regimientos; hombres y mujeres, las criaturas más adoradas por Dios, hechas a su imagen y semejanza; vivían felices, libres de dolor. No existía el sufrimiento, no existía la muerte, no existía el tiempo. No había razón alguna para que existieran. El universo era perfectamente estático y puro en su negativa a avanzar. Pero los ángeles no eran capaces de descansar en semejante estado. Tenían celos del hombre. Los ángeles oscuros tentaron a la humanidad por orgullo, pero también para causarle dolor a Dios. Y así, a la caída del hombre siguió la de los ángeles.

Al darse cuenta de que permitir que Celestine siguiese profiriendo aquellas insensateces solo le causaría más dolor, Evangeline le arrebató la carta de entre los dedos temblorosos con toda deliberación. La dobló y se la metió en el bolsillo. Acto seguido se puso en pie.

—Perdóneme, hermana —dijo—. No quería alterarla tanto.

—¡Vete! —dijo Celestine, temblando violentamente—. ¡Vete de una vez y déjame en paz!

Confundida y bastante asustada, Evangeline cerró la puerta de Celestine y se alejó casi a la carrera por el estrecho pasillo que llevaba hasta las escaleras.

• • •

Las siestas de tarde de la hermana Filomena solían durar hasta que la llamaban para cenar. De ahí que Evangeline no se sorprendiese al encontrarse la biblioteca cerrada al llegar, la chimenea fría y el carrito lleno de volúmenes a la espera de ser devueltos a sus anaqueles. Ignorando el barullo de libros que había, Evangeline se puso a encender el fuego para calentar la fría estancia. Colocó dos leños en la rejilla y llenó la parte inferior con papel de periódico arrugado. Acto seguido encendió una cerilla. Una vez que empezaron a avivarse las llamas, Evangeline se enderezó y se alisó la falda con manos pequeñas y frías, como si estirar la tela fuese a ayudarla a centrarse. Había una cosa segura: iba a necesitar toda su concentración para comprender la historia de Celestine. Sacó una hoja doblada del bolsillo de la falda, la abrió y leyó la carta del señor Verlaine:

Durante una investigación para un cliente privado, he tenido conocimiento de que la señora Abigail Aldrich Rockefeller, matriarca de la familia Rockefeller y filántropa reconocida, puede haber mantenido una breve correspondencia con la abadesa del Convento de Santa Rosa, la madre Inocenta, entre 1943 y 1944.

No era más que una nota inofensiva que solicitaba visitar el Convento de Santa Rosa, el tipo de carta que las instituciones que albergaban colecciones de libros e imágenes únicas recibían con regularidad. El tipo de carta a la que Evangeline debería haber respondido con una negativa rápida y eficiente y que, una vez enviada, debería haber olvidado para siempre. Y sin embargo, aquella sencilla petición lo había puesto todo patas arriba. Se sentía recelosa y al mismo tiempo consumida por una intensa curiosidad hacia la hermana Celestine, la señora Abigail Rockefeller, la madre Inocenta y la práctica de la angelología. Quería comprender el trabajo que habían llevado a cabo sus padres, pero también anhelaba el lujo de la ignorancia. Las palabras de Celestine habían resonado profundamente dentro de ella; era casi como si hubiese venido a Santa Rosa con el único propósito de oírlas. Aun así, lo que más alteraba a Evangeline era la posible conexión entre la historia de Celestine y la suya propia.

Su único consuelo era que la biblioteca seguía completamente en silencio. Se sentó en una mesa cerca de la chimenea, apoyó los codos puntiagudos en la superficie de madera y acunó la cabeza entre las manos, intentando aclararse la mente. A pesar de que el fuego ya había prendido, un hilito de aire helado sopló por la chimenea, una corriente que era al mismo tiempo intenso calor y frío helador, y que conjuró una extraña mezcla de sensaciones en su piel. Intentó reconstruir la rocambolesca historia de Celestine lo mejor que pudo. Sacó un trozo de papel de un cajón de la mesa y garabateó una serie de palabras en una lista:

Caverna de la Garganta del Diablo
Montañas Ródope
Génesis 6
Angelólogos

Cuando necesitaba algún tipo de guía, Evangeline era más parecida a una tortuga que a una joven: lo que hizo fue retirarse a un espacio fresco y oscuro en el interior de sí misma, quedarse inmóvil y esperar a que se le pasase la confusión. Durante media hora contempló las palabras que había escrito: «Caverna de la Garganta del Diablo, Montañas Ródope, Génesis 6, Angelólogos». Si alguien le hubiese dicho el día anterior que escribiría aquellas palabras, se habría echado a reír. Y sin embargo, aquellas mismas palabras eran los pilares sobre los que se asentaba la historia de Celestine. Dado que la señora Abigail Rockefeller había desempeñado un papel en todo el misterio, tal y como implicaba la carta que había encontrado, a Evangeline no le quedaba más que descifrar su relación.

Aunque sentía el impulso de analizar la lista hasta que las conexiones aparecieran mágicamente por sí solas, Evangeline era lo bastante lista como para saber que no podía quedarse de brazos cruzados a la espera. Atravesó la biblioteca, ya calentita, y sacó un enorme atlas mundial de un anaquel. Lo abrió sobre una mesa y encontró las Montañas Ródope en el índice. Buscó la página correspondiente, en el centro del atlas. Resultaba que las Ródope eran una cadena montañosa menor en el sudeste de Europa, que abarcaba desde el norte de Grecia al sur de Bulgaria. Evangeline examinó el mapa, con la esperanza de encontrar alguna referencia a la Garganta del Diablo, pero toda la región era una maraña de resaltos sombríos y triángulos que señalaban el terreno elevado.

Recordó que Celestine había mencionado que habían entrado en las Ródope. Deslizó el dedo hacia el sur, hacia la parte continental griega, rodeada de mar. Ahí encontró Evangeline el punto donde empezaban a alzarse las Ródope desde las planicies. Trazos verdes y grises cubrían las zonas cerca de las montañas, colores que indicaban un nivel de población bajo. Las únicas vías principales parecían salir de Kavala, una ciudad portuaria en el mar tracio con una red de autopistas que se repartía entre pueblos más pequeños y aldeas en el norte. Evangeline recorrió el sur de la cadena montañosa hasta la península y vio nombres más familiares, como Atenas o Esparta, lugares sobre los que había leído en sus estudios de literatura clásica. Allí estaban las ciudades antiguas que siempre había asociado con Grecia. Jamás había oído hablar de aquella cordillera que colindaba al norte con Bulgaria.

Al darse cuenta de que no iba a sacar mucha más información del mapa, Evangeline se acercó a un grupo de enciclopedias gastadas de los años 60 y buscó la entrada correspondiente a las Montañas Ródope. En el centro de la página encontró una fotografía en blanco y negro de una cueva abierta. Bajo la foto se leía lo siguiente:

La Garganta del Diablo es una caverna que se adentra en el corazón de la cadena montañosa de las Ródope. Tras una estrecha abertura en medio de la inmensa masa de roca de la ladera, la caverna desciende a las profundidades de la tierra, formando un sobrecogedor espacio hueco en medio del sólido granito. Su interior destaca por una enorme cascada interna que cae sobre la roca hasta formar un río subterráneo. Una serie de recintos naturales en el fondo de la garganta han dado lugar a numerosas leyendas antiguas. Los primeros exploradores del lugar informaron de extrañas luces, así como de una sensación de euforia tras entrar en estas modestas cuevas; fenómeno que puede deberse a bolsas de gases naturales.

Evangeline siguió leyendo y descubrió que la Garganta del Diablo había sido declarada patrimonio de la UNESCO en los años 50, y que se consideraba un tesoro nacional debido a su asombrosa belleza, así como su importancia mitológica e histórica para los tracios, que vivieron en la zona en los siglos IV y V a.C. Aunque las descripciones físicas de la caverna eran de por sí bastante interesantes, lo que despertó la curiosidad de Evangeline fue su importancia mitológica e histórica. Abrió un libro sobre mitología tracia y griega y, tras un número de capítulos que describían recientes excavaciones en ruinas tracias, Evangeline encontró el siguiente fragmento:

Los griegos de la Antigüedad creían que la Garganta del Diablo era la entrada del mundo subterráneo mitológico en el que Orfeo, rey de la tribu tracia de los cícones, se internó para salvar a su amada Eurídice del olvido de Hades. Según la mitología griega, Orfeo le dio a la humanidad la música, la escritura y la medicina; a menudo se le atribuye el impulso del culto a Dionisio. Apolo le dio a Orfeo una lira dorada y le enseñó a tocar una música que tenía el poder de domar a los animales, de otorgarle vida a los objetos inanimados y de calmar toda la creación, incluyendo a los habitantes del inframundo. Muchos arqueólogos e historiadores afirman que Orfeo promovió prácticas tanto místicas como extáticas entre el pueblo llano. De hecho, se especula que los tracios llevaban a cabo sacrificios humanos durante el éxtasis de los rituales dionisíacos; dejando cuerpos desmembrados que se descomponían en la entrada repleta de karst de la Garganta del Diablo.

Evangeline leyó absorta la historia de Orfeo y el lugar que ocupaba en la mitología clásica, aunque toda aquella información no casaba con el relato de Celestine, que no había hecho mención alguna a Orfeo ni a ninguno de los sectarios dionisíacos que supuestamente había inspirado. Por eso se sorprendió tanto al ver su atención atraída hacia lo que leyó en el siguiente párrafo:

En la era cristiana se creía que la caverna de la Garganta del Diablo era el lugar donde habían caído los ángeles tras su expulsión del cielo. Los cristianos que vivían en la zona creían que el pronunciado descenso vertical de la abertura de la cueva había sido tallado por el propio cuerpo ardiente de Lucifer al desplomarse a través de la tierra hasta llegar al infierno. De ahí el nombre de la caverna. Además de lo anterior, también se consideró durante bastante tiempo que la cueva era la prisión, no solo de los ángeles caídos, sino también de los «Hijos de Dios», las criaturas a menudo controvertidas del pseudo-epigráfico Libro de Enoc. Estas criaturas a las que Enoc denomina «Vigilantes» y la Biblia «Hijos del Cielo», son un grupo de ángeles desobedientes que perdieron la gracia de dios tras casarse con mujeres humanas y engendrar la especie de híbridos humanos y angélicos conocida como los nefilim (ver Génesis 6). Los Vigilantes quedaron aprisionados bajo tierra tras el delito que habían cometido. Su prisión subterránea aparece en numerosos pasajes de la Biblia. Ver Judas 1:6.

Sin cerrar el libro, Evangeline se puso en pie y se acercó a la Nueva Biblia Americana, que descansaba sobre el pedestal de roble en el centro de la biblioteca. Hojeó las páginas y dejó atrás la Creación, la Caída, el asesinato de Abel a manos de Caín... se detuvo en Génesis 6 y leyó:

1 Aconteció que cuando comenzaron los hombres a multiplicarse sobre la faz de la tierra, y les nacieron hijas, 2 que viendo los hijos de Dios que las hijas de los hombres eran hermosas, tomaron para sí mujeres, escogiendo entre todas. 3 Y dijo Jehová: No contenderá mi espíritu con el hombre para siempre, porque ciertamente él es carne; mas serán sus días ciento veinte años. 4 Había gigantes llamados nefilim en la tierra en aquellos días, y también después que se llegaron los hijos de Dios a las hijas de los hombres, y les engendraron hijos. Estos fueron los valientes que desde la antigüedad fueron varones de renombre. 5 Y vio Jehová que la maldad de los hombres era mucha en la tierra, y que todo designio de los pensamientos del corazón de ellos era de continuo solamente el mal. 6

Y se arrepintió Jehová de haber hecho hombre en la tierra, y le dolió en su corazón. 7 Y dijo Jehová: Raeré de sobre la faz de la tierra a los hombres que he creado, desde el hombre hasta la bestia, y hasta el reptil y las aves del cielo; pues me arrepiento de haberlos hecho.

Era el pasaje que Celestine había citado hacía un rato, aquella misma tarde. Evangeline había leído aquella parte del Génesis cientos de veces. De niña, cuando su madre le leía el Génesis en voz alta, había sido su primera ensoñación narrativa; la historia más dramática, cataclísmica y asombrosa que había oído jamás. Sin embargo, nunca se había detenido a pensar en todos aquellos extraños detalles. El nacimiento de unas estrambóticas criaturas llamadas nefilim, la condena a los hombres a vivir solo 120 años, la decepción que sintió el Creador ante su creación, la mezquindad del Diluvio. En todos sus estudios, en su preparación como novicia, en todas las horas de discusión bíblica en la que había participado junto con otras hermanas en Santa Rosa, jamás habían analizado aquel pasaje en concreto. Volvió a leerlo y se detuvo en la frase: «Había gigantes llamados nefilim en la tierra en aquellos días, y también después que se llegaron los hijos de Dios a las hijas de los hombres, y les engendraron hijos. Estos fueron los valientes que desde la antigüedad fueron varones de renombre». Acto seguido volvió a leer el pasaje de Judas: «Y a los ángeles que no guardaron su dignidad, sino que abandonaron su propia morada, los ha guardado bajo oscuridad, en prisiones eternas, para el juicio del gran día».

Evangeline cerró la Biblia. Empezaba a sentir el principio de un buen dolor de cabeza. La voz de su padre le vino a la mente, y una vez más se vio subiendo las escaleras de un almacén frío y polvoriento, intentando no hacer ruido con sus zapatitos de charol Mary Jane. El extremo afilado de un ala, la luminosidad de un cuerpo, la extraña y hermosa presencia de las criaturas enjauladas en las alturas... todo aquello no eran sino visiones que, Evangeline sospechaba desde hacía mucho, se había inventado su propia imaginación. La idea de que aquellas bestias fuesen reales... que fuesen el motivo por el que su padre la había traído a Santa Rosa... era demasiado como para pensarlo siquiera.

Evangeline se dirigió al fondo de la sala, donde había una hilera de libros del siglo xix alineados en estanterías cerradas con llave. Aunque aquellos libros eran los más antiguos de toda la biblioteca, y habían sido traídos al Convento de Santa Rosa cuando este se fundó, en realidad eran modernos en comparación con los textos que se analizaban y discutían entre sus páginas. Evangeline echó mano de la llave que colgaba de un ganchito en la pared, abrió la puerta de un armario y sacó uno de los libros. Lo acunó con cuidado entre los brazos y se aproximó a la amplia mesa de roble cerca de la chimenea. Examinó el libro, *Anatomía de los ángeles oscuros*, y pasó los dedos por la suave encuadernación de cuero con gran suavidad, temerosa de dañar el lomo con las prisas.

Tras ponerse un par de finos guantes de algodón, abrió con delicadeza la cubierta y miró el interior. Había a su disposición cientos de páginas con hechos sobre la parte más oscura de la ángeles. Cada página, cada diagrama, cada grabado tenía algún tipo de relación con las transgresiones de las criaturas angélicas que habían desafiado el orden natural de las cosas. El libro aunaba todo tipo de saberes, desde exégesis bíblica a la postura franciscana frente a los exorcismos. Evangeline hojeó las páginas y se detuvo en un análisis de la figura del demonio en la historia de la iglesia. Aunque las hermanas jamás lo comentaban y a Evangeline le resultaba un misterio, lo demoníaco había sido en su día fuente de grandes discusiones teológicas en la iglesia. Santo Tomás de Aquino, por ejemplo, había afirmado que era un dogma de fe que los demonios tenían el poder de invocar el viento, la tormenta y la lluvia de fuego desde los cielos. El número de demonios, 7.405.926 repartidos en 72 compañías según los cálculos del Talmud; no aparecía en documentos cristianos. Evangeline dudaba de que aquella cifra no fuese más que pura especulación numérica. Aun así, semejante cantidad se le antojó asombrosa. Los primeros capítulos del libro contenían información histórica sobre la rebelión de los ángeles. Cristianos, judíos y musulmanes habían debatido durante milenios sobre la existencia de los ángeles. La referencia más concreta a los ángeles desobedientes se encontraba en el Génesis, pero también había textos apócrifos y pseudo-epigráficos que circulaban en los siglos posteriores a Cristo, y que dieron forma a la concepción judeo-cristiana de los ángeles. Abundaban los relatos sobre apariciones angélicas; la falta de información sobre la naturaleza de los ángeles imperaba en la antigüedad tanto como en el presente. Por ejemplo, era un error bastante común confundir a los Vigilantes, a quienes se consideraba que Dios había enviado a la tierra con el único propósito de espiar a la humanidad, con los ángeles rebeldes, seres angélicos popularizados gracias a *El paraíso perdido*, que seguían a Lucifer y fueron expulsados del cielo. Los Vigilantes pertenecían a la décima orden de los *bene Elohim*, mientras que Lucifer y los ángeles rebeldes, en otras palabras, el diablo y sus demonios, pertenecían a los malakim, una casta que incluía las órdenes más perfectas de los ángeles. Mientras que el diablo había sido condenado al fuego eterno, los Vigilantes solo fueron encarcelados durante un periodo indeterminado de tiempo. Presos en algo que se traducía variadamente como «pozo», «agujero», «cueva» e «infierno», los Vigilantes aguardaban el momento de recuperar la libertad.

Tras leer durante un rato, Evangeline se percató de que había aplastado sin darse cuenta las páginas del libro sobre la mesa de roble. Apartó la mirada del libro y se volvió hacia la puerta de la biblioteca, donde, hacía apenas unas horas, había visto a Verlaine por primera vez. Había sido un día profundamente extraño, que había pasado de sus abluciones matutinas al presente estado de ansiedad en una progresión que parecía más sueño que realidad. Verlaine había irrumpido en su vida con tanta fuerza que casi parecía ser, al igual que los recuerdos de su familia, una creación de su propia mente, al mismo tiempo real e irreal.

Sacó la carta del bolsillo y la alisó sobre la mesa. Volvió a leerla una vez más. Había algo en las maneras de aquel hombre, en la franqueza con la que hablaba, la familiaridad, la inteligencia... que había abierto una brecha en el escudo protector tras el que Evangeline había vivido los últimos años. Su apariencia le había recordado que existía otro mundo ahí fuera, más allá de los terrenos del convento. Le había dado su número de teléfono en un trozo de papel. Evangeline sabía que, a pesar de sus deberes hacia sus hermanas y del peligro de que la descubriesen, debía hablar con él otra vez.

· · ·

Una sensación urgente la dominó mientras atravesaba los ajetreados corredores de la planta baja. Dejó atrás una reunión informativa de compañeras de rezos que tenía lugar en el Salón de la Paz Perpetua, y una clase de manualidades en el Centro de Arte Santa Rosa de Viterbo. No se detuvo en el guardarropa común a por su chaqueta, ni tampoco en la Oficina de la Misión y Reclutamiento a comprobar el correo del día. Ni siquiera hizo una pausa para ver si el horario de la Capilla de la Adoración iba según lo estipulado. Se limitó a salir por la puerta principal hacia el gran garaje enladrillado de la zona sur del recinto. Allí echó mano de unas llaves que había en una cajita de metal gris en la pared y arrancó el coche del convento. Evangeline sabía por experiencia propia que el único lugar aislado del que podía disfrutar una hermana franciscana de la Adoración Perpetua en el Convento de Santa Rosa era el interior de aquel sedán marrón de cuatro puertas. Estaba segura de que nadie iba a ponerle trabas a la hora de llevarse el coche del convento. Conducir hasta la oficina de correos era una tarea de la que siempre estaba dispuesta a ocuparse. Todas las tardes metía la correspondencia de Santa Rosa en un bolso de algodón y se internaba en la carretera 9W, una autovía de dos carriles que serpenteaba a lo largo del río Hudson. Solo había un puñado de hermanas con carnet de conducir, así que Evangeline se ofrecía voluntaria para la mayoría de quehaceres aparte de la entrega del correo: recoger medicinas recetadas, ir a por material de oficina, comprar regalos de cumpleaños para las hermanas…

Algunas tardes, Evangeline cruzaba el río en coche por el puente Kingston-Rhinecliff hasta el Condado de Dutchess. Siempre aminoraba la marcha al pasar por el puente, bajaba la ventanilla y contemplaba las fincas repartidas como champiñones crecidos a ambos lados del río; terrenos monásticos de diferentes comunidades religiosas, incluyendo las torres del Convento de Santa Rosa y, en algún lugar más allá de un recodo, la mansión Vanderbilt, protegida por acres de tierra. Desde aquella altura se veía a kilómetros a la redonda. Evangeline sintió que el coche viraba ligeramente a causa del viento; la recorrió un estremecimiento de pánico. Estaba tan alta que, al mirar abajo, al agua, comprendió durante un segundo lo que se sentiría al volar. Evangeline siempre había adorado la sensación de libertad que sentía al estar sobre el agua, una afición que había desarrollado gracias a los muchos paseos por el puente de Brooklyn junto a su padre. Cuando llegó al otro extremo del puente, giró en la rotonda y lo recorrió en sentido contrario, para pasear la vista por la cordillera púrpura azulada de las montañas Catstkill, que se alzaban en el cielo al oeste. El viento alzaba y esparcía la nieve que había empezado a caer. Una vez más, el puente la elevó más y más por encima de la tierra, sobre los pilotes que soportaban el peso. Experimentó una agradable sensación de desapego, un vértigo similar al que sentía algunas mañanas en la Capilla de la Adoración: pura reverencia por la inmensidad de la creación.

Evangeline recurría a aquellos paseos en coche por la tarde para aclararse la mente. Antes de aquel día, sus pensamientos siempre se dirigían al futuro, que parecía extenderse ante ella como un pasillo infinito y oscurecido, un pasillo que podría recorrer para siempre sin alcanzar jamás su destino. Ahora, al internarse en la 9W, apenas pensaba en nada que no fuese aquel estrambótico relato de Celestine y en la entrada sin invitación de Verlaine en su vida. Ojalá viviese su padre para poder preguntarle qué habría hecho él en esa situación, teniendo en cuenta toda su experiencia y sabiduría.

Bajó la ventanilla y dejó que el aire helado inundase el coche. A pesar del hecho de estar en lo más hondo del invierno y de haber salido del convento sin chaqueta, le ardía la piel. La ropa, empapada de sudor, se le pegaba al cuerpo. Por el rabillo del ojo se vio a sí misma en el retrovisor y captó que tenía una erupción en la piel, manchitas rojas con forma de ameba que le daban un tinte carmesí a su pálida piel. La última vez que le había sucedido algo así había sido el año en que murió su madre; había desarrollado una serie de inexplicables alergias que habían desaparecido en cuanto llegó a Santa Rosa. Los años de vida contemplativa podrían haber creado una burbuja de tranquilidad y comodidad a su alrededor, pero no la habían preparado en absoluto para enfrentarse al pasado.

Salió de la autovía principal y se desvió hacia la estrecha y serpenteante carretera que llevaba a Milton. Pronto, la espesura de los árboles menguó y el bosque se vio interrumpido para dar paso a una extensión de cielo nublado, repleto de nieve. En Main Street, las aceras estaban vacías, como si la nieve y el frío hubiesen obligado a todo el mundo a refugiarse en casa. Evangeline se detuvo en una gasolinera, llenó el depósito de gasolina sin plomo y se dirigió al interior para usar la cabina telefónica. Con dedos temblorosos, depositó un cuarto de dólar, marcó el número que Verlaine le había dado y aguardó, con el corazón desbocado en el pecho. El teléfono sonó cinco, siete, nueve veces, y luego saltó el contestador automático. Evangeline oyó la voz de Verlaine en el mensaje, pero colgó sin hablar, dando el cuarto de dólar por perdido. Verlaine no estaba en casa.

Arrancó el coche y miró el reloj junto al indicador de velocidad. Eran casi las siete. Se había perdido las tareas de la tarde y la cena. A buen seguro, la hermana Filomena estaría aguardando a que regresase y que esperaría que le explicase su ausencia. Disgustada, Evangeline se preguntó qué le había entrado en la cabeza para ir hasta la ciudad para llamar por teléfono a un hombre a quien no conocía para discutir un tema que, a buen seguro, le parecería absurdo, por no decir completamente demencial. Evangeline estaba a punto de dar media vuelta y volver a Santa Rosa... cuando lo vio. Al otro lado de la calle, enmarcado en un escaparate amplio y helado, estaba Verlaine.

Bar y Asador Milton, Milton, Nueva York

A Verlaine se le antojó tan milagroso como intuitivo el hecho de que Evangeline hubiese sabido que la necesitaba, que estaba ensangrentado y aislado, por no mencionar bastante borracho a esas alturas por culpa de la cerveza mexicana. Quizá se trataba de algún tipo de truco que la hermana había aprendido en sus años en el convento, algo que escapaba por completo al entendimiento de Verlaine. Fuera como fuese, allí estaba. Se dirigía lentamente hacia la puerta del bar, con una postura demasiado perfecta, la media melena detrás de las orejas y aquella ropa negra que le recordaba, si hacía un esfuerzo imaginativo, al atuendo deprimente de las chicas con las que solía salir en la universidad; esas chicas oscuras, artísticas y misteriosas a las que hacía reír pero jamás conseguía convencer para que se acostasen con él. En cuestión de segundos, la hermana atravesó el bar y se sentó frente a él; una mujer menuda y delicada con grandes ojos verdes que, a todas luces, jamás había estado en un lugar como el Bar y Asador Milton.

Verlaine vio que la monja miraba por encima del hombro y recorría toda la escena, con un vistazo a la mesa de billar, la gramola y la diana de dardos. Evangeline no parecía darse cuenta de que presentaba un aspecto totalmente fuera de lugar en medio de aquella multitud, o quizá le daba igual. Miró a Verlaine como quien mira un pájaro herido, frunció el ceño y espero a que él le contase lo que le había sucedido en las horas que habían pasado desde su encuentro.

—He tenido un problema con el coche —dijo Verlaine, evitando dar una versión más complicada del apuro por el que había pasado—. He llegado hasta aquí caminando.

Genuinamente perpleja, Evangeline dijo:

—¿En medio de esta tormenta?

—Seguí la autovía durante un buen trecho pero luego me perdí.

—Es demasiado camino para hacerlo a pie —dijo ella con un ápice de escepticismo en la voz—. Me sorprende que no se haya congelado usted.

—Encontré un camionero con el que hice la mitad del camino. Y menos mal; de lo contrario seguiría ahí fuera helándome el culo.

Evangeline lo escrutó durante quizá demasiado tiempo. Verlaine se preguntó si le habría molestado su modo de expresarse. A fin de cuentas era una monja; debería contenerse un poco. Aun así, le fue imposible descifrar lo que pensaba. Era demasiado diferente de su visión de lo que debía ser monja, por más estereotipada que fuese esa visión.

Era joven, irónica y demasiado hermosa como para encajar en el perfil que Verlaine se había hecho de las Hermanas de la Adoración Perpetua. No sabía cómo, pero Evangeline tenía algo que le hacía sentir que podía hablar libremente.

—¿Y usted por qué está aquí? —le preguntó, esperando haber hablado con suficiente despreocupación, y que ella no la malinterpretase—. ¿No se supone que debe de estar usted rezando o haciendo buenas obras o algo así?

Ella sonrió ante la broma y dijo:

—De hecho había venido a Milton para llamarle a usted por teléfono.

Le tocó el turno a Verlaine de quedarse pasmado. No pensaba que quisiera verla de nuevo.

—Será una broma.

—En absoluto —replicó Evangeline, y se apartó un mechón de pelo oscuro de los ojos. Había adoptado una expresión seria—. En Santa Rosa no hay intimidad. No podía arriesgarme a llamarle desde allí. Y sabía que tenía que preguntarle algo que debe permanecer entre nosotros. Se trata de un asunto muy delicado con el que espero que pueda orientarme un poco. Es sobre la correspondencia que ha encontrado usted.

Verlaine dio un sorbo a su Corona, sorprendido por lo vulnerable que parecía la hermana, sentada en el borde de la silla, los ojos enrojecidos a causa del humo de cigarrillo y aquellos dedos largos, delgados y carentes de anillos agrietados a causa del frío invernal.

—Nada me gustaría más que hablar de ello —dijo.

—Entonces —dijo ella, y se inclinó hacia delante en la mesa—, no le importará decirme dónde encontró esas cartas.

—En un archivo de documentos personales de Abigail Rockefeller —dijo Verlaine—. Las cartas no estaban catalogadas. Las habían pasado por alto.

—¿Las robó? —preguntó Evangeline.

Verlaine sintió que se sonrojaba ante el tono de reprimenda de Evangeline.

—Las tomé prestadas. Una vez que comprenda qué hay detrás de ellas, las devolveré.

—¿Cuántas tiene?

—Cinco. Se escribieron a lo largo de un periodo de cinco semanas en 1943.

—¿Son todas de Inocenta?

—No hay ninguna de Abigail Rockefeller.

Evangeline le mantuvo la mirada a Verlaine, a la espera de que este dijese algo más. La intensidad de su mirada lo sobresaltó. Quizá era por el interés que había mostrado en su trabajo... dado que hasta Grigori había despreciado su investigación... o quizá era la sinceridad con la que se comportaba. En cualquier caso, Verlaine se encontró ansioso por complacerla. Todo el miedo, la frustración y la sensación de futilidad que había arrastrado consigo quedaron erradicados.

—Necesito saber si en esas cartas se menciona a las hermanas de Santa Rosa —dijo Evangeline, y lo sacó de sus pensamientos.

—No estoy seguro —dijo Verlaine, echándose hacia atrás en la silla—, pero creo que no.

—¿Había algo sobre una colaboradora de Abigail Rockefeller? ¿Algo sobre el convento, la iglesia o las monjas?

Verlaine se sentía perplejo ante la dirección que estaba tomando Evangeline.

—No he memorizado las cartas, pero que yo recuerde, no hay nada sobre las monjas de Santa Rosa.

—Pero en una carta que Abigail Rockefeller le mandó a Inocenta —dijo Evangeline, alzando la voz por encima de la gramola, la compostura algo perdida—, se menciona específicamente a la hermana Celestine. «Celestine Clochette llegará a Nueva York a principios de febrero».

—¿Celestine Clochette era una monja? Llevo toda la tarde intentando descubrir quién era Celestine.

—Quién *es* —dijo Evangeline, y bajó la voz para que no se oyese por encima de la música—. Celestine es monja, y está vivita y coleando. Fui a verla después de que usted se marchase. Es una anciana y no está del todo en sus cabales, pero estaba al tanto de la correspondencia entre Inocenta y Abigail Rockefeller. También estaba al tanto de la expedición que se menciona en la carta. Dijo ciertas cosas bastantes preocupantes sobre...

—¿Sobre qué? —preguntó Verlaine, más y más preocupado a cada segundo que pasaba—. ¿Qué es lo que dijo?

—No lo entiendo del todo —dijo Evangeline—. Era como si hablase mediante acertijos. Intenté descifrar lo que quería decir, pero el resultado tenía menos sentido aún.

Verlaine se vio dividido entre el impulso de abrazar a Evangeline, que se había puesto completamente pálida, y el de zarandearla. En cambio, lo que hizo fue pedir otras dos Coronas y acercarle su copia manuscrita de la carta de Abigail Rockefeller.

—Lea esto de nuevo. ¿Es posible que Celestine Clochette llevase consigo un artefacto encontrado en las Montañas Ródope hasta el Convento de Santa Rosa? ¿Le contó algo sobre esa expedición? —Se olvidó de que apenas conocía a Evangeline y se inclinó sobre la mesa para tocarle la mano—. Quiero ayudarla.

Evangeline retiró la mano y le dedicó una mirada suspicaz. A continuación le echó un vistazo a su reloj.

—Tengo que irme. Hace ya tiempo que debería haber regresado. Está claro que usted no sabe mucho más que yo de esas cartas.

Mientras la camarera dejaba dos cervezas frente a ellos, Verlaine dijo:

—Tiene que haber más cartas... como mínimo, cuatro más. Inocenta respondía a Abigail Rockefeller. Podría usted intentar encontrarlas. A lo mejor Celestine Clochette sabe dónde están.

—Señor Verlaine —dijo Evangeline con un tono imperioso que a Verlaine se le antojó forzado—. Simpatizo con su investigación, y con su deseo de cumplir lo que le ha mandado su cliente, pero no puedo involucrarme en algo así.

—Esto no tiene nada que ver con mi cliente —dijo Verlaine, y dio un largo trago de cerveza—. Se llama Percival Grigori. Es un hombre increíblemente horrible; jamás debería haber aceptado trabajar para él. De hecho, acaba de enviar a dos matones a forzar mi coche y llevarse todos los documentos de mi investigación. Está claro que anda buscando algo, y si ese algo es la correspondencia que hemos encontrado... y sobre la que, por cierto, no le he dicho nada... entonces deberíamos encontrar el resto antes de que lo haga él.

—¿Han forzado su coche? —dijo Evangeline, incrédula—. ¿Por eso ha acabado usted aquí?

—Da igual —dijo Verlaine, en un intento de parecer despreocupado—. Bueno, en realidad no, no da igual. Tengo que pedirle que me lleve a una estación de tren. Y tengo que saber qué es lo que Celestine Clochette trajo consigo a América. El único lugar donde puede estar es el Convento de Santa Rosa. Si puede usted encontrarlo... o al menos dar con las cartas... podríamos entender de qué va todo esto.

La expresión de Evangeline se suavizó levemente, como si evaluase con sumo cuidado aquella petición. Al cabo, dijo:

—No puedo prometerle nada, pero echaré un vistazo.

Verlaine quiso abrazarla, decirle lo contento que estaba de haberse cruzado con ella, suplicarle que viniese a Nueva York con él y que empezasen a trabajar aquella misma noche. Sin embargo, al ver lo mucho que la inquietaba su mirada, decidió cerrar la boca.

—Venga —dijo Evangeline, y echó mano de unas llaves que había dejado sobre la mesa—. Le llevo a la estación de trenes.

Convento de Santa Rosa, Milton, Nueva York

Evangeline se había perdido la cena comunal en la cafetería, del mismo modo que se había saltado el almuerzo, con lo cual estaba muerta de hambre. Sabía que podría encontrar algo de comer en las cocinas si decidía pasarse por allí; los refrigeradores tamaño industrial siempre acababan llenos de bandejas con sobras; pero solo de pensar en comer le daban náuseas. Ignorando el hambre, pasó junto a las escaleras que llevaban hasta la cafetería y siguió en dirección a la biblioteca.

Al abrir la puerta de la biblioteca y encender las luces, vio que la estancia había sido limpiada en su ausencia: el registro de cuero, que había dejado abierto sobre la mesa de madera aquella misma tarde, estaba cerrado; los libros apilados en el sofá habían regresado a las estanterías; y una mano meticulosa había pasado el aspirador por las mullidas alfombras. Evidentemente, alguna de las hermanas la había cubierto. Con una punzada de culpabilidad, Evangeline juró que limpiaría el doble a la tarde siguiente, y quizá se ofrecería voluntaria para hacer turno en la lavandería, por más que fuese de las tareas más odiadas debido a la cantidad de hábitos que siempre había que lavar. No debería haber dejado todo el trabajo a las demás. Cuando alguien se ausenta, el resto debe asumir la carga.

Evangeline colocó la bolsa en el sofá y se agachó frente a la chimenea para avivar el fuego. Pronto, una luz difusa se replegó sobre el suelo. Evangeline se dejó caer entre los suaves cojines del sofá, cruzó una pierna sobre la otra e intentó organizar en su cabeza las deslavazadas imágenes de todo el día. Era una maraña de información tan extraordinaria que le costó mantener el orden en la mente. El fuego era tan acogedor, y el día había sido tan arduo, que Evangeline se estiró en el sofá y no tardó en quedarse dormida.

La despertó con un sobresalto una mano que cayó sobre su hombro. Se enderezó y encontró a la hermana Filomena de pie ante ella, mirándola con cierta severidad.

—Hermana Evangeline —dijo Filomena, sin despegar la mano del hombro de Evangeline—. ¿Se puede saber qué haces?

Evangeline parpadeó. Se había quedado tan profundamente dormida que apenas podía recordar dónde estaba. Parecía como si viese la biblioteca, con aquellos anaqueles llenos de libros y el chisporroteo de la chimenea, desde las profundidades marinas. A toda prisa, plantó ambos pies en el suelo e irguió la espalda.

—Como estoy segura de que ya sabrás —dijo Filomena, al tiempo que se sentaba en el sofá junto a Evangeline—. La hermana Celestine es de los miembros más antiguos de nuestra comunidad. No sé qué ha pasado esta tarde, pero está bastante disgustada. He pasado toda la tarde con ella. No ha resultado fácil calmarla.

—Lo siento mucho —dijo Evangeline. Al oír el nombre de Celestine sintió que sus sentidos volvían a centrarse—. Fui a preguntarle sobre algo que he encontrado en los archivos.

—Estaba muy alterada cuando la vi esta tarde —dijo Filomena—. ¿Qué es lo que le has dicho?

—No pretendía molestarla —dijo Evangeline.

De pronto comprendió que había sido una locura ir a hablar con Celestine sobre las cartas. Qué ingenuo por su parte pensar que podría mantener en secreto una conversación tan imprevisible.

La hermana Filomena contempló a Evangeline como si calculase lo dispuesta que estaba a cooperar.

—He venido a decirte que Celestine quiere volver a hablar contigo —dijo al fin—. Y a pedirte que luego vengas a contarme todo lo que oigas en su celda.

A Evangeline le pareció una petición extraña; no entendía bien qué podría haber detrás de semejante interés, pero aun así asintió.

—No debemos permitir que se vuelva a alterar tanto. Por favor, ten cuidado con lo que le dices.

—Muy bien —replicó Evangeline. Se puso de pie y se sacudió del cuello vuelto y de la falda las pelusas del sofá—. Iré de inmediato.

—Dame tu palabra —dijo Filomena en tono severo mientras acompañaba a Evangeline hasta la puerta de la biblioteca—. Dame tu palabra de que me informarás de todo lo que te cuente Celestine.

—¿Por qué? —preguntó Evangeline, sobresaltada ante los modos bruscos de Filomena.

Ante aquella pregunta, Filomena se detuvo, como si hubiese recibido una reprimenda.

—Celestine no es tan fuerte como parece, hija mía. No queremos ponerla en peligro.

• • •

En las horas que habían pasado desde la última visita de Evangeline, habían trasladado a la hermana Celestine a la cama. Su cena, compuesta de caldo, galletas saladas y agua; permanecía intacta en una bandeja sobre la mesita de noche. Un humidificador rociaba el aire y envolvía la estancia de neblina. La silla de ruedas descansaba en un rincón de la estancia, abandonada cerca de la ventana. Las cortinas corridas le daban a la cámara el aspecto de una sombría habitación de hospital, un efecto que no hizo sino acrecentarse cuando Evangeline cerró la puerta con cuidado tras de sí, dejando fuera el sonido de las hermanas que pululaban por los corredores.

—Entra, entra —dijo Celestine, e hizo un gesto para que Evangeline se acercase a la cama.

Celestine cruzó las manos sobre el pecho. Evangeline sintió el repentino impulso de cubrir los dedos blancos y frágiles de la mujer con su propia mano, de protegerlos... aunque no sabía decir de qué. Filomena había estado en lo cierto: Celestine era dolorosamente frágil.

—¿Quería usted verme, hermana? —dijo Evangeline.

Con grandes esfuerzos, Celestine se obligó a enderezarse hasta apoyar la espalda en una pila de almohadas.

—He de pedirte que disculpes mi comportamiento de esta tarde —dijo, mirando a Evangeline a los ojos—. No sé cómo explicar qué ha pasado. Es que hace muchos, muchos años, que no hablo de estas cosas. Ha sido toda una sorpresa descubrir que, a pesar del tiempo que ha pasado, los acontecimientos de mi juventud siguen igual de vívidos y me perturban de la misma manera. Puede que el cuerpo envejezca, pero el alma sigue joven, tal y como Dios la creó.

—No hay necesidad alguna de disculparse —dijo Evangeline, y le puso una mano a Celestine en el brazo, delgado como una ramita bajo el tejido del camisón—. Ha sido culpa mía por alterarla tanto.

—Lo cierto —dijo Celestine, con voz algo más dura, como si estuviese recurriendo al último resto de rabia que le quedaba— es que me pillaste por sorpresa. Hace muchos, muchos años, que no me enfrento a estos acontecimientos. Sabía que llegaría el día en que te lo contaría. Pero esperaba que fuese más adelante.

Una vez más, Celestine la confundió. Tenía la virtud de descentrar a Evangeline, de alterar el delicado sentido del equilibrio de Evangeline de un modo completamente perturbador.

—Vamos —dijo Celestine, paseando la vista por la habitación—, agarra esa silla de ahí y siéntate a mi lado. Tengo mucho que contarte.

Evangeline echó mano de una silla de madera en un rincón y la trajo junto a la cama de Celestine. Se sentó y escuchó con atención la voz débil de la hermana Celestine.

—Creo que ya sabes —empezó Celestine— que nací y crecí en Francia, y que vine al Convento de Santa Rosa durante la Segunda Guerra Mundial.

—Sí —dijo en tono leve Evangeline—. Ya lo sabía.

—Puede que también sepas… —Celestine hizo una pausa y miró a Evangeline a los ojos, como si buscase algún tipo de prejuicio en ellos—… que lo dejé todo… mi trabajo y mi país… en manos de los nazis.

—Me imagino que la guerra obligó a muchos a buscar refugio en los Estados Unidos.

—Yo no buscaba refugio —dijo Celestine, enfatizando cada palabra—. La carestía que provocó la guerra era cosa seria, pero creo que podría haber sobrevivido de haberme quedado. Puede que no lo sepas, pero en Francia yo aún no era monja. —Se cubrió la boca con un pañuelo y tosió—. Tomé los votos en Portugal, de camino a los Estados Unidos. Antes era miembro de otra orden que compartía muchos de nuestros mismos objetivos. La única diferencia... —Celestine reflexionó un instante—.... era que teníamos un enfoque diferente a la hora de conseguirlos. Salí ese grupo en diciembre de 1943.

Evangeline vio que Celestine se aupaba algo más en la cama para dar un sorbito de agua.

—Abandoné ese grupo —dijo al fin—, pero el grupo no había terminado conmigo. Antes de poder abandonarlo me asignaron una última tarea. Quienes componían este grupo me ordenaron que llevase un maletín hasta América y se lo entregase a un contacto en Nueva York.

—A Abby Rockefeller —aventuró Evangeline.

—Al principio, la señora Rockefeller no era más que una patrocinadora rica que asistía a las reuniones del grupo en Nueva York. Al igual que muchas otras mujeres de la alta sociedad, participaba de un modo puramente testimonial. Imagino que se involucraba con los ángeles del mismo modo que otros ricos plantan orquídeas; con gran entusiasmo y poco entendimiento real. Sinceramente, no sabría decir a quién era leal antes de la guerra. Sin embargo, cuando la guerra estalló, la señora Rockefeller se involucró mucho más, de manera muy sincera. Mantuvo vivo nuestro trabajo. Envió equipamiento, vehículos y dinero para ayudar a nuestra causa en Europa. Nuestros estudiosos no se adscribían abiertamente a ninguno de los dos bandos de la guerra; éramos pacifistas de corazón y contábamos con financiación privada. Siempre fue así, desde el principio.

Celestine parpadeó, como si una mota de polvo le hubiese caído en los ojos, y luego prosiguió:

—Así pues, como imaginarás, los donantes privados resultaban esenciales para nuestra supervivencia. La señora Rockefeller acogió a nuestros miembros en la ciudad de Nueva York; arregló pasajes desde Europa, los recibió en los muelles, les dio un refugio. Gracias a su apoyo pudimos llevar a cabo nuestra mayor misión: una expedición a las profundidades de la tierra, al centro mismo de la maldad. Llevábamos años planeando el viaje, desde el descubrimiento de un registro escrito que detallaba una expedición previa a la caverna. Ese escrito fue descubierto en 1919. La segunda expedición tuvo lugar en 1943.

»Viajar hasta las montañas era arriesgado, porque las bombas caían por todos los Balcanes, pero, gracias a los excelentes suministros que había donado la señora Rockefeller, íbamos bien pertrechados. Podría decirse que la señora Rockefeller fue nuestro ángel de la guardia durante la guerra, aunque muchos no estarían de acuerdo.

—Pero usted se marchó —dijo Evangeline en tono quedo.

—Sí, me marché —replicó ella—. No voy a contarte muchos detalles sobre mis motivos. Baste decir que ya no quería seguir tomando parte en nuestra misión. En cuanto llegué a América supe que había acabado.

Un ataque de tos sacudió a Celestine. Evangeline la ayudó a erguirse aún más y le dio un sorbito de agua.

—La noche en que regresamos de las montañas —prosiguió Celestine—, sufrimos una terrible tragedia. Serafina, mi mentora, la mujer que me había reclutado y entrenado cuando yo apenas tenía quince años, fue capturada. Yo la amaba de todo corazón; me había dado una oportunidad de estudiar, de crecer, que pocas chicas de mi edad tenían. La doctora Serafina creía que yo podría llegar a ser de una de sus mejores agentes. Tradicionalmente, nuestros miembros siempre han sido monjes y eruditos; por eso les resultaba tan atractivo mi perfil académico: siempre se me dio bien el estudio de lenguas muertas. La doctora Serafina me prometió que me admitirían como miembro por derecho y me darían acceso a todos sus enormes recursos, tanto espirituales como intelectuales, tras la expedición. Yo la quería mucho. Tras aquella noche, de pronto todo mi trabajo no sirvió para nada. Lo que le sucedió es culpa mía.

Evangeline vio que Celestine estaba muy disgustada, pero no sabía cómo reconfortarla.

—Estoy segura de que hizo usted todo lo que estuvo en su mano.

—En aquellos días había mucho que lamentar. Puede que te resulte difícil de imaginar, pero en Europa morían millones de personas. En aquel momento, yo sentía que nuestra misión en las Ródope era de lo más vital. No comprendía el alcance de lo que estaba sucediendo a escala mundial. Solo me preocupaba mi trabajo, mis objetivos, mi desarrollo personal, mi causa. Esperaba impresionar a los miembros del consejo, que habían decidido el destino de muchas otras jóvenes estudiosas como yo misma. Por supuesto, estaba ciega. Me equivoqué.

—Perdóneme, hermana —dijo Evangeline—, pero sigo sin entender. ¿A qué misión se refiere? ¿De qué consejo habla?

Evangeline vio que la expresión de Celestine se tensaba mientras reflexionaba sobre esas preguntas. Pasó unos dedos secos por los vivos colores de la manta de crochet.

—Te lo diré sin tapujos, tal y como me lo dijeron a mí mis profesores —dijo al fin—. Aunque mis profesores contaban con la ventaja de poder presentarme a otros como yo, y de llevarme a las reuniones de la Sociedad Angelológica de París. Mientras que a mí me presentaron pruebas sólidas e incontrovertibles que yo podía ver y tocar, tú vas a tener que creer en mi palabra. Mis profesores pudieron guiarme suavemente hasta el mundo que estoy a punto de revelarte, cosa que yo no podré hacer por ti, hija mía.

Evangeline empezó a hablar, pero la mirada de Celestine la detuvo en seco.

—En pocas palabras —dijo Celestine—: estamos en guerra.

Evangeline no supo qué responder, así que le mantuvo la mirada a la anciana.

—Se trata de un conflicto espiritual que se desarrolla en el escenario de la civilización humana —dijo Celestine—. Nosotros continuamos lo que empezó hace mucho, cuando nacieron los Gigantes. Entonces vivían en la tierra, y hoy en día aquí siguen. La humanidad luchaba contra ellos entonces, y nosotros seguimos esa lucha.

—Ha extrapolado usted esto del Génesis —dijo Evangeline.

—¿Crees que la Biblia habla en sentido literal, hermana? —preguntó de pronto Celestine.

—En eso se basan mis votos —dijo Evangeline, sobresaltada ante la celeridad de la pregunta de Celestine, la nota de reprimenda en ella.

—Hay quienes interpretan Génesis 6 de forma metafórica, como un tipo de parábola. No es esa mi interpretación, ni mi experiencia.

—Pero jamás hablamos de estas criaturas, estos Gigantes. Ni una sola vez he oído mencionarlos a las hermanas de Santa Rosa.

—Los Gigantes, los nefilim, los Famosos... esos son los antiguos nombres que recibían los hijos de los ángeles. Los primeros estudiosos cristianos defendían la idea de que los ángeles eran seres inmateriales. Los caracterizaban como fulgurantes, espectrales, iluminados, evanescentes, incorpóreos, sublimes. Los ángeles eran los mensajeros de Dios, infinitos en número, creados para llevar a cabo Su voluntad de un reino a otro. Los humanos, creados a imagen y semejanza de Dios pero imperfectos, a partir de arcilla, solo podían contemplar maravillados la fiereza incorpórea de los ángeles. Eran criaturas superiores de lustroso cuerpo, velocidad, propósito sagrado. Su belleza se ajustaba a su papel como intermediarios entre Dios y la creación. Y entonces, algunos de ellos, unos cuantos ángeles desobedientes, se mezclaron con la humanidad. El desafortunado resultado fueron los Gigantes.

—¿Se mezclaron con la humanidad? —dijo Evangeline.

—Las mujeres engendraron hijos de los ángeles. —Celestine se detuvo y escrutó los ojos de Evangeline para comprobar que la joven la hubiese entendido—. Los detalles técnicos de aquella unión ha sido desde siempre objeto de intenso estudio. Durante siglos, la iglesia negaba que hubiese habido reproducción alguna. Ese pasaje del Génesis es una vergüenza para aquellos que creen que los ángeles no tienen atributos físicos. Para explicar el fenómeno, la iglesia afirmó que el proceso reproductivo entre los ángeles y los humanos había sido asexual, una mezcla de espíritu que dejaba embarazadas a las mujeres, algo así como un nacimiento virginal inverso, en el que el bebé no era santo, sino malvado. Mi profesora, la doctora Serafina de la que te hablé antes, creía que todo esto no eran más que sandeces. Afirmaba que la reproducción de los ángeles con mujeres humanas demostraba que eran corpóreos, capaces de mantener relaciones sexuales. Creía que el cuerpo angélico es más parecido al humano de lo que se podía pensar. Durante el transcurso de nuestro trabajo, documentamos los genitales de un ángel: tomamos fotografías para demostrar de una vez por todas que los seres angélicos están... ¿cómo decirlo? Igualmente equipados que los humanos.

—¿Tiene usted fotografías de un ángel? —preguntó Evangeline, dominada por la curiosidad.

—Fotografías de un ángel asesinado en el siglo x, un varón. Los ángeles que se enamoraban de mujeres humanas eran mayormente varones, aunque esto no excluye la posibilidad de que hubiese hembras en la hueste celestial. Se afirma que un tercio de los Vigilantes no llegó a enamorarse. Estas criaturas obedientes regresaron al cielo, a su hogar celestial, donde siguen hoy en día. Sospecho que eran los ángeles femeninos, que no se vieron tentados de la misma manera que los masculinos.

Celestine inspiró honda y trabajosamente, y se reacomodó en la cama antes de continuar.

—Los ángeles que permanecieron en la tierra eran extraordinarios en muchos aspectos. Siempre me ha maravillado lo humanos que parecen. Su desobediencia fue un acto de libre albedrío... una cualidad muy humana que recuerda a la mala elección que tomaron Adán y Eva en el Jardín del Edén. Los ángeles desobedientes también eran capaces de profesar una variedad de amor totalmente humana: un amor sin medida, ciego e insensato. De hecho cambiaron los cielos por la pasión, una elección que resulta difícil de comprender, sobre todo para nosotras, que hemos abandonado la esperanza de experimentar semejante amor.

Celestine le sonrió a Evangeline en señal de compasión por aquella vida sin amor que le quedaba por vivir.

—En ese aspecto resultan fascinantes, ¿no te parece? Su capacidad de sentir amor, de sufrir por amor, permite sentir empatía por sus actos erróneos. El cielo, sin embargo, no mostró dicha empatía. Los Vigilantes fueron castigados sin compasión. Las crías de ángeles y mujeres eran seres monstruosos que trajeron grandes sufrimientos al mundo.

—Y usted cree que siguen entre nosotros —dijo Evangeline.

—Yo *sé* que siguen entre nosotros —replicó Celestine—. Pero han evolucionado a lo largo de los siglos. En tiempos modernos, estas criaturas se han ocultado bajo otros nombres nuevos, diferentes. Se esconden bajo los auspicios de familias de abolengo, extrema riqueza y corporaciones imposibles de localizar. Resulta difícil imaginar que vivan en nuestro mundo, entre nosotros, pero te lo prometo: una vez que abres los ojos a su presencia, te das cuenta de que están por todas partes.

Celestine miró a Evangeline con toda atención, como si quisiese evaluar el modo que estaba digiriendo aquella información.

—Si estuviésemos en París me sería posible presentarte pruebas concretas e irrefutables… leerías testimonios personales, quizá incluso verías las fotografías de la expedición. Te explicaría las enormes y maravillosas contribuciones que los teóricos angelológicos han realizado a lo largo de los siglos: San Agustín, Tomás de Aquino, Milton, Dante… hasta que nuestra causa te resultase clara y meridiana. Te llevaría por pasillos de mármol hasta una habitación donde se guardan los registros históricos. Tenemos todo tipo de esquemas elaborados e intrincados llamados «angelologías», que ubican a cada ángel justo en su sitio. Estas obras le dan orden al universo. El cerebro francés es extremadamente ordenado, tal y como prueba la obra de Descartes… hay algo en estos sistemas que me resulta extremadamente tranquilizador. Me pregunto si te sucedería lo mismo a ti al contemplarlos.

Evangeline no supo qué responder, así que esperó a que Celestine siguiese explicándose.

—Pero, por supuesto, los tiempos han cambiado —dijo ella—. En su día, la angelología fue una de las mayores ramas de la teología. Los reyes y los papas autorizaban el trabajo de los teólogos y pagaban a los artistas para que pintasen ángeles. Los sabios más brillantes de toda Europa debatían sobre las órdenes y propósitos de la hueste celestial. Ahora, en cambio, los ángeles no tienen cabida en nuestro universo.

Celestine se inclinó hacia Evangeline, como si comunicarle todo aquello le diese fuerzas renovadas.

—Mientras que los ángeles en su día fueron el epítome de la belleza y la bondad, ahora, en nuestros tiempos, resultan irrelevantes. El materialismo y la ciencia los han desechado hasta volverlos irrelevantes, en una esfera tan indeterminada como el purgatorio. En su día, la humanidad creía en los ángeles implícitamente, intuitivamente; no con la mente, sino con el alma. Ahora necesitamos pruebas. Necesitamos datos materiales, científicos, que verifiquen sin la menor duda su realidad. Y sin embargo, ¡qué crisis se desataría si existiese semejante prueba! ¿Qué crees que sucedería si se pudiese verificar la existencia de los ángeles?

Celestine se sumió en el silencio. Quizá ella también estaba cansada, o quizá se había perdido en sus propios pensamientos. Evangeline, por su parte, empezaba a alarmarse. Los derroteros del relato de Celestine se aproximaban preocupantemente a la mitología. Evangeline había aprendido de lo sucedido aquella tarde; había albergado la esperanza de poder desechar la existencia de aquellas monstruosas criaturas, no de confirmarla. Celestine parecía estar empezando a alterarse del mismo modo que en su conversación previa.

—Hermana —dijo Evangeline, esperando que Celestine confesase que todo lo que le había contado no era sino una ilusión, una metáfora de algo más práctico e inocuo—, dígame que no habla usted en serio.

—Tengo que tomarme las pastillas —dijo Celestine con un gesto hacia la mesita de noche—. ¿Me las das?

Evangeline se giró hacia la mesita de noche y se detuvo en seco. En el mismo lugar donde aquella tarde había descansado una pila de libros, ahora había multitud de frasquitos de medicinas, suficientes como para evidenciar que Celestine sufría una enfermedad seria y larga. Evangeline echó mano de uno de los frasquitos anaranjados y lo examinó. En la etiqueta se leía el nombre de Celestine, la dosis y el nombre del medicamento; una hilera de sílabas impronunciables que Evangeline no había oído jamás. Ella siempre se había mantenido bastante sana, las únicas enfermedades que había sufrido eran aquellos catarros recientes. Su padre había sido un hombre robusto hasta el mismo día en que murió, y su madre había desaparecido en su mejor momento. Evangeline jamás había visto a nadie tan enfermo como Celestine. La sorprendió no haber pensado nunca en las complejas combinaciones de remedios que eran necesarios para mantener y calmar un cuerpo tan perjudicado. Aquella falta de sensibilidad la avergonzó.

Evangeline abrió el cajón bajo la mesa de noche. En él encontró un folleto que explicaba los posibles efectos secundarios de la medicación para el cáncer, y junto a este, pegada con un clip, una pulcra hojita con los nombres y dosis de las medicinas. Se quedó sin aliento. ¿Por qué no le había dicho nadie que Celestine tenía cáncer? ¿Tan egoísta había sido, tan absorta en su propia curiosidad, que no se había fijado en su enfermedad? Sentada junto a Celestine, empezó a calcular la dosis que le tocaba.

—Gracias —dijo Celestine, tras lo que aceptó las pastillas y se las tragó con agua.

Evangeline se sentía consumida por el remordimiento ante su ceguera. Había resistido la tentación de hacerle demasiadas preguntas a Celestine, pero también ansiaba saber más de todo lo que le había contado la anciana monja aquella tarde. Incluso en aquel momento, mientras veía cómo Celestine se esforzaba por tragar las pastillas, se sintió ansiosa por rellenar las lagunas de su relato. Quería saber la conexión entre el convento, aquella patrocinadora acaudalada y el estudio de los ángeles. Y más aún: quería saber qué papel jugaba ella misma en aquella estrambótica telaraña de asociaciones.

—Perdóneme por presionarla —le dijo, sintiéndose culpable a pesar de insistir—, pero, ¿cómo es que la señora Rockefeller empezó a ayudarnos?

—Ah, claro —dijo Celestine con una leve sonrisa—. Aún quieres saber lo de la señora Rockefeller. Está bien. Puede que te sorprenda, pero ya sabías la respuesta.

—¿Cómo que ya sabía la respuesta? —replicó Evangeline—. Hasta hoy no sabía nada del interés de la señora Rockefeller en Santa Rosa.

Celestine soltó un profundo suspiro.

—Permíteme que empiece desde el principio —dijo—. En los años 20, uno de los principales estudiosos de nuestro grupo, el doctor Rafael Valko, marido de mi profesora, la doctora Serafina Valko...

—Mi abuela se casó con un hombre llamado Rafael Valko —interrumpió Evangeline.

Celestine le dedicó una mirada fría a Evangeline.

—Sí, ya lo sé, aunque se casaron después de que yo me marchase de París. Mucho antes, el doctor Valko descubrió unos registros históricos que demostraban que uno de nuestros padres fundadores, un hombre llamado padre Clematis, había encontrado en una caverna una lira que, hasta el momento, había sido fuente de grandes estudios y especulaciones entre nuestros estudiosos. Conocíamos la leyenda de la lira, pero no sabíamos que existiese de verdad. Hasta el descubrimiento del doctor Valko, la caverna solo se asociaba con el mito de Orfeo. No sé si lo sabes, pero Orfeo existió de verdad; fue un hombre que alcanzó gran fama y poder debido a su carisma y talento artístico; y por supuesto, su música. Al igual que muchos hombres parecidos, se convirtió en un símbolo tras su muerte. La señora Rockefeller se enteró de la existencia de la lira gracias a sus contactos dentro del grupo. Financió nuestra expedición con la convicción de que podríamos hacernos con la lira.

—¿Era por interés artístico?

—Tenía un gusto exquisito en arte, pero también comprendía el valor de los artefactos. Creo que realmente le importaba nuestra causa, aunque su ayuda inicial provenía de intereses financieros.

—Algo así como una socia financiera.

—Una participación que no afecta a la importancia de la expedición. Llevábamos años planeando una expedición para descubrir la lira. Su ayuda no fue sino un medio para alcanzar un objetivo. Nosotros siempre habíamos tenido nuestros propios planes. Sin embargo, no lo habríamos conseguido sin la colaboración de la señora Rockefeller. Con los peligros de la guerra y lo despiadados y poderosos que eran nuestros enemigos, es notable que consiguiésemos emprender el viaje. Solo puedo atribuir nuestro éxito a la ayuda y protección de las alturas.

Celestine se detuvo para recuperar trabajosamente el aliento. Evangeline vio que se estaba cansando. Aun así, la anciana monja prosiguió:

—Una vez que llegué a Santa Rosa, le di el maletín que contenía lo que habíamos descubierto en las Ródope a la madre Inocenta. Ella, a su vez, le confió la lira a la señora Rockefeller. La familia Rockefeller tenía tales cantidades de dinero... unas cifras que los que estábamos en París no podíamos ni imaginar... que sentí un gran alivio de que fuese ella quien custodiase el instrumento.

Celestine se detuvo, como si reflexionase sobre los peligros que entrañaba la lira. Al cabo, dijo:

—Hasta ahí llegó mi papel en la saga de aquel tesoro, o eso pensé yo. Pensé que el instrumento quedaría protegido. No me di cuenta de que Abigail Rockefeller nos traicionaría.

—¿Cómo que les traicionaría? —preguntó Evangeline, asombrada y sin aliento.

—La señora Rockefeller aceptó guardar los artefactos de las Ródope. E hizo un trabajo excelente. Murió el 5 de abril de 1948, cuatro años después de que estos llegasen hasta ella. Pero no le reveló a nadie el lugar donde los escondía. La ubicación del instrumento murió con ella.

Evangeline sentía los pies entumecidos tras tanto tiempo sentada. Se puso de pie, se acercó a la ventana y apartó la cortina. Dentro de dos días habría luna llena, pero aquel día el cielo nocturno estaba encapotado de nubes negras.

—¿Tan valioso es ese instrumento? —preguntó al fin.

—Resulta incalculable lo valioso que es —dijo Celestine—. Más de mil años de investigación desembocan en lo que encontramos en esa caverna. Las criaturas, que han medrado a costa de los humanos durante tanto tiempo, floreciendo gracias al trabajo de la humanidad, también intentaron encontrar la lira con un esfuerzo idéntico al nuestro. Nos observaron, vigilaron nuestros movimientos, introdujeron espías entre nuestras filas; y de vez en cuando, para mantener un cierto nivel de terror entre nosotros, raptaban y asesinaban a algunos de nuestros agentes.

Evangeline pensó al instante en su madre. Hacía tiempo que sospechaba que le había sucedido algo más de lo que le habían contado, pero la idea de que las criaturas que describía Celestine fuesen responsables era demasiado horrible para imaginarla siquiera. Resuelta a comprender, preguntó:

—¿Y por qué solo a algunos? Si tan poderosos eran, ¿por qué no los mataron a todos? ¿Por qué no limitarse a destruir toda la organización?

—Es cierto que podrían habernos aniquilado con facilidad. Desde luego tenían la fuerza y los medios necesarios para hacerlo. Pero no les interesaba erradicar el mundo de la angelología.

—¿Y eso por qué? —preguntó Evangeline, sorprendida.

—Porque, con todo el poder que tienen, también sufren una notable debilidad: son criaturas sensuales, totalmente cegadas por los placeres corporales. Tienen riqueza, fuerza, belleza física y una falta de piedad que cuesta creer. Tienen conexiones familiares antiguas que los han ayudado a atravesar los periodos más tumultuosos de la historia. Han desarrollado fortalezas financieras en cada rincón del mundo. Están en la cúspide del sistema de poder que ellos mismos han creado. Pero lo que no tienen es suficiente intelecto, como también carecen de los recursos académicos e históricos que nosotros sí tenemos. En resumidas cuentas: necesitan que nosotros pensemos por ellos.

Celestine suspiró una vez más, como si el tema mismo le causase dolor. Hizo un esfuerzo por continuar y dijo:

—Esta táctica casi funcionó en 1943. Asesinaron a mi mentora, y cuando descubrieron que yo había escapado a los Estados Unidos, destruyeron nuestro convento, y otra docena de conventos más, buscándome a mí y al objeto que había traído conmigo.

—La lira —dijo Evangeline. De pronto, las piezas del puzle empezaron a encajar.

—Sí —dijo Celestine—. Quieren la lira, no porque sepan lo que se puede hacer con ella, sino porque saben lo mucho que nosotros la valoramos... y que tememos que se hagan con ella. Por supuesto, desenterrar el tesoro fue una tarea de lo más peligrosa. Tuvimos que encontrar a alguien que pudiera protegerlo. Así pues, se lo confiamos a uno de nuestros contactos más ilustres en la ciudad de Nueva York: una mujer poderosa y adinerada que había jurado servir a nuestra causa.

Una expresión de dolor sobrevoló el semblante de Celestine.

—La señora Rockefeller era nuestra gran esperanza en Nueva York. No me cabe duda de que se tomó su papel muy en serio. De hecho, estaba tan entregada a la causa que su secreto sigue oculto hoy en día. Esas criaturas serían capaces de matar hasta al último de nosotros por descubrirlo.

Evangeline se llevó la mano al colgante con la lira; sintió el oro cálido sobre la punta de los dedos. Por fin comprendía el significado del regalo de su abuela.

Celestine sonrió.

—Veo que me comprendes. Ese colgante te señala como una de nosotros. Tu abuela hizo bien al dártelo.

—¿Conoce usted a mi abuela? —preguntó Evangeline, asombrada y confundida al ver que Celestine estaba al tanto de la procedencia exacta del colgante.

—Conocí a Gabriella hace muchos años —dijo Celestine, con un levísimo soniquete de tristeza en la voz—. Aunque ni siquiera en aquel entonces la conocía de verdad. Gabriella fue amiga mía; era una académica brillante, una luchadora entregada a la causa. Pero, para mí, siempre ha sido un misterio. El corazón de Gabriella era algo que nadie, ni sus amigos más íntimos, podían discernir.

Había pasado muchísimo tiempo desde la última vez que Evangeline había hablado con su abuela. A medida que pasaban los años había llegado a creer que Gabriella había muerto.

—¿Sabe si sigue con vida? —preguntó.

—Por supuesto que está viva —dijo Celestine—. Y estaría muy orgullosa de verte ahora mismo.

—¿Dónde está? —preguntó Evangeline—. ¿Está en Francia? ¿En Nueva York?

—Eso no sabría decírtelo —dijo Celestine—. Pero si tu abuela estuviese aquí, sé que te lo explicaría todo. Como no está, yo solo puedo intentar ayudarte a comprender, a mi manera.

Celestine se irguió en la cama y le hizo un gesto a Evangeline para que fuese al lado opuesto de la estancia, donde había un antiguo baúl de bordes desgastados en una esquina. La placa de latón plateado de un cierre destellaba bajo la luz de la habitación. De ella colgaba un candado como si de una fruta en su árbol se tratase. Evangeline se acercó y tomó el candado en una mano. Una llave sobresalía del hueco, encajada.

Miró a Celestine para asegurarse de que le daba permiso y giró la llave. El candado se abrió. Evangeline lo sacó, lo depositó sobre uno de los tablones de madera del suelo y abrió la pesada tapa del baúl. Los goznes de latón, sin engrasar desde hacía décadas, soltaron un chirrido agudo y felino. Salió del interior del baúl una vaharada de olor terroso a sudor rancio y polvo, mezclado con el aroma enrarecido de un perfume que se ha echado a perder con el tiempo. Una hoja de papel amarillento cubría el contenido del baúl, tan liviana que más bien parecía flotar sobre los bordes. Evangeline apartó el papel, con cuidado de no arrugarlo. Debajo había montones de ropas dobladas y apretujadas. Las sacó del baúl y las fue examinando una a una: un vestido frontal de algodón negro, pantalones de montar marrones con manchas negras en las rodillas, un par de botas altas de mujer con cordones y las suelas gastadas. Evangeline desplegó un par de pantalones anchos de lana que parecían más propios de un hombre que de Celestine. Pasó la mano por los pantalones y las uñas se le enredaron en la tosca tela. Casi podía oler el polvo que acumulaba la prenda.

Rebuscó aún más en el baúl y sus dedos rozaron un material suave y aterciopelado en el fondo del baúl. En un rincón yacía un motón arrugado de satén. Evangeline lo abrió con un giro de muñeca y descubrió una fluida tela de brillante tono escarlata. Se echó el vestido sobre el brazo y lo examinó con más atención. Jamás había tocado un material tan suave; le caía sobre la piel como agua. Era el tipo de vestido que una esperaría ver en una película en blanco y negro, cortado al sesgo, con un escote de vértigo, cintura apretada y una falda estrecha que caía hasta el suelo. Una serie de botones cubiertos de satén ascendían por la parte izquierda de la prenda. Evangeline encontró una etiqueta cosida a un dobladillo. «CHANEL», decía, y debajo había una serie de números grabados. Se acercó el vestido e intentó imaginar a la mujer que lo había llevado. ¿Cómo sería, se preguntó, ponerse semejante prenda?

Evangeline estaba devolviendo el vestido al baúl cuando encontró un fajo de sobres acunados entre viejas ropas. Rojos, verdes y blancos; sobres de color navidad. Estaban atados con un grueso lazo de satén negro. Evangeline pasó el dedo por encima y notó lo suave que era.

—Tráemelas —dijo Celestine con voz queda. El cansancio empezaba a pesar sobre ella.

Evangeline dejó el baúl abierto y le llevó las cartas a Celestine. Con dedos temblorosos, Celestine desató el lazo y le tendió los sobres a Evangeline. Ella los hojeó y comprobó que las fechas del matasellos correspondían con las navidades de cada año; el primero era 1988, el año en que quedó bajo la custodia del Convento de Santa Rosa; mientras que el último estaba fechado en navidades de 1998. Para su asombro, vio que el nombre del remitente era «Gabriella Lévi-Franche Valko». Aquellas cartas se las había enviado a Celestine la abuela de Evangeline.

—Las mandaba para ti —dijo Celestine con voz trémula—. Hace años que las recibo y las guardo. Once años, concretamente. Ha llegado el momento de que las leas. Ya me gustaría poder explicarte más, pero me temo que esta noche ya no me quedan fuerzas. Explicar la complicada historia que me une con Gabriella me dejaría exhausta. Llévate las cartas. Creo que responderán muchas de tus preguntas. Cuando las hayas leído, vuelve aquí conmigo. Tenemos mucho que discutir.

Con sumo cuidado, Evangeline volvió a atar las cartas con el lazo de satén negro y apretó el nudo. La apariencia de Celestine había cambiado drásticamente durante su conversación; tenía la piel cenicienta y pálida, y apenas podía mantener los ojos abiertos. Durante un momento, Evangeline se preguntó si debería pedir ayuda, pero estaba claro que Celestine no necesitaba más que descansar. Evangeline le recolocó bien la manta de crochet sobre aquellos frágiles brazos y hombros, para asegurarse de que estaba calentita y cómoda. Y con el fajo de cartas en la mano, salió y dejó a Celestine durmiendo.

Celda de la hermana Celestine, Convento de Santa Rosa, Milton Nueva York

Celestine cruzó las manos a la altura del pecho por debajo de la manta de crochet, esforzándose por ver más allá de los vivos colores de la colcha. La estancia era poco más que una neblina sombría. Aunque llevaba cincuenta años contemplando los contornos de aquel dormitorio y sabía la ubicación de cada una de sus posesiones, en aquel momento la habitación tuvo una falta de familiaridad, una falta de forma definida, que la confundió. Sus sentidos menguaban. El repiqueteo de los radiadores de vapor se le antojaba lejano, mudo. Por más que lo intentase, no veía el baúl en el otro extremo del cuarto. Sabía que estaba ahí, conteniendo el pasado como una cápsula del tiempo. Había reconocido la ropa que la hermana Evangeline había sacado de su interior: las botas raspadas que Celestine se había guardado como recuerdo de la expedición, aquel mandil tan incómodo que tanto la había torturado en la escuela, y el maravilloso vestido rojo que, durante una preciosa velada, le había dado un aspecto tan hermoso. Celestine notaba hasta el aroma del perfume que se mezclaba con el olor a humedad, prueba de que el frasco de cristal tallado que había traído consigo desde París, uno de los pocos tesoros que se había permitido llevarse en los frenéticos minutos antes de la salida de su vuelo desde Francia, seguía allí, enterrado y polvoriento, pero aún potente. De haber tenido fuerzas, se habría acercado al baúl y habría sacado el frío frasquito por su propia mano. Habría abierto la tapa de cristal y se habría permitido inhalar el aroma de su pasado, una sensación tan deliciosa y prohibida que casi no podía ni obligarse a imaginarla. Por primera vez en muchos años le dolió el corazón de anhelo por la época en que era apenas una muchachita.

La hermana Evangeline se parecía tanto a Gabriella que había momentos en que la mente de Celestine, debilitada a causa del cansancio y la enfermedad, cedía a la confusión. Los años se esfumaron y, para su consternación, no entendió en qué momento ni lugar se encontraba, ni por qué estaba allí confinada. A medida que el sueño la vencía, varias imágenes del pasado recorrieron las evanescentes capas de su mente, emergiendo y disolviéndose como colores en una pantalla; cada una desaparecía para dar paso a la siguiente. La expedición, la guerra, la escuela, los días de clases y estudios... todos aquellos acontecimientos de su juventud se le antojaron tan claros y vibrantes como los del presente. Gabriella Lévi-Franche, su amiga y rival, la chica cuya amistad había cambiado tanto el curso de su vida, apareció ante ella. Mientras Celestine iba alternando entre sueño y vigilia, las barreras del tiempo cayeron y le permitieron ver el pasado una vez más.

LA SEGUNDA ESFERA

. . .

«Alabadle a son de bocina;
Alabadle con salterio y arpa.
Alabadle con pandero y danza;
Alabadle con cuerdas y flautas.
Alabadle con címbalos resonantes;
Alabadle con címbalos de júbilo».

SALMO 150

Academia angelológica de París, Montparnasse

Había pasado menos de una semana desde la invasión de Polonia. Cierta tarde de mi segundo año como estudiante de angelología, la doctora Serafina Valko me envió en busca de mi díscola compañera de estudios, Gabriella, para que la llevase al Ateneo. Gabriella llegaba tarde a tutoría, una costumbre que había desarrollado durante los meses de verano y que había proseguido, para consternación de nuestra profesora, en los días fríos de septiembre. No aparecía por ninguna parte en la escuela, ni en el patio donde solía estar a solas durante los descansos, ni tampoco en ninguna de las aulas donde a veces se metía a estudiar. Por ello, supuse que estaría en la cama, durmiendo. Dado que mi dormitorio estaba junto al de ella, yo sabía que no había vuelto a casa hasta mucho después de las tres de la mañana, momento en que colocó un disco en el fonógrafo y se puso a escuchar una grabación de *Manon Lescaut*, su ópera favorita, hasta el alba.

Atravesé las estrechas calles junto al cementerio, pasé un café lleno de hombres que escuchaban por la radio las noticias de la guerra y acorté camino por un callejón hasta el apartamento que compartíamos en la *rue* Gassendi. Vivíamos en el segundo piso; desde nuestras ventanas se veían las copas de los castaños, una altura gracias a la cual nos veíamos protegidas del ruido de la calle al tiempo que las estancias siempre estaban luminosas. Subí la ancha escalera, abrí con la llave y entré en el tranquilo y soleado apartamento. Teníamos bastante espacio; dos dormitorios amplios, un comedor estrecho, un cuarto de servicio que daba a la cocina y un gran baño con bañera de porcelana. El apartamento era demasiado lujoso para dos estudiantes; lo comprendí en cuanto puse un pie en aquel parqué pulido. La familia de Gabriella tenía contactos que le habían asegurado lo mejor que pudiese ofrecer nuestra escuela. Lo que me resultaba un misterio era que me hubiesen asignado a vivir junto a Gabriella en semejante apartamento.

Dadas mis circunstancias, el apartamento de Montparnasse suponía un gran cambio para mí. En los meses desde que me había mudado, había disfrutado de todo aquel lujo, poniendo especial atención en mantenerlo todo en orden. Antes de venir a París, jamás había visto un apartamento parecido, mientras que Gabriella había vivido con comodidades toda su vida. Éramos diametralmente opuestas en muchos aspectos, y hasta nuestra apariencia parecía confirmar esa diferencia. Yo era alta y pálida, con grandes ojos castaños, labios finos y el mentón sesgado que se consideraba seña de identidad de mi procedencia norteña. Gabriella, por el contrario, era más oscura, de una belleza clásica. Tenía unos modos que conseguían que siempre la tomasen en serio, a pesar de la debilidad que sentía por la moda o por las novelas de Claudine. Mientras que yo había venido a París con una beca que había pagado mis tasas y transporte mediante donaciones, Gabriella provenía de una de las familias angelológicas parisinas de más prestigio. Mientras que yo podía llamarme dichosa porque me permitieran estudiar con las mejores mentes de nuestro campo, Gabriella había crecido en compañía de esas mismas mentes y había absorbido su brillantez como si de luz solar se tratase. Mientras que yo me zambullía en los textos y los memorizaba con la terquedad meticulosa de un buey que ara el campo, Gabriella poseía un intelecto elegante, deslumbrante y carente de esfuerzo. Yo anotaba sistemáticamente cada minucia en mis cuadernos, hacía esquemas y gráficos para retener mejor la información, mientras que Gabriella, que yo supiese, jamás tomaba notas. Y sin embargo era capaz de responder a cualquier pregunta teológica o desarrollar un tema mitológico o histórico con una facilidad que yo no alcanzaba a comprender. Juntas éramos las mejores de nuestra clase, y sin embargo, yo siempre me sentía como una intrusa entre los círculos de élite a los que Gabriella pertenecía por derecho de nacimiento.

Cuando llegué al apartamento me lo encontré tal y como lo había dejado aquella mañana. Un grueso volumen encuadernado en cuero, escrito por San Agustín, yacía abierto sobre la mesa del comedor, junto con un plato en el que descansaban los restos de mi desayuno: un trozo de pan y fresas en conserva. Limpié la mesa, llevé el libro a mi cuarto y lo dejé en medio del caos de papeles sueltos que era mi escritorio. Había libros esperando a ser leídos, tinteros y una cantidad indeterminada de cuadernos a medio llenar de anotaciones. Una fotografía amarillenta de mis padres, dos granjeros robustos y ajados rodeados de las crecientes colinas de nuestros viñedos; descansaba junto a otra fotografía desvaída en la que se veía a mi abuela, Baba Slavka, con el pelo atado con un pañuelo al estilo de su aldea en el extranjero. Mis estudios me absorbían tanto que no había regresado a casa en todo el año.

Yo era hija de vinateros, una chica de campo, tímida y siempre resguardada, con talento académico y creencias religiosas fuertes e inquebrantables. Mi madre provenía de un linaje de *vignerons* cuyos ancestros habían sobrevivido gracias a tenacidad y trabajo duro, cosechando *auxerrois blanc* y *pinot gris* mientras guardaban los ahorros familiares entre las paredes de la casa, preparándose para los días en que regresase la guerra. Mi padre era extranjero; había emigrado a Francia desde Europa del Este tras la Primera Guerra Mundial, se había casado con mi madre y había adoptado el apellido de ella, tras asumir la responsabilidad de ponerse al frente del viñedo.

Aunque mi padre no era ningún erudito, supo reconocer el don que yo tenía. Desde que tuve edad para caminar, mi padre empezó a ponerme libros por delante, muchos de ellos teológicos. Cuando cumplí los catorce años, fue él quien organizó mis estudios en París, quien me llevó a la escuela en tren para que me hicieran los exámenes de ingreso y, una vez asegurada la beca, quien me trajo hasta la escuela. Juntos metimos todas mis pertenencias en un baúl de madera que había pertenecido a su madre. Más adelante, cuando descubrí que mi abuela había albergado la esperanza de estudiar en la misma escuela a la que iba a ir yo, comprendí que mi destino como angelóloga estaba decidido desde hacía años. Mientras buscaba a mi amiga de buena cuna con tendencia a llegar tarde, me maravillé de mi propia disposición a dejar atrás la vida que había llevado junto a mi familia. Si Gabriella no estaba en el apartamento, me limitaría a encontrarme yo sola con la doctora Serafina en el Ateneo.

Al salir de mi cuarto, vi por el rabillo del ojo algo en el amplio baño al fondo del pasillo que me llamó la atención. La puerta estaba cerrada, pero un movimiento tras el cristal esmerilado me alertó de que había alguien al otro lado. Gabriella debía de haberse dado un baño, cosa rara, teniendo en cuenta que tenía que estar en la escuela. Vi el contorno de nuestra enorme bañera, que debía de estar llena hasta los bordes de agua caliente. Vaharadas de vapor ascendían por la estancia y la envolvían en una niebla lechosa y densa. Oí la voz de Gabriella, aunque me pareció raro que estuviese hablando consigo misma, pues pensaba que estaba sola. Alcé la mano para llamar, lista para advertir de mi presencia a Gabriella, cuando vi un destello resplandeciente de oro. Una figura enorme pasó junto al cristal. No podía confiar en lo que veían mis ojos, aunque me pareció que un suave resplandor llenaba el cuarto de baño entero.

Me acerqué y, resuelta a comprender la escena que se desarrollaba ante mí, empujé un poco la puerta hasta entreabrirla. Una mezcla de ropas yacía sobre las baldosas del suelo: una falda de lino blanco, una blusa estampada de rayón que yo sabía que pertenecía a Gabriella. Junto a la ropa de mi amiga atisbé un par de pantalones tirados de cualquier manera, arrugados como un saco de harina; a todas luces su dueño se los había quitado a toda prisa. Era evidente que Gabriella no estaba sola. Y sin embargo, no di media vuelta, sino que me acerqué más. Me asomé al interior de la habitación y me enfrenté a una escena que conmocionó mis sentidos de un modo tan absoluto que lo único que pude hacer fue contemplarla en un estado de horrorizada estupefacción.

En el extremo opuesto del baño, envuelta en una neblina de vapor, se encontraba Gabriella, en brazos de un hombre de piel de un tono luminoso y blanco. Sobresaltada por la presencia de aquel hombre, me pareció que desprendía un brillo ultraterreno. El hombre apretaba a Gabriella contra la pared, como si quisiese aplastarla bajo su pecho, un acto de dominación al que ella no intentaba resistirse. De hecho, sus pálidos brazos le rodeaban el cuerpo, lo sujetaban.

Me aparté del baño con cuidado de disimular mi presencia para que Gabriella no me descubriese, y hui del apartamento. Al regresar a la academia, pasé un poco de tiempo deambulando por la maraña de pasillos, intentando recuperar la compostura antes de presentarme ante la doctora Serafina Valko. Los edificios del campus ocupaban varios bloques unidos por corredores estrechos y pasadizos subterráneos que le otorgaban a la escuela una sombría irregularidad que a mí me resultaba extrañamente tranquilizadora, como si aquella asimetría reflejase mi estado mental. Había poca grandeza en aquellas dependencias, y aunque a menudo nuestros aposentos no se ajustaban a nuestras necesidades, pues las aulas eran demasiado pequeñas y las clases no tenía calefacción adecuada, yo estaba tan absorta en mi trabajo que todas aquellas incomodidades apenas me distraían.

Dejé atrás los despachos tenues y abandonados de los estudiosos que ya se habían marchado de la ciudad e intenté comprender la conmoción que me había dominado al descubrir a Gabriella con su amante. Aparte del hecho de que las visitas masculinas estaban prohibidas en nuestros apartamentos, aquel hombre en sí tenía algo de perturbador, algo espectral y anormal que yo no alcanzaba a identificar del todo. Mi incapacidad para comprender lo que había visto y la mezcla caótica de lealtad y rivalidad que sentía hacia Gabriella hacía que me fuese imposible contárselo a la doctora Serafina, aunque mi corazón me decía que era lo correcto. En cambio, reflexioné sobre los actos de Gabriella. Especulé sobre el dilema moral que me suponía su aventura. Debía contarle a la doctora Serafina por qué había llegado tarde, pero, ¿qué iba a decirle? No podía traicionar el secreto de Gabriella. Aunque era mi única amiga, Gabriella Lévi-Franche también era mi rival más feroz.

En realidad, toda aquella ansiedad que yo había experimentado resultó fútil. Para cuando llegué al despacho de la doctora Serafina, Gabriella ya estaba allí. Estaba sentada en un sillón estilo Louis XIV, con apariencia fresca y maneras calmadas, como si hubiese pasado la mañana resguardada en un parquecito a la sombra, leyendo a Voltaire. Llevaba un vestido *crepe de chine* de vivo color verde y medias de seda blanca. La acompañaba un pesado aroma a Shalimar, su perfume favorito. Me saludó a su acostumbrada manera concisa y me dio dos superficiales besos en las mejillas. Ahí comprendí con alivio que no me había visto.

La doctora Serafina me saludó con calidez y preocupación y me preguntó por qué llegaba tarde. La reputación de la doctora Serafina descansaba no solo en sus propias hazañas, sino en los logros y el calibre de las estudiantes que tutelaba. Me avergoncé de que mi tardanza se atribuyese a haber estado buscando a Gabriella. No me hacía ilusiones sobre la seguridad de mi estatus en la academia. A diferencia de Gabriella, yo carecía de contactos familiares, era prescindible, aunque la doctora Serafina jamás lo diría de forma tan directa.

La popularidad de los Valko entre sus estudiantes no era ningún misterio. Serafina Valko estaba casada con el igualmente brillante doctor Rafael Valko. A menudo impartía conferencias junto a su marido. Cada otoño, sus charlas se llenaban por completo, la multitud de estudiosos jóvenes ansiosos que asistían iba más allá del número de estudiantes de primer año que debían estar presentes. Nuestros dos profesores más distinguidos se especializaban en el campo de la geografía antediluviana, una rama pequeña pero vital de la arqueología angélica. Sin embargo, las clases de los Valko abarcaban mucho más que su campo de especialización; y describían la historia de la angelología desde sus orígenes teológicos hasta su práctica moderna. En sus clases, el pasado cobraba vida, tanto era así que la textura de las antiguas alianzas y batallas, así como el papel que estas habían jugado en las aflicciones del mundo moderno, se volvían claras ante quienes asistían. De hecho, en sus cursos, la doctora Serafina y el doctor Rafael tenían el poder de transmitir la idea de que el pasado no era un lugar lejano repleto de mitos y cuentos de hadas; ni tampoco un compendio de vidas aplastadas por guerras, pestes y desgracias; sino que la historia vivía y respiraba en el presente, que existía entre nosotros cada día, y que ofrecía una ventana al nebuloso paisaje del futuro. La capacidad de los Valko de volver tangible el pasado ante sus estudiantes les habían granjeado tanto popularidad como un puesto destacado en la escuela.

La doctora Serafina echó una mirada a su reloj de muñeca.

—Más vale que nos pongamos en marcha —dijo al tiempo que enderezaba unos documentos sobre su escritorio y se preparaba para salir—. Llegamos tarde.

· · ·

A toda prisa, con un repiqueteo de tacones sobre el suelo, la doctora Serafina nos llevó por los corredores estrechos y oscurecidos hasta el Ateneo. Aunque el nombre del lugar sugería que era una noble biblioteca de columnas corintias y ventanales altos por los que se derramaba la luz del sol, en realidad el ateneo tenía tan poca luz como una mazmorra. Sus paredes de caliza y suelos de mármol apenas eran distinguibles en la perpetua neblina del crepúsculo sin ventanas que imperaba en él. De hecho, muchas de las estancias que se usaban para dar clase estaban ubicadas en cámaras similares, en rincones apartados de los estrechos edificios de todo Montparnasse, apartamentos esparcidos por aquí y por allá que se habían ido adquiriendo a lo largo de los años y que estaban conectados por una caótica maraña de corredores. Poco después de llegar a París me enteré de que nuestra seguridad dependía de mantenernos escondidos. La naturaleza laberíntica de aquellas salas servía para que pudiésemos trabajar sin que nos perturbasen, una tranquilidad que ahora amenazaba la guerra en ciernes. Muchos de los estudiosos ya se habían marchado de la ciudad.

Aun así, a pesar del adusto entorno, el ateneo me había supuesto un lugar de refugio durante mi primer año de estudios. Contenía una enorme colección de libros, muchos de los cuales habían permanecido intactos desde hacía décadas en sus anaqueles. La doctora Serafina me había llevado a nuestra Biblioteca Angelológica el año anterior, señalando que contábamos con recursos que despertaban la envidia hasta del Vaticano. Había textos que se remontaban a los primeros años de la era post-diluvio, aunque yo nunca los había consultado, pues estaban guardados bajo llave en una cámara fuera del alcance de los estudiantes. A menudo me pasaba por la biblioteca en mitad de la noche, iluminada por un pequeño quinqué, y me sentaba en un huequecito en cualquier rincón junto a una pila de libros y el dulce y polvoriento olor del papel envejecido a mi alrededor. No veo mis horas de estudio como señal de ambición, aunque esa debía de ser la impresión de algunos estudiantes que me encontraban estudiando al alba. Para mí, aquel suministro infinito de libros servía como puente hacia mi nueva vida. Era como si, al llegar al Ateneo, la historia del mundo se alzase de entre la niebla, lo cual me provocaba la sensación de no estar sola en mis labores, sino de ser parte de una enorme red de eruditos que habían estudiado textos similares muchos siglos antes de mi nacimiento. Para mí, el Ateneo representaba todo lo que había de civilizado y ordenado en el mundo.

Precisamente por ello me causó tanto dolor ver las estancias de la biblioteca en un estado de despiece total. La doctora Serafina nos llevó al interior del espacio y vi un grupo de asistentes que acometía la tarea de desmontar toda la colección. El procedimiento se llevaba a cabo de forma sistemática; con una colección tan enorme y valiosa, no había otro modo de realizarlo. Y sin embargo, mi impresión fue que el Ateneo se encontraba sumido en el caos más absoluto. Había altas pilas de libros sobre las mesas de la biblioteca y enormes cajones de madera esparcidos por toda la estancia; muchos llenos hasta arriba de libros. Hacía apenas unos meses, en aquellas mismas mesas se sentaban en silencio estudiantes que preparaban exámenes, llevando a cabo su trabajo del mismo modo que las generaciones anteriores de estudiantes. Ahora me parecía que todo aquello se había perdido. ¿Qué quedaría una vez que se ocultasen nuestros textos? Aparté los ojos, incapaz de mirar cómo desmantelaban mi santuario.

En realidad, aquella mudanza en ciernes no era ninguna sorpresa. Los alemanes se acercaban y no era seguro permanecer en un lugar tan vulnerable. Yo sabía que pronto suspenderíamos las clases y empezaríamos a dar lecciones privadas en grupos pequeños y bien escondidos fuera de la ciudad. Durante las últimas semanas, la mayoría de nuestras clases se había cancelado. Interpretaciones de la Creación y Fisiología Angélica, dos de mis asignaturas favoritas, habían sido suspendidas indefinidamente. Las únicas clases que continuaban eran las de los Valko, y todos éramos conscientes de que pronto ellos también escaparían. Y sin embargo, el peligro de la invasión no se me antojó real hasta el momento en que vi el Ateneo desmontado.

La doctora Serafina se comportaba de un modo tenso y apresurado. Nos llevó hasta una cámara en la parte trasera de la biblioteca. Su humor reflejaba el mío: no podía calmarme tras lo que había presenciado aquella mañana. Le lanzaba miradas de reojo a Gabriella, como si sus actos pudiesen haber cambiado en cierta medida su apariencia, pero estaba tan tranquila como siempre. La doctora Serafina se detuvo, se metió un mechón de pelo rebelde tras la oreja y se alisó el vestido con patente ansiedad. En aquel momento pensé que mi tardanza la había enojado, y que le preocupaba que llegásemos tarde a la clase, pero cuando llegamos a parte trasera del ateneo y vimos que se estaba celebrando una reunión bien diferente, comprendí que el estado de la doctora Serafina respondía a otros motivos totalmente distintos.

Un grupo de prestigiosos angelólogos se sentaba alrededor de una mesa, inmerso en un acalorado debate. Yo conocía la reputación de los miembros del consejo; muchos habían venido a dar clases el año anterior; pero jamás los había visto a todos juntos en un entorno tan íntimo. El consejo estaba compuesto por grandes hombres y mujeres que ocupaban cargos de poder por toda Europa: políticos, diplomáticos y líderes sociales cuya influencia se extendía mucho más allá de nuestra escuela. Eran los eruditos cuyos libros habían ocupado las estanterías del Ateneo, científicos cuyas investigaciones sobre las propiedades físicas y la química de los cuerpos angélicos habían modernizado nuestra disciplina. Una monja con pesado hábito negro de sarga, una angelóloga que dividía su tiempo entre el estudio teológico y el trabajo de campo, estaba sentada junto al tío de Ángela; el doctor Lévi-Franche, un angelólogo anciano que se había especializado en el arte de la invocación angélica, un campo peligroso e intrigante que yo ansiaba estudiar. Estaban presentes los grandes angelólogos de nuestro tiempo. Todos nos miraron cuando la doctora Serafina nos trajo a su presencia.

Nos hizo un gesto para que nos sentásemos en la parte trasera de la estancia, algo alejadas de los miembros del consejo. Con gran curiosidad sobre el propósito de una reunión tan extraordinaria, tuve que emplear todos mis esfuerzos para no clavarles la mirada maleducadamente. Centré mi atención en una serie de mapas de Europa que había en la pared. Varios puntos rojos marcaban ciudades de interés: París, Londres, Berlín, Roma. Pero lo que avivó mi interés fue que también había marcadas algunas ciudades menos conocidas; ciudades a lo largo de la frontera entre Grecia y Bulgaria que creaban una línea roja entre Sofía y Atenas. El área me interesaba particularmente, pues mi padre había nacido en aquella oscura ubicación en los extremos más lejanos de Europa.

El doctor Rafael se encontraba junto a los mapas, a la espera de poder hablar. Era un hombre serio, de los pocos miembros totalmente seculares que había alcanzado un puesto en el consejo al mismo tiempo que daba clases en la academia. La doctora Serafina había mencionado en cierta ocasión que el doctor Rafael tenía el mismo puesto de administrador e investigador que Roger Bacon, el angelólogo del siglo XIII que había dado clases sobre Aristóteles en Oxford, así como teología franciscana en París. La perfecta mezcla de Bacon entre rigor intelectual y humildad espiritual era un logro que se veía con gran respeto por parte de toda la sociedad. Yo no podía sino ver al doctor Rafael como su sucesor. La doctora Serafina ocupó su lugar en la mesa y el doctor Rafael retomó lo que había estado diciendo:

—Como decía —dijo el doctor Rafael, con un gesto hacia las estanterías vacías y los asistentes que envolvían los libros y los metían en las cajas repartidas por todo el Ateneo—, se nos acaba el tiempo. Pronto, todos nuestros recursos estarán a buen recaudo en ubicaciones seguras por toda la campiña. Por supuesto, no nos queda alternativa… nos estamos protegiendo ante las contingencias del futuro. Pero esta mudanza ha llegado en el peor momento posible. Nuestro trabajo no puede posponerse durante la guerra. No hay duda de que tenemos que tomar una decisión ya.

Con voz grave, prosiguió:

—No creo que nuestras defensas vayan a caer... todo indica que estamos listos para lo que se avecina... pero hemos de estar preparados para lo peor. Si esperamos más, nos arriesgamos a que nos rodeen.

—Mire el mapa, profesor —dijo un miembro del consejo llamado Vladimir, un joven estudioso que había sido enviado a París desde la Academia Angelológica subterránea de Leningrado, y a quien yo conocía solo por su reputación. Bastante joven y guapo, tenía pálidos ojos azules y complexión delgada. Su conducta tranquila y segura le daba la presencia de un hombre mayor, aunque no debía de tener más de diecinueve años—. Parece que ya estamos rodeados.

—Hay una gran diferencia entre las maquinaciones de los poderes del Eje y nuestros adversarios —dijo el doctor Lévi-Franche—. El peligro terrenal no es nada comparado con el de nuestros enemigos espirituales.

—Hemos de estar listos para enfrentarnos a ambos —dijo Vladimir.

—Exacto —dijo la doctora Serafina—. Y por eso hemos de aumentar nuestros esfuerzos para encontrar y destruir la lira.

La afirmación de la doctora Serafina tuvo como respuesta el silencio. Los miembros del consejo no estaban seguros de cómo reaccionar ante una frase tan osada.

—Ya sabéis lo que pienso del tema —dijo el doctor Rafael—. Nuestra esperanza reside en enviar un equipo a las montañas.

La monja paseó la vista por el consejo reunido a la mesa. El velo arrojó una sombra sobre sus facciones.

—La zona que propone el doctor Rafael es demasiado grande para que nadie, incluyendo a nuestros equipos, la cubra sin las coordenadas exactas. Hay que descubrir la ubicación exacta de la caverna antes de que una expedición así tenga lugar.

—Con los recursos adecuados —dijo la doctora Serafina—, nada es imposible. Nuestra benefactora americana nos ha prestado una gran ayuda.

—Y el equipo que ha suministrado la familia Curie será más que adecuado —añadió el doctor Rafael.

—¿Qué les parece si abordamos la logística que conocemos? —dijo el doctor Lévi-Franche, claramente escéptico ante todo el proyecto—. ¿Cuánto mide la zona de la que hablamos?

—Tracia fue parte del Imperio Romano oriental, que más adelante se denominó Bizancio, y cuyo territorio estaba formado por las tierras que hoy en día se corresponden con Turquía, Grecia y Bulgaria —dijo el doctor Rafael—. El siglo x fue una época de grandes cambios territoriales para los tracios, pero según el relato de la expedición del Venerable Clematis, podemos acotar en cierta medida nuestra búsqueda. Sabemos que Clematis nació en la ciudad de Smolya, en el corazón de la cadena montañosa de las Ródope, en Bulgaria. Clematis escribió que había viajado a su tierra natal durante la expedición. Así pues, podemos acotar la zona de búsqueda al norte de Tracia.

—Y esa, tal y como señala tan correctamente mi colega, es un área inmensa —dijo el doctor Lévi-Franche—. ¿Supone usted que podemos explorar aunque sea una fracción de ese terreno sin que nos descubran? Incluso si contásemos con enormes recursos y un millar de agentes, tardaríamos años, o quizá décadas, apenas en arañar la superficie, mucho menos internarnos en las profundidades de la tierra. Carecemos de los fondos y los recursos humanos para emprender semejante misión.

—No habrá escasez de voluntarios para la misión —dijo Vladimir.

—Es importante recordar —dijo la doctora Serafina— que el peligro que supone la guerra no es meramente la destrucción de nuestros textos o las estructuras de la escuela. Si se descubre la caverna y el tesoro que contiene, nos arriesgaremos a perder mucho más que eso.

—Quizá —dijo la monja—, pero nuestros enemigos están vigilando las montañas a cada momento.

—Es cierto —dijo Vladimir, cuyo campo de estudio era la música etérea—. Justo por eso debemos ir a por la lira ya.

—Pero, ¿por qué ahora? —contraatacó el doctor Lévi-Franche, bajando la voz—. Hemos localizado y protegido instrumentos celestiales menores, mientras que el más peligroso lo hemos dejado de lado todo este tiempo. ¿Por qué no esperar a que haya pasado la amenaza de la guerra?

La doctora Serafina dijo:

—Los nazis han posicionado equipos por toda la zona. Adoran las antigüedades, sobre todo las que tienen algún significado mitológico dentro de su régimen. Los nefilim aprovecharán la oportunidad para hacerse con una poderosa herramienta.

—Los poderes de la lira son notorios —dijo Vladimir—. De todos los instrumentos celestiales, es la que puede ser usada para todo tipo de fines desastrosos. Puede que su fuerza destructora sea más malévola que todo lo que puedan hacer los nazis. Y además, el instrumento es demasiado preciado como para dejarlo. Saben ustedes tan bien como yo que los nefilim siempre han ansiado hacerse con la lira.

—Pero resulta obvio —dijo el doctor Lévi-Franche, cada vez más alterado— que los nefilim seguirán a nuestro equipo en cualquier misión de recuperación que realicemos. Si tenemos la milagrosa suerte de encontrar la lira, no tenemos la menor idea de qué les sucederá a quienes la posean. Podría no ser seguro. Y lo que es peor, podrían arrebatárnosla. Puede que nuestras misiones de recuperación solo sirvan para ayudar a nuestros enemigos. Seríamos responsables de los horrores que podría traer consigo la música de la lira.

—Quizá —dijo la monja, envarándose en la silla—, no sea tan poderosa como usted cree. Nadie ha visto jamás ese instrumento. Buena parte del terror que suscita proviene de leyendas paganas. Existe la posibilidad de que el mal que puede infligir la lira no sea más que una leyenda.

Los angelólogos reflexionaron sobre aquello. El doctor Rafael dijo:

—Así pues, hemos de tomar una decisión: actuar o no hacer nada.

—Los actos imprudentes son peores que la contención sabia —dijo el doctor Lévi-Franche. No pude evitar que me repugnase la petulancia de aquel comentario, que tanto contrastaba con los intentos sinceros de persuasión por parte de mis profesores.

—En nuestro caso —dijo el doctor Rafael, cada vez más inquieto—, la inacción sería la opción más imprudente. Nuestra pasividad tendrá terribles consecuencias.

—Por eso mismo hemos de actuar ya —dijo Vladimir—. Encontrar y proteger la lira depende de nosotros.

—Si me permiten interrumpir —dijo de pronto la doctora Serafina—, me gustaría hacer una propuesta.

Se acercó adonde Gabriella y yo estábamos sentadas y atrajo la atención de los miembros del consejo sobre nosotras.

—Muchos de ustedes ya las conocen, pero para quien aún no, me gustaría presentarles a dos de nuestras jóvenes angelólogas más brillantes. Gabriella y Celestine han estado trabajando conmigo para poner algo de orden entre nuestras pertenencias durante el traslado. Se han ocupado de catalogar textos y trascribir notas. Su trabajo ha sido de lo más útil. De hecho, la atención que le han dedicado a todas las minucias de nuestra colección y la información que han extraído de nuestros documentos históricos nos han dado al doctor Rafael y a mí una idea de cómo proseguir en la importante encrucijada en la que nos encontramos.

—Como sabrán muchos de ustedes —dijo el doctor Rafael—, además de nuestra labor aquí, en la academia, la doctora Serafina y yo hemos estado trabajando en un número de proyectos privados, incluyendo un intento de localizar la caverna con más precisión. En el proceso hemos reunido una gran cantidad de anexos y notas de campo que se habían pasado por alto anteriormente.

Le lancé una mirada a Gabriella, con la esperanza de encontrar algún tipo de conmiseración en nuestra posición, pero ella se limitó a apartar la mirada, altanera como siempre. De pronto me pregunté si no comprendería mejor que yo los detalles de lo que estaban discutiendo los miembros del consejo. Existía la posibilidad de que hubiese recibido información privilegiada que a mí me había sido negada. La doctora Serafina jamás me había mencionado ninguna lira, ni tampoco la necesidad de evitar que nuestros enemigos se hicieran con ella. La posibilidad de que se lo hubiese confiado a Gabriella me volvía loca de celos.

—Cuando comprendimos que la guerra en ciernes podría afectar a nuestro trabajo —dijo la doctora Serafina, decidimos asegurarnos de que nuestros documentos estuviesen bien preservados, pase lo que pase. Con esto en mente, les pedimos a Gabriella y a Celestine que nos ayudasen a la hora de ordenar y archivar nuestras notas de investigación. Empezaron con la tarea hace algunos meses. Sus esfuerzos han sido agotadores a la hora de recolectar todos los hechos, pero han demostrado un ingenio y una determinación que las ha llevado a terminar el proyecto antes del traslado. Los progresos que han hecho resultan emocionantes. Su juventud les otorga una cierta paciencia con lo que a la mayoría de nosotros puede resultarnos un trabajo menor, pero su diligencia ha dado resultados excelentes. Los datos recabados son increíblemente útiles; nos han permitido repasar una enorme cantidad de información que lleva décadas escondida.

La doctora Serafina se acercó a los mapas y sacó un bolígrafo del bolsillo de la chaqueta de punto. Dibujó un triángulo sobre las Montañas Ródope, entre Grecia y Bulgaria.

—Sabemos que la ubicación que buscamos se encuentra entre estas líneas. Sabemos que ha sido explorada previamente y que ha habido muchos intentos académicos de describir la geología y el paisaje que rodea la caverna. Nuestros estudiosos han seguido un proceso sumamente escrupuloso, pero puede ser que sus métodos organizativos no hayan sido del todo perfectos. A pesar de que no tenemos las coordenadas, creo que si peinamos todos los textos a nuestra disposición, incluyendo los registros que aún no han sido examinados con este propósito, podremos arrojar nueva luz sobre la ubicación.

—¿Y cree usted que así descubrirá las coordenadas de la cueva? —preguntó la monja.

—Nuestra propuesta es la siguiente —dijo el doctor Rafael, tomando la palabra tras su esposa—. Si conseguimos acotar nuestra búsqueda a un radio de cien kilómetros, queremos que den ustedes un apoyo total a la Segunda Expedición.

—Si no conseguimos acotar la búsqueda —dijo la doctora Serafina—, ocultaremos la información lo mejor que podamos, nos exiliaremos tal y como hemos planeado, y rezaremos para que nuestros mapas no caigan en manos de nuestros enemigos.

Me sorprendió lo rápido que los miembros del consejo aprobaron el plan después de un debate tan airado. Quizá la doctora Serafina sabía que los avances de Gabriella eran un as en la manga para ganarse la aprobación del doctor Lévi-Franche. Fuera cual fuera su estrategia, había funcionado. Aunque yo no alcanzaba a entender la naturaleza del tesoro que buscábamos, mi parte más ambiciosa se sentía halagada. Estaba exultante. Nos habían situado a Gabriella y a mí en el mismo centro de la búsqueda por parte de los Valko de aquella cueva de ángeles prisioneros.

· · ·

A la mañana siguiente llegué al despacho de la doctora Serafina una hora antes de la reunión que habíamos programado a las nueve en punto. La noche anterior había dormido mal. Gabriella no dejaba de moverse en la habitación de al lado: abría la ventana, fumaba cigarrillos, se ponía a escuchar su disco favorito, *Douze Études* de Debussy, mientras caminaba en círculos alrededor del cuarto. Me imaginé que su relación secreta jugaba un papel en su insomnio, como sucedía con el mío, aunque lo que sentía realmente Gabriella seguía siendo un misterio para mí. La conocía mejor que a nadie en París, y sin embargo no la conocía en absoluto.

Yo me encontraba aún tan afectada por los acontecimientos de aquella tarde que no había tenido un momento para considerar la magnitud del papel que los Valko nos habían asignado en la misión de encontrar la caverna. El hecho de que no pudiese pensar más que en Gabriella en brazos de aquel hombre extraño no hacía sino aumentar la cautela que sentía hacia mi amiga. Por ello, me bajé de la cama antes de que saliera el sol, reuní todos mis libros y me puse a estudiar de buena mañana en mi rinconcito acostumbrado del Ateneo.

Estar sola entre nuestros textos me dio la oportunidad de reflexionar sobre la reunión del día anterior. Me resultaba difícil de creer que fuese a llevarse a cabo una expedición de semejante envergadura sin saber con exactitud la ubicación de la caverna. Faltaba el componente más esencial de cualquier misión: el mapa. Hasta una estudiante de primer año de inteligencia media sabría que ninguna expedición podía tener éxito sin pruebas cartográficas completas. Sin una ubicación geográfica precisa del viaje, los estudiosos del futuro no tendríamos manera alguna de replicar la misión. En pocas palabras: sin mapa no había pruebas sólidas.

Yo no me habría percatado de la relevancia del mapa de no ser por los años que había pasado junto a los Valko, cuyo examen de formaciones cartográficas y geológicas rayaba en lo obsesivo. Del mismo modo que un científico se apoya en la replicación para verificar experimentos, el trabajo de los Valko sobre geología antediluviana provenía de su pasión por reproducir de forma precisa y concreta expediciones del pasado. Sus discusiones clínicas de formaciones minerales y rocosas, de actividad volcánica, de la formación de mantos rocosos, de variedades de terreno y de topografía de karst no dejaba lugar a duda de que seguían a rajatabla el método científico. No había error posible. Si se podía localizar un mapa, el doctor Rafael ya lo habría encontrado. Habría reconstruido el viaje paso a paso, roca a roca.

Después del alba, llamé con suavidad a la puerta de la doctora Serafina y, al oír su voz, la abrí. Para mi sorpresa, Gabriella estaba sentada junto a nuestra profesora en un canapé tapizado de seda tono bermellón, compartiendo un café. Vi que ambas estaban enfrascadas en algún tipo de conversación. La Gabriella ansiosa de la noche anterior había desaparecido. En cambio me encontré con la Gabriella aristocrática, perfumada, empolvada y vestida inmaculadamente, con el pelo negro peinado y reluciente. Gabriella me había vuelto a derrotar e, incapaz de esconder mi consternación, me quedé plantada en la puerta, no muy segura de cuál era mi lugar en todo aquello.

—¿Qué haces ahí, Celestine? —dijo la doctora Serafina con un deje de irritación en la voz—. Ven a sentarte con nosotras.

Yo había pasado por el despacho de la doctora Serafina en múltiples ocasiones en el pasado, y sabía que era una de las estancias de mejor factura de toda la escuela. Ubicada en el último piso de un edificio estilo Haussmann, tenía una espectacular vista de todo el barrio: la plaza frente a la escuela, dominada por la fuente y las interminables bandadas de palomas que la circundaban. El sol de la mañana iluminaba una pared entera de cristaleras, una de las cuales estaba abierta y dejaba pasar el frío aire matutino, que inundaba la habitación con un olor a tierra y agua, como si hubiese llovido toda la noche y ahora quedasen restos de cieno. La estancia propiamente dicha era amplia y elegante, con estanterías empotradas llenas de libros, molduras acanaladas y un escritorio cuya parte superior era de mármol. Era el despacho que podría esperarse en la Margen Derecha de París, no en aquella ubicación en la *rive gauche*. El despacho del doctor Rafael, una habitación polvorienta con manchas de humo de tabaco y libros apilados, representaba mucho más a nuestra escuela. A menudo se veía al doctor Rafael pasando el tiempo en las soleadas profundidades del pulido despacho de su esposa, discutiendo detalles mínimos de conferencias o, tal y como Gabriella hacía aquella mañana, tomando un café con las tazas Sèvres de la doctora Serafina.

El hecho de que Gabriella hubiese llegado antes que yo al despacho de la doctora Serafina me enfadó más de lo que evidencié. No sabía qué la impulsaba, pero me pareció que se había organizado una conferencia privada y me había excluido para ganarme por la mano. Como mínimo, Gabriella había aprovechado la oportunidad de hablar con la doctora Serafina sobre el trabajo que íbamos a llevar a cabo, quizá para solicitar las mejores tareas. Yo sabía que el resultado de nuestros esfuerzos podría cambiar el estatus que teníamos en la escuela. Si los resultados obtenidos eran del agrado de los Valko, tendríamos hueco en el equipo de la expedición. Solo una de nosotras lo conseguiría.

Nos habían asignado trabajos adecuados a nuestras fortalezas académicas, que eran tan opuestas como nuestra apariencia. Mientras que yo adoraba los componentes técnicos de nuestro itinerario académico; la fisiología de los cuerpos angélicos, las proporciones de materia y espíritu en las criaturas y la perfección matemática de las primeras taxonomías; Gabriella se veía más atraída por los elementos más artísticos de la angelología. Le gustaba leer las grandes historias épicas de batallas entre angelólogos y nefilim; podía contemplar pinturas religiosas y encontrar simbolismos que a buen seguro a mí se me escapaban; repasaba textos antiguos con tanta concentración que cualquiera diría que una única palabra podría tener el poder de cambiar el futuro. Gabriella tenía fe en el progreso del bien, y a lo largo de nuestro primer año de estudios me convenció a mí también de que semejante progreso era posible. Por ello, la doctora Serafina mandó a Gabriella a repasar textos míticos y me dejó a mí las tareas más sistemáticas, como ordenar los datos empíricos de los intentos previos de localizar la cueva, cribar información geológica de diferentes épocas y recopilar mapas anticuados.

A juzgar por la mirada de satisfacción de Gabriella, debían de llevar charlando ya un buen rato. Una serie de cajones de madera descansaba en el centro del despacho, los bordes toscos presionando la alfombra oriental roja y dorada. Cada cajón estaba lleno de cuadernos de campo y papeles sueltos, como si lo hubieran metido todo ahí de cualquier manera, a toda prisa.

Tanto mi sorpresa ante la presencia de Gabriella como la curiosidad que me inspiraban aquellos cajones llenos de libros se me notaron en la cara. La doctora Serafina me hizo un gesto para que entrase y me pidió que cerrase la puerta antes de sentarme con ellas.

—Entra, Celestine —volvió a decir, y me indicó un diván cerca de las estanterías—. Me preguntaba cuándo llegarías.

Como si pretendiese secundar el comentario de la doctora Serafina, el reloj de pared del otro extremo del despacho dio ocho campanadas. Yo llegaba con una hora de antelación.

—Pensaba que empezábamos a las nueve —dije.

—Gabriella quería adelantarse un poco —dijo la doctora Serafina—. Hemos estado repasando los materiales nuevos que vas a catalogar. En estas cajas están los documentos de Rafael. Anoche me lo trajo todo desde su despacho.

La doctora Serafina se acercó a su despacho, echó mano de una llave y abrió un armarito. El interior estaba repleto de cuadernos, cada uno ordenado meticulosamente en su anaquel.

—Y estos de aquí son mis documentos. Los tengo ordenados por tema y fecha. Mis años de estudios están en las estanterías inferiores, y los más recientes, sobre todo citas y resúmenes para artículos, en la superior. Hace años que no catalogo mi trabajo. Por un lado, por secretismo, que ha sido un importante factor, pero por otro, porque esperaba a tener las asistentes adecuadas. Las dos sois estudiantes brillantes con conocimiento de los fundamentos básicos de la angelología: la teología, las frecuencias trascendentales, las teorías de morfismo angelólogo, la taxonomía. Y también habéis aprendido un poco sobre nuestro campo, la geología antediluviana, aunque sea a nivel introductorio. Sois trabajadoras, meticulosas y cultas; tenéis diferentes talentos, aunque no estáis especializadas. Espero que acometáis esta tarea con una mirada limpia. Si hay algo en estas cajas que se nos ha pasado, sé que vosotras podréis encontrarlo. También voy a necesitar que asistáis a mis clases. Sé que ya hicisteis el curso introductorio el año pasado, pero el tema de la asignatura es de especial importancia para nuestra misión.

Pasó los dedos por la hilera de diarios, sacó unos cuantos volúmenes y los colocó sobre la mesita de café, entre las tres. Aunque mi primer impulso fue agarrar uno de los diarios, preferí esperar, dispuesta a seguir el ejemplo de Gabriella. No quería parecer ansiosa.

—Podéis empezar con estos —dijo Serafina, y se recostó levemente sobre el diván—. Creo que descubriréis que ordenar los archivos de Rafael va a suponer un gran desafío.

—Hay muchos —dije, hipnotizada ante la absurda cantidad de documentos que teníamos que analizar. Me preguntaba cómo podríamos documentar semejante caudal de información.

—Ya le he dado a Gabriella instrucciones precisas sobre la metodología a seguir para catalogar los documentos —dijo Serafina—. Ella te lo contará todo. Voy a repetir solo una directriz importante: tenéis que recordar que estos cuadernos son especialmente valiosos. Forman todo el grueso de nuestra investigación original. Aunque hemos extraído algo de material para publicarlo, nada de todo esto ha sido copiado por completo. Os voy a pedir que pongáis especial cuidado en conservar los cuadernos más delicados, sobre todo los textos que describen nuestras expediciones. Me temo que estos documentos no pueden salir de mi despacho. Pero si avanzáis a buen ritmo, podéis leer todo lo que queráis. Creo que hay mucho que aprender, por más desordenados que estén los documentos. De hecho, espero que nuestro trabajo os ayude a comprender la historia de nuestra lucha y, si tenemos suerte, que nos ayude a nosotros a descubrir lo que buscamos.

Echó mano de un cuaderno de cuero y me lo tendió.

—Aquí hay algunas de mis anotaciones de mis años de estudiante. Son notas que tomé en clase, algunas conjeturas sobre angelología y sobre su desarrollo histórico. Ha pasado mucho tiempo desde la última vez que les eché un vistazo que no puedo asegurarte qué es lo que vas a encontrar ahí dentro. En su día yo también fui una estudiante ambiciosa y, al igual que tú, Celestine, pasé muchas, muchas horas en el Ateneo. Con tanta información sobre la historia de la angelología, sentí que necesitaba resumirla un poco, hacerla más compacta. Me temo que hay que incluir algunas de mis especulaciones más ingenuas, aunque será mejor tomarlas con pinzas.

Me esforcé por imaginar a la doctora Serafina siendo estudiante, aprendiendo lo mismo que estábamos aprendiendo nosotras. Resultaba difícil imaginar que hubiera sido ingenua en toda su vida.

La doctora Serafina dijo:

—Quizá las notas de los últimos años resulten más interesantes. Reescribí el material de este diario de un modo… ¿cómo decirlo? Más sucinto, de la historia de nuestro trabajo. Uno de los objetivos de nuestros estudiosos y agentes es tratar la angelología de un modo puramente funcional: usamos nuestros estudios como herramienta concreta. La teoría solo vale cuando se aplica, y en nuestro caso, la investigación histórica desempeña un papel importante en nuestra capacidad para enfrentarnos a los nefilim. Personalmente, yo tengo una mente más empírica. No soy amiga de comprender abstracciones; por eso prefería convertir las teorías angelológicas en algo más tangible. Así diseño también mis clases. Mientras que el uso de la narrativa es común en muchos aspectos de la teología, con alegorías y relatos similares, la

Iglesia se alejó de este enfoque al abordar los sistemas angelológicos. Como quizá sepáis, los padres de la Iglesia construyeron a menudo los sistemas jerárquicos como argumento. Creían que, del mismo modo que Dios creó jerarquías de ángeles, también creó jerarquías en la tierra. Explicar una de esas jerarquías serviría para iluminar la otra. Por ejemplo: del mismo modo que los serafines son inteligencias angélicas superiores a los querubines, el arzobispo de París es superior al granjero. Entendéis cómo funciona, ¿verdad? Dios creó jerarquías, y por lo tanto, todo el mundo debe permanecer en el lugar que ha designado Dios para él. Y pagar impuestos, *bien sûr*. Las jerarquías angelológicas reforzaban las estructuras sociales y políticas. También ofrecían una narrativa del universo, una cosmología que daba orden al aparente caos de la vida de la gente normal. Los angelólogos, por supuesto, nos alejamos de esta concepción. Lo que observamos es una estructura horizontal que permite la libertad intelectual y el progreso a través del mérito. Nuestro sistema es bastante único.

—¿Cómo pudo sobrevivir un sistema así? —preguntó Gabriella—. Imagino que la Iglesia no lo permitiría.

Sobresaltada ante la descarada pregunta de Gabriella, yo bajé la vista y me contemplé las manos. Jamás me habría atrevido a cuestionar a la Iglesia de una manera tan directa. Puede que mi fe en su solidez fuese una desventaja.

—Creo que esa pregunta ya se ha planteado en muchas ocasiones —dijo la doctora Serafina—. Los padres fundadores de la angelología desarrollaron los perímetros de nuestro trabajo en una gran reunión de angelólogos en el siglo x. Hay un registro maravilloso de todo el encuentro, escrito por uno de los padres que asistió.

La doctora Serafina se giró hacia el armarito y sacó un libro. Mientras pasaba páginas dijo:

—Os sugiero que lo leáis cuando tengáis oportunidad, cosa que no será ahora, porque tenéis trabajo de sobra para esta mañana.

Serafina dejó el libro sobre la mesa.

—En cuanto empecéis a leer la historia de nuestro grupo veréis que la angelología es más que estudios y debates. Nuestro trabajo floreció a partir de las sabias decisiones de un grupo de hombres serios y espirituales. La Primera Expedición Angelológica, el primerísimo intento físico que llevaron a cabo los angelólogos para descubrir la prisión de los ángeles, tuvo lugar cuando los Padres Venerables, con la venia de sus hermanos tracios, organizaron el Concilio de Sozopol. Fue ahí donde se fundó nuestra disciplina, y según el Padre Venerable Bogomil, uno de los principales padres fundadores, el concilio tuvo gran éxito, no solo a la hora de forjar los estándares de nuestro trabajo, sino al unir a los pensadores religiosos más destacados de la época. Desde el Concilio de Nicea no se había dado una asamblea tan grande de representantes no confesionales. Sacerdotes, diáconos, acólitos, rabinos y santos maniqueos participaron en el salón principal en un caudal de debates sobre los dogmas. Sin embargo, en otro lugar también se llevó a cabo una reunión secreta. Un viejo sacerdote llamado Clematis, obispo tracio que vivía en Roma, convocó a un selecto grupo de padres afines que tenían su misma determinación por encontrar la caverna de los Vigilantes. De hecho, Clematis había desarrollado la teoría de la ubicación de la caverna: había propuesto que, al igual que los restos del Arca de Noé, se encontraría en algún lugar cerca de la costa del Mar Negro. Clematis viajó a las montañas para poner a prueba su teoría. Aunque no tenemos prueba alguna, el doctor Rafael y yo suponemos que Clematis esbozó un mapa.

—Pero, ¿cómo puede usted estar segura de que haya algo ahí? —dijo Gabriella—. ¿Qué pruebas tenemos? ¿Y si no hay ninguna cueva y todo esto no es más que una leyenda?

—Debe de haber alguna base de verdad en ello —dije, pues pensaba que a Gabriella no le dolían prendas en desafiar a nuestra profesora.

—Clematis encontró la caverna —dijo la doctora Serafina—. El Padre Venerable y su equipo son los únicos que han descubierto la ubicación real del pozo, los únicos que se han internado en él, y los únicos en miles de años que han visto a los ángeles desobedientes. Clematis murió por ese privilegio. Por suerte, dictó un breve relato de la expedición antes de su muerte. El doctor Rafael y yo utilizamos ese relato como fuente primaria de nuestra investigación.

—Imagino que el relato señala la ubicación —dije, ansiosa por averiguar los detalles de la expedición de Clematis.

—Sí, el relato de Clematis señala una ubicación —dijo la doctora Serafina. Echó mano de una hoja de papel y una pluma y escribió una serie de letras en cirílico, que luego nos enseñó:

Гяурското Бърло

—El nombre que aparece en el relato de Clematis es *Gyaurskoto Burlo*, que significa «prisión de los infieles» en búlgaro antiguo. O, traducido más libremente, «lugar donde se esconden los infieles»... lo cual es una descripción acertada de los Vigilantes, a quienes los cristianos de la época consideraban rebeldes o infieles. Los turcos ocuparon la región alrededor de las Montañas Ródope a partir del siglo xiv, hasta que los rusos ayudaron a los búlgaros a echarlos en 1878. Este detalle complica la exploración moderna: los musulmanes se referían a los cristianos búlgaros como infieles, lo cual añade una nueva capa de significado a la descripción original de la cueva. Hemos hecho varios viajes a Grecia y a Bulgaria en los años 20, pero por desgracia, no hemos encontrado ninguna cueva con ese nombre. Preguntamos por toda la zona; los aldeanos asocian el lugar con los turcos, o bien dicen que jamás han oído hablar de la cueva en absoluto. Tras años de investigación cartográfica de campo, hemos sido incapaces de encontrar el nombre en ningún mapa de la región. Ya sea por descuido o por voluntad, la cueva no aparece en papel.

—Quizá sea más correcto concluir que Clematis se equivocó, y que esa cueva no existe —dijo Gabriella.

—Quien se equivoca ahí eres tú —dijo la doctora Serafina con una presteza que evidenciaba lo mucho que la apasionaba el tema—. La prisión de los ángeles desobedientes existe. Apuesto mi carrera a que es así.

—Tiene que haber algún modo de encontrarla —dije yo, comprendiendo por primera vez el deseo de los Valko de resolver aquel enigma—. Tenemos que estudiar el relato de Clematis.

—Eso —dijo Serafina, y volvió otra vez al armarito— lo dejaremos para otro momento, cuando hayáis completado la tarea que tenéis ahora entre manos.

Abrí el volumen que tenía ante mí, curiosa ante lo que se escondería entre sus páginas. No pude evitar sentir satisfacción porque mis ideas coincidieran con el trabajo de la doctora Serafina, y porque Gabriella, que normalmente gozaba de la admiración de los Valko, hubiera chocado frontalmente contra nuestra profesora. Y sin embargo, para mi consternación, la desaprobación de la doctora Serafina no hizo mella en Gabriella. De hecho parecía estar pensando en otra cosa. Estaba claro que Gabriella no sentía hacia mí la misma rivalidad que yo hacia ella. No tenía necesidad alguna de demostrar su valía.

Al ver lo ansiosa que estaba yo por empezar, la doctora Serafina se puso en pie.

—Os dejo para que trabajéis —dijo—. Quizá veáis algo en estos papeles que yo me haya saltado. Según mi experiencia, estos textos resuenan profundamente con algunas personas mientras que a otras no les dicen nada en absoluto. Depende de vuestra sensibilidad hacia el tema. La mente y el espíritu maduran a su propia manera y ritmo. Aunque suene una hermosa música, no todo el mundo la oye por más que tenga orejas.

• • •

Desde mis primeros días como estudiante, yo había desarrollado el hábito de llegar pronto a las clases de los Valko, para asegurarme un buen sitio entre la multitud de estudiantes que asistía. A pesar del hecho de que Gabriella y yo ya habíamos dado aquel curso el año anterior, seguimos asistiendo cada semana. A mí me atraía el ambiente de debate apasionado y la ilusión de unidad erudita que presentaban aquellas clases, mientras que Gabriella parecía disfrutar de su estatus como estudiante de segundo año proveniente de una familia de renombre. Los estudiantes más jóvenes la miraban durante las clases como si evaluasen su reacción ante las afirmaciones de los Valko. Las clases se daban en una pequeña capilla de piedra caliza construida sobre las fortificaciones de un templo romano. Las paredes eran gruesas y duras, como si se hubiesen alzado de las canteras que se extendían por debajo. El techo de la capilla estaba compuesto de ladrillos medio descascarillados con travesaños de madera que hacían las veces de contrafuertes, tan desvencijados que cuando resonaba con fuerza el bullicio de los coches en la calle, yo estaba segura de que aquel ruido podría derrumbar el edificio entero sobre nuestras cabezas.

Gabriella y yo encontramos asientos en la parte trasera de la capilla, al tiempo que la doctora Serafina preparaba sus documentos y daba comienzo a la clase.

—Hoy voy a compartir con vosotros una historia que a algunos les sonará familiar en cierta medida. Como relato fundacional de nuestra disciplina, resulta indiscutible el lugar central que ocupa en nuestra historia. Al mismo modo, su belleza poética es irrefutable. La historia comienza en los años anteriores al Diluvio Universal, cuando el cielo envió una flota de doscientos ángeles, llamados Vigilantes, para supervisar las actividades de la creación. El líder de los Vigilantes, según los registros, se llamaba Semjaza. Semjaza era hermoso e imponente, la viva imagen del porte angélico. Su piel caliza, ojos pálidos y cabellos dorados lo señalaban como el ideal de la belleza celestial. Al frente de doscientos ángeles, Semjaza atravesó la cúpula de los cielos y vino a posarse en el mundo material. Entre sus subordinados estaban Araklba, Rameel, Tamlel, Ramlel, Danel, Ezeqeel, Baraqijal, Asael, Armaros, Batarel, Ananel, Zaqiel, Samsapeel, Satarel, Turel, Jomjael, Kokabiel, Araqiel, Shamsiel y Sariel.

»Los ángeles deambularon entre los hijos de Adán y Eva, invisibles, viviendo calladamente en las sombras, escondidos en las montañas, refugiados allá donde la humanidad no podría encontrarlos. Viajaron de una región a otra, siguiendo los movimientos de los hombres. Así descubrieron las populosas civilizaciones a orillas del Ganges, el Nilo, el Jordán y el Amazonas. Vivieron tranquilamente en las regiones exteriores de la actividad humana, observando obedientemente cómo se comportaban los hombres.

»Cierta tarde, en la era de Jared, cuando los Vigilantes estaban asentados en el Monte Hermón, Semjaza vio a una mujer bañándose en un lago, con una larga melena castaña enredada. Semjaza llamó al resto de Vigilantes para que se acercasen al borde de la montaña, y juntos contemplaron a la mujer. Según numerosas fuentes doctrinales, fue entonces cuando Semjaza sugirió que los Vigilantes tomasen esposas de entre los hijos de los hombres.

»En cuanto hubo pronunciado estas palabras, Semjaza se inquietó. Consciente del castigo por desobediencia, pues ya había presenciado la caída de los ángeles rebeldes, se reafirmó en su plan. Dijo: «Las hijas de los hombres habrán de ser nuestras. Pero si no me seguís, sufriré yo solo el castigo por este gran pecado».

»Los Vigilantes hicieron un pacto con Semjaza y juraron sufrir el castigo junto a su líder. Sabían que semejante unión estaba prohibida, y que su pacto rompía todas las leyes del cielo y de la tierra. Sin embargo, los Vigilantes descendieron del Monte Hermón y se presentaron ante las mujeres humanas. Las mujeres tomaron a aquellas extrañas criaturas como esposos y pronto quedaron embarazadas. Poco tiempo después nacieron niños de los Vigilantes y sus esposas. Esas criaturas recibieron el nombre de nefilim.

»Los Vigilantes observaron a sus hijos mientras estos crecían. Vieron que eran diferentes de sus madres, pero también diferentes de los ángeles. Sus hijas eran más altas y elegantes que las mujeres humanas; eran intuitivas y psíquicas, y poseían la belleza física de los ángeles. Los niños eran más altos y fuertes que los hombres normales, razonaban con gran astucia y poseían la inteligencia del mundo espiritual. Como regalo, los Vigilantes unieron a sus hijos y les enseñaron el arte de la guerra. Les enseñaron a los niños los secretos del fuego; cómo encenderlo y mantenerlo, cómo domeñarlo para cocinar y para disfrutar de su energía. Fue un regalo tan valioso que los Vigilantes quedaron inmortalizados en los mitos humanos, sobre todo en la historia de Prometeo. Los Vigilantes les mostraron el arte de trabajar metales preciosos para forjar brazaletes, anillos y collares. Se arrancó oro y gemas de la tierra, se pulió y se creó con todo ello objetos a los que se les asignó un valor. Los nefilim acumularon riqueza, oro y grano. Los Vigilantes les enseñaron a sus hijas cómo teñir telas y colorear sus párpados con resplandecientes minerales molidos hasta convertirlos en polvo. Adornaron a sus hijas y provocaron grandes celos entre las mujeres humanas.

»Los Vigilantes les enseñaron a sus hijos a crear herramientas que los harían más fuertes que los hombres, les explicaron cómo fundir el metal y forjar espadas, cuchillos, escudos, armaduras y puntas de flecha. Al comprender el poder que les otorgaban las herramientas, los nefilim crearon montones de armas sólidas y afiladas. Cazaron y almacenaron carne. Protegieron sus posesiones con violencia.

»Y hubo otros regalos que los Vigilantes les dieron a sus hijos. Les enseñaron a sus esposas e hijas secretos más poderosos que los del fuego y la metalurgia. Separaron a las mujeres de los hombres, las alejaron de la ciudad y entraron con ellas en las montañas, donde les enseñaron a lanzar hechizos y a usar hierbas y raíces con fines medicinales. Les dieron el secreto de las artes mágicas y les enseñaron un sistema de símbolos para dejar por escrito sus hechizos. Pronto circularon papiros entre ellas. Las mujeres, que hasta entonces se habían hallado a merced de la fuerza de los hombres, se volvieron poderosas y peligrosas.

»Los Vigilantes divulgaron más y más de estos secretos celestiales entre sus esposas e hijas:

»Baraqijal les enseñó astrología.
»Kokabiel les enseñó a leer portentos en las constelaciones.
»Ezequeel les otorgó el conocimiento de las nubes.
»Araqiel les enseñó las señales de la tierra.
»Shamsiel mapeó el curso del sol.
»Sariel mapeó los signos de la luna.
»Aramos les enseñó contrahechizos.

»Con estos regalos, los nefilim se organizaron como una tribu, se armaron y tomaron el control de la tierra y sus recursos. Perfeccionaron el arte de la guerra. Empezaron a amasar más y más poder sobre la humanidad. Se identificaron como señores de la tierra, trazando enormes dominios y reclamándolos como sus reinos. Hicieron esclavos y confeccionaron banderas para representar a sus ejércitos. Dividieron sus reinos, asignaron hombres como soldados, mercaderes y labriegos para que les sirvieran. Pertrechados con secretos eternos y con un hambre de poder, los nefilim dominaron a la humanidad.

»Dado que los nefilim gobernaban la tierra y los hombres perecían, la humanidad elevó una plegaria a los cielos suplicando ayuda. Miguel, Uriel, Rafael y Gabriel, los arcángeles que observaban a los Vigilantes desde que estos descendieran por primera vez al mundo, también seguían los progresos de los nefilim.

»Cuando se les ordenó, los arcángeles se enfrentaron a los Vigilantes y los rodearon de un anillo de fuego. Desarmaron a sus hermanos. Una vez derrotados, los Vigilantes fueron engrillados y llevados a una caverna remota y desierta en lo más alto de las montañas. En la boca del abismo, cargados de cadenas, los Vigilantes fueron obligados a descender. Cayeron a través de una grieta en la corteza de la tierra y se desplomaron a las profundidades hasta aterrizar en una prisión de oscuridad. Desde las profundidades, se lamentaron por la falta de aire, de luz y de la libertad que habían perdido. Separados del cielo y de la tierra, a la espera del día de su liberación, rezaron por el perdón de los cielos. Llamaron a sus hijos para que estos los salvasen. Dios ignoró sus súplicas. Los nefilim no acudieron.

»El arcángel San Gabriel, mensajero de buenas nuevas, no fue capaz de soportar la angustia de los Vigilantes. En un arranque de piedad, les arrojó su lira a sus hermanos caídos, para que mitigaran su sufrimiento con música. Sin embargo, Gabriel comprendió que había cometido un error, antes incluso de que la lira llegase a las profundidades, pues la música del instrumento era seductora y poderosa. Los Vigilantes podían usar la lira en su beneficio.

»Con el tiempo, la prisión de granito de los Vigilantes llegó a conocerse como el Inframundo, la tierra de los muertos donde los héroes descendían para encontrar la vida y la sabiduría eternas. El Tártaro, el Hades, Krnugia, Annwn, el infierno... las leyendas se multiplicaban mientras los Vigilantes, encadenados en el pozo, suplicaban que los liberasen. A día de hoy, en algún lugar de las profundidades de la tierra, siguen implorando que los salven.

Como conclusión, la doctora Serafina dijo:

—El hecho de que los nefilim no acudiesen a rescatar a sus padres ha sido fuente de especulación. A buen seguro, los nefilim habrían sido más fuertes con la ayuda de los Vigilantes, y está claro que los habrían ayudado a escapar si hubiesen tenido el poder de hacerlo. Sea como fuere, la prisión de los Vigilantes sigue siendo un misterio. Un misterio en el que se arraiga nuestro trabajo.

La doctora Serafina era toda una oradora; tenía una habilidad teatral para animar las charlas de cara a los estudiantes de primer año, un talento que no poseían muchos de nuestros profesores. Como resultado de sus esfuerzos, solía tener un aspecto exhausto al final de la primera hora de clase. Aquel día no fue ninguna excepción. La doctora Serafina alzó la vista de sus notas y anunció que íbamos a tomarnos un pequeño descanso. Gabriella me hizo un gesto para que la siguiera. Salimos de la capilla por una puerta lateral y recorrimos una serie de estrechos pasadizos hasta llegar a un patio vacío. Estaba anocheciendo y nos rodeaba una cálida velada de otoño que esparcía sombras por las losas del suelo. Una haya de buen tamaño se alzaba sobre todo el patio, con la corteza extrañamente moteada, como si sufriese de lepra. Las clases de los Valko podían durar horas, a veces hasta bien entrada la noche. Yo estaba ansiosa por disfrutar de un poco de aire nocturno. Quise preguntarle a Gabriella qué le había parecido la clase; de hecho, eran aquellos análisis los que nos habían convertido en amigas; pero vi que no estaba de humor.

Se sacó una pitillera del bolsillo de la chaqueta y me ofreció un cigarrillo. Lo rechacé, como siempre hacía, y ella se limitó a encogerse de hombros, un gesto leve y desenfadado que yo había aprendido a reconocer, y que expresaba lo poco que le gustaba a Gabriella mi incapacidad para disfrutar de nada. Qué ingenua eres, Celestine; parecía decir aquel encogimiento de hombros. Celestine, qué provinciana. Gabriella me había enseñado mucho a base de pequeños rechazos y silencios, y yo siempre la había observado con especial atención: el modo en que vestía, lo que leía, lo que se ponía en el pelo. Hacía unas semanas que llevaba ropa más bonita, más reveladora. Su maquillaje, que siempre había sido distintivo, se había vuelto más oscuro y pronunciado. El espectáculo que yo había presenciado la mañana anterior debía de ser el motivo de aquel cambio, pero aun así, sus maneras me llamaban la atención. A pesar de todo, yo la consideraba casi una hermana mayor.

Gabriella se encendió un cigarrillo con un encantador mechero de oro y dio una profunda calada, como para demostrarme todo lo que yo me estaba perdiendo.

—Qué bonito —dije al tiempo que le quitaba el mechero y le daba vueltas en la mano. El baño de oro desprendía un fulgor rosado bajo la luz del ocaso. Sentí la tentación de preguntarle a Gabriella cómo había llegado un mechero tan caro a su poder, pero me contuve. Gabriella despreciaba hasta las preguntas más superficiales. Incluso después de un año de vernos a diario, apenas hablábamos de nuestras vidas personales. Por lo tanto, me conformé con formular un hecho:

—No lo había visto antes.

—Es de un amigo —dijo sin mirarme a los ojos.

Gabriella no tenía más amigas que yo: comía conmigo, estudiaba conmigo y, si resultaba que yo estaba ocupada, prefería la soledad a formar nuevas amistades. Así pues, comprendí que pertenecía a su amante. Seguramente debía de comprender que tanto secretismo despertaba mi curiosidad. No pude evitar hacerle una pregunta directa:

—¿Qué tipo de amigo? —dije—. Pregunto porque últimamente pareces muy distraída cuando trabajamos.

—La angelología es más que estudiar textos antiguos —dijo Gabriella. Su mirada de reproche venía a sugerir que el modo en que yo veía nuestra labor en la escuela era tremendamente defectuosa—. Lo doy todo en el trabajo.

Incapaz de enmascarar lo que sentía, dije:

—Hay algo más que está ocupando tu atención, Gabriella.

—Tú no sabes nada de los poderes que me controlan —dijo Gabriella.

Aunque debía de haber pretendido responder con su arrogancia acostumbrada, yo detecté una grieta de desesperación en sus maneras. Mis preguntas la habían sorprendido y herido.

—Sé más de lo que tú crees —dije, con la esperanza de que una confrontación directa la obligase a confesarlo todo. Jamás me había dirigido a ella en un tono tan fuera de lugar. El error de mi enfoque quedó claro antes incluso de acabar de hablar.

Gabriella me arrebató el mechero de un tirón y se lo metió en el bolsillo de la chaqueta. A continuación tiró el cigarrillo sobre las losas de pizarra y se marchó.

• • •

Cuando volví a la capilla, me senté al lado de Gabriella. Había puesto la chaqueta sobre mi silla para reservarla, pero se negó a mirar siquiera en mi dirección cuando me senté. Vi que había estado llorando; un leve manchurrón negro le rodeaba los ojos, donde las lágrimas se habían mezclado con el kohl. Quise hablar con ella, ansiosa de que me abriese su corazón. Quería ayudarla a superar cualquier error de juicio en el que hubiera incurrido. Sin embargo, no había tiempo para hablar. El doctor Rafael Valko ocupó el lugar de su esposa tras el atril, centró un fajo de papeles y se preparó para impartir su parte de la clase. Así pues, lo que hice fue colocar una mano sobre el brazo de Gabriella y sonreír, para que supiese que lo sentía. Mi gesto no recibió sino hostilidad. Gabriella se apartó de mí, cruzó las piernas y esperó a que el doctor Rafael empezase.

Durante mis primeros meses de estudios, me enteré de que había dos ramas distintas de opinión con respecto a los Valko. La mayoría de los estudiantes los adoraba. Gracias al ingenio de los Valko, a su conocimiento arcano y su entrega a la pedagogía, aquellos estudiantes absorbían cada una de sus palabras. Yo pertenecía a ese grupo de estudiantes, que era la mayoría. Existía sin embargo una minoría de compañeros nuestros que no los adoraba tanto. Veían con suspicacia los métodos de los Valko, y consideraban que aquellas clases dadas a dúo resultaban pretenciosas. Aunque Gabriella jamás permitiría que se la clasificase en ninguno de los dos grupos, y nunca había confesado la opinión que le suscitaban las clases del doctor Rafael y la doctora Serafina, yo sospechaba que era bastante crítica con respecto a los Valko, del mismo modo que lo había sido su tío durante la asamblea reunida en el Ateneo. Los Valko eran dos extranjeros que habían llegado a lo más alto de los círculos académicos mediante trabajo duro, mientras que la posición de la familia de Gabriella le había otorgado su mismo rango desde que nació. Yo solía escuchar las opiniones de Gabriella sobre otros profesores y sabía que a menudo difería de la visión de los Valko.

El doctor Rafael dio unos golpecitos al atril para que los asistentes guardasen silencio, y empezó a hablar:

—Los orígenes del Primer Cataclismo Angélico son a menudo fuente de controversia —dijo—. De hecho, según los diferentes relatos de esta batalla catastrófica que existen en nuestra colección, existen treinta y nueve teorías contradictorias sobre cómo empezó y cómo concluyó. Como saben muchos de ustedes, los métodos escolásticos para diseccionar los acontecimientos históricos de esta naturaleza han cambiado, evolucionado... aunque hay quien diría que la evolución ha sido negativa. Así pues, les seré franco: mi método, al igual que el de mi esposa, ha cambiado a lo largo del tiempo para incluir perspectivas históricas múltiples. Nuestras lecturas y las narrativas que creamos a partir de material fragmentario reflejan nuestros objetivos a gran escala. Por supuesto, como futuros estudiosos, ustedes mismos desarrollarán sus propias teorías sobre el Primer Cataclismo Angélico. Si mi esposa y yo tenemos éxito, saldrán ustedes de esta clase con una semilla de duda que inspirará una investigación individual y original. Así pues, escuchen con atención. Crean y pongan en duda, acepten y rechacen, transcriban y revisen todo lo que aprendan aquí hoy. De este modo aseguraremos un futuro robusto de la erudición angelológica.

El doctor Rafael alzó un volumen encuadernado en cuero entre las manos. Lo abrió y, con voz firme y seria, empezó a leer:

—En lo alto de las montañas, bajo un saliente que los protegía de la lluvia, los nefilim se apelotonaban todos juntos, suplicando la guía de las hijas de Semjaza y los hijos de Azazel, a quienes consideraban sus líderes después de que los Vigilantes hubiesen sido arrojados a las profundidades de la tierra. El hijo mayor de Azazel dio un paso al frente y se dirigió a la multitud inacabable de gigantes pálidos que se apiñaba en el valle a sus pies.

»Y dijo: «mi padre nos enseñó los secretos de la guerra. Nos enseñó a usar espada y cuchillo, a hacer flechas, a llevar la guerra a nuestros enemigos. No nos enseñó a protegernos del cielo. Pronto el agua nos atrapará por todos los flancos. Incluso con nuestra fuerza y nuestro elevado número, nos será imposible construir un arca como ha hecho Noé. Igualmente imposible será atacar a Noé y hacernos con su nave. Los arcángeles lo protegen, a él y a su familia.

»Bien sabido era que Noé tenía tres hijos, y que estos hijos habían sido elegidos para colaborar en el mantenimiento del arca. El hijo de Azazel anunció que iría hasta la orilla del mar, donde Noé estaba cargando el barco con animales y plantas, y que descubriría un modo de infiltrarse en el arca. Se llevó consigo a la sacerdotisa más poderosa, la hija mayor de Semjaza, y dejó a los nefilim, diciendo: «Hermanos y hermanas míos, debéis quedaros aquí, en la cúspide de esta montaña. Es posible que las aguas no se alcen hasta esta altura».

»Juntos, el hijo de Azazel y la hija de Semjaza descendieron el empinado sendero de la montaña en medio de la implacable lluvia hasta llegar a la orilla. El Mar Negro estaba sumido en el caos. Noé llevaba meses advirtiendo del Diluvio, pero sus paisanos no le prestaron la más mínima atención. Siguieron festejando, bailando y durmiendo tan tranquilos, a las puertas mismas de la destrucción. Se rieron de Noé y algunos incluso se acercaron al arca a burlarse mientras él cargaba el barco con comida y agua.

»Durante algunos días, el hijo de Azazel y la hija de Semjaza observaron las idas y venidas de los hijos de Noé. Se llamaban Sem, Cam y Jafet; y cada cual era muy diferente de los demás. Sem, el mayor, tenía el pelo negro y los ojos verdes, manos finas y un modo vivaz de hablar. Cam era más oscuro que Sem, de grandes ojos castaños, mucha fuerza y sentido común. Jafet, por su parte, tenía la piel clara, el pelo rubio y ojos azules; y era el más frágil y delgado de los tres. Mientras que Sem y Cam no se cansaban al ayudar a su padre a cargar animales, sacos de comida y vasijas de agua, Jafet trabajaba con más lentitud. Sem, Cam y Jafet llevaban tiempo casados, y le habían dado muchos nietos a Noé.

»La hija de Semjaza vio que la apariencia de Jafet era similar a la suya propia y decidió que aquel era el hermano que habría de tomar como compañero. Los nefilim aguardaron muchos días, observando, hasta que Noé cargó los últimos animales en el arca. El hijo de Azazel se acercó a hurtadillas a la enorme nave, cuya gigantesca sombra cayó sobre él y lo cubrió. Desde allí llamó a Jafet.

»El hijo menor de Noé se asomó por la borda del arca. Sus rizos rubios le caían sobre los ojos. El hijo de Azazel le pidió que lo acompañase por un sendero que se alejaba de la orilla y se internaba en un bosque. Los arcángeles, que mantenían guardia en la proa y la popa del barco e inspeccionaba todos los objetos que entraban y salían del arca, tal y como lo había dictado Dios, no prestaron atención a Jafet, que salió de la nave y siguió a aquel luminoso desconocido hasta los bosques.

»Jafet siguió al hijo de Azazel hasta lo más profundo del bosque. La lluvia caía y repiqueteaba sobre el dosel de hojas sobre su cabeza, con un estruendo que sonaba como un trueno. Cuando por fin alcanzó a aquel majestuoso desconocido, Jafet estaba sin aliento. Casi incapaz de hablar, le preguntó: «¿Qué quieres de mí?»

»El hijo de Azazel no respondió, sino que rodeó con los dedos el cuello del hijo de Noé y apretó hasta que sintió que los huesos quebradizos de la garganta se rompían. En ese instante, incluso antes de que el Diluvio erradicase a aquellas malvadas criaturas de la faz de la tierra, el plan de Dios de purificar el mundo flaqueó. El futuro de la raza de los nefilim se solidificó, y así se creó el nuevo mundo.

»La hija de Semjaza salió del bosque y colocó las manos sobre el rostro del hijo de Azazel. Había memorizado los hechizos que su padre le había enseñado. Tocó al hijo de Azazel y la apariencia de este cambió: su lustrosa belleza menguó y sus facciones angélicas se desvanecieron. Ella le susurró ciertas palabras al oído, y él adoptó la viva imagen de Jafet. Debilitado a causa de la transformación, se apartó a trompicones de la hija de Semjaza y regresó del bosque al arca.

»La esposa de Noé contempló a su hijo y supo al instante que este había cambiado. Su rostro y su porte eran los mismos, pero algo en sus maneras resultaba extraño. Así pues, le preguntó dónde había estado y qué le había sucedido. El hijo de Azazel no sabía hablar ningún idioma humano, así que permaneció en silencio, con lo cual su madre se asustó aún más. Mandó llamar a la esposa de Jafet, una mujer encantadora que conocía a Jafet desde la infancia. Ella también vio la corrupción que había en Jafet, pero dado que sus características físicas eran idénticas a las del hombre con el que se había casado, no supo discernir qué era lo que había cambiado. Los hermanos de Jafet retrocedieron, temerosos en presencia de Jafet. Sin embargo, Jafet permaneció en el arca mientras el agua empezó a inundar la tierra. Era el día decimoséptimo del segundo mes. El Diluvio había comenzado.

»La lluvia cayó sobre el arca y arrasó valles y ciudades. El agua llegó hasta las faldas de las montañas, y a continuación hasta las cumbres. Los nefilim vieron cómo se alzaban cada vez más las aguas, hasta que ya no hubo tierra alguna. Guepardos y leopardos aterrorizados se aferraban a los árboles, el terrible aullido de los lobos moribundos reverberaba por el aire. Había una jirafa solitaria sobre una colina, alzando cada vez más la cabeza mientras el agua la iba cubriendo y cubriendo hasta taparla por completo. Cuerpos de humanos, animales y nefilim flotaban como libélulas sobre la superficie del mundo, ondulando con las mareas, pudriéndose hasta hundirse en el lecho marino. Marañas de cabellos y extremidades chocaban contra la proa del arca de Noé, alzándose y descendiendo en aquella sopa que era el agua. El hedor dulzón de la carne abrasada por el sol preñó el aire.

»El arca flotó a la deriva sobre la tierra hasta el vigésimo séptimo día del segundo mes del año siguiente, un total de trescientos setenta días. Noé y su familia no encontraron más que muerte y agua sin fin, un manto móvil de tono gris hecho de lluvia, un horizonte compuesto de olas que llegaba hasta donde abarcaba la vista; agua y más agua, un mundo carente de orillas, de solidez. Flotaron en la superficie del mar durante tanto tiempo que agotaron sus provisiones de vino y de grano, y tuvieron que subsistir con huevos de gallina y agua.

»Cuando las aguas retrocedieron y el arca llegó a una orilla, Noé y su familia liberaron a los animales del vientre del navío. Echaron mano de los sacos de semillas que llevaban consigo y las plantaron. Poco después, los hijos de Noé empezaron a repoblar el mundo. Los arcángeles, según mandato de Dios, acudieron en su ayuda y otorgaron gran fertilidad a los animales, al suelo y a las mujeres. Las cosechas tenían sol y lluvia, los animales encontraron suficiente comida, las mujeres no morían al dar a luz. Todo creció. Nada pereció. El mundo empezó de nuevo.

»Los hijos de Noé reclamaron como propio todo aquello que vieron. Se convirtieron en patriarcas, y cada uno de ellos fundó una raza de la humanidad. Migraron a regiones lejanas del planeta, establecieron dinastías que a día de hoy seguimos diferenciando. Sem, el hijo mayor de Noé, viajó a Oriente Medio y fundó la tribu semítica. Cam, el segundo hijo, se trasladó más allá del ecuador, a África, y fundó la tribu hamítica; y Jafet, o más bien la criatura disfrazada de Jafet, ocupó la zona entre el Mediterráneo y el Atlántico y fundó lo que en su día llegaría a llamarse Europa. La progenie de Jafet ha sido desde entonces una plaga para nosotros. Como europeos, hemos de reflexionar sobre nuestra relación con nuestros orígenes ancestrales. ¿Estamos libres de semejantes asociaciones demoníacas, o estamos conectados de alguna manera con los hijos de Jafet?

La clase del doctor Rafael terminó de forma abrupta. Dejó de hablar, cerró el cuaderno y nos emplazó a regresar para su siguiente clase. Yo sabía por experiencia propia que el doctor Rafael siempre concluía así sus clases a propósito, para dejar a sus estudiantes con ganas de más.

Era una herramienta pedagógica que llegué a respetar tras haber asistido a sus clases como estudiante de primer año... No me había perdido ni una. El susurro de papeles y el murmullo de pies reverberó por la estancia mientras los estudiantes se iban reuniendo en corrillos, preparándose para la cena o bien para estudiar por la noche. Al igual que los demás, yo reuní mis pertenencias. La historia del doctor Rafael me había sumido en una especie de trance; me resultó particularmente difícil recuperar la compostura en medio de un grupo de gente a quien en su mayoría no conocía. La presencia familiar de Gabriella, a mi lado, resultaba reconfortante. Me giré para preguntarle si le apetecía volver a pie a nuestro apartamento y preparar la cena.

Sin embargo, en cuanto posé la vista sobre ella me frené en seco. La apariencia de Gabriella había cambiado. Tenía el pelo brillante de sudor, la piel pálida y pegajosa. Aquel denso kohl que llevaba en torno a los ojos, una floritura cosmética que yo había llegado a identificar como macabra seña de identidad de Gabriella, se había corrido y le llegaba hasta las mejillas, ya fuese por sudor o por lágrimas; me era imposible decirlo. Sus ojos grandes y verdes miraban al frente, pero no parecían estar fijos en nada. Tenía una apariencia totalmente amedrentadora, como si fuese una enferma terminal de tuberculosis. Fue entonces cuando me fijé en las quemaduras ensangrentadas que tenía en la piel del antebrazo, y del encantador mechero dorado que sostenía en la otra mano. Intenté hablar, pedirle una explicación ante un comportamiento tan extraño, pero bastó una mirada por su parte para detenerme antes de abrir la boca. En sus ojos vi una fuerza y una determinación que yo misma no poseía. Sabía que permanecería inescrutable. Fueran cuales fueren los terribles secretos que guardaba, no iba a abrirse ante mí. Por alguna razón, aunque yo no alcanzaba a entender el porqué, aquella certeza me horripilaba y al mismo tiempo me resultaba reconfortante.

Más tarde, cuando regresé al apartamento, encontré a Gabriella sentada en la cocina. Ante ella yacían en la mesa unas tijeras y vendas blancas. Al ver que podría necesitar mi ayuda, me acerqué a ella. En la soleada atmósfera de nuestro apartamento, las quemaduras tenían un color espeluznante. La piel de Gabriella estaba ennegrecida por las llamas y supuraba una sustancia transparente. Desenrollé un trozo de venda.

—Gracias, pero puedo cuidar de mí misma —dijo ella.

Mi frustración aumentó. Gabriella me quitó la venda y empezó a cubrirse la herida. La contemplé un instante y luego dije:

—¿Cómo has podido hacer algo así? ¿Qué te pasa?

Ella sonrió, como si yo hubiese dicho algo divertido. De hecho, por un momento pensé que se reiría de mí. Sin embargo, se limitó a seguir vendándose el brazo y a decir:

—No lo entenderías, Celestine. Eres demasiado buena, demasiado pura, para comprender qué es lo que me aflige.

• • •

En los días que siguieron, cuanto más intentaba entender el misterio de los actos de Gabriella, más esquiva se volvía ella. Empezó a pasar las noches fuera de nuestro apartamento de la *rue* Gassendi, donde yo me quedaba preguntándome por su paradero y su seguridad. Solo regresaba a nuestros aposentos cuando yo no estaba. Me percataba de sus idas y venidas gracias a las ropas que dejaba o que se llevaba de su armario. Yo paseaba por el apartamento y encontraba algún vaso medio lleno con una marca de lápiz de labios rojo en el borde; o bien la hebra de un cabello negro, o el aroma del perfume Shalimar aún pegada a sus ropas. Comprendí que Gabriella me estaba evitando. Solo compartía espacio con mi amiga durante el día, cuando trabajábamos juntas en el Ateneo entre cajas de cuadernos y documentos, pero incluso entonces era como si yo no estuviese presente.

Y aún peor; empecé a tener la impresión de que Gabriella examinaba mis documentos en mi ausencia, que leía mis cuadernos y comprobaba por dónde iba leyendo los varios libros que nos habían asignado, como si evaluase mi avance y lo comparase con el suyo propio. Era demasiado astuta como para dejar prueba alguna de aquellas intrusiones, y yo jamás encontré evidencias de que hubiese entrado en mi habitación, así que me cuidé mucho de dejar cualquier cosa sobre mi escritorio. No tenía duda de que Gabriella robaría todo aquello que le resultase útil, aunque mantuviese aquella compostura de despreocupada apatía hacia nuestro trabajo compartido en el Ateneo.

A medida que pasaban los días empecé a perderme en la rutina diaria. Nuestra labor era tediosa al principio, pues solo consistía en leer cuadernos y anotar información potencialmente útil. A Gabriella le habían asignado una tarea ajustada a su interés en los aspectos mitológicos e históricos de la angelología, mientras que a mí me tocaba el trabajo más matemático de categorizar cuevas y cavernas, en un esfuerzo por localizar la ubicación de la lira.

Cierta tarde de octubre, Gabriella estaba sentada frente a mí, con los rizos oscuros enmarcándole el mentón. Saqué un cuaderno de una de las muchas cajas ante nosotras y lo examiné con atención. Era un cuaderno algo inusual, pequeño y más bien denso, con una encuadernación dura y agrietada. Una tira de cuero que cerraba un broche de oro lo rodeaba. Examiné el broche más de cerca y vi que tenía la forma de un ángel dorado no mucho mayor que mi dedo meñique. Era largo y estrecho, con un rostro estilizado que contenía dos zafiros incrustados en los ojos, así como una túnica vaporosa y un par de alas en forma de hoz. Pasé los dedos por el frío metal. Presioné las alas con los dedos, sentí algo de resistencia y luego un satisfactorio *clic* cuando el mecanismo se abrió. Coloqué el cuaderno, abierto, sobre mi regazo, y aplané las páginas con los dedos. Miré a Gabriella para ver si se había percatado de mi descubrimiento, pero estaba absorta en la lectura y, para mi alivio, no vio el hermoso cuaderno entre mis manos.

Comprendí al momento que se trataba de uno de los diarios que Serafina había mencionado que mantuvo durante sus años de estudios, con sus observaciones consolidadas y destiladas en una base sucinta. De hecho, el diario contenía mucho más que notas de clase. Hojeé el principio y encontré la palabra «Angelología» en la primera página, escrita con tinta dorada. Las páginas estaban abarrotadas de notas consolidadas, especulaciones, preguntas garabateadas durante las clases o bien en preparación para un examen. Mientras leía pude

ver el floreciente amor de la doctora Serafina por la geología antediluviana: en las páginas había dibujados con meticulosidad mapas de
Grecia, Macedonia, Bulgaria y Turquía, como si la doctora hubiese
trazado los contornos exactos de las fronteras de cada país, esbozando
cada cadena montañosa y cada lago. Nombres de las cuevas, desfilade-
ros y cavernas aparecían en griego, latín y cirílico, según el alfabeto
nativo de cada región. Había diminutas anotaciones en los márgenes,
y pronto quedó claro que aquellos dibujos habían sido creados como
parte de los preparativos de una expedición. La doctora Serafina tenía
ya la idea fija de una segunda expedición desde sus años como estudiante. Me di cuenta de que, si proseguía con el trabajo de la doctora
Serafina con aquellos mapas, existía la posibilidad de descubrir el misterio geográfico de la expedición de Clematis.

Seguí leyendo y encontré los esbozos de la doctora Serafina, esparcidos como tesoros entre estrechas columnas de palabras. Había halos, trompetas, alas, harpas y liras… los garabateos de treinta años de
antigüedad de una estudiante soñadora que se distraía durante las clases. Había páginas llenas de dibujos y citas sacadas de obras tempranas
de la disciplina de la angelología. En el centro del cuaderno me encontré con algunas páginas llenas de cuadrados numéricos, o cuadrados
mágicos, como se conocían comúnmente. Consistían en una serie de
números que daban la misma cifra al sumarlos en horizontal, diagonal
o vertical: una constante mágica. Por supuesto, yo conocía la historia
de los cuadrados mágicos; su presencia en Persia, India y China, y su
advenimiento temprano a Europa en los grabados de Durero, un artista cuya obra yo admiraba. Sin embargo, jamás había tenido la oportunidad de examinar uno de ellos.

Las palabras de la doctora Serafina estaban escritas por la página
con tinta desvaída de color rojo:

> Uno de los cuadrados más famosos, y más usados para nuestros
> propósitos, es el Cuadrado de Sator-Rotas, el ejemplo más longevo
> de lo que se descubrió en Herculaneum, o Ercolano, tal y como se
> llama hoy en día: una ciudad italiana que fue destruida por la

explosión del Vesubio en el año 79 d.C. El Sator-Rotas es un palíndromo en latín, un acróstico que puede leerse de muchas maneras. Tradicionalmente, el cuadrado se ha empleado en angelología para representar que hay un patrón presente. El cuadrado no es ningún enigma cifrado, como se suele pensar erróneamente, sino un símbolo para alertar al angelólogo de que está ante algo de importancia esquemática superior. En ciertos casos, el cuadrado nos avisa de que hay algo oculto cerca... una misiva o comunicación, quizá. Los cuadrados mágicos siempre han sido parte de las ceremonias religiosas, y aquel cuadrado no era ninguna excepción. El empleo de semejantes cuadrados era antiguo, y en ese sentido, nuestro grupo no se atribuía el mérito de su uso. De hecho, se han encontrado cuadrados así en China, Arabia, India y Europa. Incluso Benjamin Franklin, en el siglo XVIII, construyó uno de ellos en los Estados Unidos.

S	A	T	O	R
A	R	E	P	O
T	E	N	E	T
O	P	E	R	A
R	O	T	A	S

La siguiente página contenía el Cuadrado de Marte, cuyos números atrajeron mi atención casi con una fuerza magnética.

11	24	7	20	3
4	12	25	8	16
17	5	13	21	9
10	18	1	14	22
23	6	19	2	15

Bajo el cuadrado, Serafina había escrito:

El Sigilo de San Miguel. «Sello» proviene de la palabra latina *sigilum*, que significa «sello», o bien de la palabra hebrea *segulah*, que significa «palabra de efecto espiritual». En una ceremonia, cada sigilo representa a un ser espiritual, ya sea negro o blanco, cuya presencia puede ser invocada por los angelólogos, sobre todo entre las órdenes mayores de ángeles y demonios. La invocación tiene lugar mediante encantamientos, sigilos y una serie de intercambios simpatéticos entre el espíritu y el agente invocador. *Nota bene*: la invocación mediante encantamiento es una tarea extraordinariamente peligrosa, que en numerosas ocasiones resulta fatal para el médium, y que debe usarse solo como recurso último y final para llamar a seres angélicos.

Giré otra página y encontré numerosos esbozos de instrumentos musicales: un laúd, una lira y un arpa, todos hermosamente trazados, parecidos a los dibujos que llenaban las páginas anteriores del cuaderno. Aquellos instrumentos no tenían ningún significado para mí. No alcanzaba a imaginar los sonidos que emitirían cuando se tocasen, y tampoco sabía leer partituras. Mis fortalezas siempre habían residido en lo numérico; por ello había estudiado matemáticas y ciencias, y no sabía casi nada de música. La musicología etérea, que tan bien conocía Vladimir, el angelólogo de Rusia, me resultaba completamente desconcertante; los diferentes modos y escalas me nublaban la mente.

Ocupada con aquellos pensamientos durante un rato, por fin aparté la mirada de mi lectura. Gabriella se me había acercado en el diván, con la barbilla apoyada en la mano. Sus ojos se desplazaban, lánguidos, por las páginas de un texto encuadernado. Llevaba unas ropas en las que no me había fijado hasta aquel momento; una blusa de seda y pantalones de campana que parecían hechos a medida de su figura. Bajo la diáfana seda de su brazo izquierdo se atisbaba un vendaje, el único recordatorio del trauma que yo había presenciado tras la clase del doctor Rafael hacía unas semanas. Parecía enteramente otra persona diferente de la chica asustada que se había quemado su propio brazo.

Examiné el libro en sus manos y vi que tenía el título *Libro de Enoc* estampado en el lomo. Por más ganas que tuviese yo de compartir mi descubrimiento con Gabriella, sabía que era mejor no interrumpir su lectura, así que, en lugar de eso, volvió a cerrar el broche de oro del diario, presionando las delicadas alas con forma de hoz hasta que oí un *clic*. Acto seguido decidí retomar nuestra tarea de catalogación; me hice una trenza en el cabello, que me habría gustado llevar corto, a la manera de Gabriella, y acometí la tediosa tarea de repasar los documentos de los Valko yo sola.

• • •

La doctora Serafina se asomaba cada mañana a las doce, a ver cómo nos iba. Nos traía para almorzar una cesta con pan y queso, un tarrito de mostaza y una botella de agua fría. Normalmente, yo no veía la hora de que llegase, pero aquella mañana estaba tan absorta en mi trabajo que no me di cuenta de que casi era la hora de la pausa hasta que la doctora entró en la estancia y depositó la cesta en la mesa frente a nosotras. En las horas que habían pasado, yo apenas me había percatado de nada que no fuese aquella acumulación aparentemente infinita de datos, sobre todo en lo tocante a las notas de campo de la primera expedición que habían llevado a cabo los Valko; un agotador viaje a través de los Pirineos, con medidas de cuevas, gradientes y densidades del granito que ocupaban diez diarios de campo. Cuando la doctora Serafina se sentó junto a nosotros conseguí apartarme del trabajo; fue entonces cuando me di cuenta de que estaba extremadamente hambrienta. Despejé la mesa, reuní todos los documentos y cerré los cuadernos. Me puse cómoda en el diván, con la falda de gabardina cayendo sobre la seda color bermellón, y me preparé para el almuerzo.

Tras dejar la cesta frente a nosotras, la doctora Serafina se giró hacia Gabriella.

—¿Qué tal vas?

—He estado leyendo el relato de Enoc sobre los Vigilantes —replicó Gabriella.

—Ah —dijo la doctora Serafina—. Debería haber supuesto que Enoc te llamaría la atención. Es uno de los textos más interesantes de nuestro canon. Y de los más extraños.

—¿Extraños? —pregunté, con una mirada hacia Gabriella. Si Enoc era tan brillante, ¿cómo es que Gabriella no había compartido su trabajo conmigo?

—Es un texto fascinante —dijo Gabriella con gesto brillante, la misma brillantez inteligente que yo tanto solía admirar—. No tenía ni idea de que existía.

—¿Cuándo fue escrito? —pregunté, más que celosa de que Gabriella volviese a ponerse a la cabeza en el juego—. ¿Es moderno?

—Es una profecía apócrifa escrita por un descendiente directo de Noé —dijo Gabriella—. Enoc afirmaba haber ascendido al cielo y haber tenido acceso directo a los ángeles.

—En la edad moderna, el *Libro de Enoc* se considera poco más que las visiones oníricas de un patriarca demente —dijo la doctora Serafina—. Pero es nuestra fuente primaria sobre la historia de los Vigilantes.

Yo había descubierto una historia similar en el diario de nuestra profesora. Empecé a preguntarme si no habría leído el mismo texto. Como si captase mis pensamientos, la doctora Serafina dijo:

—Copié fragmentos de Enoc en el diario que has estado leyendo, Celestine. —Echó mano del diario con el broche del ángel y lo giró—. Imagino que ya los habrás leído. Sin embargo, el *Libro de Enoc* es tan elaborado, está tan lleno de información maravillosa, que te recomiendo que lo leas entero. De hecho, el doctor Rafael os mandará leerlo en su asignatura de tercero. Bueno, al menos si el año que viene sigue habiendo asignaturas...

Gabriella dijo:

—Hay un fragmento que me ha llamado mucho la atención.

—¿Sí? —dijo la doctora Serafina, claramente encantada—. ¿Lo recuerdas?

Gabriella recitó el fragmento:

—«Y aparecieron ante mí dos hombres muy altos, más de lo que yo había visto jamás en la tierra. Y sus rostros resplandecían como el sol, y sus ojos eran como linternas encendidas, y el fuego brotaba de sus labios. Sus ropajes tenían apariencia de plumas, sus pies eran púrpuras, sus alas más brillantes que el oro y sus manos más blancas que la nieve».

Sentí que me ardían las mejillas. El talento de Gabriella, que tanto había conseguido que la quisiera, ahora tenía sobre mí el efecto opuesto.

—Excelente —dijo la doctora Serafina, que parecía satisfecha y cautelosa a partes iguales—. ¿Y qué es lo que te ha llamado la atención de ese fragmento?

—Esos ángeles no eran los dulces querubines que se encuentran a las puertas del cielo, ni las figuras luminosas que vemos en los cuadros del Renacimiento —dijo Gabriella—. Son criaturas imponentes y temibles. Al leer la descripción de los ángeles que hace Enoc, me ha parecido que son horribles, casi monstruosos. Para ser sincera, me aterran.

Contemplé a Gabriella con incredulidad. Ella me devolvió la mirada, y yo sentí durante un brevísimo momento que intentaba decirme algo, sin llegar a conseguirlo. Quise que dijese más, que se explicase, pero se limitó a volver a dedicarme una mirada fría.

La doctora Serafina reflexionó un momento sobre lo que había dicho Gabriella. Me pregunté si sabría más de mi amiga que yo misma. Se puso en pie y se acercó al armarito. Abrió un cajón y sacó un cilindro de cobre. Tras ponerse un par de guantes blancos, giró el cilindro y abrió una tapa de cobre finísima. Del interior sacó un papiro. Lo abrió sobre la mesita ante nosotras, alzó un pisapapeles de vidrio emplomado y lo colocó en un extremo del papiro, sobre la mesa, al tiempo que sujetaba el otro extremo con la palma de su mano larga y delgada. Yo contemplé aquel papiro amarillento y arrugado mientras la doctora Serafina lo desplegaba.

Gabriella se inclinó y tocó el borde del papiro.

—¿Es la visión de Enoc? —preguntó.

—Una copia —dijo la doctora Serafina—. Hubo cientos de manuscritos parecidos que circularon durante el siglo ii a.C. Según nuestro archivero jefe, tenemos unos cuantos originales, todos ellos ligeramente diferentes, como suele suceder. Cuando el Vaticano empezó a destruirlos decidimos conservar tantos como pudiéramos. Este ni siquiera es tan valioso como los que guardamos en la cámara acorazada.

El papiro estaba hecho de papel grueso y coriáceo, escrito en latín con palabras de caligrafía articulada y precisa. Los márgenes estaban iluminados con esbeltos ángeles dorados de túnicas plateadas ondulantes bajo alas doradas plegadas.

La doctora Serafina se giró hacia nosotros.

—¿Podéis leerlo?

Yo había estudiado latín, al igual que griego y arameo, pero la caligrafía era difícil de leer, y el latín en el que estaba escrito resultaba extraño y poco familiar.

Gabriella preguntó:

—¿Cuándo fue copiado el pergamino?

—Alrededor del siglo xvii —dijo la doctora Serafina—. Es una reproducción moderna de un manuscrito mucho más antiguo que antecede a los textos que acabaron por conformar la Biblia. El original está guardado en nuestra cámara acorazada, al igual que cientos de otros manuscritos, a salvo. Hemos estado buscando y almacenando textos desde que empezó nuestra labor. Ahí reside nuestra mayor fuerza: somos los que conservan la verdad, y esta información nos protege. De hecho, veréis que muchos de los fragmentos que recoge la propia Biblia, y muchos que deberían haber sido incluidos y quedaron fuera, están en nuestro poder.

Me incliné hacia el papiro y dije:

—Es difícil de leer. ¿Está escrito en vulgata?

—Yo os lo leo —dijo la señora Serafina, y volvió a alisar el papiro con la mano—. «Y los hombres me agarraron y me llevaron al segundo cielo, y me mostraron la oscuridad, y allí vi a los prisioneros,

suspendidos, reservados, a la espera del juicio eterno. Y estos ángeles tenían apariencia lúgubre, más que la oscuridad de la tierra. Y
lloraban sin cesar a cada hora, y les dije a los hombres que estaban
conmigo: "¿Por qué se los tortura sin cesar?"».

Reflexioné sobre aquellas palabras. Aunque había pasado años leyendo textos antiguos, jamás había oído nada parecido.

—¿Quién ha escrito esto?

—Enoc —dijo Gabriella al instante—. Acaba de entrar en el segundo cielo.

—¿El segundo cielo? —pregunté, confundida.

—Hay siete cielos —dijo Gabriella en tono autoritario—. Enoc vi-
sitó todos y cada uno de ellos y escribió lo que vio.

—Acércate allí —me dijo la doctora Serafina con un gesto hacia
una estantería que ocupaba toda una pared del despacho—. Las biblias
están en el anaquel del extremo.

Yo obedecí. Saqué una Biblia que me parecía particularmente encantadora, con una gruesa cubierta de cuero y encuadernación cosida
a mano, un libro pesado y difícil de cargar; la llevé otra vez a la mesa
y la deposité ante mi profesora.

—Has sacado mi favorita —dijo la doctora Serafina, como si mi
elección confirmase su fe en mi buen juicio—. Vi esta misma Biblia de
niña, cuando anuncié ante el consejo que quería ser angelóloga. Fue
en su famosa conferencia de 1919, después de que la guerra hubiese
arrasado Europa. Yo sentía una atracción instintiva hacia la profesión.
No había habido un solo angelólogo en mi familia, cosa rara, pues la
angelología suele ser tradición familiar. Y sin embargo, a los dieciséis
años de edad, sabía con exactitud lo que quería ser, ¡y no me avergonzaba decirlo! —La doctora Serafina se detuvo para recuperar la compostura—. Acercaos. Quiero que veáis algo.

Colocó la Biblia sobre la mesa y abrió las páginas despacio, con
cuidado.

—Aquí está el pasaje del Génesis 6. Leedlo.

Leímos el pasaje de la traducción de Guyart des Moulins de 1297:

«Y hete aquí que cuando los hijos de los hombres se multiplicaron en aquellos días, engendraron hijas rubias y hermosas. Y los ángeles, hijos del cielo, las vieron y las desearon, y se dijeron unos a otros: "Venid, tomemos por esposas a las hijas de los hombres y tengamos hijos con ellas"».

—He leído eso mismo esta tarde —dijo Gabriella.

—No exactamente —corrigió la doctora Serafina—. No es del *Libro de Enoc*, aunque hay un fragmento muy similar, pero esta versión es diferente. Esta parte del Génesis es el único punto donde la versión aceptada de los acontecimientos, la que los eruditos religiosos contemporáneos aceptan como cierta, coincide con la apócrifa. Por supuesto, los libros apócrifos son la fuente más cuantiosa de historia angélica. En su día se estudió a Enoc de forma exhaustiva, pero como suele suceder con una institución dogmática como la Iglesia, les pareció que su versión resultaba amenazadora, y empezaron a eliminar a Enoc del canon.

Gabriella parecía angustiada.

—Pero, ¿por qué? —preguntó—. Este material podría ser de gran utilidad, sobre todo para estudiosos.

—¿De utilidad? No veo cómo iba a serlo. Era de esperar que la Iglesia eliminase esa versión —respondió con brusquedad la doctora Serafina—. El *Libro de Enoc* era peligroso para su versión de la historia. Esta versión —dijo al tiempo que abría el cilindro y sacaba otro papiro— fue escrita tras muchos años de transmisión oral de la leyenda. De hecho, proviene de la misma fuente. El autor la escribió en la misma época que muchos otros textos del Antiguo Testamento de la Biblia... en otras palabras, en la misma época en que se escribieron los textos del Talmud.

—Pero eso no explica por qué la eliminó la Iglesia —dijo Gabriella.

—Pues el motivo es obvio. La versión de Enoc de la historia está repleta de enunciados de éxtasis, fanatismos religiosos y visionarios que los sabios conservadores consideraron exageraciones, o peor aún: locuras. Las reflexiones personales de Enoc sobre los que él llama «los elegidos» resultaban particularmente perturbadoras. Hay muchos fragmentos que incluyen conversaciones personales de Enoc con Dios. Como podréis imaginar, la mayoría de los teólogos consideró que la obra era blasfema. Para ser sincera, la obra de Enoc fue fuente de controversia ya en los inicios de la cristiandad. Sin embargo, el *Libro de Enoc* sigue siendo el texto angelológico más significativo que poseemos. Es el único registro del auténtico origen del mal en la tierra, escrito por un hombre y transmitido entre la humanidad.

La envidia que yo sentía hacia Gabriella se vio reemplazada por una intensa curiosidad hacia lo que nos estaba contando la doctora Serafina.

—Cuando los sabios religiosos se interesaron por restaurar el *Libro de Enoc*, un explorador escocés llamado James Bruce encontró una versión de este texto en Etiopía. Otra copia se encontró en Belgrado. Como podréis imaginar, estos descubrimientos iban en contra del intento por parte de la Iglesia de erradicar por completo el texto. Sin embargo, quizá os sorprenda saber que les hemos ayudado en este tiempo; porque hemos guardado copias de Enoc y las hemos dejado fuera de circulación, en nuestra biblioteca. El deseo del Vaticano de fingir que los nefilim y los angelólogos no existimos es equiparable a nuestro deseo de permanecer en la sombra. Supongo que nuestro mutuo acuerdo de fingir que los otros no existen le viene bien a cada parte.

—Resulta sorprendente que no colaboremos con la Iglesia —dije yo.

—En absoluto —replicó la doctora Serafina—. En su día, la angelología fue el centro de la atención de los círculos religiosos, una de las ramas más reverenciadas de la teología. Sin embargo, la situación no tardó en cambiar. Tras las Cruzadas y los ultrajes de la Inquisición, sabíamos que había llegado la hora de distanciarnos de la Iglesia. Incluso antes, sin embargo, ya habíamos trasladado la mayoría de nuestro trabajo a dependencias subterráneas, para dar caza nosotros solos a los Famosos. Siempre hemos sido una fuerza de resistencia... un grupo de partisanos, por así decirlo. Luchamos contra ellos desde una distancia segura. Cuanto menos visibles somos, mejor, sobre todo porque los propios nefilim han conseguido rodearse de un secretismo casi perfecto. Por supuesto, el Vaticano está al tanto de nuestras actividades, pero ha decidido dejarnos en paz, al menos de momento. Los avances de los nefilim bajo la apariencia de operaciones mercantiles y gubernamentales los han ayudado a mantener el anonimato. Su mayor logro en los últimos trescientos años ha sido esconderse a plena vista. Nos han sometido a una vigilancia constante y solo han salido a la luz para atacarnos, para beneficiarse de las guerras o de negocios turbios, y a continuación han vuelto a desaparecer. Por supuesto, también han conseguido el maravilloso logro de separar a los intelectuales de la religión. Se han asegurado de que la humanidad no tenga otro Newton ni otro Copérnico, pensadores que reverenciaban tanto a la Ciencia como a Dios. El ateísmo ha sido su gran invento. Fueron ellos quienes retorcieron el sentido de la obra de Darwin y la propagaron, a pesar de lo mucho que se apoyaba en la religión. Los nefilim han conseguido que la gente crea que la humanidad ha brotado por sí sola, que es autosuficiente, libre del *sui generis* divino. Es una ilusión que nos dificulta mucho el trabajo, y que hace casi imposible detectarlos.

Con cuidado, la doctora Serafina plegó el papiro y lo metió en el cilindro de cobre. Se giró hacia el cesto de mimbre con el almuerzo y, tras sacar un baguette y queso, nos animó a comer. Yo me moría de hambre. El pan estaba calentito y suave; me dejó un levísimo rastro de mantequilla en los dedos al arrancar un trozo.

—El padre Bogomil, uno de nuestros padres fundadores, compiló nuestra primera angelología independiente en el siglo x, como herramienta pedagógica. Las angelologías posteriores incluían taxonomías de los nefilim. Como la mayoría de nuestra gente residía en monasterios de toda Europa, las angelologías se copiaban a mano y las guardaba la comunidad monástica, normalmente en el propio monasterio. Fue un periodo muy fructífero de nuestra historia. Aparte del exclusivo grupo de angelólogos cuya misión se centraba en nuestros enemigos; el saber sobre las propiedades generales, poderes y propósitos de los ángeles floreció. Para los angelólogos, la Edad Media fue una época de grandes avances. La conciencia sobre los poderes angélicos, tanto buenos como malvados, alcanzó su punto álgido. Santuarios, estatuas y cuadros generalizaron los principios básicos de la presencia angélica entre el pueblo. El sentido de la belleza y la esperanza se hizo parte de la vida diaria, a pesar de la enfermedad que asolaba la población. Aunque había magos, gnósticos y cátaros; sectas que exaltaban o distorsionaban la realidad angélica, pudimos defendernos de las maquinaciones de aquellas criaturas híbridas, o Gigantes, como a menudo nos referimos a ellos. La Iglesia, si bien era capaz de hacer mucho daño, protegió a la civilización bajo la tutela de la creencia. Francamente, aunque mi marido no está de acuerdo, yo diría que esa fue la época en la que fuimos superiores a los nefilim.

La doctora Serafina se detuvo a ver cómo yo daba buena cuenta del almuerzo. Quizá pensaba que mis estudios me habían dado hambre, aunque Gabriella, que no había probado bocado, parecía haber perdido por completo el apetito. Avergonzada por mi falta de modales, me limpié las manos con el paño de lino que tenía en el regazo.

—¿Cómo llegaron los nefilim a la situación actual? —pregunté.

—¿A su dominio? —preguntó la doctora Serafina—. Es bien sencillo. Después de la Edad Media, el equilibrio de poder cambió. Los nefilim empezaron a recuperar textos paganos perdidos, obras de filósofos griegos, mitologías sumerias, textos científicos y médicos de los persas... y a hacerlos circular entre los centros intelectuales europeos. El resultado, por supuesto, fue un desastre para la Iglesia. Y no fue más que el principio. Los nefilim se aseguraron de que el materialismo se pusiese de moda entre las familias de la élite. Los Habsburgo son solo un ejemplo del modo en que los Gigantes se infiltraron y dominaron a esas familias. Otro ejemplo son los Tudor. Aunque los angelólogos estamos de acuerdo con los principios de la Ilustración, aquello fue una gran victoria para los nefilim. Otra victoria fue la Revolución Francesa, que separó la Iglesia y el estado y estableció la ilusión de que los humanos debían recurrir al racionalismo *in lieu* del mundo espiritual. Con el paso del tiempo, los planes de los nefilim se extendieron por la tierra. Promovieron el ateísmo, el humanismo secular, el darwinismo y los extremos del materialismo. Diseñaron la idea del progreso. Crearon una nueva religión para las masas: la ciencia.

»En el siglo XIX, nuestros genios eran ateos, y nuestros artistas, relativistas. Los fieles se habían fracturado hasta crear un millar de denominaciones en guerra entre sí. Al estar divididos, ha sido sencillo manipularnos. Por desgracia, nuestros enemigos se han integrado por completo en la sociedad humana, desarrollando redes de influencia en el gobierno, la industria, la prensa. Durante cientos de años, se han limitado a nutrirse de la labor de la humanidad sin dar nada a cambio; no han hecho más que drenarnos para construir su imperio. Su mayor victoria, sin embargo, ha sido ocultar su presencia. Nos han convencido de que somos libres.

—¿Y no lo somos? —pregunté.

—Mira a tu alrededor, Celestine —dijo la doctora Serafina, irritada ante mis ingenuas preguntas—. Toda nuestra academia está dividida, nos hemos visto obligados a ocultarnos bajo tierra. Estamos indefensos del todo ante sus avances. Los nefilim buscan las debilidades humanas, se pegan a los más hambrientos de poder, a los ambiciosos, para utilizarlos como herramientas para avanzar. Por suerte, tienen poder limitado. Se les puede sacar ventaja.

—¿Cómo puede estar usted tan segura de ello? —preguntó Gabriella—. Quizá sean ellos quienes le saquen ventaja a la humanidad.

—Es del todo posible —dijo la doctora Serafina, estudiando a Gabriella—. Pero Rafael y yo vamos a hacer todo lo que esté en nuestra mano para impedirlo. La Primera Expedición Angelológica marcó el inicio de estos esfuerzos. El padre Clematis, el valiente erudito que lideró la expedición, dejó por escrito sus intentos de encontrar la lira. El relato de su viaje ha permanecido perdido durante siglos. Rafael, como bien sabréis, lo encontró. Y vamos a usarlo para ubicar la entrada a la caverna.

El trascendental descubrimiento del relato de la expedición de Clematis era toda una leyenda entre los estudiantes que adoraban a los Valko. El doctor Rafael Valko había encontrado el diario del padre Clematis en 1919, en una aldea al norte de Grecia, donde llevaba siglos enterrado entre otros documentos. Por aquel entonces, Rafael Valko era un joven estudioso sin distinción alguna. El descubrimiento lo catapultó a los más altos rangos de los círculos angelológicos. El texto era un valioso relato de la expedición, pero, aún más importante, suponía la posibilidad de que los Valko pudiesen emular el viaje de Clematis. Si se hubiesen podido localizar en el texto las coordenadas exactas de la caverna, a buen seguro los Valko se habrían embarcado hacía años en su propia expedición.

—Creía que la traducción de Rafael había caído en desuso —dijo Gabriella, una observación que, por más cierta que fuera, a mí se me antojó insolente. La doctora Serafina, sin embargo, hizo como si nada.

—La sociedad ha estudiado el texto en profundidad, intentando comprender exactamente qué sucedió durante la expedición. Pero tienes razón, Gabriella. En última instancia hemos visto que el relato de Clematis no sirve.

—¿Por qué? —pregunté, atónita ante la idea de que se desechase un documento tan importante.

—Porque resulta impreciso. La parte más importante del relato se escribió al final de la vida de Clematis, cuando ya estaba medio loco a causa de las penurias del viaje hasta la cueva. El padre Deopus, el hombre que transcribió el relato de Clematis, no pudo haber capturado fidedignamente todos los detalles. No dibujó un mapa, y el mapa original que llevó a Clematis hasta la caverna no se encontraba entre sus documentos. Tras muchos intentos, hemos tenido que aceptar la triste verdad de que el mapa debió de perderse en la propia cueva.

—Lo que no comprendo —dijo Gabriella— es que Clematis no hiciese una copia. Es el procedimiento más básico de toda expedición.

—Claramente algo salió muy mal —dijo la doctora Serafina—. El padre Clematis regresó a Grecia en un estado de absoluta angustia y confusión que duró las últimas semanas que le quedaban de vida. Todo su equipo de la expedición había muerto, sus suministros habían desaparecido... hasta los burros habían sido robados o se habían perdido.

Según el relato de sus coetáneos, en particular del padre Deopus, Clematis parecía un hombre que acababa de despertar de un sueño. Soltaba furiosas incoherencias y elevaba las más horribles plegarias, como si lo dominase la locura. Así pues, respondiendo a tu pregunta, Gabriella: sabemos que algo sucedió, pero no sabemos qué fue.

—Pero, ¿tiene usted una teoría? —preguntó Gabriella.

—Por supuesto —dijo la doctora Serafina, sonriente—. Todo reside en el relato que dictó en su lecho de muerte. Mi marido consiguió con grandes esfuerzos traducir con precisión el texto. Creo que Clematis encontró justo lo que estaba buscando en la caverna. Lo que volvió loco al pobre hombre fue descubrir a los ángeles en su prisión.

Yo no supe decir por qué me alteraron tanto las palabras de la doctora Serafina. Había leído muchas fuentes secundarias que abordaban la Primera Expedición Angelológica, pero me aterraba sobremanera imaginar a Clematis atrapado en las profundidades de la tierra, rodeado de criaturas ultraterrenas.

La doctora Serafina prosiguió:

—Hay quien afirma que la Primera Expedición Angelológica fue temeraria e innecesaria. Yo, como ambas bien sabéis, creo que fue crucial. Era nuestro deber verificar que las leyendas que rodean a los Vigilantes y a la generación de nefilim eran, de hecho, auténticas. La Primera Expedición fue primeramente una misión para averiguar la verdad: ¿estaban los Vigilantes aprisionados en la caverna de Orfeo? Y, de ser así, ¿seguían en posesión de la lira?

—Resulta confuso que los aprisionaran por simple desobediencia —dijo Gabriella.

—La desobediencia no tiene nada de simple —dijo al momento la doctora Serafina—. Recuerda que Satán fue en su día uno de los ángeles más majestuosos, un noble serafín que desobedeció una orden de Dios. No es solo que los Vigilantes desobedecieran las órdenes que habían recibido, es que trajeron técnicas divinas a la tierra: enseñaron el arte de la guerra a sus hijos, quienes a su vez la impartieron entre la humanidad. La leyenda griega de Prometeo ilustra la antigua percepción de esta transgresión. Se pensaba que era el peor de los pecados, como si semejante conocimiento alterase el equilibrio de la sociedad humana postlapsaria. Dado que tenemos aquí mismo el *Libro de Enoc*, dejad que os lea lo que le hicieron al pobre Azazel. Fue bastante horrible.

La doctora Serafina echó mano del libro que había estado estudiando Gabriella y empezó a leer:

—«Al arcángel Rafael se le dijo: ata a Azazel de pies y manos, arrójalo a la oscuridad y abre en dos el desierto de Dundael, donde habrás de meterlo. Llena el agujero con piedras escarpadas y toscas, y cúbrelo de oscuridad. Que allí viva para siempre. Cúbrele la cara para que no pueda ver la luz. Y el día del Juicio Final, que lo arrojen al fuego».

—¿No se los liberará nunca? —preguntó Gabriella.

—La verdad es que no tenemos ni idea de si pueden llegar a ser liberados. El interés de nuestros sabios en los Vigilantes solo se atañe a lo que nos pueden decir sobre nuestros enemigos mortales y terrenales —dijo al tiempo que se quitaba los guantes blancos—. Los nefilim no se detendrán ante nada para reclamar lo que perdieron en el Diluvio. Justo esa es la catástrofe que hemos estado intentando prevenir. El Padre Venerable Clematis, el más intrépido de nuestros miembros fundadores, resolvió iniciar la batalla contra nuestros viles enemigos. Sus métodos eran imperfectos, pero aun así hay muchas lecciones que se pueden extraer del relato del viaje de Clematis. A mí me resulta de lo más fascinante, a pesar del misterio que plantea. Espero que lo leáis con atención algún día.

Con toda intención y los ojos entornados, Gabriella le dijo a su profesora:

—¿Puede ser que haya alguna parte del relato de Clematis que se le haya pasado?

—¿Te refieres a si se puede sacar algo nuevo del relato de Clematis? —dijo la doctora Serafina, divertida—. Es un objetivo ambicioso pero bastante improbable. El doctor Rafael es el erudito que más sabe sobre la Primera Expedición Angelológica. Él y yo hemos repasado el relato de Clematis palabra por palabra un millar de veces y no hemos encontrado nada nuevo.

—Pero entra dentro de lo posible —dije yo, para que Gabriella no volviese a superarme—. Siempre existe la posibilidad de encontrar algún dato nuevo que nos indique la ubicación de la cueva.

—Francamente, sería mejor emplear vuestro tiempo en concentraros en los detalles más pequeños de nuestra labor —dijo la doctora Serafina, y borró nuestras esperanzas con un gesto de la mano—. Hasta ahora, los datos que habéis recopilado y organizado suponen nuestra mayor esperanza de encontrar la caverna. Por supuesto, podéis probar suerte con Clematis. Sin embargo, he de advertiros que puede resultar todo un enigma. El relato es estimulante, promete resolver el misterio de los Vigilantes, pero luego permanece espectralmente cerrado. Es una esfinge angelológica. Si alguna de las dos es capaz de sacar a la luz un dato nuevo de Clematis, queridas, esa será quien me acompañe en la Segunda Expedición Angelológica.

• • •

A lo largo de las semanas que quedaban de octubre, Gabriella y yo pasamos los días en el despacho de la doctora Serafina, trabajando con callada determinación en la catalogación y organización de montañas de datos. La intensidad de nuestro horario y la pasión con la que yo me esforzaba en comprender los materiales ante mí me dejaban demasiado cansada como para reflexionar sobre el comportamiento cada vez más extraño de Gabriella. Pasaba poco tiempo en nuestro apartamento, y ya no asistía a las clases de los Valko. Iba tan retrasada en su trabajo de catalogación que solo acudía al despacho de la doctora Serafina unos cuantos días a la semana, mientras que yo estaba allí a diario. Resultaba un alivio estar tan ocupada, para olvidar la brecha que se había abierto entre nosotras. Durante un mes mapeé datos matemáticos sobre la profundidad de las formaciones geológicas de los Balcanes, una tarea tan tediosa que empecé a preguntarme si de verdad serviría de algo. Y sin embargo, a pesar del aparente flujo sin fin de datos que los Valko habían recopilado, yo avanzaba sin quejarme, consciente de que todo aquello formaba parte de un propósito mayor. La presión de nuestra mudanza inminente de las dependencias de la escuela y los peligros de la guerra no hacían sino añadir urgencia a mi trabajo.

Cierta tarde amodorrada de principios de noviembre, con un cielo gris que pesaba sobre los enormes ventanales del despacho de la doctora Serafina, nuestra profesora llegó y anunció que quería enseñarnos algo que podía resultarnos de interés. Había tanto trabajo que hacer, y Gabriella estaba tan empantanada en documentos, que empezamos a poner peros a la interrupción.

—Vamos —dijo la doctora Serafina con una leve sonrisa—, lleváis todo el día trabajando duro. Una pequeña pausa os despejará la cabeza.

En realidad era una petición extraña. La doctora Serafina nos había advertido a menudo que se nos acababa el tiempo. Aun así, fue todo un alivio. A mí me vino bien la pausa, y Gabriella, que llevaba toda la mañana alterada por razones que se me escapaban, parecía necesitar también un respiro.

La doctora Serafina nos llevó por un serpenteante corredor hasta los extremos más alejados de la escuela, donde una serie de edificios abandonados hacía mucho daba a una galería oscurecida. En el interior, bajo la tenue luz de unas bombillas eléctricas, varios ayudantes contratados metían cuadros, estatuas y otras obras de arte en cajas de madera. El serrín alfombraba el suelo de mármol; bajo la menguante luz de la tarde, aquella estancia tenía el aspecto de ser las ruinas de una exposición. La característica atracción que sentía Gabriella hacia las bellas obras de arte la llevó a deambular de un objeto a otro, examinando cada uno con cuidado, como si quisiera memorizarlos antes de que partiesen. Yo me giré hacia la doctora Serafina, con la esperanza de que me explicase la naturaleza de nuestra visita, pero ella estudiaba a Gabriella, absorta. Observaba cada uno de sus movimientos y ponderaba sus reacciones.

Sobre las mesas, a la espera de que se los llevasen, había incontables manuscritos abiertos. Ver tantos objetos valiosos en un mismo lugar me hizo añorar a la Gabriella que yo conocía del año pasado.

Por aquel entonces, nuestra amistad se había basado en el respeto mutuo y el intenso estudio. El año anterior, Gabriella y yo nos habríamos parado a comentar las exóticas bestias que nos acechaban desde los cuadros; la mantícora, con cara humana y cuerpo de león; la arpía, la anfisbena draconiana; el lascivo centauro. Gabriella habría explicado con todo lujo de detalles que aquellos cuadros eran representaciones artísticas del mal, que cada una era una manifestación de un aspecto grotesco del diablo. A mí solía maravillarme su capacidad para almacenar en la cabeza todo un catálogo enciclopédico de angelología y demonología, el simbolismo académico y religioso que tan a menudo escapaba a mi mente matemática. Sin embargo, en aquel momento, aunque la doctora Serafina no hubiera estado presente, Gabriella se habría guardado todas sus observaciones. Se había apartado de mí por completo. El anhelo que yo tenía por su sabiduría era en realidad el deseo de recuperar una amistad que había dejado de existir.

Serafina, sin alejarse mucho, contemplaba nuestras reacciones ante los objetos que nos rodeaban, con especial atención a las de Gabriella.

—Este es el punto de partida de todos los tesoros a este lado de la Línea Maginot —dijo al fin—. Una vez que estén empaquetados y catalogados adecuadamente, se repartirán por diferentes localizaciones seguras por todo el país. Lo único que me preocupa —dijo mientras se detenía ante un díptico tallado en marfil que descansaba sobre un lecho de terciopelo azul, con un abanico de tejido pálido y arrugado alrededor de los bordes— es que no podamos sacarlos a tiempo.

La inquietud que sentía la doctora Serafina ante la posible invasión de los alemanes quedaba patente en su actitud... en los últimos meses había envejecido considerablemente. La fatiga y la preocupación habían disminuido su belleza.

—Estos —dijo con un gesto hacia unos cuantos contenedores cerrados con clavos— serán enviados a una casa segura en los Pirineos. Y este encantador retrato de San Miguel —dijo, llevándonos hasta un lustroso cuadro barroco de un ángel vestido con armadura romana, la espada alzada y la placa pectoral resplandeciente— se llevará de contrabando a través de España hasta las manos de unos coleccionistas privados en América, junto con otras tantas piezas valiosas.

—¿Los han vendido ustedes? —preguntó Gabriella.

—En épocas como esta —dijo la doctora Serafina—, la propiedad importa menos que el hecho de que estén protegidos.

—Pero, ¿de verdad atacarán París? —pregunté, reconociendo en el mismo momento en que formulé la pregunta la tontería que era—. ¿De verdad estamos en peligro?

—Querida mía —dijo la doctora Serafina, con evidente asombro ante mi pregunta—, si se salen con la suya, no quedará nada de Europa, mucho menos de París. Venid, hay varios objetos que quiero mostraros. Puede que no los volvamos a ver en muchos años.

Se detuvo ante un cajón parcialmente lleno y sacó un papiro aplastado entre dos láminas de cristal a las que les quitó el polvo con la mano. Nos hizo un gesto para que nos acercásemos y colocó el manuscrito sobre la superficie de una mesa.

—Es una angelología medieval —dijo, reflejada en el cristal protector—. Se la ha estudiado de forma extensa y meticulosa, al igual que nuestras angelologías más modernas. Sin embargo, su diseño es algo más ornamentado, como era usual en la época.

Reconocía las marcas medievales del manuscrito, la estricta y ordenada jerarquía de coros y esferas, la hermosa representación de las alas doradas, los instrumentos musicales y los halos, así como la cuidadosa caligrafía.

—Y este diminuto tesoro —dijo la doctora Serafina, deteniéndose ante un cuadro del tamaño de una mano tendida— data del cambio de siglo. Es delicioso, para mi gusto; está pintado en un estilo moderno y se centra únicamente en la representación de los tronos, una clase de ángeles que ha sido el centro de interés de los angelólogos durante muchos siglos. Los tronos pertenecen a la Primera Esfera de los ángeles, junto con los serafines y los querubines. Son conductos entre los mundos físicos y tienen grandes poderes de movimiento.

—Increíble —dije yo, contemplando el cuadro con lo que debía de ser un evidente gesto de asombro.

La doctora Serafina se echó a reír.

—Lo es, vaya que sí —dijo—. Nuestras colecciones son inmensas. Estamos construyendo una red de bibliotecas por todo el mundo: Oslo, Budapest, Barcelona... todas ellas dedicadas a guardarlos. Esperamos tener algún día una sala de lectura en Asia. Estos manuscritos nos recuerdan la base histórica de nuestro trabajo. Todos nuestros esfuerzos radican en estos textos. Dependemos de la palabra escrita. Es la luz que creó el universo y la que nos guía por él. Sin la Palabra, no sabríamos de dónde venimos ni adónde vamos.

—¿Por eso tanto interés en conservar estas angelologías? —pregunté—. ¿Son guías para el futuro?

—Sin ellas estaríamos perdidos —dijo Serafina—. San Juan dijo que en el Principio fue la Palabra, y que la Palabra era una con Dios. Lo que San Juan no dijo fue que, para tener sentido, la Palabra requiere interpretación. Ahí entra nuestro papel.

—¿Estamos aquí para interpretar nuestros textos? —preguntó Gabriella en tono ligero—. ¿O para protegerlos?

La doctora Serafina le dedicó a Gabriella una mirada fría y evaluadora.

—¿Tú qué crees, Gabriella?

—Creo que, si no protegemos nuestras tradiciones de aquellos que quieren destruirlas, pronto no quedará nada que interpretar.

—Ah, así que eres una guerrera —dijo la doctora Serafina en tono desafiante—. Siempre hay quienes están dispuestos a ponerse la armadura y lanzarse a la batalla. Pero el verdadero genio reside en encontrar un modo de conseguir lo que se desea sin morir por ello.

—En tiempos como los que corren —dijo Gabriella, adelantándose—, no hay alternativa.

Examinamos varios objetos más en silencio, hasta detenernos frente a un grueso libro colocado en el centro de una mesa. La doctora Serafina atrajo la atención de Gabriella y la contempló con toda intención, como si leyese sus gestos con algún propósito, aunque yo no sabía decir cuál era.

—¿Es una genealogía? —pregunté, examinando las hileras de esquemas escritas en su superficie—. Está llena de nombres humanos.

—No todos son humanos —dijo Gabriella, y se acercó un paso para leer mejor el texto—. Aquí pone Tzaphkiel, aquí Sandalphon y aquí Raziel.

Entrecerré los ojos para contemplar mejor el manuscrito y vi que tenía razón: había nombres de ángeles mezclados entre las filas humanas.

—Estos nombres no están ordenados en una jerarquía vertical de esferas y coros. Es otro tipo de esquema.

—Estos diagramas son esquemas especulativos —dijo la doctora Serafina, con una gravedad en la voz que me hizo pensar que nos había llevado por un laberinto de tesoros para que llegásemos justo hasta aquel lugar—. A lo largo del tiempo, hemos tenido angelólogos judíos, cristianos y musulmanes. Las tres religiones reservan un lugar central en su cosmología para los ángeles. Y hemos tenido sabios aún más inusuales: gnósticos, sufíes, ciertos representantes de religiones asiáticas. Como imaginaréis, los trabajos de nuestros agentes diferían de maneras radicales. Las angelologías especulativas son obra de los sabios judíos más brillantes del siglo XVII, que se encargaron de rastrear las genealogías de las familias de nefilim.

Yo provenía de una familia católica tradicional y, al haber sido educada de un modo muy estricto, sabía poco de las doctrinas de otras religiones. Sin embargo, sí que sabía que mis compañeros de estudios respondían a otros perfiles. Gabriella, por ejemplo, era judía; y la doctora Serafina, quizá la mente más empírica y escéptica de entre todos mis profesores, aparte de su marido, afirmaba ser agnóstica, para enojo de muchos profesores. Aquella, sin embargo, era la primera vez que comprendí del todo el abanico de afiliaciones religiosas que formaban parte de la historia y el canon de nuestra disciplina.

La doctora Serafina prosiguió:

—Nuestros angelólogos estudiaron genealogías judías con gran atención. Históricamente, los eruditos judíos mantenían meticulosos registros genealógicos debido a las leyes de herencia, pero también porque comprendían la importancia esencial de rastrear la propia historia hasta sus raíces, para poder comparar y verificar los registros. Yo estudié prácticas genealógicas judías. De hecho, recomiendo que todos los estudiantes que se tomen en serio la academia aprendan sus métodos. Son maravillosamente precisos.

La doctora Serafina pasó las páginas del libro y se detuvo ante un documento hermosamente dibujado, enmarcado en una hoja dorada.

—Esta es la genealogía familiar de Jesucristo, que trazaron nuestros eruditos en el siglo XII. Según los esquemas cristianos, Jesús era descendiente directo de Adán. Aquí tenemos el árbol familiar de María, tal y como lo dejó por escrito San Lucas: Adán, Noé, Sem, Abrahán, David. —El dedo de la doctora Serafina siguió la línea por el esquema—. Y aquí está la historia familiar de José, que dejó escrita San Mateo: Salomón, Josafat, Zorobabel, etcétera.

—Estas genealogías son bastante comunes, ¿no? —preguntó Gabriella. Está claro que había visto cientos de genealogías parecidas. Como yo no había visto ningún texto parecido nunca, mi reacción había sido totalmente diferente.

—Por supuesto —dijo la doctora Serafina—. Ha habido muchas genealogías que rastrean el modo en que los linajes se corresponden con las profecías del Antiguo Testamento... las promesas que se les hicieron a Adán, a Abrahán, a Judá, a Jesé y a David. Esta, sin embargo, es algo diferente. Me sentí muy pequeña al pensar que cada nombre correspondía a una persona que había vivido y fallecido, que había rezado y pasado penurias, quizá sin saber cuál sería su propósito en la gran red de la historia.

La doctora Serafina tocó la página. Una de sus uñas destelló bajo la suave luz sobre nuestras cabezas. Había cientos de nombres escritos con tintas de color, diminutas ramas que partían de un fino tallo.

—Tras el Diluvio, Sem, el hijo de Noé, fundó la raza semítica. Jesús, por supuesto, provenía de ese linaje. Cam fundó las razas de África. Se considera que Jafet, o, como ya oísteis en la clase de Rafael la semana pasada, la criatura que se hacía pasar por Jafet, propagó la raza europea, incluyendo a los nefilim. Lo que Rafael no subrayó en su clase, y que yo considero de gran importancia de cara a estudiantes más avanzados, es que la dispersión genética de la humanidad y de los nefilim es mucho más compleja de lo que parece a primera vista. Jafet engendró muchos hijos con su esposa humana, que a su vez engendraron numerosos descendientes. Algunos de estos niños eran nefilim puros, mientras que otros eran híbridos. Los hijos que tuvo Jafet, el Jafet humano al que asesinó el nefilim que se hizo pasar por él, eran completamente humanos. Y así, los descendientes de Jafet fueron humanos, nefilim e híbridos. A raíz de sucesivos matrimonios, de ellos surgió la población europea.

—Es muy complicado —dije, intentando discernir entre todos los grupos—. Casi no me cabe en la cabeza.

—Pues esa es justo la razón por la que conservamos estos esquemas genealógicos —dijo la doctora Serafina—. Sin ellos, todo sería un lío.

—He leído que varios estudiosos creen que el linaje de Jafet se mezcló con el de Sem —dijo Gabriella, señalando a tres nombres de una rama de la genealogía especulativa: Eber, Nathan y Amon—. Aquí, aquí y aquí.

Me incliné para leer los nombres.

—¿Cómo pueden saberlo?

Gabriella esbozó una sonrisa con un deje cruel, como si ya hubiese previsto mi pregunta.

—Creo que hay algún tipo de documentación, pero la verdad es que no se puede estar seguro al cien por cien.

—Por eso se llama angelología especulativa —dijo la doctora Serafina.

—Pero muchos estudiosos la creen a pies juntillas —dijo Gabriella—. Es parte válida y presente del trabajo angelológico.

—Imagino que los angelólogos modernos no lo creerán —dije, intentando esconder la intensa reacción que me había causado aquel dato. Mis creencias religiosas seguían siendo fuertes, incluso en aquel momento. Esas especulaciones tan crudas sobre la paternidad de Cristo no se aceptaban en la doctrina católica. El esquema, que hacía unos segundos me había parecido maravilloso, de pronto me inquietaba sobremanera—. La idea de que Jesucristo tuviese sangre de los Vigilantes es absurda.

—Quizá —dijo la doctora Serafina—, pero hay un área entera de los estudios angelológicos que trata ese mismo tema. Se llama angelomorfismo, y aborda estrictamente la idea de que Jesucristo no fuese humano, sino ángel. A fin de cuentas, la Inmaculada Concepción sucedió tras la visita del ángel San Gabriel.

Gabriella dijo:

—Creo que he leído algo al respecto. Los gnósticos también creen que Jesús era de origen angélico.

—Hay… o había, mejor dicho, cientos de libros sobre el tema en nuestra biblioteca —dijo la doctora Serafina—. Personalmente, me importa poco quiénes fueran los ancestros de Jesucristo. Lo que me preocupa es algo bien distinto. Esto, por ejemplo, me fascina por completo, sea especulativo o no.

La doctora Serafina nos llevó a la siguiente mesa, donde había un libro abierto, como si esperase a que viniésemos a examinarlo.

—Es una angelología de nefilim que empieza con los Vigilantes, atraviesa la familia de Noé y se reparte con gran detalle entre las familias gobernantes de Europa. Se llama *El libro de las generaciones*.

Le eché un vistazo a la página y leí el esquema descendiente de nombres con el que la angelología avanzaba por las generaciones. Aunque comprendía el poder y la influencia que habían tenido los nefilim en la actividad humana, me sorprendió descubrir que los linajes familiares alcanzaban a casi todas las familias reales europeas: la Casa Capetiana, los Habsburgo, los Estuardo, los Carolingios. Era como leer la historia de Europa dinastía tras dinastía.

La doctora Serafina dijo:

—No podemos estar seguros al cien por cien de que los nefilim se infiltrasen en esos linajes, pero hay suficientes pruebas como para convencernos de que las grandes familias europeas han estado, y siguen estando, profundamente infectadas de sangre nefilim.

Gabriella se centró en lo que acababa de decir Serafina, como si memorizase una línea temporal de fechas para un examen o, cosa que parecía ser más ajustada a la realidad, estudiase a su profesora para descubrir qué la había llevado a traernos hasta aquel extraño texto. Al cabo dijo:

—Pero aquí aparecen los apellidos de casi todas las familias nobles. ¿Están todas implicadas en los terrores que han perpetuado?

—Pues sí —dijo la doctora Serafina—. Los nefilim fueron los reyes y reinas de Europa. Sus deseos moldearon las vidas de millones de personas. Mantuvieron su fortaleza mediante matrimonios acordados, primogenituras y pura fuerza militar. Sus reinos recaudaban impuestos, hacían esclavos, reclamaban propiedades y todo tipo de riqueza mineral o agrícola. Atacaban a cualquier grupo que adquiriese el más leve grado de independencia. Su influencia no tuvo rival durante la época medieval, hasta el punto de que no se molestaron en esconderse como habían hecho en su día. Según los registros de los angelólogos del siglo XIII, había cultos dedicados a los ángeles caídos orquestados por los propios nefilim. Muchos de los males que se atribuyen a brujas, pues las acusadas eran casi siempre mujeres, en realidad eran rituales de los nefilim. Creían firmemente en la adoración de sus ancestros y celebraban el día en que regresarían los Vigilantes. Estas familias siguen existiendo hoy en día. De hecho —dijo la doctora Serafina, y le dedicó a Gabriella una mirada extraña, casi acusadora—, las observamos de cerca a todas. Estas familias en particular se mantienen bajo vigilancia.

Mientras que yo miraba a la página y veía diferentes nombres, ninguno de los cuales tenía un gran significado para mí, el efecto de las palabras de Serafina en Gabriella fue muy intenso. Leyó más nombres y dio un paso atrás, asustada. Aquella actitud me recordó al trance de horror que ya había presenciado en ella durante la clase del doctor Rafael, pero ahora parecía acercarse más a la histeria.

—Se equivoca —dijo Gabriella, alzando la voz a cada palabra que pronunciaba—. No somos nosotros quienes los vigilan. Son ellos quienes nos vigilan a nosotros.

Dicho lo cual, giró sobre sus talones y salió corriendo de la estancia. Yo contemplé cómo se marchaba, preguntándome qué podría haber causado semejante arrebato emocional. Casi parecía haber perdido la cabeza. Me volví una vez más hacia el manuscrito y no vi más que una página llena de apellidos, la mayoría de ellos desconocidos para mí, algunos de familias antiguas y prestigiosas. Era tan poco destacable como cualquier otra página de libros de historia que hubiéramos estudiado las dos juntas, libros que desde luego no le habían provocado ninguna angustia a Gabriella.

La doctora Serafina, sin embargo, pareció comprender a la perfección la reacción de Gabriella. De hecho, dada la intensidad con la que había estudiado las reacciones de Gabriella, casi parecía que la doctora Serafina no solo hubiese esperado que huyese espantada de aquel libro, sino que incluso lo hubiese planeado. Al ver mi confusión, la doctora Serafina cerró el libro y se lo metió bajo el brazo.

—¿Qué ha pasado? —pregunté, tan asombrada por su actitud como por el inexplicable comportamiento de Gabriella.

—Me duele decírtelo —dijo la doctora Serafina, al tiempo que me acompañaba a la salida de la estancia—, pero creo que nuestra Gabriella se ha metido en terribles problemas.

Mi primer impulso fue confesárselo todo a la doctora Serafina. La carga de la doble vida de Gabriella y el sudario con el que había cubierto mis días se había vuelto casi insoportable. Sin embargo, justo cuando iba a abrir la boca para hablar, algo me sobresaltó. Me quedé sin respiración, descolocada momentáneamente ante la interrupción: al fijarme bien vi que se nos había aproximado una monja cubierta por un pesado velo; la miembro del consejo a quien yo había conocido en el Ateneo hacía meses. Nos salió al paso y bloqueó el camino.

—¿Puedo hablar con usted un momento, doctora Serafina? —La monja hablaba con voz baja y cierto ceceo que, para mi vergüenza, me resultó instantáneamente repulsivo—. Hay ciertos asuntos que tratar sobre el envío a Estados Unidos.

Me reconfortó ver que la doctora Serafina no perdía el ritmo por la presencia de la monja. Se dirigió a ella con su autoridad acostumbrada:

—¿Y qué asuntos son esos, a esta hora? Ya está todo preparado.

—Cierto —dijo la monja—, pero me gustaría asegurarme de que los cuadros de la galería se van a enviar a los Estados Unidos junto con los íconos.

—Sí, por supuesto —dijo la doctora Serafina, y siguió a la monja pasillo abajo, donde una gran hilera de cajones y cajas esperaba a ser enviada—. Los recibirá nuestro contacto en Nueva York.

Paseé la vista por los cajones y vi que muchos habían sido ya marcados para su envío.

La doctora Serafina dijo:

—El envío se realizará mañana. Solo hay que asegurarse que todo está aquí y que llega al puerto.

Dejé a la monja y a la doctora Serafina discutiendo la logística y las medidas que habían tomado para asegurar la evacuación de los objetos más preciados, con un cada vez más ajustado calendario de envíos por barcos que saldrían de los puertos franceses. Salí al pasillo, me guardé las palabras que había querido pronunciar y me alejé en silencio.

• • •

Atravesé corredores oscuros de piedra. Pasé junto a clases vacías y aulas abandonadas. Mis pasos reverberaban en medio del penetrante silencio que había caído sobre las estancias desde hacía meses. El Ateneo seguía igual de silencioso que el resto. Los bibliotecarios ya se habían ido a aquella hora tardía, habían apagado las luces y echado la llave a las puertas. Yo usé la llave que me había dado la doctora Serafina al inicio de mis estudios y entré. Fui abriendo puertas y examiné la estancia amplia y sombría. Me sentí muy aliviada de encontrarme completamente a solas. No era la primera vez que agradecía que la biblioteca estuviese vacía; a veces me encontraba allí después de medianoche y seguía trabajando mucho después de que todo el mundo se hubiese marchado. Sin embargo, era la primera vez que me adentraba allí en un estado de desesperación.

Había estanterías vacías en las paredes, con algún que otro volumen caído o varios apilados de cualquier manera. Por todas partes encontré cajas de libros a la espera de ser sacados de nuestra escuela con destino a localizaciones seguras por toda Europa. Yo no sabía dónde podían estar aquellas localizaciones, pero imaginé que necesitaríamos muchos sótanos para esconder una colección tan cuantiosa. Me temblaron las manos mientras repasaba las cajas. Los libros estaban en semejante desorden que empecé a preocuparme de que no iba a encontrar el que había venido a buscar. Tras minutos de búsqueda, con cada nueva decepción, mi pánico no hacía sino aumentar. Por fin encontré una caja con los trabajos y traducciones originales del doctor Rafael Valko. Al más puro estilo del doctor Rafael, el contenido de la caja estaba dispuesto sin orden ni concierto. Encontré un pliego que contenía varios mapas detallados de cuevas y cavernas, esbozos realizados durante expediciones exploratorias a través de las cordilleras de Europa: los Pirineos en 1923, los Balcanes en 1925, los Urales en 1930 y los Alpes en 1936; así como páginas y páginas con la historia de cada cadena montañosa. Examiné textos anotados y fajos de notas de clases, comentarios y guías pedagógicas. Miré el título y la fecha de cada una de las obras que había publicado el doctor Rafael, y comprobé que había producido más libros y pliegos de los que yo había imaginado. Y sin embargo, después de abrir y cerrar cada uno de los textos del doctor Rafael, no encontré el único que había esperado leer: la traducción del viaje de Clematis a la caverna de los ángeles desobedientes no se encontraba en el Ateneo.

Dejé los libros desparramados por la mesa y me dejé caer en una dura silla. Intenté recomponerme entre la niebla de la decepción que me había envuelto. Se me saltaron las lágrimas, como para desafiar mis esfuerzos por mantener la calma, y disolvieron el tenue Ateneo en un borrón pálido. La ambición por avanzar me consumía. Pesaba en mi mente la inseguridad sobre mis capacidades, mi lugar en nuestra escuela y el futuro que nos aguardaba. Quería que mi destino estuviese decidido, sellado, y que me fuera revelado, para poder seguirlo debidamente. Y, sobre todo, quería tener propósito y utilidad. Me aterraba la mera idea de no ser digna de mi vocación, de que me enviarían de nuevo con mis padres a la campiña, de no asegurarme un lugar entre los estudiosos a los que tanto admiraba.

Me incliné sobre la mesa de madera y enterré el rostro entre los brazos. Cerré los ojos y me abandoné a un estado momentáneo de desesperación. No sé cuánto permanecí en aquella postura, pero pronto percibí que algo se movía en la estancia, un levísimo cambio en la textura del aire. El perfume característico de mi amiga, un aroma oriental a vainilla y láudano, me advirtió de la presencia de Gabriella. Alcé los ojos y vi entre lágrimas un borrón de tela escarlata, tan resplandeciente que parecía tener incrustada una franja de rubíes.

—¿Qué te pasa? —preguntó Gabriella.

Aquella banda de tela enjoyada se transformó, una vez se aclaró mi visión, en un vestido de satén cortado al bies sin mangas, de una belleza líquida tan arrebatadora que solo pude contemplarla boquiabierta. Aquel evidente asombro no hizo sino irritar a Gabriella. Se sentó en la silla delante de mí y depositó un bolso de cuentas sobre la mesa. Llevaba un collar de gemas cortadas al cuello y un par de guantes negros hasta los codos, que le cubrían la cicatriz del antebrazo. La temperatura del Ateneo había descendido, pero el frío no parecía afectar a Gabriella, a pesar de aquella prenda fina y sin mangas y las medias de seda transparente. Su piel mantenía un brillo cálido, mientras que yo había empezado a temblar.

—Dime, Celestine —dijo Gabriella—, ¿qué te sucede? ¿Estás enferma?

—Estoy perfectamente —contesté y me recompuse como mejor pude. No estaba acostumbrada a ser objeto de su escrutinio. De hecho, Gabriella no había mostrado el menor interés en mí en las últimas semanas. Esperando desviar su atención, pregunté—: ¿Vas a alguna parte?

—A una fiesta —dijo sin mirarme a los ojos, clara indicación de que iba a encontrarse con su amante.

—¿Qué tipo de fiesta? —pregunté.

—No tiene nada que ver con nuestros estudios, y tampoco te interesaría —dijo, y dio por zanjada la posibilidad de seguir preguntándole—. Pero, dime, ¿qué haces aquí? ¿Por qué estás tan alterada?

—He estado buscando un texto.

—¿Cuál?

—Uno que necesito para las tablas geológicas que he estado creando —dije, sabiendo incluso mientras hablaba que sonaba poco convincente.

Gabriella miró detrás de mí, a los libros que yo había dejado en la mesa. Al ver que todos eran trabajos del doctor Rafael Valko, comprendió cuál era mi objetivo:

—El diario de Clematis no se ha difundido, Celestine.

—Acabo de enterarme —dije. Ojalá hubiese vuelto a colocar los libros del doctor Rafael en los cajones.

—Deberías saber que jamás guardarían un texto así a plena vista.

—Y entonces, ¿dónde está? —pregunté, cada vez más alterada—. ¿En el despacho de la doctora Serafina? ¿En la cámara acorazada?

—El relato de Clematis de la Primera Expedición Angelológica contiene información muy importante —dijo Gabriella, sonriendo con placer al ver que tenía ventaja—. Su ubicación es un secreto que conocen muy pocos.

—Entonces, ¿lo has leído? —dije. Los celos que me provocaba saber que Gabriella tenía acceso a textos restringidos me arrebató toda precaución—. ¿Cómo puede ser que hayas leído a Clematis, con lo poco que te interesan nuestros estudios, mientras que yo no puedo ni tocarlo por más que me haya entregado en cuerpo y alma a la causa?

Me arrepentí de inmediato de haber dicho aquello. El silencio que habíamos forjado era una tregua incómoda, pero también constituía un artificio que me había permitido avanzar con mi trabajo.

Gabriella se puso en pie, echó mano del bolso que había dejado en la mesa y, con voz desacostumbradamente calmada, dijo:

—Crees que entiendes lo que has visto, pero es más complicado de lo que parece.

—A mí me parece que es bastante evidente que tienes una aventura con un hombre mayor que tú —dije—. Y sospecho que la doctora Serafina piensa lo mismo.

Durante un instante, pensé que Gabriella daría media vuelta y se marcharía, como solía hacer cuando se sentía arrinconada. En cambio, se plantó frente a mí, desafiante.

—Yo que tú no se lo diría a nadie, ni a la doctora Serafina.

Sentí que por fin ocupaba una posición de poder, así que insistí:

—¿Y por qué no?

—Si alguien se entera de eso que crees saber —dijo Gabriella—, recibiríamos un golpe terrible, todos nosotros.

Aunque no comprendía del todo aquella amenaza, la urgencia en su voz y el genuino terror de su expresión me frenó en seco. Habíamos alcanzado un *impasse*; ninguna de las dos sabía cómo continuar.

Por fin, Gabriella rompió el silencio.

—No es imposible tener acceso al relato de Clematis —dijo—. Si de verdad quieres leerlo, lo único que hay que hacer es saber dónde buscarlo.

—Pensaba que no se había difundido —dije.

—Y así es —respondió Gabriella—. Y yo no debería ayudarte a encontrarlo, sobre todo porque está claro que no entra dentro de mis intereses. Pero tienes aspecto de estar dispuesta a ayudarme a tu vez.

La miré a los ojos y me pregunté qué quería decir.

—Te propongo lo siguiente —dijo Gabriella. Salió junto a mí del Ateneo y juntas nos adentramos en el oscuro corredor de la escuela—. Te diré cómo puedes encontrar el texto y tú, a cambio, guardarás silencio. No le mencionarás nada a Serafina, ni de mí ni de tus especulaciones sobre mis actividades. No hablarás de mis idas y venidas del apartamento. Esta noche tardaré bastante en regresar. Si alguien viene al apartamento a buscarme, le dirás que no sabes dónde estoy.

—Me estás pidiendo que les mienta a nuestros profesores.

—No —dijo ella—. Te pido que les digas la verdad. No sabes dónde voy esta noche.

—Pero, ¿por qué? —pregunté—. ¿Por qué haces esto?

El más leve cansancio apareció en las facciones de Gabriella, un atisbo de desesperación que me hizo pensar que estaba a punto de abrirse y confesármelo todo. Una esperanza que quedó aplastada en el mismo momento en que surgió.

—No tengo tiempo para esto —dijo, impaciente—. ¿Aceptas o no?

No hizo falta que dijese ni una palabra; Gabriella me entendió a la perfección. Estaba dispuesta a hacer lo que fuera con tal de acceder al texto de Clematis.

· · ·

Una serie de bombillas eléctricas desnudas iluminaron nuestro avance hasta el ala medieval de la escuela. Gabriella se movía con rapidez, sus zapatos de plataforma repiqueteaban con el ritmo rápido y errático de sus pasos. Cuando se detuvo de repente, en plena zancada, yo me tropecé con ella, sin aliento.

Aunque mi torpeza la molestaba a ojos vista, Gabriella no emitió sonido alguno. En cambio se giró hacia una puerta, una de los cientos de puertas idénticas del edificio, todas del mismo tamaño y color, sin números y placas que indicasen adónde daba.

—Ven —dijo, y contempló el arco sobre la puerta, una mezcolanza de bloques ascendentes de caliza medio derruida que acababan en pico—. Eres más alta que yo. Puede que llegues a la dovela.

Me estiré todo lo que pude y rocé con los dedos la granulosa piedra. Para mi sorpresa, el bloque se movió bajo la presión de mi contacto y, tras sacudirse un poco, retrocedió dejando un espacio vacío. Gabriella me dijo que metiese la mano. Saqué un frío objeto de metal del tamaño de un cortaplumas.

—Es una llave —dije, sosteniéndola asombrada ante mí—. ¿Cómo sabías que estaba ahí?

—Te llevará hasta el almacén subterráneo de la escuela —dijo Gabriella, y me hizo un gesto para que volviese a colocar la dovela en su lugar—. Al otro lado de esta puerta hay unas escaleras. Bájalas y encontrarás otra puerta, que abre esta llave. Es la entrada a las dependencias privadas de los Valko. La traducción del doctor Rafael del relato de Clematis se encuentra ahí.

Intenté recordar haber oído hablar de aquel espacio, pero no me venía nada a la cabeza. Tenía sentido, por supuesto, que creásemos una ubicación segura para nuestros tesoros. Además, eso respondía la pregunta de dónde se guardaban los libros del Ateneo. Quise hacer más preguntas, exigirle que me explicase todos los detalles de aquel espacio escondido, pero Gabriella alzó una mano y me cortó:

—Voy a llegar tarde, no tengo tiempo para explicaciones. No puedo guiarte hasta el libro, pero estoy segura de que tu curiosidad te ayudará a encontrar lo que estás buscando. Vete. Y recuerda que, cuando acabes, debes dejar la llave en su escondite. Y no hablar con nadie de esta noche.

Dicho lo cual, Gabriella giró sobre sus talones y echó a andar pasillo abajo. Su vestido de satén rojo reflejó la tenue luz. Yo quise decirle que volviera, que me llevase a las cámaras subterráneas, pero se había marchado ya. Lo único que quedaba de ella era el más leve resto de perfume en el aire.

Siguiendo las instrucciones de Gabriella, abrí la puerta y me asomé a la oscuridad. Una lámpara de queroseno colgaba de un gancho en lo alto de las escaleras, con la chimenea de vidrio ennegrecida a causa del humo. Encendí el pabilo y lo sostuve frente a mí. Una serie de toscos escalones descendía en ángulo empinado. Cada uno de ellos estaba cubierto de musgo helado, lo cual hacía especialmente peligrosa la bajada. Entre la humedad del aire y el aroma a moho, sentí como si descendiese paso a paso al sótano de la granja de piedra de mi familia, un búnker subterráneo, frío y húmedo repleto de antiguas botellas de vino.

Al pie de las escaleras encontré una puerta de hierro cerrada, como si de la celda de una prisión se tratase. A cada lado se habrían pasadizos de ladrillo que retrocedían hasta perderse en la más pura oscuridad. Alcé la lámpara para poder ver los espacios más allá. Atisbé trozos de pizarra cruda y pálida allá donde las paredes de ladrillo estaban medio derruidas. Era la propia pared de roca que formaba los cimientos de nuestra ciudad. La llave giró en la cerradura de la puerta con facilidad, así que el único obstáculo que me quedaba por salvar era el impulso de dar media vuelta, subir las escaleras y regresar al mundo familiar que había ahí arriba.

No tardé mucho en llegar a una serie de habitaciones. Aunque mi lámpara no me permitía ver con mucha claridad, comprobé que la primera estancia estaba llena de cajones repletos de armas: Lugers, Colts del 45, rifles Garand M1. También había cajas con suministros médicos, mantas y ropas; cosas que a buen seguro harían falta en un conflicto largo. En otra estancia descubrí muchos de los mismos cajones que había visto en el Ateneo hacía semanas, mientras los preparaban; cajones que ahora estaban cerrados con clavos. Me resultaría prácticamente imposible abrirlos sin una palanca.

Seguí por entre la oscuridad del pasadizo enladrillado. La lámpara me pesaba más y más a cada paso que daba. Empecé a entender la enorme escala del traslado a los subterráneos que habían realizado los angelólogos. No había imaginado lo elaborada y calculada que iba a ser nuestra resistencia. Habíamos transferido todas las necesidades vitales a los subterráneos de la ciudad. Había camas y váteres improvisados, tuberías y unos pocos hornillos de queroseno. Armas, comida, medicina… todo lo que teníamos de valor residía debajo de Montparnasse, escondido en madrigueras y túneles excavados en la pizarra. Por primera vez me di cuenta de que, una vez que hubiese comenzado la batalla, habría muchos que no huirían de la ciudad, sino que se atrincherarían en aquellas salas para luchar.

Tras haber examinado unas cuantas de aquellas celdas llegué a otro espacio excavado y húmedo, no tanto un almacén como una suerte de habitáculo abierto en la pared de pizarra. Allí encontré muchos objetos, algunos de los cuales reconocí de haber pasado por la oficina del doctor Rafael. Supe al instante que había encontrado la habitación privada de los Valko. En una esquina, bajo una pesada manta de algodón, había una mesa repleta de libros. La luz de la lámpara de queroseno cayó sobre la polvorienta estancia.

No me costó mucho encontrar el texto, aunque, para mi sorpresa, no parecía ser tanto un libro como un fajo de notas juntas. El volumen no era mucho mayor que un folleto con una encuadernación cosida a mano y cubierta sencilla. Pesaba menos que una *crêpe*; parecía demasiado insustancial, pensé, para contener nada de importancia. Al abrirlo vi que el texto había sido escrito a mano con tinta sobre un folio transparente. Cada letra estaba trazada en el papel mediante la presión irregular de una mano despreocupada. Pasé el dedo por las letras, sentí las arrugas del papel y aparté el polvo de las páginas. Leí: *Notas sobre la Primera Expedición Angelológica del 925 d.C., por el Padre Venerable Clematis de Tracia, traducido del latín y anotado por el doctor Rafael Valko.*

Bajo aquellas palabras, pegado a la superficie tosca de la página, había un sello de oro que contenía la imagen de una lira, un símbolo que yo no había visto antes, pero que a partir de aquel día comprendería que se encontraba en el mismo corazón de nuestra misión.

Me apreté el folleto contra el pecho y de pronto me dio miedo de que se desmigajase sin que yo hubiese tenido la oportunidad de leer su contenido. Deposité la lámpara en una esquinita lisa del suelo de pizarra y me senté a su lado. La luz cayó sobre mis dedos, y cuando abrí de nuevo el folleto distinguí la letra del doctor Rafael. El relato de la expedición de Clematis me cautivó desde la primera palabra:

Notas sobre la Primera Expedición Angelológica del 925 d.C.
Por el Padre Venerable Clematis de Tracia

Traducido del latín y anotado por el doctor Rafael Valko.

I[1]

¡Benditos sean los sirvientes de Su Divina visión en la Tierra! ¡Que el Señor haga fructificar la semilla de nuestra misión, que él mismo ha sembrado!

II

Con las mulas cargadas de provisiones y las almas livianas de pura expectación, dimos comienzo nuestro viaje a través de las provincias helénicas, bajo la poderosa Mesia, hasta internarnos en Tracia. Los caminos, calzadas bien mantenidas y regulares construidas por Roma, señalizaron nuestra llegada a la Cristiandad. Y sin embargo, a pesar del lustre de la civilización, la amenaza del latrocinio aún se cernía sobre nosotros. Han pasado muchos años desde la última vez que pisé la montañosa tierra de mi padre y del padre de su padre. A buen seguro, mi lengua materna sonará extraña, acostumbrado como estoy al lenguaje de Roma. Ahora que damos comienzo nuestro ascenso a las montañas, temo que mi túnica y los sellos de la Iglesia no sirvan para protegernos, pues nos alejamos de los asentamientos de mayor tamaño. Rezo para que encontremos a pocos aldeanos en nuestro viaje por los senderos montañosos. Carecemos de armas, y tendremos pocos recursos, salvo depender de la buena voluntad de los desconocidos.

III

Hicimos una pausa junto al camino mientras ascendíamos por la montaña. El hermano Francis, un apasionado estudioso, me

---

1. A pesar de que el manuscrito original de la expedición del Venerable Clematis no estaba organizado en secciones separadas, el traductor ha optado por un sistema de entradas numéricas en la presente edición. Estas divisiones han sido creadas en aras de aumentar la claridad del texto. Los fragmentos originales —pues el cuaderno descubierto no puede ser descrito más que como un tosco conjunto de notas personales, anotaciones y reflexiones garabateadas durante el curso del viaje, quizá ideadas como ayuda mnemotécnica para la eventual escritura de un libro sobre la primera misión para encontrar a los ángeles caídos— carecían de sistema alguno. Estas divisiones impuestas pretenden dividir el cuaderno cronológicamente y ofrecer una semblanza de cohesión al manuscrito. R.V.

habló de la inquietud que despertaba en él nuestra misión. Me llevó a un aparte y me confesó que está convencido de que nuestra misión sea obra de espíritus oscuros, una seducción a la que los ángeles desobedientes han sometido a nuestras mentes. Su inquietud no resulta poco común. De hecho, muchos de nuestros hermanos han expresado reservas sobre la expedición, aunque fue la aseveración de Francis lo que me heló hasta el alma. En lugar de poner en duda aquel sentir, opté por escuchar sus miedos, comprender que sus palabras no eran sino otra señal de la creciente fatiga de la búsqueda. Presté oídos a sus preocupaciones, las acepté como propias y alivié su apesadumbrado espíritu. Es esta la carga y responsabilidad de un hermano de mayor edad, aunque mi papel es ahora más crucial, pues nos preparamos para lo que a buen seguro será la parte más difícil de nuestro viaje. Aparté de mí la tentación de protestar frente al hermano Francis, y continué en silencio las siguientes horas de camino.

Más tarde, en soledad, me esforcé por comprender la angustia que embargaba al hermano Francis. Elevé una plegaria para que me fuese concedida una guía, la sabiduría necesaria para ayudarle a dejar atrás sus dudas. Es bien sabido que otros estudiosos han fracasado por completo en expediciones previas. Estoy convencido de que esto cambiará pronto. Y sin embargo, la expresión que ha empleado el hermano Francis, «hermandad de soñadores», asalta mis pensamientos. El más leve resquicio de duda empieza a resquebrajar mi insuperable fe en nuestra misión. Me pregunto qué sucederá si nuestros esfuerzos han resultado ser insensatos. ¿Cómo podemos tener la certeza de que Dios nos acompaña en nuestra misión? La semilla de recelo que crece en mi mente, sin embargo, queda descartada con facilidad cuando pienso en lo imperioso y necesario de nuestra obra. La batalla lleva desarrollándose desde hace generaciones, y proseguirá durante generaciones posteriores. Hemos de motivar a los jóvenes, a pesar de nuestras pérdidas recientes. El miedo es esperable. Es natural que el incidente de

Roncesvalles[2], que todos hemos estudiado, esté presente en sus pensamientos. Y sin embargo, mi fe no me permite poner en duda que Dios se mueve tras nuestros actos, que anima nuestros cuerpos y espíritus mientras ascendemos por la montaña. Mantendré la creencia de que la esperanza se reavivará entre nosotros. Hemos de tener fe en que este viaje, a diferencia de nuestros recientes errores de cálculo, acabará siendo un éxito[3].

IV

En la cuarta noche del viaje, mientras ardían las ascuas de la hoguera y nuestro humilde grupo se sentaba tras haber cenado, la conversación discurrió hacia la historia de nuestros enemigos. Uno de los hermanos jóvenes preguntó cómo había sucedido que nuestra tierra, desde el extremo de Iberia a los Montes Urales[4], hubiese sido colonizada por la progenie oscura de los ángeles y las mujeres. ¿Cómo podía ser que nosotros, humildes servidores de Dios, hubiésemos recibido la carga de purificar la Tierra del Señor? El hermano Francis, cuya melancolía tanto había afectado a mis pensamientos últimamente, se preguntó en voz alta cómo podía Dios permitir que los malvados infestasen Sus dominios con su presencia. ¿Cómo, preguntó, puede existir el bien puro en presencia del mal puro? Y así, mientras el aire de la noche se volvía más frío y la luna helada se enseñoreaba en el cielo, fue que yo le conté a nuestros compañeros cómo habían llegado aquellas semillas malvadas a plantarse en terreno santo:

---

2. El incidente del paso de Roncesvalles tuvo lugar durante una misión exploratoria en los Pirineos en el año 778 d.C. Poco se sabe del viaje, excepto que la misión perdió a la mayoría de sus hombres debido a una emboscada. Los testigos describieron a los asaltantes como gigantes de fuerza sobrehumana, armas superiores y una belleza física asombrosa... descripción que concuerda a la perfección con los retratos contemporáneos de los nefilim. Un testimonio afirma que unas criaturas aladas descendieron sobre los gigantes en una llamarada ígnea, lo cual sugiere un contraataque por parte de los arcángeles, afirmación que los sabios han estudiado con cierto grado de fascinación, como si esto fuese señal única de la tercera angelofonía para propósitos de batalla. En *La Chanson de Roland* aparece una versión alternativa, un relato que difiere significativamente de los registros angelológicos.

3. La búsqueda de artefactos y reliquias por parte de los Padres Venerables por toda Europa está bien documentada en *La misión sagrada de los Padres Venerables: 925-945 d.C.*, de Frederic Bonn, que incluye copias de los mapas, augurios y oráculos que se emplearon en dichos viajes.

4. Allá donde sea aplicable, se han sustituido los topónimos del siglo x por las denominaciones equivalentes modernas.

En las décadas subsiguientes al fin del Diluvio, los hijos e hijas de Jafet de origen puramente humano se separaron de los falsos hijos e hijas de Jafet de origen angélico. Y así se formaron dos ramas de un mismo árbol, una pura y otra envenenada, una débil y la otra fuerte. Se esparcieron por los litorales al norte y al sur, y se establecieron en los grandes deltas aluviales. Se repartieron en imponentes bandadas por las montañas alpinas y arraigaron como murciélagos en las cotas más altas de Europa. Anidaron por las costas rocosas y las enormes planicies fértiles, se hundieron en las riberas fluviales: el Danubio, el Volga, el Rin, el Dniéster, el Ebro, el Sena… hasta que cada región quedó ocupada por la progenie de Jafet. Allá donde paraban a descansar brotaba un asentamiento. A pesar de compartir ancestros, los dos grupos se guardaban enormes recelos. La crueldad, avaricia y poder físico de los nefilim desembocó en la esclavitud gradual de sus hermanos humanos. Europa, afirmaban los Gigantes, era suya por derecho.

La primera generación de los herederos mancillados de Jafet vivió con gran salud y felicidad, dominando cada río, montaña y planicie del continente. Su poder sobre sus hermanos más débiles era férreo. Sin embargo, con el paso de las décadas apareció una flaqueza, una afilada grieta en la superficie resplandeciente de un espejo. Nació un bebé que parecía más débil que los demás: diminuto, lloroso, incapaz de reunir siquiera el aire suficiente en sus débiles pulmones para llorar. A medida que el bebé creció, vieron que era más pequeño que los otros, más lento, con una propensión a la enfermedad que era desconocida entre su raza. El niño era humano, nacido a imagen y semejanza de sus abuelas, las Hijas de los Hombres[5]. No tenía rasgo alguno de los Vigilantes; ni

---

5. La reciente recuperación y sistematización de las obras de Gregor Mendel, un monje agustino y miembro de los Sabios Angelológicos de Viena entre 1857 y 1866, ha contribuido a arrojar luz sobre lo que había presentado un misterio milenario para los historiadores especializados en el crecimiento de hombres y nefilim en Europa. Es patente que, según las teorías de los cromosomas hereditarios de Mendel, los rasgos humanos recesivos de las Hijas de los Hombres se propagaron por el linaje de los nefilim descendientes de Jafet, a la espera de reaparecer en futuras generaciones. Aunque las repercusiones a nivel de cromosoma del mestizaje entre humanos y nefilim resultan evidentes para los investigadores modernos, la aparición de seres humanos entre las filas de los nefilim debió de suponer una gran conmoción entre una población que se consideraba obra de Dios. En sus primeros escritos, el Padre Venerable Clematis escribió que fue el propio Dios quien insufló niños humanos en el linaje de Jafet. Los nefilim, por supuesto, tenían una interpretación completamente distinta de semejante calamidad genética.

belleza, ni fuerza ni forma angélica. Cuando el niño llegó a la edad adulta, fue lapidado hasta morir.

Durante muchas generaciones se creyó que aquel bebé había sido una anomalía. Pero entonces, Dios decidió repoblar los dominios de Jafet con sus propios hijos. Envió una multitud de bebés humanos a los nefilim, reviviendo así el Espíritu Santo sobre la tierra estéril. Los primeros de estos bebés morían durante la infancia. Con el tiempo, los nefilim aprendieron a cuidar de los niños más débiles: los resguardaban hasta cumplir los tres años de edad y luego les permitían unirse a los otros niños más fuertes[6]. Si sobrevivían hasta la edad adulta, llegaban a ser hasta cuatro cabezas más bajos que sus padres. Empezaban a envejecer y sufrían un declive a partir de la tercera década de vida, y solían morir antes de la octava. Las mujeres humanas morían al dar a luz. La enfermedad y la infección requería desarrollar medicinas, pero aunque se tratasen sus dolencias, los humanos vivían apenas una fracción de la edad de sus hermanos nefilim. El dominio inviolable de los nefilim había quedado corrompido[7].

Con el paso del tiempo, los niños humanos se casaron con otras de su misma especie y la raza humana creció al mismo ritmo que los nefilim. A pesar de su inferioridad física, los niños puros de Jafet perseveraron bajo el mando de sus hermanos nefilim. Solía haber algún que otro matrimonio entre ambos grupos, lo cual no hacía sino aumentar la hibridación de la raza, aunque tales uniones no se veían con buenos ojos. Cuando los nefilim daban a luz un niño humano, este se enviaba más allá de los muros de la ciudad, donde moría a la intemperie, entre humanos. Cuando nacía un niño nefilim de una madre humana,

6. Hay varios documentos que abordan la fuerza superior de la progenie de los nefilim y la inevitabilidad genética de la aparición de niños humanos entre los hijos de los Vigilantes y las mujeres humanas. A destacar, el estudio de demografía de los nefilim *Cuerpos humanos y angélicos: una investigación médica* (Gallimard, 1926).

7. Entre ciertas tribus de nefilim empezó a popularizarse la práctica de sacrificar niños humanos. Se especula que esto era tanto un modo de controlar el crecimiento de la población humana, que representaba un peligro para la sociedad de los nefilim, como una apelación a Dios para que perdonarse los pecados de los Vigilantes, que seguían aprisionados en las profundidades de la tierra.

este se apartaba de sus padres para que se integrase entre la raza suprema[8].

Pronto, los nefilim se refugiaron en castillos y mansiones. Construyeron fortificaciones de granito, retiros montañosos, santuarios de lujo y poder. Aunque serviles, los hijos de Dios contaban con protección divina. Sus mentes eran agudas, sus almas benditas y sus voluntades fuertes. A medida que las dos razas continuaban viviendo una junto a la otra, los nefilim se fueron retirando cada vez más tras riquezas y fortificaciones. Los seres humanos, que debían sufrir las penurias de la pobreza y la enfermedad, se convirtieron en esclavos de sus maestros poderosos e invisibles.

V

Al alba nos pusimos de pie y caminamos muchas horas por el empinado sendero que ascendía hasta la cima. El sol se alzaba por detrás de las ciclópeas cumbres de piedra y arrojaba gloriosos efluvios dorados sobre la creación. Provistos de recias mulas, gruesas sandalias de cuero y un clima prístino, avanzamos. A media mañana atisbamos sobre un risco una aldea compuesta de casitas de piedra, con tejas de arcilla naranja sobre las construcciones de pizarra. Tras consultar nuestro mapa quedó claro que habíamos llegado al extremo superior de la montaña, cerca de la cueva que los oriundos llaman *Gyaurskoto Burlo*. Nos alojamos en casa de un aldeano, nos aseamos, comimos y descansamos, para a continuación solicitar un guía que nos llevase a la caverna. Al punto trajeron ante mí a un pastor. Bajo y corpulento como son los tracios, de barba encanecida pero cuerpo fuerte, el pastor

---

8. Aunque esta no es la primera aparición del término «raza suprema» al referirse a los nefilim, pues hay numerosos textos que se refieren a los nefilim como «raza superior» o «súper raza», esta es una de las fuentes más famosas y citadas. Irónicamente, la idea de súper raza o super hombre que tiene Clematis, y que los angelólogos consideran rasgo distintivo de la propia mitología de los nefilim, fue arrebatada y reinventada en tiempos modernos por estudiosos como el Conde Arthur de Gobineau, Friedrich Nietzche o Arthur Schopenhauer, como componente del pensamiento filosófico humano. Esto, a su vez, lo emplearon los círculos de nefilim para apoyar la teoría racial de *Die Herrenrasse*, una idea que ha cobrado popularidad en la Europa contemporánea.

escuchó con toda atención mientras yo le explicaba nuestra misión en la caverna. Me pareció un hombre inteligente, articulado y dispuesto, aunque dejó claro que nos acompañaría hasta la entrada y no se internaría más allá. Tras cierto regateo acordamos un precio. El pastor nos prometió suministrarnos equipo, y dijo que nos llevaría hasta allí a la mañana siguiente.

Mientras dábamos cuenta de una cena compuesta de *klin* y carne seca, una comida simple pero contundente que habría de darnos fuerza para la jornada siguiente, repasamos las posibilidades que se abrían ante nosotros. Yo coloqué un papiro en la superficie de la mesa y lo abrí para que los demás lo contemplaran. Mis hermanos se inclinaron sobre la mesa e hicieron un esfuerzo para distinguir su contenido.

—El lugar está aquí —dije, arrastrando el dedo por encima del mapa, a lo largo de una cordillera montañosa dibujada con tinta azul oscuro—. No deberíamos tener problema alguno en alcanzarlo.

—Y sin embargo —dijo uno de mis hermanos, cuya barba poco cuidada rozó la mesa al inclinarse sobre ella—, ¿cómo podemos estar seguros de que sea la ubicación correcta?

—Ha habido avistamientos —aseguré.

—Ha habido avistamientos en el pasado —dijo el hermano Francis—. Los campesinos ven con otros ojos. Sus visiones no suelen conducir a nada.

—Los aldeanos afirman haber visto a las criaturas.

—Si prestamos atención a las historias fantásticas de los campesinos tendremos que viajar a todas las aldeas de Anatolia.

—En mi humilde opinión vale la pena investigarlo —repliqué—. Según nuestros hermanos en Tracia, la boca de la caverna da bruscamente a un abismo. En las profundidades fluye un río subterráneo, tal y como se describe en la leyenda. Los aldeanos afirman haber oído algo que emana del abismo.

—¿Algo?

—Música —dije, haciendo un esfuerzo para que mis afirmaciones fuesen cautelosas—. Los aldeanos celebran festividades en la entrada de la caverna para poder oír el sonido, aunque sea leve, que emana de la caverna. Dicen que la música tiene un poder inusual sobre los aldeanos: los enfermos sanan, los ciegos ven, los tullidos vuelven a andar.

—Resulta de lo más asombroso —dijo el hermano Francis.

—La música asciende desde las profundidades de la tierra. Será eso lo que nos guíe en nuestro camino.

A pesar de mi confianza en nuestra causa, mi mano tiembla ante los peligros del abismo. Los años de preparación reafirman mi voluntad, mas aún temo la perspectiva de fracasar, una idea que se cierne sobre mí. ¡Cuánto me persiguen los recuerdos de los fracasos anteriores! ¡Cuántas veces me visitan mis hermanos perdidos en mis pensamientos! Lo que me impulsa a seguir es mi fe, y el bálsamo de la gracia de Dios que cae sobre mi alma atribulada[9]. Mañana nos internaremos en la caverna al alba.

VI

Del mismo modo que el mundo regresa al sol, así regresa la tierra corrompida a la luz de la gracia de Dios. Del mismo modo que las estrellas iluminan el cielo oscuro, así se alzarán un día los hijos de Dios a través de la niebla de la injusticia, libres al fin de sus malvados amos.

VII

En medio de la oscuridad de mi desesperación, regreso a Boecio como el ojo que se ve atraído por la llama. Dios mío, he perdido la gracia en la Caverna del Tártaro[10].

---

9. En este punto, la escritura de Clematis empieza a convertirse en garabatos temblorosos. Esta corrupción se debe, sin duda, a la extrema presión de la misión en ciernes, pero también, quizá, a una creciente fatiga. El Padre Venerable tenía casi sesenta años de edad en el 925 d.C., y sus fuerzas debieron de flaquear tras el viaje montaña arriba. El traductor ha redoblado sus esfuerzos a la hora de descifrar el texto y volverlo accesible para los lectores modernos.

10. Aquí, Clematis se refiere a la famosa cita de *La consolación de la Filosofía*, 3.55, asociada con el mito de Orfeo y Eurídice: «*Pues si aquel que lo consiguiese, volviese la vista hacia las cavernas del Tártaro, toda excelencia que traiga consigo la perderá al asomarse a lo profundo*».

Soy un hombre condenado. Mis labios quemados hablan, mi voz suena hueca en mis oídos. Mi cuerpo yace roto, en mi piel abrasada se abren úlceras goteantes. La esperanza, ese ángel etéreo y liviano en cuyas alas ascendí hasta mi malhadado destino, ha quedado aplastada para siempre. Solo mi voluntad para relatar el horror que he visto me impulsa a abrir estos labios ulcerados y marchitos. Para ti, buscador futuro de libertad, acólito futuro de la justicia, he aquí la historia de mi desgracia.

La mañana de nuestro viaje amaneció clara y fría. Tal y como suelo hacer, desperté varias horas antes del alba y dejé a los otros durmiendo. Me abrí camino hasta la chimenea. La señora de la casa se había ocupado de romper ramitas para alimentar el fuego. Una olla con cebada burbujeaba sobre las llamas. Decidido a hacer algo útil, me ofrecí a mover el guiso y me calenté ante el fuego al hacerlo. Los recuerdos de mi infancia me inundaron mientras me encontraba junto a la chimenea. Hace cincuenta años, yo era un chico con brazos y piernas tan delgados como árboles recién plantados, y ayudaba a mi madre en esa misma tarea doméstica. La oía tararear mientras ella baldeaba ropa en una jofaina de agua limpia. Mi madre... ¿cuánto hacía que no pensaba en su ternura? Y mi padre, con su amor por la Biblia y su devoción por nuestro Señor... ¿cómo había podido vivir yo tantos años sin recordar la bondad de mi padre?

Aquellos pensamientos se disiparon cuando mis hermanos, quizá al haber olido el desayuno, bajaron hasta la chimenea. Comimos

---

11. A partir de este punto, el resto de secciones del relato de Clematis están escritas por mano de un monje, el padre Deopus, que fue designado para cuidar a Clematis justo después de la expedición. Por petición de Clematis, Deopus tomó asiento a su lado para tomar nota de lo que dictaba. Según el relato personal de Deopus de los días que pasó junto al lecho de muerte de Clematis, cuando no hacía las veces de escriba preparaba tinturas y compresas que colocaba sobre el cuerpo de Clematis para calmar los dolores de su piel abrasada. Que Deopus fuese capaz de capturar de modo tan concienzudo el relato del desastre de la Primera Expedición Angelológica en tales condiciones, dado que las heridas del Padre Venerable impedían a buen seguro la comunicación, ha resultado todo un golpe de suerte para los estudiosos. El descubrimiento de la transcripción del Padre Deopus en 1919 abrió la puerta a nuevas investigaciones académicas sobre la Primera Expedición Angelológica.

todos juntos. A la luz del fuego preparamos nuestros petates: cuerda, escoplo, martillo, vitela y tinta, un cuchillo afilado de buena aleación y una tira de algodón para vendar heridas. Con la salida del sol, nos despedimos de nuestros anfitriones y fuimos a buscar a nuestro guía.

El pastor aguardaba en el otro extremo de la aldea, donde el camino se internaba en un ascenso sin fin de peñascos rocosos. Llevaba un morral de buen tamaño sobre el hombro y un cayado pulido en la mano. Nos hizo un asentimiento como saludo de buenos días, giró sobre sus talones y echó a andar montaña arriba con aquel cuerpo sólido y compacto como el de una cabra. Sus maneras se me antojaban excesivamente bruscas, y tenía una expresión tan sombría que yo casi esperaba que renunciase a lo pactado y nos abandonase en pleno camino. Y sin embargo, el pastor seguía avanzando, lento y constante, llevando a nuestro grupo hasta la caverna. Quizá era porque había aumentado la temperatura con la llegada de la mañana, o porque el desayuno había sido agradable, pero nuestro viaje empezó con buen talante. Los hermanos hablaban entre ellos, catalogaban las flores silvestres que crecían por el camino y comentaban la extraña variedad de árboles; abedules, piceas y altísimos cipreses. Su agradable humor me resultaba un alivio, despejaba las de la duda de nuestra misión. La melancolía de los días previos pesaba sobre todos nosotros. Empezamos la mañana con espíritu renovado. Mis propias inquietudes eran considerables, aunque me esforzaba por ocultarlas. La escandalosa risa de los hermanos inspiró mi propia alegría, y pronto todos nos encontramos jubilosos y livianos de corazón. No podíamos prever que sería la última vez que todos nosotros oiríamos el sonido de una risa.

Nuestro pastor ascendió media hora más por la montaña, para a continuación internarse entre una arboleda de abedules. A través de follaje atisbé la boca de la cueva, un tajo profundo en una pared de sólido granito. En el interior de la cueva, el aire estaba fresco y húmedo. Había trazas de hongos coloridos que crecían en las paredes.

El hermano Francis señaló a una hilera de ánforas pintadas que descansaban junto al extremo opuesto de la cueva, vasijas de cuello estrecho y cuerpos bulbosos, depositadas elegantemente en el suelo sucio como si de cisnes se tratase. Las vasijas de mayor tamaño contenían agua, y las más pequeñas, aceite; lo cual me llevó a pensar que aquella cueva se usaba como refugio improvisado. El pastor confirmó mis especulaciones, aunque no llegó a decir quién se atrevería a descansar tan lejos de la civilización, en aquellas alturas, ni qué necesidad lo impulsaría.

Sin más dilación, el pastor abrió el morral. Depositó sobre el suelo de la caverna dos gruesas picas de hierro, un mazo y una escalerilla de cuerda. La escalerilla resultaba impresionante; los hermanos se arremolinaron para inspeccionarla. Estaba compuesta de dos largas tiras de cáñamo entrelazado que formaban el eje vertical, con varas metálicas aseguradas con pernos que componían los escalones. La pericia con la que había sido elaborada resultaba innegable. Era al mismo tiempo fuerte y fácil de transportar. Mi admiración ante la habilidad de nuestro guía no hizo sino aumentar al verla.

El pastor clavó con el mazo los dos picos a la roca. Sujetó la escalerilla a los picos mediante cierres metálicos, pequeñas herramientas de un tamaño no mucho mayor que una moneda, pero que aseguraban de la estabilidad de la escalerilla. Una vez que el pastor hubo concluido, lanzó la escalerilla por el borde y se apartó, como asombrado ante la enorme caída. Al otro lado del borde se oía el estruendo del agua al pasar por las rocas.

Nuestro guía nos explicó que el río fluía bajo la superficie de la montaña y que su curso atravesaba la roca, alimentando así depósitos y arroyos, para luego brotar con fuerza en el interior de la caverna.

Desde la cascada, el río serpenteaba por la caverna, volvía a descender una vez más al laberinto de cavernas subterráneas y emergía una vez más a la superficie. Los aldeanos, según nos informó nuestro guía, lo denominaban Estigia, y creían que los cuerpos de los muertos se apilaban en el suelo de la caverna. Creían que aquella grieta era la entrada al infierno, y la llamaban «la Prisión de los Infieles». El pastor nos contó todo esto con el rostro lleno de aprensión, la primera señal que vimos de que tenía miedo de continuar. A toda prisa, afirmó que había llegado la hora de descender al pozo[12].

IX

Cuesta imaginar el júbilo que nos embargó al ver que habíamos conseguido acceder al abismo. Solo Jacob en su visión pudo haber contemplado una escalera con la misma sensación de majestad. Para dar por cumplido nuestro santo propósito, procedimos a descender a la terrible negrura de aquel pozo maldito, embriagados por la expectación de Su protección y Su gracia.

Descendí por los fríos travesaños de la escalerilla y oí el rugido del agua. Bajé a toda velocidad, rendido a la poderosa atracción de las profundidades, con las manos resbaladizas sobre el metal frío y húmedo. Mis rodillas chocaban contra la superficie escarpada de la roca. El miedo me preñaba el corazón. Susurré una plegaria en la que pedí protección, fuerza y guía contra lo desconocido. Mi voz desapareció en medio del estruendo ensordecedor de la cascada.

El pastor fue el último que descendió; minutos más tarde. Abrió el morral, sacó un manojo de velas de cera de abeja, yesca y pedernal, y procedió a encenderlas. En pocos minutos, un círculo de luz nos rodeó. A pesar del frío del aire, el sudor me caía por los ojos. Unimos las manos en oración, convencidos de que incluso en la más profunda y oscura de las grietas del infierno, nuestras voces serían oídas.

Me recompuse la túnica y eché a andar hacia el borde del río. Los demás me siguieron, mientras que nuestro guía permaneció

---

12. Según un relato posterior del padre Deopus, Clematis pasó unas cuantas horas agónicas escupiendo estas palabras, preso de una ira enloquecida. Después, en pleno ataque de locura, se rasgó la piel abrasada, rompió las vendas y compresas y se las arrancó de la piel. Aquel acto de automutilación por parte de Clematis dejó en las páginas del cuaderno manchas de sangre que son claramente visibles incluso hoy en día, mientras se lleva a cabo esta traducción.

junto a la escalerilla. La cascada caía en la lejanía, un manto de agua infinita. El río en sí mismo describía una gruesa arteria por el centro de la caverna. Era como si el Estigia, el Flegetonte, el Aqueronte y el Cocito; todos ellos ríos del infierno, hubiesen convergido hasta formar uno solo. El hermano Francis fue el primero en atisbar el bote, una pequeña barca atada a la ribera del río, que flotaba en medio de un remolino de niebla. Pronto nos reunimos en torno a la proa y reflexionamos sobre cuál debía de ser nuestro curso de acción. A nuestra espalda, un trecho de tierra nos separaba de la escalerilla. Al frente, al otro lado del río, un laberinto de cuevas aguardaba a que las inspeccionásemos. La elección estaba clara: decidimos descubrir qué había más allá del traicionero río.

Al ser cinco en total, y todos entrados en carnes, mi preocupación primera y principal fue que no cupiésemos en el hueco de aquel estrecho bote. Me subí y tuve que agarrarme para no caer ante los violentos bandazos que causaba el río. No me cupo duda de que, en caso de que el bote volcase, aquella implacable corriente me arrastraría hasta un laberinto de rocas. Tras ciertas maniobras conseguí mantener el equilibrio y tomé asiento, seguro, frente al timón. Los demás me siguieron y pronto nos internamos en la corriente. El hermano Francis empujaba despacio el bote hacia la orilla opuesta con un remo de madera. El río fluía a nuestro alrededor desde la entrada de la caverna, empujándonos hacia nuestra perdición.

$$X^{13}$$

Las criaturas sisearon desde el interior de sus celdas rocosas cuando nos aproximamos, venenosas como serpientes. Sus amedrentadores

---

13. El salto narrativo que se da en esta sección puede deberse a un hueco que falta en la transcripción del padre Deopus, pero lo más probable es que refleje correctamente el estado de incoherencia en el que se hallaba la mente de Clematis. Hay que recordar que el Padre Venerable no estaba en condiciones de relatar con claridad sus experiencias en la caverna. Prueba fehaciente de la habilidad del padre Deopus son los esfuerzos que hizo para componer un relato narrativo a raíz de las incoherencias desesperadas de Clematis.

ojos azules estaban fijos en nosotros. Batían sus poderosas alas contra los barrotes de su prisión. Eran cientos de ángeles oscuros e impenitentes que se desgarraban las resplandecientes túnicas blancas y suplicaban la salvación a gritos, que nos imploraban a nosotros, emisarios de Dios, que los liberásemos.

XI

Mis hermanos cayeron de rodillas, traspuestos ante el horrible espectáculo. En las profundidades huecas de la montaña, hasta donde alcanzaba la vista, había innumerables celdas que contenían a cientos de aquellas magníficas criaturas. Yo me acerqué, intentando comprender lo que veía. Las criaturas eran ultraterrenas; estaban tan infundidas de luz que yo no era capaz de contemplar las profundidades de la caverna; me veía obligado a apartar la vista. Y sin embargo, del mismo modo que los ojos se ven atraídos por el centro de la llama, capaz de quemar la vista con el núcleo azul del fuego, así anhelaba yo contemplar a las criaturas celestiales que había ante mí. Por fin conseguí discernir que cada una de las estrechas celdas contenía un único ángel prisionero. El hermano Francis me agarró del brazo, aterrado, y me suplicó que regresásemos al bote. Sin embargo, yo, preso del fervor, hice oídos sordos. Me giré hacia los demás, les ordené que se pusieran de pie y me siguieran al interior de la caverna.

Los lamentos cesaron cuando entramos en la prisión. Las criaturas nos miraban desde detrás de aquellos gruesos barrotes; sus ojos protuberantes seguían todos nuestros movimientos. Su deseo de libertad no era ninguna sorpresa: llevaban milenios encadenados en el interior de aquella montaña, a la espera de que los liberasen. Y sin embargo, no presentaban un aspecto desastrado: sus cuerpos irradiaban una intensa luminosidad, una luz dorada que brotaba de su piel transparente y los envolvía en un nimbo dorado. Físicamente eran muy superiores a la humanidad. Altos y elegantes, con alas plegadas de los hombros a los tobillos que envolvían sus esbeltos cuerpos como capas de un puro color blanco. Yo jamás había visto o siquiera imaginado semejante belleza. Por fin comprendí que aquellas criaturas celestiales hubiesen podido seducir a las Hijas de los Hombres, entendí el motivo de que los nefilim admirasen tanto su linaje. A medida que me internaba entre ellos, más y más ansioso a cada paso que daba, comprendí que habíamos llegado hasta aquel abismo para cumplir un propósito que no habíamos anticipado. Yo había creído que nuestra misión era recuperar un tesoro angélico, pero entonces comprendí la terrible verdad: habíamos venido a liberar a los Ángeles Desobedientes del pozo.

Desde el hueco de una lóbrega celda, un ángel con una mata de pelo dorado dio un paso al frente. Entre las manos sostenía una pulcra lira de caja redondeada[14]. La alzó y rasgueó las cuerdas. Una música preciosa y etérea reverberó por la caverna. No sabría decir si era debido a la resonancia de la caverna o a la calidad del instrumento, pero el sonido era rico y poderoso, una música encantadora que se apoderó de mis sentidos hasta que casi pensé que me volvería loco de puro gozo. El ángel empezó a cantar con una voz que ascendía y descendía al compás de la lira. Como si respondiesen a aquella divina progresión melódica, los demás ángeles se unieron a coro; cada voz se alzó para crear una música digna del mismo cielo, una confluencia similar a la congregación que describió Daniel, diez mil veces diez mil ángeles. Nos quedamos plantados en el sitio, traspuestos, desarmados por completo ante aquel coro celestial.

---

14. Esta referencia a la lira del arcángel San Gabriel es la parte más angustiosa y frustrante de todo el relato del viaje al Hades de Clematis. Según una carta escrita por el padre Deopus, el Padre Venerable tenía un pequeño disco de metal en su poder tras haber escapado de la caverna. Tras la muerte de Clematis, dicho disco se envió a París para ser examinado. El escrutinio de los musicólogos etéreos se descubrió que Clematis había descubierto un *plectrum*, una púa de metal que se usa para tocar instrumentos de cuerda, sobre todo la lira. Dado que el plectrum suele estar sujeto al instrumento mediante un cordel de seda, puede inferirse que Clematis tuvo de facto contacto con la lira, o bien con un instrumento que emplease un plectrum similar. Esto deja abierto a especulación el paradero de la lira propiamente dicha. Si Clematis sacó el instrumento de la caverna, quizá lo dejó caer en la boca del pozo, o quizá lo perdió mientras huía de la montaña. El plectrum descarta la posibilidad de que la lira fuese producto de la mente enajenada de Clematis, una creación mitológica proveniente de sus ilusiones.

La melodía quedó grabada en mi mente. A día de hoy sigo oyéndola[15].

Contemplé al ángel desde el lugar donde nos encontrábamos. Con suavidad, la criatura alzó sus brazos largos y delgados y desplegó sus inmensas alas. Yo me acerqué a la puerta de la celda y abrí el pestillo calcificado que la cerraba. Una explosión de pura energía me arrojó al suelo. El ángel abrió de golpe la celda y dio un paso, libre. Yo vi el placer que le provocaba a la criatura haber conseguido liberarse. Los ángeles aprisionados rugieron desde sus celdas, celosos de la victoria de su hermano, criaturas malvadas y hambrientas de libertad.

Preso de mi fascinación ante aquellos ángeles, no llegué a percatarme del efecto que la música había tenido sobre mis hermanos. De pronto, antes de que yo pudiese comprender que su mente había caído bajo el hechizo de aquella canción demoníaca, el hermano Francis se abalanzó hacia el coro angélico. En lo que parecía ser un estado de locura, el hermano Francis se arrodilló ante las criaturas en gesto suplicante. El ángel dejó caer la lira y la música sublime del coro se interrumpió al instante. Luego tocó al hermano Francis y lo cubrió con una luz tan densa que parecía haber sido bañado en bronce. Francis ahogó un grito y cayó al suelo, donde se tapó los ojos ante la intensa luz que le achicharraba la piel. Para mi horror, vi que su atuendo se desintegraba y su piel se derretía, dejando solo músculos abrasados y huesos. El hermano Francis, que me había agarrado del brazo hacía pocos minutos y me había suplicado que regresásemos al bote, murió bajo la luz envenenada del ángel[16].

---

15. Está generalmente aceptado que Deopus, a petición del Venerable Clematis, transcribió la melodía del coro celestial de ángeles. Aunque jamás se ha encontrado la partitura, aún se mantiene la esperanza de que exista prueba física de esta progresión armónica.

16. Tras examinar cuidadosamente el relato de la muerte del hermano Francis por parte de Clematis, así como las heridas que condujeron al propio Clematis a la muerte, la conclusión general de los eruditos angelólogos es que el hermano Francis murió por exposición extrema a radiación. Se han iniciado estudios sobre las propiedades radioactivas de los ángeles gracias a una generosa donación de la familia de Marie Curie. En la actualidad, un grupo de estudiosos angelólogos lleva adelante dichos estudios en Hungría.

XII

Los minutos posteriores a la muerte del hermano Francis son una maraña confusa. Recuerdo el siseo de los ángeles desde sus celdas. Recuerdo el horrible cadáver de Francis, ennegrecido y deformado ante mí. Pero todo lo demás se pierde en la oscuridad. De algún modo, la lira del ángel, el mismo tesoro que me había llevado a aquel pozo, descansaba en el suelo a mi alcance. La agarré a toda prisa, sostuve el objeto entre mis manos abrasadas y lo metí en mi propio morral para ponerlo a salvo del peligro.

De pronto me encontré en la proa del bote de madera, con la túnica desgarrada, hecha harapos. Me dolía todo el cuerpo. Tenía los brazos despellejados, la piel abierta en jirones ennegrecidos y sangrientos. Mechones enteros de mi barba habían quedado achicharrados. Fue entonces cuando comprendí que, al igual que había sucedido con el hermano Francis, la horrible luz del ángel había caído sobre mí.

El mismo destino habían corrido los demás hermanos. Dos de ellos se encontraban conmigo en el bote, empujando desesperados con el remo en contra de la corriente. Tenías las túnicas desgarradas y quemaduras graves en la piel. El último miembro de nuestro grupo yacía muerto a mis pies, con las manos en la cara, como si hubiese muerto de puro terror. El bote llego a la ribera opuesta. Bendijimos a nuestro hermano muerto en martirio y desembarcamos, dejando que el río arrastrase el bote corriente abajo.

XIII

Para nuestra consternación, el ángel asesino nos esperaba al otro lado del río. Su hermoso rostro era sereno, como si acabase de descansar de una buena siesta. Al ver a la criatura, mis hermanos cayeron a la tierra entre aspavientos de oración y súplica, locos de terror, pues el ángel estaba hecho de oro. Su miedo estaba justificado. El ángel dirigió su luz venenosa contra ellos y los mató tal y como había matado a Francis. Yo caí de rodillas, rezando por la salvación de sus almas, consciente de que habían muerto sirviendo al Señor. Miré en derredor y vi que no había esperanza alguna de escapar. El pastor había abandonado su puesto, nos había dejado en la caverna y no había dejado más que el morral y la escalerilla; una traición que lamenté amargamente. Nos habría venido bien su ayuda.

El ángel me examinó sin el menor interés, como si yo no fuese más que viento. Habló con una voz más encantadora que cualquier tipo de música. Aunque no entendí el idioma que empleaba, de algún modo comprendí el mensaje a la perfección. El ángel dijo: «Mucho nos ha costado nuestra libertad. A cambio, grande será tu recompensa, así en el cielo como en la tierra».

El sacrilegio que suponían las palabras del ángel me afectó más de lo que había imaginado. No me cabía en la cabeza que semejante demonio se atreviese a prometer una recompensa celestial. Con una terrible ráfaga de furia, me abalancé sobre el ángel y lo arrojé al suelo. Mi rabia tomó por sorpresa a la criatura celestial, una superioridad de la que me aproveché. A pesar de su fulgor, era un ser físico compuesto de una sustancia no muy diferente a la mía propia. En un instante me lancé sobre sus poderosas alas y agarré los apéndices de piel desnuda y delicada que sobresalían de la espalda de la criatura.

Sujeté el hueso cálido en la base de la espalda y arrojé a la luminosa criatura al suelo frío y duro. La rabia me abrumó, pues no recuerdo las medidas exactas que tomé para conseguir mi objetivo. Lo único que sé es que, en medio de mi lucha por sujetar a la criatura y mi desesperación por escapar del pozo, el Señor me otorgó una fuerza sobrenatural que empleé contra la bestia. Agarrado a las alas con una ferocidad que apenas pude creer de mis propias manos envejecidas, conseguí derribar a la criatura. Mis manos sintieron un crujido, como si hubiese roto el fino vidrio de una ampolla. El ángel dejó escapar una repentina exhalación, un suave suspiro que dejó a la criatura indefensa a mis pies.

Inspeccioné el cuerpo roto ante mí. Acababa de arrancarle un ala, la carne rosada estaba desgarrada y las plumas blancas y puras se plegaban en un ángulo asimétrico contra el cuerpo. El ángel se retorció de agonía; y un fluido pálido y azul fluyó de las heridas que yo le había abierto a la espalda. Un sonido inquietante le brotó del pecho, como si los humores, una vez expulsados de sus receptáculos internos, se hubiesen mezclado hasta formar una alquimia desastrosa. Pronto comprendí que aquel despojo de criatura se estaba ahogando, y que aquellas exhalaciones horribles y asfixiadas eran el resultado de la herida en el ala[17]. Y fue así que desapareció su aliento. La violencia de mis actos contra una criatura celestial me atormentó más allá de todo lo imaginable. Acabé por hincarme de rodillas y suplicarle a Dios misericordia y perdón, pues había acabado con una de las creaciones más sublimes del cielo.

Entonces oí una llamada en voz baja: el pastor, agazapado contra las rocas, pronunció mi nombre. Acto seguido me hizo numerosos gestos para que lo siguiera, y comprendí que quería ayudarme a subir la escalerilla. Me arrastré lo más rápido que me permitía mi cuerpo deformado y me dejé llevar por el pastor, quien, por la gracia de Dios, estaba fuerte y sano. Me cargó sobre su trémula espalda y me sacó a cuestas del pozo[18].

---

17. Las propiedades físicas de la estructura de las alas angélicas han quedado explicadas en el influyente estudio de 1907, *Fisiología del vuelo angélico*, una obra cuya superioridad a la hora de mapear las propiedades esqueléticas y pulmonares de las alas la ha convertido en una piedra angular de todas las disertaciones sobre los Vigilantes. Mientras que en su día se creyó que los apéndices eran uniones exteriores del cuerpo, sujetas únicamente por musculatura, ahora se piensa que las alas de los ángeles crecen a partir de los pulmones, de modo que cada ala presenta un doble propósito. Son al mismo tiempo un medio para volar y un órgano de gran delicadeza. Modelos subsiguientes han determinado que los apéndices se forman en los capilares del tejido pulmonar, y que ganan masa y fuerza a medida que crecen a partir de los músculos de la espalda. Un ala madura actúa como complejo sistema de aspiración externa, en el que se absorbe oxígeno y se libera dióxido de carbono mediante minúsculos sacos parecidos a alveolos, ubicados en los ejes de las alas. Se estima que solo el 10% de la función respiratoria tiene lugar vía boca y tráquea, con lo cual las alas son esenciales para cumplir la función respiratoria. Puede que aquí resida el único defecto físico de la estructura angélica, el talón de Aquiles de un organismo perfecto en todos los demás aspectos. Una debilidad que Clematis aprovechó en gran medida.

18. Según las notas que dejó Deopus, Clematis murió antes de dar por concluido este relato, lo cual explica el final abrupto de la historia.

Cerré confundida las páginas del relato de Clematis. No alcanzaba a comprender del todo los sentimientos contradictorios que me inspiraba la traducción del doctor Rafael de la historia que contó Clematis de la Primera Expedición Angelológica. Me temblaban las manos de pura emoción, o bien de miedo o anticipación... no era capaz de identificar la emoción que me embargaba. Y sin embargo, una cosa estaba clara: el Venerable Clematis me había abrumado con la historia de su viaje. Sentía tanto reverencia por la audacia de su misión como terror ante su encuentro con los Vigilantes. Que un hombre hubiese contemplado aquellas criaturas celestiales, que hubiese tocado su luminosa piel y oído su música celestial... yo no alcanzaba ni a imaginarlo.

Puede que hubiese poco oxígeno en aquellas estancias bajo tierra, porque en cuanto dejé a un lado el folleto empecé a sentir que me faltaba el aliento. El aire dentro de la cámara se me antojó más pesado, denso y opresivo que hacía unos minutos. Las paredes de ladrillo y caliza sudorosa de aquellas habitaciones pequeñas y carentes de aire pasaron a convertirse durante un instante en las profundidades de la prisión subterránea de los ángeles. Yo casi esperaba oír el estruendo del río o las oleadas de música celestial de los Vigilantes. Aunque sabía que todo aquello no era más que una macabra fantasía, yo soportaba la idea de quedarme ni un minuto más bajo tierra. En lugar de dejar la traducción del doctor Rafael donde la había encontrado, doblé el folleto y me lo metí en el bolsillo de la falda. Lo saqué de aquellos almacenes subterráneos y salí al delicioso aire fresco de la escuela.

• • •

Aunque habían pasado las doce de la noche y yo sabía que la escuela estaría desierta, no quise arriesgarme a que me descubriesen. A toda prisa, volví a sacar la piedra de su lugar seguro en el arco sobre el umbral, me puse de puntillas y coloqué la llave en el estrecho hueco. Después de volver a encajar la piedra en su lugar y apretarla un poco para suavizar los bordes protuberantes, di un paso atrás y eché un vistazo a mi obra. La puerta parecía idéntica a los otros cientos de puertas que había por la escuela. Nadie sospecharía lo que escondían las piedras.

Me alejé de las dependencias de la escuela y atravesé la fría noche otoñal siguiendo el camino acostumbrado que me llevaba de la escuela al apartamento de la *rue* Gassendi, con la esperanza de encontrar a Gabriella en su dormitorio y poder interrogarla. El apartamento estaba completamente a oscuras. Tras llamar al dormitorio de Gabriella sin obtener respuesta, me retiré a la intimidad de mi propio cuarto, donde podría leer otra vez las páginas de la traducción del doctor Rafael. El texto me atraía hacia sí, y antes siquiera de darme cuenta, ya había leído tres y hasta cuatro veces el relato de Clematis. A cada nueva lectura, el Venerable Clematis me causaba más y más confusión. Mi inquietud empezó siendo una sensación incipiente, una inquietud sutil pero persistente que no pude identificar. Sin embargo, a medida que avanzaba la noche, me vi arrastrada a un estado de terrible ansiedad. Había algo en el manuscrito que no encajaba con mis ideas preconcebidas sobre la Primera Expedición Angelológica, un elemento del relato que chocaba contra todo lo que yo había aprendido. Aunque estaba cansada después de la extraordinaria tensión de aquel día, no pude conciliar el sueño. En cambio me dediqué a diseccionar cada parte del viaje, en busca de la razón exacta que motivaba aquella ansiedad que yo sentía. Por fin, tras revivir muchas veces el suplicio que atravesó Clematis, comprendí de dónde venía mi inquietud: en todas mis horas de estudio, en todas las clases a las que había asistido, en los meses de trabajo en el Ateneo, los Valko no habían mencionado ni una sola vez el papel que desempeñaba aquel instrumento musical que Clematis había descubierto en la caverna. Era el objetivo de nuestra expedición, una fuente de miedo ante los avances de los nazis, y sin embargo, la doctora Serafina se había negado a explicar la naturaleza precisa de su importancia.

Por otro lado, tal y como dejaba claro el relato de Clematis, la lira era el mismo núcleo de la primera expedición. Recordé la historia que decía que la lira era un regalo del arcángel San Gabriel a los Vigilantes, una historia que se había mencionado de pasada en una de las clases de los Valko. Sin embargo, incluso en aquel relato tangencial habían evitado mencionar lo importante que era el instrumento. Me asombraba que pudiesen mantener en secreto un detalle tan importante. Mi frustración no hizo sino aumentar cuando me di cuenta de que Gabriella debía de haber leído el relato de Clematis hacía ya mucho, y por lo tanto era consciente de la importancia de la lira. Y sin embargo, al igual que los Valko, Gabriella no la había mencionado. ¿Por qué me habían excluido? ¿Por qué dejarme fuera? Empecé a repasar con suspicacia el tiempo que había pasado en Montparnasse. Clematis había mencionado «una música encantadora que se apoderó de mis sentidos hasta que casi pensé que me volvería loco de puro gozo», pero, ¿qué consecuencias acarrearía semejante música celestial? No pude evitar asombrarme de que aquellos en quienes más confiaba, aquellos a quienes había entregado mi completa lealtad, me hubiesen engañado. Si habían decidido no contarme la verdad sobre la lira, a buen seguro habría otros datos que también me habían ocultado.

Esas eran las dudas que ocupaban mi mente cuando oí el ruido de un coche bajo la ventana de mi dormitorio. Aparté la cortina y, para mi absoluto pasmo, descubrí que el cielo había adquirido un pálido tono gris azulado que teñía la calle con la neblinosa promesa del alba. La noche había pasado y yo no había dormido nada. Sin embargo, yo no era la única que había pasado una noche en vela. Entre la turbia luz que precede al amanecer, vi que Gabriella salía de un coche, un Citroën Traction Avant blanco. Aunque llevaba el mismo vestido que en el Ateneo, un satén de un fulgor líquido, Gabriella había experimentado un cambio muy acusado en las últimas horas que habían pasado. Llevaba el pelo descompuesto y tenía un aire de pesadumbre y agotamiento en los hombros hundidos. Se había quitado los largos guantes negros y dejado al aire sus pálidas manos. Gabriella le dio la espalda al coche y se giró hacia el edificio, como si se pensase qué hacer a continuación. Acto seguido se apoyó contra el coche, enterró la cabeza entre los brazos y empezó a sollozar. El conductor del coche, un hombre cuyo rostro no alcancé a atisbar, se bajó, y aunque yo no sabía qué intenciones tenía, me pareció que pretendía hacerle daño a Gabriella.

A pesar de la rabia que sentía hacia ella, mi primera reacción instintiva fue ayudar a mi amiga. Bajé a toda prisa las escaleras del apartamento, con la esperanza de que Gabriella no se hubiera ido para cuando yo llegase a la calle. Al alcanzar la entrada del edificio, sin embargo, vi que me había equivocado: en lugar de hacerle daño a Gabriella, aquel hombre la abrazaba, la sostenía en sus brazos mientras ella lloraba. Yo me quedé plantada en la puerta, contemplándolos, confundida. El hombre le acariciaba el pelo con dulzura y le hablaba en lo que se me antojó un tono de amante, aunque a mí nadie me había tocado así en quince años. Abrí la puerta despacio para que no me vieran y oí lo que decía Gabriella:

—No puedo, no puedo, no puedo —repetía entre sollozos con voz preñada de desesperación.

Aunque yo tenía cierta sospecha de qué era lo que motivaba el remordimiento de Gabriella, pues quizá sus actos habían acabado por permear en su consciencia, lo que me dejó pasmada fueron las palabras del hombre:

—Tienes que poder —dijo, y la atrajo aún más hacia sí—. No nos queda más alternativa que continuar.

Reconocí la voz. Fue entonces cuando vi, bajo la creciente luz del alba, que el hombre que consolaba a Gabriella no era otro que el doctor Rafael Valko.

Tras regresar al apartamento, me senté en mi habitación, a la espera de oír los pasos de Gabriella en las escaleras. Sus llaves tintinearon al abrir la puerta y entrar en el pasillo. En lugar de ir a su cuarto, como yo habría esperado, Gabriella fue a la cocina, donde un repiqueteo de sartenes me indicó que se estaba preparando un café. Reprimí el impulso de unirme a ella y aguardé en las sombras de mi dormitorio, escuchando, como si los ruidos fuesen a ayudarme a comprender qué había pasado en la calle y cuál era la naturaleza de la relación de Gabriella con el doctor Rafael Valko.

• • •

Unas horas después llamé a la puerta del despacho de la doctora Serafina. Aún era temprano; ni siquiera habían dado las siete, aunque yo sabía que estaría allí, trabajando como siempre. Estaba sentada frente a su *escritoire*, con el pelo recogido en un moño prieto y el bolígrafo sobre un cuaderno abierto, como si yo la hubiese interrumpido en medio de una frase. Aunque mis visitas a su despacho se habían convertido en parte de nuestra rutina —de hecho, yo había trabajado en aquel diván bermellón todos los días desde hacía semanas, catalogando los documentos de los Valko— mi fatiga y ansiedad por el diario de Clematis debía de vérseme en la cara. La doctora Serafina comprendió que aquella no era una visita ordinaria. Se acercó al instante al diván, se sentó frente a mí y exigió saber qué me había traído allí a una hora tan temprana.

Yo coloqué entre nosotras la traducción del doctor Rafael. Sobresaltada, Serafina echó mano del folleto y pasó las páginas, absorbiendo las palabras que su marido había traducido hacía tanto tiempo. Mientras ella leía, yo vi, o creí ver, que un destello de juventud y felicidad regresaba a su semblante, como si el tiempo se apartase a medida que iba pasando páginas.

Al fin, la doctora Serafina dijo:

—Mi marido descubrió el cuaderno del Venerable Clematis hace casi veinticinco años. Llevábamos a cabo una investigación en Grecia, en una pequeña aldea a los pies de la cadena montañosa de las Ródope, un lugar que Rafael había localizado gracias a una carta de un monje llamado Deopus. La carta había sido escrita en una aldea montañosa con un par de miles de habitantes, la misma donde Clematis había muerto no mucho después de la expedición. El texto daba a entender que Deopus había transcrito el último relato de la expedición de Clematis. Aunque en la carta no había más que la más vaga promesa de descubrir algo, Rafael prestó oídos a su intuición y emprendió lo que muchos creyeron que era una misión quijotesca en Grecia. Fue un momento trascendental en su carrera... en la carrera de ambos, en realidad. El descubrimiento tuvo tremendas consecuencias para nosotros; nos aportó reconocimiento e invitaciones para dar charlas en todos los institutos de renombre de Europa. La traducción cimentó su reputación y nos aseguró un puesto aquí, en París. Recuerdo lo feliz que estaba Rafael por venir aquí, el optimismo que nos embargó a ambos.

La doctora Serafina se detuvo de repente, como si hubiese hablado de más a su pesar.

—Tengo mucha curiosidad por saber dónde lo has encontrado.

—En los almacenes subterráneos bajo la escuela —repliqué sin un momento de duda. No podría haberle mentido a mi profesora por más que lo hubiese intentado.

—Nuestros almacenes subterráneos son de acceso restringido —dijo la doctora Serafina—. Las puertas están cerradas con llave. No se puede entrar.

—Gabriella me dijo dónde estaba la llave —dije—. Volví a colocarla en su escondite tras la dovela.

—¿Gabriella? —dijo la doctora Serafina, asombrada—. ¿Y cómo sabe Gabriella de la existencia de ese escondite?

—Pensaba que usted lo sabría. O quizá —dije, midiendo mis palabras, inquieta por no revelar más de lo que sería prudente— lo sepa el doctor Rafael.

—Yo desde luego no lo sé, y estoy segura de que mi marido tampoco —dijo la doctora Serafina—. Dime, Celestine, ¿has notado algo extraño en el comportamiento de Gabriella?

—¿A qué se refiere? —pregunté, y me eché hacia atrás contra la fresca seda del diván, esperando con gran anticipación que la doctora Serafina me ayudase a entender el enigma que suponía Gabriella.

—Te voy a decir lo que he visto yo —dijo la doctora Serafina. Se puso en pie y se acercó a la ventana, en la que caía la pálida luz de la mañana—. Desde hace meses ya casi no reconozco a Gabriella. Va muy atrasada con sus deberes. Sus dos últimos ensayos estaban escritos a un nivel significativamente inferior a sus capacidades... aunque va tan avanzada que solo se habría dado cuenta una profesora que la conociese bien. Ha estado pasando mucho tiempo fuera de la escuela, sobre todo de noche. Ha cambiado de apariencia, ahora se asemeja más a las chicas que se ven por el barrio de Pigalle. Y, quizá lo peor de todo, ha empezado a hacerse daño a sí misma.

La doctora Serafina se giró hacia mí como si esperase que le llevase la contraria en todas aquellas afirmaciones. Como no lo hice, prosiguió:

—Hace unas semanas presencié cómo se quemaba la piel durante una clase de mi marido. Ya sabes a qué episodio me refiero. Fue la experiencia más perturbadora de mi carrera, y créeme, he tenido experiencias perturbadoras de sobra. Gabriella se llevó la llama a la muñeca desnuda y se abrasó la piel, impasible. Sabía que yo la estaba mirando, y me devolvió la mirada, como si quisiera desafiarme, como si me retase a interrumpir la clase para salvarla de sí misma. En su comportamiento había más que desesperación. Más que una típica llamada pueril de atención. Había perdido el control de sus actos.

Yo quise poner alguna objeción, decirle a la doctora Serafina que se equivocaba, que yo no me había percatado de ninguno de aquellos detalles perturbadores a los que se refería. Quise decirle que Gabriella se había quemado por accidente, pero no pude hacerlo.

—Ni qué decir tiene que el comportamiento de Gabriella me sorprendió —dijo la doctora Serafina—. Me pensé si debería hablar con ella de inmediato.. pues la chica necesitaba atención médica a fin de cuentas… pero me lo pensé mejor. Su comportamiento sugería ciertas enfermedades, todas ellas de naturaleza psicológica. Si tal era el caso, yo no quería exacerbar el problema. Sin embargo, me temía que hubiese otra causa que no tuviese nada que ver con el estado mental de Gabriella, sino con otra fuerza completamente distinta.

La doctora Serafina se mordió el labio, como si se pensase cómo proseguir. Yo la insté a que continuase. Gabriella me despertaba tanta curiosidad como a la doctora Serafina, quizá incluso más.

—Ayer, tal y como recordarás, metí *El libro de las generaciones* entre los tesoros que vamos a enviar al extranjero para que los protejan. De hecho, *El libro de las generaciones* no va a ir a Estados Unidos… es demasiado importante, así que se quedará conmigo o con otro estudioso de alto nivel… sin embargo, lo coloqué allí, con los demás tesoros, para que Gabriella lo viese. Dejé el libro abierto en cierta página en la que se ve a simple vista el apellido Grigori. Resultaba vital tomar por sorpresa a Gabriella. Tenía que ver el libro y leer los apellidos escritos en esas páginas, sin tiempo para enmascarar su reacción. Y lo que es igualmente importante: yo quería ver su reacción. ¿Te fijaste?

—Por supuesto —dije, recordando su abrupto arrebato, aquella angustia física ante los nombres que había leído—. Me resultó amedrentador y estrambótico.

—Estrambótico —dijo la doctora Serafina—, pero predecible.

—¿Predecible? —pregunté, cada vez más confusa. A mí, el comportamiento de Gabriella se me antojaba un completo misterio—. No comprendo.

—En un primer momento solo se mostró incómoda ante el libro. Luego, cuando reconoció el apellido Grigori, y quizá otros, aquella incomodidad se convirtió en histeria, en puro miedo animal.

—Sí, es cierto —dije yo—. Pero, ¿por qué?

—Gabriella mostró todos los rasgos de quien ha sido descubierto en medio de un plan malvado. Reaccionó como una persona a quien atormenta la culpa. Ya he visto antes un comportamiento así, aunque en otras personas a quienes se les daba mejor disimular la culpa.

—¿Cree usted que Gabriella está trabajando contra nosotros? —pregunté con el asombro pintado en la voz.

—No lo sé a ciencia cierta —dijo la doctora Serafina—. Es probable que se haya visto inmersa en una relación desafortunada que la haya abrumado. Pero, se mire como se mire, su valía está en tela de juicio. En cuanto se empieza a llevar una doble vida, resulta muy difícil escapar. Es una pena que Gabriella haya caído en semejante comportamiento, pero constituye un ejemplo a evitar.

Demasiado aturdida para responder, me limité a clavarle la vista a la doctora Serafina, con la esperanza de que dijese algo que calmase mi ansiedad. Aunque la doctora Serafina no tenía prueba alguna que apoyase sus sospechas, yo sí la tenía.

—Los almacenes bajo tierra están completamente prohibidos; las entradas están selladas por la seguridad de todos nosotros. No debes contarle a nadie lo que has encontrado allí. —Serafina se acercó a su escritorio, abrió un cajón y sacó una segunda llave—. Solo hay dos llaves que permiten bajar al sótano. Yo tengo una. La otra la ha escondido Rafael.

—Quizá el doctor Rafael le enseñó a Gabriella la ubicación de su llave —aventuré. Recordé las palabras que habían intercambiado él y Gabriella aquella mañana. Supe que así había sido, aunque me faltaba valor para contárselo a la doctora Serafina.

—Imposible —dijo la doctora Serafina—. Mi marido jamás revelaría un dato tan importante a una estudiante.

Me sentí profundamente incómoda ante lo que sospechaba que era una relación íntima entre el doctor Rafael y Gabriella. Del mismo modo, no estaba muy segura de la naturaleza de las faltas de Gabriella. Para mi desasosiego, sentí un perverso placer al contar con la confianza de Serafina. Mi profesora jamás me había hablado en un tono tan serio, con semejante camaradería. Como si yo fuese algo más que una ayudante. Como si fuese una colega.

Por ello me resultaba aún más difícil reflexionar sobre los engaños de Gabriella. Si la impresión que yo me había hecho era la correcta, no era solo que Gabriella estuviese trabajando contra los angelólogos, sino que al establecer una relación con el doctor Rafael había traicionado personalmente a la doctora Serafina. Aunque yo había pensado que Gabriella se había distraído con un hombre de fuera de la escuela, ahora sabía que su *affaire* era mucho más dañino de lo que había calculado en un principio. De hecho, cabía la posibilidad de que el doctor Rafael estuviese trabajando con Gabriella contra nuestros intereses. Sabía que tenía que contárselo a la doctora Serafina, pero no conseguí obligarme a hacerlo. Necesitaba tiempo para comprender mis propios sentimientos antes de revelarle a nadie lo que sabía.

Dado que me parecía necesario cambiar de tema, viré hacia lo que me había traído hasta el despacho de la doctora Serafina:

—Discúlpeme por el cambio brusco —dije en tono suave, evaluando su reacción—, pero he de preguntarle algo sobre la Primera Expedición Angelológica.

—¿Por eso has venido a verme esta mañana?

—He pasado casi toda la noche estudiando el texto de Clematis —dije—. Lo he leído muchas veces y a cada lectura me ha invadido más y más la incertidumbre. No comprendía por qué me molestaba tanto el relato, hasta que lo comprendí de golpe: usted no me ha hablado de la lira.

La doctora Serafina sonrió, recuperada ya la serenidad típica de profesora.

—Por eso mi marido tiró la toalla con Clematis —dijo—. Se pasó más de una década intentando encontrar información sobre la lira. Buscó en bibliotecas y tiendas de antigüedades por toda Grecia, escribió cartas a eruditos e incluso intentó localizar a contactos del hermano Deopus. Pero no sirvió de nada. Si Clematis encontró la lira en la caverna, tal y como creemos que sucedió, o bien fue destruida o se perdió. Dado que no tenemos forma alguna de hacernos con ella, hemos acordado mantenerla en secreto.

—¿Y si hubiese alguna forma de encontrarla?

—Ya no había necesidad de mantener el secreto —dijo la doctora Serafina—. Con un mapa estaríamos en una posición completamente diferente.

—Pero no hace falta un mapa —dije. Todas mis preocupaciones sobre Gabriella, el doctor Rafael y las sospechas de Serafina desaparecieron ante mi anticipación. Eché mano del folleto y lo abrí por la página sobre la que tanto había estado reflexionando—. No hace falta un mapa. Todo está escrito aquí, en el relato de Clematis.

—¿A qué te refieres? —dijo Serafina, clavándome la mirada como si yo acabase de confesar un asesinato—. Hemos repasado el texto palabra por palabra. No hay mención alguna a la ubicación exacta de la caverna. Solo se habla de una montaña inexistente cerca de Grecia, y déjame que te diga, querida, que Grecia es un sitio muy grande.

—Puede que hayan repasado ustedes cada palabra —dije—, pero esas mismas palabras los han engañado. ¿Sigue existiendo el manuscrito original?

—¿La transcripción original del hermano Deopus? —dijo la doctora Serafina—. Sí, claro. Está en las cámaras acorazadas.

—Si me da usted acceso al texto original —dije—, estoy segura de que puedo mostrarle la ubicación exacta de la cueva.

Caverna de la Garganta del Diablo, Montañas Ródope, Bulgaria

Condujimos por estrechas carreteras de montaña, ascendiendo entre la niebla y aquellos cañones altos y escarpados. Yo había estudiado la geología de la región antes de embarcarme en la expedición, pero aun así, el paisaje de las Montañas Ródope no era como me lo había imaginado. A raíz de las descripciones de mi abuela y de las historias que me contaba mi padre de niña, lo que yo tenía en la cabeza eran aldeas sumidas en un verano infinito de árboles frutales, vides y piedras bañadas por el sol. En mi imaginación infantil, yo creía que aquellas montañas serían como castillos de arena bajo el asalto del mar, bloques de arenisca medio derruida cuya superficie estaría repleta de canales y arroyuelos. Sin embargo, mientras avanzábamos entre capas de niebla, lo que me encontré fue una sólida e imponente cordillera de cumbres de granito que se sucedían una detrás de otra como dientes podridos en el cielo gris. En la lejanía, los picos helados se alzaban sobre valles cubiertos de nieve, riscos que arañaban el cielo azul pálido. Las Montañas Ródope se cernían sobre mí, oscuras y majestuosas.

El doctor Rafael se había quedado en París, haciendo las preparaciones necesarias para nuestro regreso, un proceso delicado en plena ocupación. La doctora Serafina había quedado al frente de la expedición. Para mi asombro, nada parecía haber cambiado en su matrimonio tras mi conversación con la doctora Serafina, o así parecía. Yo los estudiaba con ávida atención hasta que la guerra llegó a las puertas de

París. Aunque me había preparado para las alteraciones que acarrearía la guerra, no sospechaba lo rápido que iba a cambiar mi vida una vez que los alemanes ocupasen Francia. A petición del doctor Rafael, me mudé a vivir con mi familia en Alsacia, donde estudié los pocos libros que me llevé conmigo y quedé a la espera de noticias. La comunicación resultaba difícil, y en ocasiones no oía nada de los angelólogos durante meses. A pesar de la urgencia de la misión, todos los planes para realizar la expedición quedaron suspendidos hasta finales de 1943.

La doctora Serafina iba en la parte delantera de la camioneta, hablando con Vladimir, el joven angelólogo ruso en quien yo me había fijado en nuestra primera reunión. Los dos hablaban en una mezcla chapurreada de ruso y francés. Vladimir conducía rápido, tan cerca del borde del precipicio que se me antojaba que pronto nos deslizaríamos por aquella vítrea superficie de la ladera, siguiendo el reflejo de la camioneta en el hielo hasta no volver a ser vistos jamás. A medida que ascendíamos, la carretera se estrechó hasta convertirse en un sinuoso camino a través de pizarra y densa foresta. De vez en cuando aparecía una aldea bajo el camino. Racimos de casitas de montañas brotaban en pequeños rincones del valle como si de setas resistentes se tratase. Al otro lado, en la lejanía, las ruinas de piedra de una muralla romana asomaban entre la montaña, medio enterradas bajo la nieve. La belleza recia y aciaga de aquel paisaje me llenaba de asombro ante el país de mi abuela y mi padre.

De vez en cuando, cuando las ruedas se atascaban en algún hoyo nevado, bajábamos y nos abríamos paso con palas. Con los gruesos abrigos de lana que llevábamos y las resistentes botas de piel de oveja, cualquiera nos habría confundido con aldeanos de la montaña perdidos en la tormenta de nieve. Lo único que nos permitía avanzar era la calidad de nuestro vehículo, un costoso K-51 americano con cadenas en los neumáticos, regalo de una de las generosas patrocinadoras de los Valko en los Estados Unidos; así como el equipo que llevábamos dentro, cuidadosamente sujeto con arpillera y cuerdas.

El Venerable Clematis de Tracia habría envidiado el ritmo entrecortado con el que avanzábamos. Él había hecho el camino a pie, con suministros cargados en mulas. Yo siempre había creído que la Segunda Expedición Angelológica sería más peligrosa que la primera, pues pretendíamos entrar en la caverna en lo más profundo del invierno, en medio de una guerra. Y sin embargo, Clematis se enfrentó a otros peligros que nosotros evitamos. Los fundadores de la angelología se habían visto sometidos a una gran presión para enmascarar sus esfuerzos y disimular su trabajo. Vivían en una época de conformidad, y por lo tanto sus actos se habían visto sometidos a un escrutinio constante. Como consecuencia, los avances resultaban muy lentos, sin los grandes descubrimientos de la angelología moderna. Sus estudios supusieron un progreso farragoso que, con el paso de los siglos, creó los cimientos de todo lo que yo había estudiado. De haber sido descubiertos, los habrían declarado herejes, la Iglesia los habría excomulgado y quizá aprisionado. Yo sabía que esa persecución no habría detenido la misión, pues los miembros fundadores de la angelología habían sacrificado ya mucho más por la causa, pero sí que habría retrasado sus avances en gran medida. Ellos estaban convencidos de que sus órdenes provenían de una autoridad superior, del mismo modo que yo estaba convencida de mi vocación hacia aquella misión.

Mientras que la expedición de Clematis se había enfrentado a la amenaza de robo o de mala voluntad por parte de los aldeanos, nuestro mayor miedo era que nos interceptasen nuestros enemigos. Tras la ocupación de París, en junio de 1940, nos habíamos visto obligados a ocultarnos, una jugada que había pospuesto la expedición. Durante años nos habíamos preparado en secreto para el viaje, reuniendo suministros e información sobre el terreno, recluyéndonos en una exclusiva red de sabios de confianza y miembros del consejo, angelólogos cuyos muchos años de dedicación y sacrificio eran prueba suficiente de lealtad. Sin embargo, las medidas de seguridad cambiaron cuando el doctor Rafael dio con una espónsor, una acaudalada americana cuya reverencia hacia nuestro trabajo la había impulsado a ayudarnos. Al aceptar el apoyo de una persona fuera de nuestro círculo habíamos abierto la puerta a que nos descubriesen. Con el dinero y la influencia de nuestra benefactora, nuestros planes avanzaron al mismo tiempo que aumentaban nuestros miedos. Jamás sabríamos a ciencia cierta si los nefilim habían descubierto nuestras intenciones. No podíamos saber si estarían en las montañas, si nos seguirían a cada paso que dábamos.

Yo me estremecí dentro de la camioneta. Sentía náuseas a causa de las violentas sacudidas con las que avanzábamos sobre el hielo y aquellos caminos irregulares. Sabía que la falta de calor debería haberme dejado inmóvil, pero me cosquilleaba todo el cuerpo de pura anticipación. Los otros miembros del equipo, tres angelólogos avezados, se sentaban junto a mí y hablaban de la misión que nos esperaba con una confianza que me costaba creerme. Aquellos hombres eran mucho mayores que yo y habían trabajado juntos casi toda su vida, pero era yo quien había resuelto el misterio de la ubicación, lo cual me confería un estatus especial entre ellos. Gabriella, que en su día había sido mi rival a la hora de conseguir aquel puesto, había abandonado la escuela en 1940; se había esfumado sin siquiera despedirse. Se había limitado a reunir todas sus pertenencias y desaparecer de nuestro apartamento. En aquel momento, yo creí que había recibido algún tipo de reprimenda, quizá incluso que la habían expulsado, y que aquel abandono silencioso se debía a la vergüenza. Yo no sabía si se había exiliado o refugiado bajo tierra. Aunque comprendí que mis esfuerzos me habían granjeado un puesto en la expedición, seguía presa de las dudas. En secreto me pregunté si no me habrían seleccionado para unirme a aquella misión solo porque Gabriella ya no estaba.

La doctora Serafina y Vladimir analizaron los datos del descenso a la caverna. Yo, sin embargo, no me uní a la discusión; estaba demasiado perdida en mis propios pensamientos nerviosos sobre el viaje. Era muy consciente de que podía suceder cualquier cosa. De pronto, todas las posibilidades se abrieron ante mí. Quizá completaríamos la misión en la caverna con facilidad, o quizá jamás regresaríamos a la civilización. Solo había una cosa segura: en las siguientes horas, lo perderíamos o lo ganaríamos todo.

El viento aullaba en la distancia. Se oyó el estruendo lejano de un avión en las alturas. Yo no pude evitar pensar en el horrible final de

Clematis. Pensé en las dudas que había expresado el hermano Francis. Había dicho que el equipo de la expedición no era más que una «hermandad de soñadores». En el momento en que llegamos por fin a la cumbre de la montaña y dejamos atrás un peñasco de granito cubierto de hielo, me pregunté si la descripción de Francis no se aplicaría también a nosotros tantos siglos después. ¿Estábamos persiguiendo un tesoro fantasma? ¿Perderíamos la vida por una fantasía infructuosa? Nuestro viaje podría ser, tal y como creía la doctora Serafina, la culminación de todo lo que habían intentado alcanzar nuestros eruditos con tanto esfuerzo. O bien podría ser justo lo que había temido el hermano Francis: la ilusión de un grupo de soñadores que había perdido el norte.

Por culpa de su gran pasión por entender los detalles del relato del Venerable Clematis, el doctor Rafael y la doctora Serafina habían pasado por alto un hecho de lo más sutil: el hermano Deopus era un monje búlgaro de la región tracia que, si bien formado en el lenguaje de la Iglesia y completamente capaz de dejar por escrito las palabras de Clematis en latín, también hablaba con toda certeza el idioma local a nivel nativo: una variación pretérita del búlgaro forjada en cirílico por San Cirilo y San Metodio en el siglo IX. El venerable Clematis también tenía como idioma materno aquel búlgaro pretérito, al haber nacido y haberse criado en las Montañas Ródope. A medida que yo leía y volvía a leer la traducción del doctor Rafael, aquella aciaga noche de hacía ya cuatro años, se me ocurrió que Clematis, al contar el relato enloquecido de su descenso a la cueva, quizá había recurrido a la comodidad y facilidad de su idioma nativo. Seguramente Clematis y el hermano Deopus se habrían comunicado en aquel idioma común que compartían, sobre todo al hablar de tradiciones sin una traducción fácil al latín. Quizá el hermano Deopus hubiese escrito aquellas palabras en cirílico, su escritura nativa, y habría llenado el manuscrito de palabras de aquel búlgaro pretérito. En caso de que hubiese sentido vergüenza ante semejante ejecución literaria poco elegante, pues el latín era el idioma culto de la época, quizá podría haber reproducido la transcripción en latín. Suponiendo que algo así había ocurrido, yo tenía la esperanza de que la versión original se hubiese conservado. Si el doctor Rafael había usado aquella copia para ayudarse a traducir la transcripción del hermano Deopus, yo podría comprobar las palabras para asegurarme de que no había habido ningún error a la hora de pasar del latín a francés moderno.

Tras llegar a aquella conclusión, recordé haber leído en una de las muchas notas a pie del doctor Rafael que el manuscrito tenía gotas desvaídas de sangre, seguramente provenientes de las heridas que había sufrido Clematis en la cueva. Si ese era el caso, el manuscrito original de Deopus no habría sido destruido. Si me daban la oportunidad de echarle un vistazo al manuscrito, sin duda yo podría comprender la escritura en cirílico en el texto, pues la había aprendido de mi abuela, Baba Slavka, una mujer muy estudiosa que leía novelas rusas en original y escribía volúmenes de poesía en su búlgaro nativo. Con el manuscrito original, yo sería capaz de extraer las palabras en cirílico y, con ayuda de mi abuela, encontrar la traducción correcta del búlgaro pretérito al latín, y de ahí, por supuesto, al francés. Todo consistía en trabajar hacia atrás, del idioma más moderno al más antiguo. El secreto de la ubicación de la caverna podría averiguarse, pero solo si yo estudiaba el manuscrito original.

En cuanto le expliqué el camino tortuoso que había seguido mi mente para llegar a esa conclusión, la doctora Serafina, cuya emoción sobre mis especulaciones no hizo sino aumentar mientras yo hablaba, me llevó enseguida con el doctor Rafael y me pidió que volviese a explicarle a él mi teoría. Al igual que la doctora Serafina, el doctor Rafael aprobó la lógica de la idea, pero me advirtió que había traducido con sumo cuidado las palabras del hermano Deopus y que no había encontrado ninguna palabra en cirílico en el manuscrito. Aun así, los Valko me llevaron a la cámara del Ateneo, donde se guardaba el manuscrito original. Ambos se pusieron guantes blancos de algodón y me dieron a mí un par, para que pudiese hacer lo propio. El doctor Rafael echó mano del manuscrito, que descansaba en un anaquel. Tras quitarle el envoltorio, una gruesa tela de algodón, el doctor Rafael lo colocó frente a mí para que pudiese examinarlo. Dio un paso atrás y nuestras miradas se encontraron. Yo no pude evitar recordar su encuentro de aquella misma mañana con Gabriella, como tampoco pude evitar preguntarme qué secretos le ocultaba a todo el mundo, incluida su esposa. Y sin embargo, el doctor Rafael tenía el mismo aspecto de siempre: encantador, erudito y completamente inescrutable.

El manuscrito ante mí no tardó en captar toda mi atención. El papel era tan delicado que me daba miedo dañarlo. El sudor había corrido la tinta, y había manchas de sangre ennegrecida en ciertas páginas. Tal y como yo había esperado, el latín del hermano Deopus era imperfecto: a veces incurría en faltas de ortografía y tendía a hacerse un lío con las declinaciones. Sin embargo, para mi gran decepción, el doctor Rafael estaba en lo cierto: no había letras en cirílico en la transcripción. Deopus había escrito todo el documento en latín.

Puede que la frustración me hubiese abrumado, pues había albergado la esperanza de impresionar a mis profesores y asegurarme un puesto en una futura expedición, de no ser por un golpe de genio del doctor Rafael. En el mismo momento en que yo empecé a abandonar la esperanza, su semblante se llenó de euforia. Me explicó que, en los meses en que había traducido la sección de Deopus del manuscrito del latín al francés, se había encontrado con ciertas palabras que le resultaban poco familiares. Había especulado que Deopus, ante la extraordinaria presión que suponía reproducir las palabras de Clematis, que debía estar hablando a un ritmo demencial, había latinizado ciertas palabras de su idioma nativo. Algo así resultaría natural, explicó el doctor Rafael, pues el cirílico era relativamente reciente: apenas se había sistematizado un siglo después del nacimiento de Deopus. El doctor Rafael recordaba bien las palabras y dónde se encontraban en el relato. Sacó un papel del bolsillo, abrió una pluma estilográfica y empezó a escribir. Copió del manuscrito una serie de palabras búlgaras latinizadas: «oro», «mundo», «espíritu»... una lista de quince palabras más o menos.

El doctor Rafael explicó que había necesitado recurrir a diccionarios para pasar aquellas palabras del búlgaro al latín, que luego había traducido al francés. Había buscado en unos cuantos textos de referencia eslavos hasta llegar a la conclusión de que se trataba de correspondencias fonéticas con los sonidos representados en latín. Decidido a suavizar aquellas inconsistencias, el doctor Rafael optó por lo que creía que eran los términos correctos, contrastando cada término con su contexto para asegurarse de que tenía sentido. En su día, aquella falta de precisión se le antojó al doctor Rafael desafortunada pero rutinaria, el tipo de conjetura que hay que hacer al abordar cualquier manuscrito antiguo. Ahora comprendió que su método había, como mínimo, corrompido la integridad del lenguaje y, lo que era peor, lo había llevado a cometer flagrantes errores en la traducción.

Examinando la lista todos juntos, no tardamos en aislar los términos de búlgaro pretérito que se habían traducido erróneamente. Dado que las palabras eran bastante elementales, yo eché mano de la pluma estilográfica del doctor Rafael y le demostré los errores que había cometido. Deopus había escrito la palabra З л о т о («maldad»), que el doctor Rafael había interpretado como З л а т о («oro»). Así pues, había traducido la frase «pues el ángel estaba hecho de oro» cuando debería haber sido «pues el ángel estaba hecho de maldad». Del mismo modo, Deopus había escrito la palabra Д у х («espíritu»), que el doctor Rafael había traducido erróneamente como Д ъ х («aliento»), con lo cual la frase resultante había sido «Y fue así que desapareció su aliento» en lugar de «Y fue así que desapareció su espíritu». Para nuestros propósitos, sin embargo, la cuestión más intrigante era si «*Gyaurskoto Burlo*», el nombre que Clematis le había dado a la caverna, era un topónimo en aquel búlgaro pretérito o si era una traducción corrompida de algún modo. Con la estilográfica del doctor Rafael, transcribí «*Gyaurskoto Burlo*» en cirílico, y a continuación en letras latinas:

Г я у р с к о т о Б ъ р л о

GYAURSKOTO BURLO

Contemplé el papel como si la forma exterior de aquellas letras fuese a romperse y a dejar fluir la esencia de su significado sobre la página.

Por más que me esforzaba, no veía modo alguno en que las palabras hubiesen sido mal traducidas. Aunque la cuestión de la etimología de «*Gyaurskoto Burlo*» quedaba fuera de mis capacidades, yo sabía que había una persona que comprendería la historia de aquel nombre y de las traducciones erróneas que había sufrido a manos de sus traductores. El doctor Rafael metió el manuscrito en su maletín de cuero tras envolverlo en la tela de algodón para protegerlo. Aquella misma noche, los Valko y yo llegamos a mi aldea nativa para hablar con mi abuela.

El privilegio de tener acceso a las ideas de los Valko, por no mencionar sus manuscritos, era algo que yo había anhelado durante mucho tiempo. Hacía apenas unos meses, ninguno de los dos se percataba siquiera de mi presencia, pues yo no era más que otra estudiante que deseaba demostrar su valía. Y ahora, los tres nos encontrábamos en el recibidor de la granja de mi familia, colgando los abrigos y limpiándonos los zapatos mientras mi madre y mi padre se presentaban. El doctor Rafael fue tan educado y afable como siempre, la viva imagen del decoro. Tuve que preguntarme si no habría imaginado verlo junto a Gabriella. No conseguía reconciliar al perfecto caballero que tenía ante mí con el taimado granuja que había visto abrazando a su estudiante de quince años.

Tomamos asiento frente a la suave mesa de madera de la cocina en la casa de piedra de mis padres. Baba Slavka examinó el manuscrito. Aunque vivía en nuestra aldea francesa desde hacía años, jamás había llegado a parecerse a las mujeres nacidas allí. Llevaba un pañuelo de algodón de color intenso sobre el pelo, grandes pendientes de plata y mucha sombra de ojos. Tenía los dedos repletos de anillos de oro y gemas. El doctor Rafael explicó lo que buscábamos y le tendió el manuscrito junto con la lista de palabras que había sacado del relato de Deopus. Baba Slavka leyó la lista y, tras estudiar el manuscrito durante un rato, se puso en pie, fue a su cuarto y regresó con un fajo de hojas de buen tamaño que pronto comprendí que eran mapas. Abrió uno de ellos y nos enseñó un mapa de las Ródope. Leí los nombres de las aldea escritos en cirílico: Smolyan, Kesten, Zhrebevo, Trigrad. Eran los nombres cercanos al lugar de nacimiento de mi abuela.

Gyaurskoto Burlo, explicó mi abuela, significaba «Escondite de los Infieles» o «Prisión de los Infieles», tal y como el doctor Rafael había traducido correctamente del latín.

—No es de extrañar —prosiguió mi abuela— que nunca se haya encontrado un lugar llamado *Gyaurskoto Burlo*, porque no existe.

Colocó un dedo cerca de la aldea de Trigrad y señaló a una caverna que se ajustaba a la descripción de la que buscábamos; una caverna que se consideraba desde hacía mucho como un lugar místico, el lugar desde el que Orfeo emprendió el viaje al inframundo, una maravilla geológica y fuente de leyendas entre los aldeanos.

—Esta caverna tiene todas las cualidades que describen ustedes, pero no se llama *Gyaurskoto Burlo* —dijo Baba Slavka—. Se llama *Dyavolskoto Gurlo*, la Garganta del Diablo. —Con un gesto al mapa, añadió—: El nombre no está escrito ni aquí ni en ningún otro mapa, aunque yo misma he estado en la entrada. He oído la música que emana de la caverna. Por eso quise que estudiases angelología, Celestine.

—¿Has estado en la caverna? —pregunté, asombrada de que la respuesta a la búsqueda de los Valko hubiese estado a mi alcance todo aquel tiempo.

Mi abuela esbozó una sonrisa extraña y misteriosa.

—Está cerca de la antigua aldea de Trigrad, donde conocí a tu abuelo. Y donde nació tu padre.

Después de haber desempeñado mi papel a la hora de ubicar la caverna, yo habría esperado regresar a París para ayudar a los Valko en los preparativos de la misión. Sin embargo, el peligro de la invasión se cernía sobre nosotros, así que el doctor Rafael se negó en redondo. Habló con mis padres y acordó que enviarían mis pertenencias por tren. Acto seguido, los Valko se marcharon. Al verlos partir sentí que mis sueños y todo mi trabajo no habían servido para nada. Abandonada en Alsacia, aguardé a oír noticias de nuestro viaje inminente.

Ahora, por fin nos estábamos acercando a la Garganta del Diablo. Vladimir detuvo la camioneta ante un anodino letrero en el que había garabateadas unas cuantas letras en cirílico. La doctora Serafina le dijo que siguiese la indicación del letrero hacia la aldea. Atravesamos un camino estrecho y cubierto de nieve que ascendía abruptamente hacia la montaña. La pendiente era muy pronunciada y estaba congelada del todo. La camioneta empezó a deslizarse hacia abajo; Vladimir redujo la marcha y dedicó toda la fuerza del motor a avanzar contra la gravedad. Las ruedas de la camioneta giraron sobre la nieve compacta, ganaron tracción y nos propulsaron hacia delante. Hacia las sombras.

Cuando llegamos al final del camino, Vladimir aparcó la camioneta en un saliente de la montaña. Ante nosotros se desplegaba un enorme paisaje yermo y nevado. La doctora Serafina se giró para dirigirse a nosotros.

—Todos habéis leído el relato de viaje del Venerable Clematis. Y todos hemos repasado la logística que implica entrar en la caverna. Sois conscientes de los peligros que nos aguardan más adelante, peligros que no se parecen en nada a todo aquello a lo que nos hemos enfrentado hasta ahora. El proceso físico de descender por la caverna consumirá todas nuestras fuerzas. Hemos de entrar con precisión y velocidad. No tenemos margen de error. Nuestro equipo nos será de gran ayuda, pero habrá desafíos que no son físicos. Una vez que estemos dentro de la caverna en sí, hemos de estar preparados para enfrentarnos a los Vigilantes.

—Cuya fuerza es formidable —añadió Vladimir.

La doctora Serafina nos contempló con toda atención. La gravedad de la misión se insinuaba en su semblante. Dijo:

—«Formidable» no se acerca siquiera a describir adecuadamente lo que podríamos encontrar. Generaciones de angelólogos han soñado con tener algún día la capacidad de enfrentarse a los ángeles prisioneros. Si tenemos éxito, habremos conseguido algo que nadie ha logrado hasta ahora.

—¿Y si fracasamos? —pregunté yo, que apenas me permitía pensar en aquella posibilidad.

—Los poderes que tienen —dijo Vladimir— y la destrucción y sufrimiento que podrían desencadenar sobre la humanidad.... Son inimaginables.

La doctora Serafina se abrochó el abrigo de lana y sacó un par de guantes militares de cuero, preparada para enfrentarse al frío viento de la montaña.

—Si estoy en lo cierto, la caverna se encuentra en lo alto de ese desfiladero —dijo, y bajó de la camioneta.

Yo me acerqué a la cornisa y contemplé aquel mundo extraño y cristalino que se había materializado a mi alrededor. En las alturas se alzaba hacia el cielo una pared de roca negra que arrojaba su sombra sobre nuestro equipo. Al frente, el valle cubierto de nieve se alejaba entre cuestas empinadas. Sin perder más tiempo, la doctora Serafina echó a andar hacia la montaña. Yo la seguí de cerca y empecé a avanzar entre ráfagas de nieve, con pesadas botas de cuero que resquebrajaban el suelo al abrirme camino. Agarrada con fuerza a un maletín lleno de suministros médicos, intenté focalizar mis pensamientos en lo que nos aguardaba. Sabía que necesitábamos actuar de forma precisa. No solo íbamos a enfrentarnos al escarpado descenso de la caverna; quizá sería necesario navegar entre los espacios más allá del río, el laberinto de cavernas en el que Clematis encontró a los ángeles. No habría margen para errores.

Al atravesar la entrada de la caverna, una pesada oscuridad cayó sobre nosotros. El espacio interior era frío y estéril. Reverberaba en el aire el ominoso eco del estruendo de la catarata subterránea que Clematis había descrito. La piedra lisa de la entrada carecía de todas las marcas y resaltos verticales que yo habría esperado ver, según indicaban mis estudios de geología balcánica. En lugar de eso, la roca estaba cubierta de una capa gruesa y uniforme de hielo. La cantidad de hielo y nieve compactados sobre la roca hacía imposible atisbar siquiera lo que había debajo.

La doctora Serafina encendió una linterna e iluminó el escarpado interior. El hielo se pegaba a la pared de roca y, en las alturas de la cueva, numerosos murciélagos se arracimaban a la piedra en grupúsculos apretujados. La luz cayó sobre los salientes afilados de las paredes, centelleó sobre los pliegues minerales, recorrió el basto suelo y, tras un levísimo ajuste, se hundió en la negrura hasta desaparecer más allá del borde del descenso de la caverna. Yo paseé la vista en derredor y me pregunté qué habría sido de los objetos que Clematis había descrito. Las ánforas de arcilla deberían haberse convertido en polvo debido a la humedad hacía mucho, si es que no se las habían llevado los aldeanos para guardar aceite de oliva y vino. En la cueva no había ánfora alguna. Lo único que quedaba era el grueso hielo y la roca.

Sujeté el maletín de suministros médicos con ambas manos y me acerqué al borde. El estruendo del agua se perfilaba más y más a cada paso que daba. La doctora Serafina osciló el rayo de luz ante sí, y entonces algo pequeño y brillante captó mi atención. Me agaché y coloqué la mano sobre la roca helada. Sentí el tacto del gélido metal de una estaca de hierro clavada en el suelo de la caverna.

—Un resto de la Primera Expedición —dijo la doctora Serafina, y se arrodilló a mi lado para examinar mi descubrimiento.

Pasé el dedo por la fría estaca de hierro y una sensación de asombro y maravilla me embargó: todo lo que yo había estudiado, incluyendo la escalerilla de hierro que había descrito el padre Clematis, era real.

Y sin embargo, no había tiempo para reflexionar sobre aquella certeza. La doctora Serafina se arrodilló ante el precipicio y examinó la pronunciada caída. El abismo caía en vertical hacia las tinieblas. La doctora sacó una escalerilla de cuerda de la mochila y mi corazón empezó a latir con más rapidez ante la idea de apartarme de aquel borde y entregarme a la oscura insubstancialidad del aire y la gravedad. Los travesaños de la escalerilla estaban sujetos a dos cuerdas sintéticas de un aspecto que yo no había visto nunca; con toda probabilidad debía de ser un último modelo desarrollado para la guerra. Me agaché junto a la doctora Serafina, que arrojó el extremo de la escalerilla hacia el abismo.

Con un martillo, Vladimir aseguró las astas de hierro al suelo y sujetó la cuerda con broches de hierro. La doctora Serafina se mantuvo a su lado, comprobando sus movimientos con toda atención. Le dio un fuerte tirón a la escalerilla, una prueba para comprobar si aguantaría. Una vez satisfecha con la fuerza del agarre, Serafina les ordenó a los hombres, que cargaban con sacos de equipo, pesadas bolsas de arpillera de veinte kilogramos cada una, que se afianzasen los sacos a la espalda y nos siguiesen escalerilla abajo.

Yo me concentré en aquellas profundidades en un intento de determinar lo que habría al otro lado. En el vientre de la caverna, el agua restallaba contra la roca. Me asomé por el borde y no estuve segura de que si la tierra bajo mis pies se mantenía estable o si quien había empezado a temblar era yo misma. Le puse una mano en el hombro a la doctora Serafina para mantenerme firme en medio del hechizo nauseabundo que la caverna lanzaba sobre mí.

Ella me agarró de la mano y, al ver la angustia que me reconcomía, dijo:

—Tienes que calmarte antes del descenso. Da respiraciones profundas y no pienses en cuánto tienes que avanzar. Yo te guiaré. Mantén una mano en los travesaños y la otra en la cuerda. Si, de algún modo, te resbalas, no perderás el agarre por completo. Y si caes, yo misma estaré justo debajo de ti para agarrarte.

Dicho lo cual, sin añadir más palabra, descendió.

Agarrando el frío metal con mis manos desnudas, la seguí. En un intento de encontrar consuelo, recordé la gozosa descripción de Clematis sobre la cuerda. La simpleza del placer del padre me había llevado a memorizar las palabras que había escrito: «Cuesta imaginar el júbilo que nos embargó al ver que habíamos conseguido acceder al abismo. Solo Jacob en su visión pudo haber contemplado una escalera con la misma sensación de majestad. Para dar por cumplido nuestro santo propósito, procedimos a descender a la terrible negrura de aquel pozo maldito, embriagados por la expectación de Su protección y Su gracia».

Formamos una fila y cada angelólogo bajó despacio por la cara rocosa hacia la oscuridad. El estruendo del agua no hizo sino aumentar a medida que descendíamos. La temperatura no dejó de descender mientras nos adentrábamos más y más en las profundidades de la tierra. Una pesadez alarmante empezó a apoderarse de mis articulaciones, como si me hubiesen derramado un frasco de mercurio por las venas. Parecía que las lágrimas asomaban en todo momento a mis ojos sin importar cuántas veces parpadease. En medio del pánico que me asolaba me imaginé que los estrechos muros de la caverna empezarían a cerrarse y yo me vería atrapada entre el granito, congelada en una prieta oscuridad. Agarrada al hierro frío y húmedo, con el estruendo de la catarata en los oídos, me sentí como si me estuviese acercando al centro de un remolino.

Me apresuré más y más y dejé que la gravedad me transportase. A medida que el abismo descendía, la oscuridad se condensó hasta formar una sopa fría y opaca. Yo no veía más allá del blanco de mis nudillos aferrados a los peldaños de la escalerilla. Las suelas de madera de mis botas resbalaron sobre el metal; me balanceé hasta perder levemente el equilibrio. Apreté el maletín contra mi costado, como si eso fuese a ayudarme a estabilizarme, y bajé el ritmo de descenso. Midiendo cada paso, fui bajando los pies con cuidado, con delicadeza, uno y luego otro y luego otro. La sangre me galopaba en los oídos. Alcé la vista y vi que la escalerilla se perdía en las alturas. Situada en el mismo centro del vacío, no me quedó más alternativa que seguir avanzando hacia la acuosa oscuridad. Un pasaje de la Biblia emergió abruptamente en mis pensamientos, y no pude evitar citarlo con un susurro, sabiendo que el estruendo de la catarata ahogaría mi voz en cuanto pronunciase las palabras:

—«Dijo, pues, Dios a Noé: He decidido el fin de todo ser, porque la tierra está llena de violencia a causa de ellos; y he aquí que yo los destruiré con la tierra».

Al llegar al fondo, las suelas de mis botas se apartaron del último peldaño bamboleante de la escalerilla y se apoyaron sobre tierra sólida. Supe entonces que la doctora Serafina había descubierto algo portentoso. Los angelólogos se apresuraron a abrir los sacos de arpillera y a encender nuestras linternas a pilas, colocándolas a intervalos por el plano suelo de piedra de la caverna. Una luz irregular y oleosa bañó la caverna. El río descrito en el relato de Clematis como el límite de la prisión de los ángeles fluía en la lejanía, un resplandeciente caudal negro en movimiento. Vi algo más adelante a la doctora Serafina, dando órdenes a voz en grito, si bien el sonido de la cascada ahogaba sus palabras.

Cuando llegué hasta ella, vi que se encontraba junto al cuerpo de un ángel. Ocupé mi lugar a su lado y me vi cautivada por la criatura. Era aún más bella de lo que yo había imaginado. No pude sino contemplarla, abrumada como estaba por su perfección. Las propiedades físicas de la criatura eran idénticas a la descripción que yo había leído en los libros del Ateneo: torso alargado, facciones demacradas, manos y pies enormes. Sus mejillas mantenían la vivacidad de un ser vivo. Su túnica era de un blanco prístino; estaba hecha de un material metálico que se ajustaba a su cuerpo entre dobleces suntuosas.

—La Primera Expedición Angelológica tuvo lugar en el siglo x, y aun así, el cadáver mantiene una apariencia de vitalidad —dijo Vladimir.

Se inclinó ante la criatura y alzó aquella túnica de tono blanco metálico. Pasó los dedos por la tela.

—Ten cuidado —dijo la doctora Serafina—. El nivel de radioactividad es muy elevado.

Vladimir escrutó al ángel.

—Siempre pensé que no podían morir.

—La inmortalidad es un don que puede arrebatarse con la misma facilidad con la que se otorga —dijo la doctora Serafina—. Clematis creía que el Señor mató al ángel como venganza.

—¿Y usted también lo cree? —pregunté yo.

—Dado el papel que jugó en desatar a los nefilim sobre el mundo, la muerte está más que justificada para semejante diablo —dijo la doctora Serafina.

—Su belleza es incomprensible —dije yo, intentando conciliar el hecho de que la belleza y el mal pudiesen estar tan unidas en un mismo cuerpo.

—Lo que me sigue pareciendo un misterio —dijo Vladimir, mirando más allá del cadáver del ángel, hacia el otro extremo de la caverna— es que se permitiese vivir a los demás.

El equipo se dividió en grupos. La mitad de nosotros se quedó para documentar todo lo posible sobre el cadáver. Extrajeron de los pesados sacos de arpillera cámaras, lentes y un maletín de aluminio que contenía todo el instrumental biológico necesario para las pruebas. La otra mitad fue en busca de la lira. Vladimir lideró aquel segundo grupo, mientras que la doctora Serafina y yo nos quedamos con el ángel. Junto a nosotros, el resto de miembros de nuestro equipo examinó los huesos medio enterrados de dos esqueletos humanos. Los cadáveres de los hermanos de Clematis habían quedado justo donde cayeron hacía mil años.

La doctora Serafina me dio una orden y yo me puse los guantes de protección. Alcé la cabeza del ángel entre las manos. Pasé los dedos por el cabello lustroso de la criatura y le acaricié la frente, como quien consuela a un niño enfermo. Los guantes amortiguaban en cierta medida el contacto de mi caricia, pero me dio la impresión de que el ángel mantenía la calidez de la vida. Alisé la tela metálica, desaté dos botones de latón a la altura de la clavícula y di un tironcito de la prenda para dejar al aire un pecho plano y suave, sin pezones. Unas costillas apretadas bajo una piel tirante y traslúcida.

La criatura parecía medir más de dos metros de alto de la cabeza a los pies, una altura que, según el antiguo sistema de medida que habían usado los padres fundadores, equivalía a 4,8 codos romanos. Aparte de los rizos dorados que le caían sobre los hombros, el cuerpo era completamente lampiño. Para satisfacción de la doctora Serafina, que había apostado toda su reputación profesional en ello, la criatura poseía órganos sexuales distintivos. El ángel era varón, al igual que el resto de los Vigilantes prisioneros. Tal y como aseguraba el relato de Clematis, una de las alas había sido arrancada y colgaba del cuerpo en un ángulo extraño. No había duda de que aquella era la criatura que había matado el Venerable Clematis.

Juntos, alzamos a la criatura y la giramos de lado. Le quitamos la túnica y examinamos la piel bajo la dura luz de la lámpara. El cuerpo era flexible, las extremidades laxas. Bajo las órdenes de la doctora Serafina, empezamos a fotografiarlo todo con sumo cuidado. Era importante capturar pequeños detalles. Los avances en tecnología fotográfica, sobre todo la película de foto multicapa a color, nos daban la esperanza de conseguir una gran exactitud. Quizá incluso conseguiríamos captar el tono de los ojos, demasiado azules para ser de verdad, como si alguien hubiese mezclado polvillo de lapislázuli con aceite y lo hubiese usado para pintar un vitral dorado por el sol. Aquellos atributos quedarían documentados en nuestras notas de campo y debidamente añadidos a los relatos adecuados del viaje, pero las pruebas fotográficas resultaban esenciales.

Tras completar la primera serie de fotografías, la doctora Serafina sacó una cinta métrica de una bolsa de arpillera y pasó los resultados a codos, para poder comparar mejor con la antigua documentación de los Gigantes. Mientras pasaba las mediciones a codos, fue diciendo las cifras en voz alta para que yo las dejase por escrito. Las medidas eran las siguientes:

Brazos = 2,01 codos.
Piernas = 2,88 codos.
Circunferencia craneal = 1,85 codos.
Circunferencia pectoral = 2,81 codos.
Pies = 0,76 codos.
Manos = 0,68 codos.

Mis propias manos temblaron mientras anotaba las cifra en un cuaderno. Dejé un reguero de anotaciones casi ininteligibles que luego volví a repasar; le leí las cifras a la doctora Serafina para asegurarnos de que las había escrito correctamente. A raíz de aquellas cifras calculé que la criatura debía de ser un 30% más alta que un ser humano medio. Dos metros diez era una altura impresionante que incluso en nuestra época causaría asombro, pero en épocas pretéritas habría parecido prácticamente milagrosa. Una altura tan extrema explicaba el terror que las culturas antiguas asociaban con los Gigantes, y el pánico que había rodeado a figuras nefilim como Goliat, uno de los miembros más famosos de su raza.

Se oyó un sonido proveniente de la caverna. Yo me giré hacia la doctora Serafina, que no parecía haberse fijado en nada aparte de mi presencia. Me había observado mientras yo registraba las notas de campo, quizá preocupada por si aquella tarea me abrumaba. Mi angustia era cada vez más visible. Había empezado a estremecerme y no alcanzaba a imaginar el aspecto que presentaba ante ella. Me pregunté si no estaría enfermando tras el viaje a través de las montañas, pues había sido frío y húmedo, y ninguno de nosotros llevaba ropa de protección ante los vientos de la montaña. El lápiz temblaba en mi mano y me castañeteaban los dientes. De vez en cuando dejaba de escribir y me giraba hacia la oscuridad que se alargaba en lo que parecía una oquedad sin fin al otro lado del río. Volví a oír algo en la lejanía. Un sonido aterrador reverberó desde las profundidades.

—¿Te encuentras bien? —me preguntó la doctora Serafina, la mirada fija en mis manos temblorosas.

—¿Usted no lo oye? —pregunté yo.

La doctora Serafina dejó lo que estaba haciendo y se alejó del cadáver. Fue hasta la ribera del río y, tras varios minutos a la escucha, volvió conmigo y me dijo:

—No es más que el sonido del agua.

—Hay algo más —dije yo—. Están aquí, esperando. Quieren que los liberemos.

—Llevan esperando miles de años, Celestine —dijo ella—. Y, si tenemos éxito, esperarán miles de años más.

La doctora Serafina volvió a centrarse en el ángel y me ordenó que hiciese lo mismo. A pesar de mi miedo, me vi atraída por la extraña belleza del ángel, su piel traslúcida, aquella luz suave y continua que despedía, la pose escultural de su descanso. Había muchas especulaciones sobre la luminosidad angélica. La teoría predominante afirmaba que los cuerpos angélicos contenían material radioactivo que provocaba aquel brillo incesante. Nuestras ropas protectoras apenas minimizaban la exposición a la radioactividad. Y precisamente la radioactividad explicaría la horrible muerte que sufrió el hermano Francis durante la Primera Expedición Angelológica, así como la enfermedad que se llevó a Clematis.

Yo sabía que debería tener el mínimo contacto posible con el cadáver —era una de las primeras lecciones que nos habían dado mientras preparábamos la expedición— y, sin embargo, no pude evitar acercarme más al cuerpo de la criatura. Me quité los guantes, me arrodillé a su lado y le coloqué las manos en la frente. Sentí la piel contra la palma de la mano, fría y húmeda, aún con la elasticidad de las células vivas. Era como tocar la piel suave e iridiscente de una serpiente. Aunque llevaba más de mil años sumergido en las profundidades de la caverna, aquel cabello rubio blanquecino resplandecía. Los asombrosos ojos azules, que tan desconcertantes parecían a primera vista, tenían el efecto opuesto en mí: me asomaba a ellos y sentía que el ángel se sentaba a mi lado y me calmaba con su presencia, que me despojaba de mis miedos y me transmitía un consuelo espectral y opiáceo.

—Ven aquí —le dije a la doctora Serafina—. Rápido.

Los ojos de mi profesora se desorbitaron al ver que yo tocaba con las manos desnudas a la criatura. Incluso una angelóloga de tan poca experiencia como yo debía haber sabido que semejante contacto iba en contra de nuestro protocolo de seguridad. Sin embargo, quizá ella también se vio atraída igual que yo por el ángel, porque se sentó a mi lado y colocó a su vez las manos sobre la frente de la criatura, con las puntas de los dedos sobre las raíces del cabello. Vi que se obraba un cambio instantáneo en la doctora Serafina. Cerró los ojos y pareció embargada por una sensación de júbilo. La tensión de su cuerpo se relajó hasta adoptar una expresión de pura serenidad.

De pronto, una sustancia caliente y pegajosa empezó a brotar bajo la palma de mis manos. Las aparté y entrecerré los ojos, intentando ver qué sucedía. Una película gomosa y dorada, tan transparente y reluciente como la miel, me cubría las manos. Las alcé bajo la luz que manaba del ángel y la sustancia reflejó el resplandor, desparramando un polvillo reflectante por el suelo de la caverna. Era como si mi piel estuviese cubierta de un millón de cristales microscópicos.

Rápidamente, antes de que los demás angelólogos viesen lo que habíamos hecho, ambas nos limpiamos las manos sobre la superficie de la pared de la caverna y nos volvimos a poner los guantes.

—Ven, Celestine —dijo la doctora Serafina—. Acabemos con el cuerpo.

Abrí el kit médico y lo coloqué a su lado. Escalpelos, hisopos, un paquete de cuchillas, diminutos frascos de tapón a rosca... todo estaba sujeto con cintas elásticas al interior. Alcé el brazo de la criatura y me lo coloqué en el regazo. Lo sujeté mientras la doctora Serafina raspaba con una cuchilla una de sus uñas. Cayeron restos irregulares y minerales, parecidos a sal marina, que la doctora recogió en un frasquito. Acto seguido, Serafina giró la cuchilla y realizó dos incisiones paralelas por la cara interior del antebrazo. Con cuidado de no romper la piel, dio un tironcito. Una capa de piel se desprendió y dejó a la vista los músculos. La doctora Serafina recogió la tira de piel entre dos placas de cristal. La piel desprendía un brillo dorado, fulgurante y reflectante bajo aquella tenue luz.

Una oleada de náuseas me recorrió al ver los músculos expuestos al aire. Me dio miedo que me sacudiese una arcada, así que me puse de pie con una excusa y me alejé. Algo alejada del equipo de la expedición, inspiré hondo e intenté calmarme. El aire era gélido, cargado de una densa humedad que se me pegaba al pecho. La caverna se abría ante mí, una serie de cavidades incesantes y oscuras que me atraía. Se me fueron pasando las náuseas para dar paso a cierto sentido de la maravilla. ¿Qué había más allá, escondido entre la oscuridad?

Saqué de un bolsillo una pequeña linterna de metal y la dirigí hacia las profundidades de la caverna. La luz disminuyó al tiempo que yo me adentraba algo más en la caverna, como si aquella bruma hambrienta y pegajosa la devorase. Yo apenas veía a un metro, o quizá dos, por delante de mí. A mi espalda, la voz fuerte e impaciente de la doctora Serafina iba dirigiendo a los demás en sus labores. Al frente, otra voz, melódica e insistente, me llamaba. Me detuve y dejé que la oscuridad se asentase a mi alrededor. Tenía el río justo delante; era lo único que me separaba de los Vigilantes. Me había alejado demasiado de los demás, me había puesto en riesgo. Algo me esperaba en el corazón de granito de la caverna. Solo hacía falta que acudiese a descubrirlo.

Me detuve justo al borde del río. El agua negra fluía a toda velocidad y se internaba en la oscuridad a lo lejos. Recorrí la orilla y vi un bote a remos que flotaba en la corriente, gemelo de aquel que Clematis había usado para cruzar el río. Aquella imagen, o quizá una sombra de la voz del padre venerable, me invitaba a seguir su camino. El agua lamió el dobladillo de mis pantalones mientras yo empujaba el bote para meterlo en la corriente; la pesada lana se oscureció al contacto con el agua. El bote estaba sujeto a una garrucha con una cuerda que atravesaba la corriente, señal de que había otra gente, quizá historiadores locales, que se habían aventurado en el río. Así pues, tirando de la cuerda, pude atravesar el caudal sin ayuda de remos. Desde el bote vi la cascada en un extremo del río. Una densa niebla se alzaba ante el infinito hueco de la cueva. Comprendí por qué las leyendas señalaban que aquel río era el Estigia, el río de los muertos. Mientras avanzaba sobre el agua con el bote, sentí que descendía sobre mí una presencia mortal, un vacío oscuro tan completo que me pareció que mi vida quedaría aplastada allí mismo.

Las aguas me llevaron con rapidez a la orilla contraria. Dejé el bote, bien sujeto a la garrucha, y subí por la ribera. Las formaciones minerales de la cueva se acentuaban cada vez más a medida que me alejaba del agua: había columnas de roca, racimos de minerales, formaciones de cristal y un auténtico laberinto de cuevas que se abrían por todas partes. La indescifrable llamada de aquello que me había llevado a alejarme de la doctora Serafina se volvió más clara. Oí el sonido de una voz, que ascendía y bajaba casi al ritmo de mis pasos. Si consiguiese llegar a la fuente de aquella música, sabía que vería a las criaturas que habían vivido tanto tiempo en mi imaginación.

De pronto algo se me enredó entre los pies y, antes de que pudiese recuperar el equilibrio, caí sobre el suelo de granito húmedo y liso. Alumbré con la linterna y vi que había tropezado con un pequeño morral de cuero. Me levanté, eché mano del morral y lo abrí. Estaba tan gastado que casi parecía que fuese a desintegrarse ante mi contacto. Iluminé el interior con la linterna y vi un destello brillante y metálico. Aparté la piel de becerro hecha jirones que cubría la lira, que resplandecía como si acabasen de pulirla. Acababa de encontrar el mismísimo objeto que ansiábamos descubrir.

Solo pude pensar en llevarle la lira a la doctora Serafina. A toda velocidad, volví a liar el tesoro y a meterlo en el morral. Empecé a desandar el camino en la oscuridad, con cuidado de no tropezar y caer sobre el granito húmedo. El río estaba cerca, y alcancé a ver el bote que ascendía y descendía sobre el agua negra. De pronto, un parpadeo de luz venido de las profundidades de la caverna captó mi atención. En un primer momento no conseguí ubicar la fuente de la que provenía. Me pareció que me había topado con los miembros del equipo de expedición, cuyas linternas estarían alumbrando las paredes de la caverna. Me acerqué para ver mejor y percibí entonces que aquella luz tenía una cualidad totalmente distinta de las bombillas que habíamos traído a la caverna. Con la esperanza de entender mejor lo que acababa de ver, me aventuré aún más hacia la entrada de una de las cuevas. En el interior había un ser de apariencia asombrosa, con grandes alas extendidas, como si se preparase para alzar el vuelo. El ángel era tan brillante que yo casi no podía mirarlo directamente. Para calmar los ojos, miré más allá de la criatura. En la lejanía había todo un coro de ángeles, cuya piel emitía una luz templada y diáfana que iluminaba la penumbra de sus celdas.

No podía apartar los ojos de aquellas criaturas. Debía de haber entre cincuenta y cien ángeles, cada uno tan majestuoso como los demás. Su piel parecía haber sido moldeada en oro líquido, sus alas eran marfil tallado, y sus ojos lascas de cristal azul brillante. Los rodeaban halos de luz lechosa en los que flotaban sus matas de rizos rubios. Aunque yo había leído sobre la apariencia sublime de aquellos ángeles y había intentado imaginarlos, jamás había creído que aquellas criaturas tuviesen un efecto tan seductor en mí. A pesar del terror que sentía, me atrajeron hacia sí con una fuerza casi magnética. Yo quise girar sobre mis talones y echar a correr, pero fui incapaz de moverme.

Los seres empezaron a cantar en gozosa armonía. El coro que reverberó por la caverna se asemejaba tan poco a la naturaleza demoníaca que yo había asociado desde hacía tiempo con los ángeles prisioneros que mi miedo no hizo sino desaparecer. Aquella música era ultraterrena y hermosa. En sus voces comprendí la promesa del paraíso. La música me sometió a su hechizo y me encontré incapaz de alejarme. Para mi asombro, lo que quise fue tañer las cuerdas de la lira.

Afiancé la base de la lira sobre las rodillas y pasé los dedos sobre las tirantes cuerdas de metal. Jamás había tocado un instrumento semejante, pues toda mi educación musical se limitaba a un capítulo sobre Musicología Etérea. Y sin embargo, el sonido que brotó de la lira fue melodioso y exuberante, como si el instrumento se tocase solo.

Ante el sonido de la lira, los Vigilantes dejaron de cantar. Otearon por la cueva, y el horror que yo sentí cuando las criaturas fijaron su atención sobre mí quedó templado por mi propio asombro. Los Vigilantes se encontraban entre las creaciones más perfectas de Dios. Eran físicamente luminosos, tan livianos como pétalos de flor. Paralizada, apreté la lira contra mi cuerpo, como si fuese a darme fuerzas contra aquellas criaturas.

Los ángeles se apretaron contra los barrotes de metal de sus celdas. Una luz cegadora me dejó atolondrada y perdí el equilibrio. Me recorrió un intenso calor pegajoso, como si me hubiesen sumergido en aceite hirviendo. Solté un grito de dolor, aunque mi voz no sonó como siempre. Me desplomé sobre el suelo, me cubrí la cara con el morral y una segunda ráfaga de calor se abatió sobre mí, más intensamente dolorosa que la primera. Sentí que aquellas gruesas ropas de lana, que tenían que protegerme del frío, se iban a derretir, tal y como sucedió con la túnica del hermano Francis. En la lejanía, las voces de los ángeles volvieron a alzarse en una dulce armonía. Bajo el hechizo de los ángeles, caí inconsciente, con la lira entre las manos.

Pasaron algunos minutos hasta que desperté de las profundidades del olvido y vi a la doctora Serafina sobre mí, con una expresión de preocupación en el semblante. Susurró mi nombre, y durante un instante creí que había muerto y vuelto a surgir al otro lado de la existencia, que había caído dormida en nuestro mundo para despertar en el otro, como si Caronte me hubiese llevado de hecho al otro lado del mortal río Estigia. Pero entonces, el dolor abrumó mis sentidos y supe que estaba maltrecha. Sentí el cuerpo rígido y caliente, y fue entonces cuando recordé cómo me habían herido. La doctora Serafina me quitó la lira de las manos y, demasiado aturdida como para hablar, la examinó. Me ayudó a sentarme y, con una estabilidad que anhelé emular, me metió el instrumento bajo el brazo y me llevó hasta el bote.

Cruzamos las aguas, agarradas a la cuerda sujeta a la garrucha. Mientras la proa ascendía y descendía con la corriente, la doctora Serafina se quitó unos tapones de cera de las orejas. Preparada como siempre, mi profesora había conseguido protegerse del sonido de la música de los ángeles.

—En el nombre de Dios, ¿qué estabas haciendo? —preguntó sin girarse hacia mí—. No deberías haberte alejado tú sola.

—¿Y los otros? —pregunté, pensando que de alguna manera había puesto en peligro a toda la expedición—. ¿Dónde están?

—Han subido hasta la entrada y nos esperan allí —dijo ella—. Te hemos estado buscando durante tres horas. Ya empezaba a pensar que te habíamos perdido. Seguramente los demás querrán saber qué ha sido de ti. No debes contarles nada bajo ninguna circunstancia. Prométemelo, Celestine: no hablarás de lo que has visto al otro lado del río.

Al llegar a la orilla, la doctora Serafina me ayudó a bajar del bote. Cuando vio los dolores que me recorrían, su actitud se suavizó.

—Recuerda, nuestro trabajo jamás ha estado centrado en los Vigilantes, Celestine —dijo—. Nuestro deber está con el mundo en el que vivimos, y al que debemos regresar. Hay mucho por hacer. Aunque estoy terriblemente decepcionada por lo que has hecho al otro lado del río, has descubierto el objeto que da sentido a nuestra misión aquí. Bien hecho.

Me dolía el cuerpo a cada paso. Regresamos a la escalerilla y pasamos junto a los restos del ángel. Su túnica estaba tirada a un lado, el cadáver entero había sido diseccionado. Aunque apenas era una carcasa de lo que había sido, de la ruina en la que se había convertido aquel cuerpo aún emanaba un fulgor tenue y fosforescente.

En el exterior, todo estaba oscuro. Cargamos con los sacos de arpillera que contenían nuestras valiosas muestras y atravesamos la nieve. Tras guardar con cuidado todo el equipo en la camioneta, nos montamos y empezamos a descender por la montaña. Estábamos exhaustos, cubiertos de lodo y heridos. Vladimir tenía un tajo sobre el ojo, una abertura profunda y ensangrentada causada por un saliente rocoso contra el que se había golpeado durante el ascenso. Yo, por mi parte, me había visto expuesta a una luz enfermiza.

Mientras avanzábamos por las montañas, pasando a toda velocidad por aquellas sendas heladas, nos quedó claro que llevaba un largo rato nevando. Había montones de nieve en los riscos, y una nueva capa que no dejaba de caer, pesada. El hielo cubría el camino tanto por delante de nosotros como a nuestra espalda, con lo cual nuestra marcha se veía mermada. Miré mi reloj de muñeca y, para mi sorpresa, vi que eran casi las cuatro de la mañana. Llevábamos más de quince horas dentro de la Garganta del Diablo. Íbamos tan retrasados con respecto al plan que no nos detuvimos a dormir. Apenas hicimos una pausa para llenar el depósito con gasolina de las latas que llevábamos con nosotros en la parte trasera de la camioneta.

A pesar de los esfuerzos de Vladimir, llegamos varias horas tarde al avión, justo cuando empezaba a asomar el sol. Era un Electra Junior Modelo 12 de doble motor, listo para despegar. Nos esperaba en la pista de despegue, justo donde lo habíamos dejado el día anterior. De las alas colgaban trozos de hielo como colmillos, prueba del crudo frío que imperaba. Había resultado difícil volar hasta nuestro destino, si bien conducir hasta allí habría sido del todo imposible. Nos habíamos visto obligados a tomar una serie de desvíos en nuestro vuelo a Grecia; primero habíamos volado a Túnez, y luego a Turquía, para evitar que nos descubriesen. El regreso sería igualmente difícil. El avión era lo bastante grande como para seis pasajeros, el equipo y los suministros. Subimos el material a bordo y pronto el avión atravesó el aire cargado de nieve y se alzó a los cielos en una ráfaga estruendosa de los motores.

. . .

Doce horas después aterrizamos en el aeródromo a las afueras de París. Vi que nos esperaba en la lejanía un Panhard et Levassor Dynamic, un vehículo lujoso con rejilla pulida y estribos de gran envergadura, un objeto asombroso en medio de las privaciones de la guerra. Yo apenas podía conjeturar cómo nos habríamos hecho con semejante tesoro, pero sospechaba que, al igual que el Modelo 12 y la camioneta K-51, había sido gracias a nuestros patrocinadores extranjeros. Las donaciones eran lo que nos había mantenido con vida en los últimos años. Me sentí agradecida al ver el coche, pero el modo en que habíamos conseguido evitar que los alemanes se hicieran con él era harina de otro costal. En cualquier caso, no me atreví a preguntar.

Me senté en silencio en el coche, que atravesó la noche a toda velocidad. A pesar de las horas de sueño en el avión, yo seguía exhausta del viaje a la caverna. Cerré los ojos. Antes de darme cuenta, caí en un profundo sueño. Los neumáticos rebotaban sobre la carretera irregular. Los demás intercambiaban cuchicheos que yo apenas alcanzaba a oír, sin entender el sentido de sus palabras. Mis sueños eran una maraña de imágenes que se hacían eco de todo lo que había visto en la cueva. La doctora Serafina, Vladimir y los demás miembros del equipo aparecieron ante mí. La profunda y aterradora caverna se abría a nuestros pies. La legión de luminosos ángeles, aquella palidez brillante que irradiaban. Todo ello danzaba ante mí en el sueño.

Cuando me desperté reconocí las calles adoquinadas y desiertas de Montparnasse, una zona de resistencia y pobreza absoluta durante la ocupación. Pasamos junto a edificios de apartamentos y cafés oscurecidos. A ambos lados se alzaban árboles muertos de ramas cubiertas de nieve. El conductor aminoró la marcha y giró en el *Cimitière du Montparnasse*, para luego detenerse ante una enorme puerta de hierro. Tocó el claxon una vez, la puerta se abrió con un repiqueteo y el coche cruzó. El interior del cementerio estaba tranquilo y helado, cubierto de un hielo que resplandecía bajo los faros del vehículo. Durante un instante sentí que aquel rutilante lugar se había ahorrado la fealdad y la depravación de la guerra. El conductor apagó el motor ante la estatua de un ángel que se posaba sobre un pedestal de piedra: *Le Génie du Sommeil Éternel*, «El espíritu del sueño eterno», un guardián de bronce que vigilaba a los muertos.

Me bajé del coche, aún aturdida de puro cansancio. Aunque la noche estaba clara y las estrellas brillaban en el cielo, el aire sobre las lápidas estaba húmedo, preñado con la más leve neblina. Un hombre salió de detrás de la estatua. Aunque estaba claro que le habían mandado esperar al coche, yo me sobresalté igualmente. Llevaba ropas de sacerdote. Yo no lo había visto nunca en ninguna de nuestras reuniones o asambleas. Además, estaba entrenada para sospechar de todo el mundo. Hacía apenas un mes, los nefilim habían localizado y asesinado a uno de nuestros miembros de mayor rango, un profesor de musicología etérea llamado doctor Michael. Se habían llevado consigo toda su colección de escritos de musicología. Era un ejemplo de un erudito de alto nivel que perdía una información valiosísima. El enemigo aguardaba a otras oportunidades similares.

La doctora Serafina parecía conocer al sacerdote, a quien siguió al instante.

El sacerdote nos hizo un gesto para que lo siguiésemos y nos llevó hasta una estructura de piedra en el extremo más lejano del cementerio, parte de un monasterio abandonado largo tiempo atrás. Hacía varios años, aquel edificio había servido como aula para las clases de los Valko. Ahora estaba vacío. El sacerdote abrió la cerradura de una puerta de madera hinchada y nos llevó al interior.

Ninguno de nosotros, ni siquiera la doctora Serafina, que tenía estrechos lazos con la mayor parte de los miembros de mayor rango del consejo (no en vano el doctor Rafael Valko lideraba la resistencia en París), sabía a ciencia cierta cuál sería nuestro lugar de reunión durante la guerra. No teníamos horarios regulares, y todos los mensajes se entregaban oralmente, o bien, como en aquel mismo momento, en silencio. Las asambleas se daban en ubicaciones improvisadas, en cafés apartados, pueblitos fuera de París, iglesias abandonadas. Incluso con aquellas precauciones extremas, yo sabía que lo más seguro era que nos estuviesen vigilando a cada momento.

El sacerdote nos guio hasta un pasillo que salía del santuario. Se detuvo frente a una puerta y llamó con tres golpes cortos. La puerta se abrió. Al otro lado había una estancia de piedra iluminada por bombillas desnudas, que también eran valiosos suministros comprados en el mercado negro con dólares de América. Las estrechas ventanas estaban cubiertas por gruesas telas para impedir el paso de la luz. La reunión parecía haber dado ya comienzo; había varios miembros del consejo sentados alrededor de una mesa de madera. El sacerdote nos llevó al interior y los miembros del consejo se levantaron y nos examinaron con gran interés. A mí no me permitían asistir a las reuniones del consejo, y no tenía manera alguna de evaluar su comportamiento, pero me parecía claro que el consejo había estado esperando a que regresase el equipo de la expedición.

El doctor Rafael Valko, que hacía las veces de cabeza visible del consejo, estaba sentado en un extremo de la mesa. La última vez que yo lo había visto fue cuando se alejaba en coche de mi granja en Alsacia para dejarme en el exilio, un abandono por el que yo no conseguía perdonarle, aunque sabía que lo había hecho por mi bien. Desde aquel día había cambiado mucho. Tenía el pelo encanecido en las sienes, y sus maneras habían adoptado un nuevo nivel de gravedad. De habérmelo cruzado por la calle me habría parecido que era un desconocido.

Nos saludó secamente e hizo un gesto hacia varias sillas vacías. Acto seguido empezó lo que yo sabía que sería el primero de muchos interrogatorios sobre la expedición.

—Tenéis mucho que contar —dijo, y cruzó las manos sobre la mesa—. Empezad como veáis conveniente.

La doctora Serafina dio una descripción detallada de la caverna: la pronunciada caída vertical, las oquedades rocosas que plagaban las zonas más bajas de la caverna y el distintivo sonido de la catarata en la lejanía. Describió el cuerpo del ángel, dio una lista de medidas precisas y esbozó las características que había dejado por escrito en su cuaderno de campo, además de mencionar con evidente orgullo la presencia de genitales distintivos. También señaló que las fotografías revelarían nuevos datos sobre el físico de los ángeles. La expedición había sido un éxito absoluto.

Mientras los demás miembros del partido tomaban la palabra para ofrecer cada uno su propio relato del viaje, yo sentí que me retraía dentro de mí misma. Me contemplé las manos bajo la tenue luz. Estaban irritadas del frío y el hielo de la caverna, así como abrasadas por la luz del ángel. Me asombraba la sensación de dislocación que me embargaba. ¿De verdad habíamos estado en las montañas hacía unas pocas horas? Me temblaban tanto los dedos que me los metí en los bolsillos del grueso abrigo de lana para esconderlos. En mi mente, los ojos color aguamarina del ángel me contemplaban, brillantes y pulidos como un vitral. Recordé el momento en que Serafina había alzado los largos brazos y piernas de la criatura para sopesarlos como si de trozos de madera se tratasen. La criatura había parecido muy vital, tan llena de vida que no pude sino creer que había seguido con vida hasta pocos minutos antes de nuestra llegada. Me di cuenta de que jamás había creído de verdad que el cuerpo fuese a estar allí, que a pesar de todos mis estudios, no había esperado verlo de verdad, tocarlo, pincharle la piel con agujas y extraer fluidos. Quizá cierta parte de mi mente había esperado estar equivocada. Cuando cortamos la piel del brazo y sostuvimos bajo la luz la muestra de carne, me había embargado el horror. No dejaba de ver la escena una y otra vez: el filo de la cuchilla bajo la blanca piel, cortado, separando. El resplandor de la membrana bajo la débil luz. Como la más joven de todos, sentí que era imperativo actuar a la perfección, cargar con más de lo que me tocaba. Siempre me había presionado a mí misma para dedicar más horas de trabajo y estudio que los demás. Había pasado los últimos años intentando demostrar que era digna de unirme a la expedición: leyendo textos, asistiendo a clases, equipándome con información para el viaje. Y sin embargo, nada de eso me había ayudado a prepararme para la caverna. Para mi desasosiego, había reaccionado como una neófita.

—¿Celestine? —preguntó el doctor Rafael, sacándome de golpe de mis pensamientos.

Me sobresalté al ver que todos los presentes me clavaban la mirada, como si esperasen que hablase. Al parecer, el doctor Rafael me había hecho una pregunta.

—Perdón —susurré. Me ardía el rostro—. ¿Me ha preguntado usted algo?

—La doctora Serafina estaba explicándole al consejo que hiciste un descubrimiento crucial en la caverna —dijo el doctor Rafael mientras me examinaba con cuidado—. ¿Te importaría contarnos los detalles?

Con miedo a traicionar la promesa que le había hecho a la doctora Serafina, e igualmente aterrada ante la perspectiva de revelar lo temeraria que había sido al cruzar el río, no dije nada en absoluto.

—Es evidente que Celestine no se siente bien —dijo la doctora Serafina, intercediendo en mi nombre—. Si no les importa, prefiero que descanse de momento. Permítanme describir a mí el descubrimiento.

La doctora Serafina explicó a los miembros del consejo lo que habíamos descubierto. Dijo:

—Encontré a Celestine cerca de la orilla del río, con un morral desgastado en los brazos. Supe al momento que aquel cuero corroído debía de ser muy antiguo. Recordarán ustedes que en el relato del Padre Venerable de la Primera Expedición Angelológica se mencionaba un morral.

—Sí —dijo el doctor Rafael—. Tienes razón. Recuerdo la frase concreta: «La agarré a toda prisa, sostuve el objeto entre mis manos abrasadas y lo metí en mi propio morral para ponerlo a salvo del peligro».

—Tras abrir el morral y examinar la lira, supe a ciencia cierta que había pertenecido a Clematis. El Venerable Clematis debió de haber estado demasiado conmocionado para sacar el morral de la caverna —dijo la doctora Serafina—. Ese ha sido el descubrimiento de Celestine.

Los miembros del consejo estaban pasmados. Se giraron hacia mí, claramente a la espera de que ahondase en detalles, pero yo no podía ni hablar. De hecho, apenas podía creer que yo, de entre todos los miembros del equipo, hubiese realizado un descubrimiento tan largamente esperado.

El doctor Rafael guardó silencio durante un momento, como si contemplase la magnitud del éxito de la expedición. Luego, con un repentino estallido de energía, se puso en pie y se dirigió a los miembros del consejo:

—Pueden ustedes marcharse —dijo el doctor Rafael, y dio por concluida la sesión—. Hay comida en las estancias de abajo. Serafina, Celestine, ¿os importa quedaros un momento?

Cuando se hubieron marchado los demás, la doctora Serafina me miró a los ojos con expresión tierna, como si quisiera asegurarme que todo iría bien. El doctor Rafael llevó a los demás a la puerta, derrochando esa serenidad confiada que yo tanto admiraba, pues la fuerza de su carácter le permitía contener sus emociones, una virtud que me habría gustado poder emular. Luego dijo:

—Cuéntame, Serafina: ¿han estado los miembros del equipo a la altura de tus expectativas?

—En mi opinión, ha sido un gran éxito —dijo la doctora Serafina.

—¿Y Celestine?

Sentí que se me retorcía el estómago. ¿Había sido aquella expedición algún tipo de prueba?

—Para ser una joven angelóloga —dijo la doctora Serafina—, me ha impresionado. Solo con el descubrimiento ya basta para dar sus habilidades por demostradas.

—Está bien —dijo el doctor Rafael, y se giró hacia mí—. ¿Estás contenta con tu trabajo?

Miré de hito en hito a la doctora Serafina y al doctor Rafael, no muy segura de cómo responder. Decir que estaba satisfecha con mi trabajo sería mentir, pero ahondar en detalles sobre lo que había hecho supondría romper la promesa que le había hecho a la doctora Serafina. Al final, lo que hice fue susurrar:

—Me habría gustado estar mejor preparada.

—Nos pasamos la vida entera preparándonos para un momento así —dijo el doctor Rafael, cruzando los brazos y dedicándome una mirada crítica—. Cuando llega el momento, lo único que podemos esperar es haber aprendido lo suficiente como para tener éxito.

—Fuiste muy capaz —añadió la doctora Serafina—. Tu trabajo fue soberbio.

—No me enorgullece mi reacción en la caverna —me limité a decir—. La misión me ha resultado tremendamente perturbadora. Aún no me siento recuperada.

El doctor Rafael rodeó con un brazo a su esposa y le dio un beso en la mejilla.

—Ve con los demás, Serafina. Hay algo que quiero mostrarle a Celestine.

La doctora Serafina se giró hacia mí y me agarró de la mano.

—Has sido muy valiente, Celestine. Algún día serás una angelóloga excelente.

Dicho lo cual, me dio un beso en la mejilla y se marchó. Yo jamás volvería a verla.

El doctor Rafael salió conmigo de la sala de reuniones y me llevó por un corredor que olía a tierra y a moho.

—Sígueme —dijo, y bajó una escalinata que se internaba en las tinieblas.

Al fondo de la escalinata había otro pasadizo, mucho más largo que el primero. Percibí que el suelo se inclinaba mientras caminábamos, e hice un esfuerzo para apoyar bien mi peso. Mientras avanzábamos a toda prisa, el aire se volvió más frío y empezó a imperar un olor rancio. El aire húmedo me acariciaba las ropas, penetraba por la gruesa chaqueta de lana que había tenido puesta en la caverna. Pasé las manos por los húmedos muros de piedra y me fijé que aquellos fragmentos irregulares eran en realidad huesos apilados en hornacinas en la pared. Entonces comprendí dónde estábamos: nos movíamos debajo de Montparnasse por las catacumbas.

Ascendimos por otro corredor, subimos una escalera y entramos en otro edificio. El doctor Rafael abrió una serie de puertas cerradas con llave, la última de las cuales daba al aire gélido de un callejón. Varias ratas echaron a correr en todas direcciones, dejando tras de sí restos de comida mordisqueados, pieles de patata podridas y achicoria, el sustituto del café en tiempos de guerra. El doctor Rafael me agarró del brazo y juntos giramos un recodo y salimos a la calle. Pronto nos encontramos a pocas manzanas del cementerio, donde nos esperaba el *Panhard et Levassor*. Al acercarnos al coche, me fijé que habían pegado un trozo de papel escrito por completo en alemán en el parabrisas. Aunque no entendí lo que decía, supuse que era un permiso o licencia en alemán que nos permitiría pasar ciertos puestos de control por la ciudad. En ese momento comprendí cómo habíamos conseguido mantener un coche tan lujoso y hacernos con gasolina: el *Panhard et Levassor* pertenecía a los alemanes. El doctor Valko, que supervisaba nuestras operaciones encubiertas dentro de las filas alemanas, se había hecho con un coche… al menos durante aquella noche.

El conductor abrió la puerta y yo me metí en el cálido asiento de atrás. El doctor Rafael ocupó el asiento a mi lado. Se giró y sostuvo mi rostro entre sus manos frías. Me dedicó una mirada desapasionada.

—Mírame —dijo, y examinó mis facciones, como si buscase algo en particular.

Yo le devolví la mirada, viéndolo de cerca por primera vez. Tenía al menos cincuenta años de edad, la piel arrugada y el pelo más encanecido de lo que me había parecido antes. Aquella proximidad me sobresaltó. Jamás había estado tan cerca de un hombre.

—¿Tienes los ojos azules? —preguntó.

—Castaños —respondí yo, confundida ante la extraña pregunta.

—Me sirve —dijo, y abrió un pequeño maletín de viaje.

Sacó del interior un vestido de satén, medias de seda con liguero y un par de zapatos. Reconocí de inmediato el vestido. Era el mismo vestido de satén rojo que Gabriella había llevado hacía años.

—Póntelo todo —me dijo el doctor Rafael. Mi asombro debió de ser palpable, pues añadió—: pronto entenderás por qué es necesario.

—Pero… es la ropa de Gabriella —dije antes de poder reprimirme. No podía obligarme a tocar aquel vestido, sabiendo todo lo que sabía sobre las actividades de Gabriella. La recordé junto con el doctor Rafael. Ojalá no hubiese dicho nada.

—¿Y qué? —preguntó el doctor Rafael.

—La noche en que Gabriella llevaba este vestido —dije, incapaz de mirarlo a los ojos—, la vi con usted. Estaban los dos en la calle delante de nuestro apartamento.

—Y crees que comprendiste lo que sucedía —dijo el doctor Rafael.

—¿Cómo podría haberlo malinterpretado? —susurré, mirando por la ventana a los anodinos edificios grises, la hilera de farolas, el lúgubre rostro de París en invierno—. Lo que sucedió está bien claro.

—Ponte el vestido —dijo el doctor Rafael con voz severa—. Debes tener más fe en los motivos que impulsaban a Gabriella. La amistad ha de ser más fuerte que las débiles sospechas. En estos tiempos lo único que nos queda es la confianza. Hay muchas cosas que no sabes. Pronto comprenderás los peligros a los que se ha enfrentado Gabriella.

Despacio, me desprendí de mis gruesas ropas de lana. Me desabotoné los pantalones y me saqué por la cabeza el pesado suéter, que había llevado como protección contra el viento helado de la montaña. Acto seguido me puse el vestido, con cuidado de no romperlo. Me quedaba demasiado grande, lo noté de inmediato. Hacía cuatro años, cuando Gabriella lo había llevado puesto, aquel vestido me habría quedado pequeño, pero había perdido diez kilos durante la guerra. En aquel momento no era más que pellejo y huesos.

El doctor Rafael Valko también se cambió de ropa. Mientras yo me vestía, él extrajo del maletín una chaqueta y pantalones negros, un uniforme nazi de las *Allgemeine SS*. También sacó un par de relucientes botas altas de color negro de debajo del asiento del coche. El uniforme estaba en perfectas condiciones, sin el desgaste o el olor de la ropa usada del mercado negro. Supuse que debía de ser otra útil adquisición de alguno de nuestros agentes dobles dentro de las SS, alguien que tendría contactos entre los nazis. Me recorrió un escalofrío al ver el uniforme, pues le daba al doctor Rafael un aspecto completamente distinto. Cuando acabó de vestirse, se embadurnó el labio superior con un líquido transparente que le sirvió para pegarse un fino bigote. Luego se echó el pelo hacia atrás con brillantina y se colocó un broche de las SS en la solapa, un añadido pequeño pero preciso que me colmó de repulsión.

El doctor Rafael estrechó los ojos y me examinó, escrutando con atención mi apariencia. Yo crucé los brazos sobre el pecho, como si así pudiese esconderme de él. Estaba claro de mi metamorfosis no estaba a la altura de sus expectativas. Para mi gran vergüenza, el doctor Rafael me alisó el vestido y me recompuso el pelo tal y como hacía mi madre antes de llevarme a la iglesia cuando era niña.

El coche avanzó por las calles hasta detenerse junto al Sena. Un soldado en el puente dio unos golpecitos en la ventanilla con la culata de una Luger. El conductor bajó el cristal y habló con el soldado en alemán, tras lo que le enseñó un fajo de documentos. El soldado echó un vistazo a la parte trasera del coche. Su mirada fue a posarse sobre el doctor Rafael.

—*Guten Abend* —dijo el doctor Rafael con lo que a mí me sonó como un perfecto acento alemán.

—*Guten Abend* —murmuró el soldado. Examinó los documentos y, al cabo, nos abrió paso por el puente.

Ascendimos la ancha escalinata de piedra de un salón de fiestas con una serie de columnas ante una fachada clásica. Pasamos junto a varios hombres vestidos de gala, con mujeres hermosas del brazo. Había soldados alemanes montando guardia en la puerta. Comparada con aquellas elegantes mujeres, yo debía de parecer enferma y exhausta, demasiado delgada y pálida. Me había sujetado el pelo en un moño y me había puesto un poco de colorete salido del maletín del doctor Rafael, pero aun así, era totalmente distinta a ellas, con sus cabelleras compuestas y su complexión fresca. Para mí no había baños calientes, maquillajes, perfumes y ropas nuevas; ni para mí ni para nadie que viviese en la Francia ocupada. Gabriella había dejado también un frasquito de cristal tallado de Shalimar, un preciado recordatorio de tiempos más felices, que yo había guardado conmigo desde su desaparición. Sin embargo, no me atrevía a usar ni una sola gota, por miedo a desperdiciarlo. La comodidad no era para mí más que un recuerdo de la infancia, algo que había experimentado en su día y que ya no volvería, como los dientes de leche. Había pocas probabilidades de confundirme entre aquellas mujeres. Aun así, me apreté contra el brazo del doctor Rafael e intenté mantener la calma. Él caminaba rígido, con confianza y, para mi sorpresa, los soldados nos dejaron pasar sin más incidentes. De repente nos encontramos en medio del cálido, bullicioso y lujoso interior del salón de fiestas.

El doctor Rafael me llevó al extremo opuesto del salón. Subimos unas escaleras hasta una mesa privada en una balconada. Tardé un instante en acostumbrarme al ruido y a la extraña iluminación, pero al hacerlo, vi que aquel comedor era largo y ancho, con techos altos y las paredes cubiertas de espejos que reflejaban a la multitud. Capté el cogote de una mujer por allí, el destello de la leontina de un reloj por allá. Por toda la estancia colgaban a intervalos blasones rojos con una esvástica estampada. Las mesas estaban cubiertas de lino blanco, porcelana china, ramilletes de flores en el centro: rosas en medio del invierno en plena guerra, un milagro menor. Unas lámparas de araña hechas de cristal arrojaban una luz titilante sobre los suelos de baldosas oscuras y la reflectaban sobre los zapatos de satén. Había champán, joyas y gente muy hermosa reunida bajo la luz de las velas. En la estancia imperaba el bullicio de manos que se alzaban al brindar: «*Zum Wohl! Zum Wohl!*». La abundancia de vino, que servían de un extremo a otro de la estancia, me sorprendió. Aunque resultaba difícil adquirir comida en general, el vino bueno resultaba imposible de encontrar para quienes no tenían contactos dentro de las fuerzas de ocupación. Yo había oído que los alemanes habían requisado miles de botellas de champán. El propio sótano de mi familia había quedado seco, expoliado. Para mí, hasta una sola botella resultaba un lujo extremo. Y sin embargo, ahí fluía como el agua. Entendí de golpe lo diferentes que eran las vidas de los vencedores y de los vencidos.

Desde lo alto de la balconada examiné con atención a la multitud de asistentes a la fiesta. A primera vista, la multitud parecía idéntica a la de cualquier otra reunión festiva. Sin embargo, al fijarme mejor, vi que algunos invitados tenían una apariencia extraña. Eran delgados y angulosos, de pómulos altos y ojos amplios y felinos, como si todos hubiesen sido cortados por el mismo patrón. Cabellos rubios, piel traslúcida y altura inusual... todo ello los señalaba como invitados nefilim.

Las voces llegaban hasta la balconada mientras los camareros se abrían paso entre la multitud distribuyendo copas de champán.

—Esto —dijo el doctor Rafael con gesto hacia los cientos de invitados de ahí abajo— es lo que quería que vieras.

Yo contemplé la multitud una vez más y empecé a sentir náuseas.

—Semejante fiesta mientras Francia se muere de hambre.

—Mientras Europa entera se muere de hambre —corrigió el doctor Rafael.

—¿Cómo pueden tener tanta comida? —pregunté—. Tanto vino, ropas tan elegantes, tantos pares de zapatos.

—Ahora lo ves —dijo el doctor Rafael con una leve sonrisa—. Quería que comprendieses para qué trabajamos, qué es lo que está en juego. Quizá te resulte difícil entender a qué nos enfrentamos.

Yo me apoyé en la barandilla de cristal reflectante. El frío del metal me quemaba la piel.

—La angelología no es solo un juego de ajedrez teórico —dijo el doctor Rafael—. Sé que en los primeros años de estudio, cuando uno está empantanado con Buenaventura de Bagnoregio y San Agustín, eso es justo lo que parece. Pero tu trabajo no solo se reduce a ganar debates sobre hilomorfismo o en esbozar taxonomías de ángeles de la guarda. —Hizo un gesto a la multitud—. Tu trabajo tiene lugar aquí, en el mundo real.

Me di cuenta de la pasión con la que hablaba el doctor Rafael, y lo mucho que resonaban aquellas palabras con la advertencia que me hizo la doctora Serafina al entrar en la Garganta del Diablo. *Nuestro deber está con el mundo en el que vivimos, y al que debemos regresar.*

—Te darás cuenta —dijo él—, que esto no es solo una batalla entre un puñado de guerreros de la resistencia y un ejército invasor. Esto es una guerra de desgaste. Llevamos en guerra desde el mismo principio de todo. Santo Tomás de Aquino creía que los ángeles oscuros cayeron durante los primeros veinte segundos de la creación: su naturaleza malvada agrietó la perfección del universo casi al instante, y dejó una terrible grieta entre el bien y el mal. Durante veinte segundos, el universo fue puro, perfecto, intacto. Imagina cómo fue existir durante esos veinte segundos... vivir sin miedo a la muerte, sin dolor, sin la duda en la que vivimos. Imagínatelo.

Cerré los ojos e intenté imaginar un universo así. No pude.

—Hubo veinte segundos de perfección —dijo el doctor Rafael al tiempo que aceptaba una copa de champán de un camarero, y otra más para mí—. Para nosotros queda el resto.

Di un sorbo de aquel champán frío y seco. El sabor era tan maravilloso que mi propia lengua retrocedió como si le hubiese hecho daño.

El doctor Rafael prosiguió:

—En nuestra épica, el mal predomina. Pero aun así, la lucha continúa. Hay miles de nosotros por todo el mundo. De ellos hay miles, quizá cientos de miles.

—Han ganado mucho poder —dije, examinando la riqueza del salón de baile—. Cuesta creer que no haya sido siempre así.

—Los padres fundadores de la angelología disfrutaban planeando el exterminio de sus enemigos. Sin embargo, se ha estudiado mucho el hecho de que los padres sobrestimaron sus habilidades: creían que la batalla sería rápida. No comprendían lo irritables que serían los Vigilantes y sus hijos, el deleite que supone para ellos el subterfugio, la violencia, la destrucción. Mientras que los Vigilantes eran criaturas angélicas que conservaban la belleza de sus orígenes, sus hijos están mancillados con violencia. Y a su vez mancillan todo aquello que tocan.

El doctor Rafael hizo una pausa, como si reflexionase sobre un acertijo.

—Piensa —dijo al fin— en la desesperación que debió de sentir el Creador al destruirnos, la pena de un padre que mata a sus niños, el extremo al que llegaron sus actos. Los millones de criaturas ahogadas y las civilizaciones perdidas... y aun así, los nefilim triunfaron. La codicia económica, la injusticia social, la guerra... estas son las manifestaciones del mal en nuestro mundo. Claramente, destruir la vida en el planeta no eliminó el mal. Por más sabios que fueran, los Padres Venerables no se detuvieron a pensar en todo esto. No habían estado preparados del todo para la lucha. Son el vivo ejemplo de que incluso los angelólogos más entregados pueden errar al ignorar la historia.

»Nuestro trabajo sufrió un duro golpe durante la Inquisición, aunque pronto recuperamos el terreno perdido —añadió el doctor Rafael—. El siglo XIX fue igual de preocupante, cuando las teorías de Spencer, Darwin y Marx se retorcieron para crear sistemas de manipulación social. Sin embargo, siempre hemos recuperado el terreno perdido en el pasado. Ahora, sin embargo, empiezo a preocuparme. Nuestra fuerza mengua. Los campos de exterminio están repletos de compañeros nuestros. Los nefilim se han anotado un tanto enorme junto con los alemanes. Llevan esperando mucho tiempo a que llegase este tipo de plataforma.

Vi que tenía la oportunidad de hacer una pregunta que llevaba bastante tiempo rondándome la cabeza:

—¿Cree usted que los nazis son nefilim?

—No exactamente —dijo el doctor Rafael—. Los nefilim son parasitarios; se alimentan de la sociedad humana. A fin de cuentas, son mestizos, mitad ángeles y mitad humanos. Esto les confiere cierta flexibilidad a la hora de entrar y salir de las civilizaciones. A través de la historia, siempre se han pegado a grupos como los nazis, los han impulsado, les han prestado ayuda financiera y militar, para propiciar así sus éxitos. Es una práctica muy antigua y exitosa. En cuanto obtienen una victoria, los nefilim absorben el botín, dividen los restos y regresan a sus existencias privadas.

—Pero reciben el nombre de Famosos —dije.

—Sí, y muchos de ellos lo son. Pero sus riquezas les aseguran protección e intimidad —prosiguió el doctor Rafael—. Aquí hay varios de ellos. De hecho, hay cierto caballero muy influyente a quien me gustaría presentarte.

El doctor Rafael se puso en pie y le dio la mano a un caballero alto y rubio vestido con un hermoso esmoquin de seda. Me resultaba tremendamente familiar, aunque no era capaz de ubicarlo. Quizá nos habíamos encontrado con anterioridad, pues él me contempló a mí con el mismo interés, y recorrió mi vestido con la mirada muy atentamente.

—*Herr* Reimer —dijo el hombre. La familiaridad de su tono, así como el apellido falso del doctor Rafael, me indicó que el hombre no tenía ni idea de quiénes éramos en realidad. De hecho, se dirigió al doctor Rafael como si fueran colegas—. Este mes no le he visto en París... ¿no estará la guerra privándole de sus placeres?

El doctor Rafael soltó una risa con voz medida.

—No —dijo—. Es solo que he estado pasando algo de tiempo con esta encantadora damita. Es mi sobrina, Christina. Christina —añadió—, te presento a Percival Grigori.

Yo me puse en pie y le tendí la mano al hombre. Él la besó con unos labios helados que se apretaron contra mi cálida piel.

—Encantadora —dijo el hombre, aunque apenas me dedicó una mirada, absorto como estaba con mi vestido.

Dicho lo cual, sacó un cigarrillo de una pitillera, le ofreció uno al doctor Rafael y, para mi asombro, alzó el mismo encendedor que había estado en posesión de Gabriella hacía cuatro años. En un instante de horripilante reconocimiento, la identidad de aquel hombre me quedó revelada: Percival Grigori era el amante de Gabriella, el hombre que yo había visto en sus brazos. Contemplé, aturdida, cómo el doctor Rafael hablaba en tono ligero de política y de teatro, pasando por los acontecimientos más destacados de la guerra. Acto seguido, con un asentimiento, Percival Grigori nos dejó.

Volví a sentarme en la silla, incapaz de comprender que el doctor Rafael conociese a aquel hombre, ni que Gabriella se hubiese mezclado con él. En mi confusión elegí el curso de acción más prudente: guardé silencio.

—¿Te encuentras mejor? —preguntó el doctor Rafael.

—¿Mejor?

—Te encontrabas mal durante el viaje.

—Sí —dije, mirándome los brazos, que estaban más rojos que nunca, como si hubiese sufrido una severa quemadura solar—. Creo que estaré bien. Tengo la piel clara, necesitaré unos días para recuperarme. —Quería cambiar de tema, así que dije—: No ha acabado usted de contarme lo de los nazis. ¿Están completamente bajo el control de los nefilim? Y si así es, ¿cómo podemos vencerles?

—Los nefilim son muy fuertes, pero cuando quedan derrotados, y hasta ahora siempre los hemos derrotado, desaparecen con rapidez y dejan que sus anfitriones humanos se enfrenten solos al castigo, como si sus actos malvados fuesen solo suyos. El Partido Nazi está repleto de nefilim, pero quienes ostentan el poder son cien por cien humanos. Por eso resultan tan difíciles de exterminar. La humanidad comprende e incluso desea el mal. Al mal le resulta muy fácil seducir a una parte de nuestra naturaleza. Somos fáciles de convencer.

—De manipular —dije.

—Sí, quizá «manipular» sea un término más adecuado. Es una palabra más generosa.

Me hundí en mi silla de terciopelo. La suave tela acarició la piel de mi espalda. Me parecía que no había estado en un lugar tan cálido desde hacía años. Empezó a oírse música en el salón. Algunas parejas se pusieron a bailar.

—Doctor Rafael —pregunté, envalentonada por el champán—, ¿puedo hacerle una pregunta?

—Por supuesto —repliqué.

—¿Por qué me ha preguntado si tengo los ojos azules?

El doctor Rafael me miró y, durante un instante, pensé que quizá iba a contarme algo sobre sí mismo, algo que revelaría la vida privada que escondía de sus estudiantes. Con voz más suave, dijo:

—Ya deberías haberlo aprendido en mis clases, querida. La apariencia de los Gigantes. Su composición genética.

Recordé sus clases y me ruboricé, avergonzada. *Por supuesto*, pensé. *Los nefilim tienen ojos azules y luminosos, pelo rubio y una altura superior a la media.*

—Ah, sí —dije—. Ya lo recuerdo.

—Tú eres bastante alta —señaló—. Y delgada. Pensé que sería más sencillo que los guardias te dejasen pasar si tenías los ojos azules.

Apuré el resto del champán de un rápido trago. No me gustaba equivocarme, sobre todo en presencia del doctor Rafael.

—Dime —dijo el doctor Rafael—, ¿entiendes por qué te enviamos a la caverna?

—Por motivos científicos —repliqué—. Para observar al ángel y reunir pruebas empíricas. Para conservar el cuerpo en nuestros archivos. Para encontrar el tesoro que dejó Clematis.

—Por supuesto, la lira se encontraba en el corazón de la misión —dijo el doctor Rafael—, pero, ¿no te has preguntado por qué íbamos a enviar a una angelóloga con tan poca experiencia como tú en una misión de este calibre? ¿Por qué iba Serafina, que apenas tiene cuarenta años, a liderar un equipo, en lugar de otros miembros de más edad del consejo?

Yo negué con la cabeza. Sabía que la doctora Serafina tenía sus propias ambiciones profesionales, pero me había parecido extraño que el doctor Rafael no hubiese ido él mismo a la montaña, sobre todo dado su trabajo previo con Clematis. Tal y como yo lo entendía, mi inclusión en el equipo era una recompensa por haber descubierto la ubicación de la garganta, pero quizá había motivos ulteriores.

—Serafina y yo queríamos enviar a una joven angelóloga a la caverna —dijo el doctor Rafael, mirándome a los ojos—. Tú no has sufrido de sobreexposición a nuestras prácticas profesionales. No ibas a manchar la expedición con ideas preconcebidas.

—No entiendo muy bien a qué se refiere usted —dije, y deposité la copa vacía de cristal sobre la mesa.

—Si hubiese ido yo —dijo el doctor Rafael—, no habría visto más que aquello que ya esperaba ver. Tú, por el contrario, viste lo que había. De hecho, descubriste algo que los demás no pudieron descubrir. Dime la verdad: ¿cómo la encontraste? ¿Qué sucedió en la caverna?

—Creo que la doctora Serafina ya se lo contó todo —repliqué, de pronto inquieta por el motivo que podría haber tenido el doctor Rafael para traerme allí.

—La doctora Serafina describió los detalles físicos, el número de registros fotográficos que hicisteis, el tiempo que tardasteis en escalar. Logísticamente ha sido muy concienzuda. Pero eso no es todo, ¿verdad? Hubo algo más, algo que te asustó.

—Lo siento, pero no entiendo de qué habla.

El doctor Rafael se encendió un cigarrillo y se echó hacia atrás en la silla, con una expresión divertida en el semblante. Me inquietó aún más lo guapo que me parecía. Dijo:

—Incluso ahora, a salvo en París, estás asustada.

Alisé el satén del vestido al bies y dije:

—No sé bien cómo describirlo. Había algo tremendamente horrible en la caverna. Mientras bajábamos, todo se volvió muy... oscuro.

—Eso parece bastante natural —dijo el doctor Rafael—. La caverna está en las profundidades de la montaña.

—No me refiero a oscuridad física —dije yo, no muy segura de si estaba contando demasiado—. Era otra cualidad distinta de oscuridad. Una oscuridad elemental, pura, el tipo de oscuridad que se siente en mitad de la noche al despertarse en una habitación vacía y fría con el sonido de las bombas que caen en la distancia y una pesadilla en la mente. El tipo de oscuridad que demuestra la naturaleza caída del mundo.

El doctor Rafael me clavó la mirada, a la espera de que prosiguiese.

—No estábamos solos en la Garganta del Diablo —dije—. Vi a los Vigilantes; estaban esperándonos.

El doctor Rafael siguió evaluándome con la mirada. No conseguí dilucidar si era una expresión de asombro, de miedo o, tal y como yo esperaba secretamente, de admiración. Dijo:

—Qué extraño que los demás no hayan mencionado nada de eso.

—Yo estaba sola cuando los vi —dije, rompiendo así la promesa que le había hecho a la doctora Serafina—. Me alejé del grupo y crucé el río. Estaba desorientada, no recuerdo exactamente los detalles de lo sucedido. Lo que sé a ciencia cierta es que los vi. Estaban en celdas oscurecidas, tal y como los vio Clematis. Había un ángel que me miró. Yo sentí su deseo de ser libre, de estar en compañía de la humanidad, de contar con su favor. El ángel llevaba allí miles de años a la espera de nuestra llegada.

• • •

El doctor Rafael Valko y yo asistimos a la reunión de emergencia del consejo en plena noche. Se había establecido a toda prisa un lugar de reunión, y todo el mundo se había trasladado de la última ubicación a nuestras dependencias en Montparnasse: el Ateneo. El imponente y noble Ateneo había caído en desuso durante los años de ocupación. En su día lleno de libros y estudiantes, con el susurro de páginas y el murmullo de los bibliotecarios, ahora las estanterías estaban desnudas y las esquinas repletas de telarañas. Yo no había puesto un pie en nuestra biblioteca en varios años. La transformación me hizo anhelar una época en la que no tenía más preocupaciones que las de mis estudios.

El cambio de ubicación se había decidido como sencilla medida de seguridad, pero tantas precauciones habían consumido tiempo. Tras salir del baile, un joven soldado en bicicleta nos había dado un mensaje que indicaba la reunión y solicitaba nuestra presencia inmediata. Una vez que llegamos al punto señalado, nos dieron un segundo mensaje con una serie de pistas que habrían de llevarnos sin que nos descubriesen hasta la ubicación. Eran casi las dos de la madrugada cuando tomamos asiento en las sillas de respaldo alto a ambos lados de una estrecha mesa en el Ateneo.

Dos pequeñas lámparas iluminaban el centro de la mesa con un resplandor tenue y acuoso que bañaba a quienes estaban allí reunidos. Había en la estancia cierta tensión y energía que me hicieron pensar que algo trascendental había ocurrido. Mi percepción se vio confirmada por la sobriedad con la que nos dieron la bienvenida los miembros del consejo. Me daba la impresión de que habíamos interrumpido un funeral.

El doctor Rafael tomó asiento al frente de la mesa y me hizo un gesto para que me sentase en un banco a su lado. Para mi grandísima sorpresa, Gabriella Lévi-Franche estaba sentada al otro extremo de la mesa. Habían pasado cuatro años desde la última vez que la vi. La apariencia de Gabriella era prácticamente igual a como yo la recordaba. Llevaba el pelo negro por debajo de las orejas y los labios pintados de un rojo intenso, y tenía una expresión de sosegada cautela. Y sin embargo, mientras que la mayoría de nosotros había caído en un estado anémico de agotamiento durante la guerra, Gabriella parecía una mujer bien cuidada y protegida. Vestía mejores ropas y parecía mejor alimentada que cualquiera de los demás angelólogos del Ateneo.

Al ver que yo había llegado junto con el doctor Rafael, Gabriella enarcó una ceja. Un atisbo acusador tomó forma en sus ojos verdes. Estaba claro que nuestra rivalidad aún no había terminado. Gabriella mostraba tanta cautela ante mí como yo ante ella.

—Contádmelo todo —dijo el doctor Rafael, la voz quebrada de emoción—. Quiero saber exactamente qué ha pasado.

—Le dieron el alto al coche para inspeccionarlo en Pont Saint-Michel —dijo una angelóloga anciana, la monja a quien yo había conocido hacía unos años. El pesado velo negro que llevaba y la falta de luz le conferían el aspecto de una mera extensión de la habitación sombría. Yo no veía nada más que sus dedos nervudos sobre la lustrosa mesa—. Los guardias los obligaron a salir del coche y los registraron. Se los llevaron.

—¿Cómo que se los llevaron? —preguntó el doctor Rafael—. ¿Adónde?

—No hay modo de saberlo —dijo el doctor Lévi-Franche, el tío de Gabriella, con unos anteojos sobre la nariz—. Hemos dado alerta a nuestras células en todos los distritos de la ciudad. Nadie los ha visto. Lamento decir que podrían estar en cualquier parte.

El doctor Rafael dijo:

—¿Y la mercancía?

Gabriella se puso en pie y colocó un pesado maletín de cuero sobre la mesa.

—Yo tenía la lira —dijo, y depositó sus pequeños dedos sobre el maletín de cuero marrón—. Mi coche iba detrás del de la doctora Serafina. Cuando vimos que nuestros agentes estaban siendo detenidos, le ordené al chófer que diera media vuelta y regresase a Montparnasse. Por suerte, el maletín que tiene el descubrimiento estaba en mi poder.

Los hombros del doctor Rafael se hundieron en una clara señal de alivio.

—El maletín está a salvo —dijo—, pero tienen a nuestros agentes.

—Pero, por supuesto —dijo la monja—, jamás soltarían a unos prisioneros tan valiosos sin pedir algo de igual valor.

—¿Cuáles son los términos del rescate? —preguntó el doctor Rafael.

—Un intercambio: el tesoro a cambio de los angelólogos —respondió la monja.

—¿Y a qué se refieren exactamente con «el tesoro»? —preguntó en voz queda el doctor Rafael.

—No lo especificaron —dijo la monja—. Pero, de alguna manera, saben que hemos descubierto algo muy valioso en las Ródope. Creo que deberíamos hacer lo que dicen.

—Imposible —dijo el doctor Lévi-Franche—. Queda totalmente fuera de discusión.

—Yo opino que en realidad no saben lo que encontró de verdad el grupo en las montañas. Solo saben que fue algo valioso —dijo Gabriella, enderezándose en la silla.

—Puede que los agentes capturados les hayan dicho lo que sacamos de la caverna —sugirió la monja—. Bajo coacción, no sería de extrañar.

—Yo creo que nuestros angelólogos respetarán nuestros códigos —replicó el doctor Rafael, con un atisbo de ira al hablar—. Conozco a Serafina, no permitirá que los demás hablen. —Aparto la mirada y vi que se le había formado en la frente la más leve pátina de sudor—. Soportará sus interrogatorios, aunque todos sabemos que sus métodos pueden ser horriblemente crueles.

La atmósfera adquirió un tinte lúgubre. Todos comprendíamos lo brutales que podían ser los nefilim con nuestros agentes, sobre todo si ansiaban algo. Yo había oído hablar de los métodos de tortura que usaban y no podía ni imaginar lo que les harían a nuestros colegas para sacarles información. Cerré los ojos y entoné una plegaria susurrada. No podía prever lo que sucedería, pero comprendí lo importante que se había vuelto aquella noche: si perdíamos lo que habíamos recuperado de la caverna, nuestro trabajo habría sido para nada. El descubrimiento era valioso, pero, ¿estábamos dispuestos a sacrificar todo un equipo de angelólogos a cambio?

—Hay algo seguro —dijo la monja al tiempo que consultaba su reloj de muñeca—. Siguen con vida. Recibimos una llamada hace unos veinte minutos. Yo misma hablé con Serafina.

—¿Pudo hablar con libertad? —preguntó el doctor Rafael.

—Nos dijo que hiciéramos el intercambio —dijo la monja—. Específicamente dijo que el doctor Rafael debía llevarlo a cabo.

El doctor Rafael cruzó las manos ante sí. Parecía examinar algo diminuto sobre la superficie de la mesa.

—¿Qué piensan ustedes sobre semejante intercambio? —preguntó a todo el consejo.

—Hay poco que pensar —dijo el doctor Lévi-Franche—. Semejantes intercambios van en contra de nuestros protocolos. Jamás los hemos llevado a cabo en el pasado y creo que no deberíamos hacer ahora una excepción, por más valiosa que sea la doctora Serafina. No podemos darles los materiales que hemos sacado de la caverna. Hemos tardado cientos de años en recuperarlos.

Me quedé horrorizada al oír al tío de Gabriella hablar de mi profesora en términos tan fríos. Mi indignación quedó algo mitigada al ver que Gabriella le clavaba también una mirada enojada, el mismo tipo de mirada que en su día reservaba para mí.

—Y sin embargo —dijo la monja—, ha sido la habilidad de la doctora Serafina lo que nos ha permitido hacernos con el tesoro. Si la perdemos, ¿cómo habremos de avanzar?

—Es imposible hacer este intercambio —insistió el doctor Lévi-Franche—. No hemos tenido la oportunidad de examinar las notas de campo o de revelar las fotografías. La expedición sería una absoluta pérdida de tiempo.

Vladimir dijo:

—Y la lira… no puedo ni imaginar cuáles serían las consecuencias para todos nosotros si se hicieran con ella. Para todo el mundo, de hecho.

—Estoy de acuerdo —dijo el doctor Rafael—. El instrumento no puede llegar a sus manos, cueste lo que cueste. Debe de haber alguna alternativa.

—Sé que mis opiniones no son muy populares entre ustedes —dijo la monja—, pero este instrumento no vale lo que una vida humana. Hemos de realizar el intercambio.

—Pero el tesoro que hemos encontrado hoy es la culminación de grandes esfuerzos —objetó Vladimir con marcado acento ruso. Le habían cosido y limpiado el tajo que tenía en el ojo, que ahora tenía el aspecto de un bordado truculento y horripilante—. No querrá usted que destruyamos algo que tanto nos ha costado recuperar.

—Es justo lo que quiero —dijo la monja—. Ha llegado el momento de asumir que no tenemos poder alguno en la lucha. Ya no está en nuestras manos. Hemos de dejarla en manos de Dios.

—Ridículo —dijo Vladimir.

Los miembros del consejo empezaron a discutir. Yo estudié al doctor Rafael, sentado tan cerca que hasta pude oler el aroma agridulce del champán que habíamos estado bebiendo hacías pocas horas. Vi que reorganizaba sus ideas en silencio, a la espera de que se agotase la discusión entre los demás. Al cabo, se puso en pie e hizo un gesto para que los demás se callaran.

—¡Silencio! —dijo con más énfasis del que yo jamás le había visto usar.

Los miembros del consejo se giraron hacia él, sorprendidos ante la repentina autoridad de su voz. Aunque era el cabecilla del consejo y nuestro erudito de más prestigio, rara vez hacía ostentación de su poder.

El doctor Rafael dijo:

—A primeras horas de la noche anterior llevé a este joven angeló-loga a una reunión. Era un baile que celebraban nuestros enemigos. Creo que puede decirse que todo salió muy bien, ¿no estás de acuerdo, Celestine?

Sin palabras, me limité a asentir.

El doctor Rafael prosiguió:

—Lo hice por motivos prácticos. Quería enseñarle que el enemigo está cerca. Quería que comprendiese que las fuerzas contra las que luchamos están aquí, que viven junto a nosotros, en nuestras ciudades. Que roban y matan y saquean mientras nosotros los contemplamos, indefensos. Creo que la lección le ha causado una gran impresión. Y sin embargo, ahora veo que semejante lección les habría venido bien a muchos de ustedes. Me resulta evidente que hemos olvidado lo que estamos haciendo aquí.

Hizo un gesto hacia el maletín de cuero que descansaba entre todos.

—No tenemos derecho a perder esta lucha. Los Padres Venerables que se arriesgaron a que los acusasen de herejía al fundar nuestro trabajo, que preservaron los textos durante las purgas y hogueras de la Iglesia, que copiaron las profecías de Enoc y pusieron en riesgo sus propias vidas para perpetuar información y recursos... la lucha que mantenemos es suya. De Buenaventura, cuyos *Commentaria Sententiarum* demostraron de forma tan elocuente la base metafísica de la angelología: que los ángeles son de substancia tanto material como espiritual. Los padres escolásticos. Juan Duns Scoto. Los cientos de miles de aquellos que se han esforzado por derrotar las maquinaciones de los malvados. ¿Cuántos han sacrificado sus vidas por nuestra causa? ¿Cuántos volverían a sacrificarla voluntariamente de nuevo? Esta es su lucha, no la nuestra. Y sin embargo, todos estos miles de años han conducido a esta elección singular. De algún modo, la carga ha acabado sobre nuestros hombros. Se nos ha concedido el poder de decidir el futuro. Podemos proseguir con la lucha o podemos rendirnos. —Se puso en pie, se acercó al maletín y lo levantó—. Pero hemos de tomar ya la decisión. Cada miembro va a votar.

En cuanto el doctor Rafael anunció la votación, los miembros empezaron a alzar las manos. Para mi sorpresa, Gabriella, que jamás había tenido permiso para asistir a una reunión del consejo, muchos menos tomar parte en decisiones, de pronto tenía derecho a voto. A mí, en cambio, que había pasado años preparándome para la expedición y que había arriesgado mi vida en la caverna, no me pidieron que votase. Gabriella era angelóloga mientras que yo seguía siendo una novicia. Lágrimas de rabia y derrota asomaron a mis ojos, emborronando la estancia, de modo que apenas alcancé a atisbar la votación. Gabriella alzó la mano a favor del intercambio, al igual que el doctor Rafael y la monja. Muchos de los otros, en cambio, quisieron mantenerse fieles a nuestros códigos. Tras el recuento de votos, sin embargo, quedó claro que el número de partidarios del intercambio era igual al número de contrarios.

—Estamos empatados —dijo el doctor Rafael.

Los miembros del consejo se miraron entre sí, preguntándose quién podría cambiar su voto para romper el empate.

—Yo sugeriría —dijo Gabriella al fin, dedicándome una mirada que parecía ribeteada de esperanza— que le demos a Celestine la oportunidad de votar. Ha sido miembro de la expedición. ¿Acaso no se ha ganado el derecho a votar?

Todos los ojos se giraron hacia mí, sentada en silencio detrás del doctor Rafael. Los miembros del consejo se mostraron de acuerdo. Mi voto era decisivo. Consideré la disyuntiva que se me presentaba, consciente de que mi decisión me colocaría al fin entre los demás angelólogos.

El consejo esperaba a que tomase la decisión.

• • •

Después de votar, le pedí perdón al consejo, salí al pasillo vacío y corrí tan rápido como pude. Atravesé los corredores, bajé una escalinata de amplios escalones de piedra, salí por la puerta y me perdí en la noche. Mis zapatos golpeteaban los adoquines al mismo ritmo que mis latidos.

Sabía que podría estar a solas en el patio trasero, un lugar al que Gabriella y yo habíamos ido con frecuencia, el mismo sitio donde atisbé aquel mechero de oro que aquel nefilim monstruoso había usado en mi presencia hacía unas horas. El patio estaba siempre vacío, incluso a las claras del día, y yo necesitaba estar sola. Las lágrimas emborronaron mi visión; la verja de hierro que rodeaba la vieja estructura se volvió neblinosa, la majestuosa haya de piel elefantina del patio desapareció, e incluso la afilada hoz de la luna creciente suspendida en el cielo se convirtió en un halo en las alturas.

Eché un vistazo en derredor para asegurarme de que no me habían seguido y me agazapé contra la pared del edificio. Hundí el rostro entre las manos y solté un sollozo. Lloré por la doctora Serafina y por los demás miembros de la expedición a quienes había traicionado. Lloré por la carga que mi voto había depositado sobre mi conciencia. Comprendía que mi decisión había sido la correcta, pero el sacrificio me habría hecho trizas, había resquebrajado la seguridad en mí misma, la confianza en mis colegas, en nuestro trabajo. Había traicionado a mi profesora, a mi mentora. Me había lavado las manos con una mujer a quien amaba tanto como amaba a mi madre. Me habían concedido el privilegio de votar y, al ejercerlo, había perdido la fe en la angelología.

Aunque llevaba un grueso abrigo de lana, el mismo que había empleado para protegerme de los vientos húmedos de la caverna, por debajo no llevaba nada más que el fino vestido que el doctor Rafael me había dado para la fiesta. Me restregué los ojos con el dorso de la mano y me estremecí. La noche estaba gélida, completamente silenciosa, inmóvil, más fría que hacía unas horas. Recuperé el control de mis emociones e inspiré hondo. Me estaba preparando para regresar a la sala del consejo cuando, cerca de la entrada lateral del edificio, oí un suave susurro de voces.

Me retiré hacia las sombras y esperé, preguntándome quién habría salido del edificio por aquella extraña salida, pues el trayecto normal solía ser por la entrada frontal. En pocos segundos, Gabriella salió al patio. Estaba hablando en voz baja, casi inaudible, con Vladimir, que la escuchaba como si Gabriella le estuviese diciendo algo de gran importancia.

Hice un esfuerzo por verlos mejor. Gabriella estaba particularmente arrebatadora bajo la luz de la luna: su cabello negro resplandecía y aquel lápiz de labios resaltaba tremendamente sobre la blancura de su piel. Llevaba un lujoso abrigo de color camello, bien ceñido y sujeto por un cinturón, claramente hecho a medida. Yo no alcanzaba a imaginar dónde habría encontrado semejante ropa ni cómo la habría pagado. Gabriella siempre vestía de forma muy elegante, pero para mí, aquel tipo de ropa solo existía en las películas.

A pesar de que hacía años que no nos veíamos, yo conocía bien aquella expresión. La arruga en su ceño evidenciaba que estaba reflexionando sobre algún tipo de pregunta que Vladimir le había hecho. Un repentino destello en sus ojos, acompañado de una sonrisa superficial, me indicaron que le había respondido con su acostumbrado aplomo, algún comentario ingenioso, un aforismo, algo mordaz. Él la escuchó con toda su atención. No apartaba la vista de ella en ningún momento.

Mientras Gabriella y Vladimir hablaban, yo apenas podía respirar. En vista de los acontecimientos de aquella noche, Gabriella debía de haber estado tan inquieta como yo misma. La pérdida de cuatro angelólogos y la amenaza de perder los descubrimientos de la expedición deberían haber bastado para acabar con toda jovialidad, aunque la relación entre la doctora Serafina y Gabriella hubiese sido superficial. A pesar de todo, ambas habían tenido una relación excepcionalmente estrecha en su día, y yo sabía que Gabriella amaba a nuestra profesora. Y sin embargo, en aquel patio Gabriella parecía... casi no me atrevía a pensar en la palabra... «gozosa». Tenía un aire triunfante, como si hubiese vencido en una dura batalla.

Una ráfaga de luz se desparramó sobre el patio cuando un coche frenó y sus focos traspasaron las puertas de hierro e iluminaron la haya, cuyas ramas se extendían como tentáculos por el aire acuoso. Un hombre bajó del coche. Gabriella echó una mirada por encima del hombro; su cabello negro le enmarcaba el rostro como si de una campana se tratase. El hombre era imponente, alto, con una hermosa chaqueta cruzada y zapatos tan lustrosos que brillaban. Su apariencia se me antojó tremendamente refinada. Tanta riqueza, que en tiempos de guerra suponía una visión exótica, me había rodeado por todas partes aquella noche. El hombre dio un paso al frente y yo vi que se trataba de Percival Grigori, el nefilim con el que me había cruzado la velada anterior. Gabriella lo reconoció al instante. Le hizo un gesto para que esperase en el coche y, tras darle sendos besos en las mejillas a Vladimir, giró sobre sus talones y atravesó los adoquines para reunirse con su amante.

Yo me agazapé aún más entre las sombras, con la esperanza de que no percibiesen mi presencia. Gabriella estaba a pocos metros de distancia, tan cerca que podría haberle susurrado al pasar junto a mí. Con esa cercanía, lo vi: el maletín que contenía nuestro tesoro de la montaña. Gabriella se lo iba a entregar a Percival Grigori.

Aquel descubrimiento me causó tanta impresión que, momentáneamente, perdí la compostura. Salí a plena vista bajo la luz de la luna. Gabriella frenó en seco, sorprendida de verme allí. Nuestros ojos se cruzaron y yo comprendí que daba igual lo que hubiese votado el consejo: Gabriella había planeado desde el principio entregarle el maletín a su amante. En ese momento, los años de comportamiento extraño de Gabriella, sus desapariciones, aquel enigmático ascenso en los rangos de los angelólogos, su distanciamiento con la doctora Serafina, el dinero que parecía tener repentinamente… todo encajó en mi cabeza. La doctora Serafina había estado en lo cierto. Gabriella trabajaba para nuestros enemigos.

—¿Qué haces? —pregunté, y oí mi propia voz como si perteneciese a otra mujer.

—Vuélvete dentro —respondió Gabriella, claramente sobresaltada por mi aparición, en voz baja, como si temiese que pudiesen oírnos.

—No lo hagas —le susurré—. Después de todo lo que hemos sufrido, no puedes hacer esto.

—Te estoy ahorrando futuros sufrimientos —dijo Gabriella.

Se apartó de mi mirada, se acercó al coche y subió al asiento trasero. Percival Grigori subió tras ella.

La conmoción que me había causado el comportamiento de Gabriella me dejó temporalmente paralizada, pero cuando el coche se internó en la maraña oscura de aquellos callejones estrechos, volví en mí. Eché a correr por el patio y entré en el edificio. El miedo me daba cada vez más velocidad en medio de aquel pasillo enorme y frío.

De pronto, una voz me llamó desde el extremo del corredor.

—¡Celestine! —dijo el doctor Rafael, que me salió al paso—. Gracias a Dios, no te han hecho daño.

—No —dije, esforzándome por recuperar el aliento—. Pero Gabriella se ha ido con el maletín. Acabo de volver del patio. Lo ha robado.

—Sígueme —dijo el doctor Rafael.

Sin más explicación, me llevó por un pasillo olvidado hasta regresar al Ateneo, donde el consejo había celebrado la reunión hacía apenas media hora. Vladimir también había regresado. Me dio una bienvenida seca, con expresión grave. Miré más allá de él y vi que las ventanas del otro extremo de la estancia estaban hechas añicos. Una fría y dura brisa caía sobre los cuerpos mutilados de los miembros del consejo, cuyos cadáveres yacían sobre charcos de sangre en el suelo.

La escena me golpeó con tanta fuerza que no pude ni musitar algún tipo de reacción de incredulidad. Busqué apoyo en la misma mesa donde habíamos condenado la vida de mi profesora mediante un voto, incapaz de dilucidar si la escena que veía era real o si alguna fantasía demoníaca se había apoderado de mi imaginación. La brutalidad de los asesinatos eran horripilante. La monja había recibido un disparo a bocajarro en la cabeza; su hábito estaba empapado en sangre. El tío de Gabriella, el doctor Lévi-Franche, yacía igualmente ensangrentado sobre el suelo de mármol, con los anteojos aplastados. Otros dos miembros del consejo descansaban sobre la mesa.

Cerré los ojos y le di la espalda a la horrible escena. El único alivio llegó cuando el doctor Rafael, cuyos brazos me rodearon los hombros, me sujetó. Me apoyé contra él, y el aroma de su cuerpo me dio una suerte de consuelo agridulce. Imaginé que abriría los ojos y todo volvería a ser como hacía años, que el Ateneo estaría lleno de cajas, documentos y ayudantes ajetreados que estarían guardando nuestros textos. Los miembros del consejo estarían dispuestos alrededor de la mesa, estudiando los mapas del doctor Rafael de la Europa en guerra. Nuestra escuela estaría abierta, los miembros del consejo estarían vivos. Sin embargo, al abrir los ojos, el horror de la masacre me golpeó una vez más. No había forma de escapar de la realidad.

—Vamos —dijo el doctor Rafael. Salimos de la estancia y me obligó a detenerme en el pasillo que daba a entrada—. Respira. Estás conmocionada.

Miré en derredor como si estuviese en un sueño y dije:

—¿Qué ha pasado? No comprendo. ¿Ha sido Gabriella?

—¿Gabriella? —preguntó Vladimir, que llegó hasta nosotros por el pasillo—. No, claro que no.

—Gabriella no ha tenido nada que ver —dijo el doctor Rafael—. Todos ellos eran espías. Hace tiempo que sabíamos que estaban vigilando al consejo. Parte del plan era matarlos así.

—¿Los ha matado usted? —pregunté, asombrada—. ¿Cómo ha podido?

El doctor Rafael me miró y vi que la más leve sombra sobrevolaba su expresión, como si le doliese contemplar mi desencanto.

—Es mi trabajo, Celestine —dijo al fin. Luego me agarró del brazo y juntos atravesamos el pasillo—. Algún día lo entenderás. Ahora ven, tenemos que sacarte de aquí.

Nos acercamos a la entrada principal del Ateneo. El entumecimiento en el que me había sumido la escena empezaba a desaparecer; me embargaron las náuseas. El doctor Rafael me sacó a la noche fría, donde nos esperaba el *Panhard et Levassor* para sacarnos de allí. Mientras descendíamos los amplios escalones de piedra, el doctor Rafael me colocó un maletín en las manos. Era idéntico al que Gabriella había tenido en el patio: el mismo cuero marrón, los mismos broches resplandecientes.

—Toma —dijo el doctor Rafael—. Todo está dispuesto. Esta noche te van a llevar a la frontera. A partir de ahí, me temo que dependeremos de nuestros amigos en España y Portugal para que prosigas tu viaje.

—¿Viaje? ¿A dónde?

—A América —dijo el doctor Rafael—. Vas a llevarte este maletín contigo. Allí estaréis a salvo, tanto tú como el tesoro de la caverna.

—Pero si vi que Gabriella se marchaba... —empecé a decir, examinando el maletín como si fuera una ilusión—. Se llevó el instrumento. Ya no está.

—Era una réplica, querida Celestine. Un señuelo —dijo el doctor Rafael—. Gabriella va a distraer al enemigo para que tú puedas escapar y consigamos liberar a Serafina. Le debes mucho, incluyendo tu presencia en la expedición. Ahora la lira es responsabilidad tuya. Gabriella y tú debéis separaros, pero debes recordar siempre que ambas trabajáis para una misma causa. Su cometido está aquí, y el tuyo en América.

LA TERCERA ESFERA

• • •

«Y aparecieron ante mí dos hombres muy altos, más altos de lo que yo jamás había visto en la tierra. Y sus rostros resplandecían como el sol, y sus ojos eran fanales ardientes, y de sus labios brotaba el fuego. Sus atuendos tenían la apariencia de plumas y sus pies eran púrpuras. Sus alas eran más brillantes que el oro y sus manos más blancas que la nieve».

EL LIBRO DE ENOC

Celda de la hermana Evangeline, Convento de Santa Rosa, Milton, Nueva York

Evangeline se acercó a la ventana, apartó las pesadas cortinas y contempló la oscuridad. Desde el cuarto piso tenía una vista clara del otro lado del río. A ciertas horas cada noche, el tren de pasajeros atravesaba la oscuridad y abría un brillante tajo en medio del paisaje. La presencia del tren nocturno reconfortaba a Evangeline, pues era tan fiable como el horario del Convento de Santa Rosa. El tren pasaba, las hermanas iban a rezar, el calor manaba de los radiadores de vapor, el viento repiqueteaba en los cristales de las ventanas. El universo se movía en ciclos regulares. El sol se alzaría en unas pocas horas, y cuando saliese, Evangeline daría comienzo a un nuevo día, siguiendo el rígido horario que observaba todos los días: oración, desayuno, misa, trabajo en la biblioteca, almuerzo, oración, tareas, trabajo en la biblioteca, misa, cena. Su vida se movía en esferas tan regulares como las cuentas de un rosario.

A veces, Evangeline contemplaba el tren e imaginaba el contorno sombrío de algún viajero que se abriese paso por el pasillo. El tren y el hombre destellaban un instante, para a continuación, con un traqueteo de metal y luces de neón, alejarse hacia algún destino desconocido. Contemplando la oscuridad, Evangeline deseó que pasase en aquel momento el tren que llevaba a Verlaine.

El cuarto de Evangeline apenas tenía el tamaño de una despensa para ropa de cama y, muy apropiadamente, olía a sábanas recién lavadas. Hacía poco que había encerado el suelo de madera, limpiado las telarañas de los rincones y quitado el polvo al cuarto del suelo al techo, de los revestimientos a los alféizares. Las rígidas sábanas blancas de su cama parecían incitarla a quitarse los zapatos y tumbarse a dormir. En cambio, lo que hizo fue llenar un vaso con agua de una jarra que descansaba en su escritorio y beber un trago. Luego abrió la ventana e inspiró hondo. El aire estaba frío, le pesaba en los pulmones y la calmaba como hielo sobre una herida. Estaba tan cansada que apenas conseguía pensar. Los dígitos eléctricos del reloj daban la hora. Acababa de pasar la medianoche. Empezaba un nuevo día.

Sentada en su cama, Evangeline cerró los ojos y dejó que todos los pensamientos del día anterior se asentasen en su cerebro. Sacó el fajo de cartas que la hermana Celestine le había dado y los contó. Había once sobres, uno por año. El remitente, una dirección de la ciudad de Nueva York que Evangeline no reconoció, siempre era el mismo. Su abuela había enviado cartas con una constancia notable, la fecha del sello siempre era el 21 de diciembre. Había llegado una misiva por año, desde 1988 hasta 1998. La única que faltaba era la del año actual.

Con cuidado de no romper los sobres, Evangeline sacó las postales y las examinó, colocándolas luego en orden cronológico sobre la superficie de la cama, desde la primera hasta la última en llegar. Las tarjetas estaban cubiertas de esbozos a bolígrafo, gruesas líneas azules que no parecían formar ninguna imagen específica. Los dibujos estaban hechos a mano, aunque Evangeline no comprendía el propósito ni el significado de las imágenes. Una de las tarjetas contenía el dibujo de un ángel que ascendía por una escalerilla, una representación moderna y elegante que no tenía nada que ver con las excesivas imágenes de Maria Angelorum.

Aunque muchas hermanas no estaban de acuerdo, Evangeline prefería las representaciones artísticas de los ángeles a las descripciones bíblicas, que se le antojaban más temibles de imaginar. Las ruedas que vio Ezequiel, por ejemplo, se describían en la Biblia como artefactos circulares con incrustaciones de berilio que tenían cientos de ojos en su perímetro exterior. Se decía que los querubines tenían cuatro rostros: hombre, buey, león y águila. Aquella visión antigua de los mensajeros de Dios resultaba preocupante, casi grotesca, comparada con la obra de los pintores del Renacimiento, que cambió para siempre la representación visual de los ángeles. Ángeles que soplaban trompetas, que llevaban arpas, que se escondían tras delicadas alas... esos eran los ángeles que Evangeline apreciaba, por más alejados que estuviesen de la realidad bíblica.

Evangeline examinó las tarjetas una a una. En la primera, fechada en diciembre de 1988, había una imagen de un ángel que soplaba una trompeta dorada, con una túnica blanca ribeteada de oro. Cuando Evangeline la abrió, comprobó que en su interior había sujeto un trozo de papel cremoso. Un mensaje escrito con tinta carmesí, con la letra elegante de su abuela, y que decía:

«He aquí una advertencia, mi querida Evangeline: comprender la importancia de la lira de Orfeo ha resultado ser todo un desafío. Orfeo está tan rodeado de leyendas que no podemos discernir la forma precisa de su vida mortal. No sabemos su año de nacimiento, su verdadero linaje ni la medida real de su talento con la lira. Se decía que había nacido de la musa Calíope y del río fluvial Eagro, pero todo esto, por supuesto, no es más que mitología. Nuestro trabajo es separar mitología e historia, desentrañar la leyenda de los hechos, la magia de la verdad. ¿Le entregó Orfeo la poesía a la humanidad? ¿Descubrió la lira en su viaje legendario al inframundo? ¿Fue tan influyente en vida como afirma la historia? En el siglo 6 a.C., Orfeo era conocido en todo el mundo griego como el maestro absoluto de la canción y la música, pero los historiadores han debatido largo y tendido el modo en que se hizo con el instrumento de los ángeles. El trabajo de tu madre no hizo sino confirmar las antiguas teorías que indicaban la importancia de la lira».

Evangeline giró la página, con la esperanza de que aquella misiva escrita con tinta roja continuase. Estaba claro que aquel mensaje era parte de una comunicación más extensa. Sin embargo, no encontró nada.

Echó un vistazo en derredor por todo el dormitorio. El cansancio desdibujaba los bordes de los objetos. Acto seguido volvió a centrarse en las tarjetas. Abrió otra tarjeta, y luego otra. Había idénticas páginas cremosas sujetas al interior de cada tarjeta, todas ellas llenas de renglones que empezaban y terminaban sin lógica discernible alguna. De las once tarjetas, solo la que iba dirigida a ella tenía un inicio y un final entendibles. No había numeración en las páginas, y el orden tampoco podía dilucidarse a partir del orden cronológico con que habían sido enviadas. De hecho, a Evangeline se le antojó que aquellas páginas estaban sencillamente repletas de un flujo incesante de palabras. Para empeorar la situación, la letra era tan diminuta que tenía que forzar la vista para leerlas.

Tras examinar las páginas un rato, Evangeline devolvió cada carta a su sobre, asegurándose de mantenerlos en el orden que indicaban los matasellos. El esfuerzo de intentar comprender aquella maraña de páginas escritas con la letra de su abuela le provocó un doloroso pálpito en la cabeza. No podía pensar con claridad; sentía un dolor agudo en las sienes. Debería haberse ido a dormir hacía horas. Juntó todas las tarjetas y las colocó bajo la almohada, con cuidado de doblarlas por los bordes. No iba a poder hacer nada más hasta que no durmiese un poco.

Sin detenerse siquiera a ponerse el pijama, se quitó los zapatos y se desplomó sobre la cama. Las sábanas le acariciaron la piel, maravillosamente frescas y suaves. Se subió la colcha hasta la barbilla y movió los dedos de los pies bajo los calcetines de nailon. Luego se dejó caer al abismo sin fondo del sueño.

Tren de la línea Metro-Hudson Norte, en algún lugar entre
Poughkeepsie y Harlem, estación de la calle 125, Nueva York

Verlaine subió al último tren nocturno con destino sur. A su derecha, el río Hudson discurría junto a las vías. A su izquierda, las colinas cubiertas de nieve se alzaban hacia el cielo nocturno. El tren estaba calentito, bien iluminado y vacío. Las Coronas que había bebido en el bar de Milton y el balanceo suave del tren se aliaron para calmarlo hasta el punto de sentir, si no satisfacción, al menos sí resignación. Aunque no soportaba la idea de dejar atrás su Renault, la realidad era que, probablemente, el coche jamás volvería a funcionar. Era un modelo de estructura cuadrada cuyo diseño sencillo hacía homenaje a los Renaults de posguerra, coches que Verlaine solo había visto en fotografías, pues jamás habían sido importados a los Estados Unidos y él nunca había estado en Francia. Y ahora estaría hecho pedazos, destripado.

Sin embargo, peor aún que perder su coche era haber perdido todo el grueso de su investigación. Además del material meticulosamente organizado que había usado como documentación para su tesis doctoral —una carpeta por colores llena de esquemas, notas e información general sobre el trabajo de Abigail Rockefeller con el Museo de Arte Moderno— había cientos de fotocopias y notas adicionales que había realizado durante el último año de trabajo para Percival Grigori. Si bien sus formulaciones no eran exactamente originales, eran todo lo que tenía. Todo había estado en el asiento de atrás, en la bolsa que habían robado los hombres de Grigori. Verlaine había hecho copias de buena parte de su trabajo, pero mientras trabajaba para Grigori se había vuelto más desorganizado de lo normal. No recordaba qué porcentaje del material sobre Santa Rosa y Abigail Rockefeller había llegado a duplicar, como tampoco sabía a ciencia cierta qué parte había metido en la bolsa y qué parte había dejado en su oficina. Tendría que asomarse por allí y echarle un vistazo a sus archivos. De momento solo podía albergar la esperanza de haber sido lo suficientemente diligente como para hacer copias de los documentos más importantes. A pesar de todo lo sucedido en las últimas horas, le quedaba un consuelo: en primer lugar, las cartas originales que le envió Inocenta a Abigail Rockefeller estaban guardadas bajo llave en su despacho; y en segundo, aún tenía consigo los diseños arquitectónicos de Santa Rosa.

Metió la mano herida en el bolsillo interior del abrigo y sacó el fajo de planos. Después del desprecio que había mostrado Grigori hacia aquellos mismos planos en Central Park, Verlaine había quedado convencido de que eran prácticamente inútiles. Pero, de ser así, ¿por qué iba Grigori a enviar unos matones a que destrozasen su coche?

Verlaine desplegó los planos sobre el regazo y su mirada cayó sobre el sello de la lira. La coincidencia del sello con el colgante de Evangeline era una rareza para la que Verlaine ansiaba encontrar una explicación. De hecho, todo lo que rodeaba la lira, desde su presencia en la moneda tracia que había encontrado hasta aquella prominencia en la insignia de Santa Rosa, se le antojaba trascendental, casi mitológico. Era como si sus experiencias personales hubiesen adoptado las propiedades del simbolismo y las capas de significancia histórica que tan acostumbrado estaba a aplicar a sus investigaciones en historia del arte. Quizá estaba proyectando su propia formación estudiosa sobre la situación, trazando conexiones inexistentes, romantizando su trabajo y exagerando todo lo sucedido. En aquel momento, acomodado en el asiento del tren y con la suficiente paz mental como para pensarlo todo con calma, Verlaine empezó a preguntarse si no habría reaccionado de forma excesiva ante el colgante de la lira. Lo cierto era que entraba dentro de lo posible que aquellos dos hombres que le habían destrozado el coche no tuviesen nada que ver con Grigori. Quizá había otra explicación completamente lógica para los estrambóticos acontecimientos que habían sucedido aquel día.

Verlaine sacó las hojas con membrete de Santa Rosa y las colocó sobre los diseños arquitectónicos. Eran de grueso papel algodón rosado, con un encabezado muy elaborado que consistía en rosas y ángeles entrelazados, dibujados con un exuberante estilo victoriano que, para su sorpresa, en realidad le resultaba bastante atractivo, a pesar de que solía preferir el modernismo. En su momento no lo había señalado, pero Evangeline se había equivocado al afirmar que la madre fundadora había diseñado aquel papel con membrete hacía doscientos años: el método químico por el que se extraía el papel de la pulpa de madera, una revolución tecnológica que impulsó el servicio postal y permitió que tanto individuos como colectivos creasen su propio papel, no tuvo lugar hasta mediados del siglo xix. Era más que probable que el papel con membrete de Santa Rosa no hubiese sido creado hasta finales del siglo xix, empleando algún dibujo de la madre fundadora como encabezado. De hecho, durante la Edad Dorada, aquella práctica se había vuelto extraordinariamente popular. Celebridades como la propia Abigail Rockefeller se habían esforzado en gran medida por crear menús para cenas, tarjetas de visita, invitaciones, sobres personalizados y papel con membrete, siempre con los símbolos y blasones familiares con el papel de mayor calidad disponible. El propio Verlaine había vendido algún que otro prístino conjunto de papeles en subastas a lo largo de los años.

No había corregido el error de Evangeline, comprendió entonces, porque la monja lo había tomado por sorpresa. Si Evangeline hubiese sido todo un sargento, malhumorada y sobreprotectora con los archivos, Verlaine habría estado perfectamente preparado para lidiar con ella. En sus años de suplicar que le concediesen acceso a bibliotecas había aprendido el modo de ganarse el favor de los bibliotecarios, o al menos su compasión. Sin embargo, al ver a Evangeline había quedado desarmado. Evangeline era hermosa, inteligente, extrañamente reconfortante y, como monja que era, quedaba completamente fuera de su alcance. Quizá Verlaine le gustaba, aunque fuera un poquito. Incluso cuando Evangeline estuvo a punto de echarlo a patadas del convento, Verlaine sintió una extraña conexión entre ambos. Cerró los ojos e intentó recordar el aspecto que había tenido Evangeline, sentada en el bar de Milton. Dejando aparte aquel horror de atuendo de monja, había parecido una persona normal que había salido a tomar algo. Verlaine pensó que no iba a poder olvidarse de la sonrisa leve que esbozó al tocarle la mano, por más leve que esta hubiera sido.

Verlaine dejó que el balanceo del tren lo transportase a un estado de ensoñación, mientras los pensamientos sobre Evangeline se sucedían en su mente. Entonces, el cristal de su ventana se quebró y él se despertó de un sobresalto. Una mano inmensa y blanca, con dedos extendidos y abiertos como los tentáculos de una estrella de mar, se apretaba contra la ventana. Sobresaltado, Verlaine se enderezó en el asiento e intentó examinarla desde otro ángulo. Otra mano apareció en el cristal, lo golpeó como si fuese a desprender la gruesa lámina de vidrio del marco de plástico, a descolgarla. Una pluma roja, estilizada y fibrosa, acarició la ventana. Verlaine parpadeó e intentó decidir si no se habría quedado dormido, si aquel espectáculo estrambótico no sería un sueño. Sin embargo, al mirar con más atención vio algo que le heló la sangre: dos criaturas inmensas flotaban en el exterior del tren, con grandes ojos rojizos que lo contemplaban amenazadores y unas alas enormes que los ayudaban a desplazarse parejos al vagón. Verlaine los contempló, amedrentado, incapaz de apartar la mirada. ¿Acaso estaba perdiendo el juicio, o aquellos dos estrambóticos seres se parecían a los matones que había visto destrozando su coche? Para su asombro y consternación, llegó a la conclusión de que así era.

Verlaine se puso en pie de un salto, agarró su chaqueta y corrió al baño, un compartimiento pequeño y carente de ventanas que desprendía un olor químico. Inspiró hondo e intentó calmarse. Tenía la ropa empapada de sudor y sentía cierta ligereza en el pecho que le hizo pensar que podría desmayarse en cualquier momento. Solo se había sentido así en una ocasión, en el instituto, cuando bebió demasiado en el baile de graduación.

El tren empezaba a llegar a los aledaños de la ciudad. Verlaine se metió los mapas y el papel con membrete en el bolsillo. Salió del baño y fue a toda velocidad a la parte frontal del tren. Solo había unos cuantos pasajeros que iban a cambiar al tren de medianoche en Harlem. La estación de madrugada, severamente despoblada, le provocó una sensación espectral al salir al andén; pensó que había cometido algún tipo de error, quizá se había equivocado de parada o incluso de tren. Recorrió todo el andén y bajó unas escaleras de hierro hacia la calle fría y oscura. Tuvo la sensación de que algún tipo de cataclismo había sacudido Nueva York en su ausencia y que, por alguna jugarreta del destino, había regresado para encontrar una ciudad desastrada y vacía.

Upper East Side, Ciudad de Nueva York

Sneja le había ordenado a Percival que se quedase en casa, pero tras recorrer arriba y abajo el salón de billar durante horas, a la espera de que Otterley llamase para contarle cómo estaba la situación, ya no soportó más estar solo. El séquito de su madre acabó el turno y se marchó. Una vez que Percival estuvo seguro de que Sneja también se había ido a dormir, se vistió con cuidado, poniéndose un esmoquin y un abrigo negro, como si acabase de volver de una gala, y bajó por el ascensor que daba a la Quinta Avenida.

El contacto con el mundo exterior solía despertarle indiferencia. De joven, cuando había vivido en París y no podía evitar enfrentarse al hedor de la humanidad, había aprendido a ignorar por completo a la gente. No tenía ninguna necesidad de la apresurada actividad humana, de aquellos flujos incansables, aquellas festividades, aquellos divertimentos. Lo aburrían. Pero aun así, su enfermedad lo había transformado. Había empezado a observar a los seres humanos, a examinar con interés sus estrambóticos hábitos. Había empezado a empatizar con ellos.

Era consciente de que aquello era síntoma de cambios mayores, los que le habían advertido que tendrían lugar, y se había preparado para aceptarlos como progreso natural de su metamorfosis. Le dijeron que empezaría a sentir nuevas y alarmantes sensaciones, y de hecho, descubrió que el sufrimiento de aquellas penosas criaturas empezaba a causarle rechazo e incomodidad. En un primer momento, aquellos extraños sentimientos lo habían envenenado con absurdos arranques de emoción. Sabía muy bien que los seres humanos eran inferiores y que su sufrimiento iba en proporción al lugar que ocupaban en el universo.

Sucedía igual que con los animales, cuya desgracia apenas parecía un poco más acentuada que la de los humanos. Y sin embargo, Percival empezó a atisbar algo de belleza en sus rituales, en su amor por la familia, en su entrega a la adoración, en su desafío ante la debilidad. A pesar del desprecio que le inspiraban, empezó a comprender la tragedia de su suplicio: vivían y morían como si su existencia fuese relevante. Si Percival se hubiese atrevido a mencionar aquellos pensamientos ante Otterley o Sneja, ambas lo habrían ridiculizado sin piedad.

Lenta y dolorosamente, Percival Grigori se abrió paso más allá de los majestuosos edificios de apartamentos de su barrio, con la respiración fatigosa. Se ayudaba del bastón para avanzar por las aceras heladas. El frío viento no lo ralentizaba; no sentía más que los chirridos del arnés que le apretaba el costillar, el ardor en el pecho al respirar y los crujidos en las rodillas y caderas a medida que sus huesos se reducían a polvo. Le habría encantado quitarse la chaqueta y liberar el cuerpo, dejar que el aire frío le calmase las quemaduras que sentía en la piel. Aquellas alas mutiladas y podridas se le pegaban a la espalda bajo la ropa y le daban el aspecto de un jorobado, una bestia, un ser deforme evitado por el mundo. Cuando daba paseos nocturnos como aquel, deseaba poder cambiarse por las personas despreocupadas y sanas que pasaban junto a él. Casi aceptaría volverse humano si con ello pudiera librarse del dolor.

Después de un rato, el esfuerzo del paseo lo abrumó. Percival se detuvo ante una vinoteca, un lugar elegante de terciopelo rojo y latón pulido. El interior estaba atestado y hacía calor. Percival pidió una copa de whisky Macallan y se buscó una mesa apartada desde la que poder observar el bullicio de los vivos.

Acaba de terminarse la primera copa de whisky cuando se fijó en una mujer en el otro extremo de la estancia. Era joven, con pelo negro lustroso cortado al estilo de los años 30. Se sentaba en una mesa, rodeada de un grupo de amigos. Aunque llevaba harapientas ropas modernas, vaqueros estrechos y blusa de encaje escotada, tenía la belleza y pureza clásica que Percival asociaba con mujeres de otra época. Era idéntica a su amada Gabriella Lévi-Franche.

Durante una hora, Percival no apartó los ojos de ella. Trazó un perfil de sus gestos y expresiones y se percató de que se asemejaba a Gabriella en algo más que en apariencia. Quizá, razonó Percival, era que él ansiaba con demasiada desesperación ver los rasgos de Gabriella en ella. En el silencio de la joven, Percival detectó la inteligencia analítica de Gabriella; en la mirada impasible de la joven, Percival vio la tendencia de Gabriella a guardar secretos. La mujer se comportaba de forma reservada entre sus amigos, igual que Gabriella cuando estaba entre una multitud. Percival supuso que a su presa le gustaba escuchar, dejar que sus amigos cotorreasen sobre cualquier insensatez divertida que ocupase sus vidas, mientras ella evaluaba en secreto sus hábitos y catalogaba sus fortalezas y defectos con impasibilidad clínica. Percival decidió esperar hasta que se encontrase a solas para hablar con ella.

Después de que Percival hubiese pedido muchas más copas de Macallan, la mujer echó mano de su abrigo y se dirigió por fin a la puerta. Cuando pasó junto a él, Percival bloqueó su camino con el bastón; el ébano pulido le acarició la pierna.

—Discúlpeme por abordarla de forma tan directa —dijo, y se puso en pie para quedar por encima de ella—, pero me gustaría invitarla a una copa.

La mujer lo miró, sobresaltada. Percival no supo qué era lo que la sorprendía más, si el bastón que le había salido al paso o aquel inusual acercamiento para pedirle que se quedase con él.

—¿Dónde vas con semejante traje? —dijo ella, mirando el esmoquin. Hablaba con voz aguda y emocional, justo lo contrario a las inflexiones frías y neutras de Gabriella, una inversión que afectó de inmediato a las fantasías de Percival. Había querido creer que había descubierto a Gabriella, pero estaba claro que aquella persona no se le parecía tanto como él habría esperado. Aun así, ansiaba hablar con ella, mirarla, recrear el pasado.

Le hizo un gesto para que se sentase frente a él. Ella vaciló apenas un instante, volvió a mirar sus ropas caras y tomó asiento. Para su decepción, aquel parecido físico con Gabriella disminuyó aún más al examinarla de cerca. Tenía la piel salpicada de pecas, mientras que la de Gabriella había sido cremosa e inmaculada. Sus ojos eran marrones, mientras que los de Gabriella eran de un tono verde brillante. Sin embargo, la curva de los hombros y el modo en que aquel pelo corto le acariciaba las mejillas bastaban para mantener la fascinación de Percival. Pidió una botella de champán, la más cara disponible, y empezó a contarle historias de sus aventuras en Europa, cambiado detalles para enmascarar su edad o, mejor dicho, su inmortalidad. Aunque había vivido en París en los años 30, le dijo que había sido en los 80. Si bien sus negocios habían estado dirigidos por su padre, afirmó estar al frente de su propia empresa. Ella, por su parte, no se percataba de los detalles de lo que le contaba. Parecía que lo que decía Percival no importaba mucho; la mujer bebía champán y escuchaba, totalmente ajena a la completa incomodidad que le estaba causando. Podría haber sido muda como un maniquí, no le importaba; lo único que quería era mantenerla cerca, ante sí, silenciosa y con los ojos bien abiertos, entre divertida y devota, con la mano apoyada despreocupadamente sobre la mesa, intactas aquellas leves similitudes con Gabriella. Lo único que importaba era mantener la ilusión de que el tiempo no había pasado.

La fantasía le permitió recordar la furia ciega que había sentido al descubrir que Gabriella lo había traicionado. Los dos habían planeado juntos robar el tesoro de las Ródope. Habían calibrado con precisión su plan, que a Percival se le antojaba brillante. Su relación había sido apasionada, aunque ambos se habían beneficiado de ella mutuamente. Gabriella le había contado muchos detalles sobre el trabajo de los angelólogos, informes precisos sobre las reuniones y los paraderos de sus miembros... y a cambio, Percival le había dado información que la había ayudado fácilmente a subir puestos en la jerarquía de su sociedad. Sus negocios, pues no había otra manera de definir aquellos intercambios cosmopolitas, habían contribuido a aumentar su admiración por Gabriella. Tenía tanta hambre de éxito que a Percival se le antojaba más y más valiosa.

Con la ayuda de Gabriella, la familia Grigori se enteró de que se estaba organizando una Segunda Expedición Angelológica. Su plan había sido brillante. Percival y Gabriella habían decidido juntos el lugar donde raptarían a Serafina Valko, habían diseñado la ruta que seguiría la caravana de automóviles por París, para asegurarse de que el maletín de cuero siguiese en manos de Gabriella. Habían estimado que el consejo angelológico aprobaría de inmediato un intercambio, los angelólogos apresados a cambio del maletín que contenía el tesoro. La doctora Serafina Valko no era solo una angelóloga de fama mundial, sino que también era la esposa del líder del consejo, Rafael Valko. No había posibilidad alguna de que el consejo fuese a dejarla morir, daba igual lo valioso que fuese el objeto en cuestión. Gabriella le había asegurado a Percival que su plan funcionaría. Él la había creído. Y sin embargo, pronto quedó claro que algo había salido terriblemente mal. Cuando comprendió que no iba a haber intercambio alguno, el propio Percival se encargó de matar a Serafina Valko, que murió en silencio, por más que se hubieran esforzado por instarla a darles información sobre el objeto que había recuperado. Lo peor de todo, sin embargo, era que Gabriella lo había traicionado.

La noche en que le había dado el maletín de cuero que contenía la lira, Percival habría sido capaz de casarse con ella. La habría introducido en su círculo, incluso en contra de las objeciones de sus padres, que sospechaban desde hacía tiempo que no era sino una espía que intentaba infiltrarse en la familia Grigori. Percival la había defendido. Sin embargo, cuando su madre había llevado la lira a que la examinase un alemán especializado en la historia de los instrumentos musicales, un hombre a quien a veces se llamaba para verificar tesoros nazis, descubrieron que la lira no era sino una excelente réplica, un antiguo instrumento sirio hecho de huesos de ganado. Gabriella le había mentido. Su fe en Gabriella, en quien Sneja jamás había confiado, había servido para que lo humillasen y ridiculizasen.

Tras la traición, Percival se había lavado las manos con Gabriella: la había dejado a merced de los demás, una decisión que se le antojó muy dolorosa. Poco tiempo después se enteró de que su castigo había sido excepcionalmente severo. Él había decidido que debía morir, y de hecho, había ordenado que la matasen sin siquiera torturarla, pero gracias a alguna combinación de suerte y de una planificación extraordinaria por parte de sus colegas, Gabriella había sido rescatada. Se recuperó y acabó casándose con Rafael Valko, un matrimonio que la ayudó a progresar en su carrera. Percival era el primero en admitir que Gabriella era la mejor en su campo, una de las pocas angelólogas que había penetrado por completo en el mundo de los nefilim.

Lo cierto era que no había vuelto a hablar con Gabriella en más de cincuenta años. Al igual que con los demás angelólogos, la habían sometido a continua vigilancia, seguido sus actividades profesionales y personales a todas horas del día y de la noche. Estaba al tanto de que vivía en la ciudad de Nueva York, y que seguía trabajando contra él y su familia. Sin embargo, sabía muy pocos detalles sobre su vida personal. Tras el romance que habían tenido ambos, la familia de Percival se había asegurado de que no le llegase ni un solo detalle sobre Gabriella Lévi-Franche Valko.

Lo último que había oído era que Gabriella aún se esforzaba por luchar contra el inevitable declive de la angelología, luchando contra la falta de esperanza que residía en su causa. Imaginaba que ya sería vieja, de rostro aún hermoso pero caído. No se parecería en nada a la mujer frívola y estúpida que se sentaba ahora frente a él. Percival se echó hacia atrás en el asiento y examinó aquella ridícula blusa escotada y las zafias joyas que llevaba. Estaba borracha; y de hecho, era más que probable que ya lo estuviese antes de pedir el champán. Aquella tipa chabacana que se sentaba frente a él no se parecía en nada a Gabriella.

—Ven conmigo —dijo Percival, y dejó un fajo de billetes sobre la mesa.

Se puso el abrigo, echó mano del bastón y salió a la noche, con la mujer enganchada del brazo. Era alta y delgada, más ancha de huesos que Gabriella. Percival sintió la pura atracción sexual que había entre ambos... había sido así desde el principio: las mujeres humanas siempre caían bajo el encanto angélico.

Aquella mujer no era diferente de las demás. Fue de buena gana con Percival. Caminaron en silencio varias manzanas hasta que, al cruzarse con un callejón recóndito, él la agarró de la mano y la llevó hasta las sombras. Aquel deseo insoportable, casi animal, que sentía hacia ella, no hizo sino alimentar su rabia. La besó, le hizo el amor y luego, en pleno ataque de ira, rodeó su delicada y cálida garganta con dedos largos y fríos. Apretó hasta que los huesos empezaron a romperse entre chasquidos. La joven gruñó e intentó apartarlo, forcejeando para librarse de su agarre. Sin embargo, ya era demasiado tarde: Percival Grigori ya estaba entregado al acto de matar. El éxtasis del dolor de la mujer, el gozo absoluto de ver cómo se resistía, le provocó ráfagas de deseo. Imaginar que era Gabriella quien estaba entre sus garras no hizo sino aumentar el placer.

Convento de Santa Rosa, Milton, Nueva York

Evangeline se despertó en pleno ataque de pánico a las tres de la mañana. Tras años de seguir una rutina rigurosamente estricta, tenía tendencia a desorientarse cuando se apartaba del horario. Echó un vistazo en derredor y sintió que el sueño pesaba sobre sus sentidos. Decidió que lo que estaba viendo no era su habitación, sino una cámara pequeña y ordenada con vitrales inmaculados y estanterías polvorientas que solo existía en un sueño. Volvió a dormirse.

La fugaz imagen de su madre y su padre apareció ante ella. Estaban juntos en su apartamento de París, su hogar de la infancia. En el sueño, su padre era joven y guapo, más feliz de lo que Evangeline lo había visto tras la muerte de su madre. Incluso en medio del sueño le costó centrar la vista en su madre, que estaba de pie, lejos, convertida en una figura sombría, con el rostro oculto bajo una pamela. Evangeline alargó la mano hacia ella, desesperada por tocarle la mano. Desde las profundidades de su sueño llamó a su madre, le pidió que se acercase. Sin embargo, al mismo tiempo que intentaba acercarse a ella, Angela retrocedió, se disolvió como si de una bruma diáfana e insustancial se tratase.

Evangeline se despertó una segunda vez, sobresaltada por la intensidad del sueño. La luz roja y brillante del reloj iluminó tres dígitos, las 4:55 de la mañana. Una descarga de electricidad la recorrió: iba a llegar tarde a su hora establecida para la adoración. Parpadeó y paseó la vista por la habitación. Entonces se dio cuenta de que había dejado las cortinas descorridas. La cámara absorbía el cielo nocturno. Sus sábanas blancas estaban teñidas de un color gris purpúreo, como si las cubriese una capa de ceniza. Tras ponerse de pie, se puso la falda negra, se abotonó la blusa blanca y se colocó el velo sobre los cabellos.

Al recordar el sueño la envolvió una oleada de puro anhelo. Daba igual cuánto tiempo hubiese pasado, a Evangeline le dolía la ausencia de sus padres tanto como cuando era niña. Su padre había muerto de repente hacía tres años. Se le había parado el corazón mientras dormía. Aunque celebraba una novena cada año por el día de su muerte, le resultaba difícil aceptar el hecho de que no llegaría a ver cuánto había crecido y cambiado desde que tomó los votos, ni el hecho de que había empezado a parecerse a él mucho más de lo que ambos habían creído posible. Su padre le había dicho en muchas ocasiones que tenía el mismo temperamento que su madre; ambas eran ambiciosas y decididas, con la vista siempre fija ciegamente en el fin, más que en los medios para conseguirlo. Sin embargo, lo cierto era que lo que había quedado grabado en Evangeline era un reflejo de la personalidad de su padre.

Evangeline estaba a punto de salir cuando recordó las tarjetas de su abuela, que tanto la habían frustrado la noche anterior. Metió la mano bajo la almohada, las hojeó y, a pesar de que llegaba tarde a la adoración, decidió tratar de entender una vez más las palabras que le había mandado su abuela.

Sacó las tarjetas de los sobres y las colocó sobre la cama. Una de las imágenes le llamó la atención. Cansada como estaba la noche anterior, no se había fijado bien en ella. Se trataba de un pálido esbozo de un ángel con las manos sobre los travesaños de una escalerilla. Evangeline estuvo segura de que había visto antes aquella imagen, aunque no recordaba dónde se había cruzado con ella ni por qué le resultaba tan familiar. Aquel atisbo de reconocimiento la impulsó a escrutar otra tarjeta junto a la primera. Al hacerlo, algo encajó en su mente. De pronto, aquellas imágenes cobraron sentido: los esbozos de ángeles en las tarjetas eran fragmentos de una imagen de mayor tamaño.

Evangeline recompuso las imágenes, moviéndolas entre formas y colores relacionados como quien encaja un puzle. Al cabo se encontró frente a un panorama completo: enjambres de brillantes ángeles que ascendían por una elegante escalera de caracol que desembocaba en un estallido de luz celestial. Evangeline conocía bien aquella imagen: era una reproducción de *La escalera de Jacob*, de William Blake, una acuarela que su padre la había llevado a ver al Museo Británico cuando era pequeña. Su madre adoraba a William Blake; tenía libros de poesía y reproducciones del artista. Su padre le había comprado una reproducción de *La escalera de Jacob* como regalo. Tras la muerte de su madre se la habían llevado consigo a América. Era una de las pocas imágenes que decoraban su frugal apartamento de Brooklyn.

Evangeline abrió la tarjeta superior izquierda y sacó la hoja de papel del interior. Abrió la segunda e hizo lo mismo. Al colocar las hojas de papel una junto a otra, comprobó que el mensaje de su abuela encajaba del mismo modo que las imágenes. El mensaje debió de escribirse todo junto, para luego ser cortado en trozos y guardado en los sobres que Gabriella le había enviado anualmente. Si Evangeline colocaba las cremosas páginas una junto a otra, aquel batiburrillo de palabras formaba frases comprensibles. Su abuela había encontrado el modo de hacerle llegar un mensaje de forma segura.

Evangeline colocó todas las hojas en el orden adecuado, una hoja tras otra, hasta formar toda la extensión escrita con la elegante letra de Gabriella. La leyó y comprobó que estaba en lo cierto. Los fragmentos encajaban a la perfección. Evangeline casi pudo oír la voz autoritaria de Gabriella mientras escrutaba las frases:

«Para cuando las esto, serás una mujer de veinticinco años de edad y, si todo ha salido según mis deseos y los de tu padre, estarás viviendo una vida contemplativa, a salvo, bajo la supervisión de nuestras hermanas de la Adoración Perpetua en el Convento de Santa Rosa. Te escribo estas líneas en 1988. Ahora tienes doce años. Estoy segura de que te preguntarás cómo es que has recibido ahora esta carta, tanto tiempo después de que haya sido escrita. Quizá yo haya muerto antes de que la leas. Quizá tu padre también. Es imposible prever las maquinaciones del futuro. Es necesario concentrarse en el pasado y el presente. Es hacia ahí donde te pido que centres tu atención.

Puede que también te preguntes por qué he estado tan ausente de tu vida en los últimos años. Quizá estés enfadada porque no he contactado contigo durante el tiempo que has pasado en Santa Rosa. El tiempo que pasamos en Nueva York, en esos importantes años antes de que ingresases en el convento, me ha servido de apoyo entre muchas tribulaciones, al igual que el tiempo que pasamos en París, cuando apenas eras un bebé. Es posible que me recuerdes de aquella época, aunque lo dudo mucho. Yo solía pasear por el *Jardin du Luxembourg* contigo y con tu madre. Eran tardes felices que a día de hoy sigo recordando con cariño. Eras muy pequeña cuando tu madre fue asesinada. Qué crimen que te la arrebatasen siendo tan joven. A menudo me pregunto si eres consciente de la vivacidad que tenía, de lo mucho que te amaba. Estoy segura de que tu padre, que adoraba a Angela, te ha contado mucho sobre ella.

Debió de contarte que insistió en salir de París justo después de la muerte de Angela, pues creía que estarías más segura en América. Por eso os fuisteis para no volver jamás. No lo culpo por llevarte tan lejos; tenía todo el derecho a protegerte, sobre todo después de lo que le pasó a tu madre.

Quizá te resulte difícil de entender, pero da igual cuánto desee verte, no me es posible contactarte directamente. Mi presencia os pondría en peligro tanto a ti como a tu padre y, si has obedecido sus deseos, también a las buenas hermanas del Convento de Santa Rosa. Después de lo que le sucedió a tu madre, no tengo la libertad de asumir semejantes riesgos. Solo puedo albergar la esperanza de que, a los veinticinco años de edad, seas lo bastante mayor como para entender las precauciones que debes tomar, la responsabilidad de saber la verdad de tu linaje y de tu destino, lo cual, en nuestra familia, constituyen dos ramas del mismo árbol.

No está en mi mano elucubrar cuánto sabrás del trabajo de tus padres. Conociendo como conozco a tu padre, imagino que no te ha contado absolutamente nada de la angelología, que ha intentado protegerte hasta de los elementos más rudimentarios de nuestra disciplina. Luca es un buen hombre, y tiene sólidos motivos para actuar así, pero yo te habría criado de manera bien distinta. Puede que no tengas la menor idea de que tu familia forma parte de una de las mayores batallas secretas entre el cielo y la tierra, aunque, por otro lado, los niños más brillantes lo ven y lo oyen todo. Sospecho que tú eres así de brillante. Quizá hayas descubierto tú sola el secreto de tu padre. Quizá incluso sepas que tu puesto en Santa Rosa fue decidido antes incluso de que tomaras la primera comunión, cuando la hermana Perpetua, según lo que exigen los requerimientos de las instituciones angelólogas, accedió a protegerte. Quizá sepas que en ti, hija de angelólogos, nieta de angelólogos, reside la esperanza de nuestro futuro. Si ignoras todo esto, puede que mi misiva te resulte sorprendente. Por favor, lee mis palabras hasta el final, querida Evangeline, sin importar lo mucho que te inquieten.

Tu madre empezó su trabajo como angelóloga en el campo de la química.

Era una matemática brillante, y más brillante aún como científica. De hecho, tenía el mejor tipo de mente, capaz de albergar ideas literales y fantásticas al mismo tiempo. En su primer libro, tu madre postuló la extinción de los nefilim como una inevitabilidad darwiniana, la conclusión lógica de su mestizaje con la humanidad, pues las cualidades angélicas quedarían diluidas hasta no ser más que rasgos recesivos inútiles. Aunque yo no comprendía del todo su enfoque, pues mis intereses y mi trasfondo residían en lo social y mitológico, sí que comprendí la idea de entropía material y la antigua verdad de que el espíritu siempre agota la carne. El segundo libro de Angela, sobre la hibridación de los nefilim con los humanos, según las investigaciones genéticas fundadas por Watson y Crick, dejó a nuestro consejo aturdido. Angela no tardó en ascender entre la sociedad angelológica. Le concedieron una cátedra a los veinticinco años de edad, un honor inaudito en nuestra institución. La equiparon con apoyo tecnológico último modelo, con el mejor laboratorio, y con fondos de investigación ilimitados.

Sin embargo, con la fama llegó el peligro. Angela pronto se convirtió en un objetivo. Hubo numerosas amenazas contra su vida. Los niveles de seguridad en el laboratorio eran elevados; yo misma me aseguré de ello. Y sin embargo, fue justo en su laboratorio donde la secuestraron.

Supongo que tu padre no te ha contado los detalles de su secuestro. Me resulta difícil hablar de ello; nunca he conseguido contárselo a nadie. No la mataron de inmediato. Los agentes de los nefilim la sacaron del laboratorio y la mantuvieron durante unas semanas en un complejo en Suiza. Es su método acostumbrado: raptar a figuras angelológicas de notoriedad con el propósito de realizar intercambios estratégicos. Nuestra política siempre ha sido negarnos a negociar, pero cuando raptaron a Angela, yo me puse frenética. Me daba igual nuestra política, estaba dispuesta a dar el mundo entero a cambio de que regresase sana y salva.

Por una vez, tu padre se mostró de acuerdo conmigo. Él conservaba muchos de los cuadernos de investigación de tu madre, así que decidimos ofrecerlos a cambio de la vida de Angela. Aunque yo no comprendía los detalles de su trabajo en genética, una cosa estaba clara: los nefilim estaban enfermando y querían encontrar una cura. Les dije a los secuestradores de Angela que los cuadernos contenían información secreta que podría salvar a su raza. Para mi gozo, accedieron a realizar el intercambio.

Quizá pequé de ingenua al creer que mantendrían su parte del trato. Cuando llegué a Suiza y les di los cuadernos de Angela, me entregaron un ataúd de madera que contenía el cadáver de mi hija. La habían encontrado muerta hacía muchos días. Su piel estaba cubierta de moratones, el pelo manchado de sangre. Besé su fría frente y comprendí que había perdido todo aquello que me importaba. Me temo que pasó sus últimos días en medio de un auténtico tormento. El espectro de sus horas finales nunca llega a alejarse del todo de mi mente.

Perdóname por contarte esta horrible historia. Siento la tentación de guardar silencio, de ahorrarte los detalles más espeluznantes. Pero ya eres una mujer adulta, y con la edad hemos de enfrentarnos a la realidad del mundo. Hemos de contemplar incluso los reinos más oscuros de la existencia humana. Hemos de forcejear con la fuerza del mal, con su persistencia en el mundo, con su eterno poder sobre la humanidad, y con nuestra disposición a apoyarlo. No sirve de gran consuelo, lo sé, pero no estás sola en tu desesperación. Para mí, la muerte de Angela es la región más oscura de mi persona. Mis pesadillas reverberan con su voz y con la voz de su asesino.

Tu padre no podía seguir viviendo en Europa después de lo sucedido. Su huida a América fue rápida y definitiva: cortó el contacto con todos sus conocidos y amigos, incluyéndome a mí, para poder criarte en soledad, en paz. Te dio una infancia normal, un lujo que pocas familias angelológicas han podido experimentar. Sin embargo, había otro motivo detrás de su huida.

Los nefilim no quedaron satisfechos con la valiosa información que yo les había entregado tan neciamente. Poco después registraron mi apartamento en París y se llevaron varios objetos de gran valor tanto para mí como para nuestra causa, incluyendo uno de los diarios de tu madre. Verás, de toda la colección de cuadernos que entregué en Suiza, hubo uno que dejé en casa, pensando que estaría a salvo entre mis pertenencias. Era una curiosa colección de obras teóricas que tu madre había estado reuniendo de cara a la elaboración de su tercer libro. Se encontraba en sus fases iniciales, y por tanto incompleto, pero tras examinar el cuaderno comprendí lo brillante, peligroso y valioso que era. De hecho, creo que los nefilim raptaron a Angela justo por aquellas teorías.

Una vez que esta información hubo caído en manos de los nefilim, supe que todos mis intentos de mantener su contenido en secreto habían fracasado. Me avergonzaba haber perdido el cuaderno, pero me quedaba un consuelo: lo había copiado palabra por palabra en un diario de cuero que seguramente te resultará muy familiar: es el mismo cuaderno que me dio mi mentora, la doctora Serafina Valko, el mismo cuaderno que te di después de la muerte de tu madre. En su día, aquel cuaderno perteneció a mi profesora. Ahora está en tu poder.

El cuaderno contenía la teoría de Angela sobre los efectos físicos de la música sobre las estructuras moleculares. Había empezado a hacer sencillos experimentos con formas de vida menores: plantas, insectos, gusanos. A partir de ahí había seguido experimentando con organismos de mayor tamaño, incluyendo, si se puede dar crédito a su diario de campo, un rizo de un niño nefilim. Había estado comprobando los efectos de algunos instrumentos celestiales, pues teníamos algunos en nuestro poder y Angela tenía pleno acceso a ellos; usando muestras genéticas de nefilim, como por ejemplo plumas rotas o frasquitos de sangre. Angela descubrió que la música de algunos de estos supuestos instrumentos celestiales tenía de hecho el poder de alterar la estructura genética del tejido nefilim. Y lo que es más, ciertas sucesiones armónicas tenían el poder de disminuir el poder de los nefilim, mientras que otras parecían tener el poder de aumentarlo.

Angela había discutido aquella teoría en profundidad con tu padre.

Luca comprendía su trabajo mejor que nadie, y aunque los detalles son muy complicados y yo no comprendo los detalles precisos de sus métodos científicos, tu padre me ayudó a entender que Angela tenía pruebas de los más increíbles efectos de las vibraciones musicales en las estructuras celulares. Ciertas combinaciones de cuerdas y progresiones daban como resultado agudos resultados en la materia. La música de un piano causaba mutaciones de pigmentación en las orquídeas; los *études* de Chopin dejaban motas rosadas en los pétalos blancos; Beethoven manchaba de marrón los pétalos amarillos. La música de violín provocaba un crecimiento mayor en los segmentos de los gusanos de tierra. El incesante tintineo de un triángulo provocaba que ciertas moscas nacieran sin alas. Etcétera.

Imaginarás mi fascinación cuando, hace algún tiempo, muchos años después de la muerte de Angela, descubrí que un científico japonés llamado Masaru Emoto había creado un experimento similar, usando agua como medio para testear las vibraciones musicales. Mediante una avanzada tecnología fotográfica, el doctor Emoto pudo capturar drásticos cambios en la estructura molecular del agua tras someterla a ciertas vibraciones musicales. Emoto aseguró que ciertos fragmentos musicales creaban nuevas formaciones moleculares en el agua. En esencia, estos experimentos concordaban con los de tu madre y corroboraban que la vibración musical opera en el nivel más básico de la materia orgánica, alterando su composición estructural.

Ese experimento aparentemente frívolo se vuelve particularmente interesante al verse a la luz del trabajo de Angela en biología angélica. Los experimentos de Angela inspiraban una reticencia antinatural en tu padre, que se negaba a contarme nada más que lo que estaba ya registrado en el cuaderno. Sin embargo, aquella breve información me sirvió para comprender que tu madre había estado testeando los efectos de algunos de los instrumentos celestiales en nuestro poder sobre muestras genéticas de nefilim, sobre todo plumas arrancadas de las alas de las criaturas. Angela descubrió que algunos de estos supuestos instrumentos celestiales tenían el poder de alterar los propios cimientos genéticos del tejido nefilim. Y lo que es más, ciertas sucesiones armónicas, al ser tocadas por esos instrumentos, tenían el poder no solo de alterar la estructura celular, sino de corromper la integridad del genoma nefilim. Estoy segura de que Angela pagó aquel descubrimiento con su vida. El allanamiento de mi casa sirvió para convencer a tu padre de que no estábamos seguros en París. Estaba claro que los nefilim sabían demasiado.

Sin embargo, lo que motiva esta carta tiene que ver con una hipótesis enterrada entre las muchas teorías demostradas de Angela. Es una hipótesis sobre la lira de Orfeo, un instrumento que Angela sabía que Abigail Rockefeller había escondido en los Estados Unidos en 1943. Angela había propuesto una teoría que conectaba sus descubrimientos científicos sobre instrumentos celestiales con la lira de Orfeo, pues se creía que esta última era más poderosa que todos los demás instrumentos juntos. Antes de que los nefilim se hiciesen con los cuadernos de Angela, apenas tenían una cierta idea de la importancia de la lira. Sin embargo, a raíz del trabajo de Angela, comprendieron que se trataba del instrumento primario, el que podría devolverles a los nefilim un estado de pureza angélica que no se había visto en la tierra desde los tiempos de los Vigilantes. Bien podría ser que Angela hubiese descubierto la mismísima solución a declive de los nefilim, y que dicha solución residiese en la música de la lira de los Vigilantes.

He aquí una advertencia, mi querida Evangeline: comprender la importancia de la lira de Orfeo ha resultado ser todo un desafío. Orfeo está tan rodeado de leyendas que no podemos discernir la forma precisa de su vida mortal. No sabemos su año de nacimiento, su verdadero linaje ni la medida real de su talento con la lira. Se decía que había nacido de la musa Calíope y del río fluvial Eagro, pero todo esto, por supuesto, no es más que mitología. Nuestro trabajo es separar mitología e historia, desentrañar la leyenda de los hechos, la magia de la verdad. ¿Le entregó Orfeo la poesía a la humanidad? ¿Descubrió la lira en su viaje legendario al inframundo? ¿Fue tan influyente en vida como afirma la historia? En el siglo 6 a.C., Orfeo era conocido en todo el mundo griego como el maestro absoluto de la canción y la música, pero los historiadores han debatido largo y tendido el modo en que se hizo con el instrumento de los ángeles. El trabajo de tu madre no hizo sino confirmar las antiguas teorías que indicaban la importancia de la lira. Sus hipótesis, tan esenciales para nuestros avances contra los nefilim, desembocaron en su muerte. Ahora lo sabes. Lo que quizá no sepas es que su trabajo no está terminado. He pasado la vida entera intentando finalizarlo. Y tú, Evangeline, proseguirás algún día con lo que yo no consiga acabar.

Puede que tu padre te haya hablado de los avances y contribuciones de Angela hacia nuestra causa. O quizá no. Cortó el contacto conmigo hace muchos años, no tengo esperanza alguna de que vuelva a depositar su confianza en mí de nuevo. Tú, sin embargo, eres diferente. Si le exiges que te cuente los detalles del trabajo de tu madre, te lo contará todo. Está en tu mano proseguir con la tradición de tu familia. Es tu legado y tu destino. Luca te guiará allá donde yo no pueda hacerlo, estoy segura. Solo debes pedírselo directamente. Y, querida mía, has de perseverar. Te pido que perseveres, con la bendición más honda de mi corazón. Pero has de ser consciente del papel que te aguarda en el futuro de nuestra sagrada disciplina, y de los graves peligros que te aguardan. Hay muchos que quieren eliminar nuestro trabajo, que matarán indiscriminadamente para conseguirlo. Tu madre murió a manos de la familia Grigori, cuyos esfuerzos han mantenido viva la batalla entre los nefilim y los angelólogos. Diría que has de conocer los peligros a los que te enfrentas y cuidarte bien de quienes quieren hacerte daño.

Evangeline soltó una exclamación de pura frustración al leer el abrupto final de la misiva. La carta amputada no daba más explicaciones de aquello que debía hacer. Miró entre las demás tarjetas y volvió a leer una vez más las palabras de su abuela, desesperada por descubrir algo que se le hubiese pasado por alto.

El relato de la muerte de su madre le provocó tanto dolor que tuvo que obligarse a seguir leyendo las palabras de Gabriella. Los detalles eran horripilantes, y parecía haber algo cruel, casi desalmado, en el modo en que contaba el horror de la muerte de Angela. Evangeline intentó imaginar el cadáver de su madre, amoratado y roto, mancillado su hermoso rostro. Se restregó los ojos con el dorso de la mano. Por fin comprendía por qué la había llevado su padre tan lejos de su país natal.

Tras leer las tarjetas por tercera vez, Evangeline se detuvo en una frase que se refería a los asesinos de su madre: «Hay muchos que quieren eliminar nuestro trabajo, que matarán indiscriminadamente para conseguirlo. Tu madre murió a manos de la familia Grigori, cuyos esfuerzos han mantenido viva la batalla entre los nefilim y los angelólogos». Ya había oído antes aquel nombre, pero no consiguió ubicarlo hasta que de pronto recordó que Verlaine trabajaba para un hombre llamado Percival Grigori. Comprendió que Verlaine, cuyas intenciones eran obviamente buenas, trabajaba para su mayor enemigo.

El horror de aquella certeza desconcertó a Evangeline. ¿Cómo podía ayudar a Verlaine si este ni siquiera comprendía el peligro en que se encontraba? De hecho, quizá le llevase sus hallazgos a Percival Grigori. Lo que Evangeline había pensado que era el mejor plan posible, enviar a Verlaine a Nueva York y seguir en Santa Rosa como si no hubiese pasado nada significativo, los ponía a ambos en grave peligro.

Empezó a guardar las tarjetas cuando, de pronto, vio de pasada una frase que se le antojó extraña: «Para cuando leas esto, serás una mujer de veinticinco años de edad». Evangeline recordó que Celestine tenía que darle las cartas cuando cumpliese los veinticinco. Por tanto, la misiva debía de haber sido ideada y escrita hacía más de diez años, cuando Evangeline tenía doce años, pues cada carta había sido enviada siguiendo una progresión anual. Evangeline tenía veintitrés años, lo cual implicaba que había dos cartas más, dos piezas del puzle que había diseñado su abuela, a la espera de ser encontradas.

Volvió a reorganizar los sobres en orden cronológico y comprobó las fechas de los matasellos. La última había sido enviada la navidad anterior, el 21 de diciembre de 1998. De hecho, todas las tarjetas tenían una fecha similar en el matasellos; habían sido enviadas pocos días antes de navidad. Si la tarjeta del año actual había sido enviada de forma similar, podía ser que ya hubiera llegado, quizá en el correo del día anterior. Evangeline juntó todas la tarjetas, se las guardó en el bolsillo de su falda y salió a toda prisa de la celda.

Universidad de Columbia, Morningside Heights, Ciudad de Nueva York

F ue todo un paseo a pie, largo y frío, desde la estación de la calle 125 con Harlem hasta su despacho, pero Verlaine se abotonó el abrigo hasta arriba, dispuesto a enfrentarse a los helados vientos. Una vez que llegó al campus de la Universidad de Columbia, lo encontró todo absolutamente en silencio, más inmóvil y oscuro que nunca. Las fiestas habían mandado a todo el mundo a casa hasta el año nuevo, incluyendo a los estudiantes más entregados. En la lejanía pasaban coches que avanzaban por Broadway, bañando los edificios con su luz. La iglesia de Riverside, con aquella imponente torre que se alzaba sobre los edificios más altos del campus, descansaba en la distancia, los vitrales iluminados en el interior.

De alguna manera, el corte que tenía Verlaine en la mano volvió a abrirse durante la caminata. Un leve goteo de sangre asomó en la corbata estampada de flores de lis. Tras buscar un poco dio con las llaves de su despacho y entró en Schermerhorn Hall, la ubicación de los departamentos de historia y arqueología, un impresionante edificio de ladrillos cercano a la capilla de Saint Paul que en su día había albergado los departamentos de ciencias naturales. De hecho, Verlaine había oído que había sido el emplazamiento de los primeros compases del Proyecto Manhattan, un dato que lo fascinaba. Aunque sabía que estaba solo, no le hizo gracia la idea de subir en ascensor, pues se arriesgaba a quedar atrapado dentro. En cambio subió a toda prisa las escaleras hasta los despachos de los estudiantes de posgrado.

Una vez en su despacho cerró la puerta tras de sí y echó mano de la carpeta que contenía las cartas de Inocenta, guardadas en su escritorio, con cuidado de que su mano ensangrentada no entrase en contacto con aquel papel reseco y frágil. Sentado en su silla, encendió la lámpara del despacho y, bajo la pálida luz, examinó las cartas. Ya las había leído en numerosas ocasiones, y había anotado cualquier posible doble sentido distintivo o cualquier giro potencialmente alusivo, y sin embargo, en aquel momento, tras volver a leerlas durante horas en la espeluznante soledad de su despacho cerrado con llave, sintió que las cartas se le antojaban extrañas e incluso estrambóticamente banales. Aunque los acontecimientos del último día lo impulsaban a leer hasta el detalle más nimio con nuevos ojos, encontró muy poca información que señalase que aquellas dos mujeres tenían un plan secreto. De hecho, bajo el charco de luz de la lámpara de su escritorio, las cartas de Inocenta no parecían ser más que una tranquila charla de mesita de té sobre los rituales cotidianos del convento o sobre el infalible buen gusto de la señora Rockefeller.

Verlaine se puso de pie, empezó a meter todos sus documentos en una bolsa que tenía en un rincón del despacho. Estaba a punto de dar la noche por concluida cuando se detuvo de repente. Había algo insólito en las cartas. No detectaba ningún patrón evidente… y de hecho, parecían rebuscadas a propósito. Sin embargo, había una inexplicable recurrencia de extraños cumplidos por parte de la madre Inocenta hacia la señora Rockefeller. Al final de varias misivas, Inocenta elogiaba el buen gusto de su interlocutora. Con anterioridad, Verlaine se había saltado aquellos pasajes, pues creía que eran poco más que un modo muy manido de concluir las cartas. Volvió a sacarlas de la bolsa y a leerlas una vez más, esta vez fijándose en esos numerosos pasajes recargados de adulaciones.

Los cumplidos se referían al gusto de la señora Rockefeller en pintura o diseño. En una carta, Inocenta había escrito: «Sepa usted que la perfección de su visión artística y la ejecución de su imaginación es bien recibida y aceptada». En el cierre de la segunda carta, Verlaine leyó: «Querida y admirada amiga, imposible no maravillarse con sus delicadas representaciones ni recibirlas con el más humilde agradecimiento y obligado entendimiento». En otra ponía: «Como siempre, su mano consigue siempre expresar lo que el ojo anhela contemplar».

Verlaine reflexionó un instante sobre aquellas referencias. ¿Qué querría decir aquello de las representaciones artísticas? ¿Incluirían las cartas que le mandaba Abigail Rockefeller a la madre Inocenta alguna imagen o diseño? Evangeline no había mencionado que hubiese algo que acompañase a las cartas en los archivos, pero las respuestas de Inocenta parecían sugerir que, de hecho, algo de semejante naturaleza acompañaba a la parte de la correspondencia de Abigail Rockefeller. Si esta había incluido dibujos originales, y Verlaine descubría aquellos dibujos, su carrera profesional se vería propulsada al estrellato. Lo embargó una emoción tan grande que casi no pudo pensar.

Para comprender del todo a qué se refería Inocenta, iba a tener que encontrar las cartas originales. Evangeline tenía una en su poder. A buen seguro, las demás estaban en algún lugar del Convento de Santa Rosa, con toda probabilidad archivadas en la cámara de la biblioteca. Verlaine se preguntó si sería posible que Evangeline hubiese descubierto la carta de Abigail Rockefeller pero pasado por alto algún adjunto, o quizá que hubiese descubierto el sobre que acompañaba a la carta. Aunque Evangeline le había prometido buscar otras misivas, no tenía motivos para buscar nada más.

Si aún tuviese su coche, regresaría al convento y la ayudaría a buscar. Verlaine toqueteó el escritorio en busca del teléfono del Convento de Santa Rosa. Si Evangeline no podía encontrar las cartas en el convento, era más que probable que nadie las encontrase jamás. Sería una pérdida terrible para la historia del arte, por no mencionar la carrera de Verlaine. De pronto sintió vergüenza por haber tenido tanto miedo y tanta reticencia ante la idea de volver a su apartamento. Tenía que recomponerse de inmediato y regresar al norte del estado, al Convento de Santa Rosa, como pudiese.

Cuarta planta, Convento de Santa Rosa, Milton, Nueva York

Hacía apenas dos días, Evangeline había creído saberlo todo sobre su propio pasado. Confiaba en lo que había oído por boca de su padre, y la secuencia de acontecimientos que le habían contado las hermanas. Sin embargo, la carta de Gabriella había resquebrajado su fe en la historia de su propia línea vital. Ahora desconfiaba de todo.

Reunió fuerzas y salió al pasillo vacío e inmaculado, con los sobres bajo el brazo. Se sentía débil y mareada tras haber leído las cartas de su abuela, como si acabase de escapar de los confines de un sueño horrible. ¿Cómo podía ser que nunca hubiese comprendido la importancia del trabajo de su madre y, lo que era aún más asombroso, de la muerte de esta? ¿Qué más había querido contarle su abuela? ¿Cómo iba a esperar a las siguientes dos cartas para comprenderlo todo? Evangeline reprimió el impulso de ir corriendo, bajó los escalones y se abrió paso en dirección al único lugar donde sabía que podría encontrar la respuesta.

Las oficinas de Misión y Reclutamiento se encontraban en el extremo sudeste del convento, en una serie de estancias modernizadas con alfombras de tono rosa pálido, múltiples líneas telefónicas, sólidos escritorios de roble y archivadores de metal que contenían los archivos personales de cada hermana: certificados de nacimiento, registros médicos, diplomas educativos, documentos legales y certificados de defunción de aquellas hermanas que habían dejado este mundo. El Centro de Reclutamiento, junto con el despacho de la Profesora de Novicias, debido al bajo número de nuevas incorporaciones, ocupaba el lado izquierdo de la estancia, mientras que la oficina de la Misión ocupaba la parte derecha. Juntas formaban dos brazos que se abrían hacia el mundo exterior y el corazón burocrático del Convento de Santa Rosa.

En los últimos años, el flujo de información de la oficina de la Misión se había incrementado, mientras que las incorporaciones al convento habían sufrido un declive pronunciado. En su día, las jóvenes acudían en masa a Santa Rosa en busca de la equidad, la educación y la independencia que ofrecía el convento a jóvenes reacias a casarse. En tiempos modernos, el Convento de Santa Rosa se había vuelto más estricto y había exigido que las jóvenes tomasen por sí solas la decisión de tomar los votos, sin presiones familiares, después de haber examinado a conciencia sus propias almas.

Por ello, mientras que descendían las incorporaciones, la oficina de la Misión se convirtió en el departamento más ajetreado de todo Santa Rosa. De una pared de la oficina colgaba una gran lámina que representaba el mapa del mundo, plagada de banderitas rojas en países afiliados: Brasil, Zimbabue, China, India, México, Guatemala. Había fotografías de las hermanas vestidas con ponchos y saris, sosteniendo bebés, administrando medicinas y cantando en coros con los pueblos nativos. En la última década habían desarrollado un programa de intercambio comunitario con iglesias extranjeras que había traído a hermanas de todo el mundo a Santa Rosa para participar en la adoración perpetua, estudiar inglés y desarrollar su crecimiento espiritual personal. El programa era todo un éxito. A lo largo de los años habían recibido a hermanas de doce países. Las fotografías de aquellas hermanas también colgaban del mapa: doce mujeres sonrientes con otros tantos velos que enmarcaban sus rostros.

Al llegar a una hora tan temprana, Evangeline habría esperado encontrarse la oficina de la Misión vacía. Sin embargo, allí estaba la hermana Ludovica, la miembro de mayor edad de su comunidad, en su silla de ruedas, escuchando la NPR en una radio de plástico que descansaba en su regazo. Era una mujer frágil y de piel rosada, con cabellos canos que caían por el borde de su velo. Le lanzó una mirada a Evangeline; sus ojos negros destellaron de un modo que confirmó la sospecha que empezaba a pulular entre las hermanas: Ludovica estaba perdiendo la cabeza, se alejaba más y más de la realidad a cada año que pasaba. El verano anterior, un oficial de policía de Milton había descubierto a Ludovica, avanzando a empujones con la silla de ruedas por la Autopista 9W a medianoche.

Últimamente, la atención de Ludovica se había centrado en la botánica. Sus conversaciones con las plantas eran inofensivas, pero evidenciaban lo mucho que se desintegraba su mente. Solía rodar por el convento con una regadera roja colgando a un lado de la silla, recitando fragmentos de El *paraíso perdido* con voz estentórea mientras regaba y podaba plantas:

—«¡Nueve veces habían recorrido el día y la noche / el espacio que miden entre los hombres / desde que fue vencido con su espantosa muchedumbre / revolcándose en medio del ardiente abismo / mas conservando su inmortalidad!»

Evangeline comprendía que Ludovica profesaba gran afecto a las plantas de la oficina de la Misión, pues habían crecido hasta alcanzar proporciones enormes, con hojas que se derramaban por los archivadores. Tan fecunda se había vuelto una planta en particular que las hermanas habían empezado a cortar los brotes y a colocarlos en agua hasta que les crecían raíces. Una vez trasplantados, los nuevos brotes crecían con igual profusión y se repartían por todo el convento, con lo cual las cuatro plantas de Santa Rosa estaban cubiertas de marañas verdes.

—Buenos días, hermana —dijo Evangeline, con la esperanza de que Ludovica la reconociera.

—¡Oh, querida! —replicó Ludovica, sobresaltada—. ¡No te esperaba!

—Disculpe la interrupción; es que ayer no pude pasar a por el correo. ¿Está la saca en la oficina de Misión?

—¿La saca? —preguntó Ludovica, con el ceño fruncido—. Creo que todo el correo le llega a la hermana Evangeline.

—Sí, Ludovica —dijo Evangeline—. Evangeline soy yo. Pero no pude recoger el correo ayer. Imaginé que lo habrían traído aquí. ¿Lo ha visto usted?

—¡Por supuesto! —dijo Ludovica. Acercó la silla al armarito junto a su escritorio, del que colgaba la saca de correos de un gancho. Como siempre, estaba llena hasta los bordes—. ¡Por favor, llévasela a la hermana Evangeline!

Evangeline llevó la saca hasta el otro extremo de la oficina de la Misión, un huequecito oscurecido donde podría tener algo más de intimidad. Vació el contenido de la saca sobre un escritorio y vio una mezcla inusual de peticiones personales, anuncios, catálogos y facturas. Evangeline estaba tan acostumbrada a ordenar semejante barullo postal que sabía los tamaños de cada tipo de carta. Por ello tardó apenas unos segundos en ubicar la carta de Gabriella. Era un sobre verde perfectamente cuadrado, dirigido a Celestine Clochette. El remitente era el mismo que los demás, una dirección de la ciudad de Nueva York que Celestine no reconoció.

Al sacar el sobre de la pila de cartas, Evangeline lo colocó con los demás que tenía en el bolsillo. Luego se acercó al archivador de metal. Una de las plantas de la hermana Ludovica había prácticamente enterrado el mueble bajo sus ramas, así que Evangeline tuvo que apartar hojas verdes para abrir el cajón que contenía su carpeta personal. Aunque sabía que existían, jamás lo había consultado. La única vez que había necesitado sus registros personales o alguna prueba de su identidad había sido cuando se sacó el carnet de conducir y se inscribió en el Bard College; e incluso entonces solo había usado la identificación que le concedía la diócesis. Mientras hojeaba las carpetas se le ocurrió que se había pasado toda la vida aceptando las historias que le contaban los demás; su padre, las hermanas de Santa Rosa, y ahora su abuela... sin verificarlas.

Para su consternación, su carpeta era de más de dos centímetros de grosor, mucho más grueso de lo que habría pensado. Supuso que dentro encontraría su certificado de nacimiento en Francia, los documentos de su nacionalización en América y un título, pues no tenía edad como para haber acumulado más registros. Sin embargo, al abrir la carpeta encontró un buen fajo de documentos sujetos con una goma elástica. Apartó la goma y empezó a leer. Había hojas de lo que parecían ser, a ojos poco acostumbrados a este tipo de documentos, resultados de análisis, quizá de sangre. También había páginas con pruebas médicas, quizá de alguna visita al doctor. Lo cierto era que su padre siempre se resistía a llevarla al médico, y en su lugar ponía mucho cuidado en que no se hiciese daño ni enfermase. Para su consternación, Evangeline encontró hojas de plástico negro opalescente que resultaron ser, al verlas más de cerca, radiografías. En la parte superior de todas ellas aparecía su nombre: «Evangeline Angelina Cacciatore».

No estaba prohibido que las hermanas mirasen sus carpetas personales, y sin embargo, Evangeline sintió que estaba rompiendo un estricto código de etiqueta. Controló de momento la curiosidad que le provocaban todos aquellos documentos médicos en su carpeta y se centró en los papeles correspondientes a su noviciado, una serie de formularios de admisión comunes y corrientes que había rellenado su padre tras llevarla a Santa Rosa. Ver la letra de su padre le provocó una oleada de dolor que la recorrió. Habían pasado años desde la última vez que lo vio. Pasó un dedo por su letra y recordó el sonido de su risa, el olor de su despacho, aquel hábito que tenía de leer antes de dormir todas las noches. Qué extraño, pensó mientras sacaba aquellos formularios de la carpeta, que las palabras que había dejado tras de sí tuvieran el poder de devolverlo a la vida, aunque fuera por un instante.

Leyó los formularios y encontró una serie de datos sobre su propia vida. Estaba la dirección en la que habían vivido en Brooklyn, su antiguo número de teléfono, su lugar de nacimiento, el apellido de soltera de su madre. En la parte de abajo estaba escrito el contacto de emergencia de Evangeline. Ahí encontró lo que buscaba: la dirección y el número de teléfono de Gabriella Lévi-Franche Valko en la ciudad de Nueva York. Era la misma dirección del remitente de sus tarjetas de navidad.

Antes de reflexionar sobre las consecuencias de sus actos, Evangeline echó mano del teléfono y marcó el número de Gabriella, con una anticipación que nubló cualquier otra sensación. Si había alguien que sabría lo que hacer, ese alguien era su abuela. La línea sonó una vez, dos, y de pronto, Evangeline oyó la voz autoritaria de su abuela:

—*Allô?*

Apartamento de Verlaine, Greenwich Village, Ciudad de Nueva York

Las veinticuatro horas que habían pasado desde que Verlaine salió de su apartamento se le antojaron toda una vida. El día anterior había guardado su carpeta, se había puesto sus calcetines favoritos y había bajado los cinco pisos de su apartamento por las escaleras. El día anterior se había preocupado por evitar las fiestas navideñas y por buscarse algún plan de año nuevo. No entendía cómo la información que había encontrado lo había desembocado en el lamentable estado en el que se encontraba en aquel momento.

Metió en una bolsa las copias originales de las cartas de Inocenta y el grueso de sus anotaciones. Tras cerrar su despacho se dirigió al centro. El sol de la mañana había ascendido sobre la ciudad, una suave dispersión de tonos amarillos y anaranjados que rompían el crudo cielo invernal con trazos elegantes.

Anduvo a pie cuatro manzanas en medio del frío. En mitad de camino abandonó la idea de ir a pie y recorrió el resto en metro. Para cuando abrió la puerta frontal de su edificio, casi se había convencido de que los acontecimientos de la noche anterior no eran más que una ilusión. Quizá, se dijo a sí mismo, se lo había imaginado todo.

Verlaine abrió la puerta de su apartamento y la cerró con un golpe de tacón. Dejó caer la bolsa sobre el sofá. Se quitó los zapatos echados a perder, se sacó los calcetines y atravesó descalzo su humilde hogar. Casi había esperado encontrarse el lugar hecho pedazos, pero todo parecía igual a como lo había dejado el día anterior. Una telaraña de sombras caía sobre los ladrillos desnudos de las paredes, la mesa de formica de los años 50 estaba repleta de libros. Los bancos de cuero turquesa, la mesita de café hecha de resina con forma de riñón... todos sus muebles de estilo Midcentury-modern, gastados y desemparejados, lo esperaban como siempre.

Los libros de arte de Verlaine llenaban una pared entera. Había tomos de lujo de gran tamaño editados por Phaidon Press, chaparras ediciones de bolsillo de crítica de arte, mamotretos lustrosos que contenían reproducciones de sus modernistas favoritos: Kandinsky, Sonia Delaunay, Picasso, Braque. Verlaine poseía más libros de los que cabían en su pequeño apartamento, pero se negaba a venderlos. Hacía años había llegado a la conclusión de que un estudio no era ideal para alguien que tuviese tanta tendencia a la acumulación.

De pie ante su ventana del quinto piso, se quitó la corbata Hermès que había usado como venda. Mediante tironcitos apartó la tela de la piel costrosa, la dobló y la dejó en el alféizar. En el exterior se atisbaba un fragmento del cielo de la mañana por encima de hileras de edificios, como si descansase sobre columnas. La nieve se aferraba a las ramas de los árboles, goteaba por los desagües y se congelaba hasta formar dagas de hielo. Los depósitos de agua de los tejados salpicaban la escena. Aunque Verlaine no poseía ni un centímetro de propiedad, se sentía como si todo aquel paisaje le perteneciese. Centrar la mirada en su rinconcito de la ciudad absorbía toda su concentración. Aquella mañana, sin embargo, lo único que pretendía era aclararse la cabeza y pensar en lo que haría a continuación.

Comprendió que un buen primer paso sería hacerse un café. Se acercó a la cocina, encendió la cafetera. Colocó el café molido en el filtro y, tras hervir un poco de leche, se preparó un capuchino en una taza antigua de la marca Fiesta, una de las pocas que no había roto. Dio un sorbo de café y captó por el rabillo del ojo el destello del contestador automático... tenía mensajes. Pulsó un botón y escuchó. Alguien había estado llamando y colgando toda la noche. Verlaine contó diez llamadas en las que alguien se limitaba a escuchar al otro lado de la línea, como si aguardase a que respondiese. Por último había un mensaje en el que alguien hablaba. Era la voz de Evangeline, la reconoció al instante.

—Si ha tomado usted el tren de medianoche, ya debería haber regresado. No puedo evitar preguntarme si estará usted a salvo. Llámeme en cuanto pueda.

Verlaine se acercó al armario, del que sacó un viejo bolso marinero. Lo abrió y extrajo unos vaqueros limpios marca Hugo Boss, un par de calzoncillos Calvin Klein y una sudadera marrón de la Universidad de Brown, su alma mater, así como dos pares de calcetines. Sacó también un par de Converse All-Stars del fondo del armario, se puso uno de los pares de calcetines limpios, y metió los pies en las zapatillas. No había tiempo para pensar en qué más podía necesitar. Iba a alquilar un coche y a regresar de inmediato a Milton, siguiendo la misma ruta por la que había ido la tarde anterior. Cruzaría el Puente Tappan Zee y recorrería las carreteras comarcales junto al río. Si se apresuraba podía llegar antes del almuerzo.

De pronto llamaron al teléfono, un sonido tan repentino y alarmante que a Verlaine se le escapó la taza de café de entre las manos. Se estampó contra el alféizar de la ventana con un sólido crujido. El café y la leche se derramaron por todo el suelo. Ansioso por hablar con Evangeline, Verlaine dejó la taza donde había aterrizado y contestó al teléfono:

—¿Evangeline? —dijo.

—Señor Verlaine.

La voz era suave, femenina, y se dirigía a Verlaine con un inusual tono de intimidad. El acento de la mujer, italiano o francés, no estaba seguro de cuál, junto con una leve ronquera, le dio la impresión de que era de mediana edad, quizá incluso mayor, aunque aquello era pura especulación.

—Sí, al habla —replicó, decepcionado. Contempló la copa rota, consciente de que su colección se había vuelto a ver menguada—. ¿Qué puedo hacer por usted?

—Muchas cosas, espero —dijo la mujer.

Durante una fracción de segundo, Verlaine pensó que se trataba de algún tipo de venta por teléfono. Sin embargo, su número no estaba en la guía y no solía recibir llamadas no solicitadas. Además, estaba claro que aquella voz no vendía suscripciones a revistas.

—Eso suena bastante extraño —dijo Verlaine, tomándose con calma las extrañas maneras de quien llamaba—. ¿Qué le parece si empieza por decirme su nombre?

—¿Me permite que antes le haga una pregunta? —dijo la mujer.

—Adelante. —Verlaine empezaba a irritarse con el sonido calmado, insistente y casi hipnótico de la voz de la mujer, una voz muy diferente de la de Evangeline.

—¿Cree usted en los ángeles?

—¿Disculpe?

—¿Cree usted que los ángeles existen entre nosotros?

—Escuche, si llama usted en nombre de algún grupo evangélico… —dijo Verlaine al tiempo que se inclinaba ante la ventana y empezaba a colocar trozos de la taza rota unos encima de otros. El polvillo del centro sin esmaltar del centro de la taza le manchó los dedos—, se equivoca usted de persona. Soy un agnóstico de buena formación, izquierdoso, aficionado a la leche de soja y prácticamente metrosexual. No creo en los ángeles más que en el Conejito de Pascua.

—Resulta extraordinario —dijo la mujer—. Yo pensaba que esas criaturas ficticias estaban amenazando su vida.

Verlaine dejó de apilar trozos de taza.

—¿Quién es usted? —preguntó al fin.

—Me llamo Gabriella Lévi-Franche Valko —dijo la mujer—. Llevo mucho tiempo trabajando para encontrar las cartas que están en su poder.

Aún más confuso, Verlaine preguntó:

—¿Y cómo sabe mi número?

—Yo sé muchas cosas. Por ejemplo, sé que las criaturas de las que escapó anoche están delante de su apartamento. —Gabriella hizo una pausa, como si quisiese que Verlaine digiriese el dato, y acto seguido dijo—: Si no me cree, señor Verlaine, eche un vistazo por la ventana.

Verlaine se inclinó sobre el cristal. Un mechón de rizos negros le cayó sobre los ojos. Todo parecía idéntico a hacía unos minutos.

—No sé a lo que se refiere usted —dijo.

—Mire a su izquierda —dijo Gabriella—. Verá usted un utilitario negro que le resultará familiar.

Verlaine hizo lo que decía la mujer. Pues sí, a la izquierda, en la esquina con la calle Hudson, un Mercedes utilitario descansaba tranquilamente en la calle. Un hombre alto vestido con ropas oscuras, el mismo que el día anterior había visto Verlaine rompiendo su coche y, si no había sido una alucinación, también había visto por la ventana del tren, bajó del utilitario y empezó a dar vueltas cerca de la farola.

—Y ahora, si mira usted a la derecha —dijo Gabriela—, verá una furgoneta blanca. Estoy dentro de esa furgoneta. Llevo esperándole a usted desde esta mañana. He venido a ayudarle a petición de mi nieta.

—¿Y quién es su nieta?

—Evangeline, por supuesto —dijo Gabriella—. ¿Quién si no?

Verlaine estiró el cuello y vio una furgoneta blanca encajada en un estrecho callejón auxiliar en la acera de enfrente. El callejón estaba bastante lejos, apenas podía ver nada. Como si aquella mujer comprendiese su confusión, en la furgoneta se bajó una ventanilla y asomó una mano pequeña, embutida en un guante de cuero, que se sacudió en un gesto perentorio.

—¿Qué está pasando? —preguntó Verlaine, perplejo. Se acercó a la puerta, echó el pestillo y colocó la cadena—. ¿Le importa decirme por qué está usted vigilando mi apartamento?

—Mi nieta cree que está usted en peligro. Y tenía razón. Así que quiero que agarre usted las cartas de Inocenta y baje de inmediato —dijo Gabriella con voz calmada—. Pero le aconsejo que evite salir por la puerta principal del edificio.

—No hay más salida —dijo Verlaine, inquieto.

—¿No habrá una escalera de incendios?

—La escalera de incendios se ve desde la entrada frontal. Me verán en cuanto empiece a bajar —dijo Verlaine, contemplando el esqueleto de metal que oscurecía la esquina de la ventana y descendía por la fachada del edificio—. ¿Puede hacer usted el favor de decirme por qué...?

—Querido —dijo Gabriella, interrumpiendo a Verlaine con voz cálida, casi maternal—. Tendrá usted que recurrir a su imaginación. Le aconsejo que salga de ahí. De inmediato. Van a ir a por usted en cualquier momento. De hecho, usted no les importa un pimiento. Lo que quieren son las cartas —añadió en tono quedo—. Y como quizá entienda usted, no se las van a llevar con buenos modos.

Como si Gabriella le hubiese dado el pie, el segundo hombre, un tipo alto y de piel pálida igual que el primero, salió del utilitario negro y se unió al otro. Juntos cruzaron la calle y se acercaron al edificio de Verlaine.

—Tiene usted razón. Ya vienen —dijo Verlaine.

Se apartó de la ventana y agarró la bolsa marinera. Metió la cartera, las llaves y el portátil bajo la ropa. Sacó de la otra bolsa las cartas originales de Inocenta y las metió dentro de un libro de reproducciones de Rothko, que también metió en la bolsa marinera. Cerró la bolsa con rápida decisión. Por último dijo:

—¿Qué hago?

—Espere un momento. Los veo bien —dijo Gabriella—. Usted siga mis instrucciones y todo irá bien.

—¿Debería llamar a la policía?

—No haga nada de momento. Aún están en la entrada. Si sale ahora le verán —dijo Gabriella con una voz espectralmente calmada, un extraño contrapunto al caudal de sangre que bombeaba en los oídos de Verlaine—. Escúcheme, señor Verlaine. Es extremadamente importante que no se mueva hasta que yo se lo diga.

Verlaine quitó el pestillo a la ventana y la abrió. Una ráfaga de aire helado le sopló en la cara. Se inclinó y vio a los hombres ahí abajo. Hablaban en voz baja, y luego insertaron algo en la cerradura y abrieron la puerta. Entraron en el edificio con una facilidad pasmosa. La pesada puerta se cerró tras ellos.

—¿Tiene las cartas? —preguntó Gabriella.

—Sí —dijo Verlaine.

—Pues váyase. Ahora. Baje por la escalera de incendios. Le estaré esperando.

Verlaine colgó el teléfono, se echó la bolsa sobre el hombro y salió por la ventana en medio del viento helado. El metal se le heló contra la palma de la mano al agarrar la oxidada escalera. Tiró con todo su esfuerzo: la escalera bajó hasta la acera con un repiqueteo. Lo recorrió una punzada de dolor al estirársele la piel de la mano; la herida del alambre de espino volvió a abrirse. Verlaine ignoró el dolor y bajó por los travesaños. Sus zapatillas resbalaban en el metal congelado. Estaba casi en la acera cuando oyó un estruendo de madera rota en las alturas. Los hombres habían forzado la puerta de su apartamento.

Verlaine se dejó caer sobre la acera, asegurándose de proteger la bolsa con el hueco del brazo. Al momento, la furgoneta blanca se detuvo ante el bordillo. La puerta se abrió y una mujer menuda con brillante rojo de labios y pelo negro cortado estilo paje le hizo una seña para que subiese al asiento trasero.

—Suba —dijo Gabriella, y le hizo espacio—. Rápido.

Verlaine subió a la furgoneta junto a Gabriella. El conductor metió la marcha, dobló la esquina y aceleró en dirección al centro.

—¿Qué demonios está pasando? —preguntó Verlaine, mirando por encima del hombro, casi esperando ver que el utilitario los seguía.

Gabriella colocó una mano delgada y embutida en cuero sobre la suya, fría y temblorosa.

—He venido a ayudarle.

—¿A ayudarme con qué?

—Querido mío, no tiene usted ni idea del lío en que nos ha metido a todos.

Ático de los Grigori, Upper East Side, Ciudad de Nueva York

Percival ordenó que cerrasen las cortinas, como si quisiera protegerse los ojos de la luz. Había venido a pie hasta casa al alba, y la pálida luz del cielo matutino había bastado para que le doliese la cabeza. Cuando la estancia estuvo lo bastante oscura, Percival se desprendió de la ropa: dejó en el suelo la chaqueta del esmoquin, la camisa blanca echada a perder y los pantalones. Se estiró sobre el sofá de cuero. Sin pronunciar palabra, la criada anakim le desabrochó el arnés, un procedimiento farragoso que Percival resistió con paciencia. Acto seguido, la criada le vertió aceite sobre las piernas y le dio un masaje del tobillo al muslo, hundiéndole los dedos en los músculos hasta que estos le ardieron. La criatura era muy bonita y silenciosa, una combinación que a Percival le parecía perfecta, sobre todo en mujeres, a las que solía encontrar notablemente estúpidas. Percival la contempló mientras ella desplazaba aquellos dedos cortos y rollizos por sus piernas. El ardiente dolor de cabeza estaba a la altura del calor que sentía en las piernas. Cansado hasta el delirio, cerró los ojos e intentó dormir.

El origen exacto de su dolencia seguía siendo un misterio hasta para los doctores más experimentados de la familia. Percival había contratado al mejor equipo médico, los había traído hasta Nueva York desde Suiza, Alemania, Suecia y Japón; pero lo único que habían podido decirle era lo que todo el mundo sabía ya: una virulenta infección vírica había recorrido toda una generación de nefilim europeos, atacando los sistemas nervioso y pulmonar. Recomendaban tratamientos y terapias que propiciasen la curación de sus alas y que le aflojasen los músculos, para que pudiese caminar y respirar con más facilidad. Uno de los elementos más placenteros de aquellos tratamientos eran los masajes diarios. Percival mandaba llamar a la criada anakim a su habitación para que le diese masajes en las piernas varias veces al día. Junto con el whisky y los sedantes, había llegado a depender de aquella presencia horaria.

Bajo circunstancias normales, no habría permitido que un despojo de sirvienta entrase en sus aposentos privados; nunca lo había permitido en los muchos siglos que había pasado libre de enfermedades. Sin embargo, durante el último año, el dolor se había vuelto insoportable. Sufría tantos calambres en los músculos que sus piernas había empezado a adoptar una postura antinatural. La anakim estiraba cada pierna hasta que los tendones se relajaban, y luego masajeaba los músculos. Cada vez que Percival se encogía de dolor, ella se detenía. Percival contemplaba cómo le hundía las manos en la piel pálida. Lo calmaba, así que se sentía muy agradecido. Su madre lo había abandonado; lo trataba como un inválido. Y Otterley estaba fuera, llevando a cabo el trabajo que debería haber hecho Percival. No quedaba nadie que pudiese ayudarlo excepto una anakim.

Se relajó y se fue quedando dormido poco a poco. Durante un breve y feliz momento, recordó el placer de su paseo nocturno. Después de haber matado a la mujer, Percival le había cerrado los ojos y la había contemplado, mientras le acariciaba las mejillas con los dedos. Tras morir, la piel de la mujer había adoptado un tono de alabastro. Para su gozo, Percival vio claramente en ella a Gabriella Lévi-Franche, aquel cabello negro y la piel fina. Durante un instante, la poseyó de nuevo.

Se fue alejando hacia el delicado espacio entre la vigilia y el sueño. Gabriella apareció ante él como una mensajera luminosa. En su fantasía, Gabriella le dijo que regresase con ella, que todo quedaba perdonado, y que proseguirían donde lo habían dejado. Le dijo que lo amaba, unas palabras que nadie, ni humano ni nefilim, le había dicho antes. Fue un sueño extremadamente doloroso. Percival debió de hablar en sueños, porque se despertó con un sobresalto y vio que la criada anakim le clavaba la mirada, con unos ojos grandes y amarillos a los que asomaban las lágrimas, como si acabase de entender algo sobre él. Su contacto se volvió más suave y pronunció palabras de consuelo. Percival comprendió que se compadecía de él. Aquella presunción de intimidad lo enfureció, así que le ordenó a aquella bruta que se marchase de inmediato. Ella asintió, sumisa. Le puso el tapón al frasco de aceite, recogió la ropa sucia de Percival y se marchó al instante. Cerró y lo dejó dentro de un capullo de oscuridad y desesperación. Él se quedó tumbado, despierto, sintiendo la quemazón del contacto de aquella criada en la piel.

La anakim no tardó en regresar con una copa de whisky sobre una bandeja lacada.

—Su hermana está aquí, señor —dijo—. Si lo desea puedo decirle que está usted durmiendo.

—No hace falta que mientas por él; ya veo que está despierto —dijo Otterley, que pasó junto a la anakim y se sentó al lado de Percival.

Con un giro de muñeca le indicó a la criada que se fuese. Luego echó mano del aceite de masaje, lo abrió y se echó un poco en la palma de la mano.

—Date la vuelta —dijo.

Percival obedeció lo que dijo y se puso bocabajo. Otterley le dio un masaje en la espalda. Percival se preguntó qué sería de ella, y de su familia, una vez que la enfermedad lo matase. Percival había sido su gran esperanza; sus majestuosas y masculinas alas doradas auguraban que algún día llegaría a una posición de poder, y que superaría incluso a los avariciosos ancestros de su madre, al linaje noble de su madre. Ahora, sin alas, no era sino una enfermiza decepción para su familia. Se había imaginado como un gran patriarca, padre de un creciente número de niños nefilim. Sus hijos crecerían y tendrían las alas coloridas de la familia de Sneja, un plumaje hermoso que llenaría de orgullo a los Grigori. Sus hijas tendrían las cualidades de los ángeles; serían psíquicas, brillantes y cultas en las artes celestiales. Ahora, en pleno declive, Percival no tenía nada. Comprendió lo necio que había sido al malgastar cientos de años buscando placer.

El hecho de que Otterley fuese igualmente decepcionante hacía aún más difícil enfrentarse a su fracaso. Otterley no había conseguido darle un heredero a los Grigori, del mismo modo que Percival no había conseguido convertirse en el ser angélico que su madre tanto había deseado que fuese.

—Dime que traes buenas noticias —dijo Percival al tiempo que se encogía mientras Otterley masajeaba la carne delicada y despellejada junto a las protuberancias de las alas—. Dime que has recuperado el mapa y que has matado a Verlaine. Que no hay nada más de lo que preocuparse.

—Mi querido hermano —dijo Otterley, inclinándose hacia él mientras le masajeaba los hombros—. Buena la has armado. En primer lugar, has contratado a un angelólogo.

—Claro que no. No es más que un simple historiador del arte —dijo Percival.

—Luego has permitido que se lleve el mapa.

—Son diseños arquitectónicos —corrigió Percival.

—Y luego te escapas en mitad de la noche y acabas en este terrible estado —Otterley acarició los muñones protuberantes y podridos de las alas, una sensación que a Percival se le antojó deliciosa, aunque deseó apartar la mano de su hermana.

—No sé de lo que hablas.

—Madre sabe que te has ido y me ha pedido que te vigile de cerca. ¿Qué sucedería si te desmayases en la calle? ¿Cómo podríamos explicar tu estado a los médicos de Lenox Hill?

—Dile a Sneja que no hay necesidad de preocuparse —dijo Percival.

—Pero es que sí la hay —dijo Otterley, limpiándose las manos con una toalla—. Verlaine sigue vivo.

—Pensaba que habías enviado a los gibborim a su apartamento.

—Y lo he hecho —dijo Otterley—, pero ha habido un inesperado giro de los acontecimientos. Ayer nos preocupábamos de que Verlaine se escapase con la información que tenía, pero ahora sabemos que es mucho más peligroso.

Percival se enderezó y miró de frente a su hermana.

—¿Cómo puede ser peligroso? Nuestros anakim suponen una amenaza mucho más grande que un hombre como Verlaine.

—Está colaborando con Gabriella Lévi-Franche Valko —dijo Otterley, un nombre que pronunció con un soniquete fanático en la voz—. Está claro que es uno de ellos. Todo lo que hemos hecho para protegernos de los angelólogos no ha servido para nada. Levántate —dijo, y le arrojó encima el arnés—. Vístete. Vas a venir conmigo.

Capilla de la Adoración, Iglesia Maria Angelorum, Milton, Nueva York

Evangeline hundió un dedo en la fuente de agua bendita y se persignó. Acto seguido recorrió a toda prisa el corredor central de Maria Angelorum. Para cuando entró en el espacio tranquilo y contemplativo de la Capilla de la Adoración, le faltaba el aliento. Nunca se había perdido un turno de adoración; aquello suponía una transgresión impensable que jamás habría pensado que cometería. Casi no podía creer el tipo de persona en que se estaba convirtiendo. El día anterior le había mentido a la hermana Filomena. Ahora se había saltado su hora asignada de adoración. La hermana Filomena debía de haberse quedado pasmada ante su ausencia. Evangeline ocupó un banco cerca de las hermanas Mercedes y Magdalena, compañeras de rezos matutinos entre las siete y las ocho cada mañana, con la esperanza de no perturbarlas. Cerró los ojos y empezó a orar, aunque le ardían las mejillas de vergüenza.

Debería haber sido capaz de orar, pero en cambio abrió los ojos y paseó la vista por la capilla. Contempló la custodia, el altar, la cuentas del rosario entre los dedos de la hermana Magdalena. Y sin embargo, de inmediato la presencia de las ventanas que representaban las esferas celestiales le llamaron la atención como si fueran nuevos añadidos de la capilla: el tamaño, la complejidad, los colores suntuosamente vibrantes de los ángeles que se apelotonaban en el cristal. Al examinarlos de cerca vio que las ventanas estaban iluminadas por diminutas lámparas halógenas posicionadas alrededor, inclinadas sobre el cristal como en gesto de adoración. Evangeline hizo un esfuerzo por atisbar toda la población de ángeles del dibujo. Arpas, flautas, trompetas... los instrumentos desperdigados como monedas doradas a través de los vidrios azules y rojos. El sello que Verlaine le había enseñado como parte de los diseños arquitectónicos había sido colocado justo en aquel lugar. Evangeline pensó en las tarjetas de Gabriella y las hermosas representaciones de ángeles sobre cada una de ellas. ¿Cómo había podido contemplar aquellos ventanales tantas veces y no haberse percatado jamás de su significado?

Bajo uno de los ventanales, grabado en piedra, había un pasaje que decía:

«Si tuviese cerca de él Algún elocuente mediador muy escogido
Que anuncie al hombre su deber;
Que le diga que Dios tuvo de él misericordia
Que lo libró de descender al sepulcro
Que halló redención»

—Job 33:23–24

Evangeline había leído aquel pasaje todos los días durante sus muchos años en el Convento de Santa Rosa. Cada día, las palabras le habían parecido un acertijo irresoluble. La frase había reptado por sus pensamientos, pegajosa, imposible de aprehender, deslizándose por su mente sin que llegase a capturarla. Ahora, las palabras «mediador», «sepulcro» y «redención» empezaron a encajarle. La hermana Celestine había estado en lo cierto: una vez que se empezaba a buscar, se veía que la angelología estaba viva y coleando por todas partes.

La consternaba que las hermanas hubiesen mantenido tantos secretos. Al recordar la voz de Gabriella al teléfono, Evangeline se preguntó si quizá debería hacer las maletas y marcharse a Nueva York. Quizá su abuela pudiese ayudarla a comprenderlo todo con más claridad. El agarre al que la sometía el convento hasta hacía menos de un día había disminuido gracias a lo que había descubierto.

Una mano le cayó sobre el hombro y la sacó de sus pensamientos. La hermana Filomena le hizo un gesto para que la siguiese. Evangeline obedeció; salió de la Capilla de la Adoración con una mezcla de azoramiento y rabia. Las hermanas no le habían confiado la verdad. ¿Cómo podría Evangeline fiarse de ellas?

—Ven, hermana —dijo Filomena una vez que se encontraron en el pasillo.

Si Filomena se había enfurecido por la ausencia de Evangeline, dicha furia se había desvanecido. Ahora su actitud era inexplicablemente amable y resignada. Y sin embargo, había algo en el comportamiento de la hermana Filomena que parecía falso. Evangeline no creyó que se comportase realmente con sinceridad, aunque no supo decir de dónde provenía aquella sensación. Juntas atravesaron el pasillo central del convento, dejaron atrás las fotografías de las distinguidas madres y hermanas, así como el cuadro de Santa Rosa de Viterbo. Se detuvieron ante unas familiares puertas dobles. Por supuesto, resultaba natural que Filomena la llevase hasta la biblioteca, donde podrían hablar con cierto grado de intimidad. Filomena abrió la cerradura y Evangeline entró en la estancia ensombrecida.

—Siéntate, hija, siéntate —dijo Filomena.

Evangeline se aposentó en el sofá de terciopelo verde, frente a la chimenea. La estancia estaba fría a consecuencia de aquella salida de humos que jamás cerraba bien. La hermana Filomena se acercó a una mesa cerca de su despacho y sacó un hervidor eléctrico. Una vez que empezó a hervir el agua, Filomena la vertió en una tetera de porcelana. Colocó dos tazas en una bandeja y regresó anadeando hasta el sofá. Depositó la bandeja en la mesita baja. Ocupó la silla delante de la de Evangeline, abrió una cajita de galletas metálica y le ofreció un surtido de galletas navideñas de la congregación de Hermanas de la Adoración Perpetua: galletas de mantequilla que las hermanas horneaban, decoraban, empaquetaban y vendían anualmente en su evento de recaudación de fondos navideño.

La fragancia del té, negro con un toque de albaricoque seco, consiguió que el estómago de Evangeline diese un vuelco.

—No me siento muy bien —dijo en tono de disculpas.

—No viniste anoche a cenar. Y, por supuesto, también faltaste esta mañana a tu turno de adoración —dijo Filomena al tiempo que echaba mano de una galleta con forma de abeto navideño con glaseado verde—. Pero no me sorprende mucho. Toda la conversación con Celestine ha sido un suplicio, ¿verdad?

Filomena enderezó mucho la postura y mantuvo la taza rígida sobre el platillo. Evangeline comprendió que la hermana estaba a punto de ir al grano.

—Sí —replicó Evangeline, con la esperanza de que regresase en cualquier instante la Filomena impaciente y severa que conocía.

Filomena chasqueó la lengua y dijo:

—Sabía que era inevitable que te enterases algún día de la verdad de tus orígenes. No estaba segura de cómo sucedería, la verdad, pero tenía la vívida sensación de que el pasado resultaría imposible de enterrar por completo, incluso en una comunidad tan cerrada como la nuestra. En mi humilde opinión —prosiguió Filomena tras acabarse la galleta y agarrar otra— guardar silencio ha sido una terrible carga para Celestine. A todas nos ha supuesto una gran carga mantenernos pasivas ante la amenaza que nos rodea.

—Sabía usted que Celestine estaba involucrada en esta... —tartamudeó Evangeline, intentando formular las palabras correctas que describiesen la angelología. Se le ocurrió de improviso que quizá era la única hermana franciscana de la Adoración que no estaba al tanto de todo—... esta... ¿disciplina?

—Cielos, claro que sí —dijo Filomena—. Todas las hermanas de mayor edad lo saben. Las hermanas de mi generación recibían unos estrictos estudios angélicos: Génesis 18:12-17; Ezequiel, 1:1-14; Lucas 1:26-38. ¡Válgame el cielo, nos pasábamos estudiando ángeles de la mañana a la noche!

Filomena cambió de postura en la silla. La madera crujió y ella continuó:

—Cierto día, yo me encontraba estudiando el grueso de la materia que prescribían los angelólogos europeos, mentores nuestros desde hacía mucho, y para cuando quise darme cuenta, nuestro convento había sido destruido. Todo nuestro saber, todos nuestros esfuerzos para librar al mundo de la pestilencia de los nefilim, todo parecía haber sido para nada. De pronto no éramos más que monjas cuyas vidas estaban entregadas a la oración y nada más que la oración. Créeme, me he esforzado mucho para volver a meternos a todas en la lucha, para destacarnos como combatientes. Entre nosotras hay muchas que creen que resulta demasiado peligroso, pero son unas necias y unas cobardes.

—¿Peligroso? —dijo Evangeline.

—El incendio del año 44 no fue un accidente —dijo Filomena, entrecerrando los ojos—. Fue un ataque directo. Podría decirse que fuimos descuidadas, que subestimamos la naturaleza sedienta de sangre de los nefilim aquí en América. Conocían muchos, si no todos, los enclaves de angelólogos de Europa. Cometimos el error de pensar que América seguía siendo tan segura como lo fue en su día. Siento decir que la presencia de la hermana Celestine expuso a un gran peligro al Convento de Santa Rosa. Después de la llegada de Celestine empezaron los ataques. Pero ojo, no solo a nuestro convento. Hubo casi cien ataques a conventos americanos aquel año; un esfuerzo concentrado por parte de los nefilim para descubrir cuál de ellos tenía lo que buscaban.

—Pero, ¿por qué?

—Por Celestine, claro —dijo Filomena—. El enemigo la conocía bien. Cuando llegó, yo misma vi lo enfermiza, magullada y herida que estaba. Estaba claro que había pasado por una huida a la desesperada. Y, lo que quizá sea más significativo, le trajo un paquete a la madre Inocenta, algo que debía guardarse aquí, entre nosotras. Celestine tenía algo que ellos deseaban. Sabían que se había refugiado en los Estados Unidos, pero no sabían dónde.

—¿Y la madre Inocenta estaba al tanto de todo? —preguntó Evangeline.

—Por supuesto —dijo Filomena, alzando las cejas en señal de asombro, aunque Evangeline no supo si era por la madre Inocenta o por aquella pregunta—. La madre Inocenta fue la primera erudita de su época en América. La había formado la madre Antonia, que fue alumna de la madre Clara, nuestra abadesa más adorada, quien a su vez se había formado con la mismísima madre Francesca, que, por suerte para nuestra gran nación, vino a Milton, Nueva York, directamente desde la Sociedad Angelológica Europea para fundar la rama americana. El convento de Santa Rosa era el centro neurálgico del Proyecto Angelológico Americano, un enorme empresa, mucho más ambiciosa que todo lo que hubiera estado haciendo Celestine Clochette en Europa antes de unirse a la Segunda Expedición.

Filomena, que había dicho todo lo anterior de corrido, se detuvo a recobrar el aliento.

—De hecho —dijo más despacio tras una profunda inspiración—, la madre Inocenta jamás, jamás habría abandonado la lucha tan fácilmente si no la hubiesen asesinado los nefilim.

—Pensaba que había muerto en el incendio —dijo Evangeline.

—Eso es lo que le dijimos al mundo exterior, pero no es la verdad. —Filomena se ruborizó para, acto seguido, adoptar un tono de piel muy pálido, como si discutir el incendio la acercase al contacto de un calor fantasma—. Yo estaba en la balconada de Maria Angelorum cuando estalló el fuego. Estaba limpiando los tubos del órgano Casavant, una tarea terriblemente difícil, porque tenía 1.422 tubos, 20 salidas y 30 registros. Bastante duro era ya limpiarle el polvo, ¡pero la madre Inocenta me asignaba dos veces al año la tarea de pulir el metal! ¡Imagínate! Creo que la madre Inocenta me estaba castigando por algo, aunque no tengo la menor idea de qué pude haber hecho para enojarla tanto.

Evangeline sabía bien que Filomena podía sumirse en un estado de tristeza inconsolable al pensar en lo sucedido en el incendio. En lugar de interrumpirla, como quería hacer, dobló las manos sobre el regazo y se dedicó a escucharla, como penitencia por haberse perdido su turno de adoración aquella mañana.

—Estoy segura de que no hizo usted nada para enojar a nadie —dijo.

—Oí un ajetreo inusual —prosiguió Filomena, tal y como habría hecho aunque Evangeline no hubiese pronunciado palabras de consuelo—, y me dirigí al gran rosetón en la parte trasera de la galería del coro. Si has limpiado el órgano o tomado parte en el coro, sabrás que el rosetón da al patio central. Aquella mañana había cientos de hermanas apelotonadas en el patio. Pronto me fijé en el humo y las llamas que consumían el cuarto piso, aunque, aislada como estaba yo en la balconada de la iglesia, con una vista clara de la parte superior, no tuve ni idea de qué sucedía en las demás plantas del convento. Más tarde me enteré, sin embargo, de que el daño era gravísimo. Lo perdimos todo.

—Qué horrible —dijo Evangeline, y reprimió el impulso de preguntarle cómo podía deberse aquello a un ataque por parte de los nefilim.

—Terrible, la verdad —dijo Filomena—. Pero no te lo he contado todo. La madre Perpetua me ha pedido que guarde silencio al respecto, pero ya no pienso seguir callada. Te lo he dicho: la hermana Inocenta fue asesinada. Asesinada.

—¿Cómo es posible? —preguntó Evangeline, intentando comprender la seriedad de la acusación de Filomena. Hacía apenas unas horas se había enterado de que su propia madre había muerto a manos de aquellas criaturas. Y ahora, Inocenta. De pronto, Santa Rosa se le antojó el lugar más peligroso en el que pudiera haberla metido su padre.

—Desde la galería del coro oí un portazo. En pocos segundos, la madre Inocenta apareció en la planta baja. Vi que recorría a toda prisa el pasillo central de la iglesia. Un grupo de hermanas, dos novicias y dos profesas, la seguían de cerca. Parecían dirigirse a la Capilla de la Adoración; quizás iban a rezar. Así era Inocenta: la oración no era solo un gesto de devoción o un ritual, sino la solución para todo aquello que era imperfecto en el mundo. Creía tan férreamente en el poder de la oración que yo casi creí que podría detener las llamas con ella.

Filomena soltó un suspiro, se quitó las gafas y las frotó con un impoluto pañuelo blanco. Volvió a colocarse las gafas, ya limpias, y le dedicó una rápida mirada a Evangeline, como si se preguntase si estaría lista para seguir oyendo. Acto seguido, continuó:

—De pronto, dos enormes figuras se acercaron desde los pasillos laterales. Eran extraordinariamente altos y huesudos, con manos blancas y rostros que parecían iluminados por el fuego. Incluso en la distancia, su pelo y su piel parecían desprender un suave fulgor blanco. Tenían grandes ojos azules, pómulos altos y labios rosados. El pelo rizado les caía por el rostro. Y sin embargo eran de hombros anchos y llevaban pantalones e impermeables, como si no fuesen distintos de un banquero o un abogado. A pesar de que aquel atuendo secular descartaba la idea de que se tratasen de hermanos de Santa Cruz, que en aquella época llevaban túnica y tonsura, yo no conseguí identificar quiénes eran aquellas criaturas.

»Ahora sé que esas criaturas se llaman gibborim, la clase guerrera de los nefilim. Son seres brutales, sedientos de sangre e implacables cuyo linaje, al menos el linaje angélico, llega hasta el gran guerrero San Miguel. Es un linaje demasiado noble para semejantes criaturas horribles, pero sirve para explicar esa extraña belleza suya. Con el conocimiento que tengo ahora, al echar la vista atrás comprendo que su belleza era una terrible manifestación del mal, un frío y diabólico engatusamiento que servía para atraer a sus víctimas con más facilidad. Físicamente eran perfectos, pero era una perfección alejada de Dios, una belleza vacía y carente de alma. Imagino que Eva debió de encontrar una belleza parecida en la serpiente. Su presencia en la iglesia me provocó un estado completamente antinatural. He de confesarlo: me tomaron con la guardia completamente baja.

Una vez más, Filomena sacó aquel impoluto pañuelo de algodón blanco del bolsillo, lo abrió entre las manos y se lo llevó a la frente para limpiarse el sudor.

—Desde la galería del coro pude verlo todo con claridad. Aquellas criaturas salieron de entre las sombras y se internaron en la brillante luz de la nave. La luz del día destellaba en los vitrales, como siempre sucedía a mediodía, y había parches de color que se desperdigaban por el suelo de mármol, creando un resplandor diáfano en sus pieles pálidas al desplazarse. La madre Inocenta ahogó un grito al verlos. Se apoyó en un banco y les preguntó qué querían. Algo en el tono de su voz me convenció de que los había reconocido. Quizá incluso los había esperado.

—No podía haberlos esperado —dijo Evangeline, pasmada ante la descripción de Filomena de aquella horrible catástrofe, como si se tratase de un acontecimiento dictaminado por la providencia—. Habría advertido a las demás.

—No lo sé —dijo Filomena, que volvió a enjugarse la frente, tras lo que arrugó el pañuelo húmedo en la mano—. Antes de darme siquiera cuenta de lo que pasaba, las criaturas atacaron a mis queridas hermanas. Esos malvados seres les lanzaron una mirada y a mí me pareció que las habían sometido a un hechizo. Las seis mujeres se quedaron boquiabiertas, mirando a las criaturas como si estuviesen hipnotizadas. Una criatura le impuso las manos a la madre Inocenta, y fue como si una corriente eléctrica le hubiese recorrido el cuerpo. Sufrió convulsiones y, acto seguido, cayó al suelo. Le habían arrancado el alma. Para aquella bestia, el acto de matar resultaba placentero, como buen monstruo que era. La muerte de Inocenta parecía haberlo fortalecido, se había vuelto más vibrante, mientras que el cuerpo de Inocenta había quedado del todo irreconocible.

—Pero, ¿cómo es posible? —preguntó Evangeline al tiempo que se preguntaba si su madre no habría corrido el mismo aciago destino.

—No lo sé. Me tapé los ojos, horrorizada —respondió Filomena—. Cuando volví a mirar por la balaustrada vi que todas las hermanas yacían muertas en el suelo de la iglesia. En el tiempo que tardé en bajar desde la galería a la iglesia, apenas quince segundos o así, las criaturas ya habían huido, tras profanar por completo los cuerpos de nuestras hermanas. Estaban disecadas hasta el hueso, como si les hubiesen succionado no solo los fluidos vitales, sino su misma esencia. Sus cadáveres estaban marchitos, los cabellos abrasados, la piel arrugada. Esto, hija mía, fue un ataque al Convento de Santa Rosa por parte de los nefilim. Y nuestra respuesta fue renunciar al trabajo que estábamos llevando a cabo sobre ellos. Jamás he llegado a entenderlo. La madre Inocenta, que Dios se apiade de su alma, jamás habría permitido que la muerte de nuestras hermanas no recibiese su justo castigo.

—Entonces, ¿por qué paramos? —preguntó Evangeline.

—Queríamos que creyeran que no éramos más que una abadía de monjas —dijo Filomena—. Si pensaban que éramos débiles y que no representábamos ninguna amenaza a su poder, dejarían de buscar el objeto que creían que poseíamos.

—Pero es que no poseemos ningún objeto. Abigail Rockefeller nunca reveló su ubicación antes de morir.

—¿De verdad lo crees, mi querida Evangeline? ¿Después de toda la información que te han ocultado? ¿Después de todo lo que me han ocultado a mí? Celestine Clochette convenció a la madre Perpetua para que abrazase el pacifismo. No quiere que descubran la lira de Orfeo. Yo, en cambio, apostaría toda mi vida, mi alma, incluso, a que posee información de su paradero. Si me ayudas a encontrarla, juntas podríamos librar al mundo de estas bestias monstruosas de una vez por todas.

La luz del sol se derramó de las ventanas de la biblioteca, sobre las piernas de Evangeline y la chimenea. Ella cerró los ojos y reflexionó sobre aquella historia en vista de todo lo que había sucedido en el último día.

—Acabo de descubrir que estas bestias monstruosas asesinaron a mi madre —susurró Evangeline. Sacó las cartas de Gabriella del hábito, pero Filomena se las arrebató antes siquiera de que pudiera tendérselas.

Filomena leyó con avidez el contenido de todas las tarjetas. Al cabo, tras llegar a la última carta, dijo:

—Está incompleta. ¿Dónde está el resto?

Evangeline sacó la última tarjeta de navidad que había sacado de la saca del correo matutino. La giró y empezó a leer en voz alta las palabras de su abuela:

—«Te he hablado mucho sobre los terrores del pasado, y algo sobre los peligros a los que te enfrentas en el presente. Sin embargo, poco o nada te he dicho sobre el papel futuro que desempeñarás en nuestra obra. No sé si esta información te será de utilidad. Puede que vivas el resto de tus días en una pacífica y tranquila contemplación, llevando a cabo fielmente tus tareas en Santa Rosa. Pero quizá hagas falta para un propósito mayor. Hay un motivo por el que tu padre decidió que el Convento de Santa Rosa sería tu hogar, un motivo por el que has sido formada en la tradición angelológica que ha alimentado nuestro trabajo desde hace más de un milenio.

»La madre Francesca, la abadesa fundadora del convento en el que has vivido y crecido los últimos trece años, construyó el Convento de Santa Rosa mediante fuerza de voluntad y trabajo duro. Diseñó cada cámara y cada escalerilla para que supliesen las necesidades de nuestros angelólogos en América. La Capilla de la Adoración surgió de la imaginación de Francesca, un rutilante tributo a los ángeles que estudiamos. Cada pieza de oro fue grabada para honrarlos, cada vitral fue colgado con fervor. Lo que quizá no sepas es que, en el centro de esta capilla, hay un objeto pequeño pero muy preciado, de un incalculable valor espiritual e histórico».

—Eso es todo —dijo Evangeline, doblando la carta y metiéndola de nuevo en el sobre—. El fragmento acaba aquí.

—¡Lo sabía! La lira está aquí, con nosotras. Ven, hija, hemos de compartir estas maravillosas noticias con la hermana Perpetua.

—Pero fue Abigail Rockefeller quien escondió la lira en 1944 —dijo Evangeline, confundida ante la línea de pensamiento de Filomena—. Esta carta no indica nada.

—Nadie sabe a ciencia cierta lo que hizo Abigail Rockefeller con la lira —dijo Filomena, poniéndose de pie y dirigiéndose a la puerta—. Rápido, hemos de hablar con la madre Perpetua de inmediato. Hay algo en el corazón de la Capilla de la Adoración. Algo que nos será de utilidad.

—Espere —dijo Evangeline. Se le quebró la voz ante la tensión de lo que estaba a punto de decir—. He de decirle algo más, hermana.

—Dime, hija —dijo Filomena al tiempo que se detenía en el umbral.

—A pesar de su advertencia, ayer por la tarde permití que alguien entrase en nuestra biblioteca. El hombre que preguntó por la hermana

Inocenta se personó ayer en el convento. En lugar de rechazarlo, tal y como usted me dijo que hiciese, le dejé leer la carta de Abigail Rockefeller que descubrí.

—¿Una carta de Abigail Rockefeller? Yo llevo buscando una carta así cincuenta años. ¿La tienes contigo?

Evangeline se la tendió a la hermana Filomena, que se la arrebató de entre los dedos y la leyó con rapidez. Mientras leía, su decepción quedó patente. Le devolvió la carta a Evangeline y dijo:

—En esa carta no hay un solo dato que nos sea útil.

—El hombre que vino a los archivos pensaba que sí —dijo Evangeline, preguntándose si Filomena detectaría su interés por Verlaine.

—¿Y cómo reaccionó este caballero del que me hablas? —preguntó Filomena.

—Con gran interés y emoción —dijo Evangeline—. Cree que la carta indica que hay un misterio mayor, un misterio que su jefe le ha ordenado descubrir.

Los ojos de Filomena se desorbitaron.

—¿Has identificado el motivo de su interés?

—Creo que sus razones son inocentes, pero... y por eso he de contárselo... acabo de descubrir que su jefe es uno de los que nos desean el mal. —Evangeline se mordió el labio, no muy segura de poder pronunciar su nombre—. Verlaine trabaja para Percival Grigori.

Filomena se levantó y tiró la taza al suelo.

—¡Válgame el cielo! —dijo, aterrada—. ¿Por qué no nos has advertido?

—Perdóneme, por favor —dijo Evangeline—. No lo sabía.

—¿Te das cuenta del peligro en el que nos encontramos? —dijo Filomena—. Hemos de alertar de inmediato a la madre Perpetua. Ahora está claro que hemos cometido un terrible error. Las fuerzas del enemigo han aumentado. Se puede desear la paz, pero bien distinto es fingir que la guerra no existe.

Dicho lo cual, Filomena dobló las cartas y las tarjetas en las manos y salió a toda prisa de la biblioteca. Evangeline se quedó sola junto a la lata vacía de galletas. Estaba claro que Filomena tenía una obsesión malsana con vengar lo sucedido en 1944. De hecho había reaccionado como una fanática, como si hubiese estado esperando aquel dato desde hacía muchos años. Evangeline comprendió que jamás debería haberle enseñado las cartas confidenciales de su abuela a Filomena, ni haber discutido una información tan peligrosa con una mujer que siempre se le había antojado algo inestable. Desesperada, Evangeline intentó dilucidar qué hacer a continuación. De pronto recordó la orden que le había dado Celestine sobre las cartas: «Cuando las hayas leído, vuelve aquí conmigo». Evangeline se puso en pie y salió a toda prisa de la biblioteca en dirección a la celda de Celestine.

Times Square, Ciudad de Nueva York

El conductor atravesó el ajetreado tráfico de hora punta y se detuvo en la esquina de la 42 con Broadway. El tráfico estaba prácticamente detenido en el cuartel general de policía de Nueva York, donde los agentes hacían los preparativos para el descenso de la bola del primer Año Nuevo del nuevo milenio. Entre la multitud de administrativos que iban de camino a su trabajo, Verlaine vio a varios policías que cerraban tapas de alcantarillas y colocaban puntos de acceso. Si en navidades la ciudad se llenaba de turistas, comprendió Verlaine, en año nuevo todo aquello se convertiría en una auténtica pesadilla, en especial en aquel punto en concreto.

Gabriella le ordenó a Verlaine que bajase de la furgoneta. Se internaron entre la masa de gente apelotonada en la calle y se vieron atrapados por el caos del movimiento, los tablones de anuncios de neón y el implacable caudal de transeúntes. Verlaine se echó el bolso marinero al hombro, con miedo a perder su valioso contenido. Después de lo sucedido en el apartamento, no podía desprenderse de la sensación de que los vigilaban, de que la persona más cercana era sospechosa y de que los hombres de Percival Grigori los esperaban a cada recodo. Miró por encima del hombro y vio una interminable marea de personas.

Gabriella caminaba frente a él a paso vivo, abriéndose paso entre la multitud con un ritmo que a Verlaine le costó igualar. A medida que les salía más y más gente al paso, se dio cuenta de que Gabriella presentaba toda una figura. Era una mujer diminuta, de menos de metro sesenta, extraordinariamente delgada pero con facciones afiladas.

Llevaba un ajustado abrigo negro que parecía de corte eduardiano, una chaqueta de elegante seda hecha a medida, con una hilera de pequeños botones de obsidiana. La chaqueta era tan ceñida que parecía haber sido diseñada para llevarla sobre un corsé. En contraste con su ropa oscura, el rostro de Gabriella era de blanco granuloso, con delicadas arrugas... la piel de una anciana. Aunque debía de rondar los setenta años, tenía algo antinaturalmente juvenil. Tenía las maneras y la pose de una mujer mucho más joven. Su pelo lustroso estaba perfectamente peinado; iba con la columna erguida y el paso constante. Caminaba rápido, como si desafiase a Verlaine para que le mantuviese el paso.

—Se estará preguntando por qué le he traído hasta aquí, en medio de toda esta locura —dijo Gabriella con un gesto hacia la multitud. Su voz resonaba con la misma calmada ecuanimidad que había tenido al teléfono, un tono que a Verlaine se le antojó tanto espectral como profundamente tranquilizador—. Times Square en Navidad no es el lugar más pacífico para dar un paseo.

—Suelo evitar este lugar —dijo Verlaine, paseando la vista por los neones de los escaparates y las pantallas con su incesante caudal de últimas noticias, un relámpago de información goteante que iba más rápido de lo que él alcanzaba a leer—. Hace casi un año que no paso por aquí.

—En medio del peligro es mejor refugiarse en la multitud —señaló Gabriella—. No queremos llamar la atención, no hay que escatimar en precauciones.

Tras unas cuantas manzanas, Gabriella bajó el ritmo. Llevó a Verlaine más allá de Bryant Park, un lugar atestado de decoraciones navideñas. Con la nieve recién caída y la brillante luz de la mañana, la escena le pareció a Verlaine una perfecta estampa de navidad en Nueva York, el tipo de escena típica de Norman Rockwell que tanto lo irritaba. Se acercaron a la enorme estructura de la Biblioteca Pública de Nueva York y Gabriella volvió a detenerse para mirar por encima del hombro, tras lo que cruzó la calle.

—Venga —susurró.

Se acercó a una limusina negra mal aparcada ante una de las estatuas de leones de la entrada de la biblioteca. La matrícula decía «angel27». Al ver que se acercaban, el conductor encendió el motor.

—Es nuestro transporte —dijo Gabriella.

Giraron a la derecha en la calle 39 y subieron por la Sexta Avenida. Se detuvieron en un semáforo y Verlaine miró por encima del hombro, preguntándose si el utilitario negro estaría detrás de ellos. No los estaban siguiendo. De hecho, lo inquietaba el grado de comodidad que sentía cerca de Gabriella. Solo la conocía desde hacía cuarenta y cinco minutos. La mujer se sentaba a su lado, mirando por la ventana como si ser perseguida por Manhattan a las nueve de la mañana fuese una parte perfectamente normal de su vida.

El chófer se detuvo en el Círculo de Colón. Gabriella y Verlaine bajaron para enfrentarse a las ráfagas de viento que soplaban por Central Park. Gabriella avanzó a toda prisa y empezó a mirar por entre el tráfico, más allá de la glorieta. Casi perdió aquella calma impenetrable.

—¿Dónde están? —murmuró. Giró en el borde del parque, pasó de largo de un kiosco de revistas repleto de pilas de periódicos y se internó entre las sombras de Central Park West. Mantuvo el ritmo unas cuantas manzanas, giró por un callejón y se detuvo, mirando en derredor.

—Llegan tarde —dijo en voz baja.

Justo en ese momento, un antiguo Porsche giró un recodo y se detuvo con un chirrido de neumáticos. La pintura blanca del chasis resplandeció bajo la luz de la mañana. La matrícula, para hilaridad de Verlaine, decía «angel1».

Una joven se bajó del asiento del conductor del Porsche.

—Mis disculpas, doctora Gabriella —dijo, y le tendió un juego de llaves antes de alejarse a toda prisa.

—Suba —dijo Gabriella, y se puso al volante.

Verlaine obedeció. Se introdujo en el diminuto coche y cerró de un portazo. El salpicadero era de lustrosa madera de arce, y el volante, de cuero. Se acomodó en el estrecho asiento del pasajero y se recolocó la bolsa de marinero para poder ponerse el cinturón de seguridad. Sin embargo, descubrió que no lo había.

—Bonito coche —dijo.

Gabriella le lanzó una mirada afilada y encendió el motor.

—Es el modelo 356, el primer Porsche que se hizo. La señora Rockefeller compró unos cuantos para la sociedad. Resulta asombroso... después de todos estos años aún sobrevivimos gracias a las migajas que nos dio.

—Unas migajas de lo más lujosas —dijo Verlaine, pasando la mano por el cuero de color marrón caramelizado del asiento—. No había imaginado que a Abigail le gustasen los deportivos.

—Hay muchas cosas de Abigail que nadie había imaginado —dijo Gabriella, y se internó en el tráfico. Giró en un cambio de sentido y se dirigió hacia el norte paralela a Central Park.

Gabriella aparcó en una calle tranquila ribeteada de árboles a la altura de entre las calles 80 y 90. Lo llevó hasta una casa de piedra rojiza encajada entre dos edificios similares. La casa parecía haber sido colocada allí a la fuerza. Gabriella abrió la puerta principal y le hizo un gesto a Verlaine para que entrase, con movimientos tan seguros que él no tuvo ni un momento para recuperar la compostura. Gabriella cerró de un portazo y echó la llave. Verlaine tardó un momento en comprender que ya no estaban a la fría intemperie.

Gabriella se apoyó contra la puerta, cerró los ojos y soltó un profundo suspiro. En la oscuridad granulosa del recibidor, Verlaine vio lo exhausta que estaba. Le temblaron las manos al apartarse un mechón de pelo de los ojos. Se llevó una mano al corazón.

—De verdad —dijo en tono suave—, me estoy haciendo demasiado vieja para esto.

—Disculpe la pregunta —dijo Verlaine, dominado por la curiosidad—, pero, ¿cuántos años tiene usted?

—Lo bastante como para despertar sospechas —dijo ella.

—¿Sospechas?

—Sobre si soy humana —dijo Gabriella, entrecerrando los ojos... unos sorprendentes ojos verde mar ribeteados con una gruesa sombra de ojos de color gris—. Algunas personas en la organización creen que soy una de «ellos». Lo cierto es que debería retirarme. Llevo toda la vida lidiando con ese tipo de sospechas.

Verlaine la miró de arriba abajo, de las botas negras a los labios rojos. Quiso pedirle que se explicase, que explicase qué había pasado la noche anterior, que le dijese por qué la habían enviado a su apartamento a vigilarle.

—Vamos, no tenemos tiempo para mis quejas —dijo Gabriella. Giró sobre sus talones y empezó a subir una escalerita estrecha de madera—. Subamos.

Verlaine siguió a Gabriella por aquella escalera que no dejaba de chirriar a cada paso. En lo alto, la mujer abrió una puerta y llevó a Verlaine hasta un cuarto en penumbra. Cuando su visión se acostumbró, Verlaine vio que se trataba de una estrecha habitación llena de sillones rellenos, estanterías del suelo al techo, lámparas de Tiffany's que descansaban sobre mesitas como pájaros de plumas brillantes en precario equilibrio. Una serie de cuadros al óleo colgaban en marcos dorados de la pared, pero estaba demasiado oscuro para atisbar qué representaban. Sobre el centro de la estancia se alzaba un irregular techo picudo con manchas amarillentas de humedad en el yeso.

Gabriella le hizo un gesto a Verlaine para que tomase asiento. Apartó las cortinas de una serie de ventanas estrechas, con lo que la habitación se llenó de luz. Él se acercó a un conjunto de sillas estilo neogótico de respaldo recto que descansaban junto a la ventana, dejó la bolsa de marinero a un lado y se dejó caer en una de ellas, dura como una piedra. Las patas de la silla soltaron un crujido bajo su peso.

—Permítame que le hable claramente, señor Verlaine —dijo Gabriella. Se sentó en una silla pareja, a su lado—. Tiene usted suerte de seguir vivo.

—¿Quiénes eran? —preguntó Verlaine—. ¿Qué querían?

—Igualmente fortuito —prosiguió Gabriella, perpleja ante las preguntas de Verlaine y su creciente estado de alteración— es el hecho de que haya resultado usted completamente ileso al escapar. —Echó un vistazo a la herida de la mano, que había empezado a formar costra, y añadió—. O casi ileso. Tiene usted suerte. Ha escapado con algo que ellos quieren.

—Debe de haber estado usted allí durante horas. ¿Cómo si no iba a saber que me estaban vigilando? ¿Cómo sabía que iban a allanar mi casa?

—No tengo poderes psíquicos —dijo Gabriella—. Basta esperar lo suficiente y los diablos acuden.

—¿Evangeline la llamó? —preguntó Verlaine, pero Gabriella no respondió. Claramente no pensaba contarle ningún secreto a un tipo como él—. Supongo que sabe usted lo que planeaban hacer conmigo una vez que me encontrasen.

—Le habrían arrebatado las cartas, claro —respondió con calma Gabriella—. Una vez que las tuviesen en su poder, lo habrían asesinado.

Verlaine le dio vueltas a aquel dato en la cabeza un momento. No comprendía cómo podían ser tan importantes aquellas cartas. Al cabo, dijo:

—¿Tiene usted alguna teoría que explique por qué estaban dispuestos a hacer algo así?

—Yo tengo una teoría para todo, señor Verlaine. —Gabriella sonrió por primera vez desde que se conocían—. En primer lugar, ellos creen, al igual que yo, que esas cartas que tiene usted en su poder albergan información valiosa. En segundo, ansían desesperadamente esa información.

—¿Tanto como para matar por ella?

—Ciertamente —replicó ella—. Han matado muchas veces por información mucho menos importante.

—No lo comprendo —dijo Verlaine al tiempo que se colocaba la bolsa de marinero en el regazo, un gesto protector que no se le escapó a Gabriella, a juzgar por el destello en sus ojos—. No han leído las cartas de Inocenta.

Ante aquel dato, Gabriella se detuvo un instante.

—¿Está usted seguro?

—No se las di a Grigori —dijo Verlaine—. No estaba seguro de lo que eran cuando las encontré, y quería corroborar su autenticidad antes de contárselo. En mi campo de trabajo es esencial verificarlo todo de antemano.

Gabriella abrió el cajón de un pequeño escritorio, sacó un cigarrillo de una pitillera, lo colocó en una boquilla laqueada y lo encendió con un pequeño mechero dorado. El aroma a tabaco especiado llenó la habitación. Le tendió la pitillera a Verlaine para que echase mano de un cigarrillo. Él aceptó y se pensó si debería pedirle alguna bebida fuerte para acompañar.

—Lo cierto —dijo al fin—, es que no tengo ni idea de cómo he acabado mezclado en todo esto. No sé por qué esos hombres, o lo que sean, estaban en mi apartamento. Admito que he reunido cierta información estrambótica sobre Grigori mientras trabajaba para él, pero todo el mundo sabe que ese hombre es un excéntrico. Francamente, empiezo a preguntarme si no me estaré volviendo loco y nada más. ¿Puede decirme usted por qué estoy aquí?

Gabriella lo evaluó con la mirada, como si reflexionase sobre cuál sería la respuesta apropiada. En última instancia dijo:

—Señor Verlaine, le he traído aquí porque le necesitamos.

—¿Necesitamos? —preguntó Verlaine—. ¿Quiénes?

—Querríamos pedirle que nos ayudase a recuperar un objeto que nos es muy preciado.

—¿El descubrimiento de las montañas Ródope?

El rostro de Gabriella palideció ante las palabras de Verlaine. Él sintió un breve aleteo triunfal; por una vez la había sorprendido.

—¿Está usted al tanto del viaje a las Ródope? —preguntó ella tras recuperar la compostura.

—Se menciona en una de las cartas de Abigail Rockefeller que Evangeline me enseñó ayer. Supuse que estaban discutiendo el descubrimiento de algún tipo de antigüedad, quizá alfarería griega o alguna obra de arte tracia. Aunque ahora veo que el descubrimiento era más valioso que un puñado de ánforas de arcilla.

—Sí, un tanto más valioso —dijo Gabriella. Se acabó el cigarrillo y lo aplastó en un cenicero—. Sin embargo, su valía se mide de un modo distinto a como usted cree. No es un valor que pueda cuantificarse con dinero, aunque en los últimos dos mil años se ha invertido mucho, muchísimo dinero, en intentar recuperarlo. Digámoslo así: tiene un valor antiguo.

—¿Es un artefacto histórico? —preguntó Verlaine.

—Podría decirse así, sí —dijo Gabriella al tiempo que cruzaba los brazos sobre el pecho—. Es muy viejo, pero no se trata de ninguna pieza de museo. Es tan relevante hoy en día como lo fue en el pasado. Podría afectar a las vidas de millones de personas y, aún más importante, podría cambiar el curso del futuro.

—Suena a acertijo —dijo Verlaine, apagando su propio cigarrillo.

—No me voy a andar con jueguecitos con usted. No tenemos tiempo. La situación es mucho más complicada de lo que usted comprende. Lo que le ha sucedido esta mañana empezó hace miles de años. No sé cómo se ha enredado usted en todo este asunto, pero las cartas que tiene en su poder lo colocan justo en el punto de mira.

—No comprendo.

—Tendrá usted que confiar en mí —dijo Gabriella—. Le contaré todo, pero ha de haber un intercambio: por esta información va usted a dar su libertad. Después de esta noche, o se une a nosotros o se esconde. Sea como sea, pasará usted el resto de su vida mirando por encima del hombro. Una vez sepa la historia de nuestra misión y del papel que jugó en ella la señora Rockefeller, que no es más que un componente pequeño en una historia larga y compleja, será usted parte de un terrible drama del que ya no habrá modo de salir del todo. Quizá le suene muy extremo, pero una vez que sepa usted la verdad, su vida cambiará irrevocablemente. No hay modo de volver atrás.

Verlaine se miró las manos y reflexionó sobre lo que había dicho Gabriella. Aunque sentía que le habían pedido que saltase por un precipicio, que se arrojase al abismo, de hecho; no podía evitar seguir adelante. Al fin, dijo:

—Usted cree que esas cartas revelan lo que descubrieron durante la expedición, ¿no?

—No. No revelan lo que se descubrió, sino dónde está escondido —dijo Gabriella—. Fueron a las montañas Ródope para recuperar una lira. Una *kithara*, para ser exactos. El instrumento estuvo brevemente en nuestro poder, y ahora está escondido una vez más. Nuestros enemigos, que forman un grupo extremadamente rico e influyente, ansían encontrarlo tanto como nosotros.

—¿Son ellos los que aparecieron en mi apartamento?

—Los hombres de su apartamento estaban a sueldo de este grupo, sí.

—¿Y Percival Grigori es parte de ese grupo?

—Sí —dijo Gabriella—. Parte integrante, ya lo creo.

—Así pues, al trabajar para él —dijo Verlaine—, he estado trabajando contra ustedes.

—Como ya le he dicho antes, usted a ellos no les importa nada. Salir a la luz les resultaría extremadamente arriesgado y perjudicial. Por eso Grigori siempre utiliza empleados desechables... una expresión suya, no mía... para que investiguen por él. Los usa para recabar información, y luego los mata. Es una medida de seguridad extremadamente eficiente.

Gabriella se encendió otro cigarrillo. El humo formó una neblina en el aire.

—¿Trabajaba para ellos Abigail Rockefeller?

—No —dijo Gabriella—. Más bien al contrario. La señora Rockefeller colaboró con la madre Inocenta para encontrar el escondite apropiado para un maletín que contenía la lira. Por razones que no comprendemos, Abigail Rockefeller cortó toda comunicación con nosotros después de la guerra, lo cual supuso todo un trauma para nuestra red. No teníamos ni idea de dónde había escondido el contenido de aquel maletín. Hay quien piensa que está en la ciudad de Nueva York. Otros creen que lo envió de nuevo a Europa. Hemos estado intentando desesperadamente localizar el lugar donde lo escondió, si es que lo escondió en realidad.

—He leído las cartas de Inocenta —dijo Verlaine, dubitativo—. No creo que en ellas esté la respuesta que espera usted encontrar. Tendría más sentido acudir a Grigori.

Gabriella inspiró hondo con aire cansado.

—Hay algo que me gustaría enseñarle —dijo—. Quizá le ayude a comprender el tipo de criaturas a las que nos enfrentamos.

Se puso en pie y se desprendió de la chaqueta. Luego se quitó la camisa de seda negra. Sus manos venosas fueron abriendo un botón tras otro.

—Esto —dijo con voz queda al tiempo que se sacaba la manga izquierda y luego la derecha— es lo que sucede cuando se cae en las garras del otro bando.

Verlaine vio que Gabriella se giraba bajo la luz de una ventana cercana. Su torso estaba cubierto de cicatrices gruesas y retorcidas que le recorrían la espalda, el pecho, el estómago y los hombros. Eran como si le hubiesen abierto surcos con un cuchillo de carnicero excesivamente afilado. A juzgar por la cantidad de tejido dañado y los irregulares bordes de las cicatrices Verlaine supuso que las heridas no habían sido suturadas correctamente. Bajo la débil luz, la piel estaba rosada, cruda. El patrón de cicatrices sugería que Gabriella había sido azotada o, aún peor, que le habían abierto tajos con una cuchilla.

—Dios mío —dijo Verlaine, abrumado ante aquella piel mutilada, el rosado horrible y extrañamente delicado de las cicatrices, que más bien parecían la concha de una ostra—. ¿Cómo le hicieron todo eso?

—En su día yo creía poder sacarles ventaja —dijo Gabriella—. Creía que era más lista, más fuerte y más dedicada que ellos. Fui la mejor angelóloga de París durante la guerra. A pesar de mi corta edad, ascendí por la jerarquía más rápido que nadie. Es un hecho. Créame... siempre he sido muy, muy buena en mi trabajo.

—¿Y esto sucedió en la guerra? —preguntó Verlaine, intentando dar sentido a tanta brutalidad.

—En mi juventud trabajé como agente doble. Me hice amante del heredero de una de las familias más poderosas del enemigo. Vigilaban mi trabajo, y aunque al principio tuve bastante éxito, acabé por ser descubierta. Si había alguien que podía llevar adelante una infiltración semejante, ese alguien era yo. Pero mire cómo acabé, señor Verlaine. Imagine lo que le harían a usted. Su ingenua creencia americana de que el bien siempre triunfa sobre el mal no le va a salvar. Se lo garantizo: estará usted condenado.

Verlaine ni siquiera podía mirar a Gabriella, aunque tampoco conseguía apartar la mirada. Recorrió con los ojos el rosa sinuoso de las cicatrices, de la clavícula a la cadera. La palidez de la piel de Gabriella imperaba en todo su cuerpo. Verlaine sintió que se aproximaban las náuseas.

—¿Y cómo se pueden derrotar?

—Eso —dijo Gabriella, que volvió a ponerse la blusa y a cerrarse los botones— es algo que le explicaré una vez que me haya dado las cartas.

• • •

Verlaine depositó el portátil sobre el escritorio de Gabriella y lo encendió. El disco duro soltó un chasquido, y el monitor cobró vida. Pronto, todos sus archivos, incluidos los documentos de su investigación y las cartas escaneadas, aparecieron como iconos en la superficie resplandeciente de la pantalla, globos electrónicos de vivos colores que flotaban en un cielo electrónico de color azul. Verlaine pulsó con el ratón sobre la carpeta que decía «Rockefeller/Inocenta» y se apartó del ordenador para darle a Gabriella espacio para leer. A través de la ventana cubierta de polvo, Verlaine contempló el parque tranquilo y frío. Sabía que más allá había estanques helados, una pista de patinaje vacía, aceras cubiertas de nieve y un carrusel adaptado a las bajas temperaturas del invierno. Una falange de taxis aceleraba hacia el norte por Central Park West, llevando a la gente al centro. La ciudad se movía con su acostumbrado ritmo frenético.

Verlaine lanzó una mirada por encima del hombro a Gabriella. Ella leyó las cartas, sin aliento, totalmente absorta en la pantalla del ordenador, como si aquellas incandescentes palabras pudieran desaparecer en cualquier instante. El monitor le teñía la piel de una palidez entre verdosa y blanquecina, acentuando las arrugas que tenía en torno a la boca y los ojos, tiñendo su pelo negro de un tono más parecido al púrpura. Gabriella sacó una hoja de papel de un cajón del escritorio y garabateó unas notas en ella mientras seguía leyendo, sin mirar una sola vez a Verlaine, ni tampoco al flujo de frases que trazaba con el bolígrafo. La atención de Gabriella estaba profundamente centrada en la pantalla, en los bucles y curvas de la letra de la madre Inocenta. La arrugas del papel estaban reproducidas a la perfección en la copia digital. No fue hasta que Verlaine se acercó a ella y se asomó por encima del hombro que Gabriella se percató de su presencia.

—Hay una silla ahí, en ese rincón —dijo ella sin apartar los ojos de la pantalla—. Le será más cómoda que inclinarse por encima de mi hombro.

Verlaine trajo un antiguo taburete de piano del rincón que le había indicado, lo depositó suavemente junto a Gabriella y tomó asiento.

Ella alzó la mano como si esperase que Verlaine se la besase y dijo:

—Un cigarrillo, *s'il vous plâit*.

Verlaine sacó un cigarrillo de la cajita de porcelana, lo colocó en la boquilla y se lo puso a Gabriella entre los dedos. Aún sin apartar la mirada, ella se llevó el cigarrillo a los labios.

—*Merci* —dijo, e inspiró cuando Verlaine se lo encendió con el mechero.

Por último, Verlaine abrió la bolsa de marinero, sacó del interior una carpeta y se atrevió a distraerla de la lectura diciendo:

—Debería habérselas dado antes.

Gabriella apartó la vista del monitor y aceptó las cartas que le tendía Verlaine. Las hojeó y dijo:

—¿Son las originales?

—Cien por cien originales, material robado del Archivo Familiar de los Rockefeller —dijo Verlaine.

—Gracias —dijo Gabriella. Abrió una carpeta y hojeó las cartas—. Por supuesto, me preguntaba qué había sido de ellas, y sospechaba que las tenía usted. Dígame, ¿cuántas copias hay de estas cartas?

—No hay más copias —dijo Verlaine—. Solo los originales que tiene usted en la mano. —Hizo un gesto a los documentos escaneados en la pantalla del ordenador—. Y esos escaneos.

—Muy bien —dijo Gabriella en tono quedo.

Verlaine sospechó que Gabriella quería añadir algo más. Sin embargo, la mujer se levantó, sacó una caja de café molido de un cajón y preparó una cafetera en un hornillo. Cuando el café empezó a burbujear, Gabriella lo llevó hasta el ordenador y, sin mediar advertencia alguna, vertió el líquido sobre el portátil. El líquido hirviendo empapó el teclado. La pantalla se puso blanca y luego se apagó. Un horrible repiqueteo recorrió el ordenador. Acto seguido, el silencio.

Verlaine se cernió sobre el teclado empapado de café, intentando no perder los nervios... sin conseguirlo.

—¿Qué ha hecho?

—No podemos permitir que existan más copias de las absolutamente necesarias —dijo Gabriella, y se limpió tranquilamente las manos de café en polvo.

—Sí, pero ha destruido usted mi ordenador. —Verlaine pulsó el botón de encendido, con la esperanza de que, de alguna manera, volviese a la vida.

—Los artilugios tecnológicos son fáciles de reemplazar —dijo Gabriella, sin el menor atisbo de disculpa en la voz. Se acercó a la ventana y se apoyó contra el cristal, con los brazos cruzados sobre el pecho y la expresión serena—. No podemos permitir que nadie lea esas cartas. Son demasiado importantes.

Fue repasando las cartas y las colocó unas junto a otras sobre una mesa baja, hasta cubrirla por completo con aquellas hojas amarillentas. Había cinco cartas, cada una compuesta de varias páginas. Verlaine se acercó a Gabriella. Las páginas estaban escritas en una florida letra cursiva. Verlaine alzó una hoja suave y arrugada e intentó leer lo que ponía: una letra elegante, llena de bucles y excepcionalmente ilegible cruzaba todo el papel sin pautar como desvaídas olas azules. Resultaba casi imposible de descifrar bajo la tenue luz.

—¿Puede usted leerlas? —preguntó Gabriella, inclinándose sobre la mesa y dándole la vuelta a una hoja, como si quisiese abordarla desde un nuevo ángulo que pudiese ayudar a clarificar aquella maraña de cartas—. Me resulta bastante difícil distinguir siquiera la letra.

—Se tarda un poco en acostumbrarse —dijo Verlaine—. Pero sí, puedo arreglármelas.

—Entonces, puede usted ayudarme —dijo Gabriella—. Tenemos que determinar si esta correspondencia va a ser realmente de ayuda.

—Lo intentaré —dijo Verlaine—, pero primero me gustaría que me dijese qué es lo que debo buscar en ellas.

—Ubicaciones concretas que se mencionen en la correspondencia —dijo Gabriella—. Ubicaciones a las que Abigail Rockefeller tuviese acceso libre. Quizá alguna institución en la que tuviese autoridad para entrar y salir a su antojo. Referencias aparentemente inocuas a direcciones, calles, hoteles. Ubicaciones seguras, por supuesto, pero no demasiado.

—Eso podría ser media Nueva York —dijo Verlaine—. Si he de encontrar algo en estas cartas, necesito saber qué es lo que busca usted exactamente.

Gabriella miró por la ventana. Al cabo dijo:

—Hace mucho tiempo, un grupo de ángeles rebeldes llamados Vigilantes fueron condenados, apresados en una cueva en las regiones más remotas de Europa. Los arcángeles, a quienes se ordenó que llevasen allí a los prisioneros, aprisionaron a los Vigilantes y los arrojaron a una profunda caverna. Cuando los Vigilantes cayeron, los arcángeles oyeron sus gritos de angustia. Fue una agonía tan grande que, en un momento de piedad, el arcángel San Gabriel les arrojó a aquellas lastimeras criaturas una lira dorada, una lira de perfección angélica, una lira cuya música era tan milagrosa que los prisioneros pasarían cientos de años de gozo, pacificados gracias a su melodía. Pero el error de Gabriel tuvo graves repercusiones. La lira fue una fuente de consuelo y fuerza para los Vigilantes. No solo se entretuvieron gracias a ella en las profundidades de la tierra, sino que se volvieron más fuertes y ambiciosos en sus deseos. Descubrieron que la música de la lira les daba un poder extraordinario.

—¿Qué tipo de poder? —preguntó Verlaine.

—El poder de jugar a ser Dios —dijo Gabriella. Se encendió otro cigarrillo y prosiguió—: Es un fenómeno que se enseña exclusivamente en nuestros seminarios de musicología etérea a los estudiantes avanzados de las academias angelológicas. Del mismo modo que el universo fue creado por la vibración de la voz de Dios, por la música de Su Palabra, también puede ser alterado, aumentado o anulado por completo por la música de Sus mensajeros, los ángeles. La lira, y otros instrumentos celestiales creados por los ángeles, tiene el poder de llevar a cabo semejantes cambios, o eso es lo que especulamos. El grado de poder que contienen estos instrumentos varía. Nuestros musicólogos etéreos creen que, bajo la frecuencia adecuada, cualquier tipo de cambio cósmico podría llevarse a cabo. Quizá el cielo se vuelva rojo, y el mar púrpura, y la hierba naranja. Quizá el sol hiele el aire en lugar de calentarlo. Quizá los diablos empiecen a poblar los continentes. Se cree que uno de los poderes de la lira es el de devolverles la salud a los enfermos.

Verlaine le clavó la mirada, apabullado ante lo que acababa de decir aquella mujer que tan racional había parecido hasta el momento.

—Para usted, nada de esto tiene sentido —dijo ella, al tiempo que le tendía las cartas originales a Verlaine—. Pero léame las cartas. Me gustaría oír qué dicen. Me ayudará a pensar.

Verlaine escrutó las hojas, encontró la primera fecha de la correspondencia, el 5 de junio de 1943, y empezó a leer. Aunque el estilo de la madre Inocenta suponía un desafío, pues cada frase estaba escrita en un tono grandilocuente, cada idea introducida en la escritura como a golpes de martillo de hierro, pronto adoptó la cadencia de su prosa.

La primera carta contenía poco más que un educado intercambio de formalidades. Estaba escrita en un tono tentativo, pausado, como si Inocenta se abriese paso a tientas hacia la señora Rockefeller, a través de un callejón oscurecido. Sin embargo, aquellas extrañas referencias a la habilidad artística de la señora Rockefeller aparecían también en aquella carta: «Sepa usted que la perfección de su visión artística y la ejecución de su imaginación es bien recibida y aceptada»; una referencia que le devolvió a Verlaine aquella ambición tan suya en cuanto la leyó. La segunda carta era más larga y algo más íntima. En ella, Inocenta explicaba su gratitud hacia la señora Rockefeller por el importante papel que desempeñaba en el futuro de su misión y, según notó Verlaine con una clara sensación de triunfo, también comentaba un dibujo que la señora Rockefeller debía de haber incluido en la carta: «Querida y admirada amiga, imposible no maravillarse con sus delicadas representaciones ni recibirlas con el más humilde agradecimiento y obligada comprensión». El tono de la carta indicaba que las dos mujeres habían llegado a alguna suerte de acuerdo, aunque no había nada en concreto que señalar, ni tampoco nada que sugiriese que habían urdido un plan. La cuarta carta contenía otra referencia a algo artístico: «Como siempre, su mano consigue siempre expresar lo que el ojo anhela contemplar».

Verlaine empezó a explicar su teoría sobre la obra artística de la señora Rockefeller, pero Gabriella lo instó a que siguiese leyendo, claramente enfadada por la interrupción.

—Lea la última carta —dijo—. La que está fechada el 15 de diciembre de 1943.

Verlaine pasó páginas hasta dar con la carta.

15 de diciembre, 1943

Queridísima señora Rockefeller,

Su última carta llegó en el momento oportuno, pues hemos estado trabajando en nuestras celebraciones navideñas anuales y ya estamos completamente preparadas para conmemorar el nacimiento de nuestro Señor. El evento anual de recaudación de fondos de las hermanas ha sido un éxito mayor de lo esperado, y creo que vamos a seguir recibiendo muchos donativos. Su ayuda también nos ha supuesto un gran gozo. Le damos gracias al Señor por la generosidad que ha demostrado usted, la tendremos presente en nuestras plegarias. Su nombre permanecerá mucho tiempo en labios de las hermanas de Santa Rosa.

La ayuda benéfica que mencionó usted en su carta de noviembre ha tenido bastante éxito en el Convento de Santa Rosa. Espero que suponga una gran diferencia en nuestros esfuerzos por conseguir nuevas interesadas en nuestra misión. Después de las estrecheces y esfuerzos de nuestras últimas batallas, así como las grandes escaseces y declives de los últimos años, vemos que empieza a vislumbrarse un futuro brillante.

Aunque un ojo atento es como la música de los ángeles; preciso, medido y misterioso más allá de todo raciocinio, su poder depende por completo de la luz. Mi querida benefactora, sabemos que elige usted las iniciativas con las que colabora con el mayor de los cuidados. Esperamos con ansia buenas nuevas y le pedimos que nos escriba lo antes posible, para que las noticias sobre su trabajo ensalcen nuestros espíritus.

Su compañera de búsqueda,

Inocenta Maria Magdalena Fiori, hermanas
franciscanas de la Adoración Perpetua

Cuando Verlaine leyó la quinta carta, una frase en particular captó la atención de Gabriella. Le pidió a Verlaine que se detuviese y la repitiese. Él volvió atrás y leyó:

—«Aunque un ojo atento es como la música de los ángeles; preciso, medido y misterioso más allá de todo raciocinio, su poder depende por completo de la luz». —Se colocó el fajo de hojas amarillentas sobre el regazo—. ¿Ha oído usted algo de interés? —preguntó, ansioso por comprobar su teoría sobre aquellos pasajes.

Gabriella pareció perdida en sus propios pensamientos. Miró más allá de él, por la ventana, con la barbilla apoyada en la mano.

—Está la mitad —dijo al fin.

—¿La mitad? —preguntó Verlaine—. ¿La mitad de qué?

—La mitad de nuestro misterio —dijo Gabriella—. Las cartas de la madre Inocenta confirman algo que he sospechado desde hace tiempo: que las dos mujeres colaboraban juntas. Voy a necesitar leer la otra mitad de esta correspondencia para estar segura —prosiguió—, pero creo que Inocenta y la señora Rockefeller estaban eligiendo una ubicación. Meses antes de que Celestine trajese el instrumento desde París... meses antes de recuperarlo de las Ródope... estaban planeando el mejor modo de mantenerlo a salvo. Es una bendición que Inocenta y Abigail Rockefeller tuviesen la inteligencia y previsión de encontrar una ubicación segura. Ahora hemos de entender sus métodos. Tenemos que encontrar la ubicación de la lira.

Verlaine alzó una ceja.

—¿Es eso posible?

—No estaré segura hasta que lea las cartas que le envió Abigail Rockefeller a Inocenta. Está claro que Inocenta era una angelóloga brillante, mucho más inteligente de lo que se piensa. Durante todo ese tiempo, no hizo sino instar a Abigail Rockefeller para que asegurase el futuro de la angelología. Los instrumentos le fueron confiados a la señora Rockefeller tras mucha planificación. —Gabriella dio vueltas por la habitación, como si moverse la ayudase a pensar. Entonces se detuvo en seco—. Tiene que estar aquí, en la ciudad de Nueva York.

—¿Está usted segura? —preguntó Verlaine.

—No hay forma de saberlo a ciencia cierta, pero creo que sí. Abigail Rockefeller habría querido poder vigilarlo de cerca.

—Debe de ver usted algo en las cartas que yo no alcanzo a distinguir —dijo Verlaine—. Para mí no es más que un conjunto de mensajes amistosos entre dos ancianas. El único elemento potencialmente interesante que veo en las cartas aparece una y otra vez, pero en realidad no lo tenemos.

—¿A qué se refiere? —preguntó Gabriella.

—¿Se ha dado cuenta de que Inocenta comenta una y otra vez el uso de imágenes visuales? Parece que había dibujos, esbozos o algún otro tipo de obra artística en las cartas que enviaba Abigail Rockefeller —dijo Verlaine—. Estas imágenes visuales deben de encontrarse en la otra mitad de la correspondencia. O bien se han perdido.

—Tiene usted toda la razón —dijo Gabriella—. Hay alguna especie de patrón en las cartas, un patrón que, estoy segura, se verá confirmado una vez que leamos la otra mitad de la correspondencia. Estoy segura de que las ideas que propuso Inocenta eran de lo más refinado. Quizá se enviaron sugerencias. Solo cuando podamos comparar ambas partes de la correspondencia tendremos la imagen completa.

Echó mano de las cartas y volvió a hojearlas, leyendo como si quisiera memorizar todas las frases. Acto seguido se las metió en el bolsillo.

—Debemos ser extremadamente cuidadosos —dijo—. Es imperativo que guardemos estas cartas... y los secretos que contienen... y que impidamos que las encuentren los nefilim. ¿Está usted seguro de que Percival no las ha visto?

—Evangeline y usted son las únicas personas que las han leído, aunque a Percival sí que le enseñé algo más. Algo que ojalá no le hubiese enseñado —dijo Verlaine, y sacó los dibujos arquitectónicos de la bolsa.

Gabriella tomó los dibujos y los examinó con atención. Su expresión se tornó grave.

—Esto es de lo más desafortunado —dijo al fin—. Con ellos se entiende todo. Cuando Percival vio estos papeles, ¿llegó a entender su importancia?

—No me pareció que se le antojasen muy importantes.

—Ah, bien —dijo Gabriella con una leve sonrisa—. Pues se equivocaba. Hemos de irnos ya, antes de que empiece a entender qué es lo que ha encontrado usted.

—¿Y qué es exactamente lo que he encontrado? —preguntó Verlaine, sintiendo que a él también se le había escapado la importancia de los dibujos y del sello dorado que había en su centro.

Gabriella colocó los dibujos en la mesa y los aplanó con ambas manos.

—Son un conjunto de instrucciones —dijo—. El sello en el centro señala una ubicación. Si se fija, es el mismo centro de la Capilla de la Adoración.

—Pero, ¿por qué? —preguntó Verlaine, estudiando el sello por centésima vez y preguntándose qué significaba.

Gabriella se puso la chaqueta de seda negra y se dirigió a la puerta.

—Venga conmigo al Convento de Santa Rosa y se lo explicaré todo.

Quinta Avenida, Upper East Side, Ciudad de Nueva York

P ercival esperó en el recibidor del edificio de apartamentos. Las gafas de sol escudaban sus ojos de aquella insoportable luz matutina. Su mente estaba totalmente absorta en la situación presente, que de pronto se había vuelto más desconcertante tras verse involucrada en ella Gabriella Lévi-Franche Valko. Su presencia en el apartamento de Verlaine bastó para evidenciar que, de hecho, sí que habían dado con algo significativo. Tendrían que ponerse en marcha de inmediato, antes de que perdiesen la pista de Verlaine.

Un Mercedes negro utilitario se detuvo ante el edificio. Percival reconoció a los gibborim que Otterley había enviado a matar a Verlaine aquella misma mañana. Se sentaban en el asiento delantero, encorvados, truculentos, con una fe ciega, carentes de la inteligencia o la curiosidad necesaria para cuestionar la superioridad de Percival y Otterley. A Percival no le gustaba la idea de montar en el mismo vehículo que aquellos seres. Esperaba que Otterley no quisiese que aceptase semejante arreglo. Al mezclarse con formas de vida inferiores, había líneas que Percival no estaba dispuesto a cruzar.

Otterley no tenía tantos escrúpulos. Bajó del asiento trasero, tan compuesta como siempre, con el pelo largo y rubio atado en un suave lazo, una chaqueta de esquí de piel abrochada hasta la barbilla y las mejillas sonrosadas del frío. Para gran alivio de Percival, les dijo un par de palabras a los gibborim y el utilitario se alejó. Solo entonces salió Percival a saludar a su hermana por segunda vez aquella mañana, feliz por encontrarse en una posición menos comprometida que antes.

—Tendremos que ir en mi coche —dijo Otterley—. Gabriella Lévi-Franche Valko vio el otro vehículo delante del apartamento de Verlaine.

La mera mención del nombre de Gabriella mermó su resolución.

—¿La has visto?

—Debe de haberle dado el número de matrícula a todos los angelólogos de Nueva York —dijo Otterley—. Será mejor que usemos el Jaguar. No quiero arriesgarme.

—¿Y qué pasa con esas bestias?

Otterley sonrió. A ella tampoco le gustaba trabajar con los gibborim, pero jamás se dignaría a admitirlo.

—Los he enviado como avanzadilla. Tienen que cubrir una zona específica. Si encuentran a Gabriella, les he ordenado que la atrapen.

—Dudo mucho que tengan la habilidad suficiente como para atraparla —dijo Percival.

Otterley le lanzó las llaves del coche al portero, que fue a buscar el coche al garaje que había a la vuelta de la esquina. De pie en el bordillo de la acera, con la Quinta Avenida extendiéndose ante él, Percival hizo un esfuerzo por respirar. Cuanto más le costaba inhalar, más le dolía. Fue todo un alivio que el Jaguar blanco se detuviese ante él, con una vaharada de humo del tubo de escape. Otterley se subió al asiento del conductor y esperó a que Percival, cuyo cuerpo dolía con cada movimiento irregular, se aposentase con delicadeza sobre el cuero del asiento del copiloto, entre resoplidos y falta de aliento, con las alas podridas y gastadas apretadas contra la espalda gracias al ceñido arnés. Percival reprimió el impulso de soltar un grito de dolor. Otterley metió la marcha y se internó en el tráfico.

Mientras Otterley dirigía el coche hacia West Side Highway, Percival encendió la calefacción al máximo, con la esperanza de que el aire caliente lo ayudase a respirar con más facilidad. Su hermana aprovechó un semáforo para girarse a examinarlo con ojos entrecerrados. No dijo nada, pero estaba claro que no sabía qué hacer con aquella criatura débil que en su día había sido el futuro de la familia Grigori.

Percival sacó una pistola de la guantera, se aseguró de que estuviese cargada y se la metió en el bolsillo interior del abrigo. La pistola era pesada y estaba fría. Pasó los dedos por la superficie y se preguntó qué sentiría al apuntar a la cabeza de Gabriella, al colocársela sobre la sien, al asustarla. Daba igual lo que hubiese sucedido en el pasado, daba igual cuántas veces hubiese soñado con Gabriella, no pensaba dejar que nada de eso se interfiriese. Esta vez la mataría él mismo.

Puente Tappan Zee, I-87, Nueva York

Por culpa de aquel motor anticuado y el chasis bajo, el viaje en el Porsche resultó ser bastante irregular y bullicioso. Y sin embargo, a pesar del ruido, a Verlaine le pareció una travesía profundamente tranquilizadora. Miró a Gabriella, sentada al volante, con el brazo apoyado en la puerta. Tenía el aire de alguien que planease el robo a un banco, maneras concentradas, serias y cuidadosas. Verlaine la consideraba una persona extremadamente celosa de su intimidad, una mujer que no decía nada que no fuese necesario decir. Aunque Verlaine la había presionado para que le diese más detalles, había necesitado algo de tiempo para que Gabriella le confiase lo que pensaba.

Ante su insistencia, pasaron el viaje comentando el trabajo de Gabriella, su historia y propósito, el modo en que Abigail Rockefeller se había involucrado con la angelología, la vida que Gabriella había dedicado a esos mismos estudios... hasta que Verlaine comprendió la profundidad del peligro ante el que había caído. Su familiaridad mutua creció a medida que pasaban los minutos. Para cuando cruzaron el puente, ambos habían desarrollado una suerte de entendimiento común.

Desde la posición elevada del puente sobre la ancha extensión del Hudson, Verlaine vio trozos de hielo que se pegaban a las riberas nevadas. Contempló aquel paisaje y sintió que la tierra se había abierto en un enorme tajo geológico. El sol bruñía el Hudson, que centelleaba de temperatura y color, fluido y brillante como una hoja de fuego.

Los carriles de la autopista estaban vacíos en comparación con las atestadas calles de Manhattan. Una vez atravesado el puente, Gabriella pisó cada vez más el acelerador en la carretera libre. El Porsche sonaba tan cansado como cansado se sentía Verlaine: el motor traqueteaba como si estuviese a punto de explotar. A Verlaine le dolía la barriga de hambre, le quemaban los ojos de puro cansancio. Echó un vistazo por el retrovisor y, para su sorpresa, comprobó que tenía todo el aspecto de haber estado en una pelea de bar. Tenía los ojos inyectados en sangre y el pelo enmarañado. Gabriella le había ayudado a vendarse la herida en condiciones; le había cubierto con gasa la mano, hasta el punto de que ahora parecía un guante de boxeo. Parecía apropiado: en las últimas veinticuatro horas lo habían magullado, baqueteado y apalizado.

Y sin embargo, en presencia de una belleza tan inmensa, de aquel río, el cielo azul y el destello blanco del Porsche, Verlaine disfrutó de la repentina expansión de sus sentidos. Vio lo confinada que había estado su vida en los últimos años. Había pasado días enteros moviéndose él solo por la estrecha senda entre su apartamento, su despacho y un puñado de cafés y restaurantes. Rara vez se apartaba de aquel patrón establecido, prácticamente nunca. No recordaba la última vez que se había percatado de su entorno o que había contemplado a la gente que lo rodeaba. Había estado perdido en un laberinto. El hecho de que jamás fuese a regresar a aquella vida era al mismo tiempo aterrador y emocionante.

Gabriella salió de la autopista y se internó por una pequeña carretera comarcal. Se estiró y dobló la espalda hacia atrás como un gato.

—Tenemos que parar a repostar —dijo, escrutando la carretera en busca de algún lugar en el que parar.

Al otro lado de un recodo, Verlaine vio una gasolinera abierta veinticuatro horas. Gabriella salió de la carretera y estacionó junto a un surtidor. No puso ninguna objeción cuando Verlaine se ofreció a llenar el depósito. Le dijo que usase premium.

Mientras Verlaine pagaba la gasolina, contempló las pulcras hileras de artículos de la gasolinera, las botellas de refresco, la comida empaquetada, la ordenada hilera de revistas; y pensó en lo sencilla que podría ser la vida. El día anterior no se habría detenido a pensar en los pequeños artículos de la tienda de una gasolinera. Habría estado demasiado molesto por la larga cola y las luces de neón como para mirar en derredor. Ahora sintió una perversa admiración hacia todo lo que pudiese ofrecer una familiaridad tan segura. Compró también un paquete de cigarrillos y regresó al coche.

En el exterior, Gabriella esperaba al volante. Verlaine subió al asiento del copiloto y le tendió a Gabriella el paquete de cigarrillos. Ella lo aceptó con una sonrisa escueta, aunque Verlaine vio que el gesto la había complacido. Luego, sin esperar un instante más, Gabriella metió la marcha y se internó en la pequeña carretera comarcal.

Verlaine abrió el paquete de cigarrillos, sacó uno y se lo encendió a Gabriella. Ella abrió apenas una rendija la ventanilla, y el humo del cigarrillo se disipó en una vaharada de aire fresco.

—No parece usted asustado, pero sé que lo que le he contado debe de haberle afectado.

—Aún estoy intentando digerirlo todo —replicó Verlaine, pensando mientras lo decía que se quedaba muy corto. Lo cierto era que todo lo que había oído lo había dejado pasmado. No entendía cómo podía mantener la calma Gabriella. Al cabo dijo—: ¿Cómo lo consigue usted?

—¿Cómo consigo el qué? —preguntó ella sin apartar los ojos de la carretera.

—Vivir así —respondió él—. Como si no sucediese nada anormal. Como si lo hubiese aceptado todo.

Con los ojos en la carretera, Gabriella dijo:

—Me involucré en esta batalla hace tanto tiempo que ya me he endurecido. Me resulta imposible recordar lo que es vivir sin saber de su existencia. Descubrirla es como enterarse de que la tierra es redonda: va en contra de todo lo que dicen los sentidos. Y sin embargo es cierto. No puedo imaginar lo que es vivir sin que los nefilim pululen por mis pensamientos, despertar por la mañana y creer que vivimos en un mundo justo, libre e igualitario. Supongo que he ajustado mi visión del mundo para adaptarme a esta realidad. Lo veo todo en términos de blanco y negro, de bien y de mal. Si hemos de sobrevivir, ellos deben morir. Algunos de nosotros creen en la posibilidad de una conciliación, en poder coexistir, codo con codo… pero muchos otros creemos que no descansaremos hasta que hayan sido exterminados.

—Yo diría —dijo Verlaine, sorprendido ante la dureza de la voz de Gabriella—, que será más complicado que todo eso.

—Por supuesto que es más complicado. Hay motivos para que opine de un modo tan radical. He sido angelóloga durante toda mi vida adulta, y no siempre he odiado a los nefilim tanto como los odio hoy en día —dijo Gabriella con voz queda, casi vulnerable—. Le contaré una historia que pocos han oído hasta ahora. Puede que le ayude a entender mi extremismo. Quizá vea por qué es tan importante para mí acabar con hasta el último de ellos.

Gabriella tiró el cigarrillo por la ventanilla, se encendió otro, con los ojos fijos en la sinuosa carretera.

—En mi segundo año de estudios en la Sociedad Angelóloga de París conocí al amor de mi vida. No es algo que estuviese dispuesta a admitir en su día, y tampoco lo habría afirmado en la madurez. Pero ahora soy una anciana… de hecho, soy mayor de lo que parece, y puedo decir con toda certeza que jamás amaré como amé en el verano de 1939. Por aquel entonces yo tenía quince años, quizá era demasiado joven como para enamorarme. O quizá es que solo entonces, con el rocío de la infancia aún en los ojos, fui capaz de amar así. Por supuesto, jamás tendré la respuesta.

Gabriella hizo una pausa, como si ponderase sus palabras, y prosiguió:

—Yo era, por decirlo suavemente, una chica peculiar. Estaba obsesionada con mis estudios del mismo modo que otra gente se obsesiona con las riquezas o la fama. Yo provenía de una familia rica de angelólogos; muchos de mis parientes se habían formado en la misma academia. También era extremadamente competitiva. Socializar con mis iguales era una idea ridícula, yo no pensaba más que en trabajar día y noche para triunfar. Quería estar en lo más alto de mi clase en todos los aspectos, y lo conseguía siempre. El segundo semestre de mi primer año quedó claro que solo había dos estudiantes que destacaban: yo misma y una joven llamada Celestine, una chica brillante que más adelante se convirtió en una querida amiga mía.

Verlaine casi se ahogó.

—¿Celestine? —preguntó—. ¿La Celestine Clochette que vino al Convento de Santa Rosa en 1943?

—Fue en 1944 —corrigió Gabriella—, pero eso es otra historia. Esta comienza cierta tarde de abril de 1939. Una tarde fría y lluviosa, como suelen ser todas las tardes de abril en París. Los adoquines estaban realmente anegados de aquella lluvia primaveral que llenaba las alcantarillas y el Sena. Recuerdo cada detalle de aquella tarde. Era la una en punto del 7 de abril, un viernes. Yo había terminado mis clases matutinas y, como siempre, fui a buscar algún sitio donde almorzar. Lo único inusual de aquel día fue que se me olvidó el paraguas. Yo era meticulosa hasta decir basta, así que resultaba raro que me sorprendiese la lluvia sin ir preparada. Sin embargo, ese fue justo el caso. Tras salir del Ateneo, me di cuenta de que iba a terminar calada hasta los huesos, y los papeles y libros que llevaba bajo el brazo iban a acabar echados a perder con toda certeza. Así pues, me quedé bajo el gran pórtico de la entrada principal de nuestra escuela, contemplando el chaparrón.

»En medio del diluvio surgió un hombre que llevaba un paraguas enorme de color violeta. Rara elección para un caballero, pensé. Vi cómo atravesaba el patio de la escuela, elegante, erguido y extremadamente atractivo. Quizá fue por las ganas que tuve de refugiarme bajo aquel santuario vacío y seco que suponía el paraguas, pero le clavé la vista a aquel desconocido con la esperanza de que se me acercase, como si yo tuviese el poder de someterlo a un hechizo.

»Eran otros tiempos. No era normal que una mujer le clavase la vista a un caballero bien parecido, y aún menos normal era que el caballero en cuestión la ignorase. Solo el galán más maleducado habría dejado a una dama bajo la lluvia. Él hizo una pausa mientras cruzaba el patio, descubrió que yo lo miraba fijamente, se apresuró a girar sobre los talones de sus botas de cuero y acudió en mi ayuda.

»Se echó el sombrero hacia atrás y sus ojos grandes y azules se cruzaron con los míos. Dijo: «¿Me permite que la saque sana y salva de este torrente?» Tenía la voz preñada de una confianza exuberante, seductora y casi diría que cruel. Bastó aquella mirada, aquella frase, para ganarme por completo. «Puede llevarme usted adonde quiera», respondí. Al instante me di cuenta de la indiscreción que implicaban mis palabras y añadí: «Lo que sea para escapar de esta terrible lluvia».

»Me preguntó cuál era mi nombre, y cuando se lo dije, vi al instante que le gustaba. «¿Le han puesto el nombre por el ángel?», preguntó. «El anunciador de la buena nueva», respondí.

»Me miró a los ojos y sonrió, complacido con mi rápida respuesta. Tenía los ojos del tono azul más frío y traslúcido que yo hubiese visto jamás, y una sonrisa dulce y deliciosa, como si supiese el poder que tenía sobre mí. Unos años más tarde, cuando se supo que mi tío, Victor Lévi-Franche, había mancillado el apellido de nuestra familia trabajando como espía para aquel hombre, me pregunté si aquel gozo ante mi nombre tenía que ver con el estatus de mi tío y no, como había sugerido él, con su proveniencia angélica.

»Me tendió la mano y dijo: «Pues venga, anunciadora de la buena nueva, vámonos de aquí». Yo le di la mano. En ese momento, con el primer roce de su piel, la vida que yo había estado llevando se acabó, y empezó una nueva.

»Más adelante se presentó como Percival Grigori III.

Gabriella le lanzó una mirada a Verlaine para captar su reacción.

—No será el mismo... —dijo Verlaine, incrédulo.

—Sí —dijo Gabriella—. El mismo que viste y calza. En aquella época yo no tenía la menor idea de quién era ni de qué significaba aquel apellido. De haber sido mayor y haber tenido más contacto con la academia, habría girado sobre mis talones y habría echado a correr. Ignorante como estaba, quedé sometida a su hechizo.

»Bajo aquel gran paraguas violeta echamos a andar. Él me tomó del brazo y me llevó por calles estrechas y anegadas hasta un automóvil, un resplandeciente Mercedes 500K Roadster, un asombroso coche plateado que resplandecía incluso bajo la lluvia. No sé si a usted le gustan los coches, pero aquella máquina era hermosa, con todos los lujos disponibles en la época: limpiaparabrisas y cerraduras eléctricas, carrocería deslumbrante. Mi familia tenía un coche, cosa que ya era un lujo en sí misma, pero yo jamás había visto nada parecido al

Mercedes de Percival. Aquellos coches eran extremadamente escasos. De hecho, hace unos años se sacó a subasta un 500K de antes de la guerra en Londres. Asistí al evento solo para ver el coche de nuevo. Se vendió por setecientas mil libras esterlinas.

»Percival abrió la puerta con un gesto grandilocuente, como si me diese paso a un carruaje real. Yo me hundí en el suave asiento; la piel mojada se me pegó al cuero. Inspiré hondo: el coche olía a colonia y a un levísimo aroma a humo de cigarrillo. Un salpicadero de concha de tortuga resplandecía lleno de botones y palancas a la espera de que los presionasen y accionasen. En él descansaban dos guantes de conducción, doblados, a la espera de unas manos que se los pusieran. Era el coche más hermoso que yo había visto en mi vida. Me acomodé en el asiento y me dejé consumir por la felicidad.

»Recuerdo a la perfección la sensación que tuve mientras él conducía el Mercedes por el bulevar Saint-Michel y cruzaba la *Île de la Cité*. La lluvia caía cada vez con más violencia, como si hubiese estado esperando a que nos refugiásemos antes de descargar de verdad sobre las flores primaverales y el receptivo suelo. Lo que yo sentía, creo, era miedo, aunque en aquella época me dije a mí misma que era amor. El peligro que suponía Percival me era desconocido. Que yo supiera, no era más que un joven que conducía imprudentemente. Ahora creo que le temía por puro instinto. Aun así, se hizo con mi corazón sin el menor esfuerzo. Lo contemplé, vi aquella encantadora piel pálida y sus dedos largos y delicados sobre la palanca de cambios. No era capaz de hablar. Aceleramos por el puente y nos internamos en la *rue de Rivoli*. Los limpiaparabrisas recorrían una y otra vez el cristal y abrían brecha en la cortina de agua. «Por supuesto, pienso invitarte a almorzar», dijo él, lanzándome una mirada de soslayo al tiempo que se detuvo frente a un gran hotel cerca de la *Place de la Concorde*. «Veo que tienes hambre». «¿Y cómo eres capaz de ver algo como el hambre?», repliqué yo en tono desafiante, aunque tenía razón: no había desayunado y estaba muerta de hambre. «Tengo un talento especial», dijo él. Quitó la marcha, echó el freno de mano y se quitó los guantes de conducir, primero uno y luego el otro. «Sé exactamente lo que deseas antes de que lo sepas tú misma». «Pues dímelo», exigí yo, con la esperanza de parecerle atrevida y sofisticada, justo lo que sabía que no era. «¿Qué es lo que más deseo?»

»Él me estudió durante un instante. Vi, al igual que en los primeros segundos después de cruzarnos, aquella crueldad fugaz y sensual tras sus ojos azules. «Una muerte hermosa», dijo él, en tono tan quedo que yo no estuve segura de haberlo oído correctamente. Dicho lo cual, abrió la puerta y bajó del coche.

»Antes de que yo tuviese tiempo de cuestionar aquella frase tan estrambótica, Percival abrió la puerta del copiloto y me ayudó a bajar. Con los brazos entrelazados, entramos en el restaurante. Se detuvo ante un espejo bruñido y se quitó el sombrero y el abrigo. Echó un vistazo en derredor, como si la flota de camareros que se apresuraban a acercarse a nosotros fuera demasiado lenta para su gusto. Yo contemplé su reflejo en el cristal, examiné su perfil, aquel traje de hermoso corte de un suave tono gris que, bajo la cruda claridad del espejo, casi parecía azul, en extraña consonancia con sus ojos. Tenía la piel de una palidez mortal, casi transparente, una cualidad que, sin embargo, tenía el extraño efecto de hacerlo más atractivo, como si fuese un objeto valioso que hubiese permanecido a salvo del contacto con el sol.

Mientras Verlaine escuchaba el relato de Gabriella, intentó reconciliar aquella descripción con el Percival Grigori que había visto la tarde anterior. No fue capaz de conseguirlo. Claramente, Gabriella no se refería al hombre enfermizo y decrépito que Verlaine había conocido, sino al hombre que Percival Grigori había sido en su día. En lugar de hacerle más preguntas, que era lo que deseaba hacer, Verlaine se reacomodó en el asiento y escuchó.

—A los pocos segundos, un camarero tomó nuestros abrigos y nos llevó a la sala del comedor, un salón de baile reconvertido que daba a un patio con jardín. Yo noté que Percival me miraba con interés, a la espera de mi reacción.

»No nos presentaron la carta ni tuvimos que pedir nada. Nos llenaron copas de vino y llegaron los platos, como si todo hubiese sido dispuesto de antemano. Por supuesto, Percival había conseguido el efecto deseado. Mi asombro ante todo aquello era inmenso, aunque intenté disimularlo. A pesar de que me habían mandado a las mejores escuelas y me habían criado a la manera burguesa de la ciudad, comprendía que aquel hombre estaba más allá de todo lo que yo había experimentado. Me miré las ropas y me di cuenta con horror que llevaba el uniforme de la escuela, un detalle que se me había pasado en medio de la emoción del viaje en coche. Además de aquel atuendo apagado, tenía los zapatos gastados, y me había olvidado mi perfume favorito en el apartamento. «Estás ruborizada», dijo él. «¿Qué sucede?»

»Yo me limité a bajar la vista hacia la falda de lana plisada y la blusa de color blanco inmaculado. Él comprendió mi dilema. «Eres el ser más encantador de todo este lugar» dijo sin el menor atisbo de ironía. «Pareces un ángel». «Parezco justo lo que soy», dije yo, con un arranque de orgullo que anuló las demás emociones. «Una estudiante que almuerza con un hombre mayor y rico». «Apenas soy un poco mayor que tú», dijo él, juguetón. «¿Cuánto es un poco?», quise saber yo. Aunque parecía tener veintipocos años, una edad que, tal y como él había dicho, apenas era un poco mayor que la mía, sus maneras y la confianza con la que se comportaba parecían propias de un hombre con gran experiencia. «Me interesas más tú», dijo él, desviando la pregunta. «Cuéntame, ¿te gustan tus estudios? Creo que sí. Tengo varios apartamentos cerca de tu escuela y creo haberte visto antes. Siempre tienes la apariencia de alguien que se pasa mucho tiempo en la biblioteca».

»Aunque debería haberme puesto en guardia al enterarme de que él ya sabía de mi existencia antes de aquel día, lo que sucedió fue que me recorrió una oleada de puro placer. «¿Te habías fijado en mí?», pregunté, demasiado ansiosa por disfrutar de su atención. «Por supuesto», dijo él, y dio un sorbo al vino. «No podría haber atravesado el patio sin verte. Últimamente, pasar por ahí es bastante fastidioso, sobre todo cuando no estás. Imagino que eres consciente de lo hermosa que eres.

»Yo me detuve para engullir un trozo de pato asado. Me daba miedo hablar. Finalmente dije: «Tienes razón... disfruto mucho de mis estudios». «Si tan entretenidos son», dijo él, «has de contarme de qué tratan. Quiero saber todos los detalles».

»Y así prosiguió la tarde. Las horas se llenaron con un plato tras otro de comida deliciosa, copas de vino y conversación incesante. A lo largo de los años he tenido pocos confidentes... puede que usted sea el tercero... con quienes he hablado abiertamente sobre mí misma. No soy el tipo de mujer que disfruta de la charla ociosa. Y sin embargo, entre Percival y yo no hubo un solo momento de silencio. Era como si ambos hubiésemos estado acumulando historias que contarnos el uno a la otra. Mientras hablábamos y comíamos, me sentí cada vez más cercana hacia él, la brillantez de su conversación me tenía sometida a un trance. Al cabo me enamoré de su cuerpo con la misma entrega, pero lo que adoré en primer lugar fue su inteligencia.

»A lo largo de las semanas me fui acercando más y más a él. Tan cerca, de hecho, que no podía soportar un solo día sin verle. A pesar de la pasión que sentía por mis estudios y la dedicación que le profesaba a la angelología, no había nada que pudiera hacer para alejarme de él. Nos encontrábamos en los apartamentos que poseía cerca de la Sociedad Angelológica, donde pasamos las tardes del cálido verano de 1939. Mis clases ocuparon un segundo puesto frente a nuestras horas de placer en su dormitorio, con las ventanas abiertas para que entrase el sofocante aire veraniego. Empecé a guardarle rencor a mi compañera de piso, que no dejaba de hacer preguntas. Empecé a odiar a los profesores que me impedían pasar más tiempo con él.

»Tras nuestro primer encuentro, empecé a sospechar que había algo inusual en Percival, pero preferí ignorar mis instintos. Elegí verle a él, en contra de mi buen juicio. Tras nuestra primera noche juntos comprendí que había caído en una suerte de trampa, aunque no podía articular la naturaleza del peligro que sentía, ni era consciente del daño que me provocaría. Apenas algunas semanas después comprendí que se trataba de un nefilim. Hasta aquel momento había mantenido sus alas retraídas, un engaño que yo debería haber descubierto, aunque fui incapaz de hacerlo. Cierta tarde, mientras hacíamos el amor, Percival se limitó a abrir sus alas y a rodearme en un abrazo de fulgor dorado. Debería haberme marchado en aquel momento, pero ya era demasiado tarde; yo me hallaba completa e irrevocablemente bajo su hechizo. Así sucedió, según dicen, con los ángeles desobedientes y las mujeres humanas de tiempos antiguos... la suya fue una gran pasión que puso patas arriba tanto el cielo como la tierra. Pero yo no era más que una chiquilla. Habría entregado mi alma a cambio de su amor.

»Y en muchos sentidos, fue justo eso lo que hice. A medida que nuestra relación se volvía más intensa, yo empecé a pasarle secretos de la Sociedad Angelológica. A cambio, él me daba las herramientas necesarias para progresar con rapidez, para ganar prestigio y poder. Al principio solo me pedía ciertos detalles pequeños; la ubicación de nuestras oficinas en París, las fechas de nuestras reuniones. Yo se los daba de buena gana. Cuando empezó a pedir más, yo transigí. Para cuando comprendí lo peligroso que era, y que yo debía escapar de su influencia, ya era demasiado tarde. Amenazó con contarles nuestra relación a mis profesores. A mí me aterraba ser descubierta, pues habría supuesto una vida exiliada de la única comunidad que yo conocía.

»Sin embargo, no fue fácil mantener en secreto aquella relación. Cuando quedó claro que me iban a descubrir, se lo confesé todo a mi profesor, el doctor Rafael Valko. Él decidió que yo me encontraba en una posición que podía serle de utilidad a la angelología. Me convertí en espía. Mientras que Percival creía que trabajaba para él, en realidad yo me esforzaba por minar el poder de su familia. La relación continuó, cada vez más y más traicionera a medida que progresaba la guerra. A pesar de mis penurias, cumplí con mi cometido. Le di a los nefilim datos falsos sobre misiones angelológicas, conseguí para el doctor Rafael secretos sobre el exclusivo mundo del poder de los nefilim. El doctor Rafael, por su parte, compartió todos esos secretos con nuestros eruditos. Yo organicé lo que iba a ser la mayor victoria de nuestras vidas: un plan para darles a los nefilim una réplica de la lira, mientras que nosotros nos quedábamos con la auténtica.

»El plan era sencillo. La doctora Serafina y el doctor Rafael Valko sabían que los nefilim estaban al tanto de nuestra expedición en la caverna, y que iban a luchar contra nosotros hasta hacerse con la lira.

Los Valko sugirieron que orquestásemos un plan que despistase a los nefilim. Dispusieron la elaboración de una lira con el mismo diseño que las de la antigua Tracia: brazos curvos, caja pesada, puentes. Fue el doctor Josephat Michael, nuestro musicólogo más brillante, quien creó el instrumento. Elaboró cada detalle, encontró cuerdas de seda tejidas con la cola de un caballo blanco. Tras encontrar la lira verdadera, vimos que era mucho más sofisticada que la versión falsa: la caja estaba hecha de un material metálico muy parecido al platino, un elemento que jamás ha sido clasificado y que no puede considerarse como perteneciente a la tierra. El doctor Michael denominó a aquella sustancia «valkino», en honor a los Valko, que tanto habían hecho por descubrir la lira. Las cuerdas estaban hechas de un lustroso hilo dorado confeccionado a partir de mechones de pelo del arcángel San Gabriel.

»A pesar de las evidentes diferencias, los Valko no tuvieron más opción que actuar. Metimos la lira en un maletín de cuero idéntico al que contenía la lira auténtica. Le dije a Percival que nuestra caravana atravesaría París a medianoche, y él organizó una emboscada. Si todo salía según lo planeado, Percival capturaría a la doctora Serafina Valko y exigiría que el consejo angelológico le diese la lira a cambio de su vida. Le entregaríamos la lira falsa, la doctora Serafina quedaría libre y los nefilim creerían haber conseguido el tesoro definitivo. Sin embargo, todo salió terriblemente mal.

»El doctor Rafael y yo decidimos votar a favor de hacer el intercambio. Supusimos que los miembros del consejo seguirían lo indicado por el doctor Rafael y votarían a favor de intercambiar la lira por la doctora Serafina. Sin embargo, por motivos que no llegamos a entender, los miembros del consejo votaron en contra de hacer el intercambio, con lo cual todo nuestro plan se sumió en el caos. Hubo un empate y tuvimos que pedirle a una de los miembros de la expedición, Celestine Clochette, que lo rompiese. Celestine no estaba al tanto de nuestros planes, así que votó según el protocolo, lo cual se ajustaba a su personalidad cuidadosa y meticulosa. En última instancia, no llegamos a hacer el intercambio. Intenté enmendar el error y llevarle la lira a Percival yo misma, pero ya era tarde. Percival había asesinado a la doctora Serafina Valko.

»Me he pasado toda la vida acosada por el remordimiento de lo que le sucedió a Serafina. Sin embargo, mis penurias no supusieron el final de aquella terrible noche. Verá, a pesar de todo, yo amaba a Percival Grigori, o al menos estaba terriblemente enganchada a los sentimientos que me inspiraba su presencia. Ahora me resulta asombroso, pero incluso después de que Percival ordenase que me capturasen y permitiese que me torturasen brutalmente, yo seguía amándole. Acudí a él una última vez en 1944, mientras los americanos liberaban Francia. Sabía que huiría antes de que lo capturasen, y necesitaba verlo una última vez, despedirme de él. Pasamos la noche juntos, y unos meses más tarde, para mi horror, descubrí que estaba embarazada de un hijo suyo. Desesperada por ocultar el estado en que me encontraba, acudí a la única persona que sabía el alcance de mi relación con Percival. Mi antiguo profesor, el doctor Rafael Valko, comprendió lo mucho que yo había sufrido a raíz de haberme mezclado con la familia Grigori, y que había que evitar que mi bebé tuviese nada que ver con ellos, costase lo que costase. Rafael accedió a casarse conmigo, para que el mundo pensase que era el padre de mi hijo. Nuestro matrimonio supuso un escándalo entre los angelólogos fieles al recuerdo de Serafina, pero a mí me ayudó a mantener mi secreto a salvo. Mi hija, Angela, nació en 1945. Muchos años más tarde, Angela tuvo una hija: Evangeline.

Oír el nombre de Evangeline sobresaltó a Verlaine.

—¿Percival Grigori es su abuelo? —dijo, incapaz de disimular la incredulidad.

—Sí —dijo Gabriella—. Quien le ha salvado la vida a usted esta misma mañana es la nieta de Percival Grigori.

Habitación Rosa, Convento de Santa Rosa, Milton, Nueva York

Evangeline empujó la silla de ruedas de Celestine hasta la Habitación Rosa y la estacionó justo frente a una larga mesa de conferencias. Nueve hermanas mayores, encorvadas y arrugadas, con mechones de pelo canoso que caían de sus velos y las espaldas hundidas por la edad, se sentaban alrededor de la mesa. La madre Perpetua se encontraba entre ellas. Era una mujer severa y corpulenta con el mismo hábito moderno que llevaba Evangeline. Las hermanas mayores contemplaron a Evangeline y Celestine con gran interés, señal clara de que la hermana Filomena les había contado todo lo sucedido en los últimos días. De hecho, cuando Evangeline ocupó su asiento a la mesa, Filomena hablaba con gran pasión justo del tema. La aprensión de Evangeline no hizo sino aumentar al ver que Filomena había colocado la carta de Gabriella sobre la mesa delante de las hermanas.

—Esta información que tengo ante mí —dijo Filomena, alzando los brazos como si invitase a sus hermanas a contemplar la carta— propiciará la victoria que tanto hemos esperado. Si la lira está escondida entre nosotras, hemos de encontrarla con la mayor celeridad. Entonces tendremos todo lo que necesitamos para avanzar.

—Cuéntanos, hermana Filomena, te lo ruego —dijo la madre Perpetua, mirándola dubitativa—, ¿en qué dirección crees que deberíamos avanzar?

Filomena dijo:

—No creo que Abigail Rockefeller muriese sin dejar detalles concretos del paradero de la lira. Es hora de descubrir la verdad. De hecho, hemos de saberlo todo. ¿Qué nos has estado ocultando, Celestine?

Evangeline miró a Celestine. Le preocupaba su salud. En las últimas veinticuatro horas, el estado de Celestine había empeorado tremendamente. Tenía el rostro cerúleo, los dedos entrelazados con fuerza, y se encontraba tan inclinada en la silla que parecía a punto de desplomarse. Evangeline había vacilado a la hora de traer a Celestine a la sala de reuniones, pero una vez que esta se enteró de lo sucedido, de la visita de Verlaine y las cartas de Gabriella, había insistido en acompañarla.

La voz de Celestine, débil, sonó:

—Sé tan poco de la lira como tú, Filomena. En estos muchos años, al igual que tú, yo también me he devanado los sesos pensando en su ubicación. Aunque, a diferencia de ti, yo he aprendido a moderar mi deseo de venganza.

Filomena dijo:

—En mis ansias por encontrar la lira hay más que deseo de venganza. Vamos. Ha llegado el momento. Los nefilim se recuperarán si no hacemos nada.

—Aún no la han encontrado —dijo la madre Perpetua—. Creo que podemos confiar en que seguirán algo más de tiempo sin saber dónde buscar.

—Vamos, Perpetua. Tienes cincuenta años, eres demasiado joven para comprender por qué me niego a no hacer nada —dijo Filomena—. No has visto la destrucción que son capaces de ocasionar esas criaturas. No has visto cómo ardía nuestro amado hogar. No has perdido a muchas hermanas. No has temido a diario que regresen.

Celestine y Perpetua cruzaron una mirada cargada con una mezcla de preocupación y cansancio, como si ya hubiesen oído a Filomena discutir aquel tema antes. La madre Perpetua dijo:

—Comprendemos que lo que viste en el ataque de 1944 impulsa tu deseo de luchar. De hecho, presenciaste las peores bajas de la destrucción implacable de los nefilim. Resulta difícil permanecer inactiva ante semejante horror. Pero hace mucho tiempo que votamos que mantendríamos la paz. Optamos por el pacifismo, la neutralidad, el secreto. Estos son los dogmas de nuestra existencia en Santa Rosa.

Celestine dijo:

—Mientras el paradero de la lira siga siendo un misterio, los nefilim no encontrarán nada.

—Pero nosotras sí —dijo Filomena—. Estamos muy cerca de encontrarla.

La hermana Celestine alzó una mano y se giró hacia las hermanas reunidas en torno a la mesa. Habló con voz tan queda que la hermana Bonifacia, sentada en el otro extremo de la habitación, tuvo que aumentar el nivel de su sonotone. Celestine agarró los brazos de la silla de ruedas, los nudillos blancos del esfuerzo, como si se sujetase ante una cuesta empinada.

—Es cierto: se acerca un tiempo de conflicto. Pero no puedo estar de acuerdo con Filomena. Nuestra posición de resistencia pacífica es para mí sagrada. No deberíamos temer este giro de los acontecimientos. El universo dictamina los ascensos y caídas de los nefilim. Nuestro deber es resistir, y hemos de estar listas para hacerlo. Pero, sobre todo, no hemos de volvernos tan vulgares y traicioneras como nuestros enemigos. Hemos de preservar nuestro patrimonio de pacifismo civilizado y digno. Hermanas, no olvidemos los ideales de nuestras fundadoras. Si nos mantenemos fieles a nuestras tradiciones, con el tiempo, venceremos.

—¡Pero es que no tenemos tiempo! —dijo con fiereza Filomena, presa de un fervor que le retorcía el semblante—. No tardarán en caer sobre nosotras, tal y como hicieron hace tantos años. ¿Es que no recordáis la destrucción que sufrimos? ¿La nauseabunda y asesina sed de sangre de esas criaturas? ¿No recordáis el horrible destino que corrió la madre Inocenta? Si no actuamos nos destruirán.

—Nuestra misión es demasiado valiosa como para precipitarnos —dijo Celestine.

Se le había ruborizado el rostro al hablar, y durante un fugaz momento, Evangeline pudo ver a la joven intensa que había llegado al Convento de Santa Rosa hacía setenta años. El esfuerzo físico de aquel discurso había abrumado a Celestine; se llevó una mano temblorosa a la boca y empezó a toser. Pareció reflexionar sobre su fragilidad física con atención desapasionada, como si se percatase de que su mente refulgía tan brillante como siempre mientras que su cuerpo se aproximaba poco a poco a convertirse en polvo.

—Tu estado de salud ha alterado tu capacidad de pensar con claridad —dijo Filomena. Los extremos del velo negro le acariciaban los hombros—. No estás en condiciones de tomar decisiones tan cruciales.

La madre Perpetua dijo:

—Inocenta pensaba del mismo modo. Muchas de nosotras recuerdan su dedicación a la resistencia pacífica.

—Y mirad lo que le deparó esa misma resistencia pacífica —dijo Filomena—. La mataron sin la menor piedad. —Se giró hacia Celestine y dijo—: No tienes derecho a mantener en secreto la ubicación de la lira, Celestine. Sé que el modo de encontrarla está aquí.

—No sabes nada sobre la lira ni sobre los peligros que la acompañan —dijo Celestine, con una voz tan frágil que Evangeline apenas llegó a oír esas palabras. Celestine se giró hacia Evangeline, le puso una mano en el brazo y susurró—: Vamos, no tiene sentido seguir discutiendo. Quiero enseñarte algo.

• • •

Evangeline sacó la silla de ruedas de Celestine de la Habitación Rosa. Cruzaron el corredor hasta llegar a un desvencijado ascensor en el otro extremo del convento. Evangeline metió la silla dentro y fijó las ruedas. Las puertas se cerraron con un suave beso metálico. Evangeline alargó la mano y pulsó el botón del tercer piso, pero Celestine la detuvo. Alzó su propia mano temblorosa y pulsó un botón que no tenía ningún número. A trompicones, el ascensor empezó a descender. Se detuvo en el sótano y las puertas se abrieron con un chirrido.

Evangeline sujetó la silla de ruedas de Celestine y juntas entraron en una extensión de oscuridad. Celestine accionó un interruptor y una serie de tenues luces iluminó el espacio. Cuando los ojos de

Evangeline se acostumbraron, vio que se encontraban en el subsuelo del convento. Oyó el traqueteo de los lavaplatos industriales sobre su cabeza, y el ruido del agua que pasaba por las tuberías. Comprendió que debían estar justo debajo del comedor. Siguiendo las indicaciones de Celestine, Evangeline llevó la silla por el sótano hasta el extremo opuesto. Una vez allí, la hermana Celestine miró por encima del hombro para asegurarse de que estaban solas y señaló a una sencilla puerta de madera. Era una puerta anodina, tan poco destacable que Evangeline habría pensado que se trataba de la puerta de un armario escobero.

Celestine se sacó una llave del bolsillo y se la tendió a Evangeline, quien la insertó en la cerradura. Tras varios intentos, por fin la llave giró.

Evangeline tiró de un cordelito que colgaba justo tras el umbral y una bombilla iluminó un pasadizo de ladrillos que descendía de forma pronunciada. Sujetando bien la silla de Celestine con su propio peso, para que no se le escapase y rodase cuesta abajo, Evangeline avanzó, midiendo sus pasos. La luz disminuyó cada vez más, hasta que el pasadizo desembocó en una habitación preñada de olor a moho. Evangeline tiró de otro cordelito, que habría pasado completamente por alto si no le hubiese acariciado el rostro, tan suave como una tela de araña. Se encendió una bombilla antigua que siseó como si fuese a apagarse en cualquier momento. El moho cubría las paredes y había varios bancos desperdigados por el suelo. Por los muros había trozos rotos de vitrales, y un par de losas de mármol lechoso del mismo color y variedad que las del altar de la iglesia. Eran restos de la construcción original de Maria Angelorum. En el mismo centro de la estancia descansaba una caldera oxidada cubierta de años de telarañas y polvo a causa del desuso, formando una capa tan gruesa como piel vieja. Evangeline comprendió que aquella estancia no se había limpiado en décadas, si es que se había limpiado alguna vez.

Más allá de la caldera vio otra puerta tan sencilla como la primera. Acercó la silla de ruedas hasta allí, sacó su propio juego de llaves del bolsillo y probó a abrirla con la llave maestra. Milagrosamente, la puerta se abrió. Una vez dentro, Evangeline creyó atisbar el contorno de una estancia de buen tamaño repleta de muebles. Su intuición quedó confirmada al encender un interruptor de pared cerca de la puerta. Larga y estrecha, la cámara tenía casi las dimensiones de la nave de la iglesia, con un techo bajo que descansaba sobre hileras de vigas de madera oscura. Cubrían el suelo alfombras orientales de varios colores que iban del carmesí al esmeralda o el azul rey; mientras que en las paredes colgaban varios tapices que representaban ángeles, numerosos tejidos de oro que Evangeline supuso muy antiguos, quizá medievales. En el centro de la estancia descansaba una gran mesa cuya superficie estaba cubierta de manuscritos.

—Una biblioteca oculta —susurró Evangeline antes de poder reprimirse.

—Sí —dijo Celestine—. Es una sala de lectura angelológica. En el siglo IX, los eruditos y dignatarios que pasaban por aquí se quedaban con nosotras y pasaban mucho tiempo en esta sala. Inocenta la usaba para las reuniones generales. Lleva muchos años abandonada. Y también —añadió— es el lugar más seguro de todo el Convento de Santa Rosa.

—¿Sabe alguna hermana de su existencia?

—No muchas —dijo Celestine—. Cuando empezó a extenderse el incendio de 1944, la mayoría de las hermanas corrió hacia el patio. La madre Inocenta, sin embargo, fue a la iglesia para atraer a los nefilim y alejarlos del convento. Antes de ello, me ordenó que bajase aquí y dejase sus documentos en la caja fuerte. Yo no conocía bien el convento, e Inocenta no pudo permitirse darme indicaciones detalladas; pero aun así, acabé por encontrar esta estancia. Guardé lo que me había dado y salí a toda prisa al patio. Por desgracia, todo había ardido cuando volví. Los nefilim se habían marchado. Inocenta había muerto.

Celestine le tocó la mano a Evangeline.

—Ven —dijo—. Tengo algo más para ti.

Señaló a un magnífico tapiz que representaba la Anunciación. San Gabriel, con las alas plegadas a la espalda y la cabeza inclinada, le daba a la Virgen la buena nueva de la venida de Cristo.

—Pues sí, el anunciador de buenas nuevas —dijo Celestine—. Por supuesto, la santidad de la buena nueva depende de quién la reciba. Tú, querida mía, eres digna. Vamos, aparta la tela de la pared.

Evangeline obedeció y alzó el tapiz. Detrás había una caja fuerte incrustada en el cemento.

—Tres, tres, tres, nueve —dijo Celestine, señalando al disco del cierre—. Los números perfectos de las esferas celestiales, seguido de la cifra total de especies de los ángeles del Coro Celestial.

Evangeline contempló con ojos entrecerrados los números del disco y, tal y como Celestine le había indicado, lo giró hacia la derecha, luego a la izquierda, luego a la derecha, mientras oía el suave murmullo de los discos metálicos. Por fin se oyó un chasquido y, con un rápido tirón del pomo, la caja fuerte se abrió. En el interior había un maletín de cuero. Con dedos temblorosos, Evangeline lo depositó sobre la mesa y acercó a Celestine.

—Traje este maletín conmigo a América desde París —dijo Celestine, suspirando como si todos sus esfuerzos hubiesen desembocado en ese mismo momento—. Ha estado aquí, sano y salvo, desde 1944.

Evangeline pasó las manos sobre el cuero frío y pulido. Los cierres de latón estaban tan resplandecientes como peniques recién acuñados.

La hermana Celestine cerró los ojos y se aferró a los brazos de la silla de ruedas.

Evangeline recordó lo enferma que estaba Celestine. El paseo hasta las profundidades del convento debía de haberle pesado muchísimo.

—Está usted agotada —dijo Evangeline—. Ha sido una imprudencia permitir que me trajese hasta aquí. Creo que ya va siendo hora de volver a su habitación.

—Calla, niña —dijo Celestine, y alzó una mano para impedir que Evangeline siguiese protestando—. Hay un objeto más que he de darte.

Celeste rebuscó en el bolsillo de su hábito, sacó una hoja de papel y se la puso a Evangeline en la palma de la mano. Dijo:

—Memoriza esta dirección. Ahí es donde vive tu abuela, la cabeza visible de la Sociedad Angelológica. Te recibirá y continuará donde yo lo he dejado.

—Es la misma dirección que vi en el archivo de la oficina de Misión esta mañana —dijo Evangeline—. La misma dirección que aparece en las cartas de Gabriella.

—Esa misma, sí —dijo Celestine—. Ha llegado el momento. Pronto comprenderás tu propósito, pero por ahora debes sacar este maletín de nuestros dominios. Percival Grigori no es el único que codicia las cartas de Abigail Rockefeller.

—¿Las cartas de la señora Rockefeller? —susurró Evangeline—. ¿Pero este maletín no contiene la lira?

—Las cartas te guiarán hasta la lira —dijo Celestine—. Nuestra querida Filomena lleva buscándolas más de medio siglo. Ya no están a salvo aquí. Debes llevártelas de inmediato.

—Si me marcho, ¿podré regresar?

—Si regresas pondrás en peligro la seguridad de todos. La angelología es para siempre. Una vez que te involucras con ella, ya no hay modo de dejarla. Y tú, Evangeline, ya estás involucrada.

—Pero usted la dejó —dijo Evangeline.

—Y mira todo lo que sucedió a raíz de eso —dijo Celestine, toqueteándose el rosario que llevaba al cuello—. Podría decirse que mi retirada al santuario de Santa Rosa es, en parte, responsable del peligro en el que se encuentra tu joven visitante.

Celestine hizo una pausa para que digiriese aquellas palabras.

—No temas —dijo, agarrando de la mano a Evangeline—. Cada etapa tiene su tiempo. Vas a dejar esta vida pero vas a ganar otra. Serás parte de una tradición larga y honorable: Christine de Pizan, Clara de Asís, sir Isaac Newton e incluso Santo Tomás de Aquino abrazaron nuestra obra. La angelología es una vocación noble, quizá la más elevada de las vocaciones. No es una elección sencilla, hay que ser valiente.

Durante aquella conversación, algo en Celestine había cambiado: su enfermedad pareció retroceder; aquellos ojos castaño pálido ardían de orgullo. Habló con voz fuerte y segura de sí misma.

—Gabriella estará muy orgullosa de ti —dijo Celestine—. Pero yo incluso más. Desde el momento en que llegaste supe que serías una angelóloga excepcional. Cuando tu abuela y yo estudiábamos en París, sabíamos identificar cuáles de nuestros compañeros triunfarían y cuáles no. Es como un sexto sentido, la capacidad de descubrir talento nuevo.

—Entonces espero no decepcionarla, hermana.

—Resulta inquietante lo mucho que me recuerdas a ella. Tus ojos, tu boca, el modo en que te comportas, tus andares. Resulta extraño. Podrías ser su hermana gemela. Rezo para que la angelología se te dé tan bien como a Gabriella.

Evangeline se moría de ganas de preguntar qué había sucedido entre Celestine y Gabriella, pero antes de que pudiese formular sus pensamientos de forma articulada, Celestine se le adelantó y habló con voz rota de emoción:

—Dime una última cosa. ¿Quién es tu abuelo? ¿Eres la nieta del doctor Rafael Valko?

—No lo sé —dijo Evangeline—. Mi padre siempre se negó a hablar del tema.

Una expresión oscura nubló el semblante de Celestine, pero pasó tan rápido como había aparecido, para dar paso a una preocupación ansiosa.

—Es hora de marcharte —dijo—. No será fácil salir de aquí.

Evangeline intentó volver a situarse tras la silla de ruedas, pero, para su sorpresa, Celestine la atrajo hacia sí y la abrazó.

Le susurró al oído:

—Dile a tu abuela que la perdono. Dile que comprendo que en aquella época no había elecciones sencillas. Hicimos lo que hacía falta para sobrevivir. Dile que lo que le sucedió a la doctora Serafina no fue culpa suya. Y por favor, dile que todo queda perdonado.

Evangeline le devolvió el abrazo a Celestine y sintió lo delgada y frágil que era la anciana bajo aquel holgado hábito.

Agarró el maletín, sintió su peso, y se echó la cinta de cuero al hombro. Llevó a Celestine por aquellos largos pasadizos hasta el ascensor. Una vez que llegasen al tercer piso, sus movimientos habrían de ser rápidos y discretos. Ya podía sentir que Santa Rosa retrocedía ante ella, que se retiraba hasta convertirse en un lugar inalcanzable. Nunca volvería a despertarse a las 4:45 de la mañana y recorrer a toda prisa los sombríos corredores para orar. Evangeline no imaginaba amar a otro lugar tanto como había amado aquel convento. Y sin embargo, de pronto le pareció inevitable tener que marcharse.

Convento de Santa Rosa, Milton, Nueva York

Otterley introdujo el Jaguar en un hueco justo delante de los terrenos del convento, escondiendo el coche bajo el follaje de árboles de hoja perenne. Apagó el motor y salió a la nieve, dejando las llaves en el contacto. Habían acordado que sería mejor que Percival, que no iba a resultar de mucha ayuda en un enfrentamiento físico, se quedase lejos. Sin dedicarle ni una palabra, Otterley cerró la puerta del coche y se acercó a toda prisa al convento por el camino helado.

Percival conocía lo suficiente a Gabriella como para comprender que para capturarla sería necesario un esfuerzo combinado. Ante su insistencia, Otterley convocó a los gibborim para comprobar sus avances. Así se enteró de que iban a unos cuantos kilómetros al sur, por las carretas comarcales al norte del puente Tappan Zee. Percival dudaba de que fueran a ganarle por la mano a Gabriella. Estaba preparado para salirle al paso si los gibborim fracasaban. Era vital detener a Gabriella antes de que llegase al convento.

Percival estiró las piernas, agarrotadas por culpa del poco espacio libre del coche, y se asomó por el parabrisas salpicado de polvo. El convento se cernía sobre él, un edificio enorme de ladrillo y piedra apenas visible entre el bosque. Si iban bien de tiempo, los gibborim que había enviado Sneja, que había prometido al menos un centenar, deberían estar ya dispuestos por toda la zona, a la espera de la señal de atacar de Otterley. Percival sacó el teléfono del bolsillo y marcó el número de su madre. Sin embargo, la línea sonó y sonó sin contestar nadie. Llevaba toda la mañana intentando llamarla, sin suerte. Cada vez que la criada anakim se había molestado en responder, Percival le había dejado un mensaje, pero estaba claro que no habían llegado a Sneja.

Percival abrió la puerta del coche y salió al gélido aire de la mañana, frustrado por la impotencia de su situación. Debería haber sido él quien organizase toda la operación. Debería liderar a los gibborim en su camino al convento. En cambio, su hermana pequeña estaba a cargo, y él tenía que intentar contactar con su distante madre, que en aquel momento seguramente estaría empapada en su jacuzzi sin pensar siquiera en la enfermedad de Percival.

Se las arregló para llegar al borde de la carretera y oteó en busca de alguna señal de Gabriella. Acto seguido volvió a marcar el número de su madre. Para su sorpresa, contestaron al primer toque.

—Sí —dijo una voz ronca y dominante que Percival reconoció al momento.

—Estamos aquí, madre —dijo Percival. Oyó música y voces en la línea y comprendió al momento que Sneja estaba en medio de otra de sus fiestas.

—¿Y los gibborim? —preguntó Sneja—. ¿Están listos?

—Otterley ha ido a prepararlos.

—¿Sola? —dijo Sneja, con un tono de reproche en la voz—. ¿Cómo va a conseguir hacerlo sola tu hermana? Hay casi cien criaturas.

Percival sintió como si su madre lo hubiese abofeteado. Por supuesto, Sneja sabía que su enfermedad le impedía luchar. Cederle el control a Otterley era toda una humillación; soportarla había requerido un nivel de contención que Percival pensó que Sneja admiraría.

—Otterley es más que capaz de hacerlo —dijo, controlando la ira—. Yo estoy vigilando la entrada del convento para asegurarme de que no hay interferencias.

—Bueno —dijo Sneja—. Queda fuera de discusión si Otterley será capaz o no.

Percival consideró el tono de voz de su madre, intentando entender lo que denotaba.

—¿Acaso ha demostrado no ser capaz?

—Querido, Otterley no puede demostrar nada —dijo Sneja—. Por más fanfarronadas que suelte, nuestra Otterley está muy perjudicada.

—No tengo la menor idea de a qué te refieres —dijo Percival.

En la lejanía empezó a alzarse una levísima columna de humo en el convento, señal de que el ataque ya había comenzado. Su hermana parecía arreglárselas bastante bien sin él.

—¿Cuándo fue la última vez que viste las alas de tu hermana? —preguntó Sneja.

—No sé —dijo Percival—. Hace muchísimo.

—Ya te lo digo yo —dijo Sneja—. Fue en 1848, durante su baile de presentación en sociedad en París.

Percival recordaba el evento con toda claridad. Las alas de Otterley eran nuevas y, como sucedía con todas las jóvenes nefilim, Otterley las mostraba con gran orgullo. Eran alas multicolor, igual que las de Sneja, pero muy pequeñas. Se esperaba que, con el tiempo, creciesen hasta adoptar su tamaño completo.

Sneja prosiguió:

—Si te has preguntado cómo es que hace tanto tiempo que Otterley no enseña sus alas, es porque no se han desarrollado. Sin diminutas e inútiles, las alas de una niña. No puede volar y desde luego no puede mostrarlas. ¿Te imaginas el aspecto tan ridículo que tendría Otterley si abriese semejantes apéndices?

—No tenía ni idea —dijo Percival, incrédulo. A pesar del resentimiento que sentía hacia su hermana, también la protegía con fiereza.

—No me sorprende —dijo Sneja—. No pareces fijarte en casi nada que no sea tu propio placer y tu propio sufrimiento. Tu hermana ha intentado ocultarnos la situación a todos durante más de un siglo. Sin embargo, lo cierto es que no es como tú o como yo. Tus alas fueron gloriosas en su día. Y las mías son incomparables. Otterley es de una raza inferior.

—Crees que es incapaz de dirigir a los gibborim —dijo Percival, comprendiendo por fin por qué su madre le había contado el secreto de Otterley—. Crees que perderá el control del ataque.

—Si pudieses asumir el papel que es tuyo por derecho, hijo mío —dijo Sneja, con voz decepcionada, como si ya se hubiese resignado a los fracasos de Percival—. Si solo fueses tú quien defendiese nuestra causa. Quizás así podríamos...

Incapaz de escuchar ni una palabra más, Percival cortó la llamada. Examinó la carretera y contempló el asfalto que se alejaba de él, sinuoso, entre los árboles, hasta desaparecer tras un recodo. No había nada que pudiera hacer para ayudar a Otterley. No tenía el poder de restaurar la gloria de su familia.

Ruta 9W, Milton, Nueva York

Para cuando llegaron a la carretera a las afueras de Milton, Gabriella y Verlaine ya se habían fumado medio paquete de cigarrillos, con lo que en el Porsche imperaba un pesado y agrio aroma a humo. Verlaine abrió una rendija en la ventana, por la que entró una ráfaga de aire helado. Ansiaba que Gabriella prosiguiese con la historia, pero no quería presionarla. Parecía frágil y cansada, como si el mismísimo acto de relatar su pasado la agotase. Tenía ojeras oscuras bajo los ojos y los hombros levemente hundidos. La abundancia de humo que se arremolinaba en el coche le picaba en los ojos a Verlaine, pero no parecía causar mucho efecto en ella. Gabriella apretó el acelerador, decidida a llegar al convento.

Verlaine miró por la ventana mientras el bosque nevado iba pasando. Los árboles se extendían desde la carretera, hilera tras hilera de abedules, arces azucareros y robles arrasados por el invierno que llegaban hasta donde abarcaba la vista. Verlaine contempló el arcén en busca de señales de que estaban llegando; algún letrero que indicase la entrada al convento o bien el campanario de la iglesia, que asomase sobre los árboles. En su apartamento había mapeado la ruta desde la ciudad de Nueva York hasta Santa Rosa, anotando los puentes y las carreteras. Si su estimación era correcta, el convento estaba a pocos kilómetros al norte de Milton. Deberían llegar en cualquier momento.

—Mire por el retrovisor —dijo Gabriella con voz antinaturalmente calmada. Verlaine obedeció: un utilitario negro los seguía de lejos—. Llevan ya unos cuantos kilómetros detrás de nosotros. Parece que no piensan dejarle escapar.

—¿Está usted segura de que son ellos? —preguntó Verlaine, mirando por encima del hombro—. ¿Qué hacemos?

—Si acelero —dijo ella—, nos seguirán. Si seguimos avanzando llegaremos a Santa Rosa al mismo tiempo y tendremos que enfrentarnos a ellos allí.

—Y entonces, ¿qué?

—No nos dejarán marchar —dijo Gabriella—. Esta vez, no.

Gabriella pisó el freno y dio un volantazo. El coche se precipitó hacia un camino de gravilla y dio una vuelta de campana que describió un semicírculo sobre el camino nevado. Las ruedas se alzaron levemente a causa de la inercia. Durante un instante, el coche estuvo libre de gravedad, sumido en un estado de ingravidez mientras se deslizaba por el hielo, convertido en una caja de metal que derrapaba a izquierda y derecha mientras las ruedas se esforzaban por encontrar agarre. Gabriella aminoró la marcha y sujetó el volante, intentando recuperar el control. El coche se estabilizó y Gabriella pisó el acelerador una vez más hasta aumentar la velocidad. Empezaron a ascender la cuesta de una colina empinada y larga. El ruido del motor era ensordecedor. El parabrisas se agrietó bajo una cortina de grava que llovió sobre él.

Verlaine miró por encima del hombro. El utilitario negro había regresado a la carretera y los seguía de lejos.

—Ahí vienen —dijo.

Gabriella puso el motor al máximo. Ascendieron más y más colina arriba. Al llegar a la cima, la espesura de árboles dio paso a un valle blanco en el que destacaba la mancha roja de un granero abandonado, como una salpicadura de sangre en la nieve.

—Por más que adore este coche, no está hecho para correr mucho —dijo Gabriella—. Va a ser imposible dejarlos atrás. Tenemos que encontrar otro modo de darles esquinazo. O escondernos.

Verlaine paseó la vista por el valle. Desde la carretera al granero no había más que campos nevados al aire. Al otro lado del granero, la carretera volvía a ascender por una colina, serpenteando hasta alcanzar una arboleda de hoja perenne.

—¿Podemos llegar hasta allí arriba? —preguntó.

—Parece que no nos queda otra alternativa.

Gabriella dejó atrás el granero y se internó por el lento y constante ascenso de la ladera. Para cuando llegaron a la arboleda de hoja perenne, el utilitario negro les había ganado tanto terreno que Verlaine pudo ver hasta las facciones de los hombres sentados delante.

El que estaba sentado en el asiento delantero se asomó por la ventana, apuntó con una pistola y disparó, pero falló.

—No puedo acelerar más —dijo Gabriella, cada vez más frustrada. Con una mano en el volante, le tiró el bolso de cuero a Verlaine—. Busque mi pistola, está dentro.

Verlaine abrió la cremallera del bolso y rebuscó en una maraña de objetos hasta que sus dedos acariciaron metal frío. Sacó una pequeña pistola plateada del fondo del bolso.

—¿Ha disparado usted antes?

—Nunca.

—Yo le explico cómo se hace —dijo ella—. Quite el seguro. Baje la ventanilla. Manténgase firme. Bien, apunte con el brazo.

Verlaine adelantó el arma y, al mismo tiempo, el hombre del utilitario apuntó.

—Un segundo —dijo Gabriella.

Cambió de carril y redujo la marcha, para que Verlaine tuviese el parabrisas del utilitario al alcance.

—Dispare —dijo—. Ahora.

Verlaine apuntó con el arma al utilitario y apretó el gatillo. El parabrisas del coche se agrietó en una red de filamentos. Gabriella pisó el freno en el mismo momento en que el coche chocó contra el quitamiedos y cayó por el borde de la carretera que cruzaba el valle con un sonido de metal aplastado hasta quedar bocabajo. Verlaine contempló el vehículo volcado, las ruedas que no dejaban de rodar.

—Un disparo brillante —dijo Gabriella. Se echó a un lado de la carretera y apagó el motor. Le dedicó una mirada de orgullo; estaba claro que la puntería de Verlaine la había sorprendido gratamente—. Deme la pistola. Tengo que asegurarme de que estén muertos.

—¿Segura de que es aconsejable?

—Por supuesto —espetó ella. Le quitó la pistola y salió del coche. Pasó por encima del quitamiedos—. Venga, quizá aprenda usted algo.

Verlaine siguió a Gabriella por la cuesta helada, pisando sobre sus mismas pisadas en la nieve. Alzó la vista y vio que una masa de nubes negras empezaba a arremolinarse en las alturas. Eran una nubes anormalmente bajas; casi parecía que fuesen a descender sobre el valle en cualquier momento. Una vez que ambos hubieron llegado al coche, Gabriella le dijo a Verlaine que descolgase el parabrisas de una patada. Él apartó trozos de cristal con el tacón de la zapatilla y se agachó para asomarse al interior.

—Le ha dado usted al conductor —dijo, atrayendo la mirada de Verlaine al hombre muerto.

—La suerte del principiante.

—Y que lo diga. —Señaló al otro hombre, cuyo cuerpo yacía a seis metros bocabajo en la nieve—. Dos pájaros de un tiro. El segundo salió despedido cuando el coche volcó.

Verlaine apenas podía creer lo que tenía delante. El cuerpo del hombre se había transformado en la criatura que había visto por la ventanilla del tren la noche anterior. Un par de alas escarlata se abrían a su espalda; las plumas acariciaban la nieve. Un viento helado recorrió a Verlaine y le resultó imposible saber si temblaba de frío o a causa de la conmoción de lo que estaba viendo.

Mientras tanto, Gabriella se las había arreglado para abrir la puerta y estaba rebuscando en el utilitario. Salió con una bolsa de gimnasio, la misma que Verlaine había dejado en su Renault la tarde anterior.

—Eso es mío —dijo él—. Se la llevaron cuando forzaron mi coche ayer.

Gabriella abrió la cremallera de la bolsa, sacó una carpeta e inspeccionó su contenido.

—¿Qué está usted buscando?

—Algo que explique cuánto sabe Percival —dijo Gabriella, examinando los documentos—. ¿Ha visto todo esto?

Verlaine se asomó por encima del hombro de Gabriella.

—No le di esos documentos, pero puede que estos dos se los hayan enseñado.

Gabriella se apartó de los restos del coche y regresó cuesta arriba al coche.

—Más vale que nos demos prisa —dijo—. Las buenas hermanas de Santa Rosa se enfrentan a un peligro más inmediato de lo que yo pensaba.

Verlaine se puso al volante, pues había decidido que conduciría él los kilómetros que faltaban hasta el convento. Giró el Porsche y se dirigió a la carretera otra vez. Todo lo que había ante él estaba tranquilo, en calma. Las ondulantes colinas parecían adormiladas bajo mantas de nieve. El granero, encorvado y abandonado; la bóveda nublada del cielo en las alturas. Aparte de algunos arañazos y un agujero en el motor, el viejo Porsche continuó con una resiliencia admirable. De hecho, nada parecía haber cambiado significativamente en los últimos diez minutos. Nada excepto Verlaine. Sentía el volante de cuero pegajoso entre las manos, y se dio cuenta de que el corazón le latía con fuerza en el pecho. En su mente aparecieron retazos de aquel hombre muerto.

Gabriella, al intuir lo que estaba pensando Verlaine, dijo:

—Ha hecho usted lo correcto.

—Jamás había empuñado un arma hasta hoy.

—Eran asesinos brutales —dijo ella con voz de negocios, como si despachar a dos hombres fuese una actividad que llevaba a cabo regularmente—. En un mundo de buenos y malos, es imposible hacer distinciones.

—No es que haya pensado mucho en distinciones.

—Eso —dijo Gabriella con voz queda— cambiará si se queda usted con nosotros.

Verlaine aminoró la marcha y se detuvo ante una señal de stop, para a continuación internarse de nuevo en la carretera. El convento estaba a pocos kilómetros de distancia.

—¿Evangeline también es una de ustedes? —preguntó.

—Evangeline sabe muy poco de la angelología. No le dijimos nada cuando era niña. Es joven y obediente; rasgos que podrían haber supuesto su condena de no ser también extremadamente brillante. Fue idea de su padre dejarla en manos de las hermanas del Convento de Santa Rosa. Era católico, y muy apegado a la idea de que la mejor manera de proteger a una señorita del peligro es esconderla en un monasterio. No podía evitarlo; era italiano. Llevan ese tipo de ideas en la sangre.

—¿Y ella obedeció?

—¿Disculpe?

—¿Su nieta dejó todo aquello por lo que vale la pena vivir solo porque su padre se lo dijo?

—Quizá pueda debatirse qué es aquello por lo que vale la pena vivir —dijo Gabriella—. Pero tiene usted razón: Evangeline hizo justo lo que su padre le dijo que hiciera. Luca la trajo a Estados Unidos después de que la madre de Evangeline, mi hija Angela, fuese asesinada. Imagino que su educación fue rigurosamente religiosa. Imagino que Luca debió de prepararla desde una edad muy temprana para un posible ingreso en el Convento de Santa Rosa. De lo contrario, ¿cómo iba una chica de hoy en día y de esa edad a aceptar algo así?

Verlaine dijo:

—A mí me parece bastante medieval.

—Es que usted no conocía a Luca —dijo Gabriella—. Y tampoco conoce a Evangeline. Su afecto mutuo era digno de ver. Eran inseparables. Creo que Evangeline habría hecho cualquier cosa, realmente cualquier cosa, que le hubiese dicho su padre… incluyendo entregarle la vida a la iglesia.

Condujeron en silencio por la carretera. El motor del Porsche traqueteaba, el bosque se alzaba a ambos lados. Apenas hacía una hora, aquel viaje había parecido extrañamente relajado. Sin embargo, cada grupo de árboles, cada recodo en la carretera, cada carril que se estrechaba ante ellos suponía ahora la posibilidad de una emboscada. Verlaine apretó el acelerador para que el Porsche fuese más y más rápido. Cada pocos segundos miraba por el retrovisor, como si el utilitario fuese a aparecer en cualquier momento y los asesinos fuesen a volver de entre los muertos.

Convento de Santa Rosa, Milton, Nueva York

Evangeline y Celestine subieron al tercer piso en ascensor. La cinta de cuero del maletín ya le pesaba a Evangeline sobre el hombro. Cuando las puertas se abrieron, la vieja monja la detuvo.

—Vete, querida —dijo—. Yo distraeré a las demás para que puedas salir sin que te vean.

Evangeline le dio un beso en la mejilla a Celestine y la dejó en el ascensor. En cuanto se alejó, Celestine pulsó un botón y las puertas se cerraron. Evangeline se quedó sola.

Al llegar a su celda, Evangeline abrió las cortinas y reunió todos sus objetos de valor: un rosario y algo de dinero en metálico que había ido ahorrando a lo largo de los años. Se lo guardó todo en el bolsillo. Contempló la estancia, con una punzada en el corazón. Hacía no mucho había estado segura de que jamás saldría de aquel lugar. Había imaginado la vida que se extendía frente a ella como una progresión infinita de rituales, rutinas y oraciones. Se despertaría cada mañana para orar y se iría a dormir cada noche en una estancia que daba a la oscura presencia del río. De la noche a la mañana, todas aquellas certezas habían desaparecido; se habían disuelto como hielo en la corriente del Hudson.

Los pensamientos de Evangeline se vieron interrumpidos por una gran cacofonía, un estruendo que provenía del patio. Salió a toda prisa de su habitación, abrió una ventana y contempló los terrenos del convento. Una procesión de furgonetas utilitarias negras estacionó en el camino de entrada ante Maria Angelorum. Las puertas de las furgonetas se abrieron y un grupo de extrañas criaturas bajó, pisoteando el césped del convento. Evangeline entrecerró los ojos e intentó ver con más claridad. Llevaban abrigos negros uniformes que rozaban la nieve al desplazarse, guantes de cuero negro y botas militares de combate. Atravesaron el patio y se acercaron al convento. Evangeline vio que su número se multiplicaba con rapidez: cada vez llegaban más, era casi como si tuviesen la capacidad de aparecer en medio del frío aire. Evangeline examinó la periferia del área del convento y vio que había más criaturas que surgían del bosque oscurecido y que empezaban a trepar por los muros de piedra. Otros estaban cruzando la gran puerta de hierro de la entrada. Quizá llevaban horas escondidos, a la espera. Los gibborim rodeaban por completo el Convento de Santa Rosa.

Evangeline agarró con fuerza el maletín y se apartó asustada de la ventana. Echó a correr pasillo abajo, llamando a todas las puertas para alertar a las hermanas que en aquel momento estarían estudiando o rezando. Encendió todas las luces, una dura iluminación que despojó a la cuarta planta del aire acogedor y acentuó las alfombras deshilachadas, la pintura descascarillada y la deprimente uniformidad de sus vidas enclaustradas. Si había algo que aprender del último ataque era que las hermanas tenían que salir del convento de inmediato.

Los esfuerzos de Evangeline sacaron a las hermanas de sus habitaciones. Todas asomaron al pasillo, mirando en derredor, completamente confundidas, con los cabellos descompuestos y sin velo. Evangeline oyó que Filomena daba voces desde algún lugar lejano, preparando a las hermanas para la lucha.

—Marchaos —dijo Evangeline—. Bajad por las escaleras traseras a la planta baja y seguid las órdenes de la madre Perpetua. Confiad en mí. Pronto lo entenderéis todo.

Evangeline resistió el impulso de guiarlas ella misma y se abrió paso entre los grupos de mujeres apelotonadas. Llegó hasta una puerta de madera en el extremo del pasillo, la abrió y subió una escalera de caracol. La estancia que había en lo alto de la torreta estaba helada y sombría. Evangeline se arrodilló ante la pared de ladrillos y sacó la piedra que tapaba su escondite. En el hueco tras la pared encontró la caja de metal que contenía el diario angelológico, con la fotografía metida sana y salva en el interior. Pasó páginas hasta la última cuarta parte del diario. Allí estaban las notas científicas de su madre, copiadas con la letra limpia y precisa de Gabriella. Su madre había muerto por aquellas hileras de números. Evangeline no podía perderlos.

Las ventanas de la torreta estaban congeladas, en el cristal se apreciaban fractales blancos y azulados. Evangeline intentó limpiar un círculo en el hielo con su propio aliento; restregó el cristal con la palma de la mano. Sin embargo, el cristal permaneció nublado. Embargada por el pánico, intentando ver los terrenos del convento, Evangeline se quitó un zapato y destrozó la ventana con el tacón. Apartó los trozos de cristal con un bar de barridos rápidos y se asomó por el hueco para ver el patio.

Un aire frío y desgarrador entró a ráfagas en la torreta. Evangeline vio el río y el bosque, ahí abajo, envolviendo tres flancos del patio. Las criaturas se habían reunido en el centro de los terrenos, una masa de figuras cubiertas con abrigos. Incluso en la lejanía, en escorzo, verlos le provocó un escalofrío a Evangeline. Eran cincuenta o quizá incluso cien criaturas que no tardaron en disponerse en hileras.

De repente y como si respondiesen a una orden, todos se desprendieron al unísono de los abrigos. Tenían las extremidades desnudas, y la piel les brillaba con halos de fulgor sobre la nieve. Se enderezaron y Evangeline vio que tenían una altura inmensa que les daba apariencia de estatuas griegas colocadas en un parque desolado. Unas grandes alas rojas de bordes afilados brotaban a su espalda, con plumas estriadas que destellaban bajo la opaca luz del sol. En un instante, Evangeline reconoció a aquellas criaturas, pues estaba contemplando a unas bestias similares a los seres angélicos que había visto con su padre en aquel almacén de la ciudad de Nueva York. Sin embargo, en los años que habían pasado desde la última vez que había posado la vista en aquellas criaturas, había dejado de ser una niña para convertirse en una mujer, un cambio que la había vuelto más sensible a un tipo de seducción que no había experimentado jamás. Los cuerpos de aquellos seres eran excesivamente encantadores, tan sensuales que una ráfaga de puro deseo recorrió a Evangeline. Y sin embargo, en medio de la niebla del deseo, a Evangeline le pareció que todo lo que rodeaba a aquellas criaturas, desde aquella postura erguida hasta la inmensa envergadura de sus alas, resultaba monstruoso.

Inspiró hondo para calmar sus pensamientos y captó un peculiar aroma margoso a carbón: el olor distintivo del humo. Paseó la vista por los terrenos y vio a un grupo de aquellas criaturas apelotonadas junto al convento, aventando llamas con las alas. El resplandor del fuego creció más y más. Aquellos diablos las estaban atacando.

Evangeline metió el diario angelológico en el maletín de cuero y bajó a la carrera por el pasadizo que daba a la Capilla de la Adoración. El olor del fuego se hizo cada vez más presente a medida que bajaba. Ráfagas de humo empezaban a ascender por la escalera. No había modo de saber hasta dónde se había extendido el incendio. Evangeline apretó el paso al comprender que podría quedar atrapada, con el maletín sujetado con fuerza bajo el brazo. El aire se espesó mientras descendía los sucesivos tramos de escaleras. Quedó convencida de que el fuego, al menos de momento, se limitaba a las partes inferiores del convento. Aun así, parecía imposible que las llamas hubiesen crecido tan rápidamente y con tanta fuerza. Recordó a las criaturas que acababa de ver de pie junto al fuego, el poderoso batir de sus alas, que avivaba las llamas. Se estremeció. Los gibborim no se detendrían hasta reducir todo el convento a cenizas.

Convento de Santa Rosa, Milton, Nueva York

Verlaine apena distinguió las palabras «Sta. Rosa» escritas en la ornamentada puerta de hierro a causa del denso humo que salía del convento. Junto al grueso muro de caliza estaba estacionado su maltrecho Renault, con las ventanas hechas pedazos. Probablemente se había llenado de nieve durante la noche, pero seguía aparcado donde él lo había dejado. La puerta del convento estaba abierta, y al aparcar el coche, Verlaine vio una línea de furgonetas negras alineadas una tras otra ante la iglesia.

—¿Ve usted ese coche? —preguntó Gabriella, señalando a un Jaguar blanco escondido entre el follaje al final del camino de entrada del convento—. Pertenece a Otterley Grigori.

—¿Es pariente de Percival?

—Es su hermana —dijo Gabriella—. Tuve el gran placer de conocerla en Francia. —Gabriella echó mano de la pistola y salió del Porsche—. Si está aquí, podemos asumir que Percival también estará, y que los dos están detrás de este incendio.

Verlaine miró más allá de Gabriella, al convento situado a poca distancia. El humo oscurecía las partes superiores de la estructura y, aunque no vio ningún movimiento en el suelo, se encontraba demasiado lejos como para entender qué estaba pasando. Salió del coche y siguió a Gabriella al convento.

—¿Qué hace? —preguntó, clavándole una mirada escéptica.

—Voy con usted.

—Necesito que se quede aquí con el coche. Cuando encuentre a Evangeline tendremos que marcharnos a toda prisa. Dependo de usted para poder escapar. Prométame que se quedará aquí.

Sin esperar respuesta alguna, Gabriella echó a andar hacia el convento, metiéndose la pistola en el bolsillo de la larga chaqueta negra.

Verlaine se apoyó contra una de las furgonetas y vio que Gabriella desaparecía por un recodo del convento. Tuvo la tentación de seguirla a pesar de sus instrucciones. En cambio recorrió las hileras de furgonetas hasta el Jaguar blanco. Ahuecó las manos en torno a los ojos y se asomó a la ventana.

En el asiento beis de cuero descansaba una de sus carpetas de investigación, con la imagen fotocopiada de la moneda tracia en la parte superior. Verlaine intentó abrir la puerta y, al ver que estaba cerrada, miró en derredor en busca de algo con lo que romperla. Justo entonces vio a Percival Grigori en un extremo de la carretera. Venía en dirección al coche.

Rápidamente, Verlaine se agachó tras el muro de piedra que rodeaba los terrenos del convento. Se acercó incluso más al convento, con las zapatillas crujiendo sobre la nieve escarchada, y se detuvo ante un hueco en la estructura que daba al césped principal. Se quedó pasmado al contemplar la escena que tenía delante. Un humo denso y oscuro brotaba de las llamas que lamían el convento. Para su asombro, un ejército de criaturas idénticas a las que había matado junto a Gabriella pululaban por los terrenos del convento. Debían de ser un centenar de monstruos alados y reptilianos reunidos en pleno ataque.

Se esforzó por ver la escena con mayor claridad. Aquellos seres eran una mezcla entre pájaro y bestia, en parte humanos y en parte monstruos. Contaban con alas profusas y rojas a la espalda. Los envolvía una luz tan intensa que los cubría con un resplandor fino como una gasa. Aunque Gabriella le había explicado con todo detalle lo que eran los gibborim, y él mismo los había reconocido como los mismos seres que había visto en el tren la noche anterior, ahora se daba cuenta de que hasta aquel momento no había creído que pudieran existir tantos de ellos.

A través de las llamas y el humo, Verlaine atisbó más y más grupos de gibborim. Uno tras otro caían en picado sobre el convento, con grandes alas que batían potentes y furiosas. Se elevaban por los cielos, exuberantes, cometas livianas que flotaban hacia el edificio. Parecían imposiblemente ligeros, como si sus cuerpos fueran insustanciales. Sus movimientos eran tan coordinados, tan poderosos, que Verlaine comprendió de inmediato que sería imposible derrotarlos. Las criaturas volaban en un elaborado ballet agresivo; se alzaban del suelo con una orquestación elegante de violencia. Una criatura flotaba junto a otra mientras las llamas se alzaban al cielo. Verlaine contempló la destrucción, anonadado.

Una criatura permanecía algo más alejada de los demás, en el borde del bosque. Resuelto a examinarla, Verlaine se agachó para cubrirse tras el denso follaje más allá del muro de piedra y se acercó más a aquel ser, hasta detenerse a menos de tres metros, escondido tras los arbustos. Vio la elegancia de su semblante, la nariz aquilina, los rizos dorados, los terribles ojos rojos. Inspiró hondo y captó el dulce aroma de su cuerpo. Gabriella le había dicho que quienes habían tenido la fortuna o desdicha de cruzarse con aquel aroma lo describían como celestial. Verlaine comprendió de inmediato la peligrosa atracción que podía ejercer aquella criatura. Había imaginado que serían repulsivos, los aberrantes hijos de un gran error histórico, híbridos deformes de lo sagrado y lo profano. No había pensado que se le antojasen hermosos.

De pronto, la criatura se giró. Con un barrido, miró hacia el bosque, como si percibiese la presencia de Verlaine entre los árboles. El rápido movimiento del gibborim le permitió ver un destello de la carne del cuello, un brazo largo y delgado, el contorno de su cuerpo. El gigante se acercó al muro de piedra, con alas temblorosas, y Verlaine olvidó por qué estaba allí, qué era lo que quería y qué podía hacer a continuación. Sabía que debía tener miedo, pero cuando el gibborim se acercó, con aquel fulgor que manaba de su piel, Verlaine sintió que una calma espectral lo dominaba. La luz dura y centelleante del fuego brillaba y envolvía a la criatura, mezclándose con su propia luminiscencia. Verlaine estaba hipnotizado. En lugar de correr, como sabía que debía hacer, quiso acercarse más a la criatura, tocar aquel cuerpo duro y pálido. Se alejó de la seguridad de su escondite en el bosque y se plantó ante el gibborim, como si pretendiese entregarse. Contempló aquellos ojos vítreos, como si buscase una respuesta a un acertijo violento y oscuro.

Lo que Verlaine vio en esos ojos lo sobresaltó más allá de lo imaginable. En lugar de malevolencia, la mirada de la criatura contenía una terrible insulsez animal, una vacuidad que no era malvada ni benigna. Era como si la criatura careciese de la habilidad de comprender qué tenía delante. Sus ojos eran lentes que daban al vacío más puro. El ser no se percató de la presencia de Verlaine. En lugar de eso, miró más allá, como si Verlaine no fuese más que un elemento más del bosque, un tocón o un montoncillo de hojas. Verlaine comprendió que estaba en presencia de una criatura sin alma.

Con un rápido movimiento, el ser abrió las alas. Rotó un ala y luego la otra, para que el duro resplandor del fuego se les acercase. Acto seguido, el monstruo se impulsó con las alas y echó a volar del suelo, ligero y liviano como una mariposa, para unirse a los demás en el ataque.

Capilla de la Adoración, Convento de Santa Rosa, Milton, Nueva York

Evangeline se encontró la Capilla de la Adoración repleta de humo. Intentó respirar, pero aquel aire caliente y venenoso la abrumó. Le quemó en la piel y le picó en los ojos, hasta el punto de que, en pocos segundos, estos se le llenaron de lágrimas. En medio de la neblina distinguió las siluetas de las hermanas, repartidas por la capilla. Le pareció que los hábitos se mezclaban todos juntos, formando una única franja de inviolable color negro. Una luz suave y humeante llenaba la iglesia y caía suavemente sobre el altar. A Evangeline le resultó incomprensible de entender por qué seguían las hermanas en medio de aquel fuego. Si no salían, el humo las iba a matar.

Confundida, se giró para escapar de Maria Angelorum, cuando sus pies tropezaron con algo y cayó todo lo larga que era sobre el suelo de mármol. Se golpeó la barbilla y perdió el agarre del maletín, que voló hasta perderse en medio de la neblina. Para su horror, el rostro de la hermana Ludovica apareció entre el humo, con una expresión de miedo congelada en el semblante. Evangeline se había tropezado con el cuerpo de la anciana, cuya silla de ruedas yacía volcada a su lado, con una rueda aún girando. Se inclinó sobre Ludovica, le colocó las manos en las mejillas cálidas y susurró una plegaria, una despedida final para la hermana de mayor edad. Con suavidad, le cerró los párpados a Ludovica.

Se puso en pie e inspeccionó la escena lo mejor que pudo entre el humo. El suelo de la Capilla de la Adoración estaba cubierto de cadáveres. Evangeline contó cuatro mujeres que yacían a intervalos por los pasillos entre los bancos, asfixiadas. Sintió una oleada de desesperación. Los gibborim habían abierto grandes agujeros en los vitrales que representaban las esferas angélicas y habían bombardeado los cuerpos de las monjas con esquirlas. Había fragmentos de cristal de color desparramados de un extremo a otro de la capilla, esparcidos por el suelo de mármol como caramelos. Los bancos estaban rotos, aplastado el delicado péndulo dorado del reloj, desplomados los ángeles de mármol. El hueco abierto en la ventana daba al césped del convento. Las criaturas se apelotonaban sobre los terrenos nevados. El humo ascendía hacia el cielo y le recordaba a Evangeline que el incendio aún estaba activo. Ráfagas de viento helado soplaban por el desolado interior hecho ruinas. Y lo peor de todo, los reclinatorios ante la sagrada forma estaban vacíos. La cadena de perpetua adoración había sido interrumpida. La escena era tan terrible que Evangeline se quedó sin respiración al contemplarla.

El aire en el suelo era algo más fresco, el humo menos denso, así que Evangeline se tendió bocabajo una vez más y empezó a arrastrarse por el suelo en busca del maletín de cuero. El humo le quemaba en los ojos, le dolían los brazos del esfuerzo. El humo había transformado aquella capilla que tan familiar fue en su día en un lugar de peligros, un campo de minas amorfo y neblinoso lleno de trampas invisibles. Si el humo conseguía aplastarla, acabaría perdiendo la consciencia, como las demás. Si se arrastraba directamente hasta Maria Angelorum para llegar al exterior, podría perder el valioso maletín.

Por fin, Evangeline atisbó un destello de metal, los broches de cobre del maletín de cuero destellaban bajo la luz del fuego. Alargó la mano y sujetó el mango. Al acercarse al maletín se percató de que el cuero estaba chamuscado. Se puso en pie y se cubrió la nariz y la boca con la manga en un intento de bloquear el humo. Recordó las preguntas que Verlaine le había hecho en la biblioteca, la intensa curiosidad que había mostrado sobre la ubicación del sello en los dibujos de la madre Francesca. La última tarjeta de su abuela había confirmado aquella teoría: los diseños arquitectónicos habían sido realizados con el propósito de señalar un objeto escondido, algo que había ocultado la madre Francesca y que llevaban custodiando casi doscientos años. La precisión con la que los mapas de la capilla habían sido dibujados dejaban poco margen de duda. La madre Francesca había colocado algo en el sagrario.

Evangeline subió los escalones del altar en medio del humo hasta el sagrario elaboradamente decorado. Este descansaba sobre una columna de mármol y tenía los símbolos alfa y omega incrustados en oro en las puertas. Principio y fin. Tenía el tamaño de un armarito, lo bastante grande como para esconder algo de valor. Evangeline se metió el maletín de cuero bajo el brazo y tiró de las puertas. Estaban cerradas.

De pronto, un clamor de movimiento la alertó de que había una nueva presencia en la capilla. Se giró justo en el momento en que dos criaturas rompieron uno de los vitrales; destrozando la luminosa placa de la Primera Esfera Angélica con tanta fuerza que esquirlas doradas, rojas y azules llovieron sobre las monjas. Evangeline se agachó bajo el altar y notó que se le erizaba el pelo de la nuca al examinar a los gibborim. Eran más grandes de lo que le había parecido al verlos desde la torreta, altos y desgarbados, con enormes ojos rojos y sinuosas alas carmesíes que les envolvían los hombros como si de capas se tratase.

Uno de los gibborim derribó los reclinatorios y los pisoteó, mientras que otro decapitaba la figura de un ángel con un brutal golpe que separó la cabeza del cuerpo. En el extremo opuesto de la capilla, otra criatura agarró un candelero dorado por la base y lo lanzó con una fuerza extraordinaria contra uno de los vitrales, una representación encantadora del arcángel San Miguel. El cristal se hizo añicos al instante, un crujido sinfónico que reverberó por el aire como el canto simultáneo de un millar de chicharras.

Tras el altar, Evangeline se apretó el maletín contra el pecho. Sabía que tenía que medir sus movimientos con extremo cuidado. El más leve ruido alertaría a aquellas criaturas de su presencia. Estaba escaneando la capilla en busca de la mejor vía de escape, cuando descubrió a Filomena, agachada en un rincón. Filomena alzó despacio la mano en un gesto que la conminaba a guardar silencio, a mirar y esperar.

Desde su escondite cerca del sagrario, Evangeline vio que Filomena se arrastraba por el suelo del altar. La custodia era de oro macizo, del tamaño de un candelabro. Debía de ser extraordinariamente pesada. Sin embargo, Filomena la alzó sobre su cabeza y la estrelló contra el suelo de mármol. La custodia no recibió daño alguno por el golpe, pero el pequeño orbe de cristal de su centro, el que contenía la sagrada forma, se hizo añicos. Desde su escondite, Evangeline oyó el inconfundible crujido del cristal al romperse.

Fue un acto de sacrilegio tan grande por parte de Filomena, una violación tan horrible de las creencias y oraciones de sus hermanas, que Evangeline se quedó helada de puro asombro. En medio de la destrucción, el horror y la muerte de sus hermanas, no parecía haber motivo alguno para perpetrar más vandalismos. Y sin embargo, Filomena siguió centrada en la custodia, rompiendo aún más el cristal. Evangeline salió de su escondite, preguntándose qué clase de locura había poseído a Filomena.

Los actos de Filomena atrajeron la atención de los gibborim. Se movieron hacia ella; aquellas alas de color bermellón latían al compás de su aliento. De pronto, uno de ellos se lanzó sobre Filomena. Poseída por el fanatismo de sus creencias y un poder que Evangeline jamás la habría creído capaz de mostrar, Filomena se liberó del agarre del monstruo con una elegante finta, sujetó a la criatura por las alas y tiró de ellas. Las enormes alas rojas se rasgaron, separándose del cuerpo del monstruo. El gibborim cayó al suelo, retorciéndose en medio de un creciente charco de fluido azul que brotó de la herida, mientras chillaba con una horrible y gorjeante agonía. Evangeline se sintió como si hubiese descendido a una suerte de infierno. Su capilla más sagrada, el templo de sus plegarias diarias, acababa de ser profanada.

Filomena se giró hacia la custodia, arrancó los cristales rotos del orbe y, en un momento de triunfo, sostuvo algo sobre la cabeza. Evangeline intentó atisbar qué era aquel objeto que tenía Filomena en las manos: se trataba de una pequeña llave. Filomena se había cortado con el cristal; regueros de sangre le goteaban por las muñecas y los brazos. Mientras que ver semejante caos repugnaba a Evangeline, pues casi no podía obligarse a contemplar el cuerpo mutilado de la criatura, Filomena no parecía perturbada en lo más mínimo. Aun así, por más asustada que estuviese, Evangeline se maravilló ante el descubrimiento de la hermana.

Filomena le dijo que se acercase, pero Evangeline no pudo hacer nada: las criaturas que seguían con vida cayeron sobre la hermana y le desgarraron la ropa como halcones que se cebasen con un roedor. La tela negra del hábito quedó sepultada bajo una avalancha de oleosas alas rojas. Pero entonces, Evangeline vio que Filomena se liberaba de la maraña de atacantes. Como si emplease el resto de sus fuerzas, Filomena le lanzó la llave a Evangeline. Ella la recogió del suelo y se ocultó tras una columna de mármol.

Cuando volvió a asomarse, una fría luz caía sobre el cuerpo reseco y abrasado de la hermana Filomena. Aquellos gibborim asesinos se desplazaron al centro de la capilla, con las enormes alas desplegadas, como si fueran a alzar el vuelo en cualquier momento.

En la puerta se arremolinaba un grupo de hermanas. Evangeline quiso lanzarles un grito de advertencia, pero antes de que pudiese hablar, la gran uniformidad de mujeres vestidas con hábito se apartó y la hermana Celestine apareció de su periferia, con la silla de ruedas empujada por unas ayudantes. No llevaba velo, y sus cabellos blancos intensificaban con su pureza las arrugas de tristeza que se le marcaban en el rostro. Las ayudantes llevaron la silla de Celestine hasta la base del altar, rodeada de un mar de hábitos negros y escapularios blancos.

Los gibborim también contemplaron a Celestine mientras sus ayudantes llevaban la silla de ruedas hasta el altar. Estas encendieron velas y, con trozos de madera chamuscada del incendio, empezaron a dibujar símbolos en el suelo alrededor de Celestine; símbolos arcanos que Evangeline reconoció del diario angelológico que su abuela le había dado. Había buscado muchas veces el significado de aquellos símbolos, pero nunca había encontrado nada.

De pronto, Evangeline sintió una mano en el brazo. Se giró y se encontró con Gabriella, que la abrazó. Durante un breve momento, el terror que sentía menguó, y no fue más que una jovencita en los brazos de su querida abuela. Gabriella le dio un beso a Evangeline y se giró con rapidez a contemplar a Celestine con expresión cómplice. Evangeline miró a su abuela, con el corazón en la garganta. Aunque parecía mayor y más delgada de lo que Evangeline recordaba, sintió una segura familiaridad en presencia de Gabriella. Le habría gustado poder hablar con su abuela en privado. Tenía que hacerle muchas preguntas.

—¿Qué está pasando? —preguntó. Examinó a las criaturas, que se habían quedado extrañamente quietas.

—Celestine ha ordenado que dibujen un cuadrado mágico dentro de un círculo sagrado. Es la preparación de una ceremonia de invocación. —Las ayudantes trajeron una corona de flores y se la colocaron sobre los cabellos blancos—. Ahora colocan una corona de flores sobre la cabeza de Celestine. Viene a significar la pureza virginal de la oficiante. Conozco bien el ritual, aunque jamás he visto llevarlo a cabo. Invocar un ángel puede suponer una gran ayuda que acabe con nuestros enemigos en un instante. En una situación como esta, con el convento asediado y las hermanas de Santa Rosa superadas en número, podría ser una medida de lo más útil, quizá la única medida que sirva para conseguir la victoria. Sin embargo, es increíblemente peligrosa, sobre todo para una mujer de la edad de Celestine. Los peligros suelen ser mayores que los beneficios, sobre todo en el caso de invocar a un ángel para una batalla.

Evangeline se giró hacia su abuela. Un colgante de oro, réplica exacta del que le había dado a Evangeline, destellaba en el cuello de Gabriella.

—Que es justo para lo que pretende invocar al ángel Celestine —dijo Gabriella—. Para una batalla.

—Pero... los gibborim se han quedado inmóviles de repente —dijo Evangeline.

—Celestine los ha hipnotizado —dijo Gabriella—. Se llama «encantamiento de gibborim». Lo aprendemos de pequeñas. ¿Ves sus manos?

Evangeline se esforzó por atisbar a Celestine, sentada en su silla. Tenía las manos entrelazadas sobre el pecho, con ambos índices apuntando al corazón.

—El encantamiento aturde momentáneamente a los gibborim —dijo Gabriella—. Sin embargo, se agotará en un momento. Celestine tendrá que actuar muy rápido.

Celestine alzó ambos brazos al aire con un movimiento rápido, y rompió el hechizo que sometía a los gibborim. Antes de que estos pudiesen reanudar el ataque, Celestine empezó a hablar. Su voz reverberó por la capilla abovedada.

—*Angele Dei, qui custos es mei, me tibi commissum pietate superna, illumina, custodi, rege, et guberna.*

Aquel latín le resultaba familiar a Evangeline. Reconoció que se trataba de un encantamiento y, para su asombro, el hechizo empezó a tener efecto. La manifestación empezó como una suave brisa, una levísima ráfaga de aire que en pocos segundos se convirtió en una auténtica tempestad que recorrió la nave. En un estallido de luz cegadora, una figura brillante apareció en el centro del remolino de viento, flotando sobre Celestine. Evangeline olvidó el peligro que suponía aquella invocación, el peligro de las criaturas que las rodeaban por todas partes, y se quedó mirando al ángel. Eran inmenso, con alas doradas que abarcaban toda la longitud de la alta bóveda central, y unos brazos estirados en un gesto que parecía invitar a todos a que se acercasen. Brillaba con una luz intensa, y su túnica llameaba aún más que el incendio. La luz bañó a las monjas y cayó sobre los suelos de la iglesia, destellando, fluida, como la lava. El cuerpo del ángel parecía físico y etéreo a la vez. Flotaba en las alturas y, sin embargo, Evangeline estaba segura de que podía ver a través de él. Quizá lo más extraño de todo fue que el ángel empezó a adoptar las facciones de Celestine, a recrear la apariencia física que había debido de tener en su juventud. El ángel se transformó en una réplica exacta de quien lo había invocado, se convirtió en el gemelo dorado de Celestine. Evangeline contempló a la chica que Celestine fue en su día.

El ángel flotaba en el aire, resplandeciente y sereno. Habló con una voz que sonó dulce y rítmica por toda la iglesia, vibrando con una belleza antinatural. Dijo:

—¿Me llamas en aras del bien?

Celestine se alzó de la silla de ruedas con asombrosa facilidad y se arrodilló en medio del círculo de velas. Su túnica blanca caía como una cascada a su alrededor.

—Te llamo como servidora del Señor, para que cumplas Su obra.

—En Su sagrado nombre —dijo el ángel—, te pregunto si tus intenciones son puras.

—Tan puras como sagrada es Su Palabra —dijo Celestine, la voz cada vez más fuerte, más vibrante, como si la presencia del ángel le diese fuerzas.

—No temas, pues soy un mensajero del Señor —dijo el ángel con una voz que era pura música—. Canto las alabanzas del Señor.

En medio de un cataclismo de viento, la iglesia se llenó de música. Un coro celestial empezó a cantar.

—Guardián —dijo Celestine—. Nuestro santuario ha sido profanado por el dragón. Nuestras estructuras arden, nuestras hermanas están siendo asesinadas. Al igual que el arcángel San Miguel aplastó la cabeza de la serpiente, te pido que aplastes a estos nauseabundos invasores.

—Dime —dijo el ángel con un batir de alas, mientras su liviano cuerpo se retorcía en el aire—. ¿Dónde se esconden estos diablos?

—Están aquí, sobre nosotras, destrozando Su sagrado santuario.

En un instante, tan rápido que Evangeline no tuvo tiempo para reaccionar, el ángel se transformó en una llamarada que se dividió en cientos de lenguas de fuego, cada una de las cuales adoptó la forma de otro ángel. Evangeline apretó el brazo de Gabriella y se afianzó para que no la derribase el viento. Le ardían los ojos, pero no pudo ni parpadear. Los ángeles guerreros, con espadas en alto, descendieron sobre la capilla. Las monjas huyeron horrorizadas en todas direcciones, una oleada de pánico que sacó a Evangeline del trance en que la había sumido la invocación. Los ángeles acabaron con los gibborim, cuyos cuerpos se desplomaron sobre el altar y cayeron del aire en pleno vuelo.

Gabriella corrió hacia Celestine, y Evangeline la siguió de cerca. La anciana monja yacía en el suelo de mármol, con la túnica desplegada a su alrededor y la corona de flores torcida. Evangeline le colocó una mano en la mejilla y vio que tenía la piel caliente, como si la invocación la hubiese achicharrado. La examinó de cerca e intentó comprender cómo podía una mujer frágil y comedida como Celestine tener el poder de derrotar a semejantes bestias.

De algún modo, las velas habían permanecido encendidas en medio del huracán de la invocación, como si la presencia violenta del ángel no se hubiese trasladado del todo al mundo físico. Titilaban, resplandecientes, y bañaban la piel de Celestine con un falso brillo vital. Evangeline le recompuso la túnica a Celestine con delicadeza. La mano de Celestine, que hacía pocos segundos había estado muy caliente, se había quedado completamente fría. En apenas un día, la hermana Celestine se había convertido en su auténtica guardiana, la había guiado en medio de su confusión y la había colocado en la senda correcta. Evangeline no podía estar segura, pero le pareció que asomaban lágrimas a los ojos de Gabriella.

—Una invocación brillante, amiga mía —le susurró al tiempo que se inclinaba para depositar un beso en la frente de Celestine—. Sencillamente brillante.

Evangeline se acordó de Filomena. Abrió la mano y le dio a su abuela la llave.

—¿De dónde has sacado esto? —preguntó Gabriella.

—De la custodia —dijo Evangeline con un gesto hacia las esquirlas de cristales de color en el suelo—. Estaba dentro.

—Así que era ahí donde la guardaban —dijo Gabriella, girando la llave en la mano.

Se acercó al sagrario, metió la llave en la cerradura y abrió la puerta. Dentro había un saquito de cuero.

—Aquí ya no nos queda más que hacer —dijo Gabriella. Le hizo un gesto a Evangeline para que la siguiera y dijo—: Vamos, hemos de marcharnos ya. Aún estamos en peligro.

Convento de Santa Rosa, Milton, Nueva York

Verlaine atravesó el césped del convento, los pies hundiéndose en la nieve. Hacía apenas unos segundos, el complejo casi se había hundido bajo el peso del ataque. Los muros del convento habían estado consumidos por las llamas, el patio lleno de criaturas viles y beligerantes. Y entonces, para su más absoluto asombro, la batalla había cesado. En un instante, el fuego desapareció en el aire, dejando tras de sí ladrillos achicharrados, metal crepitante y el penetrante olor del carbón. Las alas batientes de las criaturas se congelaron en pleno vuelo. Cayeron al suelo como si las hubiese golpeado una corriente eléctrica y dejaron montículos de cuerpos rotos en la nieve. Verlaine observó el patio en silencio. Los últimos restos de humo se dispersaban en el aire de la tarde.

Se acercó a uno de los cadáveres y se agachó sobre él. Había algo extraño en la apariencia de la criatura: no solo había desaparecido aquel fulgor, sino que todo su físico había cambiado. Al morir, la muerte se había cubierto de imperfecciones: pecas, lunares, cicatrices, mechones de pelo negro. Aquel blanco límpido de las uñas se había ennegrecido. Verlaine le dio la vuelta al cadáver y vio que las alas habían desaparecido por completo, convertidas en polvo rojo. En vida, las criaturas eran mitad humano, mitad ángel. En la muerte parecían por completo humanas.

Unas voces distrajeron la atención de Verlaine del cadáver. Provenían del extremo opuesto de la iglesia. Las monjas de Santa Rosa salieron al patio y empezaron a arrastrar los cuerpos de los gibborim a la ribera del río. Verlaine buscó a Gabriella entre ellas, pero no la encontró. Había docenas de monjas, todas vestidas con pesados abrigos y botas. Las mujeres demostraron una gran determinación ante aquella desagradable tarea; se organizaron en pequeños grupos y se pusieron a trabajar sin vacilar. Dado que los cadáveres eran grandes y difíciles de manejar, hacían falta cuatro hermanas para transportar a una sola criatura. Arrastraron lentamente los cuerpos por el patio hasta la ribera del Hudson y formaron un surco de nieve helada. Tras amontonar a las criaturas una encima de otra bajo un abedul, las empujaron hacia el río. Los cuerpos se hundieron bajo la cristalina superficie como si estuviesen cargados de plomo.

Mientras las monjas se afanaban en su tarea, Gabriella salió de la iglesia acompañada de una mujer joven. Ambas tenían el rostro ennegrecido de humo. Verlaine reconoció las facciones de la joven: la forma de la nariz, la barbilla, los pómulos altos. Era Evangeline.

—Vamos —le dijo Gabriella a Verlaine. Llevaba un maletín marrón bajo el brazo—. No hay tiempo que perder.

—Pero el Porsche solo tiene dos asientos —dijo Verlaine, comprendiendo el problema antes siquiera de formularlo.

Gabriella frenó en seco, como si no haber previsto aquel dilema la molestase más de lo que quería admitir.

—¿Hay algún problema? —preguntó Evangeline, y Verlaine se sintió atraído por la cualidad musical de su voz, la serenidad de sus maneras, la sombra fantasmal de la propia Gabriella en sus facciones.

—Nuestro coche es demasiado pequeño —dijo Verlaine, preguntándose qué estaría pensando Evangeline.

Ella le clavó la vista quizá demasiado tiempo, como si verificase que era el mismo hombre que había conocido el día anterior. Luego sonrió, y Verlaine comprendió que no estaba equivocado: algo arraigaba entre ambos.

—Seguidme —dijo Evangeline.

Giró sobre sus talones y se alejó a toda prisa. Atravesó a la carrera el patio, decidida, con los pequeños zapatos negros repiqueteando sobre la nieve helada. Verlaine comprendió que sería capaz de seguirla allá donde quisiera ir.

Evangeline pasó entre dos de las furgonetas utilitarias y los llevó por una acera helada hasta la puerta lateral de un garaje de ladrillos. En el interior, el aire estaba rancio, pero libre de olor del fuego. Evangeline agarró un juego de llaves que colgaba de un gancho y las sacudió en el aire.

—Subid —dijo con un gesto a un sedán marrón de cuatro puertas—. Yo conduzco.

EL CORO CELESTIAL

. . .

«El ángel empezó a cantar con una voz que ascendía y descendía al compás de la lira. Como si respondiesen a aquella divina progresión melódica, los demás ángeles se unieron a coro; cada voz se alzó para crear una música digna del mismo cielo, una confluencia similar a la congregación que describió Daniel, diez mil veces diez mil ángeles».

Padre Venerable Clematis de Tracia
Notas sobre la Primera Expedición Angelológica
Traducción del doctor Rafael Valko

Ático de la familia Grigori, Upper East Side, Ciudad de Nueva York

Percival se encontraba en el dormitorio de su madre, un espacio frugal y meticulosamente blanco justo en el punto más alto del ático. Desde una pared de cristal se veía toda la ciudad, un espejismo gris de edificios contra el cielo azul. El sol de la tarde bañaba una serie de grabados de Gustavo Doré en la pared opuesta, regalos que el padre de Percival le había hecho a Sneja hacía muchos años. Los grabados representaban legiones de ángeles que disfrutaban de la luz del sol, hilera tras hilera de mensajeros alados dispuestos en círculos, imágenes que magnificaba la disposición etérea de la estancia. En su día, Percival había sentido cierta afinidad con los ángeles de los dibujos. Ahora, en su estado, apenas conseguía mirarlos.

Sneja yacía en la cama, durmiendo. En su sueño, con las alas retraídas hasta formar una delicada capa de piel sobre su espalda, parecía una niña inocente y bien alimentada. Percival le colocó la mano en el hombro, y cuando dijo su nombre, Sneja abrió los ojos y lo atrapó en su mirada. El aura pacífica que la había rodeado desapareció. Se enderezó en la cama, desplegó las alas y se las dispuso sobre los hombros. Estaban perfectamente crecidas, las hileras de plumas coloreadas meticulosamente ordenadas, como si las hubiese mandado limpiar antes de irse a dormir.

—¿Qué quieres? —preguntó Sneja, recorriendo a Percival con la mirada como si quisiese digerir el alcance de su decepcionante aparición—. ¿Qué ha sucedido? Tienes un aspecto horrible.

Percival intentó mantener la calma y dijo:

—Tengo que hablar contigo.

Sneja sacó los pies de la cama, se irguió y se acercó a la ventana. Era primera hora de la tarde. Bajo aquella luz débil, sus alas parecían tener un lustre de madreperla.

—Creo que resulta evidente que estaba echando una siesta.

—Si no fuese urgente, no te molestaría —dijo Percival.

—¿Dónde está Otterley? —preguntó Sneja, mirando por encima del hombro de Percival—. ¿Ha regresado de la maniobra de recuperación? Me muero por oír los detalles. Hace mucho que no utilizamos a los gibborim para nuestros propósitos. —Miró a Percival, que vio lo preocupada que estaba—. Debería haber ido yo misma —dijo con ojos resplandecientes—. Las llamas del incendio, el estruendo de las alas, los gritos de esas ignorantes... como en los viejos tiempos.

Percival se mordió el labio, no muy seguro de cómo responder.

—Tu padre ha venido desde Londres —dijo Sneja al tiempo que se ponía un largo kimono de seda. Sus alas, saludables e inmateriales como lo habían sido en su día las de Percival, se deslizaron con facilidad a través de la tela—. Ven, vamos a buscarlo, debe de estar almorzando.

Percival fue con su madre al comedor, donde el señor Percival Grigori II, un nefilim de unos cuatrocientos años de edad con un parecido asombroso con su hijo, se sentaba ante una mesa. Acababa de quitarse la chaqueta y había dejado que las alas asomasen de su camisa Oxford. Cuando era niño, Percival solía meterse en problemas, y siempre lo enviaban a ver a su padre, que lo esperaba en su despacho con las alas erizadas en gesto nervioso, igual que en aquel momento. El señor Grigori era un hombre estricto, de mal humor, frío e implacablemente agresivo, cuyo temperamento se veía reflejado en sus alas: eran apéndices estrechos y austeros con apagadas plumas plateadas del color de las escamas de pescado, sin mucha anchura ni envergadura. De hecho, las alas de su padre eran justo lo opuesto a las de Sneja. A Percival se le antojaba apropiado que su apariencia física fuese tan opuesta. Hacía casi un siglo que sus padres no vivían juntos.

El señor Grigori golpeteó la mesa con una pluma estilográfica Meisterstück de la Segunda Guerra Mundial, otra señal de impaciencia e irritación que Percival reconocía de su infancia. Miró a Percival y dijo:

—¿Dónde estabas? Te hemos estado esperando todo el día.

Sneja plegó las alas y se sentó a la mesa. Se giró hacia Percival y dijo:

—Sí, querido, dinos: ¿qué noticias hay del convento?

Percival se dejó caer en una silla en el extremo de la mesa, dejó a un lado el bastón e inspiró lenta y trabajosamente. Le temblaban las manos. Sentía tanto frío como calor al mismo tiempo. Tenía la ropa empapada de sudor. Cada respiración le quemaba en los pulmones, como si el aire mismo alimentase un fuego creciente. Se estaba asfixiando poco a poco.

—Cálmate, hijo —dijo el señor Grigori, mirando con desprecio a Percival.

—Está enfermo —espetó Sneja, colocando una mano regordeta sobre el brazo de su hijo—. Tómate tu tiempo, querido mío. Dinos qué te ha alterado tanto.

Percival vio la decepción de su padre y la impotencia creciente de su madre. No sabía cómo reunir las fuerzas para hablar del desastre que había sucedido. Sneja llevaba toda la mañana ignorando sus llamadas. Había intentado llamarla muchas veces durante el solitario viaje de regreso, pero Sneja se había negado a contestar. Percival habría preferido contárselo por teléfono.

Por fin, dijo:

—La misión no ha tenido éxito.

Sneja hizo una pausa. Por el tono de voz de su hijo, comprendió que no eran las únicas malas noticias.

—Pero eso es imposible —dijo.

—Acabo de regresar del convento —dijo Percival—. Lo he visto con mis propios ojos. Hemos sufrido una terrible derrota.

—¿Y qué pasa con los gibborim?

—Ya no podemos contar con ellos —dijo Percival.

—¿Se han retirado? —preguntó Sneja.

—Los han matado —dijo Percival.

—Imposible —dijo el señor Grigori—. Enviamos casi un centenar de nuestros guerreros más fuertes.

—Y todos y cada uno de ellos fueron asesinados —dijo Percival—. Los mataron en un instante. Me asomé después del ataque y vi los cadáveres. No ha sobrevivido un solo gibborim.

—Eso es impensable —dijo el señor Grigori—. En toda mi vida hemos sufrido una derrota así.

—Fue una derrota antinatural —dijo Percival.

—¿Quieres decir que hubo una invocación? —preguntó Sneja, incrédula.

Percival unió las manos sobre la mesa, aliviado de que hubiesen dejado de temblar.

—No creía que fuese posible. No hay muchos angelólogos vivos que hayan sido iniciados en el arte de la invocación, sobre todo en América, donde carecen de mentores. Pero es la única explicación para una destrucción tan completa.

—¿Y qué dice Otterley de todo esto? —preguntó Sneja, apartando la silla y poniéndose en pie—. Imagino que no pensará que esas monjas tienen suficiente fuerza como para llevar a cabo una invocación. Esa práctica está extinta.

—Madre —dijo Percival con la voz preñada de emoción—. Hemos perdido a todos los que participaron en el ataque.

La mirada de Sneja fue de Percival a su marido, como si la reacción de este último pudiese hacer realidad las palabras de su hijo.

La voz de Percival flaqueó de vergüenza y desesperación al continuar:

—Yo me encontraba alejado del convento cuando tuvo lugar el ataque, pero vi el tremendo remolino de ángeles. Se lanzaron sobre los gibborim. Otterley estaba entre ellos.

—¿Viste el cadáver? —preguntó Sneja, paseando de un extremo a otro de la habitación. Había apretado con fuerza las alas contra el cuerpo, una reacción física involuntaria—. ¿Estás seguro?

—No hay duda —dijo Percival—. Vi que las humanas arrojaban los cadáveres al río.

—¿Y qué pasa con el tesoro? —preguntó Sneja, cada vez más frenética—. ¿Y ese empleado en quien tanto confiabas? ¿Qué pasa con Gabriella Lévi-Franche Valko? Dime que has obtenido algo a cambio de tantas pérdidas.

—Para cuando llegué, ya se habían marchado —dijo Percival—. El Porsche de Gabriella quedó abandonado en el convento. Tomaron lo que habían venido a buscar y se marcharon. No queda esperanza.

—A ver si lo entiendo —dijo el señor Grigori. Aunque Percival sabía que su padre adoraba a Otterley, y debía de encontrarse en un estado de desesperación inenarrable, este demostró la misma calma gélida que tanto lo asustaba en su juventud—. Permitiste que tu hermana efectuase ella sola el ataque. Dejaste que los angelólogos que la han matado escapasen, perdiste la oportunidad de recuperar el tesoro que hemos buscado desde hace mil años. ¿Y crees que ha acabado todo?

Percival contempló a su padre con odio y anhelo a partes iguales. ¿Cómo era posible que no hubiese perdido la fuerza con la edad y que Percival, que debería estar en el punto más alto de sus poderes, se hubiese debilitado tanto?

—Vas a perseguirlos —dijo el señor Grigori, y se puso en pie. Las alas plateadas se abrieron a su espalda—. Vas a encontrarlos y a recuperar el instrumento. Y me vas a mantener informado mientras les das caza. Haremos todo lo que sea necesario para salir victoriosos.

Upper West Side, Ciudad de Nueva York

Evangeline giró hacia la calle 79 oeste, conduciendo despacio detrás de un autobús. Se detuvo en un semáforo y lanzó una mirada hacia Broadway, con los ojos entrecerrados ante el paisaje urbano de media tarde. Sintió una oleada de reconocimiento. Había pasado muchos fines de semana con su padre, caminando por aquellas calles, deteniéndose a desayunar en alguno de los restaurantes que había apretujados por aquellas avenidas. El caos de gente que se abría paso entre la nieve medio derretida, los edificios encajados, el incesante movimiento del tráfico en todas direcciones... la ciudad de Nueva York le resultaba profundamente familiar, a pesar de los años que habían pasado.

Gabriella vivía a pocas manzanas de distancia. Aunque Evangeline no había estado en el apartamento de su abuela desde la infancia, lo recordaba bien: la fachada apagada de arenisca, la elegante valla de metal, la vista sesgada del parque. Antes solía recordar aquellas imágenes con cariño. Ahora no podía dejar de pensar en Santa Rosa. Por más que se esforzase, no podía olvidar el modo en que la habían mirado las hermanas al salir de la iglesia, como si el ataque fuese de alguna manera culpa suya, como si la integrante más joven de la congregación hubiese atraído a los gibborim hacia ellas. Evangeline había mantenido la mirada fija en el camino al marcharse. Fue lo único que pudo hacer para llegar al garaje sin mirar atrás.

Sin embargo, en un último instante había traicionado sus instintos y lanzado una mirada por el retrovisor. Había visto la nieve tiznada y a las torvas hermanas reunidas junto a la ribera del río. El convento estaba tan destrozado como un castillo en ruinas, el césped cubierto de ceniza del incendio. Y Evangeline también había cambiado. En cuestión de minutos se había desprendido de su papel como hermana Evangeline, integrante de las hermanas franciscanas de la Adoración Perpetua, y se había convertido en Evangeline Angelina Cacciatore, angelóloga. Mientras atravesaban los terrenos del convento, con abedules a cada lado del camino como cientos de columnas de mármol, Evangeline creyó ver la sombra de un fiero ángel que destellaba en la lejanía y la animaba a avanzar.

• • •

De camino a la ciudad de Nueva York, Verlaine había ocupado el asiento delantero, mientras que Gabriella había insistido en sentarse atrás. Allí había sacado el contenido del maletín de cuero y lo había examinado. Quizá el silencio impuesto sobre Evangeline en Santa Rosa había llegado a pesar mucho sobre ella. Durante el viaje, habló con franqueza con Verlaine sobre su vida, sobre el convento y, para su propia sorpresa, sobre sus padres. Le habló de su infancia en Brooklyn, de los paseos con su padre sobre el Puente de Brooklyn. Le dijo que la famosa acera que recorre todo el puente era el único lugar donde había sentido una felicidad pura y despreocupada, y que por eso era su lugar favorito en todo el mundo. Verlaine hacía más y más preguntas, y Evangeline se sorprendió de lo abierta y prestamente que respondió a todas. Era como si lo conociese de toda la vida. Habían pasado muchos años desde la última vez que habló con alguien como Verlaine: guapo, inteligente e interesado por todo tipo de detalle. De hecho, habían pasado años desde que había sentido nada por un hombre. Sus ideas sobre los hombres parecían al mismo tiempo pueriles y superficiales. Seguramente, su comportamiento se le antojaba ingenuo a Verlaine.

Después de encontrar aparcamiento, Evangeline y Verlaine siguieron a Gabriella hasta el edificio. La calle estaba extrañamente desierta. La nieve barría la acera, los coches aparcados estaban incrustados bajo una fina capa de hielo. Las ventanas del apartamento de Gabriella, sin embargo, brillaban. Evangeline atisbó movimiento tras el cristal, como si un grupo de amigos esperase a que llegaran. Imaginó una escena en la que el Times estaría repartido y desplegado en diferentes secciones sobre gruesas alfombras orientales, tazas de té equilibradas en el borde de las mesas, fuegos ardiendo en rejillas... pues tales eran los domingos de su infancia, las tardes que había pasado bajo el cuidado de Gabriella. Por supuesto, sus recuerdos eran los de una niña, y sus pensamientos estaban preñados de nostalgia y romanticismo. No tenía ni idea de lo que la aguardaba ahora.

Gabriella giró la llave de la puerta principal y alguien descorrió el pestillo al otro lado, giró un gran pomo de latón y abrió la puerta. Ante ellos apareció un hombre barbudo y de pelo oscuro con una sudadera con capucha y barba de dos días. Evangeline no lo había visto jamás. Gabriella, sin embargo, parecía conocerlo bien.

—Bruno —dijo, y le dio un cálido abrazo, un gesto de intimidad nada característico en ella. El hombre parecía rondar los cincuenta años. Evangeline lo miró con más atención y se preguntó si, a pesar de la diferencia de edad, Gabriella no se habría vuelto a casar. Su abuela soltó a Bruno—. Gracias al cielo que estás aquí.

—Por supuesto que estoy aquí —dijo él, igualmente aliviado de verla—. Los miembros del consejo te han estado esperando.

Se giró hacia Evangeline y Verlaine, juntos en la escalerita de la entrada. Bruno sonrió y les hizo un gesto para que lo siguieran por la entrada. El olor del hogar de Gabriella, de sus libros y sus resplandecientes muebles antiguos, supuso una bienvenida instantánea. Evangeline sintió que su ansiedad desaparecía a cada paso que daba en el interior de la casa. Las estanterías recargadas, la pared llena de retratos enmarcados de angelólogos famosos, el aire de seriedad que caía sobre las habitaciones como una neblina... todo en aquella casa era exactamente como ella lo recordaba.

Se quitó el abrigo y captó su propia imagen en un espejo del pasillo. La persona que vio la sobresaltó. Tenía profundas ojeras en los ojos, y su piel estaba ennegrecida por el humo. Jamás había parecido tan apagada, tan despojada de todo, tan fuera de lugar, como en aquel momento, en presencia de la vida lustrosa de su abuela. Verlaine se le acercó y le puso una mano en el hombro, un gesto que el día anterior la habría colmado de terror y confusión. Ahora lamentó que Verlaine apartase la mano.

En medio de todo lo sucedido, le parecía casi inexcusable que sus pensamientos se viesen atraídos hacia él. Verlaine se encontraba apenas a unos centímetros de ella, y al cruzar la mirada con la suya en el espejo, Evangeline anheló que se acercase aún más. Ojalá entendiese mejor aquellos sentimientos. Quería que Verlaine dijese algo que la tranquilizase, que le asegurase que él también sentía la misma sorpresa gozosa cuando sus ojos se encontraban.

Evangeline volvió su atención hacia su propio reflejo, y se dio cuenta del risible aspecto que tenía al ir tan desaliñada. A buen seguro, Verlaine la veía ridícula, con aquellas sobrias ropas negras y los zapatos de suela de goma. Evangeline llevaba incrustadas en sí las maneras del convento.

—Debes de estarte preguntando cómo has acabado aquí —dijo, intentando adivinar qué pensaba Verlaine—. Has caído en todo esto por accidente.

Él se ruborizó y dijo:

—Admito que está siendo una navidad sorprendente. Pero, si Gabriella no me hubiese encontrado, si no me hubiese visto mezclado en todo esto, no te habría conocido a ti.

—Quizá habría sido mejor así.

—Tu abuela me hablado un poco de ti. Sé que no todo es lo que parece. Sé que te enviaron a Santa Rosa como medida de precaución.

—Fui a Santa Rosa por algo más —dijo Evangeline, dándose cuenta de lo complicadas que eran sus razones para quedarse en Santa Rosa, y lo difícil que sería explicárselas.

—¿Quieres regresar? —preguntó Verlaine con anticipación, como si la respuesta de Evangeline le importase mucho.

Ella se mordió el labio. Ojalá pudiese decirle lo difícil que le resultaba aquella pregunta.

—No —dijo al fin—. Jamás.

Verlaine se inclinó hacia ella por la espalda y la agarró de la mano. Su abuela, y todo el trabajo que aún les quedaba por hacer, se desvaneció en presencia de Verlaine. Entonces, él la apartó del espejo y la llevó de la mano hasta el comedor, donde los demás esperaban.

Estaban preparando algo en la cocina; flotaba en el aire de la habitación un rico aroma a carne y tomate. Bruno hizo un gesto hacia la mesa, donde habían colocado paños de lino y la vajilla de porcelana de Gabriella.

—Tendréis que almorzar —dijo.

—No creo que haya tiempo para eso —dijo Gabriella, con aspecto distraído—. ¿Dónde están los demás?

—Sentaos —ordenó Bruno con un gesto hacia las sillas—. Tenéis que comer algo.

Apartó una silla y esperó a que Gabriella tomase asiento.

—Será un minuto —añadió, dicho lo cual, desapareció en la cocina.

Evangeline se sentó en la silla junto a Verlaine. Los vasos de cristal destellaban bajo la débil luz. Una jarra de agua descansaba en medio de la mesa; en su interior flotaban gajos de limón. Evangeline llenó un vaso de agua y se lo tendió a Verlaine. Su mano rozó la de él; la recorrió una oleada de emoción. Lo miró a los ojos y se sorprendió de haberlo conocido apenas el día anterior. Qué rápido retrocedía el tiempo que había pasado en Santa Rosa. Tenía la impresión de que su vida anterior no había sido más que un sueño.

Pronto, Bruno regresó con una gran olla humeante de chile con carne. La idea de almorzar no había pasado por la mente de Evangeline en todo el día; se había acostumbrado al rugido del estómago y al mareo que le provocaba la perpetua falta de agua. Sin embargo, una vez que tuvo la comida por delante, se dio cuenta de que estaba muerta de hambre. Removió el chile con una cuchara para enfriar los frijoles, tomates y trozos de salchicha. Acto seguido empezó a comer. El chile estaba picante, la golpeó enseguida una oleada de calor. En Santa Rosa, la dieta de las hermanas consistía en verduras, pan y carne sin especiar. Lo más picante que había comido Evangeline en los últimos años había sido el pudín de ciruela que se preparaba anualmente en la fiesta de navidad. Su primer reflejo fue toser. Se cubrió la boca con un pañuelo, sintiendo cómo el calor se expandía por su cuerpo.

Verlaine se levantó de un salto y le echó un vaso de agua.

—Bebe —dijo.

Evangeline bebió el agua, sintiéndose muy tonta.

—Gracias —dijo cuando se le pasó el ataque de tos—. Hacía muchísimo que no probaba una comida así.

—Te sentará bien —le aseguró Gabriella—. Tienes aspecto de no haber comido en meses. De hecho —añadió al tiempo que se ponía de pie sin acabarse el plato—, creo que será mejor que te asees un poco. Tengo alguna ropa que te sentará bien.

Gabriella llevó a Evangeline al cuarto de baño que había pasillo abajo. Allí le ordenó que se quitase aquella falda de lana tiznada y se desprendiese de la camisa que apestaba a humo. Recogió aquellas ropas deslucidas y las tiró al cesto de la ropa sucia. Le dio a Evangeline jabón, agua y toallas limpias para que pudiese lavarse. Luego le pasó un par de vaqueros y un suéter de cachemir. Ambos le entraban a la perfección, lo cual confirmó que su abuela y ella eran exactamente de la misma altura y peso. Después de que Evangeline se hubiese aseado, Gabriella contempló cómo se vestía. Estaba claro que aprobaba la transformación de su nieta en una persona completamente nueva. Cuando regresaron al comedor, Verlaine se la quedó mirando, asombrado, como si no estuviese seguro de si se trataba de la misma persona.

Después de acabar de comer, Bruno los llevó por una estrecha escalera de madera hasta el piso de arriba. El corazón de Evangeline se aceleró ante lo que estaba a punto de suceder. En el pasado, sus encuentros con angelólogos habían tenido lugar de manera accidental, mediante encuentros de su padre o su abuela. Siempre eran encuentros indirectos y fugaces que le daban una sensación medio consciente de que había sucedido algo inusual. Sus atisbos al mundo que había habitado su madre siempre le provocaban curiosidad y miedo a partes iguales. Lo cierto era que la perspectiva de reunirse cara a cara con los miembros del consejo angelológico le daba pavor. Seguramente la interrogarían sobre lo sucedido aquella mañana en Santa Rosa. Estaba claro que los actos de Celestine les resultarían profundamente fascinantes. Evangeline no sabía cómo iba a poder responder a sus preguntas.

Verlaine, que quizá sintió su inquietud, le acarició la mano con los dedos, un gesto tranquilizador y atento que, una vez más, consiguió que la recorriese una descarga de electricidad. Se giró y lo miró a los ojos. Eran marrón oscuro, casi negros, intensamente expresivos. ¿Había visto cómo reaccionaba Evangeline cuando la miraba? ¿Había notado en la escalera que le faltaba el aliento cada vez que la tocaba? Evangeline casi no pudo sentir su propio cuerpo mientras subía el resto de las escaleras tras su abuela.

Al llegar arriba del todo entraron en una habitación que siempre estaba cerrada cuando Evangeline venía de visita en su infancia. Recordaba los grabados que había en la pesada puerta de madera, el enorme pomo de latón y el agujero de la cerradura por el que había intentado espiar. Sin embargo, por aquel agujero solo había visto franjas de cielo. Ahora comprendía que la habitación estaba llena de ventanas estrechas de cristal que abrían aquel espacio a la luz cenicienta y púrpura del crepúsculo inminente. Evangeline jamás había sospechado que pudiesen ocultarle un lugar como aquel.

Entró, asombrada. En las paredes del despacho colgaban cuadros de ángeles, figuras de tonos vivos vestidas con túnicas brillantes, las alas desplegadas, con arpas y flautas. Había estanterías recargadas, un escritorio antiguo y varios sillones y divanes lujosamente tapizados. A pesar de aquellos muebles exuberantes, la estancia tenía una apariencia deslavazada: la pintura del techo estaba descascarillada, y los bordes del enorme radiador a vapor estaban cubiertos de óxido. Evangeline recordó que ni su abuela ni el resto de angelólogos habían tenido muchos fondos en los últimos años.

En el extremo opuesto de la estancia había un grupo de sillas antiguas y una mesita baja con recubrimiento de mármol. Allí esperaban los angelólogos. Evangeline reconoció de inmediato a algunos de ellos;

los había conocido con su padre hacía muchos años, aunque en aquel momento no había comprendido qué puesto ocupaban.

Gabriella presentó a Evangeline y Verlaine ante el consejo. Allí estaba Vladimir Ivanov, un emigrado ruso atractivo y de edad avanzada, que llevaba en la organización desde los años treinta tras haber escapado de la Unión Soviética. También estaba Michiko Saitou, una joven brillante que hacía las veces de estratega angelóloga y coordinadora internacional, al tiempo que gestionaba sus asuntos financieros globales desde Tokio. Por último, Bruno Bechstein, el hombre al que habían conocido en el piso de abajo, un erudito angelólogo de mediana edad que se había mudado a Nueva York desde sus oficinas en Tel Aviv.

De los tres, Vladimir era quien más sonaba a Evangeline, aunque había envejecido tremendamente desde la última vez que lo había visto. Tenía el rostro cubierto de profundas arrugas y parecía más serio de lo que Evangeline recordaba. La tarde que su padre la había dejado al cuidado de Vladimir, este había sido extremadamente amable, y ella lo había desobedecido. Evangeline se preguntó qué lo habría convencido a regresar a la tarea de la que tan férreamente había renegado aquel día.

Gabriella se acercó a los angelólogos y colocó el maletín de cuero sobre la mesa.

—Bienvenidos, amigos. ¿Cuándo habéis llegado?

—Esta mañana —dijo Saitou-san—. Aunque ojalá hubiésemos llegado antes.

—Vinimos en cuanto nos enteramos de lo que había sucedido —añadió Bruno.

Gabriella señaló a los tres sillones vacíos, con reposabrazos rayados y de tono apagado.

—Sentaos, debéis de estar agotados.

Evangeline se dejó caer en un mullido sofá, y Verlaine se sentó a su lado. Gabriella se apoyó en el borde de un sillón con el maletín en el regazo.

Los angelólogos la contemplaron con ávida atención.

—Bienvenida, Evangeline —dijo Vladimir en tono grave—. Han pasado muchos años, querida. —Señaló al maletín—. No imaginaba que lo que nos reuniese fuesen estas circunstancias.

Gabriella centró su atención en el maletín de cuero y abrió los cierres, que saltaron con un chasquido. En el interior, Evangeline vio que todo estaba tal y como lo había dejado: el diario angelológico, los sobres sellados que contenían la correspondencia de Abigail Rockefeller, y el saquito de cuero que había sacado del sagrario.

—Este es el diario angelológico de la doctora Serafina Valko —dijo Gabriella, sacándolo del maletín—. Celestine y yo solíamos referirnos a este cuaderno como el grimorio de Serafina, un término que empleábamos solo medio en broma. Está repleto de obras, hechizos, secretos y figuraciones de angelólogos del pasado.

—Pensaba que se había perdido —dijo Saitou-san.

—Perdido no, solo estaba bien escondido —dijo Gabriella—. Lo traje yo a los Estados Unidos. Evangeline lo ha tenido consigo en el Convento de Santa Rosa, sano y salvo.

—Bien hecho —dijo Bruno, y lo agarró de manos de Gabriella. Lo sopesó y le guiñó un ojo a Evangeline, que sonrió.

—Cuéntanos —dijo Vladimir, mirando el maletín de cuero—, ¿qué habéis descubierto?

Gabriella sacó el saquito del maletín y, despacio, desató el cordón que lo cerraba. En el interior descansaba un peculiar objeto metálico, algo que Evangeline no había visto jamás. Era tan pequeño como el ala de una mariposa y estaba hecho de un metal fino que resplandecía entre los dedos de Gabriella. Tenía un aspecto delicado, aunque cuando se lo pasó a Evangeline, a ella le pareció más bien rígido.

—Es la púa de la lira —dijo Bruno—. Separar la púa de la lira; una idea brillante.

—Por si no lo recordáis —dijo Gabriella—, fue el Venerable Clematis quien separó la púa de la lira en la Primera Expedición Angelológica. Fue enviada a París, donde permaneció en poder de los angelólogos europeos hasta principios del siglo XIX, cuando la madre Francesca la trajo a Estados Unidos para mantenerla a salvo.

—Y construyó la Capilla de la Adoración en torno a ella —dijo Verlaine—. Eso explicaría esos elaborados diseños arquitectónicos.

Vladimir parecía incapaz de apartar los ojos del objeto.

—¿Me permites? —preguntó al fin. Agarró el objeto con gestos delicados y lo acunó en la mano—. Es encantador —dijo. Evangeline se emocionó al ver la suavidad con la que pasaba un dedo sobre el metal, como si leyese en braille—. Increíblemente encantador.

—Así es —dijo Gabriella—. Está hecho de valkino puro.

—Pero, ¿cómo ha podido permanecer en el convento todo este tiempo? —preguntó Verlaine.

—Dentro de la Capilla de la Adoración —dijo Gabriella—. Evangeline tendrá más detalles precisos que yo al respecto... fue ella quien lo descubrió.

—Estaba escondido en el sagrario —dijo Evangeline—. El sagrario estaba cerrado y la llave se guardaba dentro de la custodia. No estoy segura de cómo llegó allí la llave, pero todo parecer ser un sistema de seguridad bien pensado.

—Brillante —dijo Gabriella—. Tiene todo el sentido que lo mantuviesen en la capilla.

—¿Por qué? —preguntó Bruno.

—La Capilla de la Adoración es el lugar donde las hermanas llevan a cabo la adoración perpetua —dijo Gabriella—. ¿Conoces el ritual?

—Dos hermanas rezan ante la sagrada forma —dijo Vladimir, pensativo—, para ser reemplazadas luego por otras dos hermanas, en turnos de una hora cada uno. ¿Correcto?

—Correctísimo —dijo Evangeline.

—¿Están concentradas durante la adoración? —le preguntó Gabriella a Evangeline.

—Por supuesto —dijo Evangeline—. Es un momento de concentración extrema.

—¿Y dónde se focaliza esa concentración?

—En la sagrada forma.

—Que se encuentra ¿dónde?

Evangeline comprendió adónde quería ir su abuela, y dijo:

—Por supuesto. Las hermanas dirigen toda su atención a la sagrada forma, que se guarda en la custodia sobre el altar, y al sagrario. Dado que la púa estaba escondida en el interior de este, las hermanas, sin saberlo, vigilaban el instrumento mientras oraban. La adoración perpetua de las hermanas era en realidad un elaborado sistema de seguridad.

—Exacto —dijo Gabriella—. La madre Francesca se inventó un ingenioso método de vigilar la púa veinticuatro horas al día, siete días por semana. En realidad no había manera de que la descubriesen, y mucho menos que la robasen, con unas vigilantes tan cuidadosas y siempre presentes.

—Excepto —dijo Evangeline— durante el ataque de 1944. La madre Inocenta fue asesinada de camino a la capilla. Los gibborim la mataron antes de que pudiese llegar.

—Notable —dijo Verlaine—. Durante cientos de años, las hermanas han estado llevando a cabo una elaborada farsa.

—No creo que fuese una farsa para ellas —dijo Evangeline—. Llevaban a cabo dos tareas al mismo tiempo: plegaria y protección. Ninguna de nosotras sabía qué era lo que había en realidad dentro del sagrario. Yo no tenía ni idea de que aquella tarea fuese más que oración diaria.

Vladimir acarició el metal con la punta de los dedos.

—El sonido que emite debe de ser realmente extraordinario —dijo—. Llevo medio siglo intentando imaginar el tono exacto que hará la *kithara* cuando se toca con una púa.

—Comprobarlo sería un gran error —dijo Gabriella—. Sabes tan bien como yo lo que podía suceder si alguien la tocase.

—¿Qué podría suceder? —preguntó Vladimir, aunque quedó claro que sabía la respuesta a la pregunta antes de formularla.

—Esa lira fue creada por un ángel —dijo Bruno—. Por ello, emite un sonido etéreo, hermoso y destructivo al mismo tiempo, y que posee ramificaciones ultraterrenas... algunas de ellas impías.

—Bien dicho —dijo Vladimir, y le sonrió.

—Me limito a citar tu *magnum opus*, doctor Ivanov —replicó Bruno.

Gabriella hizo una pausa y se encendió un cigarrillo.

—Vladimir sabe perfectamente que no hay modo de anticipar lo que podría suceder. Solo hay teorías; algunas de las cuales ha desarrollado él mismo. El instrumento en sí no ha sido estudiado adecuadamente. Jamás lo hemos tenido en nuestro poder el tiempo suficiente como para estudiarlo. Sin embargo, a raíz del relato de Clematis y las notas de campo que tomaron tanto Serafina Valko como Celestine Clochette, sabemos que la lira ejerce una fuerza seductora sobre todos los que entran en contacto con ella. Por eso es tan peligrosa: incluso las personas bienintencionadas sienten la tentación de tocar la lira. Y las repercusiones de su música podrían ser más devastadoras que nada que podamos imaginar.

—Bastaría tañer una única cuerda para que el mundo como lo conocemos desapareciese —dijo Vladimir.

—Podría transformarse en el infierno —dijo Bruno—. O en el paraíso. La leyenda dice que Orfeo encontró la lira durante su viaje al inframundo, y que la tocó. La música propició una nueva era en la historia humana: prosperó la educación y la cría de ganado, las artes se convirtieron en un pilar de la vida humana. Es uno de los motivos por los que Orfeo es tan reverenciado. Este es solo uno de los ejemplos de los beneficios de la lira.

—Un modo de pensar romántico y extraordinariamente peligroso —dijo Gabriella al momento—. Se sabe que la música de la lira es destructiva. Semejantes sueños utópicos solo desembocarán en la aniquilación.

—Vamos —dijo Vladimir, e hizo un gesto hacia el objeto que descansaba sobre la mesa—. Tenemos parte de la lira aquí mismo, a la espera de que la estudiemos.

Todos los ojos cayeron sobre la púa. Evangeline se maravilló ante su poder, su atracción, la tentación y el deseo que inspiraba.

—Hay una cosa que no comprendo —dijo—. ¿Qué pretendían conseguir los Vigilantes tocando la lira? Eran criaturas condenadas, expulsadas del cielo. ¿Cómo iba a salvarlos la música?

—Al final del relato del Venerable Clematis —dijo Vladimir—, escrito por su propia mano, se encontraba el Salmo 150.

—La música de los ángeles —susurró Evangeline, reconociendo el salmo al instante. Era uno de sus favoritos.

—Sí —dijo Saitou-san—. Exacto, la música de la adoración.

—Es probable que los Vigilantes intentasen hacer las paces con su creador cantando Sus alabanzas —dijo Bruno—. El Salmo 150 es un consejo para aquellos que deseen ganar el favor de los cielos. De haber tenido éxito en el intento, los ángeles aprisionados habrían sido restituidos a la hueste celestial. Quizá sus esfuerzos se dirigían a su propia salvación.

—Es un modo de verlo —dijo Saitou-san—. También es igualmente posible que estuviesen intentando destruir el universo del que los habían expulsado.

—Un objetivo —añadió Gabriella al tiempo que aplastaba el cigarrillo— que evidentemente no consiguieron. Vamos, sigamos con el propósito de esta reunión —dijo, claramente irritada—. A lo largo de la última década, todos los instrumentos celestiales en nuestro poder han sido robados de nuestros escondites en Europa. Asumimos que se los han llevado los nefilim.

—Hay quien cree que una sinfonía ejecutada con todos los instrumentos liberaría a los Vigilantes —dijo Vladimir.

—Pero cualquiera que haya leído la bibliografía sobre el tema sabe que a los nefilim les dan igual los Vigilantes —dijo Gabriella—. De hecho, antes de que Clematis entrase en la caverna, los Vigilantes tocaban la lira con la esperanza de atraer a algún nefilim para que los ayudase. Fue un fracaso absoluto. No, el interés de los nefilim por los instrumentos responde a razones puramente egoístas.

—Quieren curarse a sí mismos y a su raza —añadió Bruno—. Quieren volverse fuertes para poder esclavizar aún más a la humanidad.

—Y están tan cerca de conseguirlo que no podemos seguir sin hacer nada —dijo Gabriella—. Estoy convencida de que se han hecho con otros instrumentos celestiales para protegerse de nosotros. Sin embargo desean la lira por otro motivo distinto. Están intentando regresar a un estado de perfección que su raza no ha visto en cientos de años. El silencio perpetuo de Abigail Rockefeller, por así decir, sobre la ubicación de la lira, es motivo de consternación. En su día no nos preocupaba que la lira fuese descubierta. Sin embargo, esta postura ya no es válida. Los nefilim están de caza y nosotros tenemos que prepararnos.

—Parece que, a fin de cuentas, la señora Rockefeller sí que tenía nuestros intereses en mente —dijo Evangeline.

—Era una amateur —dijo Gabriella en tono despectivo—. Los ángeles le interesaban del mismo modo que a sus amigos ricos les interesaban los bailes de beneficencia.

—Pues es una suerte que así fuera —dijo Vladimir—. De lo contrario, ¿cómo habríamos recibido un apoyo tan crucial durante la guerra? Por no mencionar los fondos que dedicó a nuestra expedición de 1943. Era una mujer devota que creía que había que dedicar las grandes riquezas a grandes causas.

Vladimir se echó hacia atrás en la silla y cruzó las piernas.

—Cosa que, para bien o para mal, resultó ser un callejón sin salida —murmuró Bruno.

—No necesariamente —dijo Gabriella, clavándole la mirada a Bruno.

Metió la púa en el saquito de cuero y sacó el sobre gris del interior del maletín de cuero. En el anverso del sobre había un patrón de letras romanas escritas formando un cuadrado. Si las palabras de Celestine eran ciertas, aquel sobre contenía las cartas de Abigail Rockefeller. Gabriella lo depositó sobre la mesa ante los angelólogos.

—Celestine Clochette le dijo a Evangeline que nos trajese este sobre.

Los angelólogos contemplaron con palpable interés el símbolo impreso en el sobre. Su reacción avivó la curiosidad de Evangeline.

—¿Qué significa? —preguntó.

—Es un sello angelológico, un Cuadrado Sator-Rotas —dijo Vladimir—. Llevamos cientos de años colocando este sello en nuestros documentos. Así se señala la importancia del documento en cuestión y se verifica que lo ha enviado uno de nosotros.

Gabriella cruzó los brazos sobre el pecho, como si tuviera frío, y dijo:

—Esta tarde he tenido la oportunidad de leer las cartas que Inocenta le envió a Abigail Rockefeller. Me ha quedado claro que Inocenta y Abigail Rockefeller hablaban sobre la ubicación de la lira de forma indirecta, aunque ni Verlaine ni yo hemos conseguido discernir el código.

Evangeline los contempló desde el borde del sillón tapizado, con la columna excesivamente recta. Experimentó una extraña sensación de *déjà vu* cuando Vladimir tomó con resuelta calma el sobre de manos de Verlaine. Cerró los ojos, susurró una serie de palabras incomprensibles; que podían ser un hechizo o una plegaria, Evangeline no estaba segura; y abrió el sobre.

En el interior había varios sobres desgastados de la misma longitud y anchura que la mano de Evangeline. Vladimir se recolocó las gafas y se acercó las cartas para verlas mejor.

—Van dirigidas a la madre Inocenta —dijo, y colocó los sobres en la mesa ante ellos.

Había seis sobres con otras tantas misivas, una más de las que había escrito Inocenta. Evangeline los contempló. En el anverso de cada sobre había sellos timbrados: un sello rojo de dos céntimos y otro verde de un céntimo.

Evangeline echó mano de una de las misivas y la giró. Vio el apellido «Rockefeller» grabado en el reverso, junto con la dirección del remitente: calle 44 Oeste, a apenas un kilómetro de distancia de allí.

—La ubicación de la lira ha de estar en estas cartas —dijo Saitousan.

—No creo que podamos llegar a ninguna conclusión sin leerlas —dijo Evangeline.

Sin más dilación, Vladimir abrió cada uno de los sobres y colocó seis pequeñas tarjetas sobre la mesa. Estaban hechas de papel grueso, de cremoso tono blanco, con los bordes enmarcados en oro. En la parte delantera de cada carta estaba estampado el mismo dibujo: diosas griegas con coronas de laurel en la cabeza danzaban en medio de bandadas de querubines. Dos de los ángeles, querubines regordetes parecidos a bebés con alitas redondas de polilla, sostenían liras en las manos.

—Un diseño clásico de Art Deco de los años veinte —dijo Verlaine, al tiempo que agarraba una de las cartas y la examinaba—. Es el mismo tipo de letra que usaba el *New Yorker* en su cubierta. Y la disposición simétrica de los ángeles es clásica. La pareja de querubines con sus liras es una imagen espejada, un motivo típico del movimiento Art Deco. —Se inclinó sobre la tarjeta y el cabello le cayó sobre los ojos—. Y esta es sin duda la letra de Abigail Rockefeller. He examinado sus diarios y su correspondencia personal varias veces. No cabe duda.

Vladimir agarró las cartas y las leyó; sus ojos azules escrutaron las frases. Luego, con el aire de quien lleva demasiados años acumulados de paciencia, volvió a colocarlas en la mesa y se puso en pie.

—No dicen nada en absoluto —dijo—. Las primeras cinco tarjetas son tan evocadoras como una lista de la compra. Y la última solo tiene un nombre: Alistair Carroll, Administrador, Museo de Arte Moderno.

—Debe de haber algún dato sobre la lira —dijo Saitou-san, agarrando las tarjetas.

Vladimir dedicó una mirada fugaz a Gabriella, como si sopesase la posibilidad de que se le hubiese escapado algo.

—Adelante —dijo—. Leedlas. Decidme que me equivoco.

Gabriella leyó las tarjetas una tras otra. Se las fue pasando a Verlaine, que las leyó tan rápido que Evangeline se preguntó cómo podía haber captado nada de lo que dijesen.

Gabriella suspiró.

—Tienen el mismo tono y contenido que las cartas de Inocenta.

—¿Qué quieres decir?

—Pues que hablan del tiempo, de bailes de beneficencia, de cenas, de las ociosas contribuciones artísticas de Abigail Rockefeller al evento de recaudación de fondos anual de las hermanas del Convento de Santa Rosa —dijo Gabriella—. No dicen nada del paradero de la lira.

—Y pensar que habíamos depositado todas nuestras esperanzas en Abigail Rockefeller —añadió Bruno—. ¿Y si nos hemos equivocado?

—Yo no me atrevería a descartar el papel que jugó la madre Inocenta en la conversación —dijo Gabriella, mirando a Verlaine de soslayo—. Era conocida por ser una mujer notablemente sutil, capaz de persuadir a los demás para que también compartiesen esa misma sutileza.

Verlaine se quedó sentado en silencio, examinando las tarjetas. Al cabo se puso de pie, sacó una carpeta de su bolsa y colocó cuatro cartas sobre la mesa, junto a las tarjetas. La quinta carta se había quedado en el convento, donde Evangeline la había dejado.

—Estas son las cartas de Inocenta —dijo, y le dedicó una sonrisa avergonzada a Evangeline, como si incluso en aquel momento fuese a juzgarlo por haber robado las cartas del archivo de la familia Rockefeller.

Colocó las tarjetas de Abigail Rockefeller junto a las de Inocenta, en orden cronológico. Sacó con rapidez cuatro de las cartas de Abigail Rockefeller, las colocó ante sí y estudió las cubiertas. Evangeline se quedó confundida, más aún cuando Verlaine empezó a sonreír como si hubiese algo en las tarjetas que lo divirtiese. Por fin, dijo:

—Creo que la señora Rockefeller era más lista de lo que pensábamos.

—Perdón —dijo Saitou-san, inclinándose sobre las tarjeras—, pero no veo que estas cartas den ninguna información.

—Permítame que se lo explique —dijo Verlaine—. Todo está aquí, en las tarjetas. Esta es la correspondencia en orden cronológico. Dado que no hay ninguna mención directa sobre el paradero de la lira, podríamos asumir que las tarjetas de Abigail Rockefeller no dicen nada, que son apenas un espacio en blanco sobre el que las respuestas de la madre Inocenta proyectan un significado. Tal y como le señalé a Gabriella esta mañana, hay un patrón recurrente en las cartas de Inocenta. En cuatro de ellas, Inocenta comenta la naturaleza de algún tipo de diseño que Abigail Rockefeller incluyó en su correspondencia. Ahora veo —concluyó Verlaine, con un gesto hacia las tarjetas que yacía en la mesa ante él— que la madre Inocenta comentaba específicamente estas cuatro imágenes grabadas.

—Léenos esos comentarios —dijo Gabriella.

Verlaine agarró las cartas de Inocenta y leyó en voz alta las frases que alababan el gusto artístico de Abigail Rockefeller, repitiendo los fragmentos que le había leído a Gabriella aquella mañana.

—En un primer momento creí que Inocenta se refería a ciertos dibujos, quizá incluso obras de arte originales que incluían las cartas, cosa que habría supuesto el hallazgo del siglo para cualquier estudioso del arte moderno como yo mismo. Sin embargo, pensándolo de forma realista, incluir semejantes dibujos no sería para nada propio de la señora Rockefeller. Era coleccionista y amante del arte, pero de ninguno modo artista por derecho propio.

Verlaine agarró cuatro cremosas tarjetas de la sucesión de documentos y las repartió entre los angelólogos.

—Estas son las cuatro tarjetas que tanto admiraba Inocenta —dijo.

Evangeline examinó la tarjeta que Verlaine le había dado. Vio que había sido grabada con una placa tintada que representaba con gran elegancia dos querubines gemelos que sostenían en sus manos dos liras antiguas. Las tarjetas eran muy bonitas, bastante del estilo de una mujer como Abigail Rockefeller, pero Evangeline no vio nada que fuese a resolver el misterio ante ellos.

—Miren de cerca los dos querubines —dijo Verlaine—. Fíjense en la composición de las liras.

Los angelólogos contemplaron las tarjetas y se las intercambiaron para ver las demás.

Por fin, tras examinarlas de cerca, Vladimir dijo:

—Hay una anomalía en las reproducciones. Las liras no son iguales.

—Sí —dijo Bruno—. El número de cuerdas de la lira izquierda es distinto del de la lira derecha.

Evangeline vio que su abuela examinaba su tarjeta y, como si hubiese empezado a comprender a qué se refería Verlaine, esbozaba una sonrisa.

—Evangeline —dijo Gabriella—, ¿cuántas cuerdas ves en cada lira?

Evangeline miró con más atención su tarjeta y vio que Vladimir y Bruno estaban en lo cierto; las cuerdas eran distintas en cada lira, aunque le pareció más bien un detalle raro e intrascendente.

—Dos y ocho —dijo—. Pero, ¿qué significa?

Verlaine sacó un lápiz del bolsillo y, con letras apenas legible, escribió números bajo las liras. Fue pasando el lápiz y les pidió a los demás que hicieran lo mismo.

—No sé si estamos dando mucha importancia a una representación poco realista de un instrumento musical —dijo Vladimir en tono despectivo.

—El número de cuerdas de cada lira debe de ser un método para codificar información.

Verlaine recogió todas las cartas que tenían los demás.

—Aquí están: 28, 38, 30 y 39. En ese orden. Si estoy en lo cierto, la combinación de estos números indica la ubicación de la lira.

Evangeline contempló a Verlaine, preguntándose si se había perdido algo. A ella, aquellos números le parecían carentes de todo sentido.

—¿Cree usted que estos números dan una dirección?

—Directamente, no —dijo Verlaine—, pero en la secuencia puede haber algo que indique una dirección.

—O bien coordenadas en un mapa —sugirió Saitou-san.

—Pero, ¿dónde? —preguntó Vladimir, con la frente arrugada, mientras pensaba en todas las posibilidades—. Hay cientos de miles de direcciones en la ciudad de Nueva York.

—Aquí es donde me pierdo —dijo Verlaine—. Está claro que estos números eran de vital importancia para Abigail Rockefeller, pero no hay manera de saber cómo los emplea.

—¿Qué tipo de información podrían albergar ocho números? —preguntó Saitou-san, como si diese vueltas a las posibilidades en la mente.

—Quizá sean cuatro números de dos dígitos —dijo Bruno, claramente divertido ante la ambigüedad de aquel ejercicio.

—Y todos son números entre veinte y cuarenta —propuso Vladimir.

—Debe de haber más información en las tarjetas —dijo Saitou-san—. Estos números son demasiado casuales.

—Para la mayor parte de la gente —dijo Gabriella—, parecerían números al azar. Para Abigail Rockefeller, sin embargo, debían de tener un orden lógico.

—¿Dónde vivían los Rockefeller? —le preguntó Evangeline a Verlaine, consciente de que era justo su campo de especialización—. Quizá estos números indiquen su dirección.

—Vivían en diferentes casas de la ciudad de Nueva York —dijo Verlaine—. Pero su residencia más conocida es la de la calle 54 Oeste. Abigail Rockefeller acabaría donando la casa al Museo de Arte Moderno.

—54 no está entre esos números —dijo Bruno.

—Espere un momento —dijo Verlaine—. No sé cómo no lo he visto antes: el Museo de Arte Moderno fue una de las empresas más importantes de Abigail Rockefeller. También fue el primero de una serie de museos y monumentos públicos que financiaron ella y su marido. El Museo de Arte Moderno se inauguró en 1928.

—28 es el primer número de las tarjetas —dijo Gabriella.

—Exacto —dijo Verlaine, cada vez más emocionado—. Los números 2 y 8 del grabado de la lira podrían apuntar a esa dirección.

—De ser así —dijo Evangeline—. Tiene que haber otras tres ubicaciones correspondientes a las otras representaciones de liras.

—¿Cuáles son los números que quedan? —preguntó Bruno.

—38, 30 y 39 —dijo Saitou-san.

Gabriella se inclinó hacia Verlaine.

—¿Es posible que haya una equivalencia? —preguntó.

Verlaine tenía una expresión de intensa concentración.

—De hecho, el museo de los Claustros, que fue el gran amor de John D. Rockefeller Junior, se inauguró en 1938.

—¿Y en 1930? —preguntó Vladimir.

—Riverside Church, que, si le soy sincero, nunca me ha interesado mucho, debió de completarse alrededor de 1930.

—Eso nos deja 1939 —dijo Evangeline. La anticipación del descubrimiento la ponía tan nerviosa que apenas era capaz de hablar—. ¿Construyeron algo los Rockefeller en 1939?

Verlaine guardó silencio, con el ceño fruncido, como si repasase por multitud de direcciones y fechas catalogadas en su memoria. De pronto dijo:

—De hecho, sí. El Centro Rockefeller, su propia *magnum opus* Art Deco, se inauguró en 1939.

—Los números que le dio a Inocenta deben de referirse a estas ubicaciones —dijo Vladimir.

—Bien hecho, Verlaine —dijo Saitou-san, y le agitó la masa de rizos del cabello.

La atmósfera en la estancia había cambiado drásticamente; ahora imperaba un aire de inquieta anticipación. Evangeline, por su parte, solo podía contemplar asombrada aquellas tarjetas. Llevaban más de cincuenta años en una cámara subterránea debajo de ella y de sus hermanas sin que lo supieran.

—Sin embargo —dijo Gabriella, rompiendo el hechizo—. La lira solo puede encontrarse en una de estas cuatro ubicaciones.

—En ese caso es perentorio que nos dividamos por grupos y busquemos en todas —dijo Vladimir—. Verlaine y Gabriella irán a los Claustros. Estará lleno de turistas, así que acceder será un procedimiento delicado. Creo que será mejor que lleve a cabo la tarea alguien que esté familiarizado con las convenciones de este tipo de centros. Saitou-san y yo mismo iremos a Riverside Church. Y Evangeline y Bruno irán al Museo de Arte Moderno.

—¿Y qué pasa con el Centro Rockefeller?

—Será imposible hacer nada hoy —dijo Saitou-san—. Por el amor de Dios, es Nochebuena. Estos sitios serán una jaula de locos.

—Supongo que por eso mismo los eligió Abigail Rockefeller —dijo Gabriella—. Cuanto más difícil sea entrar, mejor.

Gabriella agarró el maletín de cuero que contenía la púa y el cuaderno angelológico. Le dio a cada grupo la tarjeta correspondiente a su ubicación.

—Espero que estas tarjetas nos ayuden a encontrar la lira.

—¿Y de ser así? —preguntó Bruno—. ¿Qué hacemos?

—Bueno, ese es el gran dilema al que nos enfrentamos —dijo Vladimir, pasándose los dedos por el cabello plateado—. O intentamos conservar la lira o la destruimos.

—¿Destruirla? —exclamó Verlaine—. Por lo que han dicho, esa lira es evidentemente un objeto hermoso, y de un valor incalculable.

—El instrumento es más que cualquier otro artefacto antiguo —dijo Bruno—. No es algo que se pueda exponer en el Met. Los peligros que encierra son mucho mayores que cualquier importancia histórica que pueda tener. No hay más opción que destruirla.

—O volver a esconderla —dijo Vladimir—. Hay numerosos lugares donde podríamos ocultarla.

—Ya lo intentamos en 1943, Vladimir —dijo Gabriella—. Está claro que este método ha fallado. Conservar la lira pondría en peligro a las generaciones futuras, incluso si la ocultásemos en los lugares más seguros. Ha de ser destruida, está claro. La pregunta en realidad es cómo la destruimos.

—¿A qué te refieres? —preguntó Evangeline.

Vladimir dijo:

—Una de las cualidades principales de los instrumentos celestiales es que fueron creados por el cielo y solo pueden destruirlos las criaturas de los cielos.

—No comprendo —dijo Verlaine.

—Solo un ser celestial, o una criatura con sangre de ángel, puede destruir la materia celestial —dijo Bruno.

—Incluyendo a los nefilim —dijo Gabriella.

—Así pues, si queremos destruir la lira —dijo Saitou-san—, hemos de ponerla en manos de las mismas criaturas de las que queremos esconderla.

—Todo un dilema —dijo Bruno.

—Pero entonces, ¿por qué la buscamos? —preguntó Verlaine, consternado—. ¿Por qué sacar algo tan importante de su escondite solo para destruirlo?

—No hay alternativa —dijo Gabriella—. Tenemos la rara oportunidad de hacernos con la lira. Debemos encontrar un modo de destruirla una vez que la recuperemos.

—Si es que la recuperamos —añadió Bruno.

—Estamos malgastando el tiempo —dijo Saitou-san, y se puso en pie—. Tendremos que decidir qué hacer con la lira una vez que esté en nuestro poder. No podemos arriesgarnos a que los nefilim la descubran.

Vladimir le echó un ojo a su reloj de muñeca y dijo:

—Son casi las tres. Nos encontraremos en el Centro Rockefeller a las seis en punto. Eso nos da tres horas para tomar contacto, buscar en cada edificio y volver a reunirnos. No tenemos margen de error. Planead la ruta más rápida posible. Es absolutamente necesario actuar con velocidad y precisión.

Todos se levantaron, se pusieron las chaquetas y los abrigos y se prepararon para enfrentarse al frío ocaso invernal. En pocos segundos, los angelólogos estaban listos para empezar. Mientras se dirigían a la escalera, Gabriella se giró hacia Evangeline.

—Aunque tengamos prisa, no podemos perder de vista los peligros de esta tarea. Te lo advierto, ten mucho cuidado. Los nefilim nos estarán vigilando. De hecho, llevan mucho tiempo esperando este momento. Las instrucciones que nos dejó Abigail Rockefeller son los documentos más importantes que tocarás en tu vida. Una vez que los nefilim comprendan que los hemos descubierto, atacarán sin piedad.

—Pero, ¿cómo lo van a saber? —preguntó Verlaine, acudiendo al lado de Evangeline.

Gabriella esbozó una sonrisa triste y significativa.

—Mi querido muchacho, saben justo dónde estamos. Han colocado informantes por toda la ciudad. Todo el tiempo, por todas partes, están a la espera. Incluso ahora, están cerca, vigilándonos. —Le dedicó una mirada punzante a Evangeline una vez más—. Por favor, ten cuidado.

Museo de Arte Moderno, Ciudad de Nueva York

Evangeline pasó la mano por la pared de ladrillos que corría por la calle 54 Oeste. El viento helado le abrasaba la piel. En las alturas, láminas de cristal reflejaban el jardín de esculturas del centro, presentando las intrincadas obras del museo y al mismo tiempo presentando la imagen del jardín frente a sí mismo. Las luces del interior eran tenues. Por las galerías interiores pasaban patrocinadores y empleados del museo, que Evangeline captaba por el rabillo del ojo. Un reflejo oscuro del jardín se veía en el cristal, combado, distorsionado e irreal.

—Parece que van a cerrar pronto —dijo Bruno, hundiéndose las manos en los bolsillos de la chaqueta de esquí y acercándose a la entrada—. Más vale que nos demos prisa.

Ya en la puerta, Bruno atravesó la multitud y se acercó a comprar los billetes de entrada. Un hombre algo y delgado con perilla y gafas de montura de carey estaba leyendo una novela de Wilkie Collins. El hombre alzó la vista y contempló a Evangeline y Bruno. Dijo:

—Cerramos en media hora. Mañana estamos cerrados por navidad, pero abrimos de nuevo el día 26.

Dicho lo cual, volvió a centrar su atención en el libro, como si Bruno y Evangeline ya no estuviesen allí.

Bruno se inclinó sobre el mostrador y dijo:

—Estamos buscando a una persona que quizá trabaja aquí.

—No se nos permite facilitar información personal sobre los empleados —dijo el hombre sin apartar la vista de la novela.

Bruno pasó dos billetes de cien dólares por el mostrador.

—No necesitamos información personal, solo saber dónde podemos encontrarlo.

El hombre miró por encima de las gafas de montura de carey, puso la mano sobre el mostrador y se metió el dinero en el bolsillo.

—Dígame el nombre.

—Alistair Carroll —dijo Bruno, y le tendió la tarjeta que iba en la sexta carta de Abigail Rockefeller—. ¿Lo conoce?

Él miró la tarjeta.

—El señor Carroll no es empleado del museo.

—Así que lo conoce —dijo Evangeline, aliviada y un tanto asombrada de que el nombre correspondiese a una persona de verdad.

—Todo el mundo conoce al señor Carroll —dijo el hombre. Salió de detrás del mostrador y los acompañó fuera—. Vive delante del museo. —Señaló a un elegante edificio de apartamentos del periodo de entreguerras, algo encorvado por la antigüedad. En lo alto del edificio había un tejado abuhardillado con grandes ojos de buey. Una pátina verdosa cubría el bronce—, pero está aquí todo el tiempo. Es de la vieja guardia del museo.

Bruno y Evangeline cruzaron a toda prisa la calle y se acercaron al edificio de apartamentos. Una vez delante encontraron el nombre «Carroll» escrito en un buzón de latón: apartamento nueve, quinta planta. Llamaron al ascensor, que estaba bastante desvencijado. En el interior flotaba un aroma a polvo floral, como si acabase de salir de él un puñado de ancianas de camino a la iglesia. Evangeline pulsó un botón negro con el número 5 pintado en blanco. El ascensor se cerró con un chirrido y se elevó trabajosamente. Bruno sacó la tarjeta de Abigail Rockefeller del bolsillo y la sostuvo ante sí.

En la quinta planta había dos apartamentos, ambos igualmente silenciosos. Bruno comprobó el número y, tras dar con la puerta correcta, la que tenía una placa de latón con el número 9, llamó con los nudillos.

La puerta se abrió apenas una rendija, y un anciano los contempló con grandes ojos azules brillantes de curiosidad.

—¿Sí? —susurró el anciano con voz apenas audible—. ¿Quién es?

—¿Señor Carroll? —dijo Bruno en tono afable y educado, como si hubiese llamado ya a un centenar de puertas idénticas—. Siento mucho molestarle, pero nos dio su nombre y dirección...

—Abby —dijo él, con los ojos fijos en la tarjeta que Bruno sostenía en la mano. Abrió la puerta de par en par y les hizo un gesto para que entrasen—. Pasen, por favor. Les estaba esperando.

Un par de perros Yorkshire terrier con lacitos rojos anudados sobre los ojos saltaron de un sofá y se dirigieron a la puerta al tiempo que Bruno y Evangeline entraban en el apartamento. Empezaron a ladrar como si quisieran espantar a unos intrusos.

—Ay, tontinas —dijo Alistair Carroll. Se los subió en brazos, una perra bajo cada brazo, y las llevó pasillo abajo.

El apartamento era espacioso, de muebles antiguos y sencillos. Cada objeto parecía al mismo tiempo preciado y olvidado, como si la decoración hubiese sido agónicamente elegida con la intención de ser ignorada. Evangeline se sentó en el sofá. Los cojines aún tenían el calor de las perras. En una chimenea de mármol ardía un fuego pequeño e intenso que repartía calor por toda la habitación. Ante ella había una pulida mesita de café Chippendale en cuyo centro había un cuenco lleno de caramelos. Excepto por el *Sunday Times*, doblado discretamente en un extremo de la mesa, parecía que nada había tocado el interior en cincuenta años. Sobre la encimera de la chimenea descansaba una litografía a color enmarcada, el retrato de una mujer rechoncha y sonrosada con cara de ave cautelosa. Evangeline jamás había tenido motivo o deseo alguno de buscar la apariencia de la señora Abigail Rockefeller, pero supo al instante que era justo ella.

Alistair Carroll volvió sin las perras. Llevaba un peinado preciso y corto de peluquería, pantalones de pana marrón y chaqueta de tweed. Tenía unas maneras reconfortantes que relajaron a Evangeline.

—Tenéis que perdonar a mis chicas —dijo al tiempo que se sentaba en un sillón cerca del fuego—. No están acostumbradas a tener compañía. Estos días tenemos pocos invitados. Solo se han emocionado al veros. —Se puso las manos en el regazo y dijo—: Pero dejemos eso. No habéis venido a charlar, ¿verdad?

—Quizá pueda usted decirnos por qué estamos aquí —dijo Bruno al tiempo que se sentaba junto a Evangeline en el sofá y colocaba la tarjeta de Abigail Rockefeller en la mesita—. No había explicación alguna, solo su nombre y el del Museo de Arte Moderno.

Alistair Carroll abrió un par de anteojos y se los puso. Echó mano del sobre y lo examinó de cerca.

—Abby escribió esa tarjeta en mi presencia —dijo—, pero no tenéis más que una. ¿Dónde están las demás?

—Somos un equipo de seis personas —dijo Evangeline—. Nos dividimos en grupos para ahorrar tiempo. Mi abuela tiene dos sobres.

—Dime —dijo Alistair—, ¿no será tu abuela Celestine Clochette?

Evangeline se sorprendió al oír el nombre de Celestine, sobre todo viniendo de un hombre que no podía haberla conocido.

—No —dijo—. Celestine Clochette ha muerto.

—Lo siento mucho —dijo Alistair, y negó con la cabeza con gesto consternado—. Y siento mucho que los intentos por recuperar el instrumento tengan que hacerse de forma fragmentada. Abby especificó que la recuperación debía llevarla a cabo una única persona, ya fuese la madre Inocenta o, si pasaba el tiempo, como de hecho ha pasado, una mujer llamada Celestine Clochette. Recuerdo las condiciones muy bien: yo asistí a la señora Rockefeller en todo el asunto. Fui yo quien entregó en mano esta tarjeta en el Convento de Santa Rosa.

—Pero yo pensaba que la señora Rockefeller tenía la lira en su poder de forma permanente —dijo Bruno.

—Oh, cielos, no —dijo Alistair—. La señora Rockefeller y la madre Inocenta especificaron un momento concreto en que habríamos de devolver los objetos que estaban bajo nuestra custodia. Abby no quería ser responsable de esos objetos para siempre. Pretendía devolverlos en cuanto creyese que era seguro hacerlo... es decir, al final de la guerra. Habíamos entendido que Inocenta, o Celestine Clochette, si llegaba el caso, guardarían los sobres y, llegado el momento, seguirían sus instrucciones en un orden concreto. Se ideó todo el sistema para garantizar la seguridad de los objetos y de la persona que los recuperase.

Bruno y Evangeline intercambiaron una mirada. Evangeline estaba segura de que la hermana Celestine no sabía nada de aquellas instrucciones.

—No nos dieron ninguna dirección específica —dijo Bruno—. Lo único que nos ha traído aquí ha sido la tarjeta.

—Quizá Inocenta no pudo pasar la información antes de su muerte —dijo Evangeline—. Estoy segura de que, de haberlo sabido, Celestine se habría asegurado de que los deseos de la señora Rockefeller se cumpliesen.

—Bueno, bueno —dijo Alistair—. Ya veo que ha habido una confusión. La señora Rockefeller pensaba que Celestine Clochette abandonaría el convento para regresar a Europa. Que yo recuerde, la señora Clochette era una huésped temporal.

—Pues las cosas no fueron así —dijo Evangeline, recordando lo frágil y enfermiza que había estado Celestine en sus últimos días de vida.

Alistair Carroll cerró los ojos, como si ponderase el modo ideal de completar la tarea. De repente, se puso en pie y dijo:

—Bueno, ya no nos queda otra que proseguir. Por favor, acompañadme, quiero enseñaros las extraordinarias vistas del apartamento.

Siguieron a Alistair Carroll hasta una pared con enormes ojos de buey, las mismas que Evangeline había visto desde la calle. Desde aquella posición elevada, todo el Museo de Arte Moderno se desplegaba ante ellos. Evangeline depositó las manos sobre el marco de cobre del ojo de buey y se asomó. Justo debajo de ellos, contenido y ordenado, estaba el famoso jardín de esculturas del museo, con aquel suelo rectangular de baldosas de mármol gris. Un estrecho estanque resplandecía en el centro del jardín, creando una oscuridad de obsidiana. Entre los remolinos de nieve, las baldosas de mármol gris supuraban una agüilla púrpura.

—Desde aquí puedo ver el jardín noche y día —dijo Alistair Carroll en tono quedo—. La señora Rockefeller compró este apartamento para eso mismo. Soy el guardián del jardín. Desde su muerte he visto muchos cambios en el museo. El jardín ha sido echado abajo y remodelado, la colección de estatuas ha crecido. —Se giró hacia Evangeline y Bruno—. No podríamos haber previsto que los fideicomisarios del museo decidieran que era necesario cambiarlo tan drásticamente a lo largo de los años. El jardín de Phillip Johnson, que se construyó en 1953, el icónico jardín moderno en el que se piensa al imaginarlo, arrasó por completo con el jardín inicial que conoció Abby. Luego, por alguna estrambótica razón, decidieron modernizar el jardín de Phillip Johnson, e hicieron una caricatura, un terrible error de juicio. Primero arrancaron el mármol, un encantador mármol de Vermont de un tono incomparable azul grisáceo, y lo reemplazaron por otro de clase inferior. Luego descubrieron que el original era mucho mejor, pero eso ya es otra historia. A continuación volvieron a levantar todo el jardín otra vez, y reemplazaron el mármol nuevo con uno similar al original. Habría sido un espectáculo descorazonador, si no me hubiese ocupado yo mismo del asunto al final. —Alistair Carroll cerró los brazos sobre el pecho con semblante satisfecho—. Veréis, en su día el tesoro estaba escondido en el jardín.

—¿Y ahora? —preguntó Evangeline, sin aliento—. ¿Ya no está ahí?

—Abby lo escondió en el hueco bajo una de las estatuas, *La Mediterránea*, de Arístide Malillol, que tenía un gran hueco en la base. Pensaba que Celestine Clochette llegaría en pocos meses, quizá un año como máximo. Allí habría estado seguro durante un breve periodo de tiempo. Sin embargo, a la muerte de Abby, en 1948, Celestine aún no había llegado. Pronto se hicieron planes para que Phillip Johnson modernizase el jardín de las esculturas. Yo mismo me encargué de sacar el tesoro de ahí antes de que echasen abajo todo el jardín.

—Parece bastante difícil —dijo Bruno—. Sobre todo con el tipo de seguridad del Museo de Arte Moderno.

—Soy fideicomisario vitalicio del museo. Mi nivel de acceso, aunque menor que el de Abby, es considerable. No fue difícil retirar el tesoro. Lo único que tuve que hacer fue mandar a limpiar la estatua y aprovechar para sacarlo. Fue un alivio haber tenido la previsión de hacerlo: el tesoro habría sido descubierto o bien habría quedado dañado de haberlo dejado ahí. Como Celestine Clochette no veía, supe que debía esconderlo y esperar.

Bruno dijo:

—Tenía que haber algún modo más seguro de guardar algo tan preciado.

—Abby pensaba que el tesoro estaría más seguro en un lugar muy poblado. Los Rockefeller crearon unos espacios públicos magníficos. La señora Rockefeller, siempre práctica, quiso aprovecharlo. Por supuesto, con tantas obras de arte de valor incalculable en el interior, los museos también son las ubicaciones más seguras de toda la isla de Manhattan. El jardín de las esculturas y los Claustros están siempre sometidos a un escrutinio constante. Riverside Church fue una elección algo más sentimental; pues la familia Rockefeller la construyó en el emplazamiento de la antigua escuela del señor Rockefeller. Y el Centro Rockefeller, el gran símbolo de su poder e influencia, se eligió por el estatus social de la familia en la ciudad. Representaba el alcance de su poder. Supongo que la señora Rockefeller podría haber guardado los cuatro tesoros en la cámara acorazada de algún banco y basta, pero no era su estilo. Estos escondites son simbólicos, dos museos, una iglesia y un centro de negocios. Dos partes de arte, una parte de religión y otra parte de dinero. Justo las proporciones con las que la señora Rockefeller quería que la recordasen.

Bruno le lanzó a Evangeline una mirada divertida ante el discursito de Alistair Carroll, pero no dijo nada.

Alistair Carroll salió de la habitación y regresó tras unos instantes con una caja de metal larga y rectangular. Se la puso por delante de Evangeline y le dio una pequeña llave.

—Ábrela.

Evangeline insertó la llave en la diminuta cerradura y la giró. El mecanismo de metal chasqueó tras un rumor de metal oxidado. Evangeline abrió la caja y vio dos largas barras, delgadas y doradas que descansaban en un lecho de terciopelo.

—¿Qué es esto? —preguntó Bruno con sorpresa patente.

—Pues los puentes, claro —dijo Alistair—. ¿Qué pensabais que era?

—Pensábamos que tenía usted la lira —dijo Evangeline.

—¿La lira? No, no; no escondimos la lira en el museo. —Alistair sonrió como si por fin pudiese contarles su secreto—. Entera no, al menos.

—¿Se tomaron la libertad de desmantelarla? —preguntó Bruno.

—Habría sido demasiado arriesgado esconderla toda en un único sitio —dijo Alistair, negando con la cabeza—. Así que la desmontamos. Está dividida en cuatro partes.

Evangeline contempló a Alistair con incredulidad.

—Tiene miles de años de antigüedad —dijo al fin—. Debe de ser extraordinariamente frágil.

—Es un instrumento sorprendentemente robusto —dijo él—. Y contábamos con la ayuda de los mejores profesionales que se podían contratar. Y ahora, si no os importa —dijo, regresando a la chimenea y volviendo a tomar asiento en el sillón—, debo daros ciertos datos. Tal y como os he dicho, la señora Rockefeller asumió que una persona recogería las partes de la lira en un orden concreto. Planeó su recuperación de un modo muy meticuloso. El Museo de Arte Moderno era la primera ubicación, por eso se incluía una tarjeta con mi nombre. Luego estaban Riverside Church, los Claustros y, por último, Prometeo.

—¿Prometeo? —preguntó Evangeline.

—La estatua de Prometeo del Centro Rockefeller —dijo Alistair. Se enderezó en la silla y de pronto pareció más alto, incluso más patricio—. El orden se estableció así para que yo pudiese daros instrucciones específicas, así como ciertos consejos y advertencias. En Riverside Church encontraréis a un hombre llamado Gray, un empleado de la familia Rockefeller. Fue Abby quien le dio ese puesto, aunque, francamente, no sé por qué. No se sabe si ha cumplido los deseos de la señora Rockefeller después de todos estos años... ha venido a mí en varias ocasiones para pedirme dinero. Tal y como yo lo veo, la indigencia nunca es buena señal. Sea como sea, si hay tiempo, os sugeriría que ni siquiera os molestaseis en contactar con él. —Alistair Carroll sacó una hoja de papel del bolsillo interior de la chaqueta de tweed y la abrió sobre la mesita—. Aquí está la ubicación exacta de la caja de resonancia de la lira.

Alistair Carroll le tendió el papel a Evangeline para que esta pudiese examinar el laberinto que había en el centro.

—El laberinto del presbiterio de Riverside Church es similar al que se encuentra en la Catedral de Chartres, en Francia —explicó Alistair—. Tradicionalmente, los laberintos se usaban como herramientas de contemplación. Para nuestros propósitos se instaló una cámara a poca profundidad justo debajo de la flor central del laberinto, un compartimento hermético que puede extraerse y reemplazarse sin dañar el suelo. Abby guardó en su interior la caja de resonancia y dejó estas instrucciones sobre cómo extraerla.

»En cuanto a las cuerdas de la lira —prosiguió—, eso es harina de otro costal. Están guardadas en los Claustros y han de ser extraídas con la ayuda de la directora, una mujer que está al tanto de los deseos de la señora Rockefeller y sabrá cómo actuar en las circunstancias actuales en las que nos encontramos. El museo seguirá abierto una hora más, diría yo. La directora del espacio tiene órdenes de permitir el acceso, bastará que yo le haga una llamada. No hay otro modo de llegar a las cuerdas sin provocar el caos. ¿Habéis dicho que vuestros socios ya están allí?

—Mi abuela —dijo Evangeline.

—¿Hace cuánto que fue allí? —preguntó Alistair.

—Debería haber llegado ya —dijo Bruno, echándole un vistazo a su reloj.

Alistair se quedó pálido.

—Eso me preocupa mucho. No sé qué peligros aguardan allí, dado que estáis llevando la tarea fuera del orden establecido. Hemos de intervenir. Por favor, dime el nombre de tu abuela. Llamaré de inmediato.

Se acercó a un teléfono de disco, alzó el auricular y marcó un número. Segundos después le estaba explicando la situación a su interlocutora. La actitud familiar de Alistair le dio a Evangeline la impresión de que ya había discutido previamente la situación con la directora. Tras colgar, Alistair dijo:

—Qué alivio: no ha habido nada fuera de lo usual esta tarde en los Claustros. Puede que tu abuela se encuentre allí, pero no se ha acercado al escondite. Por suerte, aún hay tiempo. Mi contacto hará todo lo que esté en su mano para encontrar a tu abuela y ayudarla.

Entonces abrió la puerta de un armario y se puso un pesado abrigo de lana, para a continuación ajustarse una bufanda de seda al cuello. Evangeline y Bruno hicieron lo propio y se pusieron en pie.

—Hemos de irnos —dijo Alistair, y los llevó hasta la puerta—. Los miembros de vuestro grupo corren peligro. De hecho, ahora que ha empezado la recuperación del instrumento, ninguno de nosotros está a salvo.

—Habíamos planeado encontrarnos en el Centro Rockefeller a las seis —dijo Bruno.

—El Centro Rockefeller está a cuatro manzanas de aquí —dijo Alistair Carroll—. Os acompañaré. Creo que podré seros de ayuda.

Los Claustros, Museo Metropolitano de Arte, Parque Fort Tryon, Ciudad de Nueva York

Verlaine y Gabriella salieron de un taxi y fueron a toda prisa hasta la entrada del museo. Un puñado de edificios se alzaba ante ellos, muros que se elevaban sobre el río Hudson, que corría detrás. Verlaine había pasado en muchas ocasiones por los Claustros. Le encantaba aquella perfecta semblanza de un monasterio medieval, para él era fuente de solaz y refugio de la intensidad de la ciudad. Era reconfortante encontrarse en presencia de la historia, incluso si la envolvía un aire artificial. Verlaine se preguntó qué pensaría Gabriella de aquel museo, al haber estado en presencia de claustros auténticos en París. Los frescos antiguos, crucifijos y estatuas medievales que constituían la colección de los Claustros habían sido reunidos emulando al *Musée National du Moyen Âge*, un lugar que Verlaine solo conocía de sus lecturas.

Era el punto álgido de las vacaciones de navidad, y el museo debía de estar plagado de multitud de personas que querían pasar una tarde tranquila entre arte medieval. Si los seguían, tal y como Verlaine sospechaba, aquella multitud les serviría de escudo. Estudió la fachada de caliza, la imponente torreta central, el grueso muro exterior, y se preguntó si las criaturas se escondían allí dentro. No tenía ninguna duda de que estaban allí, esperándolos.

Subieron los escalones de piedra a toda prisa. Verlaine reflexionó sobre la misión que tenían ante sí. Los habían enviado al museo sin la menor idea de cómo llevar a cabo la búsqueda. Sabía que Gabriella era buena en lo que hacía, y confiaba en que encontraría un modo de cumplir su parte de la misión, si bien parecía una tarea abrumadora.

Por más que adorase las búsquedas intelectuales de tesoros, la inmensa dificultad de lo que se proponían hacer le dio ganas de girar sobre sus talones, meterse en un taxi y marcharse a su casa.

En la arcada que daba acceso al museo, una mujer menuda con lustroso pelo rojizo se aproximó a ellos a toda prisa. Llevaba una fluida blusa de seda y un collar de perlas que reflejaba la luz mientras ella se les acercaba. A Verlaine le pareció que llevaba un rato en la puerta a la espera de su llegada, aunque sabía que eso era imposible.

—¿Doctora Gabriella Valko? —dijo la mujer. Verlaine reconoció un acento similar al de Gabriella y dedujo que la mujer era francesa—. Soy Sabine Clementine, directora asociada de restauración de los Claustros. Me han enviado a ayudarla en su tarea de esta tarde.

—¿La han enviado? —dijo Gabriella, con una mirada cautelosa—. ¿Quién la ha enviado?

—Alistair Carroll —susurró ella, y les hizo un gesto para que la siguieran—. Trabaja en nombre de Abigail Rockefeller. Vengan, por favor, se lo explico todo mientras entramos.

Tal y como había esperado Verlaine, la entrada estaba llena de gente con cámaras y guías en mano. Había patrocinadores esperando en la caja de la tienda del museo, en una cola que serpenteaba entre las mesas llenas de libros medievales, volúmenes de arte y estudios sobre arquitectura gótica y románica. A través de una estrecha ventana, Verlaine captó otro atisbo del río Hudson, que fluía más abajo, oscuro y constante. A pesar del peligro sintió que todo su cuerpo se relajaba: los museos siempre tenían sobre él un efecto tranquilizador. Quizá era esa la razón, si es que quería analizarse a sí mismo, por la que había elegido la historia de arte como campo de especialización. El aire de conservación que tenía el edificio en sí, con su colección de trozos de monasterios medievales —fachadas, frescos y puertas extraídas de estructuras derruidas de España, Francia e Italia y reconstruidas en un collage de ruinas antiguas— contribuía a incrementar su calma, al igual que los turistas que se hacían fotos, las parejas jóvenes que paseaban de la mano y los jubilados que estudiaban los delicados y claros colores de algún fresco.

El desprecio que sentía Verlaine hacia los turistas, tan pronunciado hacía apenas un día, se había transformado en gratitud por su presencia.

Entraron en el museo propiamente dicho a través de galerías interconectadas. Aunque no tenían tiempo para detenerse, Verlaine miró de reojo las obras de arte al pasar, en busca de algo que les diese una pista sobre lo que habían venido a hacer en los Claustros. Quizá algún cuadro o estatua correspondía a algo presente en las tarjetas de Abigail Rockefeller, aunque Verlaine lo dudaba. Los dibujos eran demasiado modernos, un claro ejemplo del Art Deco de la ciudad de Nueva York. Sin embargo, sí que examinó una arcada anglosajona; un crucifijo esculpido; un mosaico de cristal; un conjunto de columnas de acanto talladas, restauradas y pulidas. Cualquiera de aquellas obras maestras podía contener el instrumento en su interior.

Sabine Clementine los llevó hasta una habitación espaciosa con una pared de cristal que inundaba de luz el suelo de amplios tablones de madera. Una serie de tapices colgaba de las demás paredes. Verlaine los reconoció al instante. Los había estudiado en un curso sobre Obras Maestras de la Historia del Mundo del Arte, en su primer año de estudios. Había encontrado reproducciones de ellos una y otra vez en revistas y pósteres, aunque por algún motivo hacía tiempo que no venía a ver los originales. Sabine Clementine los llevó hasta los famosos *Tapices del Unicornio*.

—Son hermosos —dijo Verlaine, examinando los vivos tonos rojizos y brillantes verdes del tejido.

—Y brutales —añadió Gabriella, con un gesto hacia la matanza del unicornio en la que la mitad del grupo de caza miraba hacia adelante, plácido e indiferente, mientras la otra mitad hundía lanzas en la garganta de la indefensa criatura.

—He aquí la gran diferencia entre Abigail Rockefeller y su esposo —dijo Verlaine, con un gesto al panel ante ellos—. Mientras que Abigail Rockefeller fundó el Museo de Arte Moderno y dedicó tiempo a comprar Picassos, Van Goghs y Kandisnkys, su marido coleccionaba arte de la época medieval. Detestaba el modernismo y se negaba a apoyar la pasión que sentía su esposa por ese periodo. Pensaba que era arte profano. Resulta gracioso que el pasado se considere sacro mientras que el mundo moderno se observa con suspicacia.

—Suele haber buenas razones para sospechar de la modernidad —dijo Gabriella, echando una mirada por encima del hombro a los turistas arracimados, como si quisiese dilucidar si los habían seguido.

—Pero, sin los beneficios del progreso —dijo Verlaine—, aún seguiríamos inmersos en la Edad Media.

—Mi querido Verlaine —dijo Gabriella al tiempo que lo agarraba del brazo y se internaba aún más en la galería—, ¿de verdad cree que hemos salido de la Edad Media?

—Veamos —dijo Sabine Clementine, acercándose a ellos para poder hablarles en voz baja—, mi predecesora me dijo que memorizase una pista, aunque jamás había comprendido para qué servía hasta ahora. Por favor, escuchen con atención.

Gabriella se giró hacia ella, sorprendida, y Verlaine captó el más leve atisbo de condescendencia en el rostro de la anciana mientras escuchaba hablar a Sabine.

—«La alegoría de la caza nos cuenta una historia dentro de una historia» —susurró Sabine—. «Seguid el trayecto de la criatura desde la libertad al cautiverio. Dejad de lado los sabuesos, fingid modestia ante la dama, rechazad la brutalidad de la matanza y buscad la música donde la criatura vuelve a vivir. Igual que fue una mano quien tejió este misterio en el telar, así habrá de ser una mano quien lo desvele. *Ex angelis*… el instrumento se revela a sí mismo».

—¿*Ex angelis*? —preguntó Verlaine, como si fuese la única frase de la pista que lo desconcertaba.

—Es latín —dijo Gabriella—. Significa «de los ángeles». Está claro que emplea esas palabras para describir el instrumento angélico, que fue creado por ángeles, aunque resulta bastante extraño. —Hizo una pausa y le lanzó a Sabine Clementine una mirada de gratitud, reconociendo la legitimidad de su presencia por primera vez. Acto seguido prosiguió—: De hecho, las iniciales E. A. se imprimían a menudo en los sellos de los documentos que se enviaban entre los angelólogos de la Edad Media, aunque solían significar *Epistola Angelorum*, carta de los ángeles, que es otro concepto completamente distinto. No parece posible que la señora Rockefeller lo supiese.

—¿Hay algo más que pueda explicar su uso? —preguntó Verlaine, inclinándose sobre el hombro de Gabriella cuando esta sacó del maletín la tarjeta de Abby Rockefeller. Gabriella le dio la vuelta a la tarjeta para contemplar el reverso.

—Hay una suerte de dibujo —dijo Gabriella, rotando la tarjeta en un intento de verla mejor. Había una serie de suaves líneas apenas dibujadas, dispuestas según su longitud, con un número escrito junto a cada una—. Pero no explica nada de nada.

—Así que tenemos un mapa sin llave —dijo Verlaine.

—Quizá —dijo Gabriella, y le pidió a Sabine que repitiese la pista. Sabine la repitió palabra por palabra:

—«La alegoría de la caza nos cuenta una historia dentro de una historia. Seguid el trayecto de la criatura desde la libertad al cautiverio. Dejad de lado los sabuesos, fingid modestia ante la dama, rechazad la brutalidad de la matanza y buscad la música donde la criatura vuelve a vivir. Igual que fue una mano quien tejió este misterio en el telar, así habrá de ser una mano quien lo desvele. *Ex angelis*... el instrumento se revela a sí mismo».

—Claramente nos está diciendo que sigamos el orden de la caza, que empieza en el primer tapiz —dijo Verlaine. Se acercó entre los grupos de visitantes al primer panel—. Aquí se ve a un grupo de caza que se adentra en el bosque, donde descubren a un unicornio, lo persiguen con vigor y lo matan. Los sabuesos, a los que la señora Rockefeller nos aconseja que ignoremos, son parte del grupo de caza; y la dama, a quien también hemos de dejar de lado, debe de ser una de las mujeres que está cerca, contemplando la escena. Se supone que hemos de ignorarlo todo y mirar al lugar donde la criatura vuelve a la vida. —Llevó a Gabriella del brazo hasta el último tapiz—. Debe de ser este.

Estaban frente al tapiz más famoso, un exuberante prado gris lleno de flores silvestres. El unicornio estaba reclinado en el centro de una valla circular, domado.

Gabriella dijo:

—Está claro que este es el tapiz donde hemos de buscar «la música donde la criatura vuelve a vivir».

—Aunque no parece haber nada en absoluto que haga referencia a la música —dijo Verlaine.

—*Ex angelis* —dijo Gabriella para sí, como si le diese vueltas a la frase en la cabeza.

—La señora Rockefeller jamás usó frases en latín en sus cartas a Inocenta —dijo Verlaine—. Es obvio que la emplea aquí para llamar nuestra atención.

—Hay ángeles en casi cada obra de arte de este lugar —dijo Gabriella, claramente frustrada—, pero aquí no hay ni uno.

—Tiene usted razón —concordó Verlaine, estudiando el unicornio—. Estos tapices son una anomalía. Aunque pueda interpretarse la caza del unicornio, tal y como mencionó la señora Rockefeller, como una alegoría que seguramente cuenta la crucifixión de Cristo y su resurrección... es una de las pocas obras de este lugar sin figuras ni imágenes abiertamente cristianas. No hay ninguna representación de Cristo, ni imágenes del Antiguo Testamento, ni ángeles.

—Pero —dijo Gabriella, señalando a las esquinas del tapiz— fíjese que las letras A y E están tejidas por todas las escenas. Se encuentran en cada tapiz, siempre en pareja. Deben de ser las iniciales del mecenas que mandó hacer los tapices.

—Quizá —dijo Verlaine, mirando más de cerca aquellas letras y fijándose en que habían sido tejidas con hilo de oro—, pero mire: la letra E aparece siempre al revés.

—Si las intercambiamos —dijo Gabriella—, tenemos E. A.

—*Ex angelis* —dijo Verlaine.

Se acercó tanto al tapiz que pudo ver los intrincados patrones de hilos que componían la tela de la escena. El material desprendía un olor margoso, tras siglos expuesto al polvo y al aire de manera irremediable. Sabine Clementine, que se había mantenido en silencio cerca de ellos, a la espera de que la necesitasen, se les acercó.

—Vengan —dijo en tono suave—. Han venido ustedes por los tapices. Son mi especialidad.

Sin esperar respuesta, Sabine se acercó al primer panel. Dijo:

—*Los tapices del Unicornio* son grandes obras maestras de la Edad Media. Siete paneles de lana y seda entretejida. Muestra un grupo de caza proveniente de la corte: pueden verse los sabuesos, los caballeros, las damas y los castillos, enmarcados por fuentes y bosques. La proveniencia concreta de estos tapices sigue siendo más o menos un misterio, incluso tras años de estudio, pero los historiadores del arte concuerdan en que el estilo señala a Bruselas en torno al año 1500. El primer documento que hace referencia a *Los tapices del Unicornio* apareció en el siglo xvii, cuando se catalogaron como parte de las pertenencias de una familia noble francesa. Fueron descubiertos y restaurados a mediados del siglo xix. John D. Rockefeller Junior pagó más de un millón de dólares por ellos en los años 20. En mi opinión fue toda una ganga. Muchos historiadores creen que son el mayor ejemplo de arte medieval de todo el mundo.

Verlaine contempló el tapiz, atraído por su vibrante color y por el unicornio que se reclinaba en el centro del panel tejido. Era una bestia blanca como la leche, con el gran cuerno alzado.

—Dígame, *madeimoselle* —dijo Gabriella con un soniquete desafiante en la voz—, ¿ha venido usted a ayudarnos o hacernos una visita guiada?

—Necesitarán ustedes una guía —replicó Sabine en tono punzante—. ¿Ven esos bloques de puntadas entre las letras? —Hizo un gesto hacia las iniciales E. y A. sobre el unicornio.

—Parece que se llevó a cabo un trabajo de restauración bastante intenso —replicó Verlaine, como si la respuesta a la pregunta de Gabriella fuese completamente obvia—. ¿Fue dañado?

—Bastante —dijo Sabine Clementine—. Los tapices fueron saqueados durante la Revolución Francesa. Los robaron de un *château* y los usaron durante décadas para cubrir árboles frutales de plebeyos y protegerlos del frío. Aunque la tela ha sido restaurada amorosa y agónicamente, el daño se ve claramente si se mira de cerca.

Gabriella examinó el tapiz y pareció tener otra idea. Dijo:

—La señora Rockefeller recibió el enorme desafío de esconder el instrumento. Según esa clave que dio en forma de instrucciones, debió de esconderlo aquí, en los Claustros.

—Eso parece —dijo Verlaine, lanzándole una mirada expectante.

—Para conseguir su cometido, tenía que encontrar una ubicación bien vigilada pero expuesta, segura pero accesible, para que el instrumento pudiese ser recuperado eventualmente. —Gabriella inspiró hondo y paseó la vista por la estancia: había montones de visitantes arremolinados ante los tapices. Bajó la voz hasta adoptar un tono susurrante—: Ya estamos viendo de primera mano que esconder algo tan poco manejable como una lira, un instrumento compuesto de un cuerpo voluminoso y barras cruzadas, normalmente de buen tamaño, en un museo como los Claustros, resultaría casi imposible. Y sin embargo, sabemos que lo consiguió.

—¿Sugiere usted que la lira no se encuentra aquí? —preguntó Verlaine.

—No, no es eso lo que digo —dijo Gabriella—. Digo justo lo contrario. No creo que Abigail Rockefeller nos haya enviado a una misión imposible. Estaba reflexionando sobre el dilema que plantea que haya cuatro ubicaciones para un único instrumento, y he llegado a la conclusión de que Abigail Rockefeller ideó un plan maestro a la hora de ocultar la lira. Encontró las ubicaciones más seguras, pero también escondió la lira de un modo que la mantuviese sana y salva. Creo que el instrumento no está dispuesto de la forma que esperamos.

—Me he perdido —dijo Verlaine.

Sabine dijo:

—Como sabe cualquier angelólogo que haya cursado un semestre de Musicología Etérea, de Historia de los Coros Angélicos o bien cualquier otro seminario que se centre en la construcción e implementación de los instrumentos, la lira tiene un componente esencial: las cuerdas. Mientras que otros instrumentos celestiales están hechos del valioso metal celestial conocido como valkino, la resonancia única de la lira proviene de sus cuerdas. Estaban hechas de una sustancia inidentificable que, según creen los angelólogos desde hace mucho tiempo, es una mezcla de seda y de cabellos de ángel. Sea cual fuere el material, el sonido es extraordinario, debido tanto a la sustancia de las cuerdas como al modo en que están estiradas. El marco, sin embargo, es a todo propósito intercambiable.

—Ha cursado usted estudios en la academia de París —dijo Gabriella, impresionada.

—*Bien sûr*, doctora Valko —dijo Sabine con una leve sonrisa—. ¿Cómo si no me iban a confiar un puesto así? Quizá no se acuerde, pero asistí a su clase de Introducción a la Guerra Espiritual.

—¿En qué año? —preguntó Gabriella, estudiando a Sabine en un intento de reconocerla.

—El primer semestre de 1987 —respondió Sabine.

—Mi último año en la academia —dijo Gabriella.

—Fue mi curso favorito.

—Me alegro de saberlo —dijo Gabriella—. Ahora puede usted devolverme el favor ayudándome a resolver este puzle: «Igual que fue una mano quien tejió este misterio en el telar, así habrá de ser una mano quien lo desvele».

Gabriella contempló a Sabine mientras repetía la frase de la carta de la señora Rockefeller, en busca de una chispa de reconocimiento.

—Estoy aquí para ayudarla a descubrir el tesoro —dijo Sabine—. Y acabo de comprender qué es lo que he de liberar del tapiz.

—¿La señora Rockefeller tejió las cuerdas en el tapiz? —preguntó Verlaine.

—De hecho —replicó Sabine—, contrató a un profesional muy fiel para que lo hiciese por ella. Pero sí, están aquí, dentro del tapiz del unicornio en cautividad.

Verlaine contempló el tejido con aire escéptico.

—¿Y cómo demonios las sacamos?

Sabine, algo perpleja, dijo:

—Si me han informado correctamente, el procedimiento fue llevado a cabo con gran pericia y no dañará la obra cuando las cuerdas se extraigan.

—Resulta extraño que Abigail Rockefeller eligiese una obra de arte tan delicada como escudo —señaló Gabriella.

Sabine dijo:

—Hay que recordar que, en su día, estos tapices eran propiedad privada de los Rockefeller. Decoraron el salón de Abigail Rockefeller desde 1922, cuando los compró su esposo, hasta finales de 1930, cuando fueron traídos aquí. La señora Rockefeller conocía a la perfección los tapices, incluyendo sus puntos débiles. —Sabine señaló un trozo de tela muy parcheado—. ¿Ven lo irregular que es esta parte? Bastaría un corte al hilo que se usó para repararla y se abrirá la costura.

Un guardia de seguridad que esperaba en el otro extremo de la estancia se acercó a ellos.

—¿Todo listo, señorita Clementine? —preguntó.

—Sí, gracias —respondió Sabine en tono seco y profesional—. Pero primero tenemos que despejar la galería. Por favor, llame a los demás. —Se giró hacia Gabriella y Verlaine—. He mandado bloquear el área durante toda la duración del procedimiento. Tendremos libertad absoluta para trabajar en el tapiz, una tarea que sería imposible en medio de esta multitud.

—¿Puede usted hacer algo así? —preguntó Verlaine con una mirada a la atestada estancia.

—Por supuesto —dijo Sabine—. Soy directora asociada de restauraciones. Puedo organizar reparaciones como mejor vea conveniente.

—¿Y qué me dice de eso? —preguntó Verlaine, señalando a la cámara de seguridad.

—Ya me he ocupado de todo, *monsieur*.

Verlaine contempló el tapiz y se dio cuenta de que tenían muy poco tiempo para localizar las cuerdas y extraerlas. Tal y como había sospechado en un primer momento, la tela de la reparación se encontraba encima del cuerpo del unicornio, ubicada en el tercio superior del tapiz, el que tenía los mayores desperfectos. Estaba situada muy arriba, quizá a metro ochenta del suelo. Habría que subirse a una silla o a un taburete para alcanzarla. El ángulo no sería ideal. Cabía la posibilidad de que la costura fuese muy difícil de abrir y de que fuese necesario retirar el tapiz de la pared, colocarlo sobre el suelo y abrirlo desde ahí. Aquello, sin embargo, sería el último recurso.

Varios guardias de seguridad entraron en la galería y empezaron a dirigir a la gente hacia otras salas. Una vez que quedó despejado el espacio, los guardias se situaron en la puerta para vigilar.

Con la galería ya vacía, Sabine trajo a un hombre bajito y calvo que pasó entre los guardias y se acercó al tapiz. Colocó en el suelo una caja metálica de la que desplegó una escalera de mano. Sin siquiera mirar a Gabriella o Verlaine, subió la escalera y empezó a examinar la costura.

—La lupa, señorita Clementine —dijo el hombre.

Sabine abrió el maletín y sacó una hilera de escalpelos, hilos, tijeras y una lupa de gran tamaño. Esta última captó un brillante rayo de luz de la sala para condensarlo en una única bola de fuego.

Verlaine contempló cómo trabajaba el hombre, fascinado ante la seguridad que desprendía. A menudo se había maravillado ante la pericia necesaria para restaurar una obra de arte, e incluso había asistido a una exposición que mostraba el proceso químico que se usaba para limpiar telas como aquellas. El hombre sostuvo la lupa en una mano y el escalpelo en la otra, y fue introduciendo la punta de la hoja en una hilera de puntadas pulcras y prietas. Con la más leve presión, las puntadas cedieron. El hombre descosió una puntada tras otra del mismo modo hasta que un agujero del tamaño de una manzana apareció en el tapiz. El hombre siguió trabajando con concentración de cirujano.

De puntillas, Verlaine contempló la tela descosida. No vio más que una maraña de hilos deshilachados de color, tan finos como cabellos. El hombre pidió que le pasasen cierta herramienta y Sabine le tendió un garfio largo y fino. Lo insertó en el agujero que había en la tela. Acto seguido metió la mano sobre la A y la E. Dio un tironcito y un destello captó la atención de Verlaine: en el garfio había enredada una cuerda opalescente.

Verlaine fue contando las cuerdas a medida que el hombre las pasaba. Eran finas como cabellos y tan suaves que se deslizaban por entre los dedos de Verlaine como si estuviesen enceradas. Cinco cuerdas, siete, diez, laxas y suntuosas, enredadas en su brazo. El hombre bajó de la escalerilla.

—Eso es todo —dijo con aspecto sobrio en el semblante, como si acabase de profanar un santuario.

Sabine agarró las cuerdas, las enroló hasta formar un bobina compacta y las guardó en un saquito de tela. Le puso el saquito a Verlaine en la mano y dijo:

—Síganme, *madame, monsieur*.

Dicho lo cual, llevó a Gabriella y Verlaine hasta la entrada de la galería.

—¿Saben cómo colocarlas? —les preguntó una vez que llegaron.

—Me las arreglaré, seguro —dijo Gabriella.

—Sí, por supuesto —dijo Sabine, y con un chasquido de los dedos, los guardias se reunieron a su alrededor, tres a cada lado—. Tengan cuidado —dijo Sabine, y le dio sendos besos en las mejillas a Gabriella a la manera parisina—. Buena suerte.

Los guardias de seguridad escoltaron a Gabriella y a Verlaine por el museo, apartando a la multitud omnipresente. Verlaine pensó que los estudios que había cursado, las frustraciones y búsquedas infructuosas de la vida académica, todo ello lo había llevado de algún modo hasta aquel momento de triunfo. A su lado caminaba Gabriella, la mujer que lo había llevado a comprender su vocación de angelólogo y su futuro, si es que podía soñar algo así, junto a Evangeline. Pasaron arcada tras arcada; la pesada arquitectura románica dio paso a las livianas celosías del gótico. Verlaine sostenía el saquito con las cuerdas fuertemente en la mano.

Riverside Church, Morningside Heights, Ciudad de Nueva York

Riverside Church era una imponente catedral neogótica que se alzaba sobre la Universidad de Columbia. Vladimir y Saitou-san ascendieron los escalones hasta una puerta de madera adornada con discos de hierro. Los tacones altos de Saitou-san crujían sobre el hielo cubierto de sal. Llevaba un chal negro bien ceñido sobre los hombros.

Al entrar, la luz menguó hasta adoptar un tono sombrío y meloso. Vladimir parpadeó mientras ajustaba la vista al ambiente del recibidor. La iglesia estaba vacía. Él se ajustó la corbata y pasó junto a un hueco en el que había un mostrador de recepción vacío. Subió unas escaleras y entró en una gran antecámara. Las paredes estaban hechas de piedra de tono cremoso que se alzaba hasta converger formando arcos que se unían como velas henchidas por el viento en un puerto atestado. Vladimir atravesó la antecámara, cruzó unas puertas dobles y escrutó el profundo espacio vacío de la nave de la iglesia.

Su primer impulso fue rebuscar hasta el último rincón, pero se contuvo. Dos placas de cobre que había en una pared le llamaron la atención. La primera conmemoraba la generosidad de John D. Rockefeller Jr. al construir la iglesia. La segunda estaba dedicada a Laura Celestina Spelman Rockefeller.

—Laura Celestina Spelman era la suegra de Abigail Rockefeller —susurró Saitou-san, leyendo la placa.

Vladimir dijo:

—Creo que los Rockefeller eran muy devotos, sobre todo la generación de Cleveland. John D. Rockefeller Jr. cubrió los costes de construcción de esta iglesia.

—Eso explicaría que la señora Rockefeller tuviese acceso —dijo Saitou-san—. Sería imposible esconder algo en secreto aquí dentro sin contar con ayuda desde dentro.

—Ayuda desde dentro —dijo una voz atiplada y quejumbrosa—, y mucho dinero.

Vladimir se giró y vio a un anciano con aspecto de sapo vestido con un elegante traje gris y canas repeinadas, que acababa de aparecer en el pasillo. Llevaba un monóculo en el ojo izquierdo y una cadena de oro que le colgaba por la mejilla. Instintivamente, Vladimir dio un paso atrás.

—Discúlpenme si les he sobresaltado —dijo el hombre—. Soy el señor Gray. No he podido evitar percatarme de su presencia.

El señor Gray parecía muerto de nervios. Con ojos desorbitados no dejaba de mirar a un lado y a otro del pasillo. Por último posó la mirada sobre Vladimir y Saitou-san.

—Les preguntaría quiénes son —dijo el señor Gray, señalando a la tarjeta de Abigail Rockefeller que Vladimir tenía en la mano—, pero ya lo sé. ¿Me permite?

El señor Gray agarró la tarjeta, la miró con atención y dijo:

—Ya la había visto antes. De hecho, yo mismo ayudé a disponer la impresión de estas tarjetas cuando trabajaba de chico de los recados para la señora Rockefeller. Tenía apenas catorce años. En cierta ocasión la oí decir que le gustaba mi actitud obsequiosa, cosa que entiendo que fue un cumplido. Yo solía hacer todo tipo de recados para ella; ir al centro a comprar papel, a la parte alta de la ciudad, a los impresores, otra vez al centro a pagar al artista.

—Entonces quizá pueda decirnos qué significa esta tarjeta —dijo Saitou-san.

—La señora Rockefeller creía —dijo el señor Gray, ignorando a Saitou-san— que vendrían unos angelólogos.

—Y aquí estamos —dijo Vladimir—. ¿Puede decirnos qué hemos de hacer a continuación?

—Responderé directamente a sus preguntas —dijo el señor Gray—, pero antes hemos de ir a mi despacho. Allí podremos hablar más tranquilamente.

Bajaron unas escaleras de piedra que partían de la antecámara. El señor Gray descendió a toda prisa, a paso vivo. Al fondo de las escaleras se abría un corredor entenebrecido. El señor Gray abrió una puerta y los hizo pasar a un estrecho despacho atestado de documentos. En la esquina de un escritorio de metal se amontaba una gran pila de correo sin abrir. Por todo el suelo había virutas de lápices afilados. En la pared junto a un mueble archivador colgaba un calendario del mes de diciembre de 1978.

Una vez que entraron, el señor Gray adoptó una actitud indignada.

—¡Bueno, desde luego han tardado lo suyo en venir! —dijo—. Empezaba a pensar que había habido algún tipo de malentendido. La señora Rockefeller se habría enfurecido ante esta situación. Se habría revuelto en su tumba si yo hubiese muerto sin poder entregar el paquete tal y como ella lo había estipulado. Era una mujer muy rigurosa, pero también generosa. Mis hijos y los hijos de mis hijos disfrutarán de los beneficios de nuestro acuerdo, aunque a mí, que llevo media vida esperando su llegada, ¡no me dará tiempo! Yo apenas era un chiquillo cuando me contrató para supervisar el funcionamiento de la oficina de la iglesia. Acababa de llegar de Inglaterra sin oficio ni beneficio. La señora Rockefeller me dio un lugar aquí, en esta oficina, y me dijo que aguardase a su llegada, cosa que he hecho sin cesar. Por supuesto, se desarrolló un plan de contingencia en caso de que yo falleciese antes de su llegada, cosa que, he de decir, podría suceder cualquier día de estos, porque cada vez estoy más viejo… pero bueno, no nos entreguemos a pensamientos tan funestos. No, señor. En este momento tan importante, lo único que ha de ocupar nuestra mente son los deseos de nuestra benefactora. Sus pensamientos se centraban únicamente en una única y solemne esperanza: el futuro. —El señor Gray parpadeó y se ajustó el monóculo—. Vengan, vamos a ponernos a ello.

—Una idea excelente —dijo Vladimir.

El señor Gray se acercó a un mueble archivador, sacó del bolsillo un juego de llaves y empezó a pasarlas una tras otra hasta encontrar la que necesitaba. Giró la llave y el mueble archivador se abrió.

—Veamos —dijo, inclinándose sobre los archivos—. ¡Ah, sí, aquí! Justo los documentos que necesitamos. —Hojeó las páginas y se detuvo ante una larga lista de nombres—. Esto, por supuesto, es una formalidad, pero la señora Rockefeller especificó que solo quienes apareciesen en esta lista, o bien sus descendientes, tendrían autorización para recibir el paquete. ¿Se encuentra en esta lista su nombre, o el de sus padres o abuelos, o incluso el de sus bisabuelos?

Vladimir recorrió la vista con la mirada y reconoció los nombres de la mayor parte de los angelólogos principales del siglo xx. Encontró su propio nombre a mitad de la última columna, junto al de Celestine Clochette.

—Si no le importa, necesito que firme aquí y aquí. Y luego aquí, en esta línea en la parte inferior de la página.

Vladimir examinó el documento, un largo contrato que, tras una lectura en diagonal, resultaba ser una declaración que decía que el señor Gray había llevado a cabo su tarea de entregar el objeto.

—Verán —dijo el señor Gray a modo de disculpa—. Yo solo recibiré mi compensación económica una vez llevada a cabo la entrega, cosa que certificará su firma. El documento legal es muy específico al respecto, y los abogados son implacables. Como se imaginarán, ha resultado bastante inconveniente vivir todos estos años sin compensación alguna por mi trabajo. He ido tirando, a la espera de que llegasen ustedes para poder retirarme de este condenado despacho. Pero bueno, ya están ustedes aquí —dijo el señor Gray, y le tendió a Vladimir un bolígrafo—. Si no le importa, es una simple formalidad.

—Antes de firmar —dijo Vladimir, apartando el documento—, he de tener el objeto que estaba usted guardando para mí.

Un escalofrío casi imperceptible endureció las facciones del señor Gray.

—Por supuesto —dijo secamente. Se puso el contrato bajo el brazo y metió el bolígrafo en el bolsillo de su traje gris—. Síganme —dijo, con voz tensa.

Salieron del despacho y volvieron a subir las escaleras. Al llegar al nivel superior de la iglesia, Vladimir se retrasó un poco y se quedó entre los huecos ensombrecidos del pasillo. Sus estudios de musicología etérea habían ocupado toda su juventud, llevándolo cada vez más dentro del mundo cerrado del trabajo angelológico. Después de la guerra había abandonado la disciplina para abrir una humilde panadería en la que hacía tartas y servía cafés, una tarea sencilla que le proporcionaba gran confort. Había creído que su trabajo era fútil, que no había nada que pudiese hacer la humanidad para detener a los nefilim. Solo regresó después de que Gabriella hubiese venido en persona a suplicarle que se uniese a sus esfuerzos. Le había dicho que lo necesitaban. En su momento, Vladimir había dudado, pero Gabriella podía ser muy persuasiva, y de todos modos Vladimir había visto que ciertos cambios oscuros habían empezado a tener lugar. Quizá fue el riguroso entrenamiento de su juventud o quizá simple intuición; no tenía ni idea de cómo lo sabía, pero estaba seguro de que no podía confiar en el señor Gray.

El señor Gray fue con paso vacilante hasta el pasillo central de la nave. Saitou-san y Vladimir lo siguieron al interior frío de la iglesia oscurecida. La musgosa fragancia del incienso flotaba en el aire, un aroma que se le hizo instantáneamente familiar a Vladimir. A pesar de los innumerables vitrales, el espacio se mantenía en sombras, casi impenetrable. En las alturas había candelabros góticos que colgaban de cuerdas, ruedas de hierro oxidado con intrincadas grecas rematadas por velas. Un enorme púlpito gótico, con varios círculos de figuras esculpidas a los costados, se alzaba junto al altar. Por toda la iglesia se repartían maceteros con flores de pascua tocadas de brillantes lazos rojos. Un grueso cordón de color bermellón separaba la nave del ábside, envuelto en sombras ante ellos.

El señor Gray apartó el cordón de terciopelo y lo dejó caer. La hebilla aterrizó en el suelo con un golpe que reverberó por toda la nave. Tallado en el suelo de mármol había un laberinto, sobre el que el señor Gray golpeteó con la puntera, nervioso, a un ritmo frenético.

—La señora Rockefeller lo depositó aquí —dijo, pasando el pie por encima del antealtar—, en el centro del laberinto.

Vladimir recorrió todo el patrón, examinando con cuidado la disposición de las piedras. Parecía imposible que hubiese nada escondido allí. Para sacarlo habría que romper las piedras, cosa que no podía imaginar que la señora Rockefeller, ni nadie a quien le interesase el cuidado y la preservación de las obras de arte, fuese a condonar.

—Pero, ¿cómo? —preguntó Vladimir—. Parece completamente liso.

—Ah, sí —dijo el señor Gray, acercándose a Vladimir—. No es más que una ilusión óptica. Vamos, mire más de cerca.

Vladimir se agachó y examinó el mármol. Había una fina juntura en el borde de la piedra central.

—Es prácticamente invisible —dijo Vladimir.

—Apártese —dijo el señor Gray.

Se colocó frente a la piedra y aplicó presión en el centro. La piedra se alzó del suelo como impulsada por muelles. Con un giro de la mano, el señor Gray quitó la piedra central del laberinto.

—Asombroso —dijo Saitou-san, mirando por encima del hombro.

—No hay nada que no pueda conseguir una buena mampostería y fondos copiosos —dijo el señor Gray—. ¿Conocieron ustedes a la difunta señora Rockefeller?

—No —dijo Vladimir—. Personalmente, no.

—Ah, vaya, qué pena —dijo el señor Gray—. Tenía un agudo sentido de la justicia social, combinado con la locura de una naturaleza poética, una mezcla muy atípica para una mujer de su envergadura. Dejó estipulado en su día que, cuando los angelólogos llegasen a buscar el objeto que quedaba a mi cargo, yo debía traer a quien viniese hasta el laberinto y pedirle que me diese una serie de números. La señora Rockefeller me aseguró que quienquiera que viniese conocería esos números. Los he memorizado, por supuesto.

—¿Números? —preguntó Vladimir, pasmado ante aquella prueba inesperada.

—Números, señor. —El señor Gray hizo un gesto hacia el centro del laberinto. Bajo la piedra que había retirado había una caja fuerte que se abría con combinación—. Necesitará usted números para abrirla.

Supongo que puede considerarse usted el minotauro abriéndose paso por el laberinto de piedra.

Sonrió y disfrutó del desconcierto que había causado entre ambos.

Vladimir contempló la caja fuerte, cuya puerta encajaba perfectamente con el suelo bajo el laberinto. Saitou-san se inclinó sobre ella y dijo:

—¿Cuántos números tiene cada combinación?

—No puedo decírselo —dijo el señor Gray.

Saitou-san giró cada uno de los discos.

—Las tarjetas de Abigail Rockefeller fueron diseñadas específicamente para que las descodificase Inocenta —dijo, hablando despacio, como si intentase pensar—. Las respuestas de Inocenta afirman que contó las cuerdas de las liras en cada tarjeta y que, supongo, escribió los números.

—La secuencia —dijo Vladimir—. Era 28, 30, 38 y 39.

Saitou-san giró los cuatro diales de la caja fuerte según los números. Dio un tirón, pero la caja no se abrió.

—Es la única secuencia de números que tenemos —dijo Saitou-san—. Deben de funcionar siguiendo algún tipo de combinación.

—Cuatro números y cuatro diales —dijo Vladimir—. Eso supone veinticuatro combinaciones posibles. No hay maneras de probarlas todas. No queda tiempo.

—A menos —dijo Saitou-san— que hubiese un orden preestablecido. ¿Recuerda usted el orden cronológico en que fueron entregados? Verlaine nos dijo la secuencia con que aparecían los números en las tarjetas.

Vladimir pensó un instante.

—28, 38, 30 y, por último, 39.

Saitou-san movió cada dial y alineó los números con cuidado. Sujetó la palanca con los dedos y tiró. La caja se abrió sin resistencia y del interior salió una suave vaharada de aire. Saitou-san metió la mano en el interior y sacó un bulto envuelto en terciopelo verde. Lo deslió y reveló la caja de resonancia de la lira, que desprendió oleadas de luz dorada sobre el laberinto de piedra.

—Es preciosa —dijo Saitou-san, girándola para examinarla desde todos los ángulos. La base era redonda. Dos brazos idénticos sobresalían de ella, curvos, como los cuernos de un toro. Las superficies de oro eran suaves y estaban tan pulidas que brillaban—, pero no tiene cuerdas.

—Ni tampoco puente —dijo Vladimir. Se arrodilló junto a Saitou-san y contempló el instrumento que esta acunaba entre las manos—. No es más que una parte de la lira. Una parte de vital importancia, pero que resulta inútil sin el resto. Por esto deben de habernos enviado a cuatro ubicaciones distintas. Las partes deben de haberse dividido.

—Tenemos que decírselo a los demás —dijo Saitou-san mientras envolvía con cuidado la lira en la bolsa de terciopelo una vez más—. Tienen que saber qué es lo que están buscando en realidad.

Vladimir se giró hacia el señor Gray, de pie entre ambos, tembloroso.

—Usted no sabía la combinación. Ha estado usted esperando a que viniésemos para dársela. De haberla sabido habría sacado usted la caja de resonancia por sí mismo.

—No hay necesidad de preocuparse por lo que yo sepa o deje de saber —dijo el señor Gray, con el rostro enrojecido de sudor—. El tesoro no nos pertenece a ninguno de nosotros.

—¿A qué se refiere? —preguntó Saitou-san, incrédula.

—Se refiere —dijo una voz desde el otro extremo del ábside. Una voz familiar que le provocó una oleada de terror a Vladimir— a que este juego acabó en realidad hace muchos años. Y los angelólogos lo han perdido.

Al señor Gray, asustado, se le cayó el monóculo del ojo. Sin un momento de duda, se escabulló del ábside y pasó al pasillo central de la nave. La tela de su traje gris apareció y desapareció al atravesar charcos de luz y oscuridad. Vladimir contempló cómo huía el señor Gray y comprobó que los pasillos de la iglesia estaban atestados de gibborim de cabellos blancos y alas rojas apenas visibles bajo aquella tenue luz. Las criaturas se giraron hacia el señor Gray al pasar, ávidas como girasoles ante el movimiento del sol. Antes de que el señor Gray pudiera escapar, un gibborim lo agarró. Vladimir comprendió más allá de toda duda: los angelólogos habían caído en una trampa. Percival Grigori los había estado esperando.

La última vez que Vladimir se había cruzado con Grigori había sido hacía décadas, cuando Vladimir aún era el joven protegido de Rafael Valko. Había visto de primera mano las atrocidades que la familia Grigori había perpetrado durante la guerra. También había presenciado el gran dolor que había causado entre los angelólogos: Serafina Valko había perdido la vida por culpa de las maquinaciones de Percival Grigori, y Gabriella también había estado a punto de morir. En aquella época, Percival Grigori presentaba una figura asombrosa y temible. Ahora no era más que un mutante enfermizo.

Grigori les hizo un gesto a los gibborim para que le trajesen al señor Gray.

De improviso, Grigori separó el pomo de marfil del bastón para revelar una daga de acero envainada en el interior. Durante un segundo, el cuchillo destelló bajo la tenue luz. Luego, con un rápido movimiento, Grigori dio un paso al frente y le clavó la daga al señor Gray. La expresión de Gray pasó de la sorpresa a la incredulidad, y luego a una angustia marchita y desconsolada. Percival Grigori sacó el cuchillo y el señor Gray se desplomó sobre el suelo entre débiles gemidos. Un charco de sangre empezó a formarse a su alrededor. En pocos instantes, a sus ojos asomó la acuosa mirada de la muerte. Con la misma velocidad con la que había desenvainado el cuchillo, Percival lo limpió con un pañuelo de seda y volvió a guardarlo en el bastón.

Vladimir vio que Saitou-san se había alejado con la caja de resonancia en la mano, escabulléndose en silencio hacia la parte trasera de la iglesia. Para cuando Percival se dio cuenta, Saitou-san ya estaba justo en la puerta. Percival alzó la mano para ordenarles a los gibborim que fuesen tras ella. La mitad de las criaturas se giró hacia Saitou-san, mientras que los demás avanzaron. Los dobladillos de sus túnicas se deslizaron sobre el suelo mientras rodeaban el ábside. Con un segundo gesto, Percival les ordenó a aquellas criaturas que apresasen a Vladimir.

Sujeto entre las garras de las criaturas, Vladimir inhaló el aroma que desprendían sus pieles. Sintió el frío de los cuerpos que lo rodeaban. Una fría ráfaga de aire le corrió por la nuca cuando las criaturas empezaron a batir las alas a ritmo constante.

—¡Ella le llevará la lira a Gabriella! —gritó Vladimir, forcejeando contra las criaturas.

Percival alzó la mirada hacia Vladimir con expresión de desdén.

—Esperaba ver a mi querida Gabriella, ahora que sé que está detrás de esta pequeña misión de recuperación. En los últimos años se ha vuelto muy elusiva.

Vladimir cerró los ojos. Recordaba que la infiltración por parte de Gabriella en la familia Grigori había sido toda una sensación en la comunidad angelológica. Fue el trabajo de mayor alcance e influencia de los años 40. De hecho, su trabajo había abonado el terreno de la vigilancia moderna de las familias de nefilim, y traído información muy útil. Sin embargo, también había supuesto un peligroso legado para todos ellos. Tras tantos años, Percival Grigori aún quería vengarse.

Grigori se apoyó pesadamente en el bastón y cojeó hasta Vladimir.

—Cuéntame —dijo—, ¿dónde está?

Percival se inclinó hacia Vladimir para que este viese las bolsas purpúreas que tenía bajo los ojos, tan gruesas como magulladuras sobre su piel blanca. Tenía los dientes perfectamente alineados, tan blancos que parecían cubiertos de nácar. Y sin embargo, Percival estaba envejeciendo. Una red de pequeñas arrugas aparecía en las comisuras de su boca. Debía de tener al menos trescientos años de edad.

—Me acuerdo de ti —dijo Percival, entrecerrando los ojos como si quisiese comparar al hombre que tenía ante sí con el que había en su recuerdo—. Estuviste en mi presencia en París. Recuerdo tu cara, aunque el tiempo te ha dejado casi irreconocible. Ayudaste a Gabriella a engañarme.

—Y tú —dijo Vladimir, recuperando el equilibrio— traicionaste todo aquello en lo que creías: tu familia, tus ancestros. Incluso ahora, no has conseguido olvidarla. Dime, ¿hasta qué punto echas de menos a Gabriella Lévi-Franche?

—¿Dónde está? —preguntó Percival, mirando a Vladimir a los ojos.

—Jamás te lo diré —dijo Vladimir con voz entrecortada. Sabía que, con esas palabras, había firmado su sentencia de muerte.

Percival soltó el bastón de empuñadura de marfil, que cayó al suelo con un repiqueteo que reverberó por toda la iglesia. Puso sus dedos largos y fríos sobre el pecho de Vladimir, como si quisiera sentir sus latidos. Una vibración eléctrica recorrió a Vladimir y destrozó su capacidad de pensar. En los últimos minutos de su vida, con los pulmones abrasados por la falta de aire, Vladimir se vio arrastrado por la traslucidez horripilante de los ojos de su asesino. Eran pálidos, rodeados de un rojo intenso, como si un fuego químico se hubiese estabilizado en una atmósfera helada.

Mientras la conciencia de Vladimir desaparecía, este recordó la deliciosa sensación de la caja de resonancia de la lira, pesada y fría en sus manos, y lo mucho que había deseado oír su melodía etérea.

Pista de patinaje sobre hielo del Centro Rockefeller, Quinta Avenida, Ciudad de Nueva York

Evangeline rodeó la pista de hielo, siguiendo los avances lentos y circulares de los patinadores. Luces de colores caían sobre la lustrosa superficie del hielo para a continuación desaparecer bajo las hojas de los patines y perderse en las sombras. En la lejanía, un gigantesco árbol de navidad se alzaba frente a un sólido edificio gris. Sus luces rojas y plateadas destellaban como un millón de luciérnagas capturadas en un cono de cristal. Bajo el árbol había hileras de majestuosos ángeles anunciadores con las alas delicadas y blancas como pétalos de lila, toda una legión de centinelas de cuerpos iluminados y trompetas alzadas para entonar las alabanzas de los cielos. Los negocios repartidos a lo largo del vestíbulo, librerías, tiendas de ropa, papelerías y chocolaterías habían empezado a cerrar. Los clientes salían a la noche con regalos y bolsas repletas de compras bajo los brazos.

Evangeline se arrebujó en el abrigo para resguardarse en una crisálida de calor. Acunaba entre las manos la fría caja de metal que contenía el puente de la lira. A su lado, Bruno Bechstein y Alistair Carroll escrutaban a la multitud más allá de la pista de hielo. Cientos de personas atestaban la plaza. Por un altavoz colocado en las alturas se oía la canción *White Christmas*, cuya melodía se veía interrumpida por las risas que brotaban de la pista de hielo. Faltaban quince minutos para la hora establecida de la reunión, pero no había rastro de los demás. El aire estaba helado y olía a nieve. Evangeline inspiró y sufrió un ataque de tos. Tenía una presión tan grande en los pulmones que apenas podía respirar. Lo que había empezado como una cierta incomodidad en el pecho se había convertido a lo largo de las horas en agudas punzadas. Le costaba muchísimo inspirar, y apenas conseguía inhalar un poco de aire.

Alistair Carroll se quitó la bufanda y se la lio con suavidad en torno a la garganta.

—Está usted helada, querida —dijo—. Tome, protéjase un poco de este viento.

—Casi no me había dado cuenta —dijo Evangeline, envolviéndose aquella lana gruesa y suave en torno al cuello—. Estoy demasiado preocupada para sentir nada. Los demás deberían haber llegado ya.

—Fue justo en esta época del año cuando vinimos al Centro Rockefeller con la cuarta parte de la lira —dijo Alistair—. En navidades de 1944. Traje a Abby en coche hasta aquí en medio de la noche. Atravesamos una tormenta terrible. Por suerte, Abby fue lo bastante previsora como para llamar ella misma al personal de seguridad e informarles de que íbamos a venir. Su ayuda fue de lo más útil.

—Así que sabe usted dónde se esconde el objeto —dijo Bruno—. ¿Lo ha visto?

—Oh, sí —dijo Alistair—. Fui yo mismo quien guardó las clavijas de la lira en una cajita. Fue un suplicio encontrar la caja perfecta para esconder las clavijas aquí, pero Abby estaba segura de que este era el lugar idóneo. Yo mismo llevé la cajita en las manos y ayudé a la señora Rockefeller a esconderla. Las clavijas son diminutas, aunque apenas pesan más que un reloj de bolsillo sin leontina. La caja es tan pequeña que nadie imaginaría que contenga algo tan esencial para el funcionamiento del instrumento. Pero así es: la lira no producirá sonido alguno sin las clavijas.

Evangeline intentó imaginar aquellas diminutas clavijas, ver cómo se encajarían en el puente.

—¿Sabe usted cómo volver a montar la lira? —preguntó.

—Al igual que con lo demás, es necesario seguir un orden estricto —dijo Alistair—. Una vez que el puente se encaja entre los brazos de la caja de resonancia, hay que enhebrar las cuerdas en las clavijas, cada una con una tensión concreta. La dificultad, diría yo, reside en afinarla, una habilidad que requiere un oído entrenado.

Alistair centró su atención en los ángeles reunidos bajo el árbol de navidad y añadió:

—Le aseguro que la lira no se parece en nada al objeto clásico que suelen sostener los ángeles anunciadores. Esos ángeles que están bajo el árbol de navidad se trajeron al Centro Rockefeller en 1954, un año después de que Philip Johnson diseñara el jardín de las esculturas en honor a Abby Aldrich, diez años después de que guardásemos aquí el tesoro. Aunque la apariencia de esas encantadoras criaturas no es más que una coincidencia, pues la señora Rockefeller ya había fallecido y nadie excepto yo sabía lo que había escondido aquí, el simbolismo me parece bastante exquisito. Resulta adecuado tener aquí un grupo de ángeles anunciadores, ¿no les parece? Se da cuenta uno en cuanto entra en la plaza en navidades: aquí yace el tesoro de los ángeles, a la espera de ser descubierto.

—¿No colocaron la cajita cerca del árbol de navidad? —preguntó Evangeline.

—En absoluto —replicó Alistair. Hizo un gesto hacia la estatua que había en el otro extremo de la pista de hielo. La estatua de Prometeo se alzaba por encima de la pista de hielo, con su superficie de bronce bañado en oro envuelta en luz—. La caja es parte de la estatua de Prometeo. Está ahí dentro, en una prisión dorada.

Evangeline estudió la escultura de Prometeo. Era una figura que parecía capturada en pleno vuelo. El fuego que había robado de las fraguas de los dioses llameaba entre sus dedos unidos, y a sus pies descansaba un anillo de bronce que representaba los signos del zodiaco. Evangeline conocía bien el mito de Prometeo. Tras robarles el fuego a los dioses, Prometeo fue castigado por Zeus, quien lo ató a una roca y envió un águila para que le arrancase las entrañas durante toda la eternidad. El castigo de Prometeo iba en consonancia con su crimen: el don del fuego marcó el inicio de la innovación y la tecnología humanas, propiciando así la creciente irrelevancia de los dioses.

—Jamás había visto la estatua de cerca —dijo Evangeline.

Bajo la luz de la pista de hielo, la piel de la escultura parecía derretida. Prometeo y el fuego que había robado eran una única y llameante entidad.

—No es ninguna obra maestra —dijo Alistair—. Aun así, le queda como un guante al Centro Rockefeller. Paul Manship era amigo de la familia Rockefeller; conocían bien su trabajo y le encargaron que realizase la escultura. En el mito de Prometeo hay una referencia patente a mis antiguos jefes: su ingenio e implacabilidad, sus artimañas, su dominancia. Manship sabía que aquellas referencias no se le pasarían a John D. Rockefeller Jr., que había empleado toda su influencia para construir el Centro Rockefeller durante la Gran Depresión.

—A nosotros tampoco se nos escapan —dijo Gabriella, sorprendiendo a Evangeline al aparecer entre ellos junto con Verlaine—. Prometeo tiene el fuego entre las manos, pero gracias a la señora Rockefeller, también tiene algo incluso más importante.

—Gabriella —dijo Evangeline. El alivio la invadió al abrazar a su abuela. Fue entonces, al sentir el frágil abrazo de Gabriella, cuando se dio cuenta de lo preocupada que había estado.

—¿Tenéis más partes componentes de la lira? —preguntó Gabriella, impaciente—. Enseñádmelas.

Evangeline abrió la caja que contenía el puente y se lo enseñó a su abuela. Gabriella abrió por su parte el maletín de cuero, donde guardaba el saquito de tela que tenía las cuerdas de la lira, la púa y el cuaderno angelológico. Acto seguido metió también la cajita. Después de guardar todas las piezas del instrumento en el maletín y asegurarse de haberlo cerrado bien, Gabriella se fijó en Alistair Carroll, que esperaba en la periferia del grupo. Lo examinó con cautela hasta que Evangeline se lo presentó y le explicó su relación con Abigail Rockefeller, así como la ayuda que les había ofrecido.

—¿Sabe usted cómo sacar las clavijas de la estatua? —preguntó Gabriella con actitud intensamente decidida, como si toda una vida de experiencia se hubiese concentrado en aquel momento—. ¿Sabe dónde están escondidas?

—Sé el punto exacto en el que están escondidas, señora —dijo Alistair—. La ubicación lleva medio siglo grabada en mi mente.

—¿Dónde están Vladimir y Saitou-san? —preguntó Bruno, dándose cuenta de pronto de que faltaban dos angelólogos.

Verlaine miró la hora en su reloj. Estaba tan cerca de Evangeline que ella también la vio. Eran las 18:13.

—Ya deberían haber llegado —dijo Evangeline.

Bruno miró a la estatua de Prometeo al otro lado de la pista de patinaje, los ojos entrecerrados.

—No podemos esperar mucho más.

—No podemos esperar ni un segundo más —corrigió Gabriella—. Es demasiado peligroso estar aquí, tan visibles.

—¿Les han seguido? —preguntó Alistair, claramente alarmado por la actitud nerviosa de Gabriella.

—Eso piensa Gabriella —dijo Verlaine—, aunque hemos tenido la suerte de completar la tarea en los Claustros sin problemas.

—Esto ha sido parte de su plan —dijo Gabriella, paseando la vista por la multitud como si fuese a encontrar al enemigo acechando entre la muchedumbre de transeúntes que volvían de las compras—. Nos marchamos de los Claustros sin problemas porque así lo decidieron ellos. No podemos esperar un instante más. Vladimir y Saitou-san llegarán pronto.

—En ese caso, procedamos de inmediato —dijo Alistair, mostrando una calma que a Evangeline se le antojó admirable y le recordó a las recias hermanas del Convento de Santa Rosa que había dejado atrás.

Alistair los llevó por el borde de la plaza. Juntos descendieron cierta escalera que llevaba hasta la pista de hielo. Caminaron junto a la pared de plástico que bordeaba el hielo y se acercaron a la estatua. El Edificio GE se alzaba ante ellos, la gran fachada cruzada por una hilera de banderas: americana, británica, francesa, portuguesa, alemana, holandesa, española, japonesa, italiana, china, griega, brasileña, coreana. El fuerte viento las sacudía formando remolinos de colores. Quizá los años de aislamiento en Santa Rosa habían vuelto a Evangeline demasiado susceptible ante las multitudes, pues se encontró examinando a la gente reunida en torno a la pista de hielo. Había tres adolescentes con pantalones apretados y chaquetas de esquí. También había padres con sus niños pequeños, jóvenes amantes y parejas de mediana edad. Todos ellos patinaban unos alrededor de otros. La multitud la hizo comprender lo lejos del mundo que había vivido.

De pronto vio a una figura con capucha oscura apenas a metro y medio de distancia de sí. Alta, de piel pálida y grandes ojos rojos, la criatura le clavaba la mirada con una expresión amenazadora en el rostro. Evangeline se giró en todas direcciones en medio de una oleada de pánico. Había gibborim mezclados con la multitud, figuras altas y oscuras de pie, sumidas en una concentración silenciosa.

Evangeline agarró a Verlaine de la mano y se lo acercó de un tironcito.

—Mira —susurró—. Están aquí.

—Tienes tiempo de escapar —dijo Verlaine, mirándola a los ojos—. Ahora, antes de que quedemos atrapados.

—Creo que ya es tarde para eso —dijo Evangeline, mirando en derredor con terror creciente. El número de gibborim se había multiplicado—. Están por todas partes.

—Ven conmigo —dijo él, apartándola del grupo de angelólogos—. Podemos marcharnos juntos.

—Ahora no —dijo Evangeline, y se inclinó hacia él para que nadie más pudiera oírla—. Tenemos que ayudar a Gabriella.

—Pero, ¿y si fallamos? —dijo Verlaine—. ¿Y si te sucede algo?

Ella esbozó una ligera sonrisa y dijo:

—¿Sabes? Eres la única persona que sabe cuál es mi lugar favorito del mundo. Me gustaría ir contigo allí algún día.

Evangeline oyó que la llamaban. Ambos se giraron y vieron que Gabriella les hacía señas.

Se acercaron a los demás angelólogos. Alistar examinaba la multitud. Adoptó una expresión de puro terror. Evangeline siguió su mirada hasta el borde de la pista de hielo. Allí, un grupo de crueles criaturas blancas, con las alas cuidadosamente escondidas bajo abrigos largos y negros, se habían reunido a los pies de la estatua de Prometeo. En medio de todas había un hombre alto y elegante que apoyaba buena parte de su peso en un bastón.

—¿Quién es ese? —preguntó Evangeline, señalando al hombre.

—Ese —dijo Gabriella— es Percival Grigori.

Evangeline reconoció el nombre al momento. Aquel hombre era el cliente de Verlaine: Percival Grigori, de la horrible familia Grigori. También era el hombre que había asesinado a su madre. Lo contempló de lejos, paralizada ante el horrible espectáculo que presentaba. Aunque nunca se habían cruzado, Percival Grigori había destruido a su familia.

Gabriella dijo:

—Tu madre se le parecía mucho. Su altura, su tono de piel, sus ojos grandes y azules. Siempre me preocupó que se pareciese demasiado a él —hablaba con voz tan queda que Evangeline casi no pudo oírla—. Me aterraba el aspecto de nefilim de mi Angela. Mi mayor temor siempre fue que acabase pareciéndose a él al crecer.

Antes de que Evangeline pudiese replicar a aquel críptico mensaje, y las horripilantes implicaciones que auguraba, Grigori alzó una mano y las criaturas mezcladas entre la multitud dieron un paso al frente. Eran más enormes de lo que había pensado Evangeline en un primer momento. De pronto aparecieron hilera tras hilera de figuras embutidas en abrigos negros, pálidas y esqueléticas, como si se hubiesen materializado en medio del aire frío y seco de la noche. Evangeline los contempló, anonadada, mientras se le acercaban. Pronto la periferia del hielo se oscureció bajo un nimbo de criaturas. Una consternación colectiva pareció inmovilizar a los patinadores a medida que los gibborim se acercaban para rodear a Evangeline y al resto. La gente dejó de dar aquellas vueltas hipnóticas y miró de soslayo al grupo cada vez más numeroso que se cernía entre ellos, deteniéndose a examinar a las extrañas figuras con más curiosidad que miedo. Los niños los señalaban, maravillados, mientras que los adultos, quizá acostumbrados a los espectáculos diarios que ofrecía la ciudad, decidieron ignorar por completo aquellos extraños sucesos. Entonces, con un rápido movimiento, los gibborim invadieron la plaza por completo. El trance colectivo de inmovilidad se hizo pedazos al instante. Una muchedumbre de personas asustadas se vio rodeada por todas partes. Los angelólogos se encontraban en el centro de aquella intrincada red.

Evangeline oyó que alguien pronunciaba el nombre de su abuela. Se giró y vio que Saitou-san se abría paso entre la masa de gente. Evangeline comprendió al instante que debía de haber sucedido algo terrible en Riverside Church. Saitou-san estaba herida. Tenía el rostro cubierto de cortes y la chaqueta hecha jirones. Y lo peor de todo: estaba sola.

—¿Dónde está Vladimir? —preguntó Gabriella, mirando por encima de Saitou-san con aire preocupado.

—¿No ha llegado aún? —preguntó Saitou-san, sin aliento—. Nos separamos en Riverside Church. Los gibborim y Grigori nos estaban esperando. No sé cómo habrán sabido que debían venir aquí, a no ser que se lo haya dicho Vladimir.

—¿Lo dejaste atrás? —preguntó Gabriella.

—Salí corriendo. No me quedó alternativa. —Saitou-san sacó un hatillo de terciopelo que llevaba escondido bajo el abrigo y acunó el objeto contra su cuerpo como si de un bebé se tratase—. Fue el único modo de escapar con esto.

—La caja de resonancia de la lira —dijo Gabriella, y la tomó de manos de Saitou-san—. La has encontrado.

—Sí —dijo Saitou-san—. ¿Habéis recuperado las demás partes?

—Todo menos las clavijas —dijo Evangeline—. Están ahí, en medio de los gibborim.

Saitou-san y Gabriella contemplaron la pista de hielo, que ya estaba repleta de gibborim.

Gabriella llamó la atención de Bruno y le habló con voz baja y autoritaria. Evangeline se esforzó pero no llegó a entender las palabras de su abuela, solo la urgencia con que fueron pronunciadas. Por fin, Gabriella agarró a Evangeline del brazo.

—Ve con Bruno —dijo, y le puso en las manos el maletín que tenía todas las piezas de la lira—. Haz todo lo que te diga. Tienes que alejar todo esto de aquí; ve lo más lejos que puedas. Si todo va bien, pronto nos reuniremos.

El contorno de la pista de hielo se emborronó a ojos Evangeline cuando asomaron lágrimas a sus ojos. De algún modo, a pesar de las palabras tranquilizadoras de su abuela, sintió que jamás volvería a ver a Gabriella. Quizá ella entendió lo que estaba pensando. Abrió los brazos y rodeó con ellos a Evangeline, apretando con fuerza. Tras darle un leve beso en la mejilla, susurró:

—La angelología no es solo un trabajo. Es una vocación. Tu trabajo acaba de empezar, mi querida Evangeline. Y ya eres todo lo que yo esperaba que fueras.

Sin pronunciar más palabra, Gabriella se internó entre la multitud junto con Alistair. Ambos siguieron el camino del borde de la pista de hielo y desaparecieron en medio del caótico barullo de movimiento y ruido.

Bruno agarró a Verlaine y Evangeline y subió junto a ellos los escalones que daban a la plaza principal. Saitou-san los seguía de cerca. No se detuvieron hasta encontrarse entre las banderas que había detrás de la estatua de Prometeo. Desde arriba, Evangeline vio que Gabriella y Alistair estaban en peligro: la pista de hielo se había convertido en un sólido enjambre de criaturas, una horripilante congregación que paralizó de miedo a Evangeline.

—¿Qué hacen? —preguntó Verlaine.

—Van a llegar hasta el centro de los gibborim —dijo Saitou-san.

—Tenemos que ayudarles —dijo Evangeline.

—Gabriella ha dejado claro lo que debemos hacer —dijo Bruno, aunque la preocupación en su voz y las profundas arrugas en su sien traicionaban sus palabras. Era evidente que los actos de Gabriella también lo aterrorizaban a él—. Debe de saber lo que hace.

—Quizá sea así —dijo Verlaine—, pero, ¿cómo demonios va a salir de ahí?

Más abajo, los nefilim se apartaron, abriendo un camino que Gabriella y Alistair recorrieron sin impedimentos hasta Grigori, que seguía junto a la estatua de Prometeo. Gabriella parecía más pequeña y frágil a la sombra de aquellas criaturas. La realidad de su situación golpeó de lleno a Evangeline: la misma pasión y dedicación que había llevado al Padre Venerable Clematis a descender a las profundidades de la caverna y enfrentarse a lo desconocido, la misma que había llevado a su madre hasta un conocimiento que había sellado su sentencia de muerte... esa misma fuerza era la que impulsaba a Gabriella a enfrentarse a Percival Grigori.

Con una lejana parte de su consciencia, Evangeline comprendió la coreografía del plan de su abuela. Vio que Gabriella hablaba con Grigori, distrayendo su atención, mientras Alistair corría hacia la estatua de Prometeo. Aun así, se sorprendió ante lo directo de la jugada de Alistair, que se metió con cautela en el estanque de agua y anadeó hasta la base de la estatua. La neblina le empapaba la ropa y el pelo. Alistair trepó hasta el anillo dorado que rodeaba el cuerpo de Prometeo. El borde debía de estar resbaladizo a causa del hielo: en lugar de trepar del todo, Alistair alargó la mano y palpó la parte interior del anillo, para a continuación sacar algo de ese lugar. Desde su punto ventajoso justo por encima de la estatua, Evangeline no pudo atisbar del todo cómo había llevado a cabo la maniobra. Y sin embargo, le pareció que Alistair aflojaba algo de la parte de atrás del anillo. Lo sacó y Evangeline vio que se trataba de una cajita de bronce.

—¡Evangeline! —gritó Alistair, con la voz casi ahogada por el ruido de la fuente, tanto que casi no lo oyó—. ¡Agárrala!

Alistair le lanzó la caja, que voló por encima de la estatua de Prometeo, la barrera transparente de plástico entre la pista de hielo y la acera y, por último, cayó a los pies de Evangeline. Ella la levantó de la acera y la sostuvo en la mano. La caja era oblonga y del mismo peso que un huevo dorado.

Evangeline apretó la caja contra el pecho y volvió a escrutar la plaza. A un lado, un montón de personas que se quitaban los patines con estudiada despreocupación bloqueaban la pista de hielo. Los gibborim habían empezado a rodear lentamente a Alistair sobre el hielo. El anciano parecía frágil y vulnerable comparado con los gibborim. Cuando las criaturas se abalanzaron sobre él, Evangeline se llevó la mano a la bufanda de lana que él le había dado. Le habría gustado poder hacer algo para ayudarlo a escapar. Sin embargo, era imposible acercarse siquiera a él. En pocos minutos, las criaturas acabarían horriblemente con Alistair Carroll y se lanzarían sobre los angelólogos.

Consciente del aciago giro de los acontecimientos y del aprieto en que se encontraban, Bruno miró por la acera en busca de una vía de escape. Por último, pareció llegar a una conclusión:

—Venid —dijo, y les hizo un gesto a Evangeline y Verlaine para que lo siguieran por la plaza.

Grigori les ladró algo y, tras sacar una pistola de un bolsillo, se la puso en la cabeza a Gabriella.

—Vamos, Evangeline —dijo Bruno con voz urgente—. Ahora.

Pero Evangeline no podía seguirle. Su mirada fue de Bruno a su abuela, cautiva en el centro de la pista de hielo. Comprendió que tenía que actuar rápido. Sabía que Gabriella quería que siguiera a Bruno, pues no había duda de que el maletín que contenía la lira era más importante que la vida de cualquiera de ellos, y sin embargo, no podía limitarse a dar media vuelta y dejar que su abuela muriese.

Apretó la mano de Verlaine y se separó de ellos. Echó a correr hacia su abuela. Bajó los escalones y se internó en el hielo, consciente mientras avanzaba de que estaba poniendo en peligro las vidas de todos ellos y mucho más que eso. Aun así, no podía dejar a Gabriella. Había perdido a todo el mundo. Gabriella era lo único que le quedaba.

Sobre el hielo, los gibborim sujetaban a Gabriella junto a Grigori. Sendas criaturas repugnantes la agarraban de los brazos. Los gibborim cerraron filas tras Evangeline mientras esta avanzaba por la pista de hielo, bloqueando su posible huida. No podía retroceder.

—Ven —dijo Grigori, y le hizo un gesto a Evangeline con el bastón. Le clavó la vista a la cajita de bronce que Alistair le había lanzado—. Tráela aquí. Entrégamela.

Evangeline se acercó hasta detenerse frente a Grigori. Lo miró de arriba abajo, escrutando su apariencia, sorprendida a ver el estado en el que se encontraba. No era en absoluto como se lo había imaginado. Estaba jorobado, frágil, demacrado. Grigori alargó una mano marchita y Evangeline le puso sobre la palma la cajita de bronce de Prometeo. Grigori la sostuvo a la luz y la examinó, como si no estuviese muy seguro de qué podía contener aquella diminuta caja. Con una sonrisa, se la metió en el bolsillo y, de un zarpazo, le arrebató el maletín de cuero a Evangeline.

Pista de patinaje sobre hielo del Centro Rockefeller, Quinta Avenida, Ciudad de Nueva York

Verlaine sabía que las criaturas ocultaban las alas bajo aquellos abrigos negros. Comprendió la destrucción que podrían ocasionar si las desplegaban. Y sin embargo, para una persona cualquiera, aquellas criaturas no parecían más que un grupo de hombres de vestimenta extraña que llevaba a cabo un estrambótico ritual sobre el hielo. Los gibborim siguieron las órdenes de Grigori y se reunieron en torno a él en el centro de la pista, creando un muro impenetrable entre Grigori y los angelólogos. Los movimientos de los gibborim habrían atraído la atención de Verlaine por completo de no ser por el hecho de que Evangeline estaba rodeada de una horda oscura de criaturas.

—Quédate aquí —dijo Bruno, y le hizo un gesto a Verlaine para que se quedase donde estaba, por encima de la estatua de Prometeo—. Saitou-san, baja por las escaleras. Yo iré al otro extremo de la pista a ver si puedo distraer a Grigori.

—Es imposible —dijo Saitou-san—. Mira cuántos hay.

Bruno hizo una pausa y se asomó a la pista de hielo.

—No podemos dejarlas ahí —dijo con evidente angustia—. Hemos de intentar algo.

Bruno y Saitou-san se alejaron y dejaron a Verlaine mirando impotente desde arriba. Verlaine tuvo ganas de arrojarse por la barandilla hacia el hielo. Sintió náuseas al ver a Evangeline en peligro, y sin embargo no podía hacer nada para rescatarla. Solo la conocía desde hacía un día, y sin embargo, la idea de perder el futuro que pudiera aguardarle junto a ella lo aterrorizaba. Pronunció su nombre, y en medio del caos de criaturas, Evangeline alzó la vista hacia él. Grigori la empujó hacia adelante y empezó a conducirla junto a Gabriella hacia la salida de la pista de hielo, pero aun así, Evangeline había oído que Verlaine la llamaba.

Durante un segundo, Verlaine sintió como si estuviese fuera de sí mismo, contemplando aquella penosa situación desde lejos. No se le escapaba la ironía de su situación: se había convertido en la figura tragicómica que ve alejarse a la mujer que ama a manos de un cruel villano. Resultaba increíble el poder que tenía el amor, que lo hacía sentir como un cliché de Hollywood y al mismo tiempo como algo totalmente original. Sería capaz de hacer cualquier cosa por ella.

En el otro extremo de la pista de hielo, Bruno vigilaba a las criaturas. Estaba claro que los gibborim lo superarían en número al instante si pretendía luchar mano a mano con ellos. Aunque los tres cargasen contra ellos a la vez, les sería imposible llegar hasta Gabriella y Evangeline. Desde su posición en las escaleras, Saitou-san aguardaba una señal para entrar en la pista. Pero Bruno, al igual que Verlaine, veía lo desesperado de su posición. No había nada que hacer aparte de mirar.

Un estruendo ahogó el bullicio que formaban los sonidos de la ciudad. En un primer momento, Verlaine no pudo discernir de dónde venía. Empezó como un leve rumor en la lejanía y empezó a aumentar en cuestión de segundos hasta concretarse en el rugido característico de un motor. Al mirar por la plaza, Verlaine vio una furgoneta negra idéntica a las que había visto aparcadas frente al Convento de Santa Rosa. La furgoneta se acercaba por la acera hacia la pista de hielo, abriéndose camino en medio de la multitud.

Mientras la furgoneta se acercaba, Grigori les hizo una señal con la pistola a Gabriella y a Evangeline para que subiesen los escalones. Verlaine se esforzó por ver a Evangeline, pero los gibborim que la rodeaban por cada lado la ocultaron de su vista. El séquito pasó junto a Saitou-san, y Verlaine vio que la angelóloga vacilaba. Durante un instante pareció que iba a abrirse camino a empujones entre los gibborim para lanzarse ella misma sobre Grigori. Sin embargo, tras comprender que era demasiado débil como para lograrlo, Saitou-san no hizo nada.

Grigori obligó a Evangeline y a Gabriella a subir a la furgoneta a punta de pistola y cerró la puerta con un rápido movimiento. La furgoneta empezó a alejarse y Verlaine llamó a Evangeline, desesperado, con una impotencia que lo llenaba de rabia. Corrió tras la furgoneta, dejando atrás la iluminación navideña y los ángeles anunciadores con sus trompetas de oro que se alzaban al cielo negro de la noche, más allá del enorme árbol de navidad adornado con luces de colores. La furgoneta se internó en el tráfico y se esfumó. Evangeline había desaparecido.

Los gibborim se dispersaron, subieron las escaleras y desaparecieron entre la multitud de personas confundidas, deslizándose entre ellas como si nada hubiese sucedido. Una vez que el hielo estuvo despejado, Verlaine bajó las escaleras a toda prisa y se acercó al lugar donde había estado Evangeline en la pista, resbalando con las suelas de sus zapatillas y haciendo equilibrios para no caerse. Los focos iluminaban el hielo y le daban un lustre arremolinado de tonos dorados, azules y anaranjados, como si de un ópalo se tratase. Algo en el centro de la pista captó la atención de Verlaine. Se agachó y pasó un dedo por la fría superficie, tras lo que alzó una resplandeciente cadena dorada. Un colgante con forma de lira había caído sobre el hielo.

Cruce de la calle 48 Este con Park Avenue, Ciudad de Nueva York

Percival Grigori le ordenó al conductor que girase en Park Avenue y se dirigiese al norte en su apartamento, donde Sneja y su padre lo estarían esperando. La amplia avenida estaba atestada de tráfico, así que fueron avanzando a trompicones. Las ramas negras de los árboles de invierno estaban tocadas de miles de luces de colores que se alzaban y caían por la mediana, lo cual le recordó a Percival que las sectas humanas aún celebraban sus reuniones festivas. Con el maletín de cuero arañado y avejentado entre los dedos, Percival sabía que, por una vez, Sneja estaría complacida. Casi podía imaginar el placer que mostraría su madre cuando pusiese a sus pies la lira y a Gabriella Lévi-Franche Valko. Ahora que Otterley había muerto, Percival era la última esperanza de Sneja. A buen seguro, aquello lo redimiría.

Gabriella estaba sentada frente a él. Lo contemplaba con puro desdén. Habían pasado más de cincuenta años desde la última vez que se habían visto, y sin embargo, Percival aún albergaba hondos sentimientos hacia ella, si bien tan contradictorios como el día en que había ordenado que la capturasen. Ahora Gabriella lo odiaba, eso estaba claro, pero Percival siempre había admirado la fuerza de sus sentimientos: ya fuese pasión, odio o miedo, Gabriella sentía cada emoción con todo su ser. Percival creía que el poder que tenía Gabriella sobre él había acabado, pero aun así se sintió más débil en su presencia. Había perdido la juventud y la belleza, pero seguía siendo peligrosamente magnética. Aunque Percival tenía el poder de arrebatarle la vida en un instante, Gabriella no parecía en absoluto asustada. Eso cambiaría una vez que llegasen al apartamento, con su madre. Gabriella jamás había intimidado a Sneja.

La furgoneta aminoró la marcha y se detuvo ante un semáforo. Percival estudió a la joven sentada junto a Gabriella. Parecía absurdo, pero su parecido con la Gabriella que había conocido hacía cincuenta años era asombroso: la misma piel lechosa y blanca, los mismos ojos verdes. Era como si la Gabriella de sus fantasías se hubiese materializado ante él. La joven también llevaba un colgante dorado con una lira, idéntico al que Gabriella había llevado en París. Un collar del que jamás se separaba.

De pronto, antes de que Percival tuviese oportunidad de reaccionar, Gabriella abrió de golpe la puerta de la furgoneta, le arrebató el maletín a Percival y salió a la calle. La joven la siguió justo detrás.

Percival le gritó al chofer que las siguiese. El conductor se saltó el semáforo y dobló a la derecha en la calle 51, internándose en dirección contraria en una calle de un solo sentido. Sin embargo, cuando la furgoneta estaba a punto de alcanzarlas, las dos mujeres se escabulleron por Lexington Avenue y descendieron la escalera que daba al metro. Percival agarró el bastón y bajó de un salto por la puerta que Gabriella había dejado abierta, impulsándose con toda su fuerza. Corrió como pudo entre la multitud. Le dolía el cuerpo entero a cada paso entrecortado.

Jamás había estado dentro de una estación de metro de la ciudad de Nueva York. Las máquinas que expendían la MetroCard, los mapas y los tornos… todo se le antojó extraño e ilegible. No tenía ni idea de cómo funcionaba nada. Hacía muchos años, había estado en el metro de París. La inauguración del *Métro* con el cambio de siglo lo había atraído al subterráneo por pura curiosidad. Había viajado en metro en más de una ocasión, cuando estaba de moda, si bien había dejado de resultarle atractivo enseguida. En Nueva York, usar semejante medio de transporte quedaba fuera de toda discusión. La idea de esperar junto a tantos seres humanos, todos apelotonados, le daba náuseas.

En los tornos tuvo que detenerse a recuperar el aliento. Acto seguido empujó la barra metálica. Estaba fija, inamovible. Volvió a empujar y, una vez más, la barra se mantuvo en su sitio. Le dio un golpe de bastón al torno y maldijo de pura frustración. Entonces se fijó en que la gente de la multitud se detenía para mirarlo, como si estuviese loco. En su día se habría limitado a subir con facilidad las barras metálicas. Hacía cincuenta años apenas habría tardado unos segundos en atrapar a Gabriella, que tampoco se desplazaba con la rapidez de antaño, y a su asociada. Ahora, sin embargo, estaba indefenso. No había nada que pudiese hacer para rebasar aquellas ridículas barras de metal.

Un joven vestido de chándal entró en la estación y sacó una tarjeta de plástico del bolsillo. Percival esperó a que llegase a los tornos y, justo cuando el joven estaba a punto de pasar la tarjeta, extrajo el puñal del bastón y lo apuñaló en la espalda con todas sus fuerzas. El cuerpo del joven se precipitó hacia adelante, chocó contra el torno y cayó a los pies de Percival. El hombre, herido, soltó un gemido de dolor al tiempo que Percival le arrebataba la tarjeta de entre los dedos, la pasaba por el torno y cruzaba las puertas del andén. En la lejanía, oyó el estruendo atronador de un metro que se acercaba.

Estación de la calle 51 esquina con Lexington Avenue,
metro local al centro número 6, Ciudad de Nueva York

El tren entró en la estación y una ráfaga de aire caliente sopló contra la piel de Evangeline. Inspiró hondo y digirió el olor del aire rancio y el metal caliente. Las puertas se abrieron y un caudal de pasajeros salió al andén. Gabriella y ella habían corrido menos de una manzana hasta la estación, pero el esfuerzo había dejado sin aliento a su abuela.

Evangeline la ayudó a sentarse en un lustroso asiento de plástico y vio lo débil que estaba. Su abuela se apoyó contra el asiento e intentó recuperar el equilibrio. Evangeline se preguntó cuánto podrían continuar si Percival Grigori las había seguido.

El vagón estaba vacío excepto por un borracho tirado sobre una hilera de asientos en el extremo opuesto. Tras olisquear un par de veces, Evangeline comprendió por qué no había más pasajeros en su proximidad. El hombre se había vomitado encima y sobre los asientos. Flotaba en el aire un olor penetrante que casi le dio arcadas. Aun así, no podía arriesgarse a salir al andén. En cambio intentó averiguar en qué tren se habían subido. Al encontrar un mapa, dedujo su posición: estaban en la línea verde 4-5-6. Siguió la línea en dirección sur y vio que acababa en la estación de la Calle Chambers. Conocía bien aquellas calles, estaban muy cerca del Puente de Brooklyn. Si podían llegar hasta allí, no tendría problema alguno en encontrar un escondite. Tenían que partir enseguida, pero las puertas, que Evangeline esperaba que se cerrasen de inmediato, seguían abiertas.

Una voz alta y estridente resonó por los altavoces, hablando en tono apresurado, un caudal de palabras que se mezclaban una con la otra. El mensaje, conjeturó Evangeline, debía de tener algo que ver con el retraso en la estación, aunque no podía estar segura. Las puertas seguían abiertas, con el peligro que eso conllevaba. La recorrió el pánico ante la idea de quedar atrapada, pero la repentina alteración de su abuela superó todas sus demás preocupaciones.

—¿Qué sucede? —preguntó Evangeline.

—El colgante —dijo Gabriella, llevándose la mano a la garganta, claramente sobresaltada—. Se me ha caído el amuleto.

Instintivamente, Evangeline se llevó la mano a su propia garganta, sintiendo el frío metal del colgante de la lira. De inmediato empezó a abrir el broche para dárselo a su abuela, pero Gabriella la detuvo.

—Ahora más que nunca vas a necesitar tu propio colgante.

Con o sin colgante, era demasiado peligroso quedarse allí plantadas, esperando. Evangeline echó un vistazo al andén y calculó la distancia hasta la salida. Estaba a punto de agarrar a su abuela del brazo para sacarla del vagón, cuando la silueta de su perseguidor asomó por una ventana cubierta de grafitis. Grigori bajó cojeando unas escaleras y entró en el andén, y empezó a buscar por los vagones. Evangeline se agachó tras la ventana y tironeó de Gabriella hacia sí, con la esperanza de que Grigori no las hubiese visto. Para su alivio sonó una campana y las puertas empezaron a cerrarse. El metro salió de la estación con un chirrido de ruedas contra el metal a medida que se desplazaban más rápido.

Sin embargo, cuando Evangeline alzó la vista, se le encogió el corazón. Un bastón ensangrentado ocupó toda su visión. Percival Grigori se cernía sobre ella, con el rostro contraído en una expresión de rabia y agotamiento. Tenía la respiración tan alterada que Evangeline supuso que podrían dejarlo atrás si echaban a correr una vez que llegasen a la siguiente estación. Dudaba que Percival pudiese seguirlas ni aunque fuera por un tramo corto de escaleras. Sin embargo, en el momento en que Percival sacó una pistola del bolsillo y las encañonó, Evangeline supo que las había atrapado. Percival les hizo un gesto con el arma para que se pusiesen de pie. Evangeline se agarró a una barra para mantenerse firme y sujetó cerca de sí a su abuela.

—Aquí estamos de nuevo —dijo Percival apenas en un susurro. Se inclinó y le quitó el maletín a Gabriella—. Pero quizá esta vez sea la definitiva.

El tren avanzaba serpenteando por la oscuridad de los túneles. Percival colocó el maletín sobre el asiento de plástico y lo abrió. El tren se detuvo y las puertas se abrieron, pero, en cuanto empezaron a entrar pasajeros, el olor del borracho los convenció para cambiar de vagón. Percival ni siquiera parecía notarlo. Desenvolvió la caja de resonancia de la lira del hatillo de terciopelo verde, extrajo la púa del saquito de cuero, sacó el puente de la caja y deslió las cuerdas de la lira. Echó mano a su bolsillo, donde estaba la cajita de bronce que Alistair Carroll había recuperado en el Centro Rockefeller, la abrió y examinó las clavijas de valkino. Las partes componente de la lira estaban ante él, meciéndose con el movimiento del tren, a la espera de que las encajasen todas juntas.

Percival agarró el diario angelológico del fondo del maletín. La luz del vagón parpadeó sobre la cubierta de cuero y el broche de oro con forma de ángel. Percival pasó páginas, hojeando las secciones familiares de datos históricos, cuadrados mágicos y sigilos; hasta detenerse en el lugar donde empezaban las fórmulas matemáticas de Angela.

—¿Qué son estos números? —preguntó, examinando el cuaderno con atención.

—Mira bien —dijo Gabriella—. Sabes exactamente qué son.

Mientras leía las páginas, la expresión de Percival pasó de la consternación al puro gozo.

—Son las fórmulas que te quedaste —dijo al fin.

—Más bien querrás decir —dijo Gabriella— que son las fórmulas por las que mataste a nuestra hija.

Evangeline se quedó sin aliento. Por fin comprendía las crípticas palabras que había murmurado Gabriella en la pista de hielo. Percival Grigori era su abuelo. La revelación la colmó de horror. Grigori parecía igualmente aturdido. Intentó hablar, pero lo sacudió un ataque de tos. Intentó recuperar el aliento y, al fin, dijo:

—No te creo.

—Angela jamás supo quién era su padre. Le ahorré el dolor de averiguar la verdad. Evangeline, sin embargo, no ha tenido tanta suerte. Ha presenciado de primera mano la villanía de su abuelo.

Percival paseó la mirada entre Gabriella y Evangeline. Aquellas facciones demacradas se endurecieron al comprender del todo a qué se refería Gabriella.

—Estoy segura —prosiguió esta— de que Sneja estará complacida al enterarse de que le has dado una heredera.

—Una heredera humana no vale nada —espetó Percival—. A Sneja solo le importa la sangre angélica.

El metro llegó a la siguiente estación, Union Square, y se detuvo con una sacudida. Las luces blancas del andén inundaron el interior. Se abrieron las puertas y entró un goteo de personas alegres, inmersas en las festividades navideñas. No parecieron fijarse en Percival ni en el hedor que flotaba en el aire. Se sentaron cerca y empezaron a hablar y a reírse estentóreamente. Alarmada, Gabriella se movió para ocultar el maletín.

—No debes mostrar así el instrumento —dijo—. Es demasiado peligroso.

Percival señaló a Evangeline con la pistola. Ella agarró las partes, una a una, y se detuvo a examinarlas antes de volver a meterlas en el maletín. Cuando sus dedos rozaron la caja de resonancia de la lira, la embargó una extraña sensación. En un primer momento ignoró aquel sentimiento, pensando que no era más que el pánico que le inspiraba Percival Grigori. Pero entonces oyó un sonido ultraterreno, una música dulce y perfecta que llenó su mente, notas que se alzaban y caían, y que le provocaban un estremecimiento una tras otra. El sonido era tan plácido, tan vivificante, que hizo un esfuerzo para oírlo mejor. Miró a su abuela, que había empezado a discutir con Grigori. En medio de aquella música, Evangeline no oyó lo que decía Gabriella. Era como si la hubiese envuelto una cúpula de grueso cristal que la separase del resto del mundo. Nada en el mundo importaba aparte del instrumento que tenía ante sí. Y aunque era la única que sentía aquel vértigo hipnótico, supo que no era parte de su imaginación. La lira la llamaba.

Sin previo aviso, Percival cerró de golpe la tapa del maletín y se lo arrebató de un tirón a Evangeline, rompiendo el hechizo al que la había sometido el instrumento. Una violenta oleada de desesperación se apoderó de ella al romperse el contacto con el maletín. Antes incluso de comprender lo que hacía, se lanzó sobre Percival y se lo arrebató. Para su sorpresa, pudo quitarle el instrumento con facilidad. Una nueva fuerza la recorría, una vitalidad que no había tenido hacía apenas unos instantes. Su visión se agudizó, se volvió más precisa. Sostuvo el maletín contra sí, lista para protegerlo.

El metro se detuvo en otra estación, y el grupo de personas salió, ajenos al espectáculo. Sonó una campanita y las puertas volvieron a cerrarse. Estaban solas de nuevo, con la única compañía del maloliente borracho en el otro extremo del vagón.

Evangeline se apartó de Gabriella y Percival y abrió el maletín. Allí estaban las partes de la lira, a la espera de que las montasen. Con rapidez, Evangeline fijó el puente a la caja de resonancia, encajó las clavijas, colocó las cuerdas y las fijó hasta que quedaron tensas. Aunque había pensado que el procedimiento sería complicado, en realidad pudo colocar cada pieza con facilidad. Al tensar las cuerdas sintió vibraciones bajo los dedos.

Pasó una mano sobre la lira. El metal estaba frío y suave. Deslizó un dedo sobre la firme seda de una de las cuerdas y ajustó la clavija, oyendo cómo se reajustaba la nota. Sacó la púa, cuya superficie destelló bajo las duras luces del vagón, y la pasó sobre las cuerdas. En apenas un instante, la textura del mundo cambió. El ruido del metro, la amenaza de Percival Grigori, el latido incontrolable de su corazón... todo quedó en silencio. Una vibración rítmica y dulce llenó sus sentidos una vez más, mucho más poderosa que antes. Se sintió despierta y dormida a la vez. Las nítidas y vívidas sensaciones de la realidad la rodeaban... el vagón al mecerse, la empuñadura del bastón de Percival... y sin embargo, sintió que había caído en un sueño. El sonido eran tan puro, tan poderoso, que la desarmó por completo.

—Basta —dijo Gabriella. Aunque su abuela estaba a pocos centímetros de ella, su voz le llegó como si se encontrase en una estancia lejana—. Evangeline, no sabes lo que haces.

Ella miró a su abuela como si la viese a través de un prisma. Gabriella estaba cerca, pero Evangeline apenas podía verla.

—No se sabe nada sobre cómo tocar correctamente la lira —dijo Gabriella—. Los horrores que podrías desatar sobre el mundo son inimaginables. Te lo ruego, detente.

Percival contempló a Evangeline con aire de gratitud y placer. El sonido de la lira había empezado a tener efecto en él. Dio un paso al frente y, con dedos temblorosos de deseo, la tocó. De repente, su expresión cambió. Le clavó una mirada de terror y asombro, una mezcla de horror y admiración.

El miedo asomó a los ojos de Gabriella.

—Mi querida Evangeline, ¿qué te ha pasado?

Evangeline no comprendió a qué se refería Gabriella. Se contempló a sí misma y no vio cambio alguno. Pero luego se giró y captó su reflejo en el amplio y oscuro cristal de la ventana. Se quedó sin aliento. Dobladas sobre sus hombros, resplandecientes en medio de un nimbo de luz dorada, había dos alas luminosas y etéreas, de una belleza tan hipnótica que Evangeline no pudo hacer nada más que contemplarlas. Con la más leve presión de los músculos, las alas se desplegaron por completo. Eran tan livianas, tan carentes de peso, que se preguntó por un momento si no sería una ilusión óptica. Movió los hombros para poder verlas directamente. Las plumas eran de un diáfano tono púrpura con vetas de plata. Evangeline inspiró hondo y las alas se movieron. No tardaron en palpitar siguiendo el ritmo de su respiración.

—¿Quién soy? —preguntó Evangeline, al comprender la realidad de su metamorfosis—. ¿En qué me he convertido?

Percival Grigori se acercó a Evangeline. Ya fuese por el efecto de la lira o por un nuevo interés en ella, había pasado de ser una figura encorvada y marchita a una criatura imponente cuya altura superaba con creces a Gabriella. A Evangeline le pareció que la piel de Percival estaba iluminada por un fuego interno. Sus ojos azules destellaban, y tenía la espalda recta. Arrojó el bastón al suelo del metro y dijo:

—Tus alas se parecen a las de tu tatarabuela por la parte de los Grigori. Yo no llegué a verlas, solo he oído a mi padre hablar de ellas, pero son seña de identidad de los más puros de nuestra raza. Te has convertido en una de nosotros. Eres una Grigori.

Le puso una mano en el hombro a Evangeline. Tenía los dedos helados; la recorrieron escalofríos, pero la sensación la colmó de placer y fuerza. Era como si se hubiese pasado toda la vida dentro de un apretado caparazón. Un caparazón que, en un instante, se hubiese abierto. De pronto se sentía fuerte y viva.

—Ven conmigo —dijo Percival con voz sedosa—. Ven a conocer a Sneja. Ven a casa, con tu familia. Te daremos todo lo que necesitas, todo lo que has anhelado siempre, todo lo que desees tener. Jamás te faltará de nada. Tendrás una vida larga después de que el mundo del aquí y el ahora haya desaparecido. Yo te enseñaré cómo hacerlo. Te enseñaré todo lo que sé. Solo nosotros podemos entregarte tu futuro.

Ella miró a los ojos a Percival y comprendió todo lo que podía darle. La familia y los poderes de Percival podían pertenecer a Evangeline. Podría tener todo lo que había perdido: un hogar, una familia. Gabriella no podía darle nada de todo eso.

Se giró hacia su abuela y, para su sorpresa, vio lo mucho que había cambiado Gabriella. De pronto no parecía más que una mujercilla débil e insignificante, una humana frágil con lágrimas en los ojos.

—Tú sabías que yo era así —dijo Evangeline.

—Tu padre y yo hicimos que te examinasen de niña —dijo Gabriella—, y vimos que tenías los pulmones desarrollados como los de los niños nefilim. Sin embargo, a raíz de nuestros estudios y del trabajo que había llevado a cabo Angela sobre el declive de los nefilim, sabíamos que un amplio porcentaje de nefilim no desarrollaban alas en absoluto. La genética no basta. Hay otros muchos factores.

Gabriella tocó las alas de Evangeline, como si la absorbiese su resplandeciente belleza. Evangeline se apartó, asqueada.

—Quieres engañarme —dijo—. Creías que yo destruiría la lira. Sabías en lo que me convertiría.

—Siempre temí que le sucediese a Angela, porque se parecía mucho a Percival. Sin embargo, creía que, aunque sucediese lo peor y se volviese como él físicamente, lo superaría en espíritu.

—Pero mi madre no era como yo —dijo Evangeline—. Era humana.

Quizá Gabriella sintió los pensamientos contradictorios que llameaban dentro de Evangeline, porque dijo:

—Sí, tu madre era completamente humana. Era amable, era compasiva. Amaba a tu padre con todo su corazón humano. Quizá solo era autoengaño de madre, pero creí que Angela podría vencer a sus orígenes. Su trabajo nos llevó a creer que estas criaturas se morirían solas. Esperábamos que surgiese una nueva raza de nefilim que se viese superada por sus rasgos humanos. Creí que, si la estructura biológica de tu madre era típica de una nefilim, su destino sería convertirse en la primera de esa nueva raza. Pero ese no era el destino de Angela. Es el tuyo.

El tren se detuvo y las puertas se abrieron. Gabriella se acercó a su nieta. Evangeline apenas pudo entender las palabras que pronunció:

—Corre, Evangeline —susurró—. Llévate la lira y destrúyela. No cedas ante las tentaciones que sientes. Te corresponde a ti hacer lo correcto. Corre, querida, y no mires atrás.

Evangeline permaneció un momento entre los brazos de Gabriella. El calor y la seguridad del cuerpo de su abuela le recordó lo segura que se había sentido en su día en presencia de su madre. Gabriella la apretó una vez más contra sí y, con un leve empujón, la soltó.

Puente de Brooklyn, estación City Hall, Ciudad de Nueva York

Percival agarró a Gabriella de los brazos y la sacó del vagón a tirones. Apenas pesaba, sus muñecas eran delgadas y rompibles como ramitas. Jamás había sido rival para él, aunque en París había sido lo bastante fuerte como para oponer algo de resistencia. Ahora era débil y enfermiza, incapaz de resistirse. Percival podía hacerle daño sin esfuerzo. Casi deseó que fuese algo más fuerte. Quería ver cómo forcejeaba mientras la mataba.

El terror en sus ojos mientras la llevaba por el andén tendría que bastar. La agarró del cuello y los diminutos botones de su chaqueta negra se desprendieron y rebotaron por el cemento del andén como un puñado de escarabajos que huyesen de la luz. Su piel desnuda era pálida y estaba arrugada, excepto por una gruesa cicatriz rosada que le serpenteaba por el borde superior del esternón. Percival llegó con ella hasta la escalera oscurecida del extremo más alejado del andén, la obligó a bajar los escalones de un empujón y la arrinconó hasta que su sombra se cernió sobre ella de través. Ella intentó escabullirse rodando por el suelo, pero él la inmovilizó sobre el frío cemento con una rodilla. No pensaba dejarla escapar.

Le colocó las manos sobre el corazón. Notó los latidos rápidos y fuertes en la mano, el pulso desbocado como el de un animalillo.

—Gabriella, querubín mío —dijo, pero ella se negó a mirarlo o a hablar siquiera.

Y sin embargo, cuando le pasó las manos por el diminuto costillar, sintió su miedo. Las manos se le impregnaron del sudor que le empapaba la piel. Cerró los ojos. Llevaba ansiándola muchas décadas. Para su gozo, Gabriella se revolvió bajo su peso, dando vueltas, retorciéndose, aunque no tenía sentido forcejear. Su vida pertenecía a Percival.

Cuando volvió a mirar a Gabriella, ya estaba muerta. Sus grandes ojos azules estaban fijos, abiertos, tan claros y hermosos como el día en que se habían conocido. No supo explicarlo, pero lo embargó un instante de ternura. Le tocó la mejilla, el cabello negro, las pequeñas manos embutidas en guantes de cuero. Había sido una muerte gloriosa, aunque le dolía el corazón.

Un sonido atrajo su atención hacia el andén. Evangeline lo contemplaba desde lo alto de las escaleras. Sus espectaculares alas se desplegaban desde su cuerpo. Jamás había visto nada parecido; se alzaban desde su espalda en perfecta simetría, palpitando al ritmo de su respiración. Incluso en el mejor momento de su juventud, las alas de Percival no habían sido tan regias. Aun así, él también recuperaba las fuerzas. La música de la lira le había devuelto la energía. Cuando tuviese la lira sería más poderoso de lo que había sido jamás.

Percival se acercó a Evangeline. Sus músculos no sufrieron calambres; el dolor del arnés no lo ralentizó. La lira descansaba en las manos de Evangeline. El metal resplandecía. Percival reprimió el impulso de arrebatársela y midió su siguiente maniobra. Tenía que mantener la calma. No debía asustarla.

—Me has esperado —dijo con una sonrisa. A pesar del poder que le daban aquellas alas, había algo infantil en su actitud. Lo miró a los ojos con aire dubitativo.

—No podía marcharme —dijo ella—. Tenía que ver por mí misma lo que significa...

—¿Lo que significa ser una de nosotros? —dijo Percival—. Ah, hay mucho que aprender. Voy a enseñarte muchas cosas.

Se enderezó cuan largo era y le colocó una mano en la espalda a Evangeline, deslizando los dedos sobre la delicada piel en la base de las alas. Al posar la mano en el punto donde los apéndices se cruzaban con la columna vertebral, Evangeline se sintió vulnerable de repente, como si Percival hubiese encontrado un punto débil oculto.

—Retráelas —dijo Percival—. Podría verte alguien. Solo debes abrirlas en privado.

Evangeline obedeció la orden de Percival y retrajo las alas. Aquella liviana sustancia desapareció al ocultarlas de la vista.

—Bien —dijo él, y la condujo por el andén—. Muy bien. Pronto lo entenderás todo.

Subieron juntos las escaleras y atravesaron la entreplanta de la estación. Dejaron tras de sí las luces de neón y salieron a la noche clara y fría. El Puente de Brooklyn se alzaba ante ellos, con sus enormes torres iluminadas por focos. Percival buscó un taxi, pero las calles estaban desiertas. Tendrían que encontrar otro modo de regresar al apartamento. Seguramente, Sneja estaría esperando. Incapaz ya de contenerse, Percival le quitó la lira a Evangeline de las manos. La sostuvo cerca del pecho, disfrutando de su botín. Su nieta le había traído la lira. Pronto regresarían sus fuerzas. Ojalá estuviese allí Sneja para presenciar la gloria de los Grigori. Entonces, su victoria estaría completa.

Puente de Brooklyn, estación City Hall, Ciudad de Nueva York

Sin la lira, Evangeline recuperó el sentido. Empezó a comprender el hechizo al que la había sometido el instrumento. La había tenido cautiva, sujeta bajo una hipnosis que solo comprendió del todo una vez que se la arrebataron de las manos. Horrorizada, recordó que se había limitado a mantenerse a un lado mientras Percival asesinaba a Gabriella. Su abuela había forcejeado contra Percival, y Evangeline, que había estado lo bastante cerca como para oír su último aliento, se había limitado a observar su sufrimiento, sin sentir nada más que un interés desapegado y casi clínico ante su muerte. Había visto que Percival le había puesto las manos en el pecho a Gabriella, cómo se había revuelto ella, y luego, como si le hubiesen succionado la vida, cómo se había quedado perfectamente inmóvil. Al ver a Percival, Evangeline comprendió el placer que le había proporcionado aquel asesinato. Para su horror, quiso experimentar por sí misma aquella sensación.

Se le llenaron los ojos de lágrimas. ¿Había muerto Gabriella del mismo modo que murió Angela? ¿Había forcejeado y sufrido su madre a manos de Percival? Asqueada, Evangeline se tocó los hombros y la espalda. Las alas habían desaparecido. Aunque recordaba claramente que Percival le había enseñado a retraerlas y que había notado cómo se ocultaban bajo su ropa, descansando levemente contra su piel al plegarlas, no estaba segura de si habían existido en realidad. Quizá todo había sido una terrible pesadilla. Y sin embargo, la lira en poder de Percival demostraba que todo había sucedido justo como lo recordaba.

—Ven, ayúdame —ordenó Percival. Se desabrochó el abrigo y la camisa de seda. Debajo había un intrincado arnés de cuero negro—. Desabróchamelo. Tengo que verlo por mí mismo.

Las hebillas eran pequeñas y difíciles de desabrochar, pero pronto Evangeline consiguió abrirlas todas. Sintió náuseas al rozar con los dedos la piel fría y blanca de su abuelo. Percival se desprendió de la camisa y dejó caer el arnés al suelo. Tenía rozaduras y hematomas en las costillas a causa del cuero. Evangeline estaba tan cerca de Percival que podía oler su cuerpo. Aquella proximidad la repelió.

—Contempla —dijo Percival con aire triunfal. Se giró y Evangeline vio pequeñas protuberancias de carne rosada, nueva, de la que brotaban plumas doradas—. Están regresando, justo como yo sabía que sucedería. Todo ha cambiado ahora que te has unido a nosotros.

Evangeline lo contempló y digirió sus palabras, sopesando la elección que se le presentaba. Sería fácil seguir a Grigori, unirse a su familia y convertirse en una de ellos. Quizá había estado en lo cierto al decir que Evangeline era una Grigori. Y sin embargo, las palabras de su abuela reverberaron en su mente: «*No cedas ante las tentaciones que sientes. Te corresponde a ti hacer lo correcto*». Evangeline miró a Grigori. El Puente de Brooklyn se alzaba contra el cielo nocturno. Pensó en Verlaine, en lo mucho que había confiado en él.

—Te equivocas —dijo con rabia incontenible—. Yo no me he unido a vosotros. Jamás me uniré a tu familia de asesinos.

Evangeline se lanzó hacia delante y recordó la intensa sensación de inseguridad que había sentido cuando Percival la había tocado justo en la base de las alas. Agarró la suave piel de su espalda, sujetó los muñones alados que tanto se había enorgullecido al enseñarle y lo arrojó al suelo. Su propia fuerza la sorprendió; Percival se estampó duramente contra el mármol. Se retorció de dolor a sus pies, y Evangeline aprovechó la ventaja para sujetarlo bocabajo, dejando al aire aquellos muñones. Le había roto un ala. De la carne desgarrada manaba un denso fluido azul. La herida estaba abierta, la piel rota donde había estado el ala. Evangeline vio el horrible espectáculo de los pulmones de Percival al marchitarse.

Grigori murió y su cuerpo se transformó. La espectral blancura de su piel menguó, su cabello dorado se disolvió y sus ojos se convirtieron en dos vacíos negros. Aquellas diminutas alas se desmenuzaron hasta volverse fino polvo metálico. Evangeline se inclinó y restregó un dedo contra aquel polvillo. Lo alzó y vio cómo destellaban aquellos pequeños granos contra su piel. Luego lo esparció al viento frío con un soplido.

La lira yacía bajo el brazo de Percival. Evangeline se la quitó de debajo del cuerpo, aliviada de tenerla en sus manos, aunque el hipnótico poder que podía desencadenar la aterraba. Asqueada ante el cadáver, se apartó de él, como si pudiese contaminarla. En la lejanía, los cables del puente se entrecruzaban por encima de su vista. Los focos iluminaban las torres de granito que se alzaban en medio del frígido cielo nocturno. Ojalá pudiese cruzar el puente y encontrar a su padre en casa, esperándola.

Subió una rampa de cemento hasta una plataforma de madera que llevaba a la acera de los transeúntes, en el centro del puente. Echó a correr, con la lira apretada contra sí. El viento le soplaba con fuerza en contra y la impulsaba hacia atrás, pero ella se esforzó por avanzar, siempre con la vista fija en las luces de Brooklyn. La acera estaba desierta, aunque un flujo de coches pasaba a toda velocidad a ambos lados, los faros parpadeando entre los listones de la barandilla.

Al llegar a la primera torre, Evangeline se detuvo. Había empezado a nevar. Copos gruesos y húmedos caían entre la maraña de cables, posándose sobre la lira en sus manos, la acera y el río oscuro ahí abajo. La ciudad se expandía ante ella; sus luces resplandecían sobre la superficie de obsidiana del East River, como si fuese una cúpula solitaria de vida en medio de un vacío infinito. Evangeline paseó la mirada por el puente y sintió que se le rompía el corazón. Nadie la esperaba. Su padre estaba muerto. Su madre, Gabriella, las hermanas a las que tanto había querido... ya no estaban. Evangeline estaba completamente sola.

Con un movimiento de los músculos desplegó las alas a su espalda y las abrió por completo. Le sorprendió la facilidad con la que podía controlarlas; era como si las hubiese tenido toda su vida. Subió a la barandilla, sujetándose contra el viento. Se concentró en las estrellas que destellaban en la lejanía y se estabilizó. La tempestad amenazaba con arrebatarle el equilibrio, pero lo mantuvo con un elegante giro de las alas. Las extendió todo lo que pudo y se despegó del suelo. El viento la alzó por los aires, más allá del denso acero de los cables, ascendiendo hacia el abismo del cielo.

Evangeline se guio hasta lo alto de la torre. El pavimento ahí abajo estaba cubierto con una capa de nieve pura y blanca. Se sintió extrañamente inmune al aire helado, como si se hubiese entumecido. De hecho, ya casi no sentía nada de nada. Miró el río y se retrajo un momento dentro de sí misma. En un instante de determinación, supo lo que tenía que hacer.

Alzó la lira entre las manos. Apretó las palmas contra los fríos bordes de la caja de resonancia y sintió que el metal se ablandaba y se calentaba. Apretó más y la lira se volvió menos resistente entre sus manos, como si el valkino reaccionase químicamente al contacto de su piel y hubiese empezado a disolverse. Pronto la lira empezó a desprender un fulgor de metal derretido contra su carne. Bajo el contacto de Evangeline, se convirtió en una bola de fuego más brillante que ninguna de las luces del cielo. Durante un breve instante sintió la tentación de dejarla intacta. Pero entonces recordó las palabras de Gabriella y arrojó aquel fuego lejos de sí. La lira cayó como una estrella fugaz al río. Y su luz se disolvió en la entintada oscuridad.

Edificio de Gabriella Lévi-Franche Valko, Upper West Side, Manhattan

Aunque Verlaine quería serles de ayuda a los angelólogos, estaba claro que carecía de la formación y la experiencia necesaria para ayudar, así que tuvo que quedarse aparte, observando sus esfuerzos frenéticos por localizar a Gabriella y Evangeline. Todos los detalles del secuestro daban vueltas en su cabeza: los gibborim que habían irrumpido en la pista de hielo, el descenso de Gabriella y Alistair al hielo, la huida de Grigori. Sin embargo, al retrotraerse y encerrarse en sí mismo, sus pensamientos se volvieron extrañamente tranquilos. Los acontecimientos recientes lo habían dejado entumecido. Quizá estaba conmocionado. No podía reconciliar el mundo en el que había vivido hacía apenas un día con el mundo en el que acababa de entrar. Se dejó caer en un sofá y miró por la ventana a la oscuridad de fuera. Hacía apenas unas horas, Evangeline se había sentado a su lado en ese mismo sofá, tan cerca que podía sentir todos sus movimientos. La fuerza de sus sentimientos hacia ella lo había dejado pasmado. ¿De verdad era posible que se hubiesen conocido apenas el día anterior? Ahora, después de tan poco tiempo, Evangeline ocupaba todos sus pensamientos. Estaba desesperado por encontrarla. Sin embargo, para conseguirlo, los angelólogos probablemente tendrían que acorralar a los nefilim, cosa que parecía tan imposible como sujetar una sombra. Las criaturas habían desaparecido prácticamente en la pista de hielo; se habían dispersado entre la multitud en el mismo instante en que Grigori se había marchado. Ahí, comprendió Verlaine, radicaba su mayor fortaleza: aparecían de la nada y se evaporaban en la noche, invisibles, mortales, intocables.

Después de que Grigori se hubiese marchado del Centro Rockefeller, Verlaine fue junto a Bruno y Saitou-san, que se encontraban en la acera principal. Se marcharon los tres juntos. Bruno detuvo un taxi y pronto se encontraron acelerando hacia la parte norte de la ciudad, al edificio de Gabriella, donde los esperaba otra furgoneta llena de angelólogos. Bruno tomó el mando y abrió las puertas del piso de arriba del apartamento para los angelólogos. Verlaine vio que Bruno desviaba intermitentemente la mirada hacia las ventanas, como si esperase el regreso de Gabriella en cualquier momento.

Poco después de medianoche se enteraron de que Vladimir había muerto. Verlaine oyó la noticia, que les entregó un angelólogo que habían enviado a Riverside Church, con una espectral sensación de equilibrio, como si hubiese perdido la capacidad de conmocionarse ante la violencia de los nefilim. Los asesinatos de Vladimir y el señor Gray habían sido descubiertos poco después de que Saitou-san hubiese escapado con la caja de resonancia. El extraño estado del cuerpo de Vladimir, abrasado más allá de toda capacidad de reconocimiento, de forma similar al de Alistair Carroll, cosa que Verlaine empezaba a entender como seña de identidad de los nefilim, seguramente aparecería en todas las noticias del día siguiente. Con un angelólogo muerto y otras dos desaparecidas, estaba claro que su misión había acabado siendo un desastre.

La determinación de Bruno no hizo sino aumentar tras enterarse de la muerte de Vladimir. Empezó a ladrar órdenes a los demás, mientras Saitou-san se colocaba ante el escritorio bañado en oro y se dedicaba a hacer llamadas por teléfono en las que solicitaba asistencia e información a todos los agentes que había en la calle. Bruno colgó un mapa en el centro de la habitación, dividió la ciudad en cuadrantes y envió agentes por toda la ciudad para abordar cualquier tipo de enfoque posible a la hora de encontrar una pista que les indicase el paradero de Grigori. Incluso Verlaine comprendía que había cientos, si no miles, de nefilim en Manhattan. Grigori podía estar escondido en cualquier parte. Aunque su apartamento de la Quinta Avenida ya estaba bajo vigilancia, Bruno envió más agentes al otro lado del parque.

Cuando les quedó claro que no estaba allí, Bruno regresó a los mapas y emprendió más búsquedas infructuosas.

Bruno y Saitou-san formularon teorías a cual menos probable. Aunque no aflojaron ni un momento la intensidad de la búsqueda, Verlaine sentía que no iban a llegar a ninguna parte. De golpe, los esfuerzos de los angelólogos por localizar a Grigori parecían fútiles. Verlaine sabía que se jugaban mucho, y que las consecuencias de no encontrar la lira eran incalculables. A los angelólogos les importaba la lira; Evangeline casi no se mencionaba en sus esfuerzos. Ahora, sentado en aquel sofá que habían compartido la tarde anterior, Verlaine comprendió la verdad de lo que estaba sucediendo: si quería encontrar a Evangeline tendría que hacerlo él mismo.

Sin decirles una palabra a los demás, Verlaine se puso el abrigo, bajó los escalones de dos en dos y salió por la puerta principal. Inspiró hondo el aire helado de la noche y echó un vistazo a su reloj: eran más de las dos de la mañana de la víspera de navidad. La calle estaba vacía, toda la ciudad dormía. Sin guantes, Verlaine se metió las manos en los bolsillos y empezó a caminar en dirección sur por Central Park West, demasiado perdido en sus propios pensamientos como para percatarse del frío. En algún lugar de aquella lúgubre y laberíntica ciudad, Evangeline aguardaba.

Para cuando llegó al centro y empezó a moverse hacia el East River, se encontraba cada vez más enojado. Apretó el paso y dejó atrás bloques con tiendas oscurecidas mientras repasaba posibles planes en la cabeza. Por más que lo intentase, no podía encajar la realidad de que Evangeline había desaparecido. Le dio vueltas a todas las estrategias posibles que se le ocurrieron para encontrarlas, pero, al igual que Bruno y Saitou-san, no se le ocurrió nada en absoluto. Por supuesto, era una locura pensar que podría tener éxito antes que ellos. En medio de la neblina de la frustración, empezó a pensar en las cicatrices que asomaban a la piel de Gabriella. Se estremeció en medio de aquel lamentable frío. No podía permitirse pensar en la posibilidad de que Evangeline estuviese sufriendo.

En la lejanía, vio el Puente de Brooklyn, iluminado desde abajo por focos. Recordó el apego nostálgico que sentía Evangeline hacia aquel puente. En su mente vio su perfil mientras conducía del convento a la ciudad y le contaba los recuerdos que tenía de aquellos paseos de la infancia junto a su padre. La pureza de sus sentimientos, la tristeza en su voz, todo ello le provocó una punzada en el corazón. Verlaine había visto el puente cientos de veces, por supuesto, pero de pronto cobró una resonancia innegable y personal.

Verlaine comprobó la hora en su reloj. Eran casi las cinco de la mañana. La más leve luminosidad coloreaba el cielo más allá del puente. La ciudad parecía espectral e inmóvil. Los faros de algún taxi parpadeaban sobre los muros del puente y rompía la fina oscuridad. Por el aire frío ascendían vaharadas de vapor caliente. El puente se alzaba, recio y poderoso, contra los edificios del otro lado. Durante un instante, Verlaine se limitó a contemplar aquella construcción de acero, cemento y granito.

Como si hubiese llegado a un inesperado destino final, Verlaine estaba a punto de girar sobre sus talones y dirigirse de nuevo al edificio de Gabriella, cuando captó un movimiento por el rabillo del ojo. Alzó la vista. Sobre la torre oeste había posada una de aquellas criaturas, con las alas extendidas. En medio de la penumbra que precedía al alba, Verlaine apenas pudo distinguir la menuda elegancia de las alas. La criatura estaba de pie justo al borde de la torre, como si examinase la ciudad. Verlaine se esforzó por observar aquella magnificencia ultraterrena con más atención y, de pronto, captó algo inusual en su apariencia. Mientras que las otras criaturas eran enormes, mucho más altas y fuertes que los seres humanos, aquella era diminuta. De hecho, la criatura parecía casi frágil bajo aquellas enormes alas. Verlaine contempló, asombrado, cómo la criatura extendía las alas, como si se preparase para echar a volar. Aquel ser se lanzó por el borde de la torre y Verlaine se quedó sin respiración. Aquel monstruoso ángel era su Evangeline.

El primer impulso de Verlaine fue llamarla, pero le faltó la voz. Estaba abrumado de horror, presa de un venenoso sentido de traición. Evangeline lo había engañado y, lo que era peor, les había mentido a todos. Asqueado, giró sobre sus talones y echó a correr. La sangre le golpeteaba en los oídos, el corazón le atronaba en el pecho del esfuerzo. El aire helado le inundó los pulmones, que le dolieron solo de respirar. No sabía decir si el dolor que sentía en el pecho era causa del frío o por haber perdido a Evangeline.

Fueran cuales fueren sus sentimientos, sabía que debía alertar a los angelólogos. Gabriella se lo había dicho en su día... ¿había sido la mañana anterior?... si se unía a sus filas, no había vuelta atrás. Ahora comprendió que había estado en lo cierto.

Torre del Oeste, Puente de Brooklyn, entre Manhattan y Brooklyn, Ciudad de Nueva York

Evangeline se despertó antes de que el sol saliese. Había apoyado la cabeza en la suave almohada que formaban sus alas. La desorientación del sueño le nubló los pensamientos. Casi esperaba ver los familiares objetos de su habitación en Santa Rosa: las sábanas blancas almidonadas, el pequeño vestidor y, por un extremo de la ventana, el río Hudson, fluyendo al otro lado del cristal. Sin embargo, al ponerse en pie y contemplar la ciudad oscurecida, sus alas se desplegaron a su alrededor como una capa púrpura, y la realidad de todo lo que había sucedido la golpeó. Todo lo que había sido, todo lo que había pensado que llegaría a ser, había desaparecido para siempre.

Miró hacia abajo para asegurarse de que no había nadie que pudiese ver su descenso. Se acercó al borde de granito de la torre. El viento alzó sus alas, silbando entre ellas, volviéndolas exuberantes. Con una altura tan tremenda, con todo el mundo a sus pies, la sobrecogió un momento de inquietud. No estaba acostumbrada a volar, y la caída se le antojaba infinita desde allí. Sin embargo, inspiró hondo y se lanzó desde la torre. El corazón se le subió a la garganta ante la profundidad de la caída, pero comprendió que sus alas no iban a fallarle. Con una finta liviana, Evangeline se elevó a lomos de las corrientes de aire helado.